WEP

俳句年鑑

［二〇二四］

WEP 俳句年鑑 [二〇二四] 目次

この一年のわたしの俳句……7

文語と口語　青山　丈 8
平常心に遠く　池田澄子 10
日　常　稲畑廣太郎 12
一万歩歩けるうちに　能村研三 14
『杉田久女全句集』という終着点　坂本宮尾 16
吟　行　星野高士 18
一日十句　藤本美和子 20
日常と非日常　波戸岡　旭 22
この1年のわたしの俳句　矢野景一 24
能褒野の旅　守屋明俊 26
句集『広島』との出会い　佐怒賀直美 28
風土性とは　今瀬一博 30
「無理はできる間にしかできない」　森田純一郎 32
結社「麒麟」一年目　西村麒麟 34
定年想望句　仲　寒蟬 36
この一年の私の俳句　津久井紀代 38
先入観を払って　望月　周 40
俳句三昧　三宅やよい 42

暗さについて　生駒　大祐　44
うしろが開く　鳥居真里子　46
ふと思う～師の教え～　鈴木　五鈴　48

近ごろ思うことども……51

芭蕉飛び込む　行方　克巳　52
彦蔵と彦さん　岸本　尚毅　56
山の友だち俳句の友だち　菅野　孝夫　58
羽黒山全国俳句大会　井上　康明　62
「葬り」のこと　谷口　智行　64
選句と一目惚れ　栗林　浩　66
家族に乾杯！　小島　健　68
「選」について　髙田　正子　70
戦後俳句史の作り方　筑紫　磐井　72
俳句の先人から学ぶこと　角谷　昌子　76
「今の事」と「先の事」　渡辺誠一郎　80
無風の時代の静かな祈り　坂口　昌弘　82
松尾あつゆき・聖戦俳句・俳人の戦争責任　川名　大　88
近頃思うことども　西池　冬扇　94
目のやり場　堀田　季何　98
「ＡＩ虚子」または俳句の革命　柳生　正名　100

「使わない」では済まない　鴇田　智哉　102
写生表現の多様化について　南　うみを　104
俳句／俳句／俳句　仲村　青彦　108
二〇二三年五題　林　桂　110

自選七句　1084名7588句……115

俳人名簿

この一年のわたしの俳句

文語と口語

青山　丈

異常気象になったこの夏の猛暑も、十月に入ってやっと晩秋の気候となってくれた。だが新型コロナウイルスの感染者の数字は公表されなくなったり、今度はインフルエンザの大流行の様相も深まって、外出は勿論家に居ても安心出来ない日常になってしまった。

　そんな情況の中で、マスクをしていない人が日増しに増え、観光地は押すな押すなの人の波、旅行地の宿泊の予約もとれないなど。私達の俳句結社の月例句会場である浅草寺近くのビルでも、五月の三社祭と日がぶつかって、四年ぶりの神輿の渡御の人波で句会場へ着くまで容易でなかったが、もうマスクも要らなくなって何時でもどこへでも行ける、と言う人と、まだまだ家の中でもマスクをしてじっとしている人と、今わけのわからない世の中に居るようだ。

　そうした中で、俳句に人生を賭けると言って句会や吟行に出掛ける人もいれば、行きたいが怖いから外出しないで家でじっと様子を見ている人も居て、その善し悪しの判断は論外として、俳句を作る人にとって、春夏秋冬の四季の自然を見たり触れたり出来ずに徒に数年を見送ってきた辛さは大変なものだった。

　どちらかと言えば私も隠遁派の方で、家の二階の窓から玩具のような電車が荒川の鉄橋を渡る景を飽かず眺めていたり、土手を散歩する人の数を数えたり、少しばかりのベランダの草花の鉢を動かしたりしての日常吟を口にしていたが、コロナも二年目になった頃から、自ずから口を衝いてくる上五の文語が何とはなしに重たい感覚に取り付かれたようになった。もう少し具体的な感じを言うと、一句の出だしの言葉がスムーズに出てこないというか、一寸したストレスを感じはじめた。そんな事で呻吟していた頃、角川が刊行前日に出す新聞の広告に「俳句」と「短歌」があるが、月刊誌の「短歌」誌の広告に、俵万智が「迢空賞受賞第一作30首」のキャッチ・フレーズがあったので直ぐ書店に電話して取りよせた。今迄にも、「俳句」は定期購読をしてきたが短歌総合誌、「短歌研究」「現代短歌」「短歌現代」「歌壇」「短歌」の各総合誌は、特集記事に興味があると取りよせてきた。

ちょうどいい死に時なんてないだろう
「もう」と思うか「まだ」と思うか　　　俵　万智
芸人のモノマネをする息子いて
元を知らねど笑いたい夏　　　〃

第55回迢空賞受賞第一作30首「笑いたい夏」全首入院中の作品二首である。他の28首も歌い出しから〈ちょうど〉〈10センチ〉、と軽く入りこんでくる感じの口語調が快く〈ゴミの日の〉〈ノンアルの〉〈つっこんで〉と入院しながらも軽快に全首を吐き出して30首が終る。

歌人、俵万智といえば『サラダ記念日』（河出書房新社、1987年5月8日刊）万智さん24歳での快挙。今日、昨日の新聞の文芸欄を見ても、短歌は元気、の声が高くなるばかり。因みに10月21日（土）の朝日新聞読書欄に「口語表現の妙・SNSと共振」と大きな見出しに

昨今は空前の短歌ブームだという。短歌がブームとして紹介されるとき、しばしば引用される一首がある。〈ほんとうにあたしでいいの？ずぼらだし、傘もこんなにたくさんあるし〉（略）短い言葉を投稿しシェアし合うSNSとは、相性が良かった。SNSが活発になる以前から、文語中心だった短歌に口語が取り込まれ現代の体感をビビッドに切り取る表現が様々に模索されてきたことも、流行の土台となった。

と歌人である、石川美南が書いている。また朝日新聞ウイークリーの10月2日号『AERA』で、「共感の短歌と我が道の俳句」を主題とし「SNSでブームの短歌とテレビで人気な俳句／口語と文語」の傍題で取材し執筆した編集部の小長光哲郎氏の取材に歌人の山田航《わたる》さんは「『短歌を介したコミュニケーションの媒体』として使われている面があるのでは」と答えている。また「短歌は口語、俳句は文語」について、俳句甲子園で審査委員長も務める俳人の神野紗希さんにこのテーマを取材し神野紗希さんから得た回答を次のように記載している。「（俳句側として）なぜ俳句ではなく短歌か、に理由があるとしたらまずは「口語か、文語か」という点ではと推察する。短歌は俵万智さんの「サラダ記念日」（87年）の頃から、口語、つまり私たちが使っている言葉で短歌を作ることが定着してきました。一方で俳句は若い作者も含めていまだに95％は文語でしょうか。文語が読めない人には届かないというハードルは一つありますね」（略）「短歌は感情を共有するけれど、俳句は感覚を共有する、というところがあると思います。」（略）「短歌がどこまでも『私』を軸に広がっていくものだとしたら、俳句は『私なんてなくてもいい文学』なんです」。アエラ、今週の表紙はシンガーソングライター幾田りら、今号の表紙を飾る惹句は「どっちのシゴトも興味わ〜く」

コロナと、文語、口語、で悩んだ一年でした。

散りもしないでおしろいの赤と白　丈
かどの家かど掃いてゐる冬隣　〃

平常心に遠く

池田　澄子

猛暑のせいか九月中旬まで朝顔が咲かなかった。九月には鰯雲が、と書きたいが、真っ青な空に入道雲のような分厚い雲。コロナウイルスは次々と変化しながら、まだまだ衰えを見せない。でもウイルスに悪意はない。人間はひたすらそれを我が身に引き寄せないようにしてウイルスの衰退を待つ。暑くて鬱陶しくてもマスクをして嗽をして手を洗って、彼らの衰えを待ち続けて久しい。彼らはウイルスに生まれ、私は人に生まれていたということでの不都合な巡り合わせだから仕方ない。

残り少ない人生の日々を、逢いたい逢いたいと嘆き続けていた。逢わないと、逢えないまま死んでしまうかもしれないのだもの、その思いは濃くなるばかり。こらえきれずに注意して逢っても、手を握って、ハグして、喜び合うのも憚られる情けなさである。

お久し振り！と手を握ったわ過去の秋

逢いたいと書いてはならぬ月と書く

人恋しさを嘆いているこの時代に、戦争をする人間が居るとは驚いた。其処には悪意しかない。許しがたい現実に対してなんの役にも立てない自分の情けなさ。そこから抜け出せない日々の中で世の役に立ちようのない俳句を、私は書き続けていた。書いたからどうなるわけでもない。そして或る朝、この年月を、丸め固めて捨てたくなった。捨てるとは、句集を作ってその日々を封じ込めてしまうことしか思い付かなかった。散々迷った末にひょっと思い付いてタイトルを『月と書く』とした。「逢いたい」と言ってはならなかった日々を其処に閉じ込めたかった。でも人は、「月と書く」だけでは生きられないけど。

ウイルスは柔ではなくて、あぁ、いつ消えてくれるのか。こういう世の中に様々の花が咲こうが、それがハラハラ散ろうが慰めにもならないと拗ねていたら、秋を待たずに秋海棠も杜鵑草も情けない姿になって、ほぼ無くなってしまった。百日紅だけが見事にながながと咲いてよく散って秋になって、ちゃんと彼岸花が咲いて、傍に初夏の花、ナナカマドと凌霄が咲き継いだ。よく見るとナナカマドの蕾が咲くに至らず永らえてもいる。そう言えば、花の旬の少ない句集になっていたかもしれない。と他人事のように書いているけれど、私は纏めている最中はあれこれ考えるけれど、出来てからは自分の句集は殆ど開かない。知っている句だけだもの面白くもない。

書きたくなかったような句が結果として多い年だった。まさか戦火を嘆こうとは。あぁ人として情けないではないか。今更、戦火を嘆くなんて。第二次世界大戦の最中、私は戦争の具象を見ていない。ところが今、テレビで隣町の火事を観るように、戦火の様子を観ているのである。それは映画じゃないのだ。そして又、イスラエルとハマス。日々、死者数の報道。あぁ情けない。

国境は縄張っておけクローバー
春寒き街を焼くとは人を焼く
焼き尽くさば消ゆる戦火や霾晦
蝶よ川の向こうの蝶は邪魔ですか

人間は蝶よりダメな動物だと思った。燃えている町の、爆撃されて燃えて崩れていくビルの中には、今し、人が燃えているのである。そのテレビの映像を私は珈琲など飲みながら眺め嘆いているのだった。そして画像に疲れた目を窓の外へ移すと、情けない姿の薔薇の木などが見える。まだ蚊が多くて恐ろしい狭庭。旱にはホースで散水したくらいでは地面に染み入る水も多分大したことない。しゃんとしていない薔薇の葉裏に、虫がびっしりしがみついていた夏には、仕方なく殺虫剤を撒くその後ろめたさ。虫に恨みはないのだ。木のベンチに掛けていて、近付いてくる蟻を見つけると、考える前に指で潰してしまっていたり。蟻から見ればミサイルが飛んできたような災難だと、今更神妙になってどうする。

幸あれよ薔薇の葉裏に棲む虫も
膝の蟻とっさに潰せし指を扨て

生きているということは他者に迷惑を掛けること、などと神妙になると、新聞の書籍の広告欄にある文字までも心に沁みた。「明朝体の戦乱・春蘭・歎異抄」どうやらこのところの私は驚いたり嘆いたりするだけで生きていたらしい。原稿を入れたら、版元の仕事人に「イケダサン、恥かしいという句が二十句近くあります。多すぎるので他の句に替えましょう」と注意されて驚いた。

穴を出し蛇恥かしく振り向くか
色鯉の白のところが恥かしげ
逢いたいという恥かしき言葉青葉
「私は」と書き恥かしや月は何処

たっぷり恥かしがっていた。そして此の頃の私は

水澄むと書くとワタクシ澄んでしまう
橋在りて水澄むという言葉あり

と今を生きながら、日々、自分の思いの揺れにあたふたしている。

日常

稲畑廣太郎

去年までは、俳句界もコロナの影響で自粛を余儀なくされていたが、二〇二三年になると、漸く日常が戻ってきて、俳句会等が通常通り行えるようになったように思う。ホトトギスの行事も、年間の柱の一つとも言える地方の「ホトトギス俳句大会」も現地に人が集まって開催出来るようになったが、反対にこのコロナ禍の間にやはり人は年齢を経ることになり、地方によっては高齢化が進み、その為に開催が出来なくなる地方も幾つか出て来てしまったのである。今までは北海道、東北、北信越、関東、東海、北近畿、関西、中国、石見、四国、九州の十一ブロックで開催されていたのが、今年はその中の東北、関東、北近畿の大会が中止となり、今後の開催も未知数である。この稿を認めている時点では、未だ関西、中国、九州大会が開催されていないが、大会の拙句は

着陸す土佐の新樹に埋もれつつ　（五月　四国）
何処までも道路直線蝦夷涼し　（五月　北海道）
合歓の花三瓶と芦屋繋ぐ縁　（七月　石見）
街騒を隔て城址の秋の蟬　（八月　東海）
秋時雨句碑の歳月洗ひ上げ　（九月　北信越）

をそれぞれの大会で詠んだ。

二〇二三年といえば、前年の二月二十七日に帰天した稲畑汀子ホトトギス名誉主宰の第一回「汀子忌」が、命日の二月二十七日に、兵庫県芦屋市の虚子記念文学館で開催された。これに先立ち、二月十八日には、同文学館に高濱虚子、高濱年尾、そして稲畑汀子の三代句碑が除幕された。彫られたのは次の三句である。

大空に伸び傾ける冬木哉　虚子
秋風や竹林一幹より動く　年尾
月の波消え月のなみ生れつゝ　汀子

「汀子忌俳句祭」と題して開催された命日の句会は、第一回ということもあり盛況で、関西の、汀子を慕う人々でしめやかに開催された。余談ではあるが、この汀子忌について、例えば芭蕉は「時雨忌」、虚子は「椿寿忌」と別名があり、汀子の代表句の一つ

紅梅の盛りが待つてゐてくれし

に因んで「紅梅忌」にしようと、私が発案して定着するかに思えたが、調べてみると永瀬清子（一九〇六・二・十七～一九九五・二・十七）という有名な詩人の忌日が同じ「紅

梅忌」として親しまれていることが判り、断念するに至ったのである。

ホトトギス関係の句会では、八月、十一月を除く第一土曜日に行われている「芦屋ホトトギス会」は、去年までは感染対策としてある程度人数を制限していたが、今年からは句会場の席数も増やして、多くの方々の出席も可能となったのである。その折の拙句は

櫟の落ちて未来を引き寄せる（一月）
人生きて逝きて大地は下萌ゆる（二月）
待つてゐてくれるから蛇穴を出づ（三月）
戦艦も戦車も要らぬ蝌蚪の国（四月）
根切虫にも注がれる神の愛（五月）
薫風や司教は今日も愛を説く（六月）
夏炉焚く火色に在りし日を重ね（七月）
タイガースあれは目前蚯蚓鳴く（九月）
主亡き家小鳥来る庭師来る（十月）

である。私事であるが、汀子が居なくなった虚子記念文学館に隣接している生家は、現在は私が芦屋に滞在している月一度は寝泊りしているが、セキュリティーはしているがもう住む人も無く、芦屋での仕事は続くわけで、これからのことを考えなくてはならない。

勿論ホトトギスとしての私の仕事は東京が中心であり、ホトトギス社の事業としての「句会と講演の会」「ホトトギス社句会」も通常に開催されるようになった。ただ、毎月の講演者は、未だ暫くコロナの様子を見るということで、私の近況や、所感を述べて、それ程長時間になることは現在のところ控えている。

水の綺羅水の修羅行く小鮎かな（三月）
校門は虚子の筆跡入学す（四月）
鱚釣や竿は一流腕二流（五月）
獺祭忌今宵は伊予の泊りかな（九月）

以上が現在までのこの会での拙句である。

最初に「汀子忌」について述べたが、ホトトギスにとって同じく大切なイベントとして四月八日の「虚子忌」と十月二十六日の「年尾忌」がある。今までは鎌倉の菩提寺である壽福寺で法要、句会が営まれてきたのであるが、実は諸般の事情により、多くの人がこの寺に集まって法要、句会を催すことが不可能となってしまった。そんなことで四月八日は身内だけがこの寺に集まり法要をして頂き、句会は投句のみを募集し、星野高士玉藻主宰と私が選句をするということで本誌に掲載したのである。今回の題名を「日常」としたが、これからは、色々なことが変化して行くことも考えられ、それらのことを受け入れてあるがまま歩んでゆくことになるのだろう。

一万歩けるうちに

能村　研三

○ユネスコ世界遺産登録に向けて

俳句という文化遺産を先人からしっかりと受け継ぎ、時代にあった新しい風を俳句に吹きこんでいかなければならないと、今から6年前の2017年4月に故有馬朗人前会長の許に関係俳句団体及び関係自治体の市長が中心となり、「俳句ユネスコ無形文化遺産登録推進協議会」が設立された。有馬先生亡きあと私が会長を引き継がせていただいているが、昨年は当協会の名誉顧問を務めるEU名誉大統領のヘルマン・ファン・ロンパイ氏をお迎えして鎌倉の鶴ケ岡八幡宮にて総会が開催され、その後首相官邸を訪ね岸田総理にもお会いして、一日も早い登録に向けて私たちの願いを聞いていただいた。本年も、7月に総会が行われ芭蕉の生誕地である三重県伊賀市の岡本栄市長に講演をしていただいた。市長は芭蕉が仕えた藤堂藩ゆかりの方で「芭蕉の生まれた伊賀　その背景と現代的意義」という題目で講演をされた。

一昨年国の文化財保護法の改正があり、ユネスコ登録の前段階として文化庁の「登録無形文化財」に登録されることが必須となった。そのための作業は保持団体となる国際俳句協会（ＨＩＡ）が実施している。

俳句ユネスコ無形文化遺産登録推進協議会としては「俳句が世界の平和および地球の環境問題などに貢献する」という観点についても明文化に取り掛かる段階に来ており、今後も関係機関と密接な連絡を取り合い一日も早い登録を目指していきたいと思っている。

○俳句文学館展示室の充実

俳人協会では、昨年の協会創立60周年を記念して俳句文学館三階にある展示室を大幅リニューアルして11月から「俳人協会所蔵名品展」を開催することが出来た。これに引き続き本年からは、より見やすい展示ケースに改良し、照明なども新しくして定期的に企画展を開催して広く俳人協会が所蔵している掛軸、色紙、短冊を公開している。

俳人協会では、協会発足当時から草間時彦、村山古郷が中心となり、芭蕉、丈草、其角、蕪村、一茶関連等の書簡や軸、短冊等の古典俳諧資料を昭和50年代より積極的に購入していただき、また多くの会員の方々からの子規、虚子、碧梧桐、秋櫻子、多佳子、波郷等の貴重な軸、色紙、短冊等の寄贈をいただいたことは大変ありがたいことである。これらのお宝をただ収蔵しているだけでなく、協会員だけでなく広く俳句愛好者に見せることができるようになったことは有意義なことである。
俳人協会が開催する様々な事業も、本年5月に新型コロナウィールス感染症が5類移行後は、徐々にコロナ以前のようなかたちに戻りつつある。9月に有楽町朝日ホールで4年ぶりに全国俳句大会が開催され、実際に多くの俳人と直接見えるすばらしさを実感することが出来た。
またコロナ禍で必要に迫られて始めた春秋講座のオンライン配信は3年目に入り、これまで俳句文学館で直接聴講するかたちであると、多くても70人くらいの定員に対して一回の講演で2000人の視聴が可能となったオンライン配信は多くの俳句愛好者に定着しつつある。オンラインを利用した講座や句会はコロナ禍の副産物とも言えるが、高齢化の時代に様々な可能性が広がったことは有難いことである。

○自分を取り巻く環境の変化
この一年私を取り巻く環境も様々に変化してきた。

一万歩歩けるうちに木の芽風

コロナの感染には神経をつかってかなり気を付けていたが、9月になってコロナに感染してしまった。幸いすぐにかかりつけ医の治療で、一週間たたないうちに回復し後遺症にも悩まされることはなかった。間もなく70代も半ばに差し掛かろうとしているので、健康には充分気を付け、適度な運動をおのれに課している。協会の仕事も含めて一週間に四、五回は東京に出る機会もあるが、駅のエレベーターを使わずなるべく階段を利用しようと心がけている。

三方に壁書架として竜天に
師系譜に一辺倒なる曝書かな
木の家に息づきのあり更衣

父登四郎が元気だった頃に造った家も三十数年が経ち、新たに娘夫婦と二世帯住宅を造ることになり、家の立て替え工事が始まった。ただ旧宅には父と私の書庫、さらにはこれまでの「沖」の人たちの句集や雑誌などを所蔵する書庫が三部屋と外部にも倉庫を借りて蔵っていたものを一夏かけて整理した。古書店に引き取ってもらったものもあるが、新たに「沖」の編集、事務室を新しい所に移転することになり、ここでは図書室機能を備えた他の人に閲覧可能な文庫を作った。
年明けには改築している家も完成することになっているが、我が家の家木である朴の木も落葉を散らしながら主の帰るのを待っていてくれている。

乾反りては土に馴染まぬ朴落葉

『杉田久女全句集』という終着点

坂本　宮尾

ふり返ればこの一年はどんなものにも「終わり」があることを実感する日々であった。二〇二二年の秋に独り暮らしの長姉に病気が見つかり、介護を担うことになった。それまでずっと健康であった姉は介護保険の手続きもしておらず、一から手探りで介護の体制を組み始めた。文字通り老老介護で、姉の家に住んで日常の世話をし、時折自宅に戻って必要な用事を急いで済ませるという生活だった。さまざまな便利なサービスがあることがわかったものの、実際にやってみると想像以上にたいへんだった。介護にかかわる多くの方がこのような毎日を過ごされていることを改めて思った。

嵯峨菊にしづかに朝の来りけり
冬薔薇一輪閑かなる生家
一本の針落つる音霜夜かな

姉は自宅にいることを希望していたのでその望みに従ったが、急速に衰えてゆく身内の姿を日夜見守ることは苦しかった。介護を始めて半年で静かに亡くなった。

傾眠の人のおとがひ白障子
明けてゆく障子の桟や久女の忌
膺しめりきて雛の日の別れかな
石段をたどりて桃の日の暮るる
初蝶や写真ひとひらづつ剝がす

それから十日後に、五十年余り親しく指導していただいた「藍生」の黒田杏子先生が急逝された。数日前に躍るようなみごとな文字で、「パピルス」の創刊五周年を祝う封書をいただいていたので信じられない思いだった。青邨門下の大先輩として、お世話になるばかりでご恩返しができずに申し訳なかった。

深悼　黒田杏子先生　二句

大白鳥北の旅路の一途なる
巡礼の鈴ほがらかに初桜

さらに二週間ほど経て、「飛島のランボー」と称された齋藤愼爾さんの訃報に接した。その昔、最初の句集を深夜叢書から出さないか、と声をかけていただいたが、すでに別の出版社に決まっていたことが今も心残りである。最後にお会いしたのは二年ほど前の座談会で、補聴器を用意されていたが、句評はいつも通り明晰であった。帰りの電車で、一つ空いている席を私に勧めてくださったときはびっくりした。比較すればまだ私のほうが若いつもりだったからだ。終生独自のダンディズムを貫かれた。
あるとき齋藤氏は「この電車のなかで俺がいちばん貧乏だな、と考えるときがある」と、ぼそりと語っていたことが忘れられない。日本海の島を出て、才能と意欲で生き抜いてきた詩人の感慨かと思った。深夜叢書の社主として、眼鏡に適った本だけを出版し続けた孤高の名伯楽が亡くなって、文芸出版史の一つの時代が終わった。

深悼　齋藤愼爾氏

渚ゆく孤島に桜貝さがし
来世《つぎのよ》のあはひに白き初桜
風に耳吹かれつつ佇つ山桜
燭ともす雨の桜を戻り来て
風五月形見の藍を身にまとふ

このように永別と直面した三月が過ぎて、季節は夏に向かっていった。寂しさを忘れようと、ずっと取り組んできた『杉田久女全句集』の校訂と補遺の編集に没頭した。久女は切望していた句集を生前に上梓することができなかった。昭和二十七年に刊行された『杉田久女句集』は遺族の手によって編まれた遺句集で、必ずしも久女の意図通りとは言えず、ところどころに気になる点がある。例えば、まったく同じ句が収録されていたりする。「ホトトギス」などのバックナンバーを確認し、久女が書き残した句集のための巻紙の草稿を参照したうえで、明らかな間違いを訂正した。この草稿は久女の著作権者であった石昌子さんによって北九州の圓通寺に奉納されているが、二十年程まえに草稿を確認したいと思い、久女の句集出版と顕彰のためにのみ使うという約束で石さんの許可を得て圓通寺で閲覧し、記録した。
どうすれば久女の意図に添う全句集になるかを考えて作業を進めた。「ホトトギス」同人除名後に久女が書き残したノートから、これまでの句集に未収録の約七六〇句を拾い出した。久女の読みづらい手書き文字を判読し、何度か出てくるよく似た句を整理し、絞る作業に手間がかかった。また、各種の古い俳誌から句集未収録の久女句を探して補遺に加えた。

索引をひと日閲すや遠き蟬
反故増ゆる一間に坐せば秋蚊鳴く
露けしや珠の句集を手のひらに

小さな文庫本サイズの句集であるが、これ一冊あれば久女の俳句生涯がわかる。二〇〇三年に富士見書房から『杉田久女』を上梓してから二十年、この間に取材や資料収集などで協力いただいた方々に感謝を捧げたい。これで私の久女への旅はようやく終点に到着した。

吟行

星野　高士

俳句は「気づき」であると思う。日常のちょっとした発見、例えば

石ころも露けきものの一つかな　高濱虚子

という句のような気づきが大事だと思う。道ばたの何でも無い石が、その時の作者にとっては印象深く感じられたのだ。毎日見ている景色でも、よく見ると少しずつ違っている。また、同じ景色であっても、見ている作者の心情によっても少しずつ違って感じられるものだ。そのような小さな違いに気づくことが、俳句につながるのである。

この一年は吟行に力を入れてきた。景色を見て気づきを得るのである。昭和五年、高濱虚子は武蔵野探勝会という会を始めた。月一回、武蔵野のあちこちで吟行をし、多くの有力俳人が参加した。

冬の水一枝の影も欺かず　中村草田男

この句も武蔵野探勝会の成果の一つだ。

今年は角川武蔵野ミュージアム、そして角川文化振興財団の本社にて、虚子と武蔵野探勝会をテーマに講演をした。今は建物の中での講演だけだが、いずれ実際に出歩いて、武蔵野吟行をしてみたいものだと思っている。

吟行というのは兼題が無いものだが、虚子はそれまで兼題のある句会にばかり出ていた。突然兼題を捨てたのは、吟行は句を詠む良い実践の場であると考えたからだろう。とはいえ、兼題を完全に捨て去った訳ではない。俳句の力を鍛えるためには兼題もおろそかにできない。普段は題詠の句会で鍛え、成果を吟行で得る、というスタイルが良いと思う。また、鍛えるということでは、席題も欠かせない。席題は瞬発力が要求される。時々は席題で頭をしっかり使い、怠けないようにすることも、成果を得るために大事なことである。

多作多捨ということを実感した。吟行、兼題、席題と句を沢山作った後は、勇気を持って句を捨てる必要がある。捨てるためには自選の目の確かさが必要になる。昨年、句集『渾沌』を出版したが、その時に多くの句を捨てた。今年にかけて『渾沌』を多くの方が読み、評価していただく中で、自選の確かさということを考えさせられた。

句集を出すのは八年振りのことだ。主宰している「玉藻」の百号ごとに句集を出すことを自分に課していて、コロナ禍により少し伸びてしまったが、無事出すことができた。

作者は私だが、句集というものは一度作り終わってしまえば、自分の手を離れてしまう。『渾沌』をどう読むかは読者に委ねられるということだ。そのような中で、思わぬ展開があった。第三十八回詩歌文学館賞、第二十二回俳句四季大賞、第一回稲畑汀子賞と、三つの賞を『渾沌』でいただいた。受賞の知らせを受けるまでは、思ってもみなかったことで、大変驚いている。受賞自体も本当に嬉しいことだが、多くの皆さまに読んで、評価をいただけたというのが、一番嬉しいことであった。

今年は旅が多い一年でもあった。詩歌文学館賞贈賞式で伺った北上、文學の森主催の九州旅行、俳句甲子園の松山、北海道帯広で開かれた玉藻の北海道大会、秋は西の虚子忌のための比叡山、二条城吟行をした玉藻の京都大会、岡崎城吟行の玉藻の東海大会、群馬県俳句協会の講演で伺った高崎、などと多くの旅をした。コロナ禍もようやく収まってきて、いよいよ旅も本格化してきたようである。

玉藻は今年千百十一号となり、これを記念して祝賀会を開いた。この会は『渾沌』三賞受賞記念・名誉主宰星野椿の『わが人生』出版記念も兼ねていて、大変おめでたい会となった。なお、『わが人生』は星野椿が神奈川新聞に連載していたエッセーを一冊の本にしたものである。祝賀会を通して、改めて玉藻の歴史の重みを感じた。初代主宰星野立子、星野椿、私、と三代にわたって玉藻はつながってきた。立子の父の虚子も玉藻に関わっていたので、そこも含めれば四代つながっていると言える。この四代をどうつなげるかということを考えた。また、ただつなげるだけでなく、将来へ向けて新しい挑戦をしてゆきたい。

嬉しくも慌ただしい一年もようやく終わろうとしているころ、もう一つ嬉しい報せが入ってきた。文化庁長官表彰を受けるというのである。先ほど、旅の多い一年だったと書いたが、文化庁のある京都への旅が加わった。この表彰は『渾沌』に対するものというより、これまでの俳句活動を総合的に評価されたものだ。伝統俳句というものの価値も認められた表彰であり、とても嬉しく思っている。

三月、玉藻の新編集長に小野あらた君を迎えた。彼は三十歳になったところで、編集部が大きく若返った。「百年先も続く結社にする。」と意気込んでくれており、頼もしい限りである。

私としては、多くの評価をいただいた一年であり、令和五年が終って欲しくないと思う気持ちも、少しはある。しかし、いただいた評価を基礎として、早く新しい自分を見せてゆきたいと思っている。来年は、玉藻の誌友と共に新たな挑戦をする一年としたいと思う。

一日十句

藤本美和子

今年の夏の暑さは耐え難かった。夏日とか猛暑日等々の記録が連日更新され続けた。

幸い、小誌「泉」ではカルチャー教室やインターネット句会を除き、八月の句会はすべて休会にしているので、あまり暑さや熱中症云々についての心配はない。こうなると「八月休会」はなかなか良き仕組みである、とも思う。

ただし一方では、弊害もある。月々五、六回あった句会がないと、途端に私自身作句をしなくなるのである。句会にのぞみ、出句締切があるお陰でかろうじて一句にまとめることができているらしい。席題や兼題に想像力が喚起され一句を賜ることもある。また仲間の作品から大いに刺激を受けることもある。つまりこれらが一切ない自由で開放される八月はまさに魔の月と化すのである。結果、九月のスタートはいつもペースを取り戻すまでに時間がかかることになる。毎年そのような事を繰り返しながらも、この開放的気分も捨てがたく、うかうかと夏を過ごしている。

そんな矢先、今年の夏は「俳句」から特別作品二十一句の依頼を頂戴した。四季のなかでもとりわけ夏の暑さが苦手な私としては一瞬悩んだ。というのも、現場で見たモノを手がかりに発想し、ようやく一句が成立するという、現場主義の私にとって吟行は外せないからである。果たしてこんなに暑い最中、吟行する勇気があるか、外出する気分になれるか、その点において大いに悩んだのである。

気楽に参加できるツアーはないか。旅行のパンフレットにもあたった。鵜飼などのツアーにも魅かれたが、岐阜や京都の連日の猛暑を思うと、やはり申し込む気にはならなかった。

「諾」の返事とともに自身に以下のことを課した。「日常詠で一日十句」。ふだんから多作型でもないのでかなりハードルの高いルールである。かつて藤田湘子が一日十句、しかも三年間主宰誌「鷹」に発表し続けたという偉大な記録がちらりと頭をかすめた。

が、せめて三日坊主にだけはならぬよう、まずは十日間、百句を目標にした。

「一日十句ノート」なるものを作った。どんな内容であれ、夜中十二時までにはともかく十句作る。

植木の水遣り等々、なるべく家の外に出ることを心がけた。ほぼ二十四時間エアコン漬けの身体のためにもこれはよいことだった。
気がつくと庭の片隅では知人から頂いた鬼百合が暑さにもめげず、鮮やかな朱色の花を咲かせていた。「ノート」には〈鬼百合のわれの身丈をしのぐほど〉とメモをしているが、最終形は

鬼百合の蕊あからさま夢のあと

とした。夕日のなかで「鬼百合」の花びらが反り返り蕊だけが恍惚としているように見えた。「ノート」のメモを見ると、下五は「星の影」「夢のなか」とも記している。どうやら「星」から「夜」へ、そして「夢のなか」から「夢のあと」へ、ひとつのモノからイメージが広がったようだ。こう書くとまるで他人事のようだが、実は自分でもよくわからない。こういうのを賜ったというのだろう。次の句も水遣りをしている時の嘱目吟である。

はたはたに肩たたかるる閑居かな

原句は〈はたはたに肩たたかるる夕べかな〉であった。「はたはた」は「飛蝗」である。七月末、猛暑とはいえ、やはり季節は刻々と秋へと進みつつあることを「飛蝗」が教えてくれたのだった。原句の「夕べかな」は類想的発想。パターン化した手法である。下五がこのままでは出句するには至らなかったが「閑居」の語を得て自身の心情にも叶う一句となった。これはある日、古語辞典をぱらぱらめくっていて出会った言葉である。紙の媒体なればこそ出会うことの叶った一語。電子辞書では得られぬ言葉であったことだけは確かである。

天日の西に移れる梅筵
干梅の匂ひの強き真夜の爪

今年も九キロの梅を漬けた。梅干し作りは毎年夏のひと仕事である。梅は故郷和歌山県の南高梅と決めている。これらはまさに主婦の特権を生かした日常吟ともいえる。だが実際は「梅筵」ではない。竹の笊である。大方の家庭では今は「筵」を使うことは少ないはずだ。三キロずつ、三枚の笊に分けて干す。太陽の動きに合わせ、日向へ、日向へと笊を移動させる、その体験から得た一句である。梅に関わる作業を「梅仕事」と呼ぶことを知ったのは料理家の辰巳芳子さんのエッセイだった。今は誰もが普通に使っているが好きな言葉だ。そして「梅仕事」のなかで私が一番好きな作業が「梅を干す」こと。「三日三晩の土用干し」ともいい、まさに暑い最中の作業なのである。「夜干し」は夜中に降るかもしれぬ雨が怖くてまだやったことがない。その代わり、就寝前の真夜中まで干すことにしている。このようにして「一日十句」は結局二週間、百四十句を以て満尾した。

日常と非日常

波戸岡　旭

　海外の、ながびく戦場下にある国の人々は耐えがたい「非日常」の中で暮らしている。しかもそれは他国のことと憂慮する間もなく、その「非日常」にいつ巻き込まれるか分からないという不安感が漂う。現今の最も暗い「非日常」感である。加えて、永く続くコロナ禍もまた「非日常」の日々である。そのコロナ禍がやや峠を越したらしく思える今、逆にこの「非日常」感を意識することによって、あたりまえの平凡な「日常」の暮らしがいかにすばらしいものであるかを、今更に再確認することができる。しかしまた、「非日常」というのは、暗いばかりのものではない。恋や旅などは逆に、明るくときめく「非日常」である。ともすれば暗くなりがちな昨今、私は努めて旅行を心がけている。神話の里などへの旅はことさらに心が揺さぶられるものである。出雲の旅。日向の旅。地名の一つ一つが神話の世界にそれこそ地続きになっていて、山川草木すべてに「非日常」感が汪溢する。また、松島の旅もよい。俳諧の心がいきいきといきづく。そしてまた、旅のなかでも、知友に会う旅は一入《ひとしお》妙味があるものである。

　小・中・高の同期会や大学のクラス会は、かつては定期的に催されていたのだが、ご多分に洩れず、コロナ禍によってここ数年はすべて中止になっていた。そのコロナ禍がやや弱まったかに見えた今年、十月中旬に高校の同期会が母校のある尾道のホテルで催された。この同期会は、もともと四年毎に催していたのだったが、コロナ禍が災いして、今回は七年ぶりであった。会の案内状は七月末に届いた。幹事による準備は春先からだったようである。世話役の人たちに感謝あるのみである。

　わが昭和三十九年卒業生の総数は三百三十余名だったが、喜寿を過ぎての今回、案内状には物故者五十五人の名前が一覧表として付されていた。改めて一人一人の名を見つめていると、鮮明に思い出す顔もあれば、はてどんな人だったっけと思う人もある。いずれにしても「彼らはもうこの世にはいないのか」と思うとしばし粛然とする。彼らにはもう「日常」も「非日常」もない。生老病死の四苦を超えてしまった。四苦八苦を超えてしまえば、もはや無であり空である。「日常」も「非日常」も超えてしまっている。幽明を隔ててしまい、もはや再会はできなくなったのかと大いに落胆した。私は、物故一覧の表を机上に置いてながめるとなく紙上に目をさまよわせながら、しばし物思いに沈んだ。

どれほどの時が過ぎたであろうか、いささか深刻気味に暗い靄の中に鬱々している気持ちでいたのだが、それがなにのきっかけがあったのか、ふっと気分が急転して、靄が霽れる如くに気持ちがあかるく軽くなった。途端に、この一覧表の別の見方が二つ三つほど脳裡に浮かんだのである。まず思い浮かんだのは、この表にはいずれ自分の名も連ねられることになるというあたりまえの事実である。幽明界を異にするのは束の間のこと、この表の延長上には近々必ず自分の名も連なるのである。と気づくや、この表がずんと身近のものと思えてきて、愛おしささえ覚えるではないか。そしてまた気づいたことに、この物故者一覧は、物故した順にその年月日が記されているのだが、その数字を見つめていると、これは間違いなくタイム表なのである。言ってみれば、私よりも先にゴール・インした人たちのタイム表なのである。つまり、これはこの世を生きるというレースにおいて、ゴール・インした人たちの記録表なのである。むろん、このレースはマラソンのように速さを競う類いとは異なるが、しかし、ゴール・インした彼らはもはや悩むことも迷うこともない。生ききった彼らの、いまや不動となったその堂々たる姿が思われて、まばゆくさえも感じられる。それに引き替え、いつゴールするのか見当もつかず、うろうろのろのろしているこの私はいったいどうしたものだろう。生来、運動神経すらも平均そこそこの私は、このレースにおいても愚かしく劣っていると思えてくるのだが、これは単なる錯覚というだけではなさそうである。むろん、「死」というゴールは、やむを得ない宿命であって、決してこれを目指して生きているわけではない。ましてやタイムを競うべきものでもない。だがすでに苦悩の域を超えた彼らがなにかしら誇らしく輝いて見えるのであった。とは言うものの、私は死後の世界を信じているわけではない。一回かぎりの人生。だから、生きている間は、この「日常」と「非日常」の時空の中で、せいぜいうろうろ迷い、おろおろと悩んで、楽しみを見つけ喜びを見つけ、生き甲斐を求めて生きられるだけ生きてみようと思う。

七年ぶりの尾道。瀬戸内の海風、潮の香りはやはり胸にしみ入るものがある。その海辺にある洒落たホテルが同期会の会場。当日は、八〇名近い参加者で、喜寿を過ぎた者同士とは思えないほどの元気盛んな賑わいぶりであった。十余りの円卓のそれぞれで話題が沸騰状態で、二時間余りはたちまち過ぎ、そのまま二次会会場へ。そこでもまた椅子席が足らないほどの満員状態。これもまた、いささかの「非日常」であり、一時《いっとき》の昂揚を満喫したことであった。

この1年のわたしの俳句

矢野　景一

猫（名は「とら」）は私の生活の一部と言ってよい。夜、寝心地のよい妻の布団に潜り込んで寝る。夜更しの私とは違って早く休むからだが、その分朝は早く起きるので、いつまでもいぎたなく寝ている私の布団に潜り込んでくる。腕枕をして一緒に寝るのだが、猫という呼び名は寝るに由来するとかいうが、十八歳のとらはともかくよく眠る。一日のほぼすべてを睡眠に費やしている。

猫屈伸炬燵布団に抜け出し穴　景一

屈伸して何かをするわけではない。食事をするだけで、済めばまた、戻って寝るだけである。

このようなことが平和なのだとおもうと、頭に浮かぶのはウクライナのこと。現に戦闘があるのはウクライナだけではないし、その状況に至る歴史的経緯も一様ではない。そんな中でウクライナは詳細に報じられる。報道を聞いてロシアがウクライナを侵略した、と信じて支援の募金にも応じる。対馬に大学の同期生数名で旅行した。私にとって四度目の対馬である。

地図のごとく壱岐を見下ろし秋の航
かつて美女ありたる岬の石蕗の花
討死すべく出陣の将秋の浜
生き残るための偽印秋うらら

飛行機から見下ろす壱岐は小さな島。この小さな島と対馬は大変な位置に置かれた島である。自衛隊基地があり、最近レーザー基地も造られた。防人の時代の堡塁、第二次大戦時の砲台。沖縄もそうだが、今もやはり島が果たす役目を思う。そしてそう位置づけられた島民の生活の歴史を思う。都に美女を差し出すのも、一族が滅ばぬ苦策の戦も、贋印つくりも。すべて生き残るための貴い駆け引きだった。対馬に引かれるのはその歴史を背景に暮らす人たちの生活に懐かしさを感じるからである。

私たちには報道と人民の関係について、先人たちが悲惨な人命軽視の苦い体験をしたことを知っている。正義ぶったマスコミの報道には、戦後生まれの私でも、待てよとワンクッション置くことにしている。

誤字誤嚥誤作動秋を過つな
マトリョーシカ戦争しらぬ春服着て
戦争は明日かも蟇よ穴出るな

誤字・誤嚥は俳句をつくる者と私達高齢者が侵すミス

である。加えて昨秋核兵器使用云々の報道がなされた。トップの頭が誤作動しない保証はない。心配だ。我が家にあったマトリョーシカは、教え子のこどもが気に入ってしまったのであげてしまったが、スカーフを被り赤い春服を着た娘であった。

ウクライナの事は、日本もいつどんな理由であるにせよ侵略されるかわからない、という思いを私達に抱かせる。一個人に全ての権力と富を委ねる国は、勝てば自分たちが歴史を書くことができると思っている節がある。日本が侵略されたとき、全世界の何パーセントの国家が支援してくれるか、あてにならないこともよくわかった。

望んだものでない時代であっても、そこで生きて行くしかない。俳句はさて生きる糧となり得るのか。

主宰する俳句会「海棠」は年に一度、円居（まどゐ）という全国大会を行う。今年は奈良、唐招提寺で行った。

春ゆくや八一の柱にふれもして

当日詠全句評に加えて、いつも主宰講話と称して、手を替え品を替え、同じことを話しているのだが、私たちの生活の根底を詠むということ。人生と繋がっているはずだし、深くとらえることができれば、生の根源、壮大な宇宙と密着した句になるはずである。

円居は仲間ということのありがたさを毎回実感する機会でもある。同人会が企画実行してくれ、編集部が、各地句会の代表者が、中心となって支えてくれ、会員が協力して円居は実施される。たくさんの仲間と俳句を楽しむことができる、こんなうれしい日はない。

出会いといえば、俳句に導いて下さった藤崎実先生である。先生は百歳になられて恬淡と健やかにおられる。

豊年とは齢富むこと元気なこと

自分自身はといえば、一病を抱えて、やっとこさ古希を越えて、父よりも十以上も老人になった。さすがにこの齢になると、別れが増える。

秋惜しむにあらずよ君を惜しむなり

剃髪は五十と一や寂聴忌

この年の自句でまとまりのない文章を締めくくろう。

神に顔もらひそこねたる海鼠

指出せば指につまづき雪螢

日記買ふ妻百歳の計立てて

話ばかりして寝てしまふ姫はじめ

明日立春浮き名を流す準備など

妻あれば凡夫でゐられ藪おぼろ

三畳に下宿のころを桜桃忌

能褒野の旅

守屋　明俊

　三重県の津へ赴く途中、能褒野（のぼの）に立ち寄った。能褒野はヤマトタケル（『古事記』では倭建命・『日本書紀』では日本武尊）が東征の末に息絶えた地として知られている。5月24日、新幹線名古屋駅を経て亀山駅で下車。遠方への旅は久しぶりなので、幕末から明治期にかけて活躍した三代目中村仲蔵の「俳諧旅日記」（『手前味噌』）に倣い、詠み捨て御免の即吟を試みた。

　亀山駅で荷物を預け能褒野に向かう予定でいたが、在る筈の荷物預かり所はＫＩＯＳＫが撤退したため無くなっていた。「**旅薄暑コインロッカー消えし駅**」。どうしようかと重い荷を幾つか抱え途方に暮れた。取り敢えず昼食をとるべく駅前の食堂に駆け込み、ご当地名産の亀山豚ハンバーグ定食を頼んだ。亀山豚という名を聞いただけで美味しく感じられ「**亀山豚食し若葉の能褒野へと**」「**夏痩せてヤマトタケルは何食うた**」。

　亀山駅前には日本武尊と妻であった弟橘媛の「愛うるはし」と彫られた立派な銅像が建つ。新設の白亜の図書館がこれもまた立派。早々にタクシーに乗り込み、一路能褒野へ。運転手さんとシャープの亀山工場の話などをしているうちに、左手に鈴鹿の山並が見え大きな能褒野橋を渡る。川は鈴鹿川支流の安楽川。麦秋を迎え、川の両側には植田と熟れた麦の畑が市松模様を描き広がっている。「この川のところでタケルは亡くなったのです」の説明を受けて「**麦の秋タケル斃れし川渡る**」。

　鈴鹿の山々からの強い風を受け、田の苗も麦も吹き飛びそうなくらい大きく揺れる。もう少しで目的地の能褒野御陵である。「**まほろばは風の通ひ路田を植うる**」「**植田風鈴鹿の山に見惚れたり**」。

　駐車場で下車。タクシーは帰した。案内板に「ヤマトタケルの能褒野御墓」とあり、能褒野王塚古墳と能褒野神社の縁起、そしてその周辺の地図が書いてある。これを頼りに路を進むと、錦鯉の泳ぐ小さな池が見え「**錦鯉真白き鯉は魂めきて**」。また、緋鯉の美しさに感嘆しつつ、かつてタケルが女装して西方のクマソタケル兄弟の祝宴に紛れ込み二人を討ち取ったという伝説の場面を想い「**さながら緋鯉女装のヤマトタケル舞ふ**」。

　大正14年6月に能褒野保勝會により建てられた「縣社能褒野神社」の石碑が見えそこから石段を上がる。東京から遂にこの地に到着したという思いが一挙に噴き出て「**吾妻から能褒野は遠し夏の空**」。境内は閑静そのもの。『古事記』の世にタイムスリップしたような雰囲気を感じた。鬱蒼と茂った樹々の間から射す日が眩しく「**杉の秀に透けたる朱夏の日の光**」。肩に掛けていた荷物がいよいよ重く「**手荷物の重さが膝に汗が背に**」「**何ゆゑに能褒野なにゆゑ老いてまた**」。四阿があったのでそこに荷物を置いて歩くも、神社まで誰とも会わない。会ったのは揚羽蝶で「**神話とも然うでないとも揚羽舞ふ**」。空を見上げながら「**五月の杜有史以前に迷ひ込む**」。

石の鳥居をくぐり、砂利を敷き詰めた長い参道を歩きいよいよ能褒野神社に参拝。この神社は、明治12年に内務省が能褒野王塚古墳をヤマトタケルの墓と定めたことを受け、明治18年に創社されている。簡素な佇まい。そこに記帳のノートが置いてあり「**記帳簿のBの鉛筆南吹く**」。赤い鳥居と鶏を描いた絵馬が幾つか風に吹かれている。「合格しますように」の文字が可愛い。辺りには十薬がたくさん咲き「**タケルの地十薬咲くは禱りめく**」。

参拝後、能褒野王塚古墳へ。途中右手に竹藪があり、多くの古竹がしなだれ、或いは倒れていた。竹の根が径の下を歪に這い、そこを過ぎた左手に田植を終えたばかりの田が一枚眼下に広がる。玉苗というくらい苗が美しく風に靡く。「**植田風神話の御陵へと靡き**」。

能褒野王塚古墳は全長90メートルの前方後円墳。四世紀末頃の築造といわれる。タケルは父景行天皇の期待を背負い東国平定に向かい、苦難の末にその任を果たしたが、かなりの疲労で歩行困難となり大和に帰り着くことなく、この地で息を引き取った。「景行天皇皇子日本武尊能褒野墓」と入口に書かれている御陵は宮内庁の管轄。鉄の柵と白い塀に囲まれそこへ入ることは出来ない。番の鳥や番の黒揚羽が忙しなく空を飛びゆき「**万緑の中や連理の鳥速し**」。銀やんまも御陵を慕い飛んで来て「**銀やんま能褒野の光まとひけり**」。

風は満開の樗の花をも大きく揺らす。それは耳元にも及び「**花樗まほろばの風耳を打つ**」。御陵に沿って木暗がりを左へと歩き「**下闇や時計回りの無き神代**」「**足萎えや下闇に吾が眼の爛々**」「**足裏に御陵の起伏青嵐**」。

ヤマトタケルには無自覚な凶暴性があったといわれる。父景行天皇もタケルの猛々しく荒い心を恐れていたようで、出来るだけ大和から出して西方、東方の平定に向かわせた。その結果の死。不憫だ、せめて水遊びくらいさせてあげたいと思い「**水遊びヤマトタケルも子に戻り**」。御陵を一周したのちタクシーを呼び紀勢線井田川駅へ。簡素なこの駅にも立派な日本武尊の像が建ち、その近くにタケルが大和を偲んで歌った「やまとはくにのまほろば　たたなづくあおがき　やまごもれるやまとしうるわし」の碑が建つ。

神話の世界の余韻に浸り、心も軽く身も軽い。この旅がいつまでも続きますようにと車窓から祈った。

句集『広島』との出会い

佐怒賀直美

昨年の春、昭和三十年に句集広島刊行会によって上梓された句集『広島』が、当時の編集者であった故・結城一雄氏の自宅から五百冊見つかり、話題となった。

実は、私の指導している句会の中に、その結城氏のご息女と親類関係で親しくもされている方がいて、見つかった五百冊をどうしたものかとの相談を受けた。その時に、こんなものですと言って句集『広島』をいただいたのだが、持ち帰っていざ読み始めてみると、頁を繰る手はすぐに止まってしまった。

流星や死ねぬうめきが拡がる
夏の夜をこめて屍臭と降る星と
どの部屋も屍臭の生き軀《み》全裸なる

などという作品が次々と現れて来たからである。いずれも被爆の地で生き残った一般の俳句愛好者の句であると思われるのだが、そこに描かれた紛れもない真実に、丸木美術館で「原爆の図」を初めて観た時に似た、恐怖を通り越した言いようもない哀しみを感じたからである。


句集『広島』は、全国から作品を集め、当時の著名俳人や新進気鋭の俳人達も作品を寄せており、内容はもちろんのこと、歴史的にも誠に貴重な句集であることは間違いなかったから、意味のある寄贈先を探すようアドバイスはしたものの、私の元に届いた二冊は、そのまま本棚の隅に差し込まれてしまっていた。

ところが縁というものは不思議なもので、今年なって俳人協会本部から、広島県支部の秋季俳句大会に派遣されることになった。そして、支部の事務局より演題を求められた時に、スッと思い浮かんで来たのが、この句集『広島』であったのだ。直ぐさま演題は「句集『広島』を読む」と決め、改めて読み進めることとなった。

また、これも奇縁であるのだが、何度か読み直している丁度その頃、「俳句界」八月号で、私の演題と全く同じ「句集『広島』を読む」という記事が、終戦日特集として三十頁以上に亘って掲載されたのである。句集の「序」や「あとがき」の抜粋、掲載作品からの五十句抄、そして池田澄子氏・今瀬剛一氏ら十人の俳人による読後評等がその内容であったが、それらの文章にもいちいち頷きながら、更に句集『広島』を読み続けたのである。

講演は十月九日、一時間ほどの時間を戴いた。会場には七十名ほどの方がおられ、中には句集『広島』を手にされている方もいた。

戦争さえ全く知らない戦後生まれの私のような者が、原爆投下の地で、しかも句集『広島』の何をお話すれば良いのか直前まで迷っていたのだが、拾い出した百句を元に、兎に角私の感じたことを素直に伝えることしか出来ないと、開き直って臨んだのであった。

私と「戦争」の繋がりについては、私の父が予科練特攻兵であったことや、近年アウシュビッツを訪れたこと、更には教員時代の修学旅行で、平和教育の一環として広島を訪れたことなどを話し、本題の句集『広島』百句抄に進んだ。

句集『広島』には、「あとがき」によれば一、五二一句が掲載されているということだが、いくつかの観点に分けて私なりの百句を抜き出した。一は被爆直後の様子らしきもの、二はその後まもなくの様子の詠まれたもの、三は更にその後、というように時間軸を元に体験者の作品を並べ、更には県外者や著名俳人の作品なども別に並べてみた。

生きて焦げ近づきて婦の死児ぶら提ぐ
原爆に焼けし乳房を焼けし子に
一口のトマトに笑み少年早や死骸
炎暑のなか屍を覗く屍に近き貌

などが一の作品。

屍焼くあかり恃みてもの喰むや
弘子ちゃんまた姉ちゃんと遊びましょう
バッタほどやせ残る子を抱かず哭く

などが二の作品。二句目は被爆後間もなくして亡くなった十才の少女の、その少しばかり先に亡くなった四才の妹への別れの言葉である。

疾くと来しジープに解剖拒みけり
ケロイドの娘の母として広島忌
花の灯に原爆浴びし頬さらす

というその後の現実。

焦土ここ石蹴りの円描かれをり
汝も原爆孤児か露蹴り新聞配る

そんな中で人間の生きる強さや希望を感じさせるこのような句に出会うと、少しばかり心が慰められた。

奇しき縁を有り難く享受し、改めて広島と、そして原爆と向き合った私の一年であった。

そんな中、残念ながら外つ国では今正に戦争が起こっている。俳人として、否、人間として何が出来るのかと自問する一年でもあったが、未だにその答えを見つけることは出来ずにいるのである。

風土性とは

今瀬　一博

「この一年」での大きな環境の変化といえば、勤務地が県北の大子町から、県都水戸市に移ったことである。大子は四季折々の変化に富んだ町で、夏の暑さと冬の寒さは格別だが、人の情も細やかで、温かな町であった。距離は自宅から五十キロほどであったが、結社の同人も多く、離任の際は、花束をもって駆けつけてくれた。春からの勤務地は暮らし慣れた水戸で、距離も三分の一ほどになった。「現場に立つ」は、所属結社「対岸」の目標の一つであるが、勤務地の変化も、作品に影響しているようだ。大子では次のような作品を得た。

若鮎の水のおもてに出てしまふ
見えてゐて魚は釣れず青胡桃
稲架重し八溝の山は雲の奥
片岸に朝日集めてシガ流る

大子の大きな自然の中で、その風土を身近に感じることができるようになったように思う。

一方水戸へ戻ってからは、次のような作品を得た。職場の前庭には、手入れされた立派な梅の木がある。

深呼吸して青梅を見つけたり
葉隠れに太りて水戸の実梅なり
玉杯を傾け泰山木の花

水戸の風土をありのままに詠めたように思う。近くへ来た安心感も多少あるのかもしれない。

ところで、結社の各行事は、昨年から感染対策を講じながら、基本的に全て実施してきた。そのため今年も、各行事はここまで例年どおり混乱なく実施できている。従って、多くの仲間達と、吟行に出かけることもできた。コロナの初年度は、全国大会などを延期し、その際は誌上の作品もどことなく大人しく実感に乏しいものだったが、今年は句の勢いや力強さが、確実に戻ってきているように思う。いくつかの大会の結果を見てみよう。

晴天に恵まれた秋の岩国吟行（「対岸」西日本大会）では、次のような成果があった。

深秋や一歩に緊まる錦帯橋
大方は捨て息ひよんの笛鳴りぬ　大野順子
秋麗の山従へて城聳え
真つ先に朝日射す城秋澄めり　島津教恵

錦帯橋や岩国城を巡り、夜の宴では、地元の神楽を鑑賞した。途中の公園には大きなヒョンノキがあり、ひょんの笛を吹きあった。後の二句は当日の特選句である。

次は春の土浦での同人総会・研修会での作品である。

街深く入りくる湖や初桜
春雨や対岸は旧出島村
春興やお国なまりの国自慢

土浦は、かつて霞ヶ浦の水運で栄えた町。晴れ男の主宰は、体のメンテナンスのため不在で、当日は春雨。ただ夜の宴は、出身地ごとの方言による、宮沢賢治の詩の朗読が行われるなど、大いに盛り上がった。

日立での全国大会は、日立鉱山・鵜の岬他で実施。

折れてなほ高き煙突鰯雲
秋暑し朽ちたる鉄は土に似し
満潮が隠す大岩海鵜来る

日立鉱山の大煙突は、完成当時の高さは百五十六メートルで世界一の高さを誇った。平成五年に強風で折れ、今は三分の一ほどの高さになったが、折れたことでその太さがより際だった。鉱山跡には、記念館が建ち、当時の竪坑や、朽ちそうな鉄のトロッコもあった。全国唯一の海鵜の捕獲地である鵜の岬では、鵜飼いの行事が行われている岩国からの参加者もいたことから、「鵜」繋がりで会話に花が咲いた。作品を振り返っても、現場で見たものを自然体で詠むことができた。

話は変わるが、九月に、県西の結城市で行われた「紬の街ゆうき蕪村俳句大会」で講演の機会があった。演題は「茨城の名所を詠む」。その際の導入で「風土」ということに触れ、飯田龍太の「風土というものは眺める自然でなく、自分が眺められる意識をもったとき、その作者の風土となる」という言葉を紹介した。その上で、正岡子規の「赤蜻蛉筑波に雲もなかりけり」には常陸の名峰筑波に対する大いなる挨拶性があるのに対し、同じ筑波を詠んだ句でも軽部烏頭子の「山の色けふむらさきや日向ぼこ」などには、深い心情と風土性を感じる、といった話をした。烏頭子は晩年に故郷の土浦に戻ってその地で没した、馬酔木の重鎮である。

今年の活動を振り返り、作品を読み返して分かるのは、「風土性」というのは、その土地に生まれ育ったり、長く住むことがなくとも、その土地に長く暮らす方との交流の中で、感じ取り受け取ることができるということである。「対岸」の誌上には、各大会に参加した会員の作品が掲載されるが、主宰は常々、その土地の方々への感謝は作品で返すようにと説く。時には半年程を経て作品となり、誌上に発表する場合もある。

「無理はできる間にしかできない」

森田純一郎

茨木和生先生から俳人協会の関西支部長を引き継いで三年目となる今年は、「何しろ忙しかった」の一言に尽きるであろう。

イチローが大谷に送った「アスリートとしての時間は限られる。考え方はさまざまだろうが、無理はできる間にしかできない」という言葉に励まされ、体と頭が元気なうちは、来た仕事は全て受けようと思っている。

主宰する「かつらぎ」の吟行会、句会への出席が月に十五、出席せず選句のみする全国の支部句会が約三十、行政の俳句大会、寺社の献詠選者依頼などを合わせ、「かつらぎ」主宰としての仕事が約五十強ある。

俳人協会関西支部関係の主要事業が年六回、プラス毎月一回の幹事会。本部との毎週火曜朝のリモートでの定例ミーティング、年五回の理事会、他に総会、俳句大会への出席などを合わせると俳人協会の仕事に年間八十日は費やしている。

これ以外にもちろん、毎月発行する「かつらぎ」当月集の選句が減ったとは言え千五百弱、角川「俳句」、本阿弥書店「俳壇」、東京四季出版「俳句四季」の選句が月六千以上、それに「かつらぎ」各地同人会への出席、年に最低一度以上の遠方への泊りがけ吟旅、各県俳人協会や国民文化祭などの日本各地での俳句大会への出張、他結社記念大会への出席、と自分で書き出しながら、よくもこれだけの仕事を引き受けていると感心している。

その間を縫うように夜は「かつらぎ」や俳人協会仲間との宴席に出ているのである。また、いまだに本業では中小企業の非常勤監査役として週一回は出社して社長や専務との話相手にもなっている。

こうした毎日ではあるが、やはり俳人として最大の喜びは誌友との吟行、直後の句会、そして一献である。

団子屋の多き柴又秋惜む
啄木鳥叩く白金台の空高く
秋日濃し大東京の自然園

令和四年の秋だが、関東支部の誌友達と葛飾、柴又や目黒の国立自然教育園を吟行し、夜は若い誌友達とバーに行くことも出来た。白金台のような高級住宅地のすぐ近くに自然植物園のあることが素晴らしい。

スタジオのマイクに残る春の塵
読み耽る競馬新聞花の下

聖五月マリア像ある男子校

二月には地元宝塚のＦＭ局の依頼で俳句について話し、三月には競馬場で有名な仁川の自治会に招かれ、プロジェクターを使っての講演。そして四月末には母校での中高全体の同窓会総会にての講演、と普段は縁のない所から声が掛かった。全て関西の俳句界に少しでも貢献出来ればと思い、引き受けた。

地虫出で来たり新宿副都心
春の宵東京都庁見上げ酌む

三月には理事になって初めて、かつ俳人協会としても三年ぶりの対面式の総会に東京へ出張した。

椰高き熊野に春の来たりけり
速玉社貝寄風抜くる猪の目かな

新宮での俳句大会に「運河」の谷口智行主宰と共に出席。前夜は谷口氏と痛飲することも出来た。

国生みの島貫きて梅雨の旅
大砂絵越しなる燧灘涼し
梅雨湿り寄せず讃岐の能舞台
梅雨しとど暫し軒借る一夜庵

六月末には四年ぶりでの「かつらぎ」大型吟旅を実施。大阪から貸切バスにて淡路島を通って讃岐・観音寺へ三十六人での俳句三昧の旅であった。

人気なきキャンパス驟雨叩きけり
学食へ片蔭選び講師行く
三の間を宇治の秋燕飛び交へる

真夏恒例の事業である龍谷大学深草学舎を中心としての大学コンソーシアム京都と俳人協会関西支部主催の「現代俳句講座」を今年も実施。二日目の宇治吟行はさすがに危険とも言える炎天下だったが無事に終了。

処暑の雨山添村を包みけり
山頭火辿りし小径涼新た
能登の海暗きを冬の鳥渡る
秋冷に潜居を思ふ吉野かな

ここには全ては書ききれないが、写生主義を標榜する「かつらぎ」では吟行と句会をセットに考えて実施しているので、全国各地での句が生まれている。

来年以降も体の続く限りは、「かつらぎ」においても俳人協会においても「無理をしてゆく」つもりである。

結社「麒麟」一年目

西村　麒麟

今年一月に自分の結社「麒麟」の活動を開始しました。労力や経済的な負担を考えて雑誌の刊行は季刊という形にしましたが、句会はしっかりと毎月やりたいと考え今年の一月から活動を始めました。

両の目を見開くほどの寒稽古
ねぎま汁葱を次から次に食べ

第一回の麒麟東京句会での句です。今から見返すと五十人を超す参加者の前で、少し気合が入り過ぎ、力みが見られます。二月には麒麟関西句会を発足させました。

鼻大き壁画の僧や春の山
眠らうとしてゐるやうな草の餅
涅槃図の一人どさりと倒れけり
とぼとぼと人間界や迎鐘

関西句会は東京からの交通費を考えると負担が大きい分、何か作ってやるぞ、と真剣にその土地や文化を感じようとすることが僕の栄養となっている気がします。迎鐘という季語は関西に行く機会が無ければ作らなかったかもしれません。

白椿あなたあなたと話しかけ
花屑を右へ左へ掃く遊び
起し絵の白徳利が一つ欲し
夏蝶や棘の鋭き花を抱き

僕が指導している江東区での句会で出した句です。現在結社「麒麟」での句会は月に六回、カルチャーを始めとする講座や句会は月に七回行っています。これらは全て必ず僕が出席し、出句する句会です。その回数をこなしつつ、自身の詩の泉のようなものが涸れないような作り方をしないといけなくなりました。その結果、自分の心と対話をする時間が増えてきました、白椿もその心の中の世界から掬い上げた一句です。

青梅や言葉が雨に薄れつつ
なめくぢの餡を嫌がりつつ雨へ
夏蝶や再び雨の中を抜け

五月からは結社「麒麟」での吟行句会が始まり、毎月仲間と庭園等を吟行をするようになりました。その一回目は向島百花園、天気はどしゃ降り。一人だとそんな雨の日は家で大人しくしておきますが、仲間と日時を約束しているのですから出かけるしかありません。少々不便ではありますが、雨だからこそ見ることの出来る景色も少なくありません。たとえば夏の蝶は雨の中でも多少は飛ぶことがあるのだと知り驚きました。集団での吟行句会が必ず毎月あるということが、緊張感もあり、良い影響が俳句にありそうです。

肺炎の日々朝涼し夕涼し
梅雨深し病が肺を泳ぎをり
夏風邪の肺をぐるぐる走るもの
紫陽花やいきいき病んでゐたる人

　結社創刊の準備にはりきり過ぎたのか、今年は少し体調を崩しました。六月に肺炎、八月には帯状疱疹となってしまいました、どちらも人生初です。病に倒れることはよくはないことですが、病気で休むことにより命について考える時間を持てたことは良かったと思っています。その期間に波郷や茅舎の句を改めて読み通したのも良い時間の過ごし方だったといまでは思えます。

震災忌鉄橋に秋来たりけり
震災忌色なき風が昼を吹き
秋の海秋の空あり震災忌

今年の九月に江東区の石田波郷記念館にて「関東大震災と俳句」をテーマに講演を行いました。その準備のために復興記念館を始め、あちこちの施設や震災に関する展覧会を訪れました。西日本出身の僕としては、それらの学習によって初めて「震災忌」という題に向き合うことが出来、今年は初めてその題を使って俳句をいくつか作りました。東日本大震災や阪神淡路大震災との違いをだすためには、九月である事が読者によく伝わる必要があるのかもしれません。またその後の文化の変容を考えるにしても、現在の俳人もまた、関東大震災について学ぶことは有意義な事であると確信しました。

　雨なら雨を、病いなら病いを。忙しくすることによって俳句を自然体で空気のように吐き出すにはどうしたら良いかをよく考える一年でした。また俳句と直接的な関係がなさそうな事柄を含め、すべての学習や体験は俳句の実作を深めることであると理解しました。

　軽く、浅くはならず、自然で嫌味がない俳句、そう言った句を作りたいと今は考えています。

たこ飯にたつぷり蛸や島の秋

　愛媛を旅して作った句。どんなに忙しくても、よく遊び、よく食べることが、心と体が枯れないためには必要なのでしょう。今後も忙しさと上手く付き合い、楽しみながら俳句を作っていきます。

定年想望句

仲　寒蟬

寒林を抜け定年といふ景色

私事であるが今年の三月いっぱいで三十七年間勤務した市立病院を定年退職した。昨年、六十五歳の誕生日を迎えてから約九ケ月、この日が来るのを或る意味待ち望んでいた。私は内科医であり、糖尿病の専門医である。毎日の外来で患者さんを診察することは生き甲斐なのでそれ自体が嫌な訳ではなかった。ただ長年同じ職場に勤めていると役職が付いて回り、多くの会議に出席しなければならず、それが苦痛であり煩わしかった。

そこで定年になったらどれ程楽しく薔薇色の人生が待っているのだろうというような、謂わば「定年想望句」を詠み、そのうち二十句をまとめて「俳句新空間」というブログに発表した。さらにその中から最初に挙げた一句を先日上梓した第三句集『全山落葉』に収録した。今の宮勤めが寒林だとすればその向こうに見える定年という景色はどんなにか素晴らしいものだろう、というような気分で作ったのである。

定年とともに消えたし風信子

こういう気持ちも無きにしも非ずで、人によっては定年となったら一切これまで勤めた会社には近づかないというケースもあるようだ。実に潔い。ただ私の場合は医者なので、この数年で新患は余り診なくなってきていたとはいえまだ千人近い受持ち患者さんを抱えている。いきなり外来を中断すればその方たちは主治医を失うし、残された仲間の医師の負担がかなり増えてしまう。とてもそんな酷いことはできない。だから外来は今までとほぼ変わらぬスケジュールで続けている。入院患者は原則持たないが、五年前還暦を迎えて救急と当直から外してもらって以降は入院の受持ち患者が数人程度だったので大した影響はあるまい。いずれにせよ「消えたし」という訳にはいかぬ。

身ひとつに戻る定年あたたかし

それでも病院での肩書がなくなるので身が軽くなるようには思えた。ただ糖尿病関連の講演などは定年後にも頼まれて行うので、肩書がないのは不便だと気付いた。仕方なく「糖尿病センター顧問」と名乗っているが抑も糖尿病センター自体が自称であり市役所の正式の部署ではないので、そこの顧問など「その辺のおっさん」と言うに等しい。俳句の世界なら「俳人仲寒蟬」と名乗ればよかろうが浮世ではそうもいかないのだ。

定年てふ三百数十もの日永

これは全く現状とは異なる。確か誰かがフェイスブックで「定年後は毎日が日曜ですわ」などと呑気なことを書いていたのでこんな句を詠んでみたのだ。しかし実際は先にも述べたように毎日の仕事はこれまでと変わらずやっているし、糖尿病の講演や学会活動も基本これまでと変わらない。第一働かなければ収入が得られない。資産も貯えもない勤務医には年金だけで生活することなど不可能なのである。

昼寝せむ国家の役に立たぬやう

この句はこれまでの句とは違って自分の活動が国家の害になっているとの認識、もちろん皮肉ではあるが。これまでの私の「国家俳句」の流れに沿うものである。竹林の七賢や陶淵明と同じ気分と言えばいいだろうか。実際に毎日昼寝して暮らせるならばそんな有難いことはないのだが。俳句の仲間からは「定年後は時間が出来るから俳句に全力を注げますね、もっと句会に出て来てください」などと言われたが先にも述べたようにそれは無理。重心は医療から少しだけ俳句へと傾いたかもしれないがその程度である。尤もこれまでも様々な形態（リアル、メール、ズーム、夏雲など）の句会にひと月あたり八から十くらい参加しているからもうこれ以上は勘弁して欲しい。

定年といふ蟋蟀の集ふ場所

ちょっと趣きを変えて人間社会を虫に譬えて詠んでみた。蟋蟀という虫はなかなかに興味深い。集団生活する訳ではないし翅があっても鳴くためのものなので飛べない。鳴くのは雄だけで雌に自分の存在をアピールするのが目的。雌は尻の産卵管を地中深くに刺して卵を産み付ける。交尾が終わったら雌が雄を食うこともある。大概は庭の草むらや石の蔭にいるが時に書斎に紛れ込む。あの大きくて（蟷螂の小顔との違い！）いかつい貌も見ようによっては愛嬌があり、時には思慮深くも感ぜられる。

こほろぎのあたま哲学詰まりたる

『全山落葉』にはこんな句を入れた。私にとって蟋蟀というのは親しみもありちょっと得体の知れない虫なのだ。そんな奴らが集まっている、それが定年という場所。高校の同窓会へ行くとすでに大企業を退職して悠々自適の暮らしをしている連中もいるしまだ働き続けている者もいる。いろいろな蟋蟀がいるからこの世は面白いのである。

この一年の私の俳句

津久井紀代

一　黒田杏子の死

この一年でもっとも大きな出来事は黒田杏子の死であった。杏子は三月十三日旅先で病に倒れ、一生を終えた。突然の死で夢の中の出来事のように思えた。杏子は『夏草』時代の先輩である。

再びの桜花巡礼旅立たれ
貫きし一本道即花の道
遺されてあふぐ桜やなさけなし

他、百句を作って杏子の死を悼んだ。

杏子の死は俳壇にとっても大きな衝撃であった。歯に衣をきせない物言いは、俳壇の若者をも虜にした。

宮坂静生が「いのちの火　一瞬を見つめて」（九月二十七日付け朝日新聞の夕刊）「黒杏の明晰さは情に溺れないところにあった」と分析している。

日本列島すみずみ巡礼、インド・ネパール行き、杏子の行動は芭蕉にも匹敵する「行」であった。

二〇一五年、脳梗塞を発症。頭脳明晰であることを自ら公言した。自分自身を信じ勇気ある行動には頭が下がる思いであった。杏子の晩年は今まで学んだことを後輩に遺すべく伝道師のようであった。杏子は後輩に引き継ぐことに最後の力を使っていたことが、私の印象に残った出来事であった。杏子は自らの命には限りがあることをすでに悟っていたのである。

引き返す道無かりけり稲光　杏子

杏子は百年に一度しか現れない逸材であった。私にとってこの一年の大きな出来事であった。

二　現代を生きる人の俳句

私はこの一年とくに若手の俳人の台頭をまぶしくみている。

カラビナを入道雲へ掛けにゆく

これは今年度の俳句甲子園で優勝した開成高校の作品である。カラビナは山登りに使う用具。高くもりあがった入道雲へカラビナを掛けるという特異な発想は刺激的であった。「カラビナ」のカタカナ書きも一句の効果をさらに上げている。

注目すべきは「言葉」の使いかたであろう。従来の俳句は季語を詠むことが良いとされている。一方、掲句は

「季語から発信したイメージ」を膨らませて一句を完成させている。独自の句境を展開するところに、今まで見てこなかった世界を具現し、言葉の不思議を描いているのである。

彼らは、誠実に俳句に向き合い、誠実に議論し、そして最後に楽しかったとお互いが称え合う、そんな純粋なこころが頼もしいと思った。

三　仲間との句会

「書く場所」を求めて新しく創刊した『天晴』。夢中でやってきたが、早三年目になる。特に若者の台頭が嬉しいことであった。また書き手が多く現れたことも『天晴』の特徴となった。

我々は毎月一人の作家にスポットを当て、仲間と勉強会をしている。勉強してきたことをまとめ発表した。

三周年を記念して、黒田杏子より巻頭三句をいただいた。杏子の自筆のまま巻頭に掲載した。

杏子はこのページを見ないまま逝ってしまわれた。まるで遺言のように思えた。『天晴』の宝物となった。

四　私の一年

活動の場所を『天晴』に置き、今何が出来るかを考え、行動した。

主に仲間と一作家を読み解き、論を展開した。この一年は書くことに全神経を傾注した。

金木犀息をいつぱい使ひけり
戦争のやうな靴音寒の雨
桜榾焚けばももいろの香り
鬼柚子のぶつきらばうを愛しめり

各雑誌社から発表の場をいただいた。その時発表したものである。俳句は面白くなければならない、というのが私の持論。五体から発信する「息」を感じられるような作品を作りたいと思っている。

よく嚙んで食べる言葉を枸杞の実も
耳鳴りかアラーの声か蟬なのか
もの想ふときあぢさゐは濡れてゐる

「現代俳句」巻頭に発表したものである。今までの定型に物足りなさを感じていた。毎月若い人とのメール句会を行っている。今俳句でどんなことが行われているのかを知る貴重な句会となっている。

生きるということの意味を考えながら人間の不思議を描きたいと思っている。

先入観を払って

望月　周

自身のこの一年の作品を振り返りながら、問題意識を書けという課題のようです。日々心の赴くままに作句を重ねていますので、とりたてて強い問題意識を持ち合わせているわけでもありませんが、作句に際して留意しているいくつかの点に触れながら、この一年、作者自身の中で印象に強く残っている作品を掲げ、読者諸氏の参考に供したいと思います。

＊

最近もっとも衝撃を受けた作品に〈戦争を知らぬ老人青芒　岸本尚毅〉があります。〝老人＝戦争体験者〟という先入観を払ってしまった一句として記憶に残りました。現在、作句に際しての指標としている主な作品の一つです。筆者の師事する大串章は、俳句を通して「新しい自分に出合う」ことを説いて倦みませんが、凝り固まった先入観を打ち払い、新鮮な発想や表現を生むこともまた、新しい自分を見出す方途の一つでしょう。

筆者は有季の作品を詠みつづけています。季語の本意を重んじることは無論ですが、そこに止まらず、季語を自分なりに捉え直し、新たな命を吹き込みたいという意気込みを抱いて作句を心がけています。やはり先入観に捉われないことが肝要と考えています。

かげろへり身を横たへし獣らも

季語「陽炎」で思い浮かぶのは、タテの描線の揺らめきでしょう。ものの立ち姿が周囲に溶け込むかのようなイメージです。

見方を変えてヨコの描線に着目してみました。かつて、サバンナで獅子が草上に寝そべる映像を見る機会がありましたが、そこには寝そべった獣の鬣や背中が陽炎に揺らめく光景が映っていました。その画を思い起こし、作品にしています。対象をつぶさには描き込まず茫洋と、夢とも現ともつかない雰囲気を保つように言葉を選びました。

ネクタイを褒められてゐる炬燵かな

「炬燵」というと寛いだ部屋着で入る印象が強いですが、外出先からもどった直後や訪問先では「ネクタイ」を締めたまま炬燵にあたることもあるでしょう。「ネクタイを褒められてゐる」は、ほぼ出来合いのフレーズかもしれませんが、「炬燵」との配合には意外性があり、いささか新鮮な作品になったのではないでしょうか。

初凪の波いくたびも蟹の穴

「凪」という言葉からは海の穏やかな状態を想像しますが、波は絶えず浜辺を洗っています。季語の本意から視点をずらして、静の中の動、元日の厳粛な風景の生動を一句にしました。

梟よ斜陽に眸すぼませて

夜行性をもつ鳥類の夕方の表情を描きました。昼の日光に比べれば光量の少ない夕陽にも、梟は瞳孔を収縮させます。野生の梟に取材したわけではありません。世の中には「フクロウカフェ」なるものがあり、リードをつけた梟を肩に止まらせながら奇抜な扮装をした女性が店前に立っていました。見ると梟は斜光に射られた目を細めたようでした。「斜陽」という言葉には比喩的に凋落の意味合いを含みます。一語が豊かに暗示する力を恃み、単純に「夕陽」などとせず、いささか装飾的で重くれた言葉を選択しました。

咥へられながら子猫よ眼の光る

愛玩動物などとも呼ばれるとおり、人間の身近にあって愛くるしい表情を示す猫ですが、ときとして獣性を垣間見せることがあります。子猫にすらそうした一瞬はあり、その一齣を切り取ってみた一句です。

南極の苔の話や暮れかぬる

取り合わせは俳句の表現領域を豊かに広げる手法ですが、いざ自分が試すとなると、季語とそれ以外の部分の距離感に悩まされることが多くあります。〈初蝶やわが三十の袖袂　石田波郷〉〈削るほど紅さす板や十二月　能村登四郎〉などの名句を唱えながら、推敲しています。

掲句も下五の季語「暮れかぬる」に落ち着くまで、変遷がありました。南極の地に流れる悠久の刻の「永さ」と日常の遅日に流れる時間の「長さ」。その類似と差異が生む距離感に賭けた一句と言えるでしょう。

朝礼に死にに来るのは山蚕蛾

校庭は教育の現場ですが、その本来の用途とは別に、生と死が交錯する場でもあります。夏の朝、校庭に甲虫の骸などを見かけることがあるでしょう。子どもの頃、登校時に瀕死の大蛾が仰向けでゆっくりと足掻く様子を見たことがあります。掲句、初案の上五は「校庭に」でしたが、どこか静的で報告的です。不満が消えず、推敲をくり返し、「朝礼」と「死」というおよそ不釣合いな言葉同士を合わせて、一句にコントラストをつけています。

俳句三昧

三宅やよい

コロナが始まった2020年の1月に発足した「猫街」は参加メンバーでの顔合わせは一回だけで、入稿、連絡はすべてメール。守るべき規律は〆切と会費納入だけ。という緩い結びつきで成り立っている。そういうわけで俳誌発行はコロナ前もコロナ後も影響は受けず、年2回の発行を続けこの秋で8号まで出すことができた。

大きな変化があったのは私が参加していた「船団」の会の散在が昨年末の集まりをもって完了したことだった。しかし、今年の5月に坪内稔典さんが「窓」の会を立ち上げ私も参加するようになった。この「窓」の会が発足するまで、坪内さんがズームを使って月一回主催する「窓」句会に参加させてもらったことが私にとってはとても大きかった。

関西に転勤になったときに「船団の会」に参加させてもらったものの、坪内さんと知り合ってからすぐに名古屋に転勤になり関西の句会にも出られず、関西のメンバーの顔も覚える暇がなかった。結社に所属すると主宰の出席する句会に毎回出て指導を受け、俳句を作り上げてゆくのが多くの俳人の一般的な形だと思うが、私はその機会がほとんどないままに自己流で俳句を作り続けてきたのだった。コロナの間も「窓句会」に参加して坪内さんの講評を見聞きすることで私自身の俳句について再認識できるようになったのは、大きな収穫だった。

梅見して寿司屋の貝の美しく

この句は三月の梅林に遊びに行った折に作った句だが、「美しく」というあからさまな形容詞が入ることに自分でも躊躇するところがあったが、句会に出してみた。坪内さんがこれを選んでくれて「美しく」という措辞が入っているけれども新鮮な感じがしたと評していただけたのが嬉しかった。そればかりか、坪内さんご著書『老いの俳句』の中の「俳句は問答」でこの句について取り上げていただいた。

梅見するとどうなるか、という問いに対して「寿司屋の貝の美しく」と答えているのだ。梅見をして寿司屋に行きたくなるではないか。

普段から結社の主宰に選句を受けて句を取捨選択している俳人たちにとっては変わったことではないかもしれないが、このズーム句会で大阪、東京と離れた場所にいながらメールで送られてくる選句一覧を見ながら選句をして、坪内さんを含め元船団に所属した人たちの講評を聞くことでもう一度自分の俳句の足元を見つめなおすことができた。

さて、昨年来コロナの人数制限やマスクをつけることに自由度が高まり、今まで遠慮のあった吟行や句会、大きな会合にも出られるようになってきた。句会も自分の所属するところだけでなく結社が違う顔ぶれの句会や吟行にも参加できる環境に戻った。

ほとんど吟行で作る経験がなかったが、月一回の吟行にも積極的に参加し、次のような句を得ることができた。

寒い頭寄せ句碑の字が読めぬ
朴落葉豊かに踏んでお葬式

吟行へ出かけた禅寺には誰だかわからない俳人の句碑があって解読すべく、冬帽子をかぶった頭を寄せあったものの答えが得られなかった。現実の構図そのままなのだけど、嘱目で作ることの少ない自分にとっては気に入りの一句である。次の句は境内で大きく乾いた朴落葉を踏んだ実感がなければ下五の「お葬式」という言葉は出てこなかった。同じ吟行で同じものを見てできた俳句を、そのあとの句会で参加者の句を見ると同じ対象を見てもこんな風な俳句に仕上がるのか、と感心することしきりである、またそれが結社誌や総合誌などに発表されたときに形を変えていたりすると、その推敲の過程を想像するのも楽しい。

句会は自分の句が客観的にどう読まれるかを検証する場である。（そのためにはまず選んでもらわないと話にならないのだけど）選んでくれた人の句評を聞いてまるっきり自分が意図していたことと違う意味や情景で評されるときには句の表現をさぐる必要も出てくる。もちろん互選の句会のメンバーは初めて参加する人もいれば百戦錬磨の人もいる。ただ俳句を長くやっていないと読めない句なんてどうかと思うし、初見でこんな風にも読まれるのだと作り手は知る必要があるだろう。

俳句を長年やっていても選句力は別物。自分が好きな言葉や自分が作ろうと思っていたことをうまく表現されていると共感をベースにとってしまうケースも多い。新鮮な一句を作るのも難しいが、見出すのも同じぐらい難しい。句会は社交を楽しむ面もあるしその句会に好まれる句のパターンもある。そこにチューニングを合わせての高点ねらいでは多様な句会に出る意味がない。

そんなわけで、コロナ後の私は少しでも自分の俳句作りに刺激を与えるべく四方八方駆けまわっている。自分のキャパシティ以上のものをやろうとする点からいえばいつまでたっても進歩がないなぁと思いつつ、コロナ後の俳句三昧の生活を楽しんでいる。

暗さについて

生駒　大祐

一．自身の作について

二〇二三年の句作は良い意味でも悪い意味でも安定していたと自身では思っていたが、暗い句が増えているという指摘を藤田哲史氏より受けた。確かに、

朝桜より荒縄の垂れてをり
水の喉絞らむと散る桜かな
たぷたぷに魚煮て呉れし烏兜

辺りはどこかに死の匂いが漂っているように思う。「朝桜」の句はａ音の韻であっさり作った句だったが、桜のイメージと「荒縄」の措辞に少しの不穏さがある。「水の喉」はほぼ直接的に絞殺を詠んでいるが、他の方法に比べて絞殺は心理的執着の強い行為ではないかと内心で思っている。「たぷたぷに」は〈約束の寒の土筆を煮て下さい　川端茅舎〉〈くわゐ煮てくるるといふに煮てくれず　小澤實〉に連なる句を、と思って作ったが、「烏兜」の付け筋が「たぷたぷに」を単なる旨そうな擬態語以上の含みを持つ言葉に変えている。

また、鴇田智哉氏から仏教的な印象を持ったとの感想をいただいた。指摘は最近の句全般を指してのものだったが、特にその傾向があるのは、

仏恩を離れ帆立の立ち泳ぎ
鯉に恋尊くあをき松の枝
太き枝繰り出す幹や涅槃像

などの句に対してであろうか。ほとんど意識していなかったので驚いたが、中高と仏教校で教育を受けたことに影響を受けているのは間違いない。「仏恩を」「鯉に恋」はほとんど巫山戯て作ったと言って良い句だが、「仏恩」「尊く」辺りの語彙が句を少し真顔にしているのかもしれない。「太き枝」は〈煙突にあはれ枝なき良夜かな　眞鍋呉夫〉を思いつつ、〈近海に鯛睦み居る涅槃像　永田耕衣〉の飛距離を意識して作った。

二．自身の論について

発行人である同人誌「ねじまわし」の第五号は特集を「参照性をめぐる」と題して論考を執筆及び座談会を実施。昨年のＷＥＰ俳句年鑑の本欄に書かせていただいた宿題（「参照性」についての論を書く）を提出した格好となった。読んでいただいた方から幾つか反響があったのは非常にありがたく、励みになった。ただ、方向性としての「参照性」にはまだ可能性を感じているものの、論として広

く読んでいただくには自身の中での煮詰めがまだ足りなかったのではないかという反省は強い。爽波が「写生の世界は自由闊達の世界である」と唱えて写生を弟子に力強く説くと共に何より自身で実践したように、今後は「参照性」のロジックを深め、読み／作の上で実践していかなくてはならないと強く思う。

三．所属誌「ねじまわし」について

二〇二三年五月に「ねじまわし」の第五号と第六号を同時発行した。第五号の特集は前述したように「参照性をめぐる」。第六号はこれまでの誌面から大きく趣を変え、外部ゲストを八名招き、各自二十句掲載のアンソロジーの形をとった。共同発行人の大塚凱との議論の結果としての同時発行だが、論と作にそれぞれ振り切った号を同時に出せたのは自分としても誌としてもよかったと自負している。十一月には第七号を発行予定であり、特集は「神野紗希はいま何を考えているのか」。初の作家特集だが、作品のみならず思想にまで光を当てられたと思う。

四．他者の作について

今年は読みの上では俳句よりも短歌に刺激を受けた一年であった。必ずしも今年の刊行ではないが、以下に初読、再読して作句に役立てた歌集を上げると、

『空間における殺人の再現』（永井亘、現代短歌社、二〇二二）

『たましひの薄衣』（菅原百合絵、書肆侃侃房、二〇二三）

『Dance with the invisibles』（睦月都、角川書店、二〇二三）

口語短歌の独特の韻律、特に自由度の高い句跨りには大いに学ぶところがある。また、文語短歌の特に七七のたっぷりとした凄みを見るにつけ、これを仮に俳句に導入するなら下五の処理はどうなるのだろうと考える。あるいは意味領域での明確なテーマの導入は、自らの句作には反映できないが読んでいて心に溜まるものがある。

点描が忘れたい水面を砕き嘘を信じることで絵になる　永井亘

ほぐれつつ咲く水中花 - ゆっくりと死をひらきゆく水の手の見ゆ　菅原百合絵

わたしたちの定員二名の箱舟に猫も抱き寄す沈みゆかなむ　睦月都

五．宿題

今年の活動を見返してみて思うのは、冒頭に安定していたとは書いたが、作句の質と量を高めるのが喫緊の課題だと思われる。多作多捨からは元々ほど遠い句作であるが、捨てることで内部に深まるものがあると経験上知っている。時間は限られている。二〇二四年は作に集中する一年にしたい。

うしろが開く

鳥居真里子

主宰と電話でお話すると、よく「この歳になるとね」と自身の限界を見たような言い方をされる。それでいて、なんだかまだまだ新境地を求め続けていそうな意志を言葉の向こうに感ずるのだけれど、これは私の願望だろうか。いつか答え合わせをお願いしたい。――

「門」の女性同人が「門」誌に寄せた一文である。

「この歳になると」。今にして思えばなんと不用意な言葉を発したのだろう。もともと私自身、年齢に関してはあまり頓着しないタチである。その日の言葉も枕詞のように軽く口をついて出たものであり、とくに深い意味はない。後日電話でそう伝えたのだが、彼女はまだ三十代前半の若き俳人。本当に諦観の境地にあるのだろうか、本心はどうなのだろうか、いろいろ思いまどうのはごく自然なことである。彼女は作句における意識の問題を問うた。私は迂闊にも何の考えもなく、何のためらいもなくその言葉を吐いてしまったのである。

「だから、限界を見たとか、まだ頑張れるとか、あまり考えていないの。いいかげんでごめんなさい」。後日の電話の最後に、私の正直な気持ちを告げると「よかったです。そういう答えで」と返ってきた。彼女の言う答え合わせになったかどうか、いまだ自信を持てずにいる。

この歳といえば、今年から私には後期高齢者（嫌な名称だが）という新しい肩書が増える。気力も体力も人並みに衰えがきているのは自明の理というもの。そんな矢先、一冊のエッセー集が届く。坪内稔典著『老いの俳句』（ウエップ刊）である。通読前ではあるが、目次だけでも「賢明な老人はいや」「言葉との体力勝負」「破格、反抗、新しさ」などと、後期高齢者には刺激的な見出しが眼に飛び込んでくる。「時代の勢い」と題した頁では、老人たちは時代の言葉に対して関心が薄くなると説いたうえで〈時代の勢いを背後にした言葉はその時代のもっとも潑溂とした言葉である。十代から三十代くらいの言葉がそれだ。（中略）この世代の一種混沌としたエネルギーがいつの時代にも新しいものを産み出してきた。〉と続く。耳の痛い指摘もあるが、的を射た記述に頷いてしまう。

思えば年齢とは妙なもので、つい少し前まで三十代、いや、十代だったような気がしてならないのに、知らぬ間にはや七十代。きっと誰もがその来し方行く末に同じ思いを巡らすのだろう。そして、間違いなく時代の言葉のエネルギーに取り残されていく。いつの世も繰り返されることだから諦めるよりほかないのである。

後期高齢者到達を間近に控え、現在は言葉との体力勝負に引けを取らぬよう朝晩のストレッチとラジオ体操に精を出す毎日である。もちろん言葉の筋肉も鍛えるべく最低一日一句は作る。新境地の模索は如何ともし難いところだが、ジタバタしつつ、時にささやかな抵抗を試みながら一歩一歩、老いの俳句を楽しみたいものだ。

浮き咲きの曼珠沙華ですうしろが開く
母よ萩トンネルの向かうは雨ですか
月光を千切ると春の繭になる

今年もまた吟行、席題句会を適宜開催し、その楽しさを大いに味わうことができた。前掲の三句は清澄庭園、向島百花園、富岡製糸場での吟行句である。吟行は素材や言葉を拾うところ。その日の天候も作品に大きく反映する。吟行へ出かけなくても俳句は十分出来るものだが、行けば行ったでこんな十七音にも巡り会えるのだ。

お降りや家霊は赤き褞袍着て
鶴の雨具だつたと言へ蒼き襤褸
ほんたうは嫌ひなんです水鳥は水
どちらかと言へ短夜の鳥の羽根

席題句会は一瞬の閃きが勝負どころ。制限時間は三句、二十分から三十分。面白いことに、残り一分ほど前の駆け込み作品に意外や気に入った句が生まれやすいのだ。因みに掲句の席題は「降」「具」「水」「短」である。

真夏の思い出深い一日となったのは、ボーカル蜂谷真紀さん、トロンボーン竹内直さんの三人のコラボによるジャズと即興俳句のライブの開催である。会場は荒川区は本行寺の本堂。大勢のかたが足を運んでくれた二時間、即興で三十句ほどを披露する。以下はそのときの三句。即興はまさに勢いがいのちである。

金魚は花魁おーいキセル持つてこい
幽霊の怖がつてゐる鶴の羽
かなかなの寡黙ああ木が燃えてゐる

この一年、日常の営みにぼんやりと浮かんだ此岸と彼岸の十七音がここにある。素材の狭さは持って生まれたこの体質、資質で補おう。命の彼岸へは残り少ないが、俳句の彼岸へは永遠に辿りつくことはないのである。

夢殿か浄土か山芋擂るやまひ
やがて雪野へ躍りゆく日の素足
桃吹くと白くて軽い骨になる
或る日巣箱すうつと遠き雨の景
魂のゼラチン質となる螢
生きてゐるものみな動く瓜の馬
彼岸と此岸むかしよもぎに雨がふる
産神は蝶々結びが好きで夏至

ふと思う～師の教え～

鈴木　五鈴

「草の花（藤田あけ烏創刊）」は令和五年三月で、創刊三十周年を迎えた。昨年の十月以降は、コロナも落ち着き、その記念事業推進の後半に差し掛かっていた。その中でも『草の花　第三　一万句』の刊行は、同人・会員の十年の実績を俯瞰する事業として、取り分け重視したものである。

そうした過程の中で、わたし自身も過去の言動についての幾つかをぱらぱらと捲ることになった。そんな時に目に触れたのが次の文章。八年前にH氏宛に書いたものの断片ではあるが、あけ烏師がしばしば語っていた「①季語への思い、即ち無常観が一句には背骨のごとくあるべき」「②俳句は詩として一句で自立することが大事」という二点をベースに、わたしなりの解釈を簡単に述べたものであった。とりわけ②については、近世俳諧連歌の歩みの内、「切字」の働きが気になるところでもあった。

＊＊＊

【……②については、発句の時代をやや引きずっている面がありますが、脇句から完全に切れることが俳句の自立性を保証する一つだったということを確認しておきましょう。しかし、元々「切字」の存在が発句の条件でもあり、この辺は少し曖昧ですね。ですが発句は以下に幾つもの脇句が連動することを、あるいは全体に関わることを期待していたことも事実であり、完全な自立した詩型だということはできません。

発句時代の「切字」は、脇句と切るために、当初は下五に多く「けり」「かな」等を用いました。

しかし以後は「や」の用例が増えます。とりわけ「主格のや」や「配合のや」の増加は際立っています。

「主格のや」とは、詠もうとする主格に「や」を付して、切る意識よりも、語調を整えるような意味合いで、その主格を説明するための「や」です。例えば〈はま荻の風やなかばは松のこゑ〉（はま荻の風は、そのなかばは松のこゑであることよ）。

一方「配合のや」とは、現在では「取り合せ」として理解されており、説明の必要はないでしょう。例句「菊の香や奈良には古き仏たち　芭蕉」等。

ところで発句の下五は殆どが「切字か体言止めであった」という事実にも注目して欲しい。芭蕉も蕪村も例外ではありませんでした。確認してみてください。それが発句なのです。ですが、残念なことに俳句の創始者と言われる子規もこうした発句の構造から逃れることはできませんでした。写生論をのぞけば、むしろ虚子が初めて発句以来の諸制約を解放したと言っても良いのではないかと僕は感じています。

虚子は「切字」を語る際にも、一句に中心があるように詠めば自ずから切字については理解できる、との立場で、どうでもよい、というニュアンスの発言までしているのですから。つまり、虚子にとっては発句も脇句もなく、一句として自立していれば俳句なのです。下五への動詞配置にもこだわりません。

では一句自立のポイントはどこにあるのでしょうか。

夏逝くや線香立ての灰ほぐし　あけ烏

仲秋や籠の文鳥影をもち

どちらも季節の移ろいに思いを致しつつ、灰をほぐしたり、文鳥の影を眺めているのです。しかし、そこで止まっては一句自立とはいきません。何故、下五が連用形なのでしょうか。仮に終止形で読んでみてください。思いがそこで流れてしまって、上五へ戻れないのです。再び、灰をほぐしたり、文鳥の影を眺めながら、季節の移ろいに思いを戻してあげるための連用形なのです。そうすることで、季節とわが思いの循環運動が始まり、余韻がさらに深まるのです。

流れ行く大根の葉の早さかな　虚子

この句の本髄は何か。あけ烏先生は「季節の移ろいへの思い」だと答えていました。しかし、掲句の「早さ」は事柄であり、思いの中心は「大根の葉」にあるべきではないか、流れの早さではなく、流れ行く大根の葉に思いを寄せたいのがあけ烏先生なのです。しかし、「早さかな」ではそれで終わってしまいます。大根の葉に思いを戻すためには、「早き」という連体形を採用すべきではなかったか、とあけ烏先生は指摘しました。「早き（こと）かな、大根の葉は」として、再び「流れ行く大根の葉」へと思いを「戻す」ことで、一句を循環させたかったと語ったのでした。

なお、加藤楸邨も「俳句の調べは調子に乗って流れ去ってしまうものではなく、読み終えた所から、再び全句に反響する性格がある」と述べていました。……】

＊＊＊

三十周年を機に、改めて自分自身を見つめ直してはみたが、やはり忸怩たる思いばかりが残った。最後に、この一年の句から若干を掲げ責めを果たすこととする。

一本の杭あり冬の日は斜め

菜殻火やだんだん空の暮れてきて

豆蒔くを枝の鴉に見られけり

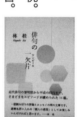

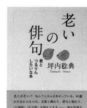

近ごろ思うことども

芭蕉飛び込む

行方克巳

昨年（令和四年）の十二月一日、三田キャンパス北館ホールにて、三田俳句丘の会主催による高橋睦郎さんの講演会が開かれた。その前座として芭蕉の〈古池や蛙飛び込む水の音〉の句について私見を述べる機会を持った。「古池」の句は、国の内外を問わず最も有名な俳句であり、蕉風開眼の句とも言われながら、今もってその評価がはっきりしないという問題句である。

石寒太さんの「俳句あるふぁ」がシンポジウムを催して、俳壇を代表する御歴々が一堂に会し、この一句がはたして名句かいなか意見を述べ合ったのであるが、はっきりした結論には至らなかった。しかし、確かなことはこの句が名句かどうかということに全面的には賛成できない人が少なからず存在したという事実であった。

何故この句が蕉風開眼の句になり得るのかは、私のかねてからの疑問でもあった。

友人の言語学者西田絢子さん（六十歳で死去）が、形見のように私に残してくれた『俳諧類船集』の、古池の句に関する言葉をたどっていて、私は「あれっ」と思った。「蛙」の付合として古沼や山吹が、「池」の付合として柳や蛙など、「飛ぶ」には蛍や蛙、そして「古き」という言葉には発句という付合が述べられている。

「古池」の句は、芭蕉庵に其角他の蕉門が集って催された「蛙合」の最初の一対で、対の句は「蛙合」の編者である仙化の〈いたいけに蛙つくばふ浮葉かな〉である。

「古池」の句の成立事情を後に支考が『葛の松原』に以下の如く記している。

「……弥生も名残をしき頃にやありけむ、蛙の水に落つる音しばくならねば言外の風情この筋にうかびて「蛙飛び込む水の音」といへる七五は得給へりけり。晋子（注・其角）が傍に侍りて山吹といふ五文字をかふむらしめんかとをよづけ侍るに、唯「古池」とはさだまりぬ。しばらくこれを論ず。山吹といふ五文字は風流にしてはなやかなれど、古池といふ五文字は質素にして実也。実は古今の貫道なればならし……」

『万葉集』や『古今集』にも蛙を詠んだ作は多く見られる。どれも「鳴く蛙」であるがこれは対象の蛙が河鹿蛙だからだろう。

さて、鳴く蛙といえば西行の次の歌が知られている。『山家集』巻上春の歌だ。

みさびゐて月も宿らぬ濁江に
われ住まんとてかはづなくなり

大方の俳文学者は、この歌の「かはづなくなり」に対して、芭蕉の句はかつてない風雅の異なる興味として、水の音をあげて称揚するのである。

ここでもう一度考えてみよう。芭蕉は西行の歌の上句、「みさびゐて」をどのように受け取ったのか。どろどろと水垢が泛いて月影も宿すことのない濁り切った水辺――。それにもかかわらず自分はあえて住んでやろうと蛙は澄んだ声で鳴いている、というのである。

私達はもっと「古池」に注目しなければならないのではないか。

「飛び込む」にも、「われ住まんとて」にも私はある種のたかぶりを感じる。

先にあげた『類船集』の「古き」という言葉に「発句」という付合があったことを私は思い返さずにはいられない。

江戸には以前から勢力を張ってこの世界を牛耳っているような宗匠連が多く居たはずである。新進気鋭の野心に充ちた芭蕉には我慢ならぬことも多かっただろう。

ほととぎす今は俳諧師なき世かな

本当の意味で自分が意識するような気骨ある俳諧師は今誰も居ない。古臭い発句しか作れないようなつまらぬ宗匠連が俳諧の世に幅を利かせている。何とかしなければ――。

芭蕉が高山伝右衛門にあてた手紙に次のような記述が見られる。

「（前略）京大坂江戸ともに俳諧殊の外古く成り候ひて、皆同じ事のみに成候折ふし、所々思ひ入れ替り候を、宗匠たる者もいまだ三四年已前の俳諧になづみ、大方は古めきたるやうに御座候へば、学者猶俳諧にまよひ、爰元にても多くは風情あしき作者共見え申し候。（後略）」

このような手紙からも、芭蕉は同時代の宗匠連や学者連中までもが、古臭い俳諧にどっぷりと浸っていることを難じていることがはっきりする。

「古池」は、そういう古い俳諧者流がひしめいている池であり、そこに自分は断乎とした意志をもって飛び込んでやるぞ、そして清冽な水音を立ててやろう、というのである。

勿論、古池を古色蒼然たる静謐の世界とし、また静寂そのものの象徴と見る考えも可である。しかし、芭蕉の考えがはじめからそうであるならば、「古池」は「古沼」でなければならない。禅的境地にいざなうのが本来の目的であったとしたら、比較的新しい構築物を思わせる古池より、古沼が自然により近い存在なのである。

「古池」の一句が、後々の蕉門の誰彼が礼拝する仏のような存在だとしたら、私は、その仏の体内に秘められたもう一つの仏があるのだと考えたい。

やがて自分の思うような俳諧がこの世に流布する時が来る――。それが芭蕉の信念であった。古池にあえて飛び込んだ芭蕉蛙はその後どうなっただろう。現在私達が歳時記をめくる時、芭蕉と同時代の例句のほとんどは、蕉門につながる作者の句である。「古池」にひしめいていた宗匠連の句はどこにもない。

ここで、禅僧にして画僧仙厓について書いておかなければならない。仙厓は芭蕉没後五十年あまりで誕生した。

古池や芭蕉飛び込む水の音
池あらは飛て芭蕉に聞かせたい

芭蕉の「古池」の句に対する画賛である。これまでにも「古池」の句に関するパロディは多い。〈はせを翁ほちゃんといふと立留り〉〈古池のそばではせをはひくりする〉などという川柳はよく知られるところである。しかし、私は仙厓の画賛は単なるパロディとは思わない。ということは、それまで芭蕉の直弟子ですら分らなかった「古池」の句の真意を、半世紀も後の仙厓がはじめて会得したのである。

芭蕉の残した公案を仙厓が解いたということだ。言いかえれば芭蕉蛙が立てた水音を、その心眼をもって仙厓がしっかりと聞き止めたのである。

『葛の松原』では、芭蕉は何故「古池」でなければならなかったか全く説明していない。

弟子達はあれこれ論じ合っただろうが芭蕉は黙っていた。芭蕉はしたたかな男である。「お前達にもいつか俺の心が分るときが来るよ」と心の中でつぶやいていたかも知れない。

私の「古池」の句に対する思いは以上の如くである。このことは後日きちんとまとめて置きたいと思っている。


私は来年八十歳になる。今までうかうかと過ごしてきて全く考えもしなかったが、私は今や紛れもない老人である。物忘れは激しいし、足腰などいかにもおぼつかない。何度もかなり激しく転倒している。それに肝心の俳句が一番頼りないありさまである。

もし私がアスリートだったら、とっくに自分の立場はない。音楽家だったら、手足に変調をきたし、動きが鈍くなったらすぐに廃業である。

ところが幸か不幸か、俳句を生涯の道連れにとした御蔭で、この年になっても仲間達から「先生」と呼ばれ、彼らの俳句を添削したりして日々を送っている。

なんだか、うれしいような、悲しいような惨めなような、複雑な気持である。楠本憲吉は、「俳人は人に非ず、まともな人間じゃないよ」と教えてくれた。そんなことが実感されるような年代になってしまった。

忖度ということをこの頃よく思う。

実作と評論は、俳人にとって車の両輪のようなものとはよく言われることである。しかし、名のある俳人の作品の批評には不必要なまでの忖度が見られるように思う。多くの作品の中には、とても理解し難い内容とか表現がままあるものだ。そういう点をはっきり指摘し議論するのが批評というものだろう。

今、私の手元に資料がないので詳細は書けないが、かつて山口誓子が「俳句研究」に五十句発表したことがある。その時、彼の弟子の一人であった堀井春一郎が、誓子の作品に対してかなり厳しい批評をしたことがあった。

春一郎は二十代の頃〝誓子一辺倒〟を自認していた男である。彼はその時の誓子の作品に我慢ができない何かを感じたのであろう。

私もその五十句を読んだが、これがあの誓子の作品か、と目を疑った。春一郎は何の忖度することもなく、真情を吐露したまでのことである。しかし、それは誰にでもできることではない。

現在でも、時折かなり厳しい批評、と言うより批判に近いかも知れない記事はあるにはある。しかしそのような記事に反論があることは全くない。

現代は論争がない時代と言われる。主義主張の異なる俳人同士がグループを作る例もいくつかあるようだ。それも時代の風潮だろうが、そういうこともまた論争が起り得ない原因の一つかも知れない。

私は自分の終活の一つとして『行方克巳季寄せ』を出版した。

このところ著名な俳人が相継いで亡くなっている。中でも私にとって大きなショックだったのは、七十九歳で急死した澤好摩さんのことである。私と同い年である。好摩さんは酔ってタクシーを降りる時に転倒して頭を強打してしまった。その脳挫傷が死因ということだった。

いつも俳句の仲間には転ばないようにしましょうとは私の口癖のようなもの。しかし、つい最近も激しく転倒してしまった。好摩さんは打ち所が悪くて死んでしまったのに、私は運よくたいした怪我もなく、こうして生きている。我々の年代は、転ぶことが生命の大事に直結する。気を付けねばならない。

そんなことを考えると次の終活にも早く取り掛らなければと思う。しかし、それより前にかねてからの大きな仕事、『知音歳時記』を早く具体化しなければならない。もう十年以上も掛けているのに、なかなか先が見えてこない。「百里の道を行くものは九十九里を以て半ばとせよ」というが、まこと日暮れて道遠しの思いである。とにかく今は『知音歳時記』のために力を尽したいと思うのみである。

彦蔵と彦さん

岸本尚毅

二〇二四年は虚子生誕百五十年である。そんなことを思いつつ『虚子自伝』（一九五五年刊、朝日新聞社版）を読んだ。八十歳の虚子が一年で書き上げた自伝である。その序に「この書もまた、私の一年間の写生文を集めたもの」とある。虚子にとって自伝もまた写生文なのである。

写生文は虚構を用いない。その妙味は事実の取捨選択にある。虚子は過去の写生文に書いた事柄を自伝にも書いている。同じ材料にもとづく自伝と写生文を見比べると何が見えてくるだろうか。

自伝に「高浜の彦さん」という章がある。こんな内容である。――本来は高浜家の跡取りである彦蔵（彦さん）が適性を欠くために廃嫡となり、池内家の虚子が高浜家の跡取りになった。虚子の幼時、彦さんが虚子を連れて夜の大師堂に遊びに行ったことがある。そのとき彦さんは虚子を残して行方をくらまし、騒ぎとなった。その後音信が途絶えていたが、老人になった彦さんが、松山に帰省中の虚子の前に現れた。虚子は日陰者となった彦さんの境遇を気の毒に思った。その二三年後に彦さんは死に、後に帰省した折にその墓に参った。――この章は、幼時の思い出の「遍路一」「遍路二」、幼友達の「房《ふう》さん」、父の思い出である「粟井坂を越え」などの章にはさまれている。八十歳の虚子にとって、「日蔭者」の彦さんの「気の毒」な生涯は、なつかしい松山の思い出の一部となっている。

いっぽう「ホトトギス」昭和十二年二月号に載せた写生文「高浜彦蔵」では事実関係がもっと詳しい。――死んだと思っていた彦蔵との再会は、彦蔵の病が篤く治療費に困っているといって、遠い縁者から虚子宛に無心の手紙が来たことが発端である。その頃は次兄が死に、虚子は一族の長だった。虚子は金を送った。彦蔵からは「古風な堅苦しい字で認めた」「きまり切った文句」の手紙が届いた。喜寿の祝金を送ると「同じようなきまり切った文句で挨拶状が来た」。

帰省した折、虚子は多忙な日程の中で縁者に乞われて彦蔵と会った。六十年近く会うことのなかった彦蔵の様子は「少し芝居がかっているように思えて私にはいい感じを与えなかった」。虚子は包んだ金を土産に置いて彦蔵と別れた。その後彦蔵から、病が悪化したと再び無心の手紙が来た。放置しておいたところ、彦蔵宅の大家と町内の世話人から「少し威嚇らしい文面にも解釈されぬこともない」無心の手紙が来た。次の帰省のとき虚子は世話人たちを宿に呼んで面談し、金を渡した。その後、彦蔵の訃報が届き、大家から葬儀代を要求する電報が来た。虚子は金を送った。――この経緯から見て取れるのは、上京して成功し、かつ一族の長となった虚子が、厄介者の彦蔵に対し、迷惑な顔をしながら金銭の扶助をしたという構図である。話自体は面白いものではない。世間によくある面倒な話を短編映画のように要領よくまとめた腕前に感心すればよいのかもしれない。あるいは俳人虚子がこんな俗事に関わっているのかという下世話な興味でこれを読んだ当時の読者もいたことだろう。

　そのうえで「彦蔵の一生が流離困憊の生涯であった」こと、そして疎遠ながらも虚子と因縁があったことに対する思いを「その墓前に一掬の水を灑いで冥福を祈ってやりたい」という、あえてそう書いたと思われる紋切型の措辞に託して擱筆している。たんたんと、しかも迷惑そうな筆致で俗事を丹念に描写し、それが淡い哀感を湛えているところが虚子の技量かもしれない。

　写生文の時点（昭十二、虚子六十三歳）では虚子はまだ彦蔵の墓に参っていない。自伝の時点では墓参は済んでおり、「彦さんの父の墓の下に彦さんを葬ったものらしく、掘り返したらしいあとがあり、香華を手向けた跡がまざまざと残っていた」と「彦さん」の章を結んでいる。

　自伝は写生文より分量が少なく、以下の記述が抜け落ちている。――幼時の虚子が彦蔵と親しんでいた様子。彦蔵が縁日で子供相手の商売をしていたこと。かつて彦蔵が虚子の長兄に虚子の消息を聞いたとき、彦蔵が虚子に無心をしないかと心配した長兄が「消息不明」と答えたこと。次兄が死んで虚子が長老となったため「親族中に何か事件があると」虚子が対応しなければならなかったこと。彦蔵とその縁者が虚子に無心を言ったこと。虚子が彦蔵に金を与えたこと。彦蔵や関係者から虚子に型通りの礼状が来たこと。世話人との談判のさい、彦蔵は扶助するが、内妻と養子には責任を持たないと虚子が言ったこと、等々――金銭をめぐることや、ややこしい、生々しいディテールは、自伝では略されている。逆に自伝にのみ書かれているのは、何か不始末をしたらしい彦蔵に虚子の父が「切腹しろ」と迫ったという幼時の記憶である。

　自伝の彦さんと写生文の彦蔵は印象が違う。自伝の彦さんは親類縁者から叱られ、疎んぜられる情けない人物である。写生文の彦蔵も気の毒ではあるが、どこかしたたかなところもある厄介者である。事実関係の取捨によって、読者は二種類の彦蔵（彦さん）を読むのである。虚子の散文における「写生」の妙味はそんなところにあるのだろうか。

山の友だち俳句の友だち

菅野孝夫

かけがえのない友人が何人かいたが、ほとんどいなくなってしまった。田舎に一人、子供の頃からの友だちで魚屋をしているヒロがいて、秋になると秋刀魚を一箱送って来るが、もう一人タッケは十年も前に癌で死んでしまった。ヒロ（尋士）は勉強が嫌いでいたずら好きで、酒飲みだが、早く家を出てしまった上の兄弟に代って、最後まで親の面倒を見て、しっかり者のカミさんに叱られながら商売を続けている。飲み過ぎて何度か腹を切られているはずだが、八十四歳になった今でも元気にしている憎めない男だ。今となっては、ふるさとの岩手と繋がる二三本の糸の一本がヒロだ。

タッケ（毅）とは一番親しくしていた。彼とは高校まで同じで、ラグビー部にも二人で入った。面倒見のいい男だったが、新しもの好きで浮気な所があり、ときどき好きな女の子が出来て夢中になり、その間は寄りつかなくなるのだが、熱が冷めたか嫌われたかして、すぐ戻って来る、ということを繰り返していた。根は真面目な男で、中年過ぎて盛岡に落着き、自前のダンプカーの運転手をしていた。

妙に気が合って、小学校以来、三人はしょっちゅう一緒だった。毅の葬儀には尋士に言われて私が弔辞を読んだが、もう年だからお前が死んでも俺は葬式に出ないよ、と尋士には言ってある。たぶん何度も病気をしているヒロの方が先に死ぬと思うが、これぱかりはわからない。秋刀魚は不良で小振りのようだが、そろそろ届くころだと思っていたら、今年もちゃんと送って来た。

社会人の山岳会で親しくしていた樋口は深川の材木屋で働いていたが、崩れて来た丸太に押しつぶされて、命は取りとめたものの半身不随となり、それでも愚痴をこぼさず頑張っていた。つき合いは続いていたが、彼もすでにこの世にいない。

彼は寡黙な山男だった。会員募集の雑誌広告を見て集まった約四〇人の中に彼がいたのだが、説明会のとき、まん中でも端でもないところにいた彼は、色黒でがっちりした体格で、どこか不愛想な雰囲気の男だった。

山岳界は当時ヒマラヤブームで、どうせなら本格的にやろうと、男だけのクラブを選んだのが間違いだった。後で知ったのだが、そのころ東京には岩登りのみどり、縦走の鵬翔と並び称される二つの山岳会があって、その鵬翔に飛び込んでしまったのだった。「鵬翔」のザックナンバーをつけて行くと〝あッ、ほうしょうだ〟とみんながが避けてくれたもので、鵬翔のしごきはよく知られていた。

新人歓迎山行が丹沢であったが、これがとんでもない歓迎で、さんざん追い立てられ扱かれて、なかには泣き出す者もいた。歓迎の名を借りた振い落しが目的だったのだ。案の定、次の集会には半分に減っていて、二年後には樋口と私の二人しか残らなかった。

彼とはザイルを結んで岩登りもした。谷川岳の帰りに切符を買うときに〝樋口〟〝菅野〟と二人同時だった。「金もってる?」ということだ。二人とも相手の懐を当てにして来ていたのだ。そこにもう一人、手をふりながら駆けて来る男がいた。「いい奴が来た」と待っていたら、「先輩、金貸してください」と言うではないか。結局、三人の持ち金を集めて高崎までの切符を買い、残りでラーメンを食べたら三人とも一文無しだ。籠原あたりで改札が来た。どんどん近づいて来る。キスリングザックを担いで人をかき分けて逃げた。車掌はもう三メートル先まで迫って、目の前は運転席でもう駄目だ、というところで列車は大宮駅に滑り込んだ。

私には定期券がある。東京駅でまず私が出て、駅員に隠れてそれを樋口に渡した。そのころは改札口に駅員が立っていて、切符を見せて通るだけだったからそれが出来たのだ。キセルというごまかし方だった。腹が減っているし食う金もない。その日は彼の会社の寮に泊ることにして、旨いものを食わせてもらって、あくる日はそこから勤めに出た。その彼がいなくなった喪失感は年々強くなってくる。

成り行きでうかつにも、私は早く結婚してしまったのだが、新婚旅行の真似事ぐらいしなくちゃいけないと、新宿から夜行で、とりあえずどこかに行くことにしたのだが、計画も何もない。山梨あたりの山を見て来ることにして発車を待っていたら、山岳会の会合を終えた樋口が何人か連れてきて、なにせ無邪気な山男たちだから、大きな声でバンザイなどをする。こちらは恥ずかしくて小さくなっていた。

彼が寄ってきて、ポケットから封筒を出して渡してくれた。あっさり貰って後で見たら、私の一か月分の給料ほどのお金が入っていた。彼はそんなことをする男だった。その後何年もしないで怪我をしてしまった彼のために、そのころ私は会社を立ち上げていたので、彼の出来る仕事を回してやったりして、少し義理を果した。

樋口は何も言わなかった。貸したという気持も借りたという意識もない二人の関係だったと思う。私の方には絶えずどこかに引っかかりがあったが、貧乏会社のやりくりに忙しく、それきりになっていた。

何年か会えなかったが、とつぜん彼から電話があって、福島の労災病院に見舞に行った時に、私としてはかなり多めにお見舞いを包んだ。もう会えないだろうな、と思いながら別れて、それが樋口との最後となった。自分の命がもう長くはないと悟った彼が電話をくれたのだ。

山に登ることを「やる」と言う。俳句をやるという言い方と同じだが、若いころの「山をやる」には気負いがあったと思う。私は今でも山をやるが、樋口とやったころのことを思えば、山とも言えない低い山に梃子摺っているありさまで、実に情ないありさまだ。

樋口がいたら、としばしば思う。老人となってしまった彼と二人、折々の山を縦走したかったと思う。同じテントに寝て星空を見たかったと思う。

山の中で、二人はほとんど口を利かなかった。別に言う必要がなかったのだ。今でも何人か一緒に山に行く友だちがいる。みんないい人だが、八十三歳の私とは十も二十も年が離れていて、山に対する思いにも濃淡にも微妙な差があり、私の気持にもどこかに遠慮があって、樋口とはやっぱり違う。ときどきは一人で出かける。

大正から昭和にかけて活躍した加藤文太郎という登山家がいた。彼の山はいつも一人で、他人と一緒に登ることを好まなかった。彼の『単独行』は当時の山男のバイブルだった。その彼が行方不明になった槍ヶ岳の、残雪の北鎌尾根を樋口たちとやったことがある。吹雪の痩せ尾根の雪をならしてビバークして、三日がかりで登った槍の頂上で彼が撮ってくれた写真がいま、これを書いているパソコンの前の壁に貼ってある。若かったなあ、と思う。

山男には二つのタイプがあった。一つはひたすら山を「征服」することをめざす硬派で、彼らは岩登りを好んだ。みどり山岳会がそうだった。もう一つは『山のパンセ』の串田孫一などを好んで読む文学的な情緒派で、私はどちらかというと、今でもそうだが後者だった。頂上に行かなくても、岩に登らなくても平気で、山の空気を吸って帰るだけで満足だった。今日はひどい雨だったなど言いながら山に満足していた。

今は山に行って疲れて帰る。くたびれて何も考えられなくなって頭を空っぽにする。本格的な雪山は、さすがに無理になってしまったが、雨に打たれ風に叩かれ、時には耐え難い暑さにへたばりながら解放される。心を空にして俳句に向う。山から帰って一週間ほどは俳句が良く出来る。

今の私は、山に行く体力を維持するために山に行く。山でつらい思いをしたくないので山に行く。俳句で苦しみたくないので、たえず俳句を考える。俳句をつくる気力を維持するために山に行き、本を読み、俳句を作る。本末転倒、どっちが目的でどっちが手段なのか分からなくなってしまっているが、これでいいと思っている。

山も俳句も体力だ、気力だ。と思うようになった。一週間なまけると俳句がダメになるが、詠もうとして詠めないでいるときはある日、自然に句が出来る。山も俳句も、絶えず身体を苛めていないと駄目なようだ。蕪村は〝三日翁の句を唱へざれば、口むばらを生ずべし〟（芭蕉翁付合集序）と言った。山に行かないと筋肉が衰え、俳句を怠けると作る気がしなくなる。たいていの人は俳句がなくても生きて行けるから、自然の成行きだ。

俳句を作るモチベーションを維持するためには、俳句を詠み続けなければならない。まさに「病膏肓に入る」だ。否も諾もない。こうして何人かは本物の俳人になる。私などはその何歩も手前でうろうろしている。

先日、親しくしていた人が九十五歳で亡くなった。癌の手術をしていて、年も年で足元もおぼつかなくなっていたが句会は休まず、最後の入院にも歳時記とノートを持ち込んでいたという。〝母は俳句が生き甲斐でした〟と娘さんが話していた。俳句にはそんな力がある。魅力がある。魔力がある。百歳をすぎても元気に俳句を楽しんでいる人が私の結社に二人いる。

「長生きをすると友達がいなくなってしまうんだよ」と言ったのは私の師で「野火」二代目主宰の松本進先生だったが、二十代のころの同人雑誌の仲間は、年上の人が多かったのでみな居なくなってしまったし、いても病気か音信不通かで、身辺が淋しくなってしまった。一冊の本をめぐって侃々諤々、時には喧嘩腰でやりあった時代は彼方に霞んでしまった。山に行きたくなったとき、文学青年だった時代を懐かしく思っているとき〝あいつがいたら〟〝あの人がいたら〟と思うことがある。

俳句を始めて雑詠欄に投句していた時代は、今よりも楽しかったと思う。俳句の楽しさの質が違っていたと思う。今は少し違う。孝夫と名前で呼ばれていたころは気楽に楽しかった。それが編集長になり、副主宰になり、主宰になってしまって。肩書で呼ばれるようになってしまった。私は肩書が嫌いだ。吹けば飛ぶような会社だったが一応社長をしていたときも、社員にはそう呼ばせなかったので、何年もつき合っていたお客からある時、菅野さんは社長なの、と聞かれたほどだ。

肩書で呼ばれるようになって、人間関係が希薄になったようで寂しい思いをする。山ではその点、俳句仲間も名前で呼んでくれるので嬉しくなる。

それでも、俳句をしていて良かったと思う。古い友人は数えるほどになってしまったが、俳句が新しい人を連れて来てくれる。若い人たちの新鮮な作品を目にする楽しさがあり、いつの間にか味のある作品を発表するようになった同人がいると、自分の事のように嬉しくなる。

羽黒山全国俳句大会

井上康明

山形県の羽黒山全国俳句大会、その第65回記念大会の選者として招かれた。もうひとりの選者は「岳」編集長小林貴子氏。大会は、十月下旬の土曜日、日曜日の二日間、土曜日は子どもの部、日曜日は大人の部の表彰式、日曜日には当日投句、その表彰も行われる。

羽田から庄内空港まで飛行機で四十分、雲のなかへ飛行機が入ってしばらく揺れると、眼下に累々とつづく陸奥の山々が見え、庄内空港に着陸する。

空港から鶴岡駅まで乗ったタクシーの車窓からは、広々と庄内平野が広がり、豊かな米どころであることを実感した。運転手に出羽三山はどこかと聞くと、あれが月山ですと、左側に遠く見える山を指さした。降っていた雨がやや小降りになって、雲に隠れた山が姿を表す。なだらかな左右の稜線が遠くはるかから高まり、その奥におのずとゆるやかな頂きを示す。頂きは、天上の雲に接して威容を表している。庄内平野を従え、古代の人々が神意を感じたであろうことを想像させる、神の山にふさわしい姿であった。

雲の峰いくつ崩れて月の山　芭蕉

「おくの細道」で芭蕉は、空に聳える雲の峰が、いったい幾つ崩れて月の光を浴びる山になったのだろうか、と月山を詠む。「おくの細道」に「息絶え身こごえて、頂上に至れば日没して月顕る」とあるように芭蕉は、実際に体験したことを詠んでいるのだろう。苦労して山頂に至ると、昼の夏空にいくつも白く聳えていた雲の峰は、宵を迎えて崩れ、月が昇っている。その神々しい月光を見あげたとき、名にし負う月の山であることを実感したのだろう。「いくつ崩れて」には苦しい登山体験が籠められ、白い雲の峰から月光を浴びる月山へ、昼から夜へと瞬時に情景は変化する。この大胆な場面転換に、神の宿る霊山の妖気が籠もっている。

田んぼには、白鳥が飛来して落ち穂を啄んでいた。運転手は白鳥を見ると、冬の雪が近いことを思い憂鬱になると語った。俳句大会のために山梨から来たと言うと、白鳥を見て、芭蕉を超えるような名句を詠めと言う。

鶴岡駅から羽黒山までバスで行く。空模様は一転して雷鳴を伴い、雨が激しくなってきた。バスは、田んぼ道を羽黒山へ向かう。大鳥居を過ぎ羽黒山へ近づくと、何度も曲がりながら、幾つもの宿坊を過ぎる。

羽黒山に到着。バスを降りて本殿へ向かい、その途中、出羽三山歴史博物館へ立ち寄った。ここで出迎えてくれたのが、山伏姿の権禰宜、N氏である。N氏は、童顔で四十歳前後、歓迎の法螺貝を吹いて博物館へ誘導し、氏の解説で私は博物館を観覧した。

羽黒山は、崇峻天皇の子、のち蜂の子の皇子と呼ばれる能除太子によって開かれる。蘇我馬子によって父崇峻天皇が亡きものとされると、太子は、都から海路、出羽の国へ至り、羽黒山に分け入った。聖観音の出現により羽黒山を開山、続いて月山、湯殿山を開く。展示室に掲げられた江戸時代に描かれた尊像は、真っ黒な顔が歪み、赤い口を開き、眼を剝いてあらぬ方角を睨んでいる。信者の悩み苦しみを聞くことによって生じたという怪異な容貌は、人々の苦しみを語っているかのようだった。

俳句大会に先立って、羽黒三山神社、三神合祭殿へ参拝した。折から雨天、杉の巨木が聳え、境内は神韻縹緲たる霧が覆う。堅牢重厚な本殿は冷え冷えとして、低頭すると、巫女のお祓いの鈴が肩に掛って、上半身が撫でられ、浄霊の鈴の響きに包まれる。

俳句大会を終えた翌日は秋晴れ、N氏の案内で、湯殿山を参拝、その御神体の迫力に圧倒された。空の彼方に月山を思わせながら、湯殿山の湯を吹く巨大な赤岩には神が宿る。古来、その地について語ることを秘されてきた神である。「おくの細道」で芭蕉は湯殿山をこう詠んでいる。

かたられぬゆどのにぬらす袂かな　　芭蕉

恋の山とされ、語ることを禁じられた湯殿山の尊さを感じ、その感涙に濡らす衣の袂であることよと句は詠う。

一句は、秘められた湯殿の、湯に濡れて肌にまとわりつく布を思う。語られぬという秘、湯殿と袂と妖艶な恋を思わせる。この赤岩は陽、ほとりの小祠は陰とする解釈があるようだが、金子兜太は、この湯殿山の御神体を女陰と捉え、芭蕉は風土の奥にある見えざるものを体得したと語っている。幾重にも重なる山襞を辿って出会う御神体は、噴出するエネルギーを思わせ、兜太の把握にも共感した。「おくの細道」では、遊女と宿をともにし、象潟に西施を夢見、佐渡に牽牛、織女の逢瀬を仰ぐ艶なる流れのなかの霊山ではないか。

その湯殿山は全山が紅葉し、冬に向かっていた。拝礼した小屋は解体され、やがて深い雪に埋まるという。

帰路は、庄内空港から羽田まで秋の日差しに包まれた。タクシーの運転手に求められた、芭蕉を超える名句は、そう簡単には生まれそうにない。空港まで送ってくれた山伏姿のN氏と、思わず握手した分厚い手の感触が残っている。

「葬り」のこと

谷口智行

神代の婚と葬や秋の風　谷口智行

熊野市「花の窟」での作。イザナミが火の神カグツチを産み、灼かれて亡くなった後に葬られた御陵である。国産み・神産みにおいてイザナミは、イザナギとの間に日本国土を形作る多数の子を設け、日本列島を生み、山や海など森羅万象の神々を生んだ。『日本書紀』に記された神話であるが、近ごろ思うのは当時の庶民の「葬り」とは一体どんなものであったのだろう、ということだ。

六十年ほど前の記憶だが、かつて町の葬儀は遺族や地の人々が自宅で執り行っていた。それらの人からなる長い行列によって遺体は火葬場や墓まで運ばれた。「野辺送り」である。

日盛の遺影につづく鉦太鼓　谷口智行

僕も曾祖母の葬儀に参列した。振り籠から撒かれる小銭目当てに友だちが集まって来た。葬列に参加する人はそれぞれが持つ物品や役割が決められており、その際に必要な道具を貸し出し、葬列を立派に見せるために人材を派遣する業者が今の葬儀社の始まりである。現代は通夜と葬儀・告別式を行い、火葬を行った後、遺骨を骨壺に入れ、先祖代々のお墓に埋葬する。

会葬の何人か鷹仰ぎをる　茨木和生

葬儀や埋葬に対する考え方は昨今のライフスタイルや価値観の多様化により大きく変化した。殊にここ三年間のコロナ禍も大きく影響し、家族だけで執り行う「家族葬」が増えてきたのはご承知の通りである。通夜を行わない「一日葬」、火葬のみで故人を送る「直葬《ちょくそう》」もある。さらに先祖代々の墓を手放す「墓仕舞い」も増えている。さらに納骨堂の利用、永代供養、散骨など、埋葬方法もさまざまだ。後継者がいない、墓の維持が困難、子らに迷惑を掛けまいとする思いなどがその背景にある。

*

縄文時代には屈葬が主流だった。墓穴を掘る手間が少ない、死後の世界でも安らかに眠れるような安楽な姿勢、胎児と同じ体勢によって復活を願うなどの理由が推察されているが、屈葬の遺体が石を抱いていたり、縛られている人も多いことから、死者の霊が浮遊しないように施したとも考えられている。

弥生時代になると、渡来人によって伸展葬がもたらされるようになる。木や石などで空間を作って埋葬し、盛り土や溝で墓を作ったり、人々は埋葬に手間を掛けるようになる。わざわざ身体を曲げる必要がないし、死者は生き返らないことを知ったなど、伸展葬の理由にも諸説ある。この頃から登場する「墓」は、稲作の伝来により農耕が発展し、人々の定住化が進んだことも関係する。

古墳時代、庶民の埋葬方法に大きな変化はなかったようだが、支配階級の埋葬方法は変わった。王家や豪族など身分の高い人のための大型の墓「古墳」である。棺に納められた遺体は、古墳の中の「石室」に埋葬され、併せて銅鏡、碧玉製宝器、太刀、剣、鉾などの副葬品も埋葬されるようになる。

悴める手に金箔の出土馬　奥田権耳

権耳《ごんじ》は、平安時代の僧道詮《どうせん》律師顕彰「道詮忌献句会」を復興した奈良県生駒郡平群町福貴《ふき》の俳人である。大正時代、権耳らは福貴寺の塔頭《たっちゅう》「普門院」で五、六人の句会を催していたがその後の尽力により、今や筆者を含む八名の選者と参加者百余名による顕彰会となっている。ちなみに道詮は弘法大師と親交があり、法隆寺再興に力を注いだ。法隆寺夢殿の本尊脇に道詮の塑像（国宝）が侍している。

平安時代になると、特権階級の人々の間で高野山に遺髪や火葬した遺骨を納める「高野納骨」が流行する。庶民の「火葬」は鎌倉時代に始まった。しかし一転、江戸時代になると土葬が主流となる。火葬の際に出る煙や臭いの他、仏教における輪廻転生の思想が関与しているようだ。

土葬は主に、死装束に身を包んだ遺体を棺桶に納めて土に埋め、その上に土を盛り上げる「土饅頭《どまんじゅう》」である。卒塔婆や墓石が見られるのもこの時代である。さらに幕府から寺請《てらうけ》制度が発令され、人々は檀家として何れかの寺に属することを強制された。これにより墓の管理が進み、現在につながる葬儀のスタイルが確立されてゆく。

明治時代からは、これまでは個人ごとの墓が家ごとの墓として造られるようになる。「先祖代々の墓」である。大正時代には、輿を使った人力での葬送は徐々に見られなくなり、それに代わる霊柩車が普及した。

墓地乾ききりて揚羽の飛びめぐる　右城暮石
生家にも墓にも寄らず薬喰　茨木和生

選句と一目惚れ

栗林　浩

選句には「早い判断」と「遅い判断」があるようだ。一読で決まる句、チェックしておいて、二、三回読んでから決めようとする句、いろいろである。後者の場合、採ったとしてもその理由を上手く説明できそうもない場合がある。説明できないような句は採るべきではないという意見は分かるが、採りたい気持ちをなぜか否定できない。そのような句には、解釈が複数成立するか、あるいは、意味は曖昧なのだが、何故か魅力的な「雰囲気」を持っている場合であろう。明らかにこうとしか読めないような句ではない。例句を二つ挙げよう。

日焼していないところを掻いている　近　惠

深爪の男あつまる桃の花　清水　伶

一句目は、「一目惚れ」的な句だ。平易である。諧味がある。女性作と知ると艶っぽさもある。それらが私をしてこの句を選ばせる。一瞬であって理屈も何もない。

これに反し、二句目は、奇妙な句だがなぜか採りたくなった。十人いたら十通りの解釈ができるであろう。まず「深爪の男」とはどういう男なのであろうか。たまたま深爪をしてしまった男ではない。身ぎれいで、爪もいつもきちんと短く切り、手入れしている男で、ときどき深爪しすぎるほどの神経質な男なのである。「あつまる」とあるから、そういう類の男が沢山いる世界のこと。イケメンホストの世界かもしれない。

疑問が沢山湧いてくるのだが、俳句は短い。解釈は「季語」が助けてくれる場合がある。ここでは「桃の花」。だからまず、桃の節句が舞台なのだと考えてみる。しかしどう考えても、少女や雛の客が登場人物ではない。深爪の男が集まる場面なのである。粋な男たちで、歌舞伎の「助六」のような人物かもしれない。いや、助六なら「桃の花」ではなく「桜」が来るべきである。そうして小生の読みは破綻する。また思いを巡らせ始める。結論は出ないが、ひとまず予選に入れておく。暫くたってまた読み直し、結局、採ってしまう句である。

選句の際の判断に「一目惚れ」的な句と、しばし考えてから決める「熟慮」句があるようだ。

「一目惚れ」の句は、句の意味が脳の奥に届く前に瞬間的に、あたかも天啓のように惹きつけられる句である。脳内の了解があって選ばれるのではない。肌で感じたといっても良いかもしれない。ひとの脳内には膨大なビッグ・データがあって、それぞれの言葉に見出しのタグが付いていて、俳句を読むとそれが瞬時に引き出される。言葉だけが釣り出されて、意味まで吟味する時間をかけずに、その作業がなされる。私のビッグ・データに一瞬にして符合した場合が「一目惚れ句」である。

一方で、先に挙げた「深爪の」の句は、「熟慮」型の句である。脳内で熟成させて、よろしさを感じる句である。当然、季語の本情がどうのこうの、措辞の裏の意味がどうのこうの、言葉と言葉の斡旋がどうのこうの、と考えたり調べたりして決断に至るがごとき句である。私のビッグ・データや新たなデータを総動員して、結論を出すが如き句である。これは、やや難解な句の場合に多い。

先に、選句の際に「早い判断」と「遅い判断」がある、と書いた。問題は「遅い判断」で選ばれる句である。ほとんどの人たちは選句の際に見過ごしてしまう。分からないからである。現代詩的な俳句の場合、それがよく起こる。世の中には「簡単に解説できるような俳句には碌なものがありはしない」と嘯く輩がいる。そして、それは一面の真理を表している。

以上は選ぶ側に立っての記述であった。では作る側ではどうだろうか?

個人的には、「早い判断」で残してもらい、それを「遅い判断」にまわしてもらって、そこでゆっくり熟成する時間をもらい、最終的には選んでもらえると嬉しい。そんな句は滅多にできないが、ない訳ではない。そのような句を集めて句集を出したいものである。ただし、難解俳句志向ではない。なぜなら、まずは「速い判断」の段階で、かならず残してもらわねばならないからである。その後、宜しさがじわじわと増幅するが如き作品である。井上ひさしの言を思い出した。

むずかしいことをやさしく、やさしいことをふかく、ふかいことをおもしろく

多くの現代俳句は、易しいことを難しく、浅いことを深そうに見せかけている句が多いのではなかろうか。一時期の前衛俳句の多くがそうだった。確かに、一読して裏が見えてしまうような句は面白くないし、平明であることは、もはや秀句・名句の条件ではないという意見も分かる。だから、熟慮してようやく分かって貰えるような句を書きたい誘惑を感じる。ただしこれは衒学的な句に陥る虞れがあるので、自戒せねばなるまい。

最近思っていることを書いてみたが、永遠の課題であるようだ。とにかく、俳句は短すぎて困る。だが、われわれはそれを承知の上で俳句にのめり込んでいる。十七音で言えることはたかが知れているし、短いから自分にしか分からないような句が出来てしまう。ちょっと伝わりにくいかなと思いながらも、それが少数の力ある読み手に分って貰えれば、俳人冥利につきるのである。

家族に乾杯！

小島　健

1　家族に乾杯

近ごろ、私は家族詠に惹かれています。感銘した家族詠を挙げつつ、思っていることを述べてみましょう。「家族に乾杯」⁉　某テレビ番組的フレーズですね（笑）。現在の家族は戦前の旧い時代の「家制度」とは別のものです。旧制の家制度では家族員が家長という強い統制下にありました。けれども、今は夫や長男に絶対的権力はなく、夫婦間や子供間は皆平等です。お互いに愛情を持ち、助け合うのが真の家族でしょうね。

福寿草家族のごとくかたまれり　福田蓼汀
殖えてまた減りゆく家族雑煮食ぶ　大橋櫻坡子

前句、福寿草は名前通り、幸せを招く黄金色に輝く明るい花です。それが家族のようにかたまっているとは、何と見事な譬《たと》えでしょう。こんな家族こそが理想！

後句、家族の増減の中、正月に集まり雑煮で祝えば絆も深まります。たとえ離れていても、家族愛をぜひ態度で表しましょう。心で思っているだけではダメ！　明るく元気に、声やメールを交わそうではありませんか。

2　母のやさしさ

母の日のてのひらの味塩むすび　鷹羽狩行
今生の汗が消えゆくお母さん　古賀まり子

前句、この素朴な塩むすびが、母の無限の愛を感じさせます。「むすび」という優しく柔らかい語感がいいですね。親子の強い結び（！）も感じ取れます。「てのひらの味」は母への深い敬愛から出た言葉です。

後句、母の最期の汗で、その臨終をリアルに、万感の思いを籠めて詠んでいます。斎藤茂吉の「死にたまふ母」（『赤光』）の深く悲痛な歌も想起します。

「お母さん」の優しい呼びかけがグッと胸を打ちます。

3　父の偉大さ

父親は特に亡くなってから大きさを感じます。孝行しておけばよかった―孝行のしたい時には親はなし（＝風樹の嘆）。私の大後悔です。皆さま、ぜひ親孝行を！

冬の浅間は胸を張れよと父のごと　加藤楸邨
白梅や父に未完の日暮あり　櫂未知子

厳かな雪の浅間山が、こう大きな声で叫びます。「もっと、堂々と胸を張って生きんか！」。それは愛情に溢れた父の叱咤激励です。小さな悩みよ、さようなら。

後句、白梅は父。早春の寒気の厳しさに負けず、凜と咲きます。気品高く、強靱さも秘めています。

「父に未完の日暮」を、私は未完成と、人生の日暮であり終焉と解します。父にはなお完成したい志があったはず、と娘は信じ……。ああ、父よ！

4　夫婦の情愛

夫婦の深い情は「比翼連理」と譬えられます（天上では一体となり飛ぶ比翼の鳥となり、地上では枝が結び合う連理の木となる—白居易の詩「長恨歌」）。

切干やいのちの限り妻の恩　日野草城

熱燗の夫にも捨てし夢あらむ　西村和子

前句、素朴な味の切干は妻の献身的な愛の象徴です。一句に感謝しきれない草城の深い思いが溢れています。夫の皆さま、どうか、奥さまに深く深く感謝を！　そして、愛の何倍返しもして上げてくださいね。

後句、夢は叶えば万歳ですが、人生上手くは行かないのが世の習い。夢を断念せざるを得ない場合も……。夢を捨てることは、自身を無理に納得させる断腸の思い。けれど、踏ん切りをつけ一歩前に進むことが大切です。自身と夫の捨てた夢を思いやる熱燗が切ないなあ。

5　子供への慈しみ

結婚や子供に関しては、人によりいろいろな考え方、生き方があります。結婚や子供に関わらずに、豊かな人生を過ごしている方もたくさんいます。私はそれぞれの人生の中で、自由に今を生きるのが大切と考えます。

万緑の中や吾子の歯生え初むる　中村草田男

子をおもふ憶良の歌や蓬餅　竹下しづの女

前句、万緑の語は、王安石の詩の一節「万緑叢中紅一点」によったものです。その満目の緑の中、「おお！子供の歯が生えてきたぞ！」。何とも嬉しいですね。その喜びが溢れ出た、力強く生命感に満ちた一句です。

後句、山上憶良《やまのうえのおくら》の一首を挙げます。〈銀《しろかね》も金《くがね》も玉も何せむに優《まさ》れる宝　子に及《し》かめやも〉（『万葉集』）。しづの女は子煩悩で母性愛が非常に強い俳人でした。下五には、子と蓬を摘み、蓬餅を作る姿も窺えます。

＊

岡本眸は「俳句は日記」と言いつつも、俳句は単なる記録ではなく、「自己確認の詩」と断言しました。私は家族詠もまた、確乎たる「自己確認の詩」と強く再認識した次第です。さあ、もう一度、家族に乾杯！

「選」について

髙田正子

「青麗」創刊号の雑詠欄の選を終え、一誌を立ち上げる実感を改めて抱き直しているところだ。ひとさまの作品を選ぶという行為に関わるようになって、ざっと二十年になるが、かかる事態は初めてのことゆえ、ひとつひとつが想像をはるかに超えて刺激的である。

それにしても今年（二〇二三年）ほどさまざまな種類の「選」を体験した年はない。

四月から「中日新聞」の俳壇選者を務めているが、この一件は前年のうちに「予定」されていたことだ。が、始動直前の三月半ばに師の「藍生」主宰・黒田杏子が急逝し、ほどなく「角川全国俳句大賞」の代選の依頼電話が入るなど、思わぬ境遇となってスタートすることになった。師の代わりなど務まるべくもないが、こうなったからには「天命」と肚をくくるほかはなく、だが新聞俳壇の他に拝命していた別の選句の仕事と期日がぶつかって目を回し、世の中の選者の皆さまがどれほど大変なことをなさっているか、まさに思い知ったのだった。

ほぼ並行して、師の最終句集を八月の刊行を目指して編むことが決まった。全句集ではなく単行の句集ゆえ、資料の収集、分類ののち、ここでも「選ぶ」必要が生じた。膨大な作品の中から、ほんのひとかけらを抽きとる仕事。しかも師の。スタートは四月、ゴールは八月、と期限が切られていなかったら、悩みは更に大きくなったことだろう。

いきなり急流に投げ込まれ、ひたすら泳ぎ切ることのみを考えていた感もあるが、短期間に新聞の選、俳句誌の選、句集の選に揉まれたおかげで、同じ「選」といいながら、いかに異なる行為であるかを体で知ることになった。「俳句」九月号の「選句のすべて」という特集を読んだのは、ちょうどそのころ。行間から選者の喜びと苦悩が滲み出てくるようだと思った。

ここで一つ白状しておくと、この渦中に約束した仕事が後にダブルブッキングであることが判明し、関係諸氏に多大な迷惑をかけた。判断のキャパを超えていることに気づけなかった不覚。過ちはそもそもそういう甘さ、緩さに端を発するものなのだろうが、ときには断って嫌われる勇気ももたねばならぬ、とまさに思い知ることの連続であった。

真っ黒な悔いを刻むことにもなったが、タイプの異なる「選」に真向かうことは、まっすぐに眼前に集中することであり、ぞくぞくする体験であった。

岐阜出身の私にとって「中日新聞」はふるさととの新聞である。関東に住む現在、リアルタイムで紙の新聞を手にすることはできないが、ふるさとと再び縁を結び直した心持ちになっている。そんな心が選んだ二〇二三年四月十六日付の一句は、

ふるさとと繫がる春の電話かな　吉田ゆきえ

この句を私は、「川崎市在住のゆきえさんだが、中部圏は祖父母のふるさとで親類縁者が多いという。何かを祝う電話を掛けたのかもしれない。新聞掲載をご覧になって、次はふるさとから電話が来るだろう」と鑑賞したのだが、後日、親類縁者中に連絡が回り、本当に何本も電話がかかってきた、と聞くことになった。

また「角川全国俳句大賞」では、

生きてなお疫禍戦禍の汗拭い　木村寛伸

を特選の一つに選び、「パンデミックも戦争も歴史の中だけのものと思っていた、自分が生きている間に遭遇するとは思わなかった――と嘆きつつ、〈汗拭い〉で締めたところが巧いです。なにしろ汗をかくのは、生きているものの特権ですから」と鑑賞した。師の代理など滅相もないと逃げていたら、出逢えなかった句である。

師の句集『八月』の編纂は、作品に向き合うというよりは、生前の師に再会する体験であった。あのときのご発言はかような意であったか、と認識を新たにすることも多かった。師とは一世代の年齢差があるとはいえ、どうも私は後から気づくことが多い。後戻りはできないから、せめて句集には、最も伝えたい師の姿を留めたいと念じた。読んでくださる方に通じればよいのだが。

そうした時期であったせいか、師を継いだ方々の句集に自ずと気持ちが傾いた。結社誌についても同様に、例えば「雛」（福神規子主宰、髙田風人子門）が十月号で百号を迎え、終刊した「若葉」の旧会員が続々と入会なさっていると知って心が温もった。これまでも「継ぐ」ということについて考える機会はあったはずだが、実際に自分がその立場になって、初めて悟ったことのなんと多いことか。

「藍生」誌は終刊となり、結社も閉会となった。だが所属したすべての会員が、なんらかの形で遺志を「継ぐ」。私は一個人としてではなく、新しい結社を立ち上げる形で「継ぐ」ことを選んだ。つまりそれは結社の「選」にこの後の生を捧げるということである。同行してくださる方々がいてこそ立ちあがった結社であり、実際に助けられてばかりなのだが、「選」については私自身が十全な状態で立ち向かいたい。何度も溺れそうになりながら、ようやく泳ぎ着いた境地である。

戦後俳句史の作り方

筑紫磐井

一．戦後俳句史の作り方

少し古くなるが、『昭和文学研究』（平成21年）の「研究動向・現代俳句」で、青木亮人氏が「現代俳句の研究を思いたった時、ある困難に気づくのではないか。当惑といってもよい。まず、通史が存在しないのである。「現代」を昭和期以降として、昭和期全体を俯瞰した俳句史が見当たらない。特に戦後俳壇は現代俳句協会、俳人協会、日本伝統俳句協会に分裂したが、これらを「三派鼎立時代」と見なすような――あるいは見なすべきではないとする――史観が存在しないのである」と指摘している。少し古くなると言ったが、この状況は現在も変わっていないであろう。

念のために具体的に主要な通史を見てみよう。一部エッセイ的なものもあるがこの程度であることは青木氏を満足させるものではないことは確かである。

○『俳句講座 7』明治書院　昭和34年の中の「昭和俳句史 下」三谷昭（終戦から新鋭作家の台頭まで）

○『戦後の俳句：〈現代〉はどう詠まれたか』楠本憲吉編著　社会思想社　昭和41年（終戦から現代俳句協会の分裂後まで）

○『昭和俳壇史』松井利彦 著　明治書院　昭和54年（昭和初期から虚子没年まで）

○『鑑賞現代俳句全集』（昭和56年　立風書房）巻1「昭和俳句史（二）」坪内稔典［戦後から兜太・重信まで］

○『俳人たちの近代：昭和俳句史論考』小室善弘 著　本阿弥書店　平成14年（秋櫻子のホトトギス離脱から「第二芸術」論まで）

○『昭和俳句史――前衛俳句～昭和の終焉』川名大 著　角川文化振興財団　令和5年（昭和30年代から昭和末年まで）

対象としている期間が限定されており、現代に近い部分は欠如しており、通史としては十分ではない。昭和30～40年以降ほとんど通史がないのだ。平成、令和などかけらさえない。一番新しい川名の『昭和俳句史』でさえ、戦後俳句の最も華やかなりしころ（つまり第二芸術論や社会性俳句の時代）の昭和20年代を含めた通史になってはいない。戦後多くの作家、評論家がい、多くの俳句系出版社がありながらこれは寂しいことであった。

一応、これを補足するものとして、「俳句研究」に連載された「共同研究・現代俳句50年」（俳句研究　平成7年1月～8年10月）があるので項目を示そう。

【「共同研究・現代俳句50年」目次と執筆者】

○序章　戦後50年の俳句の歴史　坪内稔典、大串章、川名大、本井英、仁平勝【座談会】

①第二芸術論の時代　坪内稔典
②雑誌「現代俳句」と新俳壇　川名大
③批評の射程――山本健吉とその周辺　仁平勝
④青春と俳句　川名大
⑤時代の証言――療養俳句について　大串章
⑥性と風俗　本井英
⑦昭和20年代をめぐって　上田五千石他【座談会】
⑧根源志向　川名大
⑨雑誌「俳句」創刊　坪内稔典
⑩社会性俳句　仁平勝
⑪虚子の死　本井英
⑫抒情と時代――昭和20・30年代の抒情俳句について　大串章
⑬前衛俳句　仁平勝
⑭俳句は戦後の時代とどう関わったか　金子兜太他【座談会】
⑮俳人協会と伝統派　川名大
⑯昭和ひとけた世代　大串章
⑰大衆文化と俳句　坪内稔典
⑱飯田龍太と森澄雄　大串章
⑲老大家現象　本井英
⑳人生から言葉へ　仁平勝
㉑最終回　俳句の力俳句の未来　坪内稔典、大串章、川名大、本井英、仁平勝【座談会】

これら項目を再分類すると、次の通りになる。ここから戦後俳句史の分析をしてみたい。なお、❷以下の分類で、掲げられた表題以外に比較上どうしても抜け落ちていると思わざるを得ない項目を（　）で掲げた。

❶運動・主張：第二芸術論（①）、根源志向（⑧）、社会性俳句（⑩）、抒情俳句（⑫）、前衛俳句（⑬）、伝統派（⑮）

戦後俳句をたどるときは必ず出てくる話題であろう。多くの戦後俳句史を記述する際これらを網羅することは異存ない（楠本憲吉の『戦後の俳句』にもすべて取り上げられている）。しかし、根源俳句はその後の展開は大きくないようだ。また、抒情俳句は運動としてははっきりした形は見えていない。結局、第二芸術論、社会性俳句、前衛俳句、伝統俳句が主要戦後俳句の動向と言えるだろう。

❷個人名：山本健吉（③）、虚子（⑪）、飯田龍太と森澄雄（⑱）、（金子兜太）

個人名は、上記運動・主張と関係づけてみる方が意味がよく分かる。まず健吉は、根源志向、社会性俳句、前衛俳句で激しい論戦を行った。また虚子は上記のあらゆる運動——特に、根源志向、社会性俳句、前衛俳句——から排斥されていた。飯田龍太と森澄雄は伝統派の代表として見られているのだろう。しかしこう並べて見れば（金子兜太）はぜひ入れたいところだ。もちろん、社会性俳句、前衛俳句の代表としてだ。

❸ジャーナリズム:「現代俳句」（②）、「俳句」（⑨）、（俳句研究）、（その他の総合誌）

「現代俳句」、「俳句」は戦後の代表的総合誌である。ただ、ここに（俳句研究）が抜けているのはやや納得できない（②「現代俳句」で言及はされている）。

❹協会：俳人協会（⑮）、（現代俳句協会）、（日本伝統俳句協会）

俳人協会の創設は確かに大きな事件であったが、（現代俳句協会）が抜けているのは不思議な感じがする。現代俳句協会があってはじめて俳人協会ができたのだから。一方、（日本伝統俳句協会）は昭和63年の創設だからこの共同研究の時点ではまだ評価が難しかったかもしれない。

❺その他：青春（④）、療養俳句（⑤）、性と風俗（⑥）、大衆文化（⑰）、一桁世代（⑯）、老大家（⑲）、人生から言葉へ「昭和二桁世代」（⑳）

その他の分類は世代論や風俗的な項目であり、俳句固有の事件でもないし戦後俳句史の必須のものではないように思われる。

このように見てみると、戦後俳句史は❶の項目で記述するしかないことが分かる。つまり、前衛・伝統俳句以後の顕著な運動・主張は存在しないとしか見れないのである。

二．前衛俳句をめぐる論争

さて、この戦後俳句史の掉尾を飾る前衛俳句については、二つの考え方に分かれている。それは、金子兜太と関西前衛派だけを指すのか、高柳重信の「俳句評論」までを含むのかという論争である。

❶「『前衛俳句』について論じようとするとき、その対象をどのあたりに定めるかということは、ひとつのやっかいな問題であるようだ。さしあたっていま、私なりにもっとも確かなところとして、そのイデオローグたる金子兜太と、彼の理論に呼応して見せたいわゆる「関西前衛派」——堀葦男、林田紀音夫、島津亮、八木三日女といった面々を考えてみる。』……いきなり拙文の引用で恐縮だが、ここでいう「やっかいな問題」は、じつは今日もまだなお解消されていない。つまり「前衛俳句」と

は何であったかという問題は、その作者や作品において、必ずしも定かでないのである。……歴史的な事実が分からなくなってしまったというのではない。「前衛俳句」そのものの解釈が、どうやらまちまちなのである。

わたしの考える「もっとも確かなところ」以外に、例えば高柳重信や加藤郁乎も前衛俳句に含めることがある。さらにまた、鈴木六林男や佐藤鬼房といった社会派の作家たちもそこに加えられたりする。どちらかというと、こういう見解は結構広く俳壇に流通していて、本当はそれが「前衛俳句」の定説なのかもしれない。だとすれば、わたしのほうがその定説に納得できないことになる。」（仁平勝「前衛俳句」）

❷「「前衛俳句」の範疇の規定は悩ましい。兜太を中心に関西前衛派（後の「海程」と「縄」）で括ればいちばんすっきりする。……富澤赤黄男や高柳重信らの活動を「前衛俳句」の範疇に入れるかどうかは悩ましく、便宜的に折り合いをつけるしかないだろう。……ここでは、当時の俳壇ジャーナリズムが行った枠組みを視野に入れて、便法として「俳句評論」も範疇に含めておく。」（川名大『昭和俳句史』）

「前衛俳句」に「俳句評論」が入るかどうかの些細な議論のようにも見えるが、じつは前衛俳句を新興俳句から派生したものとみるか、戦後の社会性俳句や根源俳句から発展したものとみるかで論者の史観が問われることになる。もちろんこうした問題が一方の主張で完全解決するとは思われないが、少なくとも前衛俳句問題は戦後俳句史の棘となっていると認識した方がいい。

なぜならそれは、前節で述べたように、戦後俳句史は前衛と伝統の対立で終わっていると見えるからである。少なくとも前衛と伝統の時代以降新しい運動や主張が出てきていないことは共同研究の成果として明らかなように思う。誰が戦後俳句史を書こうとも前衛と伝統以降の歴史は書けないのである。どうやら俳句史は、《運動や主張の歴史》から《俳壇史》（協会やジャーナリズムの歴史）に変わって来てしまったのだ。

さて、「俳句研究」の共同研究が行われたのは平成8年だがそれ以降、もし仮に「共同研究・現代俳句80年」に追加できる項目を考えて見てもほとんどないことが分かる。俳句甲子園ブーム等多少彩りはあるが「歴史的大事件」がなくなってきた。結社誌の激減、総合誌の終刊（「俳句とエッセイ」「俳句朝日」「俳句あるふぁ」「俳句研究」の終刊）。兜太、汀子、狩行の三協会のトップが長期にわたり君臨したが、令和となってからは、更に結社誌の激減、総合誌の終刊が続き、三協会の会員数も横這いないし減少し、兜太、汀子、狩行の三協会のトップが表舞台からいなくなった。それだけなのだ。

俳句の先人から学ぶこと

角谷昌子

イスラエルによるパレスチナ自治区ガザへの攻撃が激化している。イスラエルのネタニヤフ首相は、ガザを実効支配するイスラム組織ハマスへの軍事侵攻を強め、同時にレバノンのシーア派組織ヒズボラの動きを牽制しようとする。こうして中東情勢の緊張は高まるばかりだ。

私は中学校からずっとキリスト教の教育を受けた。タナトスへと針が振れやすく、頑迷で心の空白を埋めがたい自分にとって信仰は救いの道。だが、友達は次々に受洗してゆくものの、自分は結局できなかった。それは青春時代の大きな挫折感となって尾を曳いた。

学生時代、聖書の授業でユダヤ人の歴史を学んだ。古代よりパレスチナに属するエルサレムは、イスラム教・キリスト教・ユダヤ教の聖地で、「乳と蜜の流れる地」と呼ばれたが、ローマ帝国によってユダヤ人はこの地を追われた。第二次世界大戦でのナチスのユダヤ人迫害という大量虐殺。西欧での同情的雰囲気に後押しされて一九四八年、国連の決議により、イスラエルは建国に到った。こうしてガザ地区の地域分割となったが、中東戦争によるパレスチナの難民を大量に流出させた。

現在、ガザ地区を統治しているハマスは、パレスチナの暫定地域を認定したオスロ合意、イスラエルそのものも否定し、「天井のない監獄」と呼ばれる状況が続く。

昨今のイスラエルとハマスの爆撃戦は、旧約聖書時代以来の火種がくすぶり続けているわけで、人間の業の深さにおののくばかりだ。

二〇二二年二月に始まったロシアのウクライナ侵攻は、その後も和平への道を閉ざしたままである。世界中で専制主義が民主主義を圧倒し、難民の数が膨れ上がる。軍拡が進み、核兵器使用がほのめかされる。世界規模の環境破壊が拡大し、日常生活では各国の物資欠乏・物価高が大問題となり、貧富の差は拡大する。さらにCovit-19感染症の世界的規模の流行は約三年間続き、まだ決して気を許すことはできない。閉塞感が強いこんな時代にあって、俳人はどうやって俳句に向き合えばよいのだろう。

○俳句の先人の足跡

歴史を振り返り、先人たちはどのように俳句を手放さずにいられたのかを再認識したい。人々が戦争と結核に苦しめられた昭和を生き抜き、平成に亡くなった二十六名の俳人たちの作品と境涯をまとめた自著『俳句の水脈を求めて―平成に逝った俳人たち』（H30・角川文化振興財団）に登場する俳人たちの中から例を挙げて、いかに彼らが戦争と病気に直面しつつも俳句への志を貫き、時代を生きたかを見つめなおしたいと思う。

①野澤節子

節子は一九二〇年、神奈川県横浜市生まれ。十三歳で脊椎カリエスに罹患して下半身がまったく動かなくなってしまう。

冬の日や臥して見あぐる琴の丈
春燈にひとりの奈落ありて座す

女学校を中退し、習い始めた生田流の琴も断念しなければならなくなった。「臥して見あぐる」とは立てかけた琴を病床から仰いでいる句で、挫折の哀しみが滲む。次の「ひとりの奈落」とは、学友たちが青春を謳歌しているのに、自分は取り残されて病気と闘わなければならない絶望感が表された。節子は二十年余りの闘病生活の後、特効薬のおかげで幸いにも全快する。そんな闘病の辛さと戦中の時代的閉塞感は、師の大野林火の励ましと俳句創作によって乗り越えられた。

②川崎展宏《てんこう》

展宏は一九二七年、広島県呉市生まれ。父は厳格な海軍士官で、兵学校に入れと言い聞かされ、頬を張られて耳が聞こえにくくなりもした。だが、病弱だったので父の期待に応えられなかった。肺浸潤の療養のため、広島県竹原市で祖父母と暮らしていた十八歳のとき、食料不足となって萩へ移ろうとしたところ、途中で体調不良となって帰宅する。そのとき、地平線の閃光を見た。八月六日の広島の原爆炸裂だった。辛くも命を救われたが、自分は生き残ってしまったとの自責の念が強まる。

「大和」よりヨモツヒラサカスミレサク
天球を春へ廻せる虚子ならん

「大和」とは戦艦大和のことで、沈没船から黄泉《よもつ》比良坂《ひらさか》には菫が咲いていると打電されるという句。展宏は供花として菫を戦没者に捧げたのだ。彼は戦争の痛みをずっと引きずっていたが、高浜虚子の句の温もりによって救われる。その虚子に対する思いを「天球を春へ廻」すと表した。展宏が山形で教鞭に就いていた昭和三十年代半ばは、社会性俳句が一世を風靡し、「寒雷」の仲間からは、展宏の句は、「カチョー・フー・エーじゃないか」と揶揄されたが、虚子論を執筆する仕事を最も励ましてくれたのが、師加藤楸邨だった。大戦中、戦局の不安を訴えた中村草田男に対して、小諸に疎開中だった虚子は「なるようになる」と答えたという。そんな虚子の泰然自若とした態度から生まれた俳句に展宏は慰められた。

③上田五千石《ごせんごく》

五千石は、一九三三年、東京都の生まれ。父が六十三歳という高齢のときの子なので、心の隅で父の近い死を恐れているような繊細さだった。終戦の年、疎開先で生家の全焼を知る。大学時代には強い神経症にかかり、自殺まで考えるようになった。

冬銀河青春容赦なく流れ
渡り鳥みるみるわれの小さくなり

「青春容赦なく流れ」には精神的な圧迫感が表れており、それには時代的背景もあったのだろう。だが、苦しいときにたまたま句会に誘われて師となる秋元不死男と出会い、師の特選を頂戴してから、精神の安定を得られるようになる。「渡り鳥」の句のような詩情豊かで抒情的な作風がよく知られている。この句は、浪漫性があるばかりでなく、鳥たちに取り残され、凝然と天を仰いで佇立する「われ」の孤独感も印象的だ。

④森　澄雄

澄雄は一九一九年、兵庫県旭陽村、現在の姫路市生まれ、五歳からは長崎県長崎市で育った。二十三歳で召集令状を受けて三年後にボルネオ島に転戦、巨大なジャングルの中で「死の行軍」に加わり、この激戦地で次々と亡くなる同胞を葬った。この行軍で死者は一万人を超えたと言われている。終戦の翌年、ようやく長崎に帰るが、原爆で実家は壊滅していた。

桜みる胸を支へて生き得んや
われ亡くて山べのさくら咲きにけり

「桜みる」には、これからの生活への期待よりも、はるかに不安感が強い。どう生きればよいのだろう、との直叙からは、困難に直面した作者の嘆きが強く伝わってくる。

澄雄は六十代に脳血栓で倒れ、献身的な看護をしてくれた妻がのちに急逝してしまう。晩年、哀しみばかりでなく、人間のよろしさやめでたさを詠みたいと言った。そんな思いを込めたのが、「山べのさくら」の句だ。眼前に山桜が咲き誇っているが、自分はいつか死ぬ定めである。はかないはずの桜は、そんな人間の運命を見守りながら、次世代に繋がってゆく。死したあとも、魂となって天から山桜を俯瞰しているような穏やかさだ。

自著で取り上げた俳人たちの多くは、結核に罹患したり、太平洋戦争による家族や仲間の死などの痛みをずっと抱いて生きてきた。彼らは俳句を詠むことによって自然と親しみ、自分の心と客観的に向き合い、作品を遺すことができた。ほかにも、金子兜太、鈴木六林男、佐藤鬼房たち参戦した俳人の作品と境遇にも触れたかったが、残念ながら紙幅が限られている。

⑤大峯あきら

あきらは奈良県吉野郡生まれ。哲学者、僧侶でもある。「宇宙的視座」の下で人間の命は、ほかの万物の命と等しく、「大いなる宇宙の命の現れ」であり、俳句とは、「一つの宇宙的視座を遂行する言語」と説いた。文学の精髄を求めてたどり着いた境地だ。

虫の夜の星空に浮く地球かな
日蝕の風吹いてゐる蓬かな
凍る夜の星辰めぐる音すなり
いつまでも花のうしろにある日かな
草枯れて地球あまねく日が当り

いずれの句も広大な天体と身近な対象を対比させ、膨張し、収斂し、永劫の時空へと誘われてゆく。天体と季語の交響をなすこれらの句から、「花鳥諷詠」とは、天地運行の壮大なリズムの中に生滅する命を描くことであり、芭蕉の「風雅の誠」の敷衍、詩の本質論への飽くなき追求だと思えてくる。哲学・宗教・俳句の根源を求め、戦時や災害時の特殊性を状況認識として文学の場へ安易に持ち込むことを避け、詩人の深い知見を希求する態度は最晩年でも決してゆるがなかった。

最後に挙げた大峯あきらは、KADOKAWA『俳句』に連載中の「俳句の水脈・血脈―平成・令和に逝った星々」で取り上げた。令和になって有馬朗人、伊丹三樹彦、稲畑汀子、鍵和田秞子、後藤比奈夫、斎藤愼爾、澤好摩、宗田安正、棚山波朗、辻田克巳、友岡子郷はじめ昭和から活躍してきた俳人が次々と鬼籍に入った。物故俳人の作品と境涯を私はライフワークとして書き継ぎたいと思っている。彼らの足跡と業績を追うことによって、我々がいま直面していることを乗り越え、俳句を未来へとつなげてゆく手がかりが得られないだろうか。

ところで、令和五年に亡くなった大石悦子の商業誌の追悼特集に同年死去した黒田杏子についてのエピソードが寄せられていた。私は執筆のため、数多くの追悼文を読んできたが、あれほど啞然としたことはなかったと最後に記しておきたい。

（敬称略させて頂きました）

「今の事」と「先の事」

渡辺誠一郎

「近頃思っていること」は、いずれも闇の中にある。「今の事」で言えば、戦争の事。東日本大震災から十二年が過ぎたが、ここに来て一日のニュースの中で、戦争の話題が頻繁に流れるようになった。戦後世代にとって、戦争は親の世代の話だが、あの戦争をどう受け止めたらいいのかと、私なりに考えてきた。その親はもはやいない。

そんな中で、句集『広島』を手に取った。昭和三十三年に、句集刊行会から出されたものだが、昨年、当時の編集員の自宅から五百冊が見つかり、話題となった。多くの応募句の中から、五四五名の一五二一句を選んで、句集が実現した。句集には被爆体験者の他に、草田男や三鬼などの著名な俳人も数多く作品を寄せた。

『広島』のページを開いて衝撃を受けた。原爆の惨状が、昨日のことのように生々しく浮かび上がり、俳句から立ち上がる情景がしばらく脳裏から離れなかった。

裂け口に腸垂れ裸兵氏名言ふ　広島　宮田嵲風

炎天下溝越ゆるごと死者跨ぐ　広島　金行文子

東日本大震災の時に詠まれた俳句との違いといえば、やはり戦争の惨禍の方が生々しく、描写はより直接的である。大震災は災害であり（原発は若干異なるが）、戦争は国や人が主体であるという違いも影響しているかも知れない。ただその一方で、句集を読み進めていくと、惨状は筆舌に尽くせないが、そこから爆弾を投下した側への憎しみが、ほとんど表現されていないことに気付いた。俳句は告発には無縁の詩型ではあるが、誤解を承知で言えば、広島の慰霊碑に刻まれた「過ちは繰り返しませぬから」の言葉と同じ位相にあるように思えたのだ。その複雑な屈折感が、結果として痛ましく、息苦しさだけが残った。ただ悲惨な状況を昇華、内面化しようとした次の様な俳句には救われた。

生き残ることの不運も昼目覚め　広島　松村多希女

炎ゆる日へ虚空を摑む手をあげし　広島　伊賀崎静子

戦争といえば、ロシアがウクライナに軍事侵攻したのが昨年（令和四年）の二月二十四日。プーチンは核の使用もほのめかした。そんな中で、ウクライナ女性の俳句集を目にした。『ウクライナ、地下壕から届いた俳句』（集英社）だ。黛まどか氏の監修によって刊行を見た。

地下壕に紙飛行機や子らの春　ウラジスラバ・シモノバ

紙飛行機が地下壕を飛ぶという戦時下の情景の一句から、ここには特別な時間が流れていることが悲しく伝わってくる。俳句を詠むことで、残酷な時間から救われる思いになることもある。それは東日本大震災においても同じような体験をした俳人を幾人も見てきた。同じことがウクライナでも起きている。

そして今、イスラエルとイスラム組織ハマスとの軍事衝突が熾烈を極めている。ガザ地区の惨劇は収まりそうにない。人類の愚かさは一向に変わらず、混迷は深い。

戦乱を想えば重き西瓜かな　誠一郎

近頃、ファッションデザイナーの川久保玲氏が、「暗鬱な現在から自由になるために、かがやくあかるい未来を提出することを、私は希望します」と述べた、来年春夏のパリコレクションの言葉が目に入った（「朝日新聞」2023・10・29）。そして、明らかにしたのは、従来の黒一色から一変、濃厚な多彩の色彩を使ったコレクションであった。川久保氏はこの自身の変化を、先に述べたような戦争などによる「暗鬱な現在」に向き合う一つの回答とする。時代のきしみは、様々な表現分野に及ぶ。

「先の事」に、話題を変える。俳句甲子園は今年で二十三回を数え、年々盛況になっている。今回は開成高校が優勝し、最優秀賞は名古屋高等学校の〈月涼し伽藍に蟹の道がある〉（小田健太）であった。小生も何年か前まで仙台会場の審査委員長を務めたが、紅白の旗を揚げることに照れがあり、後進に席を譲った。いずれにせよ、年々応募学校も増え、俳壇の新しい血は、俳句甲子園から輩出されるのが目につくようになって来た。

小生は現在仲間と、「佐藤鬼房記念　塩竈市ジュニア俳句コンクール」に取り組んでいる。全国から4千句を超える応募があるが、ジュニアの大会は参加料が取れないので、多くの支援に支えられている。小中学校にも俳句を教えに出向く。そこで気が付いたことなのだが、俳句甲子園は受験の優秀校が多いが、突き抜けたような面白い俳句は、時として学校の「成績」に無関係なところで生まれることに気がついた。「いい俳句だ」とその子の俳句を褒めてやると、教室で初めて褒められたような破顔一笑の表情を見せてくれるのだ。これが一番嬉しい。

他方、今や生成AIの時代。著作権などの大きなハードルはあるが、俳句の世界にもこの波が確実に押し寄せつつある。先のコロナ禍の中で、リモート句会が定着したように、生成AIとの俳句会も動き始めている。生成AIと句座を共にするのが楽しみだ。膨大な情報から詠まれる生成AIの俳句は、言葉を変えていえば、「極めて優れた平均値」の俳句になりがち。それゆえ、これを超える俳句を妄想したくなってくる。未来は暗くも明るい。

無風の時代の静かな祈り

坂口昌弘

編集部からの依頼に沿って、「近頃思っていること」を、自由に書かせていただきたい。俳句と社会環境への自分の考えをまとめる一年一度の貴重な機会であるが、昨年から大きい変化はないようだ。

当原稿を書き始めた時に、イスラエルとパレスチナの軍事闘争が再開した。ロシアのウクライナ侵攻に解決の見通しがないことに加えて、世界情勢が泥沼状態である。同じキリスト教でもロシア正教とウクライナ正教の戦い、同じ一神教でもキリスト教とイスラム教の戦いが政治に大きい影響を与えている。民族的・宗教的呪いが続いているが、他国民はただ平和を祈るほかはない。

各地の戦争は日本経済に大きく影響する事件であるが、俳壇は無風で平和な状態であるかのようだ。

現在は無風の時代であるということが何か大きい問題であるかのように言われてきた。なぜ、無風の時代に、今は無風だという必要があるのだろうかという疑問が生じる。私は、無風でいいと思っている。

俳壇的な意味では、もう風は吹きようのない時代である。俳人は、無風かどうか論じるよりも、自ら良い俳句を作ることが大切である。過去に風が吹いたことを強調しても、今はもう風が吹かないのであり、風は吹く必要がない時代となっている。

俳壇の平均年齢が八十歳近い現在、十年後には約九十歳になり、二十年後には約百歳になる時代である。ここでいう俳壇とは、結社・同人誌・各協会・出版社を総合した運命共同体である。経済的にも、俳人の集合が結社・協会・出版社の経営を支えている構造である。基本的には結社が支えているが、俳壇は二十年もつだろうか。二十年後、平均約百歳になって俳句を作るだろうか。総合誌を買って、現在は無風かどうかといった難解な評論を読むだろうか。他人の評論を読んで勉強するだろうか、悲観的にならざるを得ない。風が吹くどころか、俳壇の存続が危機的な時代である。俳人は年齢と共に俳句から離れて当然だから、俳壇全体の危機など考えないであろう。若い人が入ってこないと言われるが、若い人にとって、同じ世代の俳人が少ない方が、受賞確率や認められる確率が増えて良い傾向であろう。

江戸時代から多くの俳人が句を作って来ているが、優れた俳句論を考えた俳人たちが風を起こしたと思ったほうがいい。また、風を起こすことを他人に期待するよりも、自分で風を起こすように努力した方がいい。自分で風を起こせないのであれば、俳壇は無風だと言い立てるよりも、黙って良い句を作るように心がけたほうがいい。

俳壇を批判しても、自分で解決出来ないのであれば、批判しても同じ結果である。日本人が一億総評論家といわれた時代があったが、今もネットでは批判・非難が多くあふれて、誰も解決する意見を提示しない時代である。無風という言葉に関心を持ち発言する人は、俳句の作品の中身を見ていない人の意見であろう。

無風の時代でも、優れた作品が生まれ、風が吹いていた時代の作品と同じく秀句が詠まれれば、それでいい。秀句を詠む俳人が少ないことが問題である。

俳人・評論家は、良い作品だけを見ていれば、無風かどうかはまったく問題でない。現在、良い句がないのであれば大問題である。多くの賞があるが、受賞作が優れた作品であるのかどうか論じた方がいい。現在の作品が秀句かどうか、歴史に残る名句になることが出来るのかが大切であり、そういう批評が少ないことが問題であって、俳壇史や俳句論史を詳しく研究して昔は風が吹いたと言っても、良い句は生れないであろう。

現在が無風であるのは、無風であるように俳壇の歴史が進んできたからであろう。風を起こすような本質的な俳句論はすでに言い尽くされたと、拙著『俳句論史のエッセンス』に書いたところ、反論される人がいた。本質的な俳句論という言葉が誤解されたようだ。

本質的な俳句論というのは、過去の俳句論の整理や報告ではない。新しい俳句観の提示であり、その俳句観によって多くの俳人が俳句を作ってきたものである。

風を吹かせた本質的な俳句論というのは、多くの俳人が自分の俳句を作る根拠となりえるものである。

正岡子規の唱えた写生論とは、「皆さん、写生で俳句を作りましょう」という子規の新しい提案である。多くの俳人が従い良い句を作ることが出来た。今も、俳句は写生という意見の俳人が多い。風を起こすということは、提示した俳句論が作句に役立つということである。子規が昔、写生を唱えたと報告する今日の評論は、学者的研究における報告であり本質的な俳句論ではない。

高濱虚子の唱えた花鳥諷詠論は、「皆さん、花鳥風月を詠んで俳句を作りましょう」という虚子の提案であり、多くの俳人が従って良い句を詠んできた。「ホトトギス」が日本で最大の結社となり得たのも、虚子の人間的魅力もさることながら、分かりやすく多くの俳人が共感できる俳句観を提示することが出来たからである。

水原秋櫻子の唱えた主観説は、「皆さん、主観・抒情を込めて俳句を作りましょう」という秋櫻子の提案である。草の芽俳句を良いと思えない俳人が従った。しかし、秋櫻子の俳句内容は大きくいって、有季定型の伝統俳句の範囲であり、新傾向や新興俳句の反虚子の立場とはまったく異なっていた。新興俳句の唱えた無季戦争句の俳句観は、水原秋櫻子の俳句観とは真逆で「皆さん、無季で、戦争をテーマに俳句を詠みましょう」という意見であり、残念ながら、無季・戦争句を詠んだ俳人が逮捕され、新興俳句は終焉したとされてきた。国が戦争をしている時に反戦の文学者が検挙されることは今のロシアに似ているてくれている。日本の戦前の様子は今のロシアが教えてくれている。戦後、社会性俳句や前衛俳句が作られたが、多くの俳人が毎日、俳句を詠む基盤となったかは疑わしい。

金子兜太の造型俳句の俳句論は、その理論に従って多くの人が俳句を作るベースとなり得たとはいえないであろう。兜太が自ら主張した造型俳句の説に従って多くの俳人が秀句を詠んだとは思えない。風を吹かした俳句論ではなかったし、今も造型俳句の説に基づいて俳句を作っている人が多いとは思えない。兜太を高く評価する人の俳句も、造型俳句の理論に基づいて俳句を作ってはいないようだ。兜太は還暦をこえてアニミズム俳句を詠み始めたが、動植物の命と魂を詠む俳句は、芭蕉以来の伝統俳句の本質的テーマであり、兜太はむしろ還暦をこえて伝統俳句の大切な命のテーマに気づいたと言いえる。アニミズムという言葉は英語だという理由で嫌う俳人がいるが、万物に共通の命・魂があり。命・魂への共感を詠むことは『万葉集』からの詩的伝統であることに注目する人は多くない。

子規・虚子・河東碧梧桐・荻原井泉水・秋櫻子たちは、本質的な俳句論を提示し、それに従って多くの俳人が多くの秀句を作って来たが、もはや風を起こす本質的な俳句論は出尽くしたと思われる。

後は、大震災、コロナウィルス、ロシアの侵攻を詠むといったテーマの新しさが秀句を生む可能性として残っている。

一般に思われている多くの俳句論は、過去の本質的な俳句論の整理・研究にすぎないので、研究論文・評論を読んだからといって、良い句が詠める可能性は少なく、ましてや風が吹くという事はありえない。また作品の主観的解釈・解説といった評論は、俳壇に風を吹かせるものではない。過去の俳句論の紹介文からは風の吹きようがない。

本質的な新しい俳句論はもう出尽くしたといってよいのではないか。現在が無風なのは歴史的必然であろう。ただし優れた俳句作品はこれからも出て来るから、評論家がその作品を論じる仕事は残る。俳人の使命は読者の心に風が吹くような優れた俳句を詠むことであろう。

評論家の使命はそういう優れた作品を選び、なぜ優れているかを論じることであろう。選は創作であるといった虚子にならっていえば、批評・鑑賞は創作であるということになろう。松尾芭蕉や与謝蕪村や子規や虚子たちの多くの俳句が優れたものとして残って来たのは、多くの優れた鑑賞文が書かれ続けて来たからである。鑑賞文が書かれなければ俳句は秀句として残っていかない。

未来の可能性については語れない。未来は誰にも分らない。ゴッドや神々にも未来は分らない。東日本大震災、新型コロナウィルスの発生、ロシアのウクライナの侵攻・侵略、小麦や石油の高騰、急激な円安等々、世界情勢を予測して対処できた予測家・評論家は誰もいない。

突然予測できなかったことが起るから未来と呼ばれる。過去一年の社会情勢は、変わらない。コロナウィルスは依然としてはびこっているが、以前ほどの脅威ではなくなっている。ロシアのウクライナ侵攻はこの三年変化なく、殺し合いは続いていて、連日のマスコミを騒がせていて、見る人の心が痛む。外国の戦争が急激な物価高や円安を引き起こし、日本人の家計を苦しめ、無関心ではいられない。しかし、政治家・官僚は何も解決できない。

戦争を知らない、戦争に無関心であった戦後生まれの世代には、ロシアの戦争は日本の戦前の韓国併合、満洲建国、太平洋戦争を思い出させる。教科書や書物では戦争の本質が理解できなかったが、ロシアの起こした侵略戦争は日本の戦前の戦争の本質を具体的な例として教えてくれる契機となった。

東日本大震災に比べては、他国の戦争はそれほど俳句のテーマにはなっていないようである。ロシアの侵攻だけでなく世界中で多くの戦争が行われている。

月刊誌「俳句」の対談で、金子兜太が大峯あきらに、なぜ震災句を一句しか詠まないのかと詰問したことがあったが、大震災句を詠みたくない俳人も多かった。

大震災を句集のテーマとすることに依って蛇笏賞のような大きい賞を受賞した俳人がいたことは、今までになかった俳壇的特色であった。だからといって震災句が俳壇的な風を起こしたとはいえないだろう。震災句の多くは震災での死者への鎮魂の祈りであった。

他国の侵略戦争は日本人の多くの俳句のテーマにはならないようだ。もちろん戦争をテーマに優れた俳句を詠む俳人もいるが、戦争が俳句の重要なテーマになり得るのかは疑問である。他国の戦争での死者への鎮魂の祈りの句として大切である。

大震災も戦争も本質的な俳句論の対象となり難いのは、震災や戦争は人間に大きい不幸をもたらすからである。戦争は、俳人どころか、多くの人間になすすべがないからである。戦争は人間にとって悪であり呪うべき事件である。呪うことは秀句を生まないのではないか。

本質的な俳句論というのは、長い時代にわたって多くの俳人が毎日の俳句を詠む支えとなるような俳句観であり、人生観や自然観が背景にないとだめであろう。

評論を書く人、詩歌を詠む人の立場は、大きく二つに分かれる。花鳥風月の自然を詠み、人間の幸福な心を詠む立場と、戦争反対や原発反対や憲法改正反対等、社会を批判する立場である。これは俳句だけでなく、文学が持つ二面性であり、見かけ上は対立し、相互の批判がある。特に戦争反対を俳句・批評のテーマとする人は、いかにも花鳥風月を詠む人が戦争反対でない立場であるかのような文を書きがちである。

俳人はすべて、また人間の九十九パーセントは戦争反対であろう。戦争を起こすのは、一握りの指導者と官僚と軍のトップである。政治家を選挙で選ぶことが出来るが、選挙が終われば何をしているかを、国民はすべて知ることが出来ず、ましてや予算を決定できない。

また戦争は他国が侵攻して、その防衛として戦争せざるを得なくなる場合がある。人間の絶対多数は戦争反対であるにも関わらず、戦争はこの世から無くならないのが歴史的事実である。

虚子は既にこの二面性を語っていた。文学には、極楽の文学と地獄の文学とあり、俳句は極楽の文学と強調した。極楽の文学とは、花鳥諷詠であり、花鳥風月・自然・人間の良い面をテーマとして詠むことである。地獄の文学とは、戦争・貧困・社会の悪い面を詠むことであり、政治批判や社会批判の精神を表現することである。自然の良い面を詠む俳人やその句を評価する批評家は、批判精神がないという理由で非難されてきた。

私は、さらに突き詰めて、文学には、祈りの文学と呪いの文学があり、詩歌俳句は祈りの文学であると思う。

古き代の呪文の釘のきしむ壁　篠原鳳作
羽蟻とぶ街に原爆呪詛の歌　下村ひろし
螻蛄《けら》鳴くや詩は呪術にはじまりし　原　裕
ちらしにも呪ふ核の字ヒロシマ忌　阿波野青畝

少なからず俳人は呪いの句を詠んできた。戦争・社会悪への呪いである。

祈るほか無きか被災地春雪降る　鍵和田秞子
ただ祈るほかなく送る年なりけり　正木ゆう子
祈る他なし殺戮《さつりく》の地へ蟻走る　有馬朗人

一方、多くの優れた俳人は祈りの句を詠んできた。戦争を呪うことと、平和を祈ることは同じ心の裏表である。戦争はいったん始まると誰も止められない。どちらかが負けるまで殺し合いが続き、多く殺したほうが戦勝国となる。国連は機能せず無用に近く、外交官は何もせず無用である。宗教団体も経済界もマスコミも評論家も学者も無用の状態であり、ただ傍観しているだけであり、戦争を止められない。俳句と同じで芭蕉の説く夏炉冬扇である。しかし、ほぼ全員、戦争反対である。文学者で、戦前に反対した者は逮捕され、最悪、死刑となり、今のロシアは戦前の日本を思わせる。戦争中は黙っていた人が、戦後に、命の心配がない時になって初めて戦争反対を大声で唱え始める。戦争中に〈捕虜を斬るキラリキラリと水ひかる〉や〈陽あたゝかきときおほきみを祈りまつれ〉と、中国人への殺人行為と天皇への祈りを詠んだ富澤赤黄男の句は戦後、新興俳句として評価されている。兜太は戦後の平和な時代に反戦思想を詠み評価されたが、戦場に行く時には反戦思想をもっていなかったことは誰も論じない。「正直に白状するけれども、戦争というものをやってみたいという気持ちさえも、どこかにあった」と『昭和二十年夏、僕は兵士だった』の中で告白する。「いざ戦争が始まると、血湧き肉躍るものがたしかにあったと思う」ともいう。兜太は、他国民を殺すことに必ずしも悪を感じていたわけではない。日本人は、他国に侵攻・侵略して他国民を殺したことを深く反省しておらず、戦地で他国民を殺したことを反省した句を詠んだ俳人は殆どいない。森澄雄が戦争体験や戦争反対を俳句で詠まない理由は、日本人が他国に侵略し他国民を殺したことを戦後の平和な時代に軽々しく詠むことは出来ないと真剣に考えたからではないか。貧しくともまず身の回りのささやかな平和な状態を句にすることが逆に平和への祈りを表現することに繋がると思ったのではないか。

花鳥風月を詠むことは命の平和を祈ることに他ならない。記紀万葉集以来、文学には祈りの文学と呪いの文学がある。俳句の歳時記のルーツである『荊楚歳時記』が五節句での祈りの書であることを俳人はあまり語らないようだ。有季定型のルーツが陰陽五行説にある仮説を『俳句論史のエッセンス』で書いたが、四季とはそもそも四季の神への祈りであり、中国の皇帝も日本の天皇も四方拝で四季の神々に祈っていた。

花、樹木、虫、瀧、日月、山川の多くの自然を詠むことは命の平和な状態を祈ることにほかならず、戦争反対の心と裏腹である。亡き人への鎮魂の句が自然と共にあることは伝統の道であり、『万葉集』に遡ることが出来る。

戦争反対の句を詠むことだけが戦争に反対する心の表現ではない。戦死であれ、どういう理由であれ、亡き人の魂を祈ることが平和への道である。俳句を詠む人はすべて、戦争反対の心をもって自然の生命の安全とこの世の平和を祈っている。季語を通じて自然を詠むことは、戦争のない平和を祈ること以外の何ものでもない。

松尾あつゆき・聖戦俳句・俳人の戦争責任

川名　大

一　松尾あつゆき

松尾あつゆき（注・昭和十年代は本名の「松尾敦之」）は昭和十年代から荻原井泉水主宰の「層雲」で活躍していた長崎市在住の自由律の俳人だが、二十年八月九日、長崎市街への原爆投下で被爆し、三人の子供を亡くした。生き残った妻も十四日夜に死去した。長女も被爆し、両手と顔にやけどを負ったが、辛うじて生き残った。松尾はこの時の苛酷な体験を、

すべなし地に置けば子にむらがる蝿

なにもかもなくした手に四まいの爆死証明

などと詠み、のち『原爆句抄』（昭47）に収録した。

昭和十年代に市立長崎商業学校の英語教師だった松尾は、戦後、佐世保市の旧制中学に復職。二十三年、井泉水の紹介で長野県丸子町（現・上田市）出身の芹沢とみ子と再婚した。とみ子は井泉水の妻若寿《わかす》の妹であり、かつ、「層雲」の先輩内島北朗の妻ツガルの妹であった。つまり、「層雲」の師弟三人は芹沢三姉妹をそれぞれ妻として義兄弟となった。翌年、松尾は内島のつてで長野県屋代東高校（現・屋代高校）に転勤。二十六年、松代高校教頭に転出。二十九年、南太平洋のビキニ環礁で米国の水爆実験が行われ、「第五福竜丸」の乗組員たちが被爆。これを機に原水爆禁止運動が全国的に盛り上がり、三十一年、被爆者の松尾は長野県原水爆被災者の会初代会長となり、その活動に尽力した。

だが、私は松尾の句業や人生を綿密に研究したわけではなく、その知識や情報量は浅薄なものであった。ところが、今年の九月に思いがけなく、信濃毎日新聞文化部の上野記者から太平洋戦時下の松尾の俳句についてインタビューを受けるとともに、上野記者が同紙に連載中の「被爆と反核の俳人 松尾あつゆき」（プロローグ・①〜⑬、6・1〜8・30）のコピーをいただいた。この連載は松尾の人生と俳句について丹念に調査、取材したもので、遺族の貴重な資料の提供もあり、連載終了後の単行本化が待たれる。芹沢三姉妹が「層雲」の師弟三人にそれぞれ嫁したことなども、この連載で初めて知ったこと。

インタビューの主旨は、戦後、人々の胸を打つ原爆句を詠んだ松尾が、「層雲」昭和十七年二月号の「米艦隊全滅」特集（テーマ）で他の七人の俳人とともに、次の四句、

旗をかかげ宣戦の大みことを拝し仰ぐに冬晴れ

空襲でもなんでも用意万端冬空暮れて青い

ラヂオの臨時ニユウスが洩れてくるので塀すその冬草

来るべき日はつひに、用水槽八ツ手の花しろくういてゐる

を詠んだことについて、これらの句をどのように受け止めたらよいのか、また、松尾を初め俳人の戦争協力にどう考えたらよいのか、ということだった。私は日中戦争から太平洋戦争下の松尾の俳句を調査して、一週間後にコメントする旨を伝えた。

「層雲」と「俳句研究」について、日中戦争勃発（昭12・7・7）以後の昭和十三年一月号〜同十九年七月号（注・「層雲」は十九年四月終刊・「俳句研究」は十九年七月終刊）まで調査した結果、松尾には前に引用した四句以外、いわゆる「聖戦俳句」（国策や国民感情に同調して戦勝賛美・戦意昂揚を意図した俳句）は一句も見つからなかった。むしろ、句の方向は「聖戦俳句」とは逆である。たとえば、師の井泉水は南京陥落祝捷提燈行列を、

歓呼、灯が灯が触れあつて爆発する推進する　「層雲」昭13・1

と詠むが、松尾は出征を、

はじめて握る手の、放てば戦地へいつてしもう《ママ》

と詠む。また、「層雲」昭和十七年三月号には特集「皇ら御戦」、翌四月号には特集「シンガポール陥落」があるが、松尾はどちらにも句を寄せていない。さらに、「俳句研究」昭和十七年十二月号は「大東亜戦争一周年を迎えて」の特集で、前田普羅・山口誓子・長谷川素逝・瀧春一らがいわゆる「聖戦俳句」を寄稿している。同誌にはその特集とは別の「作品」欄に松尾敦之の句も載る。東（のち三橋）鷹女が「秋暁の兵等の軍歌に合はせうたふ」など聖戦俳句を詠むのに対し、松尾は「博物館前」の題で、

博物館前の空ひろく月が中天

葉を洩る月の銅像の顔のしわ

など聖戦俳句とは無縁な句を詠む。

以上の調査に基づき上野記者に次のようにコメントした。松尾はいわゆる「聖戦俳句」に囚われた俳人ではなく、むしろ厭戦的でヒューメインな心を持った俳人ではなかったか。「米艦隊全滅」の冒頭句は天皇の宣戦の詔《みことのり》への尊崇の念が「冬晴れ」ととりはやされた句で、四句の中では最もいわゆる「聖戦俳句」の色調が濃い。逆に第三句は開戦や戦勝を伝えるラジオの臨時ニュースの昂揚した声が洩れてくるので、それを「塀す」（遮断する）と捉えたところには厭戦的な思いが読みとれる。この四句を読み解くには、この句は井泉水選の雑詠欄に投句した句ではなく、「米艦隊全滅」（真珠湾奇襲攻撃による戦勝）という特集（テーマ）への寄稿を求められた句であることが前提。すでに時局は反戦句を詠むことは身に危険の及ぶタブーであり、国策の戦勝賛美や戦意昂揚とそれに

同調する国民感情という同調圧力があり、「米艦隊全滅」というテーマを与えられたとき、それに抗うことは極めて困難だったのである。「米艦隊全滅」特集で、

われ捷てり兵征け征け街頭みんな若者　内島北朗

雪雲、雪雲を押しくるちからいまぞ宣戦　和田光利

など聖戦俳句色が露出した句に比し、松尾のその色調は淡い。以上が私のコメント。なお、「層雲」の「麗日壇」で常に上位を占めていた松尾は、十八年一月号から「諸家近作」欄（同人欄）に昇格した。

二　広義と狭義の「聖戦俳句」

今日、「聖戦俳句」という呼称は一般化しているが、意外なことに戦後の主要な「俳句辞（事）典」には立項されていない（河出書房版『現代俳句事典』〈昭29〉～三省堂版『現代俳句大事典』普及版〈平20〉まで七冊）。背景にはGHQの俳句検閲処分の後遺症や、俳句界の負の遺産を隠蔽したい意図があるだろう。そのことも理由の一つとなって、「聖戦俳句」の定義も明確化されていない。

昭和十四年～十八年にかけて『聖戦俳句集（選）』『みいくさ集』と題したアンソロジーが五冊ほど出ているので、当時、「聖戦俳句」という呼称は一般化していただろう。しかし、「俳句研究」の昭和十三年～十八年の目次を通覧すると、意外にも「聖戦俳句」という呼称を用いたものは瀧春一の「聖戦俳句鑑賞㈠㈡」（昭16・10～11）だけである。アンソロジーとしては『聖戦俳句集』あるいは「支那事変三千句」（「俳句研究」昭13・11）「大東亜戦争俳句集」（同昭17・10）の呼称もあるが、当時最も流布した呼称は「前線俳句」「銃後俳句」であった。

ここで興味深いのは『聖戦俳句集』や「支那事変三千句」などのアンソロジーと瀧春一の「聖戦俳句鑑賞㈠㈡」の内容を考察すると、「聖戦俳句」の広義と狭義の定義につながる認識が見られることである。すなわち、前者は日中戦争や太平洋戦争において、自国のみを正義とする単眼思考に基づいて戦争を聖なる戦いと捉えて、前線と銃後で詠まれた戦争に関する句をその実質を問うことなく全て「聖戦俳句」として括るものである。したがって、たとえば、日中戦争の前線俳句だけを収め、戦地や題材ごとに分類した胡桃社同人編『聖戦俳句集』（昭14）には

クリークに西瓜は浮いて兵昼寝（陣中閑吟）上海　正司一

遠く来て月夜の麦を馬に与ふ（徴発馬）北支　清水葩志芽

など戦意昂揚句とは異なるヒューメインな句も含まれる。「馬酔木」に発表された太平洋戦争の前線俳句と銃後俳句を収めた水原秋桜子編『聖戦俳句集』（昭18）の「白衣勇士篇」は作者が聖戦の傷兵というだけで、句は戦意昂揚とは無縁な自然詠。「戦線篇」にも自然詠は多く、中には、

夏芭蕉切りて軍馬の日覆とす　南方　座光寺亭人

など、軍馬へのヒューメインな心が滲み出た句もまじる。「支那事変三千句」には、

我講義軍靴の音にたゝかれたり　井上白文地
母の手に英霊ふるへをり鉄路　高屋窓秋
熱い味噌汁をすゝりあなたゐない　波止影夫
銃後といふ不思議な街を岡《（ママ）》で見た　渡邊白泉
ばんざいのばんざいの底にゐて思ふ　すゞのみぐさ女

など戦意昂揚とは逆の方向の句も含まれる。

他方、後者では句集と結社誌から戦意昂揚を目的とした句を抽出して、鑑賞している。この前者後者の例から「聖戦俳句」に関する広義と狭義の意識・概念が見られ、それは「聖戦俳句」の定義の指針となるだろう。すなわち、広義の「聖戦俳句」とは、日中戦争と太平洋戦争において、自国を正義、相手国を悪とする単眼思考に基づいて二つの戦争を聖なる戦いと捉え、前線と銃後とを問わず、また句の内容・方向性を問わず、戦争にかかわる事柄を詠んだもの。狭義のそれは二つの戦争において戦意昂揚・戦勝賛美を目的化して詠んだもの。

三　俳人の戦争責任

日中戦争よりも太平洋戦争下では、自国のみを正義とする単眼思考や情動に囚われたり、戦意昂揚の国策やメディアによる同調圧力に屈したりして、戦意昂揚を目的としたいわゆる「聖戦俳句」（狭義の「聖戦俳句」）が多く詠まれた。その背景には既に触れたように、太平洋戦争下では反戦的な句を詠むことは、身に危険が及ぶ閉塞の時代情況だったからだ。

したがって、連続する二つの戦争において自国は「正」、相手国は「悪」という単眼思考に陥らず、また国家やメディアが煽り立てる戦意昂揚の国民感情にも同調することなく、戦争の歴史的背景や苛酷、悲惨な現実を洞察する複眼思考と両国及びその国民への人間的な想像力とをもって、優れた戦争俳句を詠んだ俳人は極めて少数だった。ここではその中で五人の俳人に絞って、句を引用し若干のコメントを加えておこう。

渡邊白泉は全十一章一一六句で構成した「支那事変群作」（「広場」昭13・6）において、日中両軍の将兵たちの戦死や軍馬の戦死を描き、戦争の苛酷さ・悲惨さ・空しさを表わしたことに象徴されるように、複眼思考によって戦争行為を洞察し、自国と相手国や両国の国民への想像力を働かせることができるヒューマニティーに富んだ俳人だった。

銃後といふ不思議な町を丘で見た　昭13
提燈を遠くもちゆきてもて帰る　昭13
夏の海水兵ひとり紛失す　昭19
白き俘虜と心を交はし言交はさず　昭20

第一句は日常と化した銃後の町を、その共同体から抜け出して眺めると（単眼視点に囚われない外部の視点）、「不思議な町」として見えるという軍国一色の情況への強い違和感。第二句は漢口陥落戦勝祝賀の提灯行列への徒労感や空しさを暗示的レトリックを駆使して詠んだもの。第三句は日本海軍における上官らによる日常化したパワハラのため甲板から身を投げた水兵を物の紛失として表現した海軍機構への内部告発。第四句は「黒潮部隊」（特設監視艇隊）の指令本部（横浜）に収容されていた俘虜の米兵と無言で心を交わすヒューメインな句。

片山桃史は日中・太平洋の両戦争に出征し東部ニューギニアで戦死したヒューメインな心情に富む俳人。

我を撃つ敵と劫暑を俱にせる　昭13

対峙する敵兵にヒューメインな想像力を働かせた句。

鈴木六林男は太平洋戦争に出征。フィリピンのバターン・コレヒドールの激戦を体験。

ねて見るは逃亡ありし天の川　昭16

遺品あり岩波文庫「阿部一族」　昭17

前句は皇軍の逃亡兵に思いを馳せた句で、戦意昂揚とは逆の陸軍内部の実態を抉り出す。後句は森鷗外の『阿部一族』と重ねて兵士としての生き方を問う句。桃史と六林男がいわゆる「聖戦俳句」に陥らなかったのは戦争を洞察するリテラシーや他者への想像力を有していたという個人的事情にも因るが、前線にいたことで、銃後の俳人よりも戦意昂揚の同調圧力が稀薄であったことも考慮すべきだろう。

藤木清子は「旗艦」所属の新興俳句の俳人。兄夫婦の家に寄宿した寡婦で、アウトサイダーとして客観的な目を持っていた。

秋あつし宝刀われにかゝはりなき　昭15

壮行歌昂ぶりわれはひそやかに　昭15

高篤三は複眼思考のヒューマニストで、いわゆる聖戦俳句を詠むことを要請されても、それに同調しなかった。

すかんぽや支那の子供はかなしかろ　昭13

日中戦争下の中国の子供にヒューメインな想像力を働かせた句だ。

他方、太平洋戦時下の日本文学報国会俳句部会に所属する著名俳人や結社誌の主宰者を中心に、

撃ち攘ちて敵は火焰樹の花屑と　山口青邨

ますらをはすなはち神ぞ照紅葉　水原秋桜子

など、いわゆる「聖戦俳句」は枚挙にいとまがない。特に日米開戦（真珠湾奇襲攻撃）・シンガポール陥落・山本五十六元帥国葬など重大な軍事的事件に関して、唯一の俳壇ジャーナリズムの「俳句研究」（改造社）から特集の寄稿を求められたとき、ほとんどの俳人はいわゆる「聖戦俳句」を詠んだ。そこには国粋的な情動に囚われた本

心からのものや、自句が衆目に晒されるのを忖度して国策に同調したものや、俳壇的地位や経済的安定を守ろうとする保身的なものなどが入り混っていた。

ここで、上野記者の第二の問い「俳人の戦争責任」に戻る。私はこの問いへのコメントを保留し、戦後のＧＨＱによる検閲処分の回避、戦争責任追及の回避、聖戦俳句を詠んだ作家的負性をリセットしたい願望など複合的理由から、俳人たちが戦後の句集から聖戦俳句を削除したが、研究者の責務として戦時下に俳人たちが聖戦俳句を詠んだ歴史的資料は明記しておくべきだとコメントした。

戦後の俳壇での戦争責任追及は、栗林一石路が紀元二千六百年式典で「われら大君とありいま秋天をゆたけくも」など聖戦俳句を詠んだことへの自己批判もあったが、多くは自己批判もなく、聖戦俳句を詠んだ草田男が楸邨の戦争責任を追及する自己省察の欠如も見られた。文壇では吉本隆明が転向したプロレタリア文学者の戦争協力を厳しく追及した一方、戦争協力をした文学者がむしろ横行して自己批判をした文学者が意気阻喪しているという矛盾も生じた。

私は俳人の戦争責任について認識を深められないままだが、「対象に媚びる批評は生涯の疵となるので書いていけない」（高柳重信）という文言を拠り所にしている。それに拠れば、本心・同調・保身を問わず、また自己批判の有無を問わず、戦中にいわゆる「聖戦俳句」を詠んだ俳人は戦争責任から無疵ではありえなかった、と言えよう。

さて、歴史はくりかえすと言うが、いわゆる「露ウ戦争」に関して戦争の歴史的背景へのリテラシーを欠いたまま、米欧や米欧メディアに同調してウクライナは「正」、ロシアは「悪」という単眼思考に陥ったり、被害者意識を煽り立て米欧諸国に武器供与を要請するゼレンスキーに喝采したりする現象は、日中戦争・太平洋戦争時の日本国民の単眼思考や戦勝を煽り立てた新聞メディアを髣髴させる。旧ソ連圏の現代政治の識者によれば、西部ウクライナの民族主義と、そこからの分離独立を主張する南部クリミアや東部ドンバスの対立と、ウクライナ語使用の西部とロシア語使用の南部・東部の民族的対立などが絡んでいるという。またウクライナ西部の民族主義者が南東部の分離独立派に攻撃を仕かけたという。ウクライナ民族主義のみを正義とする単眼思考からは何の解決も得られないだろう。しかし、識者のような複眼思考を持てない俳人の中には米欧や米欧メディアに単純に同調して、ウクライナ民族主義のみを正義とする視点からいわゆる「聖戦俳句」を詠む者もいる。彼らにはその行為が戦争責任から無疵ではありえない、という自覚は皆無であろう。

近頃思うことども

西池冬扇

毎年秋も深まってくると、今年が俳句にとってどういう年であったかをふり返り各俳句雑誌の特集を一とおり読みなおしたりする。年鑑もおおづかみではあるが重要なデータを提供してくれるものだ。今年は特に、『WEP俳句通信』135号の特集〈いまどんな句が結社で詠まれているか〉（筆者註：以下「今どんな」と記す）を参考にしてみた。結社という組織の、しかも限られた数ではあるが、そこでの関心事は、俳句界全体に関わる課題の大きな特徴を捉えているのではないかと思われた。特に観じたことをいくつか述べてみる。

○「うたかた」が生まれ、たゆとい、消えていく状況

今年は（今年も、というべきか）珍しく社会情勢への興味の示し方という意味ではアシカの群れが浜で同じ方向を向くくらいは、揃っていた。「コロナ」と「ウクライナ」を話題にしていたのは16結社中7社である。従来社会的関心がうすいと思われている俳句の世界でも、こういう問題が身近になったというべきだ。黛まどか監修の『地下壕から届いた俳句』を始め様々な形での関心の表現があった。ただ「ウクライナ」に加え浮かび上がってきた「パレスチナ」への関心は俳句の世界ではまだ低いし、今後も「ウクライナ」のように盛りあがる確率は少ない気がする。その差異の根源を探るには日本人の心の文化史を紐解かねばならないのかもしれない。「命」の問題は俳句ではもちろん永遠のテーマであるが、現代の「命」の問題は複雑化している。制御できなければ人間を滅ぼすことのできる技術を人間はパンドラの箱から外に出して了ったからである。「原子力」「DNA操作」「AI」がそれである。そのような新たな人類史の時代に立っている認識は次第に広まっているが、それとゆっくり対応して「命」の課題は「宇宙論的命」の課題として俳句の世界にも浸透しつつある。「今どんな」でもいくつかの結社が「命」の課題のことを述べられていた。中世以来の「はかない命」を源泉とした日本人のこころのながれにある「命」の課題は時代環境（社会的にそして科学技術的に）の変化を経て認識のあり方が異なって来ている。命の課題はより「宇宙的虚無」に接近していると思われる。

○ポストコロナとIT

COVID-19（コロナ）によるパンデミックは、イ

ンフルエンザ級の第五類の範疇に分類された。やれやれというところである。後遺症というのではないが、俳句の世界にはオンライン会議を利用した句会は大きな不可逆の波として広がっている。一昨年には、筆者も出席したあるパネル討論では俳句結社の主宰達はおおむねオンライン句会（Ｚｏｏｍなどインターネットを利用した句会）の導入に反対していた。だが今は、積極的に雑誌社主催のオンライン句会が開かれたし、多くの結社誌の中にもオンライン句会の報告がある。

オンライン句会には大きなメリットがある。遠隔の方も気楽に出席できる。だが、なんとなく顔をつきあわせて行う句会とは感じが異なるのも事実だ。技術の進歩でどんどんリアル句会に近づけていくとは思う。俳句の重要な側面は「座の文芸」である。半分冗談だが、「句会は食う会」といってかつては前後に食事を伴うことが多かった。人と人との輪を繋ぐために当然ありうべき習慣であろう。オンラインの「最大」の弱点はここである。かりに飲食物を持ち込んでも、「同じ釜の飯をくう」ことは難しいのである。尤もこれもデリバリシステムの発達が解決するのかも知れない。

それよりオンライン句会には焦眉の課題がある。俳人には高齢者が多く、ＩＴに心理的抵抗感を抱く方が多いことである。さすがにこの頃では句会に出席する方で携帯を持ってない人はほとんどなく、しかもガラケーも少ない。しかしスマホを持っていてもそれを活用する人は少ない。もっと孫とのコミュニケーションができるだろうとも思うのだが、メールもラインも自分から使用したことはないという。検索もしたことがないという。それではオンライン句会は難しくなる（家族に設定して貰う人もいるが、それは家族の負担になるので長続きはしない）。情報難民を少なくするという大きな目的は別として、筆者の結社ではスマホ、タブレット、ＰＣの使用法の講習会を会の内外に開いた形で月一回実施し始めた。数十人の人が新たに使用する喜びを見いだしてくれている。まだ動きは小さいが、多くの結社で実施したらひょっとしたら、日本の高齢者の生活状況の改善に役立つかも知れない。

○ＡＩの登場

今年の社会で特筆すべきことに、生成ＡＩの爆発的普及がある。昨年末にＣｈａｔＧＰＴがオープンになってから、わずか数ヶ月でユーザーが世界中で数億になった。日本でもＡＩの言語処理の研究者を中心とする取り組みが進み、俳句の世界でも北海道大学の川村教授達のグループが『ＡＩ一茶君』を開発した。一般向け解説書も出版されており、かなり俳人の中にもＡＩ俳句の現実の姿が伝わったと思う。月刊誌『俳句界』が早速特集「AI俳句のいま」をとりあげた。特に『AI一茶君』の開発メンバーが論述しており、AI俳句に対して下手なバイアスのかかっていない内容で非常に適宜な良い特集であった。

生成AIの登場に危惧の念をもらす文筆家は少なからずいる。確かにAIと人間の創造性に関する問題はきわめてドラスティックである。実際にAI研究者が究極的に解決したいのはその問題であろう。それはさておいても、作品の選をする者にとってはAIによる作品かどうかを迷わなければならないことが困るのであろう。著作権の問題をいう人もある。ただ現状でいえることは、作品の評価は今のところ人間しかできないことである。それは現状の生成AIを使用して俳句をつくらせたことのある方なら、体感できる。AI俳句研究者も誤解の無いようにとそのことを繰り返し説明する。

○新しい興趣「老い」それに「宇宙的生命観」

俳句を作る者の大きな課題は時代による興趣の変化への対応と、新しい興趣を察知することであろう。興趣は【其貫道する物は一】であっても、「うたかた」のように次々「時代のこころ」を表して生まれてくる。

今年意義深いのは「老い」がクローズアップされてきたことだ。まだまだ真正面から取り組む俳人は少ないが、いずれ「老い」はマジョリティになり、その「感慨」も変質する。その兆しは充分に現れたと筆者はみている。

菅野孝夫氏は2023年の『WEP俳句年鑑』で「「元気な老人俳句」を作ろう」というタイトルで【せっかく恵まれた人生後半の自由時間を、しょぼくれていては勿体ない】と老人俳句を提唱している。

筆者も『WEP俳句通信』135号に「明るい虚無」としての「老い」について述べたが、確実に「老い」は従来の感興とは異なった意味で重要な興趣となると確信している。坪内稔典氏が10月に出版した『老いの俳句』は時宜を得た好著といえる。

「宇宙論的生命観」も新しい興趣である。もともと生命観は俳句の本源的な興趣である。そして時代の影響を受けやすい。宇宙的生命観を大規模に作品等で展開してみせてくれたのは、大峯あきらだった。だがあきら没後5年たつが、俳句の世界での関心が大きく前進した感じは受けない。たゆとうているのだろうか。

年鑑に未来的な願望の叙述が許されるのならば、「宇宙的生命観」は現代的虚無思想「明るい虚無」(近ごろ時々話題となる英語のSunny Nihirizumとほぼ同質の概念)の中に位置付けられるべきだ。見直され始めた「ただごと俳句」などと一緒に、新しい興趣の一部を形成して行くに違いない。末尾に参考の為にマスメディア系を除く総合俳句雑誌の主な特集、賞関連をまとめておく。

＊＊＊参考：商業俳句雑誌の特集タイトル

○『俳句』（角川文化振興財団）
11月号　角川俳句賞／俳句の若さ　10月号　俳句と短歌
9月号　選句のすべて—多くの現場から　8月号　日常も詩へ、推敲のコツ
7月号　追悼黒田杏子　6月号　季語の力
5月号　俳句とユーモア　4月号　定年後からの俳句人生
3月号　読みの壁　2月号　しらべを整える
1月号　心をうつ名句　22年12月号　見えない骨格

○『俳句界』（文學の森）
11月号　俳句×「〇〇」～俳句とコラボ／俳句で綴る自分史
10月号　俳句にある「生」／ＡＩ俳句のいま
9月号　結社の理念を聞く　8月号　句集『広島』を読む
7月号　村越化石／「散文的ですね」からの脱却　6月号　それぞれの雨　四季折々の名句
5月号　正岡子規と旅　4月号　俳句の革新者たち
3月号　石田波郷の世界　2月号　大阪俳人競詠
1月号　俳人たちの名文　22年12月号　90代俳人

○『俳句四季』（東京四季出版）
11月号　世界のＨＡＩＫＵ　日本の俳句
10月号　座談会最近の名句集を探る86　9月号　同85
8月号　追悼齋藤愼爾／追悼黒田杏子
7月号　俳句四季大賞他発表
6月号　座談会最近の名句集を探る84　5月号　同83
4月号　俳人誕生ＳＴＯＲＹ　3月号　続 令和の新創刊
2月号、1月号　2号連続企画　俳句の未来予測
22年12月号　第10回俳句四季新人賞・奨励賞受賞記念作品

○『俳壇』（本阿弥書店）
11月号　空想季語に遊ぶ／ナンセンス俳句を愉しむ
10月号　「秋の暮」を読む　9月号　俳句にみる月の姿
8月号　俳句でめぐる夏祭　7月号　俳句と風土
6月号　俳句の新しい風—作品競詠—
5月号　空想季語に遊ぶ／「俳壇無風論」をめぐって
4月号　「てにをは」で決まる秀句への道
3月号　会いたかった俳人／俳句による春のさきぶれ
2月号　第37回俳壇賞決定発表　1月号　わが誌の創刊号を読む
22年12月号　わからない句をどう読むか

○『ＷＥＰ俳句通信』（隔月刊：ウエップ）
１３６号（23年10月）〝散文的〟といわれる句の面白さ
１３５号　いまどんな句が結社で詠まれているか
１３４号　〝近ごろいいと思った句〟について
１３３号　同人誌の現在—同人競詠10句
１３２号　２０２２年のわが結社の佳句
１３１号　俳句各賞選者10句

目のやり場

堀田季何

近ごろ、気が弱っているせいか、俳句の未来について、あまり明るい展望を描けない。まず、芸術として進むべき方向が見えない。俳句における前衛や実験は、ほぼ終わっている。少し残っているが、国内外で、他の詩型で先にやられているし、今さら俳句にそれらを持ってきたところで、大きなことではない。悲しいことに、自分の句を、特に措辞の面で、新しいと勘違いしている同業者を見かけるが、①すでに同じことや似たことをやられてしまっているが気づいていない、②前述のように、他の詩型でやられてしまっているけど、俳句にまだ導入されていない些末な残りをやっているに過ぎない、のどちらかに分類される。①については、前衛俳句で数十年前にやられたことである場合が多いが、江戸時代にやられてしまったことも散見される。つまり、現代的な句材、言葉、思想という流行を導入する以外は、様々な先人たちの成果を自在に借用するしかない。実際、自由詩にせよ、小説にせよ、美術にせよ、音楽にせよ、すでにそのような状況に立たされている。もはや主義主張の時代でないし、前衛である自負も抱けない時代なのだ。今後、二十年経っても、新しい俳句とは出合えない気がする。

また、多死社会である以上、どんなに優れた若手を発掘しても、どんなに中高年層の掘り起こしをしても、国内の俳句人口は近いうちに激減する。それに伴い、総合誌、出版社、協会、俳句大会などは危機に立たされるであろうが、専門俳人ないし職業俳人（特に専業俳人）も、仕事の面で無事では済まされない。新聞読者やテレビ視聴者の減少も追い打ちをかけるだろう。

芸術として進むべき方向が見えない上、多死社会と来たら、結社も弱体化する。反面、ネット俳句のようなゆるいアソシエーション、彼らによるネプリやフリマ用文芸誌などが、ある程度の活力を維持する。そして、彼ら同士の超結社的な交流、情報交換、勉強会、切磋琢磨は、結社の必然性を揺さぶるだろう。

このように、俳句の未来は、明るそうではない。芸術としての俳句は袋小路、俳人の業界（俳壇と言うべきか）も縮小方向だ。それゆえ、俳人たちは、もっと他のことに目を向けるべきだと思っている。例えば、海外の俳句。海外の詩でも良い。現代的な句材、言葉、思想という流行を導入するにしても、国内限定よりも、世界規模で導入する方が、すこぶる幅が広がる。そもそも、グローバル化している現代では、海外の詩で人気の詩材、言葉、思想は、どうせ少し遅れてから日本に入ってくるのだ。日本の俳句も、ジェンダー、移民、人種、テロといったテーマと向き合わざるを得ない時が早晩やってくる。

国内で目を向けるとしたら、俳句の「効能」だと思う。芸術至上主義者が嫌がりそうな話だが、「文学としての俳句」以外の側面を無視するのは惜しい。また、それらの側面は「効能」とも結びつく。列挙してみよう。俳句のエンタメ性は、作句にも句会にもあるが、添削だけでも、すでに某テレビ番組で証明済みだ。全く俳句を作らない人たちにまで浸透し、彼らを心から楽しませている。ビジネスにも合っていて、句会における匿名性（及び時間差での名義開示）、選句、講評といった要素は、新人研修などの研修に適している（実際に句会に参加した大企業の役員・部長クラスやキャリア官僚たちのリアルな感想である）。句会経験は、面接でのパフォーマンス向上にもつながり、就活や転職にも役立つ。学校では、句会によって、いじめっ子やいじめられっ子が句を選び合うことでいじめが減ったり、勉強やスポーツが苦手な生徒が俳句で尊敬されるようになったりする事例が確認されている。国語力に寄与することは言うまでもない。社会や理科の役に立つこともある。周囲や世の中に対する認識も深くなる。当然、年齢問わず、脳トレにもなる。ある報告によれば、俳句の脳トレ効果は、数独に優るらしい。俳句の世界には生憎と退屈がないと言われているが、俳句は、自分を含めた世界との向き合い方を変える。通学や通勤の時間、闘病や介護の時間、そういった時間の感じられ方が変わる。学術的には、俳句には、ケアの効果も確認されていて、不安症や鬱病の患者、終末期のがん患者などにも効果があるとされている（ケアの効果であって、疾患自体が治るわけではない）。

さらに、他者の俳句を読むと、他者の様々な状況や気持ち、それに、自分が経験していない問題といったものを、速やかに、大量に学べる。そのため、看護学校やソーシャルワーカーの学校で、患者に対する想像力を養う教育に、俳句が使われている事例が、海外で複数ある。国内でも、指導要領に入った「がん教育」でも、俳句が使われ始めている。

筆者としては、このような「効能」のために、俳句の裾野を広げ、更に普及させたいと思っている。海外の俳句人口も多いが、日本では、俳句人口を越えて、国民のほぼ全員が学校で俳句に触れた経験がある。それなのに、俳句の「効能」に気づかず、俳句から離れてゆくのは、損失としか言いようがない。その上、俳句は、金はかからない、年齢・性別問わない、殆どの障碍でも問題ない、と好いことづくめである。当然、裾野が広くなれば、「文学としての俳句」をやる人も増える。嗚呼、善哉。

「AI虚子」または俳句の革命

柳生正名

後に21世紀の俳句史を編むとき、2023年は極めて重要な転換点と位置付けられるに違いない。例えば、ある種の革命的事象の起点と記されていたり……。

言うまでもなく、俳句界の内部では、実作・評論の両面で平成以来の「無風」状態が続き、それをいうこと自体、新鮮味を失いつつある。新しいものが生れる萌芽があっても的確に評価して、育てあげることができない。そんな現状で大きな変化が起こるとすれば、インパクトはまたしても俳句界の外からもたらされる他なさそうである。

それが言語生成系AI（人工知能）ではないか。人間と対話するように他者の言葉を受けとめ、紋切り型の挨拶にとどまらず、人間と区別がつかない答えを返してくる。実現はずっと先と考えられていたが、2023年にブレークスルーが起こり、爆発的な進化を遂げた。

この年鑑創刊号（2020年版）の当欄に「AI（人工知能）俳句」をテーマとした一文を寄稿した。ただそこで前提としたのは作句専用を前提としたシステムだった。情報処理量の規模という視点から、短く定型性を求められる俳句創作は、AIにとって通常の枠にはまらぬ対話より原理的に与しやすいと考えていたからだ。

ただ現実は逆に進んだ。生成AIはネットから読み込んだ膨大な文章を基に「この言葉はこの言葉に相関性が高い」という法則を自己学習し、かなりの長さの文章でもやすやすと組み上げる。それがあまりに自然なので「人間の思考も実は相関性の高い言葉をつないでいるだけかも」と感じてしまうほどの水準に達している。

現時点で生成AIは、専門的な俳句の知識には欠けるが、日本語は完璧に使いこなせる人間と同等と感じられる俳句（らしきもの）を創作することができる。のみならず、「この俳句をどう思うか?」「できはどうか?」といった質問にも何らかの回答を返して来る。ここ1年で能力を一気に向上させた勢いを考えると、句の評価や選、添削などについても、むしろ作句以上のスピードで自らのものとしていきそうである。

独り句の推敲をして遅き日を

高浜虚子『七百五十句』の掉尾に据えられ、死のほぼ1週間前に詠まれた「虚子の辞世の句と言ってもよい」（坊城俊樹）一句である。推敲の対象が自句なのか、他者の作なのか明確でないが、この業俳中の業俳というべき存在の遺句として捉えれば、季語との響き合いの点からも後者に分があるだろうか。

多数の投句を閲し、他者のためによりよい措辞、表現を求めて頭を働かせる――業俳をビジネスモデルとして考えた場合、作句が十分な収入源になりにくいことは周知の事実。昨今、句集がベストセラーになったという話はとんと聞かない。そもそも小説と違い、読者はまるまる一冊は買わずとも、気に入った一句を覚えれば十分。課金が可能なのは作句で得た名声を基盤として講評や選句、推敲の依頼を受ける段階なのだ。だから優れたプロ俳人はこの過程で手を抜くことはない。虚子であれば、死の直前まで可能な限りの真摯さで対応したに違いない。

そんな虚子が生涯にわたって行った選句や句評、添削結果をデータの残る限り、AIに深層学習させてみる。その上で今手許にある千句のうち、虚子ならばどの十句を選ぶかをシミュレートさせることは原理的に容易なはずだ。既存の事例を踏まえ、その延長線上で新たな事柄に対応する場合の有望な選択肢を炙りだす作業は、生成AIが最も得意とするところ。むろん

金魚手向けん肉屋の鉤に彼奴を吊り　中村草田男

という句まで採ったことも学ばせる。現在の「無風」下にこんな句が放たれ、ホトトギス雑詠欄の巻頭を飾るなどということが起これば、俳句界に衝撃を巻き起こすことは必定。試行錯誤の時間は必要だろうが、ある時点で「AI虚子」がたまさかにでも、びっくりするような句を選んだり、推敲で妙な句を作り上げたりすることさえ起こるかもしれない。考えただけで、わくわくする。

筆者は虚子が亡くなった一か月余り後にこの世に生を受けた。現実にはかなわなかった「虚子」選を受けられるなら、対価を求められようともぜひお願いしたい。AIならではのメリットもある。妙な私情を挟まず、客観的な評価を期待できる。「ホトトギス周辺の人でないから採らない」などということはしない気がする。

試してみて、自身の俳句を伸ばす手立てになるなら、続けて利用するだろう。師として仰ぎたくなる気持ちすら生まれるかもしれない。そう考えると少し怖くなる。

子規、一茶、蕪村、芭蕉、そして筆者の師兜太についても同じことが成り立つ。「無風」をこととし、古人の句や言葉を蒸し返してありがたがる。そんな現在の風潮の中、俳句業界では珍しく有望な新規ビジネス分野となるにちがいない。

それが実現した場合、現存する俳人、とりわけ業俳の立場はどうなるか。俳句業界の構造が大きく変わらざるを得ないと考えると、冒頭に掲げた「革命的事象」という言葉があながち大袈裟でない気がしてくる。


（了、敬称略）

「使わない」では済まない

鴨田　智哉

名詞の「かげろふ（陽炎）」は手元の古語辞典や国語辞典によれば、おおむね〝春のうららかな日に、野原などにちらちらと立ちのぼる気。転じて、はかないもの〟という意味である。これは歳時記にある春の季語の意味そのものだ。

一方、動詞「かげろふ」の意味を辞書で調べると、〝1光が陰になる。2光がひらめく。3姿などがちらつく〟などの意味しかないものが多い。語源は「かげる」で、漢字では「影ろふ」と書くともある。つまり、辞書によるならば、動詞「かげろふ」には、〝春のうららかな日に、野原などにちらちらと気が立ちのぼる〟という意味は無いようだ。

かげろふと字にかくやうにかげろへる　　富安風生

少女らの白妙の脚かげろへり　　室生犀星

など、多くの歳時記が動詞「かげろふ」の例句を挙げている。これらの句において動詞「かげろふ」は、〝春のうららかな日に、野原などにちらちらと気が立ちのぼる〟という意味を表しているはずである。

ざっと見たところ、動詞「かげろふ」の例句は、江戸時代にはなく、全て近代以降のようだ。近代以降、動詞の意味を拡大して、使うようになったということだろう。それにしても、風生や犀星の句が存在することからも、動詞「かげろふ」を季語に用いることは、それなりの歴史を経ていることがわかる。

考えてみれば、「かげろふ」は名詞にせよ動詞にせよ、そもそも和語であり、もとから言葉として（大きく見れば、「蜉蝣」も含めて）繋がっているはずだから、動詞の方の意味が名詞に合わせて広がっていったのも自然にありうることだろう。

今私の手元にある歳時記Aには、

「陽炎」の説明の中に、「古く「かぎろひ」といい、「陽炎燃ゆる」「陽炎へる」「陽炎ひて」「陽炎立つ」「陽炎揺る」と使い、言いかえが多い」

（平井照敏『新歳時記（春）』河出書房）

とあり、動詞「かげろふ」の使用を容認している。一方、もう一つの歳時記Bには、

「動詞「かげろふ」を季語として使う句を見るが、これは「影ろふ」で光がほのめくことや光が翳ることをい

う語。「陽炎が立つ」と同意ではない」

（『合本俳句歳時記』第五版　角川書店編）

とあり、動詞「かげろふ」の例句も一切載せていない。

どちらの歳時記も文庫版であり、入れられる情報は限られている。そうした中、Bの記述は、必ず入れなければならない情報なのだろうか。もちろん日本語の知識としては有効だが、これは興味ある人が自分で調べればいい。なにより、動詞「かげろふ」の例句を一つも載せていないのは、そうした句の抹殺ではないか。

韻文である俳句において大切なのは、新しい言葉遣いであっても、書き手、読み手として「これはよい／よくない」と判断する勘であって、固い知識は知識として、頭の横に入れておけばよいのではないだろうか。そして、仮に自分が「よくない」と感じた場合でも、多くの句が既にあり、人の心に刻まれた句が存在するならば、そうした句を恣意的に抹殺することは許されない。

勘といえば、動詞「夏痩す」は、私自身はいまひとつしっくり来ないので、自分の句で使うことはない。でも、だからといって私は、「夏痩す」の句を、他人に作るなとは言わないし、そういう句があれば、読者として読みもする。幾つかの歳時記を見ても、

夏痩せて嫌ひなものは嫌ひなり　三橋鷹女

夜は夜のものを食みつゝ夏痩せし　中川宋淵

夏痩せて貝殻道の続くかな　飯島晴子

といった句がある。句としてそれなりの数が存在し、多くの人の記憶に刻まれている句も存在する。「夏痩す」は、辞書には無いとはいえ、俳句における慣用的な言い回しとして十分に長い時間を経ていると感じるのである。

ところが、先の歳時記Bの「夏痩」の項では、意味の説明のあとに、次のような一文が書き添えてある。

「夏痩せて」「夏負けて」とは使わない。

（『合本俳句歳時記』第五版　角川書店編）

私は一瞬目を疑った。「使わない」の主語はいったい誰？そしてこの歳時記には、私が今挙げた三句のような、「夏痩す」の句は例句として一つも載っていないのだった。

私は思う。もし歳時記でこのことに触れるのならば、もう少し詳しい説明が必要ではないだろうかと。単に「使わない」とだけ記したうえで、右のような例句を一句も載せないというのは、歳時記が率先してその語を誤りだとだけ断じたうえで、それらの句を独断で抹殺しているということである。これらの作品と作者に対して喧嘩を売っているのか。本当にそれでいいのか。「使わない」……そんな杓子定規で済むはずがない。

写生表現の多様化について

南うみを

近現代俳句の研究者の青木亮人氏に『その眼、俳人につき』と言う俳句論集があり、「写生表現」について目を開かせられた。その本を読むと、子規が「写生」を提唱し、虚子に引き継がれた「写生表現」がその後どのように変化し、多様化していったのか。またそれに応じて「俳句の読み」がどのように変わったかを辿ることができる。

これまで、俳句講座などでそのことについて話をしてきたが、ここでもう一度、青木氏の説をかいつまんで述べてみたい。

先ず、子規の「写生」とは別に、明治期の俳人は例えば椿をどう詠んでいたか。

ちりそめてから盛りなり赤椿　圃木「俳諧友雅新報」

落ちてから花の数知る椿かな　梅人「俳諧黄鳥集」

これらの句は散り初めてから、また落ちてから花の盛りであることを知り、その花の数の多さを知ったと読める。落花した椿を詠むのに（から）と言う（ひねり）を入れて、読み手の想像を複雑にしているのである。

一方、子規派は椿をどのように詠んだか。

赤い椿白い椿と落ちにけり　碧梧桐

子規はこの句を「眼前に実物実景を観るが如く感ぜしむる。印象明瞭」と提唱した。子規が提唱した「写生表現」は「ひねらず読む速度と想像する速度が同時でブレが無い」のを良しとした。

では、子規派の一方の雄の虚子はどのような「写生」の作品を作ったか。句集『五百句』から抽出してみる。

遠山に日の当りたる枯野かな　虚子

桐一葉日当りながら落ちにけり　〃

流れ行く大根の葉の早さかな　〃

ここでも「写生表現」の根幹の「表現をひねらず読む速度と想像する速度が同時でブレが無い」のが解る。虚子は言う「写生は十七音数で詠みうる内容に限定し一瞬の時間に焦点をしぼるものである」。つまり「写生」の句を読むと言うことは、虚子の句に基づけば、虚子の（眼）に読み手の眼を乗せて一瞬の風景を眺めるように、読み手に強要することなのである。

これにより「鳥羽殿へ五六騎急ぐ野分かな　蕪村」「初雪や消ればぞ又草の露　蕪村」などの、古典を踏まえた世界の句や移ろいなどの世界を複雑にした句が、表現世界から消えていく。

次に虚子の弟子であった山口誓子の「写生表現」を辿ってみる。


夏草に汽罐車の車輪来て止る　　句集『黄旗』

この句は「大阪駅構内」の連作のひとつで、他に「汽罐車の煙鋭き夏は来ぬ」「汽罐車の真がねや天も地も旱」が並ぶ。誓子は映画のモンタージュ論を俳句の連作に取り入れ、映画のワンシーンを彷彿させるようにした。それに伴い「や」「かな」「けり」の切字を避け、句の世界が停滞しないように「動詞の終止形」を下五に使った。

かりかりと蟷螂蜂の皃を食む　　句集『凍港』
赤鱏は毛物のごとき眼もて見る　　〃
鶫死して翅拡ぐるに任せたり　　句集『晩刻』

誓子の「写生表現」の特徴は映画の一齣のように、「食む」「見る」「拡ぐる」など「動き」があることである。これはそのころ日本に流行しだした映画の影響が大きいと考えられる。

次に誓子と同時代に活躍した高野素十の「写生表現」を辿ってみる。

翅わつててんとう虫の飛びいづる　　句集『初鴉』
塗畦に下りて燕のはたはたす　　〃
屋根替の一人下りきて庭通る　　〃
大根を蒔いて蛙のとんでくる　　〃
秋水に蝶の如くに花藻かな　　〃

素十も誓子と同じく「動詞終止形」で止める句が多い。「飛びいづる」「はたはたす」「通る」「とんでくる」などがそうである。誓子と違い、素十は農村部に季語や素材を求めた。「屋根替」の句は一見、人物が屋根から下りて庭を通っただけの世界である。しかし何故、何処へいくのかは解らず、想像を巡らさなければならない。そして、この句の世界は屋根替えの何人かの作業も見えるように描いている。けっこう複雑な想像を読み手に要求しているのである。

また、素十は自然の移ろいを率直に表現するので、「大根を蒔いて蛙のとんでくる」など季語を二つも使っている。更に「秋水」の句になると、「蝶」「花藻」と季節を違えた世界が現れる。これは秋になっても流れに残っている「花藻」を詠んだものである。ここまでくると、子規の言う「印象明瞭」ではあるが、素十は「写生表現」に「移ろい」を取り入れていることが解る。

「写生表現」は、素材（動きも含め）を作者が描くことが基本であるが、素十は読み手にも描かせる。

鴨渡る明らかにまた明らかに　句集『初鴉』

この句は「鴨渡る」以外は描かず、「明らかにまた明らかに」と、素十の心情だけを述べている。具体的でない分、読み手の想像はここで立ち止まらざるを得ない。先ほどの「移ろい」を取り入れた世界もそうであるが、ここにきて、子規の提唱した「眼前に実物実景を観るが如く印象明瞭」の「写生表現」は変化していく。つまり「読む速度と想像する速度」にズレが出てくるのである。これは読み手に描かせる部分（想像する部分）が多くなってきたことによる。

次に素十に私淑し、その写生の方法を学んだ波多野爽波の「写生表現」を辿ってみる。花神コレクション『波多野爽波』より。

下るにはまだ早ければ秋の山
菜虫とる顔色悪き男出て
大根買ふ輪切りにすると決めてをり
春暁のダイヤモンドでも落ちてをらぬか
七五三泥鰌がちよろと底濁し
福笑鉄橋斜め前方に

「下るには」の句で具体的なのは「秋の山」だけである。「下るにはまだ早ければ」は作者の呟きである。読み手は何故「早ければ」なのかをあれこれ想像しなければならない。紅葉がきれいなので下りるには早いのか、下りてから次の用事をするのにはまだ早いのか。読み手はここで完全に立ち止まってしまう。かつて飯島晴子がこの句について、「この秋の山は京都の山で、下れば祇園などで酒を飲むつもりなのだ。しかしまだ紅灯の頃には早い。もうしばらく紅葉の山を楽しもうか」と読んでいるが、我々が晴子のような読みに至るのは難しい。

また「大根買ふ」の句は、素十の「鴨渡る」の句のように読み手に想像させて完成する。「輪切りにする」で、丸々と太った大根を、読み手は想像する。更にこの大根がおでんか風呂吹きになることも想像するのである。つまり、作者の心情をいかに具体的な世界として描けるか、読み手が試される句である。

さて、爽波は句集『鋪道の花』で「写生の世界は自由闊達の世界である」と箴言している。この「自由闊達の世界」を私なりに読むと「写生表現は命や存在の多様な有り様を肯定し、その多様性をそのままに表現するものである」となる。

「菜虫とる」の句は、赤銅色の逞しい男が出て来てもよさそうなものだが、意外にも顔色の悪い男が登場する。ここには予定調和的でない、現実の意外性が現出している。また「春暁の」の句では、「ダイヤモンドでも落ちてをらぬか」と人間の俗性を表出している。

爽波は「写生表現」に現実の意外性や俗性さらに醜いものを取り入れ、「写生表現」の多様化を進めているのである。

そして、爽波はさらに取り合わせによる「写生表現」で季語の世界を広げる。「七五三」の句では季語に「泥鰌がちよろと底濁し」を取り合わせている。神社や七五三にまつわる素材を一切使わず、我れ関せずと静かな池の底を濁す泥鰌を登場させ、「七五三」と「泥鰌」の無関係性を伝えると同時にこれもまた「七五三」の世界でもあることを伝えている。「福笑」の句も、取り合わせによって谷底の家の正月風景と無関係な鉄橋を合体させ、新たな「福笑」の世界を現出させている。

ここまでくると、素十や爽波の登場によって、「写生表現」の世界が複雑になり、結果として、その世界を読み解くことが単純ではなくなったことが解るであろう。

そして、爽波の膝下で学んだ岸本尚毅と山口昭男に、多様な写生表現は引き継がれてゆく。

鶏頭の短く切りて置かれある　句集『鶏頭』
青大将実梅を分けてゆきにけり　句集『舜』

これらの句は岸本尚毅の句であるが、一物仕立てに徹しているのが特徴である。「鶏頭」の句は、「短く切りて」で鶏頭の意外な有り様を提示している。また「青大将」の句になると、「実梅」との単なる季重なりを超えて、季語同士が拮抗して、ぞくっとするようなリアルさを獲得している。

竹藪に鳥のふえゆく針供養　「秋草」R・4
一心に箱を平らに豆の花　「秋草」〃

これらは山口昭男の句で取り合わせが特徴である。「針供養」の句は、「鳥のふえゆく」によって「鳥の恋」を匂わせ、そのころの季節感を伝えている。「豆の花」の句は、恐らく段ボール箱をつぶす作業である。意外な取り合わせにより、「豆の花」の周辺の暮らしが垣間見える。

この二人に爽波の「一物仕立て」と「取り合わせ」の写生表現は確実に伝わっており、「写生表現の多様さ」は現在に至っているのである。

赤い椿白い椿と落ちにけり　河東碧梧桐
桐一葉日当りながら落ちにけり　高浜虚子

子規が「写生」を提唱し、「眼前に実物実景を観るが如く感ぜしむる。印象明瞭」の模範としたこれらの句が、なんと牧歌的であることよ。

俳句／俳句／俳句

仲村青彦

徘徊の母を日傘に包み込む　江藤隆刀庵
亡き夫と選びし墓に詣でけり　平野　征子

俳人協会主催の令和四年全国俳句大会で大会賞となった作品の一つに、「徘徊の母」の句があった。私は選者の一人であったが、この句を見過ごしたことを後悔した。

左の句は、令和五年全国大会秀逸賞の作品の一つである。私はこの句を特選に選んだ。

認知症と介護の課題と言い、先祖代々墓を離れた墓選びと言い、共に現代日本の超高齢化・超核家族化ゆえの課題をかかえた現象であり、しかも作者自身の〈生〉として刻印されている。

俳句の誕生は、連歌師の遊びとして流行した七七／五七五の「付合」が、五七五のみに独立したのだったが、二人の共同作業だった「付合」の特徴そのままに、俳句は読み手を意識した言葉の練り込み、世界への秘密の開示のようなアプローチを要とした。「日傘に包み込む」のフレーズ、「夫と選びし墓」のフレーズの味わい、〈生〉の刻印が評価される。

折しも、何冊か句集ご恵贈にあずかった。

崩れかかりし芍薬に蝶の影　中岡　毅雄
ゆふべまで臥してゆふべの鳰のこゑ
生涯を秋の草摘むこのひとと
空蟬をつまみてほのかなる微熱

中岡毅雄句集『伴侶』は「あとがき」に、「心の病を抱えながら過ごした日々、人生のパートナーを得て、俳句は一層生きる支えとなりました」と記す。崩れかかった芍薬に来た昨日の蝶の、驚きと戸惑いは、作者自身のそれにほかならなく、この自己凝視が「ゆふべの鳰のこゑ」と増幅しながら〈いま〉を探るように〈生〉のありようを暗示する。

菜飯盛る奈良絵の対の茶碗かな　小林　篤子
酒すこし欲しサルビアの赤に倦み
夜の新樹いたはりあひてあるきけり
夏ゆくや新しき靴履かぬまま

小林篤子句集『千草野』は、令和四年一月に逝去された作者の、ご夫君によって出版された。「奈良絵の対の茶碗」と詠む日常のささやかな贅の刻印に、「夜の新樹」

に練り込められた秘密のような人生讃歌に、かつて句会でご一緒したこの作者の穏やかな表情が思い浮かぶ。

羊水のしづかに揺るる良夜かな　千鳥　由貴
をさなごの樹が鳴くと言ふ油蟬

子放てばたちまち駆けて飛花落花　吉田　哲二
青芝に髪刈る椅子を据ゑにけり

四十代の句集はわが子を刻印する。千鳥由貴句集『巣立鳥』、吉田哲二句集『髪刈る椅子』は、そのタイトルからそうと知らされる。われわれの発想は、同一文化の中で少なからず似ている。だから、自分を含めた世界の隙間、世界の秘密をほりあげる短詩型には少なからぬエネルギーが要るけれど、詩の構築それ以前に、「子」が世界をくすぐり出すのに出会うのだ——樹が鳴いてると感覚される油蟬、落花が風になるのを予知したかのように地面に降ろされて走る子。読み手は、作品に切り取られた世界に、あるいは練り込まれた言葉に、自分を重ねて〈詩〉誕生の共同者になる。

そこいらに風が出てゐる掛大根　大崎　紀夫
やや遠きところで吹かれさるをがせ
アパートの向うで油蟬が鳴く
透明な戦車が空をよぎる春

ひるがへりたる寒鯉に水の嵩　染谷　秀雄
人恋し近江の夜の根深汁
広々と月の高さや十三夜
山伏のお山を下りる遅日かな

大崎紀夫句集『牛蛙』は日常を、〈できごと〉の刻印でなく、「そこいら」「やや遠きところ」「向う」といった〈できごと〉の脱安定、非構築として開示する。だが、そこに混じった「透明な戦車」に、誰であったか嘗て、自然に・権力に・神に対して人間自身である闘いを続けて来た近代西欧社会の人間を称揚しつつ、新興俳句を称揚し、ホトトギス型・人間探究派型を社会調和型として切って捨てた評論があったことを思い出す。

染谷秀雄句集『息災』には「水の嵩」を見つめている醍醐味、「近江の夜の根深汁」、山伏の「遅日」に顕著な日本文化の愉しさがきらきらする。俳句が担い手たる読者とともに在ると知らしめ、心地よい。

ぼうふらのはりついてゐる水の裏　しなだしん
てのひらの荒れやすく野火猛るなり　髙橋さえ子

かく書きつつも、しなだしん句集『魚の栖む森』、髙橋さえ子句集『竹の秋』が届く。言葉遊びでないかぎり皆、俳句の仲間なのだと知らされる。

二〇二三年五題

林　桂

神野紗希が、共同通信配信の俳句時評「俳句はいま」（「上毛新聞」９月25日付）で、俳句甲子園に触れて述べている。神野は、俳句甲子園出場の高校生として知られ、芝不器男新人賞の坪内稔典奨励賞を受賞して俳壇の人となった。今回二十六回目を迎える同大会で審査員を務めている。

印象深かったこととして、準優勝の旭川東高校について述べる。なぜ印象深かったのか。「ともすれば技術論に偏るディベートの場で抱きしめた主題の重量は、自分は何を詠みたいか、表現の根本に立ち返るものだった」からだ。俳句甲子園も回を重ねてきて、その表現は益々洗煉されてきているように見える。それは「技術論に偏るディベート」が磨き上げたものとも言えるが、一方の「何を書くか」という視点が軽視されてきたとも言える。もちろん、俳句甲子園のようなゲーム性を伴った大会では、表現技術が批評に取り上げやすいことは間違いない。その意味では、なるべくしてなったとも言える。また、技術を先立てることが悪いことではない。高屋窓秋は、自身を技術者として登場したと述べていたはずである。むしろ無自覚な表現が歩を進めることは難しいとも言える。その上で何を書くかが問われなければならない。窓秋は、その自覚が思わずも新鮮な青春俳句を書くこととなった。技術論に終わることが問題なのである。

星月夜仕留めて剝いで削いで食う　吉原　千世
天道是か非か自転車月へ突っ走る　濱田　春樹
坑道をいつかは埋める夏燕　吉原　千世

前述のために神野が引く句である。審査員の一人からこのような発言があったことは貴重である。たとえ新たな潮流を生もうとする試みがあっても、それを評価する視点が不在では何の変化も生まれはしない。

誤解を怖れずに言えば、〈開成高校的〉巧みさは、何処かで超克されなければならないだろう。もちろん、それが開成高校の中から生まれる可能性もある。二十六回目を迎える大会の中で、開成高校は実に十四回の優勝を果たしている。現在の大会四連覇を含めて、第六回の初優勝から、二十一年間で十四回の優勝を誇る。他校とレベルが隔絶した状況にあり、まずは開成高校の努力を讃えなければならない。しかし、ここまで〈開成高校的〉なものをよしとする審査が続くと、俳句の多様性を削ぐ心配もある。本当に〈開成高校的〉巧みさの他に見るべきものはなかったのだろうか。あるいは画一的な価値観が強かったとすれば、今後の俳句甲子園の隆盛にも影響があるかもしれない。ちなみに、俳句甲子園に出場した本県地元の高校の作風は、どこか開成高校のコピーのようであった。地方予選は通っても、本大会でオリジナルと闘うのは難しいと思わずにはいられなかった。高校生が、開成高校から学ぶのは大切なことであるが、そこまでで終わってしまうのでは、眼を見張るような作風の高校が俳句甲子園に出現するとは思えないのである。〈どう書くか〉を開成高校に学んでも、自前の〈何を書くか〉がない限り開成高校突破は難しいであろう。

＊

俳句甲子園は、言わば大人が用意した〈場〉である。それを活用して力を伸ばすことは大切なことであろう。しかし一方、自前の〈場〉を設けることがあってもいいだろう。例えば寺山修司は昭和二十年代後半、十代で全国学生俳句会議を組織し、学生俳句大会を主催している。全国の高校生に呼び掛けて俳句雑誌「牧羊神」を創刊している。安井浩司、大岡頌司がこの運動にかかわっている。また、坪内稔典は、昭和三十九年、二十歳のときに全国学生俳句連盟を結成し、全国大会を開催している。これには澤好摩、攝津幸彦がかかわる。「口語詩句」サイトを立ち上げ、学生の発表に〈場〉を提供し、奨学金を出している佐々木泰樹もこれにかかわったひとりだ。俳句的に新たな流れを生むような世代は、自前の組織を作ろうとするところまでゆくだろう。俳句甲子園は悪くない。しかし、大人の〈場〉だけに依存して終わると、「結社」の草刈場に参加することで終わってしまわないか危惧する。

おりしも、全国学生俳句会の合同合宿が群馬県みなかみ町湯宿温泉で行われた。詩、短歌、俳句など短詩型を網羅した「口語詩句」からは、大学短歌の隆盛を感じてはいたが、俳句については不明のままであった。このような組織があり、全国規模の合同合宿を行うまでになっていることを知らなかった。地元ということで、講師として参加し、その様子をつぶさに見ることができた。北海道から九州まで、十団体二十三人の学生が参加している。当然、句会という方法上の制約がある中で、大変ユニークなテーマ設定がなされた。拙著『俳句・彼方への現在』の「田中裕明と長谷川櫂」（1992・2）と「佐佐木幸綱『高柳さんのこと』」（2002・1）にインスパイアされた句で行うというものであった。かつての俳句時評をテーマとするという今まで見たことも聞いたこともないアイデアである。作品は多行形式から短律自由律まで多彩で、かつその選句も多彩であった。このような〈場〉で展開する学生俳句に可能性を感じることができた。また、二日目のたくみの里の吟行句会も吟行の〈場〉だけでなく、合宿のあらゆる〈場〉が素材になっていた。夜を徹して袋回しも行ったらしい。一回目四時間二回目四時間、計八時間の熱心な句会が行われた。それぞれの互選最優秀句は次のとおり。

おおかみに十指大きく秋の雪　馬場　叶羽
水の秋輪のまま外す腕時計　武田　歩

つげ義春の「ゲンセンカン主人」の鄙びた風情の湯宿温泉は益々鄙びていたが、その〈場〉での熱気が何故か好もしかった。今後の活動に注目していたい。

＊

私事になるが、『永井陽子全句集』（風の花冠文庫）を編集して刊行した。永井は二歳年長の夭折歌人である。十七歳の高校生から二十五歳まで、青少年誌「歯車」に俳句を発表していた。それをまとめたのである。俳句初学の私は永井に多大の影響を受けた。やがて永井は俳句の筆を折り、短歌に専心してゆくのだが、その蹉跌は、私にも大きな問題を喚起した。「俳句は一生続けられる」「短歌は青春の文学である」と書きながら、永井は短歌を選択したのであった。この齢になってみると、若書きの幼さが覗えるが、何より「何を書くか」について、真摯であったことは今も胸を打つ。全国学生俳句会の学生に読んで欲しいと思い、同日付の発行日で刊行した。

いまだ幼く　ここは盛夏の切り通し　永井　陽子
だれもついて来るな双樹に雪が降る
夭折ということば　彗星の見える夜
野ぶどうの透きとおる刻人を待つ
胸の中の冷たい鏡　星が飛ぶ
消しゴムであしたを消してしまい　雪
生きることも仮装　すばやく橋渡る
さびしさの放射線状雪が降る
太陽の真下に錆びた耳朶を置く
泣けないひつじ泣けないポプラ　晩夏光
山河あり　静かに父の骨燃えて
水はみずいろ望郷のうたあるばかり

「歯車」は昭和三十年代始めに創刊された。寺山修司とは直接の関係はないが、かの学生俳句の盛り上がりの中で立ち上がったもので、唯一の生き残り誌でもあった。初期からの同人には、岸上大作の『青春以前の記岸上大作日記高校生活から』に、学習雑誌投稿のライバルとして名前を挙げられている人も参加していた。

＊

小山玄紀の『ぼうぶら』は、見事でありながら不思議な句集である。小山は結社の人である。櫂未知子、佐藤郁良に師事する「群青」の同人であり、俳人協会会員でもある。師も所属団体も有季定型を旨とするが、『ぼうぶら』は無季俳句を含む句集である。序文、跋文で、両師は無季俳句掲載を諫めている。そのこと自体不思議な句集だ。もっとも意気込んで「無季」俳句を書くというふうではない。無季、有季が作者の認識の中で溶解している感じである。無季有季を読みの第一条件にしない私など作品を読んだ後で、序文、跋文を読んで「事件」を知ったほどである。

鎌倉や歌声のする穴一つ　小山　玄紀
眼鏡よりかすかな音のしてゐたり
先生の幸せさうに立つ中洲
天上の瘤に針さす仕事かな

佳句のマークを付けた中にあった無季句である。

鏡ありさうな竹林冴返る　小山　玄紀
水中に太鼓打つなり夏休
あはうみの霞かばんに集めよと
百合のある方と狐のゐる方と
鏡師も運動会に来てゐたり
歌声は霞うごかすこともなく
葡萄の葉枯るる音よと母は言ふ

こちらは季語を有する句。無季有季の地続きぶりがわかっていただけるだろうか。

前期新興俳句を担った水原秋桜子の「馬酔木」が、理念的に前線を離脱したときに、更に歩を進めた若い「馬酔木」同人の高屋窓秋や石橋辰之助は「馬酔木」離脱の道を選んでいる。しかし、小山は、「あとがき」で師礼を尽くす。師の俳句観を超えながら、離脱の道を選んでいるわけではない。繊細な俳句の書き方と強靱な思考力を合わせ持つ。これをしもZ世代とよんでいいのか分からないが、次代の書き手の雰囲気が漂うスケールの大きな俳人のようだ。

＊

今年（令和五年）は、大切な俳人が多く亡くなった年として忘れがたい。以下、一句を挙げて追悼とする。

贅沢は素敵戦後の秋は好き　秦　夕美
草を脱ぎ木を脱ぎ神や天の河　森田　廣
戦死者の長子七歳煙草干す　黒田　杏子
梟や闇のはじめは白に似て　齋藤　愼爾
黄塵やここに寂しき反乱ありと　澤　好摩
朝風／前置詞／宿痾・暗涙／十六夜薔薇　岩片　仁次

自選七句

1084名7588句

〈鴻〉
相川　健［あいかわけん］

枯落葉踏んでカオスの中にゐる
野に遊ぶ天平人となりにけり
立春大吉梅ヶ枝餅の焼き加減
桜また桜いささか花疲れ
時よ止まれいま満開の大桜
遠山に雪残りけり達治の忌
野に出でよ修司の五月来たりけり

〈郭公〉
会田　繭［あいだまゆ］

兄よりも従兄の親し夕雲雀
はつ夏のひかりとなりし葉擦れかな
咲き終へし向日葵己が影へ寄る
流星や壁画の牛の歩み出づ
水底を奔る日差しや秋収め
つやつやと膨れ蓮の実とぶ日かな
山廬忌の夕日碑文を照らしけり

〈鬣TATEGAMI〉
青木澄江［あおきすみえ］

霧の濃さまだ夢の中かもしれぬ
柿紅葉鴉が嫉妬するほどに
春を待つ色のあふれる刺繡糸
雪解原月がウインクしたような
昼の星燕が去ったそのあたり
水鏡おんなの夏は短かくて
秋意ふとひっくり返す砂時計

〈羅ra〉
青木千秋［あおきせんしゅう］

決断のあとの迷ひや水を打つ
一灯を残して吾の夜長かな
夕映えの棚田一枚ごとの秋
秋めくや畳に拾ふマッチ棒
籠りゐる正月なれど晴れやかに
雛飾る昔話をするやうに
夏草や古き調度に埋もれ住む

〈鹿火屋〉
青木孝子［あおきたかこ］

暁の地霊を背負ひ蟬生るる
丹頂の一声天を穿ちけり
胸中に開かずの間あり冬の薔薇
春ショールふはりと齢包みけり
かな文字の詠み人知らず藤の花
紫陽花の毬の弾むや雨しきり
青梅雨の走り根さらに走りけり

〈鴻〉
青木まゆ美［あおきまゆみ］

厨より弾むハミング水温む
次々と消ゆる書店や鳥雲に
さまざまなものを束ねて更衣
夏空へ手を振るやうに窓を拭く
長き夜や書棚の本を並べ替へ
冬すみれ本の余白に父の文字
びしびしと耳の奥まで寒波来る

〈不退座〉
青島　迪［あおしまみち］

遅々と春受付嬢は左利き
春雷がひとつ話の出端折る
子の辞書のアンダーライン卒業す
椿落ちるためらうということもなく
山風のしなやかに来て貝風鈴
黒揚羽影を大きくよぎりけり
秋桜傘さすほどの雨でなく

〈やぶれ傘・棒〉
青谷小枝［あおたにさえ］

コーンスープ買つてミモザの花の下
耳のツボ目のツボ押して明日は夏至
まだ少し固いメロンのよく匂ふ
たまに来る電車せいたかあわだちさう
灯の下に明日食ふ桃をおいておく
十三夜握りてほぐす壺の塩
辛味大根がしがしすつて昼は蕎麦

〈栞・棒〉
青山　丈［あおやまじょう］

北窓を塞いだ日から北になる
春の雪見てゐるうちは降つてゐる
コンビニで春の寒さを言つてみる
何処からか帰つてきても黐の花
母の日の外のカレーを食べてきた
ブランコと並ぶ砂場に雨が降る
でで虫が机の上で居なくなる

〈郭公〉
青山幸則［あおやまゆきのり］

座右に置く厄除け詩集梅雨に入る
蟷螂の仏陀の影に枯れにけり
名月や空に展ける草千里
鉄さびの鞍馬燈籠秋深し
三代の木地師の家や山桜
梁に山犬の護符寒に入る
細く巻く傘に母の名冬桜

〈猫街〉
赤石　忍［あかいししのぶ］

沈黙のたぶん氷河に触れている
枇杷むけば夜には雨が降るだろう
半島の香りどこかに燕の巣
石段の途中に君と狐の火
カッコウの巣の下にある保育園
剃り味の鈍いカミソリ桜桃忌
月光は裏から回って来てください

〈笹〉
赤木和代［あかぎかずよ］

二月や結社歳時記絵巻めく
金の糸神の御衣や金縷梅
雪解靄あふみの彼岸なほ遠し
引鳥の声きらきらと雲の涯
欄間透く彫りに溜む影谷崎忌
立山の大空焦がす秋夕焼
立冬や雲のしろがね奥光る

〈汀・りいの〉
赤瀬川恵実［あかせがわけいじつ］

水の音声を定かにほととぎす
白靴やだあれもゐない音楽室
ちらし鮨具材大きく紅生姜
まるめろや雲一片の朝が来ぬ
鬼灯やまなこやさしき福禄寿
稲光ピカリ線状降水帯
健康な少年小女九月来る

〈りいの〉
赤瀬川至安［あかせがわしあん］

豚の耳東風の強きに怯へけり
三角の貌して蜥蜴立ち止まる
杉並のどこを伐つても風薫る
ふる里はあの湖の底盆の月
悪政の赤き月食冬に入る
押しくら饅頭ハンカチの木の下で
少年の双手真つ直ぐ初太鼓

〈吾亦紅の会〉
赤塚一犀［あかつかいっさい］

春雨や木のぬくもりの保育室
花しきみ牧野大人墓前には
葉桜や観潮楼より海見えず
貼札のお守り値上げ半夏生
香煙の風になびけり秋燕忌
鬼胡桃垂れて縄文住居かな
機械音立てて宮居の落葉掃き

赤羽良剛［あかばねりょうごう］

秋の雨路地の喫茶はシェルブール
新涼の犬に笑はれ犬笑ふ
店頭に早生の小柿の七ツ八ツ
西口に昔どんぐり森ありき
新涼や図書館の古書静まれる
月天心迷ふこころの道しるべ
半夏生今宵ちゆふちゆふ蛸かいな

〈軸〉
秋尾　敏［あきおびん］

突き詰めて青いインクとなる春愁
書留のさらに速達鳥雲に
間違いはある大卒の汗に雨
空き瓶は色で回収姫女苑
クリップで昔を挟む盆休み
天の川人類火器を捨てられず
寒月のピアノ男を見定める

〈都市〉
秋澤夏斗［あきざわかと］

浮雲の裏返りたる卯浪かな
髪上げてリボン涼しく巻きにけり
鳴くよりも激し秋蟬落つる音
霧の木のだんだん奥へ消えゆけり
目に痛き蒼黒の空霧氷林
冬山の闇にあかあか露営の火
花屑を洗ひ流して合掌す

〈鶴〉
秋元ユキ子［あきもとゆきこ］

秀野忌のさいかちの莢拾ひけり
土大根洗ひささらも洗ひけり
サステイナビリティ落葉踏みしめて
黄水仙ひとつ増えたる仕事口
木の芽風世田谷線のバニラの香
夏菊や文学館に海のかぜ
燈火親し筆筒いまも壜と罐

〈夏野〉
秋山朔太郎［あきやまさくたろう］

福沸し除夜の埋み火目覚めさす
初午のでんでん太鼓こんと鳴る
左利きで我ゐる鏡四月馬鹿
夜桜に浅き夢見しゑひもして
夏めくやエスプレッソの蒸気音
雨呼んで紫陽花寺に青揃ふ
汗夜ごと緯度は那辺に熱帯夜

〈やぶれ傘〉
秋山信行［あきやまのぶゆき］

白壁を日の移りゆく紫木蓮
土手沿ひに風のきてゐる柳の芽
ひと跨ぎほどの小流れあめんぼう
老鶯の声を近くに拭くメガネ
梅の実をひとつ蹴とばす不動堂
測量の棒の影ひく秋の暮
しぐるるや布袋の腹の光りゐる

〈家・円座・晨〉
秋山百合子［あきやまゆりこ］

春コートかもめの影のかすめけり
手で計る鯉の大きさ夏の山
雨の日ははてなの形かたつむり
雨樋のりんりん鳴れる白雨かな
今日の月雲がつぎつぎ撫でてゆく
晩秋やヒマラヤ杉のただ黒く
雪雲へ突つ込むらしきこの電車

〈帆〉
浅井民子［あさいたみこ］

たんぽぽ野摘む子坐る子むつきの子
鎌の刃の土くれ乾く鰆東風
神前の琴柱整へ巫女涼し
船頭の雪駄干しある土用入
秋爽や樹下に譜面とサキソフォン
革手套永久に眠らぬ海を見て
涅槃図の巻かれて見えぬ鳥けもの

〈風土〉
浅田光代［あさだみつよ］

涼風の膝投げ出してグリとグラ
被爆石日傘を深くかたむけて
本棚にホームズのゐる帰省かな
太陽は南中蓮は実を跳ばす
余白なく散りしづまりて萩の寺
その奥にみどりを湛へ冬紅葉
値を問へば指で答へて果大師

〈群青・澍〉
安里琉太［あさとりゅうた］

あはうみのけふ藻臭しよ盆の蝶
露草のみづびたしなる朝の雨
沼をゆく魚ひとすぢや冬景色
野のこゑの次第に昏し泥鰌掘る
梅林を来るくちなはのおほきな眼
梅は盛りほほゑむ鱶を蹴りあげて
槌の音犬枇杷青く夥しく

〈樹〉
浅沼千賀子［あさぬまちかこ］

振袖の華やぎをぬけ桜狩
黄砂降るエピオルニスの銅像に
山伏と出会ふ鎌倉夏きざす
月祀る豆腐の角を丸くして
青空にぱきともぐ音禅寺丸
茶の花や鉄の鋭き振馬鍛《ふりまんが》
まつしろな冬のさくらを友の墓

〈八千草〉
芦川まり［あしかわまり］

初蝶や門出の赤飯ほっこりと
二ン月のサドルに落つる陽のやわし
偕老たれ偕老ほしや峰残花
蜩沸く眠る霊園起こすかに
寡婦二年千思万考夜長哉
町師走設える物洋から和へ
冬麗遊び心のデミタス展

〈ペガサス・蛮・青群・祭演〉
東　國人［あずまくにと］

軍艦はみな水底に冬落暉
日本酒と刺身が俺のクリスマス
押入れに雛眠らせて雛祭
裸婦像の乳房なめゆく若葉雨
古地図に市電の路線夏燕
東京がだんだん白くなり炎暑
七夕や子供の声のしない町

〈閏〉
東　祥子［あずまよしこ］

栃の花土師器に染みる煮炊痕跡《あと》
そよぎたき刻もあらうに水中花
一房の葡萄に種のある安堵
切株を巻いて紅葉のネックレス
バッカスの機嫌うるはし年酒くむ
心平と一茶の蛙とび跳ねる
みどりごの足のふんばり夏を蹴る

〈鴻〉
足立枝里［あだちえり］

秋うららタイムカプセル取り出す日
山小屋に校歌の響く星月夜
別れ際小さき嘘を冬林檎
名画座におぢさんばかり小晦日
スプーンは涙のかたち春時雨
タクシーの出払つてゐる島の夏
熱帯夜匂ひ出したる渋谷かな

〈ろんど〉
足立和子［あだちかずこ］

水分の神舵取りの花筏
柿熟るる童話日和の円座かな
鯉はねて梅雨の日差しのありどころ
姨捨の野にも山にも緑さす
御柱祭木遣りが曳いて風が押す
身に沁むる炭化菩薩となり祈る
撞く鐘の音色イロハの山紅葉

〈香雨〉
足立幸信［あだちこうしん］

思ひきり空を大きく初写真
何の形のこの形吊し雛
緑さす中間考査時間表
羽衣になりきつてをり蛇の衣
蛇の衣飛天の楽を受信中
麒麟なり皇帝ダリア獣なら
門柱よ皇帝ダリア一対は

〈予感〉
安達みわ子［あだちみわこ］

銀嶺に日当たりてをり春スキー
滑降の風受け白きスキー帽
エッジ立て雪を蹴散らす急斜面
スキーロッジに個性の並ぶスノボ板
青空や一病もなく春スキー
リフトより手を振る笑顔スキーの子
シュプールやひとり滑りの静けさの

〈羅ra〉
阿部鷹紀［あべたかのり］

優しげな人に道訊く春の風
期せずして一家団欒夏の風邪
長文の規約は読まず缶ビール
小鳥来る気楽に鳴らす安ギター
長き夜や後悔いつも鼠算
十二月ランチは書類読みながら
太陽系抜ける探査機去年今年

〈宇宙船〉
阿部竹子［あべたけこ］

森といふ水瓶を祖に春の川
集札の車掌の下車や青田波
街道の法面万の百合揺るる
潮風のをどるかたちや氷旗
太平洋の遥かを入れて夏座敷
姉逝きし跡の身に入む更地かな
朝日子に揺るる気嵐遠汽笛

〈雛〉
阿部　信［あべまこと］

半音に始まるおわら風の盆
風の盆心とは斯く火照るもの
川風に冷ます熱や風の盆
大花野歩き続けて海遠し
冬涛の銭函駅の昔今
短日のネオンてきぱき動き出す
渋谷には渋谷の歩幅十二月

〈花鳥〉
天野かおり［あまのかおり］

アネモネを咲かせ異国に棲み古りぬ
春愁や蓋の回らぬシャンパーニュ
尖塔へ蔓伸びるなり聖五月
左手に聖書持ちかへ虹を待つ
はつなつへ父の書棚を開きけり
てつぺんは波の高さに夏氷
夜の蟬星のあはひを登りけり

〈今日の花〉
天野眞弓［あまのまゆみ］

遠嶺透き詩人ばかりや山笑ふ
偕に来し道ふたたびの皐月富士
滝しぶき落日に彩ちらしけり
つづれさせ不意にいとほし厨窓
秋の川水切をせし父と子よ
冬山に吹きとばしたきあれやこれ
のんびりとまではいかねど蜜柑食ぶ

〈やぶれ傘〉
天野美登里［あまのみどり］

虎杖の芽の先つぽを摘みにけり
地球儀にうつすら埃春終る
舟虫のちりぢり逃ぐる舟屋跡
テーブルに乗る猫払ふ秋隣
紅葉かつ散り硫黄のにほふゆで卵
榾明りウィスキーボンボンひとつ
海にむき枯るる背高泡立草

〈帯〉
新井秋沙［あらいあきさ］

かなかなの満ちてくるなり腕枕
白秋忌花筒に水なかりけり
武甲山稲刈る前もそのあとも
草の実の飛びつきさうな東歌
元日やはづみで夜の川にゐる
梟の闇より夜具を引き出せり
春雷のなほつややかな日と記す

荒井一代［あらいかずよ］〈鴻〉

山の日がこつんこつんと榠櫨の実
風のむくまま枯葦原の風の声
観音の在せる山に去年の雪
谷こだまして早咲きの梅の白
冬月の澄む日をピアノコンサート
放哉忌止みさうな雨玻璃越しに
つばめつばくろ駄菓子屋の奥に声

新井京子［あらいきょうこ］〈ろんど〉

せせらぎに風に光に春の音
風光る古刹の屋根の鬼瓦
風少し止み蟬の穴覗き込む
神々の宴たけなわ夜の雷
遠ざかる虫の音闇の深ければ
磯の香の満ちくる丘の水仙花
花八手この頃母のことしきり

荒井千佐代［あらいちさよ］〈沖・空〉

東風吹くや釘となるまで木を削り
青空は死者のものなり桐の花
夏潮や男産みしは女なる
母亡き家父亡き庭や草紅葉
石けりの石はそのまま秋夕焼
礫像をころげ落ち来し木の実かな
遥かとは先師との距離いわしぐも

新井洋子［あらいひろこ］〈艸〉

エプロンに産みたて卵鶏頭花
盆栽の樹齢三百天の川
白秋や宮の土俵に紙垂吹かれ
風花や猫はしきりに顔洗ひ
鈴鴨の反転オセロゲームめき
海鳴りや小半酒と煮凝と
ふぐ鍋を馳走になりて夜の帳

〈鴻・松籟・星の道〉
荒川心星［あらかわしんせい］

水に私語あり睡蓮の真昼どき
薔薇百花そのまんなかにゐる私
敗戦忌森の翳の戻りくる
印象派の花と思へり秋桜
公園に老人ばかり小鳥くる
桑括る村をまるごと日の包む
この柿は子規の柿かも鐘の音

〈伊吹嶺〉
荒川英之［あらかわひでゆき］

夏霞かかりて淡き医王山
犀川の瀬音涼しき芭蕉句碑
制服のままで少女ら水遊び
五月闇四高の学舎静もれる
母恋ひの鏡花の句碑や若楓
竪町に下駄の鳴る音夕涼み
押鮓や笹の葉香る旅の果て

〈鳴〉
荒木　甫［あらきはじめ］

蛸を噛む昭和に戦前戦後あり
熱帯夜蟹かりかりと水を噛む
生き余し盗む昼酒ちんちろりん
蓮の実の飛んで少子高齢化
しぼり出すチューブ歯磨開戦日
一盞の夜雨の花となりにけり
あぢさゐの色もて会話するやうな

〈白い部屋〉
有住洋子［ありずみようこ］

孕み鹿月の裏側通りゆく
祈りとも五月を深く眠るとは
一音のトライアングル麦の秋
百年のとぎれとぎれを茂る丘
夏の蝶うすくらがりの先へ出る
晩夏光きのふは人のあふれゐて
風抜けるとき月代の一軒家

〈いぶき・豆の木〉
有瀬こうこ［ありせこうこ］

「番号札6番の方」夏終はる
とんぼうのブラック企業めく正面
流木は畳に置かれ休暇果つ
一クラスひとりのいぢめ水蜜桃
たけなはといふ退屈を踊りけり
頬骨はギターの硬さ野分立つ
論破せよ教室に金木犀の香

〈ろんど〉
有本恵美子［ありもとえみこ］

春愁を慰めをられ若狭仏
浅蜊飯たちまち消ゆる窓の富士
薫風や髪ゆたかなるひととゐる
織姫をいざなふ雨の宇宙船
天高し巨船は舫ひ綱はづす
雪の庭を見やればちゆんと言うて翔つ
くつ下を穿くとき着ぶくれてをりぬ

〈やぶれ傘〉
有賀昌子［あるがまさこ］

とれかけのボタンそのまま探梅に
真つ直ぐな大学通り木の芽風
あやとりのはうき出来たよ桜散る
沈丁花立ち止まりたる白い杖
溶岩に駒草が這ひ雲がゆく
小気味良き鱧の骨きり半夏生
蜘蛛の囲の繕ひ見つつ留守居して

粟村勝美［あわむらかつみ］

撤退後の地雷の如く栗の毬
探査機の着地は何処残る月
いわし雲柱に猫の爪の痕
三日月やドローンの撮す山は峨峨
初冬の日差し遍しプラタナス
犬ころのやうに転ぶ子春寒し
玄関に宅配置かれゐて師走

〈海原〉
安西　篤［あんざいあつし］

初景色ひとり芝居の男いて
初茜北斎の富士感電す
侵攻の路地にも忍ぶ猫の恋
野うさぎに火薬のにおい弥生尽
感情から老いてゆくなり朧の夜
あじさいに私雨の降る夜かな
鰯雲言葉のうろこ剝がれおり

〈やぶれ傘〉
安藤久美子［あんどうくみこ］

美濃焼へこちと打ち割る寒卵
最後まで葉附き蜜柑を食べずおく
鴟尾辺りよりふはり黄の初蝶来
花虻の羽音如雨露に水を汲む
十薬の群生団子虫数多
倒木に天牛二匹光りをり
稔れば糸に数珠玉の首飾り

〈羅ra〉
飯島ユキ［いいじまゆき］

綴ぢ糸のほつれ二月の謡本
先のことと分からず蝌蚪に足
花は葉にまだ冷めやらぬ登り窯
古書店の高き脚立や桜桃忌
レタス嚙みけふなすことを考へる
羽蟻飛ぶ寂しき時の自己暗示
金魚買ふ老いの自覚はどこへやら

〈磁石・豈・麒麟〉
飯田冬眞［いいだとうま］

寒卵ごくりと飲みて何もせず
くちばしに夜明けの湿り鴨帰る
調べ良き母の鼻歌つばめ来る
初桜ほのかに赤き子の足裏
古書めくる指に渦あり紙魚うごく
河童忌の目力つよき古書店主
渓川のひかり片寄る今日の秋

〈雲〉
飯田　晴［いいだはれ］

あかるさの花鶏が奈良に散らばれり
鳥のほか黙りゐて川滾つ冬
マチネーのあとの海風冬かもめ
身をひねる天日の鷹捉へんと
夏つばめ夜明けの青きなかに駅
青きより行々子とぞ名告りけり
一羽づつ吹かるる青葉木菟のひな

〈波〉
飯野深草［いいのしんそう］

砕け散る波の形見の桜貝
実朝のうた口遊む春なぎさ
春祭子供歌舞伎の声の艶
祭礼へついと乱入黒揚羽
夢幻能はじまる今宵望の月
顔見世や仇討さへも美しく
佗助の一花で足らふ庵かな

〈夕凪〉
飯野幸雄［いいのゆきお］

ナイターの壺中に飛球白光す
聞く耳は持たざる如し蟬時雨
校門の内も原子野ひろしま忌
機影なき空に安らぐひろしま忌
蜩やその日暮らしを忘れたる
台風や巨大ダム湖を連れ来る
乞ふまでもなく秋風の吹き呉るる

〈鴻〉
五十嵐敏子［いがらしとしこ］

朧夜のぼおんぼおんと古時計
たいくつな氷柱が捉へゐる落暉
憑きものを落したやうな深雪晴
一夜酒男の子ばかりを育て来し
ぼうたんの風に快楽のありにけり
一途とは美しきもの牡丹雪
春風駘蕩遠まはりして帰らうか

〈雪華・アジール・itak〉
五十嵐秀彦［いがらしひでひこ］

忘却を装ふ蛇口広島忌
時を巻け時を巻けとぞ立葵
家滅び森滅び雪降り積む
月蝕の梟赫赫《あかあか》と鳴けり
縦高しいま雪炎の靡きけり
首塚を祀りて青きゆきだるま
黒田杏子巡礼花人は発てり

〈秀・星の木〉
藺草慶子［いぐさけいこ］

明日のこと今は思はず暖炉の火
氷塊は太古の蒼さ抱き上ぐる
狐火の映りし鏡持ち歩く
おたいまつ闇巻き上げて走りけり
花吹雪地に落ちてなほしづまらず
ゆつくりと来る先生の夏帽子
水蜜桃一人で死ぬといふことを

〈ひまわり〉
生島春江［いくしまはるえ］

蜷の道どこが入口出口やら
退屈な土手つづきおり揚雲雀
シーツ干す浜の民宿蟬しぐれ
日雷ほろとくずるるうなぎパイ
柿の実の半分照っている正午
ビビンバの底よりほぐし冬に入る
枯蟷螂賽銭箱の縁つたう

〈豈・鬣TATEGAMI〉
井口時男［いぐちときお］

太陽に黒点　炎帝に死角
一弾は母に贈らん夏マスク
母よいま銃身熱き古都の夏
海は海鳴り山は胴鳴り雪もよひ
しん〱と聾ひて聴く夜の雪
あんず咲き天晴《あっぱれ》黒田杏子逝く
花冷えや黒衣をまとふ今朝の蝶

池田暎子［いけだえいこ］
〈小さな花〉

モーツアルト醪に聴かす寒造り
散りかけの木蓮太古の香を放つ
交番に新任巡査街薄暑
次世代へ繋ぐ語り部原爆忌
AIに介護されたる夢晩夏
蜻蛉を休ませ葦の揺れやまず
瀧渕に潜むや瀬音透みゆける

池田和子［いけだかずこ］
〈燎〉

一枝の揺れにはじまる花吹雪
水引の紅に雨粒鎮魂碑
鶏頭の気迫に一歩後退り
砂浜の自画像攫ふ秋の波
奥つ城に白きつつじの帰り花
竹林を分けゆく径の寒露かな
狐火の誰かを捜しているやうな

井桁君江［いげたきみえ］
〈あゆみ〉

穏やかに明けて二日や富士望む
寄居虫の隣居心地良さそうな
木曾谷の雨後の男滝に山揺るる
松が枝の幾度見遣る今日の月
時雨るるや上がり框に蛇の目傘
キリトビの龍の朱の文字花八ツ手
薄ら陽に歩くも日課けふ冬至

池田啓三［いけだけいぞう］
〈野火〉

色鳥に励まされをり卒寿の身
みな誰も冬の背中で改札へ
着ぶくれてますます父と似た動き
江戸川の風が気になる夏帽子
汗をかく仕事も出来て老いきれず
働けるうちは働け蟻の列
命なき空蟬しかとしがみつく

〈其桃・磁石〉
池田尚文［いけだしょうぶん］

赤とんぼ群れて互ひに争はず
鴨一羽一語発せば皆翔てり
時雨忌や其桃創刊九十年
ふうわりと刻の過ぎゆく牡丹雪
桜前線北上黒田杏子逝く
盛り上る若葉や山の底力
眠気来て本の端折る梅雨昼寝

〈豈・トイ〉
池田澄子［いけだすみこ］

茶柱の立てば見せたや切に春
焼き尽くさば消ゆる戦火や霾晦
幸あれよ薔薇の葉裏に棲む虫も
愛し合うとは夕月を嬉しがる
アイライン入れたら泣くな敗戦日
逢いたいと書いてはならぬ月と書く
「私は」と書き恥ずかしや月は何処

〈宇宙船〉
池田　仁［いけだひとし］

台風直撃ホテルに籠る着任日
虫の声消えて官衙の灯の消えず
賞状に付箋のルビや菊日和
第九歌ひ上げておめでた告ぐる子よ
御師の町一気に下る春の水
姉弟のミュージカルのやう花の道
夏盛ん仕事を語る甥四十路

〈風土〉
池田光子［いけだみつこ］

幼子の飛蝗追ひかけよく転ぶ
雪だるま帽子はぼくのコップだよ
雛の宿振り子時計に音の無く
荒鋤きの畑の凸凹燕来る
蝌蚪の紐命のなんとあからさま
大いなる金剛峯寺の片かげり
葡萄吸ふさらりと死後の話して

〈ろんど〉

池端英子［いけばたえいこ］

あたたかやなべて命は濡れて生る
シャンソンもタンゴも懐古花の雨
最果ての殉教の地や蘇鉄咲く
西海に貝殻拾ふ薄暑かな
平戸躑躅ザビエル坂を帰りけり
九十九島見渡す丘を夏帽子
花芭蕉ジャガタラ文の綿々と

〈青山〉

井越芳子［いごしよしこ］

妣がまだ帰つてをらぬ衣被
凍つる声息の中よりきこえけり
春の雪忘れたること茫茫と
春の野へゆく立像の手が見えて
若葉風眩し卵粥眩し
噴水を濡らして雨は明るき線
山に雲湧き百合化して蝶と為る

〈ねじまわし〉

生駒大祐［いこまだいすけ］

既になき夢の話を花柊
朝桜より荒縄の垂れてをり
山藤の闇から白き腕抜く
蓼に風舟老いたれば陸のもの
神のかほ見えず実梅を掃く箒
夜もまはる大樹の影や衣被
しかしある春木の枝の先の花

〈風の道〉

井坂宏［いさかひろし］

楷大樹威風堂堂淑気満つ
冬ざれの空へ伸びゆく未来都市
立春の扉を開くバーコード
取れさうなボタン建国記念の日
生るる星死ぬる星あり桜咲く
春満月中天にあり受胎せり
戦なき未来へ開く五月の窓

〈汀〉
井澤秀峰［いざわしゅうほう］

石に座し新樹の匂ひまとひをり
生家いま記憶の端や遠郭公
白桔梗少年期へと垣くぐる
石佛や千古の不易の草紅葉
亡き母に蠟涙冷ゆる冬の星
しんしんと雪積む音の村を怖づ
振り向けば一条の道雪解道

〈鴻〉
石垣真理子［いしがきまりこ］

待春や調弦終へし琴二張
野遊びやときをり馬の鈴の音が
乗り継いで終着駅の大桜
春どつと畝うつくしく整はる
夏座敷猫は勝手に上がり込む
ひととほり書棚ととのへ秋に入る
ほほづきを器用に鳴らす母とゐる

〈天頂〉
石川豊子［いしかわとよこ］

うとうとと老母の羽化や春炬燵
天蓋は花満開と言ふ日本
これからの命とくぐる茅の輪かな
居据りしものに残暑と怠け癖
辛抱の足らぬ線香花火かな
人生の卒論はまだ残り鷺
物語り始まる如く遠野は雪

〈炎環〉
石　寒太［いしかんた］

こけしの音《ね》ひとつ鳴かせし旅了《おわ》る
晩年の父のうろうろ秋うらら
永遠の末完玄冬の海へ
秋風や髦れし馬の安楽死
エミール・ガレの明るき洋燈《ランプ》九月来る
初秋やイサム・ノグチの石のこゑ
月浴びし処刑前夜の一句かな

〈河〉
石工冬青［いしくとうせい］

雪割草愛でし二つの膝がしら
若冲の鶏鳴いて梅雨上がる
秋風の奥にかがやく埴輪たち
九十に一つ欠けたる茗荷汁
柿紅葉一番さきに拾ひけり
残菊の鉢を並べし余生感
白眉の伸びて二《ン》月尽きにけり

〈地祷圏・響焰〉
石倉夏生［いしくらなつお］

月光を筆に含ませ虚偽を書く
一月一日太陽ひとつ月ひとつ
海市行の舟はいづれも一人乗り
くりかへす戦争くりかへす桜
白桃の息づき光る水彩画
エンドレステープの八月十五日
その夜の思索の中へ木の実降る

〈梓・杉〉
石崎　薫［いしざきかおる］

身じろがぬ嘴広鸛に御慶かな
花の雨佛はいつも素足なり
亀鳴くや撮られてゐたる心電図
明易の海を一帆肘枕
羽化に似て今みどりごの昼寝覚
チンチンと都電の小春日和かな
親しさや人を待つ間の三十三才

〈百鳥〉
石崎宏子［いしざきひろこ］

山小屋に出逢ひし縁賀状来る
卒業す鳥飛ぶ形に花を植ゑ
渾身の香を放ち薔薇崩れけり
見送りしハンカチ小さくたたみけり
新しきままに遺品や夏帽子
冷ややかやそと座りみる夫の椅子
磐座の氷柱太古の青さかな

〈嘉祥・椢・雪解〉
石嶌　岳［いしじまがく］

蜜豆を食べつつ和泉式部かな
てぬぐひを絞り切つたる暑さかな
ポケットにペン立ててゆく避暑散歩
緑陰に入りて大きな息ひとつ
小さき露大きな露に吸ひ込まれ
採寸の胴や腕やら文化の日
荷風忌のかつ丼の蓋開けにけり

〈鴻〉
石田蓉子［いしだようこ］

落鮎の身のほろほろと雨の夜
秋冷の国分寺跡風の音
身に入むや極彩色の寝釈迦像
大津絵の鬼の目にある寒さかな
黒南風や案外狭き伊勢街道
秋暑し雅印の位置に迷ひをり
練り直す印泥の艶秋ついり

〈秋麗・磁石〉
石地まゆみ［いしぢまゆみ］

粥占の判待つ闇の髪の芯
初蟬や水平線を見にゆかむ
柚子忌や枇杷盛る籠の明るうて
蔓引けど切れぬ沖縄慰霊の日
正史には載らざる話火取虫
桂郎忌おんぶばつたと遊びけり
しんがりの雲と歩くよ神の旅

〈雨蛙〉
石森正美［いしもりまさみ］

姉さんの昔話や桐の花
思ひきり庭を刈り込み梅を干す
廃屋の解体すすむ残暑かな
八高線待つこと長し鰯雲
いにしへの城址にぎはふ菊花展
他愛ないものに躓く寒さかな
ひとつづつ自問自答や年の暮

〈海棠〉
伊集院正子［いじゅういんまさこ］

薄日さす厠の裏の花八手
産声や満天星の花鈴をなす
竹皮を脱く音を聞き金比羅へ
山出しの音のする郷田水沸く
風鈴に海音混じる海の宿
色褪せし仁王の脚や薄紅葉
老木の苔のふくらむ雨水かな

〈波〉
石渡道子［いしわたみちこ］

潤目鰯微醺眼に食はれけり
狛犬のくつろぎどつしり神の留守
老境へ闘ひ新た冬木の芽
初蝶やふはり心を整ふる
眼光の爛爛として羽抜鳥
虫聞くやここは臨海副都心
水換ふる小魚見るも涼新た

〈やぶれ傘〉
泉　一九［いずみいっく］

チューリップ花壇の縁の赤レンガ
菜の花の黄色だらけの日暮れかな
四万十川の流れゆつたり日暮れけり
下北の道折れてまた折れて秋
白菜の新香にかける唐辛子
弁慶に魚の串刺しある囲炉裏
左から上からスイと秋ツバメ

〈くさくき〉
磯　直道［いそなおみち］

着ぶくれてなおも若しと言いつのる
父よ母よ彼岸の雨は冷たきか
瑠璃揚羽よくぞ狭庭に来てくれし
蓮開く音を聴かばや朝まだき
年齢は忘れ去るもの敬老日
校正の遅々と進まずそぞろ寒
除夜の鐘逝きて俤ゆるるなり

〈ろんど〉
磯部　香［いそべこう］

監督と呼ばれし夫の初詣
みどりごにそそぐ葉桜段葛
川風や大黒天の若楓
川音の大きくなりぬ夕蛍
草いきれあの日作った落とし穴
クレヨンの似顔絵届く敬老日
病棟の窓に手を振り空高し

〈燎〉
板垣　浩［いたがきひろし］

鳥海山へ田の神還り小豆干す
腰骨に油差したき冬初め
一夜とていのち宿せり春の雪
天に銀嶺地に一面の桃の花
雲蹴つて青空切つて初燕
田水沸く遠き山並みゆらゆらと
残暑酷木の陰ばかり選りて行く

〈馬酔木〉
市村明代［いちむらあきよ］

榛咲くや勧請縄へ水奔り
門跡へ三椏の日を浴びながら
神の名を知らぬ社の残花かな
片蔭を一人はみ出す停留所
吹き降りの今し止みたる茅の輪かな
みささぎに夕日の差せる晩稲刈
枯蓮の葉をばりばりと握りけり

〈秋麗・むさし野〉
市村栄理［いちむらえり］

花とほく飛べよとべよと風の幹
春蟬を聞く山祇のこゑとして
甲斐四方に山のやすけく桃の花
蘭鋳の加はる両家顔合はせ
始祖鳥の胸に羽毛や冬うらら
山眠る胎より出づる水甘し
立志捨てまとふ山の香冬の虹

市村健夫〔いちむらたけお〕〈馬酔木・晨〉

輪の中にみどり児のゐてあたたかし
観潮の飛ばされさうな野球帽
チューリップいつもとなりにチューリップ
家中のもの干してあり麦の秋
カーテンの風にふくらむ昼寝かな
水澄みて塔より高きもの映す
初鴨の光を引いて着水す

市村和湖〔いちむらわこ〕〈汀〉

冴返る毒草の名のラテン文字
春の夜の木馬は宙に止まりたる
月光下朔太郎忌の青蛾かな
夏の鴨水輪の芯を動かざる
鬼灯を四五本束ね土間あかり
侘助や百年前の書生室
地始凍ダリの瞳に映る蝶

井出野浩貴〔いでのひろたか〕〈知音〉

あるじなき家敷のしだれざくらかな
滾つ瀬は色をうつさず懸り藤
田水張り夕日あまねき近江かな
日からかさ男一匹どこへゆく
爪先に波響きけり天の川
寒晴や瘤に出でたる樹の齢
銭湯の煙突ぽつり日脚伸ぶ

伊藤亜紀〔いとうあき〕〈森の座・群星〉

本堂に寝そべり猫の恋終る
はくれんの散り青空を返しゆく
初音聴く命拾ひし夫と聴く
こくこくと空を広げて田水引く
青葉風母は旅立つ孵化のごと
鍵を開けふるさとを開け雉子の声
塩蜻蛉生まれることの楽しさに

〈泉〉
伊藤麻美［いとうあさみ］

水平にチョークが置かれ秋の蟬
鶺鴒の近く来てゐるニスの刷毛
竜胆の山気をもらふ鋏かな
カナリアの籠を吊して枯れすすむ
八ヶ岳ひとときは高き朝寝かな
太陽にすつぽり入る鴉の巣
仙人掌の花真夜中のとほり雨

〈河〉
伊藤一男［いとうかずお］

野火はるか岩波文庫青の帯
赤子抱く春の光の重さ抱く
ざらざらと体の芯をやませ吹く
どの山も神の遊び場星涼し
一族の小さき墳墓稲の花
翁忌の天地を統ぶる光る海
葱坊主団塊世代老いにけり

〈鴻・胡桃〉
伊藤啓泉［いとうけいせん］

あらたまの傘さして行く出羽漢
この道は逍遥の道竹の秋
桜蘂降つて傾く風見鶏
素盞嗚尊の美男におはす杜若
秋の蚊に血をたつぷりと吸はれけり
義士の日の一人欠けたる円座かな
類読んで煮桃頬張る鷗外忌

〈あゆみ〉
伊東志づ江［いとうしづえ］

明け方の夢かき混ぜて虎落笛
霾るや得体の知れぬ気球来る
春日傘廻してみても待ちぼうけ
少年に成長痛や青胡桃
虹消えて何もなかつたやうに街
去り難き花野や深く息を吸ふ
凍星のまだ張り付いて始発駅

〈鴻〉
伊藤　隆［いとうたかし］

歯応への良きはじかみやお元日
寺町の梅花に雨のひと滴
百千鳥椿の枝を筆として
初夏やさくりと齧るカレーパン
つつがなき車両連結麦の秋
秋深し表彰状の墨の照り
画讃書くほどを磨りけり今朝の冬

〈香雨〉
伊藤トキノ［いとうときの］

浄土庭園いたるところに蟬の穴
月涼し縁に黒猫抱く女
小舟あらば漕ぎ出したき良夜かな
背後よりちよつとちよつとと法師蟬
スポーツカー水尾のごとくに落葉曳き
灯の船に動く人影クリスマス
寒風やだだんだだんと貨車の過ぎ

〈雪解〉
伊藤秀雄［いとうひでお］

跳ぬるもの押さへ庖丁始かな
海底の砂の紋様涅槃西風
少年の箒もて走り来る夕立
一眠りして夜濯ぎの海女であり
真青なる空へ手を入れ熟柿もぐ
けものの眼背に鋭き神迎
信号の無き浦に住み波の花

〈菜の花〉
伊藤政美［いとうまさみ］

春は揺れる一切合切ただ揺れる
花の空鳩など飛んで平和なのか
栄転も左遷も無縁蝸牛
草の絮吹き人生は延長戦
死神が覗いてゆきぬ長き夜
耐へるでも誇るでもなく冬桜
綿虫の克明に飛ぶ夢のあと

〈鴻〉
伊藤真代［いとうみちよ］

山菜の天ぷら添へて春の卓
雨ひと日零るるままに雪柳
四十雀伝へたきこと声にして
一輪の片白草を置く窓辺
子の家の背戸の小山の星月夜
切株のかすかなぬくみ小鳥来る
割烹着のゴム取り替へて久女の忌

〈稲・宇宙流〉
伊藤　翠［いとうみどり］

光るものみなのせてゆく冬の川
遊具みなどこか錆たる木守柿
背鏡の人語り合う花疲れ
乳ふふむ嬰々も交じりて浅蜊汁
老鶯のそれぞれに鳴き鳴き揃う
椋鳥に覚めて人臭のごとく座し
ひともりのふるさとを買う夏蕨

〈萌〉
伊藤康江［いとうやすえ］

おのづから水に沿ひゆく薺摘
蕾あるものを選びぬ植木市
追分へ近道をとる忘れ霜
にじいろに湖の明けゆく藻刈舟
カウベルのをちこちに鳴る大夏野
残照を尾にとどめたる鰯雲
湯豆腐の湯気に帰心の募りをり

〈ひいらぎ〉
伊藤瓔子［いとうようこ］

ひかへめに名乗る初心者初句会
残る鴨不即不離なる番かな
寄り道を楽しむさまに初蝶来
万緑の武蔵野君を招きたし
揺るること萩の本意と括らざる
枯蘆の折れ鋭角に鈍角に
日記果つ締めの一句を筆太に

〈野火〉
糸澤由布子［いとざわゆうこ］

自転車のスポークの錆び夏終る
秋高し木の下にある木のベンチ
林檎買ふ昔の彼の弘前の
植木屋も八百屋も並び出初式
寒明くる隣の犬の鳴かぬ朝
青田へと吹く風の音風の色
奈良漬屋米屋肴屋若葉雨

〈青麗〉
糸屋和恵［いとやかずえ］

飛ぶごとく去られたまひし桜かな
さへづりを手紙のごとく聴きゐたる
子に買ひし本父が読む金魚玉
旅の荷のてつぺんに置き夏帽子
故郷や西瓜の種を吐きながら
荷物みな肩より下ろす涼しさよ
よく光る五百円玉今朝の秋

〈ときめきの会〉
稲垣清器［いながきせいき］

お年玉渡せば帰る仕草かな
娘の帰るころなり庭のおぼろ月
新盆の妻の気配の厨かな
一房のバナナ仏間に熟れてをり
屋根替えの屋根に登れば鰯雲
地下足袋のよけている跡草の花
棟梁の我に休めと秋蛙

〈四万十〉
稲田喜子［いなだのぶこ］

風わたる野にありてこそ吾亦紅
四万十川の上げ潮ゆたか石蓴舟
戦ある国もふるさと鳥雲に
寝ころびて茅花流しにかくれたし
落人の里へ二里半姫ほたる
うからの去にてふたりの盆の月
まういいかい色なき風に問うてみる

〈少年〉
稲田眸子［いなだぼうし］

箸置きの影やはらかし春灯
心音のやうな雨だれ春愁
遅々として進まぬ廃炉春は逝く
啄めるごとく喰らひし初諸子
黒田杏子様を偲ぶ
死を以て遂に結願花行脚
涙こらへてふらここを漕ぎ始む
結界を吹き抜けてゆく花散らし

〈秀・四万十〉
乾　真紀子［いぬいまきこ］

水底の泥きらきらと田芹の芽
青梅に投つ粗塩のひと握り
どの木にも風の来てゐる夏帽子
風ぐせのままに投げ入れ秋桜
掌はすでに受け取る重さ黒葡萄
煮凝のゆるみはじめてより匂ふ
百木に百の木霊や春を待つ

〈ひまわり〉
井上京子［いのうえきょうこ］

ねぎ苗の立ち上がりたり冬満月
ざくざくと青菜切り込む雑煮椀
新わかめ芯ももろとも刻みたり
花冷や掌に温めいる美容液
孫の目の次々急かす春筍
チョコレートの小箱にしまう蛇の衣
山桜桃牛小屋ありき鶏小屋も

〈鴻〉
井上つぐみ［いのうえつぐみ］

思ひ出となりゆく母よ石蕗の花
月煌々雪原青く横たはる
木の芽風母の遺品の黄八丈
ほととぎす紺屋の爪の青きこと
母の忌の風吹き抜ける夏座敷
水槽の海月ささやく海のうた
さまざまな音の遠のく螢の夜

〈汀・泉〉
井上弘美［いのうえひろみ］

あをぞらに月の満ちたるお正月
惜春やかんばせ白き北魏仏
みつみつと夜を守れる蛙かな
みづうみを雨のいろどる鱧落し
常闇のははに白玉拵へむ
朝露や潜り戸に身を屈むれば
病む人に結ぶ一文白式部

〈郭公〉
井上康明［いのうえやすあき］

柳絮飛ぶ白雲は風放ちたる
孟宗の幹の打ち合ふ遅日かな
六月の雨や大地を失へる
水滴の中なる眼雨蛙
糸瓜忌や句座に華やぐ女ごゑ
明眸の星ひとつ連れ冬の月
初旅の摑めさうなる波頭

〈暦日〉
伊能　洋［いのうよう］

机上の山つひに動かず年迎ふ
着ることの一仕事なり冬衣
冴返る画室のどこかピシと鳴る
ガラス越し守宮の五指に触れてをり
爽涼や純白の画布画架に据ゑ
待宵や画室の灯みな消して
ピエロめく自画像冴ゆるシーレ展

〈諷詠〉
今井勝子［いまいかつこ］

春障子隔てし闇のやはらかし
百態に曲りいかなご煮上りて
女には毛糸編むてふ逃げ場あり
幣揺れて闇の妖しき薪能
蓮根掘る生駒颪は骨にまで
寒垢離や水は光となりて落つ
紙を漉く吉野の水は手に痛し

〈若竹〉
今泉かの子［いまいずみかのこ］

発車まで並んで虹を見るホーム
髪赤く染めスチャラカなサングラス
縄文の屈葬犬のゐし秋思
土器に開く窓の不思議や小鳥来る
川すぢのひらけて鴨のすきずきに
ネパールの風編み込んで冬帽子
うさぎ汁の話など聞く年の暮

〈いぶき〉
今井　豊［いまいゆたか］

図書室の邯鄲君がゐるやうな
菊日和症状すべて書きとめて
草の名を知らず調べず冬日射す
痛きまで雪晴仮説押し通す
けふは巫女明日は少女黄水仙
身に纏ふ春暁師恩溢れけり
先生の発たれしあとの櫻かな

〈対岸・沖〉
今瀬一博［いませかずひろ］

鈴音のよき破魔矢なり立てて持つ
楤の芽を枝引き曲げて摘みにけり
葉隠れに太りて水戸の実梅なり
玉杯を傾け泰山木の花
裏返り終はる胴上げ鰯雲
大方は捨て息ひよんの笛鳴りぬ
白鳥の全身共鳴楽器なり

〈輪〉
今園由紀子［いまそのゆきこ］

光るたび山迫り来る稲光
秋茄子の蔕の跳ね上ぐ笊の上
こぼるるを程よく掃きぬ萩の寺
時に憂しときに麗し曼珠沙華
炭酸の鼻擽ぐり来涼新た
浅春や唇噛んで寡婦となる
母の日や常より白き観世音

〈貂〉
今富節子［いまとみせつこ］

秋日濃し切株は根を張りしまま
寒紅梅初めの一花放ちたる
ただ放つてをかれしさまや水仙花
穴ぼこのかくまで蕗の虫喰ひ葉
寒暖計裏返りゐる暑さかな
穂草より此処とばかりの曼珠沙華
棘までもみどり漲り酢橘の来

〈杉〉
今村たかし［いまむらたかし］

初富士に東京の街動き出す
山頂に浮雲ひとつ田鶴引く
母の日の夫のみ白き予定表
甚平や父の遺言何もなし
境内も巷もこの世秋暑し
やや尖る尾骶骨あり生身魂
息白し諭されし子も息白し

〈夏爐・椎の実〉
伊予田由美子［いよたゆみこ］

共白髪理想に掲げ海鼠噛む
花筏ひと足早き夫の老い
病院へ裏径のあり巣立鳥
竹のよく撓ふいちにち更衣
空蟬にとり囲まれしわが家かな
盆用意バケツに樒生けてあり
師の忌過ぐ日なた日陰に石蕗の花

〈りいの〉
入河　大［いりかわだい］

初凪や走るを止めよ糸を引け
花八手ご用の無き方お断り
母の忌や紫けぶる桐の空
睡蓮の風花嫁の甘え顔
池の風剝ぎ取つてゆく蜻蛉かな
落蟬の折り目正しく眠りたり
鳥鳴くやはりめぐらする蜘蛛の糸

〈予感〉
入野ゆき江［いりのゆきえ］

子の声に嬰の振り向く柚子の花
車椅子の神父を囲む棕梠の花
母よりも長生きをして夏負けて
西日射す厨の小窓米を研ぐ
山頂のポストの赤や夏の霧
先師の忌妹の忌や九月なる
柚子爺と呼ばれて柚子を採つてをり

〈青山〉
入部美樹［いるべみき］

誰彼に笑ふ赤ん坊柿日和
冬の水冬を映してゐてしづか
樹々に風棲みはじめたる立夏かな
てつぺんに来て遠足の茹で玉子
花冷を放つ大昔の鏡
日輪は雲の中なる桜かな
さざなみのごとき鯛神の森

〈風土〉
岩木　茂［いわきしげる］

骨正月むかしの空は青かつた
大口に鯉の吸ひ込む雪解光
コスモスの花に旅客機降り来たる
丹波太郎綾子生家はずぶ濡れに
蘆刈女腰より太く蘆束ね
てのひらの貧しき窪みおけら鳴く
蓬莱の海鳴りふゆの花わらび

〈鴻〉
岩佐　梢［いわさこずえ］

のうぜんかづら野放図でありにけり
銀座まで来てどくだみを見やうとは
はたた神ジーンズの膝抜けてゐる
ネックレスの鎖の絡む酷暑かな
八日目の蟬のこゑかも切れ切れに
台風に翻弄されて子等来たる
穴惑ひまたも線状降水帯

岩田由美［いわたゆみ］〈秀・青麗〉

遊船の支度アロハの老一人
団栗を潰しつつ来る広報車
かまきりの雫のごとき目に瞳
馬追の畳みてねぶる後ろ肢
その人と歩むは日向ぼこに似て
榾の虫チっと焦げたる春炉かな
岸蹴つて出るゴムボート風光る

岩出くに男［いわでくにお］〈鳰の子〉

少年は歌の意知らず歌留多取る
いくたびの易姓革命黄砂降る
黒南風や川攻め上る潮の舌
手話学ぶ少女涼しき瞳もつ
大暑なる丸木夫妻の原爆図
裁判所出れば糺の森しぐれ
孔子より老子がいいな日向ぼこ

岩永佐保［いわながさほ］〈鷹〉

雀の子路地の柴垣きよらなる
虎杖の長け日塗《ひまみ》れの河口堰
養花天ひたすら歩き己消す
雨気の空さらに奥あり青蛙
夏霧にほのと水の香山下る
かりがねや帽子おさへて磯つ鼻
鰭酒や喨々として夜の波

岩永はるみ［いわながはるみ］〈春燈〉

逃水や永らへてこそ見ゆるもの
叱る子のなきあけくれや春蚊打つ
わが影にしたたか水を打ちにけり
来し方は長き道草すべりひゆ
追伸はもしや恋文マスカット
えりもとに冬の来てをり切通し
からだごと笑ふ子どもや七五三

〈多磨〉
岩本芳子［いわもとよしこ］

八十路半ばの坂に立ちたり年新た
それぞれに明日といふ日や下萌ゆる
子守唄きいてゐるのは夏木かな
奥宇陀に雲湧き立ちてけふは夏至
ソーダ水に透けてかへらぬ月日かな
手花火の消えたる闇の深さかな
わけもなく日暮れ淋しや吾亦紅

〈雪解〉
上田和生［うえだかずお］

松手入済みてだんじり待つばかり
満水の濠を回遊鴨の陣
合戦の跡に麦蒔く北近江
直会殿の納戸に白鼻心の罠
椿咲く阿波水軍の港町
藩公の御成道なり若緑
水口を守つてをりぬ水馬

〈泉〉
植竹春子［うえたけはるこ］

鷺一羽冬田を広くしたりけり
湖の暮れのこりたる薬喰
人の日の耳のかくるる帽子かな
祝　句集「渾沌」詩歌文学館賞　星野高士様
鎌倉の今さかりなり八重桜
祝　句集「家族」千葉皓史様
郊外の家族に緑さしにけり
一日にひとつの用事柿の花
羅生門蔓の谷をよぎりけり

〈陸〉
上田　桜［うえださくら］

初空にシャトル・コックを強く打つ
獅子舞とそぞろあるきし向島
箸に取る二粒三粒涅槃粥
おりいぶの花に真青な海の風
溶岩が風呂の真ン中鳥渡る
兜煮の鯛の目玉もクリスマス
ウクライナの戦禍の報や枯木星

〈ランプル〉
上田日差子〔うえだひざし〕

水馬すこしの風にあとずさり
手鏡に囲ひたくなる秋思かな
まんぢゅうの兎ちんまり月祀る
照らふ白翳る白さも冬桜
初声を空き地に撒いて雀どち
少しづつ足し算に春兆すかな
草笛や旅のこころの小休止

〈梓〉
上野一孝〔うえのいっこう〕

覚めてまづ薬を服す大旦
蔵人に米のささやく寒造
花筏濠の水面に余白なし
時かけて妻と朝餉や朴の花
稲干して一国佐渡の空広し
鷹据ゑて鷹匠もまた人寄せず
殉教の血の色に咲く椿かな

〈やぶれ傘〉
丑久保　勲〔うしくぼいさお〕

小鳥来てまた小鳥来てもうお昼
葱を買ふ小銭の籠を吊るす店
「昼」にする陽炎ゆれてゐる古墳
地下鉄の出口人形町おぼろ
稜線を車が走る麦の秋
ぺたぺたと裸足で歩く台所
秋の夜向ひの家の門の音

〈栞〉
臼井清春〔うすいきよはる〕

鳥渡る遠きはらから思ほへば
検温に始まるひと日室の花
滝口に水重なつて凍てにけり
ことさらに人思ふ星の凍つる夜は
戻りしとき寒林の素顔なる
雨脚のみるみる太き寒九かな
今更に力むことなき亀鳴けり

〈家・円座〉
碓井ちづるこ［うすいちづるこ］

春波を撃破柱状節理かな
公園遅日なほ続く鬼ごつこ
本屋にも喫茶コーナー諭吉の忌
新春やガレの花瓶のうす茜
算数より漫画好きな子北斎忌
ここもまた陀羅尼助売る秋茜
天狼や午後九時発の観覧車

〈椋〉
内田創太［うちだそうた］

逆上がりして秋の空遠ざかる
晴れでもなく雨でもなくてうすら寒
なで肩のすぐ湯ざめしてしまひたる
水仙にいくばくかある日向かな
榛の花何かに揺れてをりにけり
家路より先へ伸びたる蜷の道
まつすぐに草の立ちたる緑雨かな

〈杉・夏爐〉
内原陽子［うちはらようこ］

春禽と呼ばんか今朝の雀らも
薄氷に風のかたちと言へるもの
朝は早電線に鳴き葭雀
家ぬちのどこかが軋む日の盛り
山嶺はむらさき重ね秋に入る
雨後の木のあれは確かに鶫のこゑ
枯るるしづけさきらきらと狐雨

〈鳴・貂・棒〉
宇都宮敦子［うつのみやあつこ］

饂飩打つどこの家にも梅咲いて
すれ違ふ猫のひと声春浅し
かき氷匙奔放に使ひけり
落栗の青し切株にも一つ
恐竜の玩具が三つ魂祭る
縄文のピアスがきつとある枯野
冬眠の蛇に聞かせてゐる法話

〈汀〉
宇野恭子［うのきょうこ］

手のなかに折り畳むビラ秋湿り
をなもみを払ふいくさを知らぬ靴
逢はざれば声より忘れ枇杷の花
鳶のこゑ吸はれてゆくか斑雪山
涅槃図の月下に膝を容れにけり
禊ともなんぢやもんぢやの花の下
迎へ梅雨つなげば母のつめたき手

〈俳句留楽舎〉
宇野貴子［うのたかこ］

二人行く北の花見や富良野線
父の部屋子供の部屋と簾つる
ベランダの手摺しましま大西日
我が庭に福はきませり大みみず
天窓に入道雲の頭かな
秋日和庭にマンガの山連ね
隙間風寝ている頭通り抜け

〈雲取〉
宇野理芳［うのりほう］

桑芽ぐむ空の青さは夫の里
三椏の花に風過ぐ杖一本
晩節を払ふ厄なしほととぎす
老鶯や汝も明日を信じるか
あかあかと戦場ヶ原草もみぢ
遠のけば薄命めける冬桜
鎌倉の冬青空を鳩の陣

〈煌星〉
梅枝あゆみ［うめがえあゆみ］

白色のセーターの裏とて暗し
豆打や声刺さるまま鬼逃ぐる
ほつれたることも貫禄享保雛
裏側の枝振りも見て植木市
擦れ違ふ気配と気配蛍狩
遠ざかるほど固まれり蟬の声
死期近き鈴虫の声ざらつけり

〈野火〉
梅沢　弘［うめざわひろし］

ちよつとした畑のへりの冬の梅
日脚伸ぶ回転椅子が横向いて
鳥帰る秩父鉄道秩父駅
滑り台すべるところに花の塵
物流センター裏の畑の柿若葉
露天湯の脱衣所にある蠅叩
同じことして秋の日の午前午後

〈香雨〉
梅田ひろし［うめだひろし］

揚雲雀さへぎれるもの何もなし
人誰も己れを信じ初桜
山々の雲をしりぞけ幟立つ
紅薔薇満開樺美智子の忌
昼寝覚雲踏むやうに畳踏む
かまつかの真赤この世を忌むごとし
十二月八日枉げざる不戦論

〈谺〉
梅津大八［うめつだいはち］

蜜柑出されて晩酌の終りけり
白息に白息答ふ今朝の富士
雨雲に上書きしたる春の虹
胸にリボンそれだけの春闘であり
昼寝覚めさてと発して用のなし
涼風や海岸通三丁目
幽霊を終へて口紅拭ひをり

〈輪〉
宇留田厚子［うるたあつこ］

割烹着の母の気配す初厨
谷戸の空桃色に染む山桜
水玉のスカート眩し夏真昼
細波にゆるり揺るるは湖の月
図書館の隅に秋思の隠れをり
冬ざれの瀬音いつそう透き通る
年忘れ互ひの老いを眺め合ふ

〈櫟〉
江崎紀和子［えざききわこ］

一病に慣れしたしんで蕪汁
寒の水神通力をうたがはず
きさらぎや厨柱に火伏札
霾ぐもり象形文字に鳥と魚
なないろの声を流して河鹿川
白百日紅ゆらりと明日は雨が降る
石橋をひらたく踏みて水の秋

〈八千草〉
衛藤能子［えとうよしこ］

巫女のごと秋浅間ゆく白き蛇
冬麗や祖父なき家に祖父の声
印泥を一日あやす寒日和
竹筆を連らね春昼金文書
まふたつの殺生石にもさくら舞ふ
玫瑰の深紅にけぶる花弁《はな》もろし
驟雨去る浅間墨絵に還りたり

〈暖響〉
江中真弓［えなかまゆみ］

花木槿うなじは風を知るところ
こつんと木の実縄文のことばとも
待つといふ豊かな時間冬木の芽
この道をゆけば会へさう春の暮
人逝けり空へこぞれる松の芯
すかんぽ噛むふるさとはこの川上
浮巣ちよつと傾く鳰の上がるとき

〈多磨〉
榎並律子［えなみりつこ］

忙しくいそがしく春闌けにける
無雑作に髪束ねたる薄暑かな
しばらくは此処に居ります青葉風
蟬の声沸きたちて雨上がりけり
衣被粗塩添へてすすめけり
猪除けの柵も冱てたる吉野かな
着膨れてバス待つ列の最後尾

〈雨蛙〉
海老澤愛之助〔えびさわあいのすけ〕

敷石に影を映して糸桜
黒き芽も赤き芽もいで山笑ふ
混沌の闇に一条恋蛍
妻の手に名もなく摘まれ草の花
推敲のリズムを刻むばつたんこ
真直ぐな生き方学ぶ石蕗の花
畳目をやさしくたどり掃納

〈帆〉
海老澤正博〔えびさわまさひろ〕

走り根の脈打つ気配春立ちぬ
ランナーへあと一周の声立夏
夏芝居オペラグラスが追ふ若手
浜木綿や遺る海水取水口
盆の月昔話をひとくさり
指貫や道着繕ふ秋の夜
冬凪や三笠海越え時を超え

〈あゆみ〉
遠藤酔魚〔えんどうすいぎょ〕

マヨネーズ売り切れてゐる鵙日和
伊勢うどん唇で切る神の留守
枝肉に青き検印冬銀河
春泥に置かれたままの猫車
明日を待つ晴れ着衣桁に花菜漬
梨の花明日は蜂屋が来るといふ
閘門に水満ちてくる夕桜

〈天為〉
遠藤容代〔えんどうひろよ〕

冬泉野生の馬も来るといふ
耳飾り揺らして上がり絵双六
春一番手すり使はず登りきり
春泥をつけてボールの戻りくる
子の歌に親のこたふる若葉かな
木を馬に見立てて遊ぶ夏帽子
茸汁きのこ押さへて啜りけり

〈濃美・家〉
遠藤正恵［えんどうまさえ］

光りつつ鯉の重なる日永かな
松風も谿風も来て春祭
棒切れで地に描く図形夏期講座
揺らぎつつ月待つ舟となりにけり
城跡の杉の香にをりさやけしや
雁渡し陶俑は髷高く結ひ
揺り椅子につづく森ありみそさざい

遠藤由樹子［えんどうゆきこ］

平家一門亡びて冬の烏瓜
花の昼狭きボートに立ち上がり
春惜しむ併殺に沸く球場で
百年後ゐない不思議よ蓮浮葉
初蛍ふらりと糸瓜棚よぎり
慕はれし子規の忌日と思ひけり
仕舞はざる風鈴の鳴る良夜かな

〈氷室〉
尾池和夫［おいけかずお］

秋深し木のこゑのある木の根道
群発地震なほ続く能登の冬
瓜生山より京都盆地の冬霞
サモアより年賀のメール午後八時
狂ひなき地球の自転去年今年
北窓開く浅間の煙やや高し
国境無きジュラ紀ありけり雨蛙

〈氷室〉
尾池葉子［おいけようこ］

玲瓏と宇治の川波暮れかぬる
春寒の過重二グラム切手貼る
慟哭に糸ほつれたり涅槃絵図
麦の穂のそろひ風いろ変はりけり
風穴は太古へ通ず青胡桃
待つといふ自由時間や秋薔薇
竹馬の歩測におのづからの声

〈野火・猫街〉
近江文代［おうみふみよ］

いつまでが戦後たうもろこし畑
菊などはいらぬわたくしの命日
冬木立刃物を隠し持つてゐる
焼香に順番のある時雨かな
人ひとり入る鞄や鳥雲に
扇風機一人にひとつ寂しいか
山滴る全身麻酔のやうに午後

〈鷹〉
大石香代子［おおいしかよこ］

藍半纏やはらかく色抜けにけり
雲雀鳴く空サーカスの柱立つ
落城史読む河骨のほとりかな
月涼し福木の風が仏間まで
橿原や樹に白鷺の咲くごとく
夜学子に迎へのバイク来てゐたり
水あかり揺るる月夜の夢幻能

〈陸〉
大石雄鬼［おおいしゆうき］

月光の涎のなかにゐるごとし
唐辛子干して窓枠朽ちてをり
クリスマスイブの港の草伸びし
狐火のかたむきながら鎖骨あり
残雪のなかにひつそり父の顎
夏掛のやうな人より囁かる
大鷭は夜空のさきを翻りけり

〈豈〉
大井恒行［おおいつねゆき］

春の空　球根の根ね　さようなら
「言論の覚悟」かにかく春の陽や
春昼のひびき石なる気球かな
汝が名鳥子　夕日の木々に降りて来る
赤い林檎かの痛点に至りけり
死ぬ人の寒中の文　達者かと
戦争に注意　白線の内側へ

〈鏡〉
大上朝美［おおうえあさみ］

思ひ出すまでは忘れて帰り花
音威子府音符重ねるやうに雪
春光の地上に出たる地下鉄線
散る桜右手で発止と摑みけり
鯉のぼり大小九尾一つ家に
走り出て蜥蜴止まつてまた走る
裏側へ回り尺取虫戻る

〈黐の木〉
大角文子［おおかどふみこ］

巨き手の磨く農機具春浅し
春場所の力士に抱かれ泣く児かな
初めての靴紐結ぶ入学児
囀りや擂粉木つくる山椒の木
月明り容れて心の浄化あり
束子買ふ清荒神年の暮
白菜の頭くくりて甘み増す

〈星の木〉
大木あまり［おおきあまり］

離れては相寄る鯉や宵祭
灯されて鍋の泥鰌の髭あはれ
父の忌の青水無月の畝高し
遊郭の跡はコンビニ日雷
畦草や蜥蜴は舌を出しづめに
文鳥のよく鳴く家や日向水
戦止まずよ箱庭に夜が来る

〈刈安〉
大木孝子［おおきたかこ］

さびしさとどう折り合はう蟬氷
靉《あい》靆《たい》の圧し出すしだれざくらかな
夜あるきのいつか鵺《ぬえ》鳥ごこちかな
ろくぐわつや妄執の根の一束
霜茱萸や涙痕あまた稗史野史
黒棗寒星ざらり詰めようか
屠場通りだあれも居ない寒椿

〈夏爐〉
大窪雅子［おおくぼまさこ］

暮るるには少し間のある鴨の陣
大笊笥《さうけ》軒下に伏せ紙を漉く
藺蔵の錠前一つ寒に入る
用水の止水放送寒波来る
鳴く鴨に夕闇せまる草の川
立て札に予約の名あり船遊び
松の根の崖に垂れゐる根釣径

〈門〉
大熊峰子［おおくまみねこ］

六花かな詩神ときめくそは硝子
春の昼後円に立ち王となる
白魚の目に突き刺さる喉仏
若冲の鶏は地を蹴り春惜しむ
うすみどり蟬は穴出づ人は月
種子播けと白眉の詩人けふ芒種
胸に棲む十五の不良青葉木菟

〈やぶれ傘・棒〉
大崎紀夫［おおさきのりお］

風船がうろつきまはりゐる芝生
まだ釣れず近くで亀が鳴いてゐる
雲ちぎれちぎれゆく日のヒヤシンス
薄氷が小さく浮いてゐる馬穴
逃水がすこし手前にくる気配
土筆摘み九十九里から風がくる
ホースより水出つぱなし苗木市

〈燎〉
大澤ゆきこ［おおさわゆきこ］

産土の春を咲き継ぐ零れ種
佐保姫や嫋やかに舞ふをんな偏
溝浚へ赤き長靴加はりぬ
急流を棹さすやうに夏燕
古は寺であるらし八重葎
美濃紙に勢ふ江戸文字祭り寄付
民謡を以て発車の余花の駅

〈やぶれ傘・棒〉
大島英昭［おおしまひであき］

ひとつ咲きふたつ咲きさう寒椿
春近しそろりと曲る教習車
たんぽぽを見たのでけふは帰ります
蝶々のせはしき影がとほりけり
穴くぐる前に振り向くはらみ猫
噴水をななめ左に見てすわる
学校が見えるバス停稲の花

〈氷室〉
大島幸男［おおしまゆきお］

禱解きまた草を刈る沖縄忌
比良八荒遅延の駅の壁に倚り
コスモスや恋の話は石蹴つて
枝豆の殻並べたり重ねたり
稗田に降りてきさうな雲の列
ンで終はる持薬あれこれ万愚節
あやふきは冬の真昼の透くる月

〈街・なんぢや・豆の木〉
太田うさぎ［おおたうさぎ］

なまはげの胸押し返す子供かな
古書店に古書の斜塔や鳥帰る
春の小火ほどに耳たぶ嚙んであげる
羽抜鶏食み零したる餌を踏む
一湾の暮れかかりたる扇風機
粧へる山より音は太鼓かな
洋梨を滑り始めて戻れぬ刃

〈風の道〉
大高霧海［おおたかむかい］

初鳶孤影描きて瓜木崎
春風や虚子の斗志を学ばばや
帰り花小さき命大悟見す
麦飯の日の丸弁当戦時かな
残菊や命のかぎり色香留め
黒牡丹師の句想へば師の翳起つ
藍微塵今は亡き師の恋一途

〈雛〉
大竹朝子［おおたけあさこ］

春愁や窓辺は眩しすぎるから
花野ゆく風とひとつになりたくて
而して神の醸せるましら酒
やはらかく水を揉み合ひ浮寝鴨
日に消えて日にあらはれて冬桜
大雪の改札で待ちくれし母
蓮池の腹蔵もなく枯れ渡り

〈かびれ〉
大竹多可志［おおたけたかし］

身のほどの夢を見てをりお元日
日の丸を探す朝なり建国日
何もかも御破算にして鳥帰る
潮騒に胸のざわつく四月かな
振り向けば俳禅一味の夏の寺
孑孑の浮き沈みたる過密都市
バナナ剝く猿も子供も同じ貌

〈野火〉
大谷のり子［おおたにのりこ］

春浅し針に通して赤き糸
着ぐるみの後ろ姿や子どもの日
すぐそこに低き山あり麦の秋
橋の上蝙蝠飛んで日が暮れて
菊の香や母旅立ちの薄化粧
数へ日の机に緑茶冷めてゐる
面影橋あたりに夜の鴨のこゑ

〈俳句留楽舎〉
大塚阿澄［おおつかあすみ］

ラヴィズオーバーあの日この日の桜かな
初夏の空の青さはかじれまい
白菖蒲モデルの肩の硬そうな
秋風のピエロとピエロ笑い合う
かもめ消えちりりりちりりと秋の海
原発やうるめ鰯もかんころも
黙り込む浜の鸚鵡や冬景色

〈銀化〉
大西主計［おおにししゅけい］

猟犬の乗りだして見る谷の底
枯枝を生やしてうすきからだなる
四十年前の新築夏蜜柑
陽炎を積み降ろしをり羽田沖
両岸にふたつの生活《くらし》夏つばめ
セロファンのやうな音して赤とんぼ
神の庭また星糞を飛ばしをる

〈鷹・晨〉
大西　朋［おおにしとも］

お椀かと見れば大きな茸かな
髪光る十一月の橋の上
煤逃の昼はコロッケ立つて喰ふ
人通るたび剪定のとどこほる
神馬とてまだ幼きよ風薫る
ここなるが実盛坂や浮いて来い
初嵐石段濡れて石の色

〈燎〉
大沼つぎの［おおぬまつぎの］

愛犬逝くいつしか止みし夕時雨
燎誌もて癒ゆる日待たん牡丹の芽
蹲踞にポトと椿の独り言
夕まけてほんに良き声河鹿笛
佳き声のまちがひ電話聖五月
緑蔭に幸せさうな婆の愚痴
祝事の待たるる日なり薔薇真つ赤

〈香雨〉
大野崇文［おおのたかゆき］

はぐれゆく雲の親しき西行忌
目刺焼き焦し闇浮の身なりけり
なかばより天目酒や初がつを
蒼き闇ひろがり腐草螢となる
秋声や遊びごころの余白より
暗黒の世の近づくか蚯蚓鳴く
初霜のこゑかとペンを置きにけり

大野汀子《おおのていこ》
〈愛媛若葉〉

うちぬきの無窮の響き夏旺ん
分け入つて雑木林の秋の声
山百座統べて満月夜もすがら
断捨離の家かるくなる冬日和
馬場の跡子供広場にたんぽぽ黄
サラブレッドの昇天桜蘂ふる日
春水にただ今ほたる育成中

大橋一弘《おおはしかずひろ》
〈雨月〉

寒茜貨物列車の西国へ
立ち竦み背に重き荷や涅槃西風
虎猫の溝に消えたる春の暮れ
信号を曲がる炎暑の黄の眩暈
天高く筋雲宮の川に添ふ
秋灯胸の裡にも灯さばや
天の底季の底歩み寒椿

大林文鳥《おおばやしぶんちょう》
〈夏爐〉

鰹船太網巻きて発つ時刻
立版古伊野の古町夜に浮かぶ
八月の海荒れてゐる震洋忌
蓼の花洗ひ神輿の滴落つ
神酒を注ぐ天狗老いたり里祭
里神楽正座の礼に始まれり
風花や地籍調査の山境

大曲富士夫《おおまがりふじお》
〈花苑〉

境内の列の中より御慶かな
春寒や竹百幹の風騒ぎ
枝先にふくらむ光花ミモザ
小満や訪ふたびビルの増えてゐて
舟呑んで眠る船屋や望の月
終電をひとり降り立つ夜寒かな
止んでゐし風花のまた伊吹より

〈初蝶〉
大海かほる［おおみかおる］

馬繋ぎ石濡れてをり朝桜
大空のしづけさふかめたる残花
草萌を弾むサッカーボールかな
鬼の子もみんな輪になり野に遊ぶ
日おもてを揺れつつ上る藤の花
植物園の中の上臈杜鵑草
ほからほから自然薯掘りの漢かな

〈門〉
大室八重子〈おおむろやえこ〉

想ひ出が骨の欠片に雪が降る
寒林は隙間の美学のどかわく
氷面鏡消えゆく月を宿したる
五指重く逝く二ン月を折りてみる
雁帰る大和より夢はがしつつ
蝶の力学シーソーにのる姉妹
鰥寡孤独よ泰山木の花に座せ

〈都市〉
大矢知順子［おおやちじゅんこ］

濯ぎものからりと乾き花大根
「オレ癌だ」「あら私もよ」花筵
春灯バレリーナーは笑はない
万緑や子の髪の毛に天子の輪
試し飲み又試し飲み自家梅酒
灯を入れて竿灯軽くなりにけり
河豚刺の一片づつに柿右衛門

〈汀〉
大山妙子［おおやまたえこ］

鏡面の身幅に狭き霜夜かな
夜の端をあをく揺らしぬ春氷
恋の猫ひらりと月を戻りきぬ
水音の陶土を砕く清和かな
一梲は月へ祀らむ繭を煮る
店蔵の通し柱に茱萸袋
馬一頭みがく藁縄水の秋

〈輪〉
大輪靖宏［おおわやすひろ］

陽炎に山門ゆらぐ京の午後
木陰より羽根重たげに梅雨の蝶
恐龍と子の指差すは夏の雲
秋暑く日記にしるす事項無し
生きて来し月日しみじみ終戦忌
飲み屋の灯ともり続ける夜長かな
改めて生命を想ふ今朝の冬

〈涛光〉
岡崎桜雲［おかざきおううん］

筆の想浮かびては消え春の雲
学問の里と慕はれ花万朶
洗ふ筆の墨吐きやまぬ花曇り
磨るよりもはや香の立ちて墨涼し
墨の香にこころ遊ばせ秋立つ日
爽やかや硯に注ぐ神の水
爽やかや手習ひまれによき線も

〈艸〉
岡崎由美子［おかざきゆみこ］

春愁や白のみ残る金平糖
磯巾着ひとつが開く忘れ潮
背伸びして甕覗く猫夕涼し
朝顔に夜の名残りの湿りかな
丁寧に畳む便箋秋の雨
無住寺の樋の傷みや冬の蜂
花舗よりの一筋の水凍りけり

〈耕〉
小笠原貞子［おがさわらていこ］

懐古園に虚子在す日の藜かな
体操の捺印を受く日焼の子
遠囃子の四条の筋や多佳子の忌
巫女に享く沃土の絵図やおためし祭
里人の御寄進といふ月見堂
練り上ぐる餡の艶よきお中日
冬菜漬く木桶の箍を軋ませて

〈山彦〉
岡田　薫［おかだかおる］

水温む天つ国よりハミング来
風紋は地球の美学春の闇
英霊が来ている朴の花満ちる
紫陽花の毬の真白や嘘上手
跪けばそこはサバンナ秋夕焼
突堤の蝶は彼の世へ秋の風
月であり太陽であり冬りんご

〈ろんど〉
尾形誠山［おがたせいざん］

暮れかかる安房の杣道きじのこゑ
佐保姫と腕組む麻布六本木
万緑を吹き抜ける風峠茶屋
駄菓子屋のガラスケースに雲の峰
原爆忌レバー倒せば水が出る
物音のやがて消え去る夜なべかな
初時雨小江戸に烟る時の鐘

〈天頂〉
岡部澄子［おかべすみこ］

白萩の寺を教へて別れけり
幸せが口癖の母芙蓉の実
秋時雨姉に習ひし大原御幸
兵士らを思ふ毛布の重さかな
月天心戦火へ赤十字奉仕団
花杏純粋ゆゑに傷つけし
ふぐちやうちんの浴衣で習ふ恋の舞

〈天頂〉
岡部すみれ［おかべすみれ］

緑蔭にゐて牧水の海を恋ふ
林檎のうさぎ食べて母には従はず
死なぬ虫死ねぬ虫かも冬旱
花の名が祖母の手習ひ冬日差
鳥声を緯《よこいと》にして春の雨
花粉症盾に一気に告白す
かなしみの殻さへ無くてなめくぢら

〈雪解〉
岡本欣也［おかもときんや］

亀石に洪水口碑亀鳴けり
豆打ちぬ膵癌病みしわが身にも
時の日や原子時計といま昇華
空港の一大余白麦の秋
牛車ひく牛歩に葵祭かな
毛茸《もうじ》浮きゐるも眼福新茶くむ
百歳は通過点ぞと生御魂

〈門・梟〉
岡本紗矢［おかもとさや］

十代の未完の恋を夢始め
狐の姉妹札の森に時雨けり
蝶凍つる門扉の守衛敬礼す
雪しんしん記憶の中の火を熾す
啓蟄のボタン一つに開く書林
飛ぶほどに軽き華髪をふらここに
箱庭の時の空白君を待つ

〈燎〉
岡山祐子［おかやまゆうこ］

新年へ兎跳びして畏まる
雛あられ少なくなつてゐるやうな
炎昼の真つすぐな道怖れけり
だれかれの声を棗の花の下
嬉しさのぽくぽく歩く七五三
風道は詩の径なり草の花
着ぶくれてさて歩かねば詠はねば

〈茅《ちがや》〉
小川　求［おがわきゅう］

あぶく百眺めてをれば暮れかぬる
理髪師に命預けてうらけし
職人のニッカーボッカー燕来る
海碧ければ二年遅れて卒業す
空つぽの犬小屋茅花流しかな
雲梯に望む朝空広島忌
生国は神宮の杜ちちろ鳴く

〈鷹〉
小川軽舟［おがわけいしゅう］

映画見て桜木町の春浅し
しばらくは湯に立つパスタ桜草
ばいきんを洗ふ幼や柿の花
川底の石蹴立て鮎のぼりけり
吹き抜けし風に影あり衣紋竹
つひに皆のつぺらぼうの踊かな
月出でぬ山の胸座《むなぐら》押し分けて

〈槑〉
小川美知子［おがわみちこ］

八月のみんみん蟬を浴びるほど
ケーキ屋を覗いて帰る小望月
大枯野来て美しい水を注ぐ
金ぴかのもの売る露店枯探し
歩いて行つて探梅のはじめの木
春のセーター袖口を一つ折る
葉桜の奥の方から日が暮れて

〈森の座〉
小川雪魚［おがわゆきお］

うごき初むる神の天秤汐まねき
落蟬や七夜数へて風の沫
なにとんぼいろいろとんぼ道遠き
目刺からから開いた口塞がらん
風船に旅を寂しき手を放し
五月雨が窓の鬣キハ四〇
うすばかげろふ煉獄の代を脇見せり

〈鷹〉
沖　あき［おきあき］

わたすげや燧ヶ岳は火の色に
藁塚の腰の抜けをる日和かな
海光に消えし千鳥の鳴くばかり
国引きの浜の穂俵飾りけり
投函す帷子雪《かたびらゆき》の昼つ方
野遊の手の鳴る方や母隠る
蜘蛛の子の散りし原爆ドームかな

〈鷹〉
奥坂まや［おくざかまや］

人型へ銃座ずらりと秋気澄む
眠られぬ夜や月光に砂の音
秋冷や暁光草に散りやすし
ボロ市の鏡に唇がうごく
雪湧けり天に青淵ある如く
いそぎんちやく触手の逸りては縺れ
翅音また黒一塊や熊ん蜂

〈青草〉
奥山きよ子［おくやまきよこ］

病院のスタバ賑はふ松の内
スケート場灯し港は暮れにけり
睡蓮の甕や金蠅動かざる
十薬や唸り強まる室外機
地境を二階に見たる茂かな
日からかさ博士の像を仰ぎけり
小春日やインド映画の小ホール

〈玉藻〉
小倉くら子［おぐらくらこ］

茄子漬や今宵大吟醸とせむ
初鴨の群れて気楽なひとときも
息を呑むこけしの絵付村時雨
水鳥へ明るい日差し回り切る
三月の立子の空となりにけり
土用芽や荒々しき空の続く
鷺草に水音だけの刻の過ぐ

〈毬〉
尾崎人魚［おざきにんぎょ］

心音の近くに開き初みくじ
指すすぐやうにたたまれ春ショール
よく伸びる子象の鼻やチューリップ
夏の月磁力の強き六本木
裸婦像の背の丸みや豊の秋
とりもどす恋の感覚ホットワイン
寄鍋や家族の箸の色の数

〈八千草〉
尾崎裕子［おざきゆうこ］

薄氷ぴりり独裁者の歯ぎしり
せせらぎに花暦濁世に星屑
沈黙も甘き刻なり遠花火
亀の子のいずれ欲しかろ喉仏
難儀なり恋にジェラシー桃に種
粋人ぶる男と交はす雪見酒
封できぬままの手紙や冬茜

〈郭公〉
長田群青［おさだぐんじょう］

源流の嶺に日当たる雁渡し
富士の初雪蛇笏忌を引き寄せる
堰落つる水の底鳴り鰯雲
甲子雄直人甲州百目柿熟れる
夕闇に紛れず稲架を組む夫婦
竹を伐る音校庭に届きけり
稜線に寝釈迦の起伏秋夕焼

〈圓〉
小沢洋子［おざわようこ］

春光や塵も芥もひかりをり
青時雨けぶる神島前にして
蝶豆のお茶の水色秋澄めり
思ひ出を携へてゆく星月夜
和顔施の姪のものごしさはやかに
寒風や寄りかたまりし累世墓
北風や少年のゆく靴の音

〈澤〉
押野　裕［おしのひろし］

座りたる石の温みや秋の海
焚火なり折れバット入れドラム缶
初日の出丹沢九座雲もなし
米軍に飛行止めさせ入試の日
地に鳩をくふ嘴太や夕桜
麦熟れて厨に魚の血を流す
ねずみゐる鼠捕器や蛇からむ

〈燎〉
小瀬寿恵［おせひさえ］

七色の椅子に人来る小鳥来る
棗の実熟れて団塊世代老ゆ
一合の酒分け合うて菊膾
砂川に残る焔や冬の虫
朝月をゆつくり溶かす春の空
防潮堤隔て波音鳥雲に
登山靴百の顔して山の宿

〈埴〉
小田切輝雄［おたぎりてるお］

この岡に安居四十年花吹雪
里山に籠れる夕日紫雲英咲く
散策の地温潤みて雨水かな
孫たちは我が家の官女雛まつり
このごろの甘塩目刺よしとせず
春の睡魔追へど払へど縦横に
着飾るも飾らぬも金魚おちよぼ口

〈銀漢・小熊座〉
小田島 渚［おだじまなぎさ］

歩き来るあなたはピアノ春夕焼
春日傘誰かに操作され曲がる
いまだ死に触れざる初夏の石拾ふ
琉金揺れて部屋いつも揺れてゐる
泉湧くところ鳥たち教へあふ
蝶ほどき天体を編むための糸
震へては鈴を生みたる福寿草

〈繭の木〉
小田嶋順子［おだしまよりこ］

家中の明りを灯し鬼は外
天領の白に遅れて紅椿
一枚の青田に鷺の一羽づつ
こんもりと明智の里の半夏生
皆既月食木犀の香りけり
調弦の音に始まる文化祭
かまくらの入口児らの背丈ほど

〈花苑〉
織田美知子［おだみちこ］

南天の紅き眼潤み兎融け
雨水なる雨の日曜雛飾る
夢で逢ふ人懐かしき芙蓉咲く
蒼天に網をかけたや鰯雲
秋台風被害地に住む友ありて
敬老を祝はれ嬉しかつ悲し
秋深夜光る猫の眼青ダイヤ

〈風土〉
落合絹代［おちあいきぬよ］

若沖の十幅放つ秋気かな
鈴虫のよく鳴いてゐる夜の電話
だんだんに白湯のよろしき秋彼岸
五山一位その奥深し冬紅葉
かかとより歩く走り根寒明くる
鷹鳩となりてとことこ庭へ来る
新緑へ魂あづけ吹かれゐる

〈浮野〉
落合水尾［おちあいすいび］

どんとこい武州囃子の祭事
手を合はせたき山があり月があり
江戸の名を川にとどめて夕すすき
野に出でて風になりきる赤とんぼ
山河うるはしあらたまの年迎へ
げんげ野をひらきて秩父山に入る
つちふるをいくたび受けて古墳群

〈少年〉
落合青花［おちあいせいか］

清貧に生きて一個の柿を剥く
冬うらら柱にもたれうとうとす
凍て雲に今日の一日あずけたる
散歩より戻りし夫の手に土筆
あの家のこの家の庭七変化
太陽の沈まぬ日夜日は昇る
草も木も私も喜雨に励まされ

〈浮野〉
落合美佐子［おちあいみさこ］

山ほどの昔かかへて日向ぼこ
葛の花追憶の歩を深めたり
夕さりの雨に気負ひぬ法師蟬
野地蔵も人も素のまま夕涼し
父遠し母も遠しや夕河鹿
身の老いも科も許さむ青浮野
入彼岸亡き弟が酒誘ふ

〈ひいらぎ〉
越智　巌［おちいわお］

寸秒を違はず刻むばつたんこ
野仏に誰が供華かや菊すがれ
掛合ひの見聞き楽しむ年の市
畑仕事終へて焚火の人となる
貝寄風や最古の灯台移設待つ
蕩々の有馬の湯宿朝寝かな
熟寝児のにぎにぎの手や五月来る

〈知音〉
小野桂之介［おのけいのすけ］

夕立や母の指令の矢継ぎ早や
何食はぬ顔で食ふなり青蟷螂
花すみれ先生ちよつとえこひいき
その影の上を泳いで目高の子
十丈の崖を一気に夏の蝶
鬼灯籠二廻しして選びけり
ふつくらとあたたかき手や生身魂

〈繪硝子〉
小野田征彦［おのだゆきひこ］

江ノ電は家掻き分けて春の町
青蘆の風呼ぶ丈となりにけり
曼珠沙華こんな静かな一日も
宇宙船に人声のある星月夜
衣被つるりと解けしわだかまり
丸善へふらり来てゐる小六月
誰も居ぬホームにひとり雪を見る

〈河〉
小野寺みち子［おのでらみちこ］

窓に猫双眸に容る青山河
アイヌ語のラジオ講座や晩夏光
色なき風小樽運河に似顔絵師
画材屋の緑の扉雪催
雪しんしんポトフことこと膝に猫
ダンベルの床に転がる春休み
学研の付録の重き四月号

〈汀〉
小野美智子［おのみちこ］

毀たれし遮光器土偶草の花
いちまいのあとをいちまい朴落葉
霊水に触れし手のひら金雲雀
さびしらの吐息のやうに雪ぼたる
魚は氷にのぼりキトラの天文図
活版の達治の詩集桐の花
上馬の曳かれ卯の花腐しかな

〈樹氷・天為〉
小畑柚流［おばたゆずる］

愚に生きてされど安堵の根深汁
震災のことには触れず牡蠣割女
来し方を思ひ自祝の薬喰
老二人ぶらんこに座し揺れもせず
さりげなく本意も交へ四月馬鹿
鳥帰る戦ある地は避けて行け
悪童も帰省子となり晴れがまし

〈日矢余光句会〉
小原　晋［おはらすすむ］

松飾る脂《やに》の香ほのと日のたまり
娘にひかれオランダ坂や春寒し
遠山の青葉若葉や一万歩
高々と菖蒲背負ひし子供連れ
マグロなぞ喰うて帰らむ大夕焼
父の日や強か酔ひし芋焼酎
鉄骨の「萬年橋」や水の秋

〈風土〉
小原芙美子［おはらふみこ］

繭玉のしだれの下に櫛を売る
万の火の大蛇めきたる送水会
惜春の遠き波座や鯨塚
すだまゐる糺の森の下闇に
菅貫のけもののごとくささくれて
秋の蟬水吸ふやうに息つぎて
沓脱石日の斑の揺れて小鳥来る

〈知音〉
帯屋七緒［おびやななを］

蓋取れば松葉柚子の香雑煮椀
春泥の靴並べおく新聞紙
紅椿寺の娘は医学生
教室の朝の明るき更衣
魚籠揺らし水撥ねとばし大山女魚
芒原分け入り頬に向かう傷
寒雀今にも転げ落ちさうな

〈初蝶・清の會〉
小俣たか子［おまたたかこ］

少年の口笛春野広げゆく
花吹雪正気狂気の中にゐる
金網の穴が大きくなつて夏
水打つて住み古る街の匂ひかな
身ばなれの良き魚を食ぶ盆の月
太陽を隠し背高泡立草
大仏の大足に群れ初雀

〈葦牙〉
尾村勝彦［おむらかつひこ］

方三里裾ひく羊蹄山の秋
出張の旅のひとりのとろろ飯
鉄塔の四肢のふんばり野分過ぐ
バーチャルの戦争めきてうそ寒し
花売りの娘の行く末や聖夜劇
「開墾の記」を読む勤労感謝の日
地球儀を回せば縮む四月馬鹿

〈椋〉
海津篤子［かいづあつこ］

肩くんで少年来るよ蝶の昼
苗札を立てて明日を輝かす
アパートの眠さうな窓花ミモザ
ごくごくと女水飲む百合の前
青柿をくぐりて道の親しけれ
手をついて畳の匂ふ今朝の秋
青空のみるみる広し赤のまま

〈風の道〉
甲斐輝子［かいてるこ］

採寸の紺の制服木の芽風
鳥雲に入るや羽田の管制塔
晴れ三日梅干して肩抜きにけり
はたと止むのも噴水のリズムかな
星の煌ことに八月九日来
太陽を描かぬピカソ冬に入る
海鳴りの風鳴りの佐渡冬ざるる

〈百鳥〉
甲斐のぞみ［かいのぞみ］

船の荷を高く積み上げ鳥曇
反抗の子と買ひに行く水泳具
バス停にきちんと並ぶ暑さかな
運動会潮の匂のしてきたる
月を見に明るいうちに出かけたる
入院の荷に歳時記や冬の空
葉桜や乗るたび舟の傾ぎたる

〈天為〉
甲斐由起子［かいゆきこ］

山神のおうと応ふる斧始
瑠璃に昏れ瑠璃に明けたる二月かな
花辛夷夜は群青を深めゐる
梅雨の蝶ほろほろ力緩めけり
落蟬にまるごと顔の無きものも
秋簾この世の音を遥かにす
冬に入るこの山塊の深き呼《い》吸《き》

〈百鳥・晨・湧〉
甲斐よしあき［かいよしあき］

夕映えを瞳に映し袋角
箸一本立てて金魚の墓標かな
突然の別れ喪の夜の白あぢさゐ
百日の船旅にある妻の夏至
老犬を乗せるカートや梅雨あがる
水打つて色のあふるる帽子店
潮鳴りは海の鼓動よ花ユッカ

〈からたち〉
加賀城燕雀［かがじょうえんじゃく］

しぐるるやふつと今生こんなもの
時雨忌や地図を目で追ふ旅ごころ
手間換へといふ処世もてみかん摘む
ふるさとは懐深し花菜風
梅雨深しこころ迷子となりにけり
花氷人恋ふ事にやつれをり
つげ口をしさうな百合の白さかな

〈磁石〉
角谷昌子［かくたにまさこ］

女正月小籠包に海老透くる
ちりつづくひとひらづつの花にかげ
山霞喰うてうつつへ還らむか
衰へもみせず噴水ふいに果つ
万緑の一樹に斧を打ち込める
十月の麒麟の首が宙にある
甲斐駒の光背をなす冬落暉

〈ひたち野・芯〉
鹿熊俊明（登志）［かくまとしあき・とし］

七草や稀有な帝の伝記読む
コロナ禍もキーウも忘れ初句会
ルビ読める眼の戻り来し二月尽
大和魂彼の地のナイター彷彿と
天高く百七年の球児湧く
花火観て米寿を祝ふ湖畔宿
入相の鐘は何処か彼岸花

〈くぢら〉
掛井広通［かけいひろみち］

てのひらに乗すうすらひのひかりかな
パンの耳ほどの春愁身に纏ふ
たましひに一枚の皮膚八月来
空蟬の風になるにはやや力
母の杖秋風追はず蝶追はず
吊橋の翼にならぬ手は秋思
待春の靴屋の靴もそはそはす

〈若竹〉
加古宗也［かこそうや］

木の根明く野兎の目の赤ければ
銅鐸の埋れゐし墳土筆生ふ
墨を磨る女小指を立てて春
葭切や分流堰は渦を巻く
親不知子知不卯浪立つところ
角折れてより春雪の横なぐり
ハンカチの木のハンカチが風に舞ふ

〈鳴〉
笠井敦子［かさいあつこ］

苦瓜のグリーンカーテン役目終ふ
風に日にほどよく痩せる干大根
渾身のいのちの色を冬紅葉
大鷹の餌を取り返す空中戦
ＡＩに聞く都忘れの名の由来
オルゴール不意に鳴り出す雛納め
花虻の花粉まみれのホバリング

〈風叙音《フュージョン》〉
笠原しのぶ ［かさはらしのぶ］

初蝉の産声掠る霖雨かな
紅耀の夏の落日燃えゆけり
山頂の涼風抱へ下山とす
街道に揺るる白羽の薄かな
さはさはと君笑ふ声貴船菊
猿橋の此方《こち》より彼方《をち》へ紅葉率る
燃え盛る紅葉山越え越後路に

〈まがたま〉
かしまゆう ［かしまゆう］

一行を余す便箋雪の果
こでまりのきりんの睫毛長きかな
すれちがふ日本語涼し飛行場
うそ寒の体重計に足をのせ
小鳥来る封蠟印の赤さかな
雪もよひつければ青きコンロの火
工房の鉋三百初明り

〈まがたま〉
加島葉子 ［かしまようこ］

手際良く終はつてしまひ雛納
飛花落花千とせ千たびの土の上
巴里祭女形《おやま》某《なにがし》海老反りに
紅葉且つ散る東京を出るつもり
秋袷形見となりてよりは着ず
寝正月湯呑のコーラ一息に
春待つや桃色の服犬に着せ

〈天頂〉
梶　睦子 ［かじむつこ］

土竜塚三つ並んで日脚伸ぶ
左義長の竹青々と引かれ来る
達磨市よよいよいと沸き上がる
路なりに人波ゆらぐ実朝忌
吸はれゆく夕日とろりと春の海
チャイム押し手鞠花など撞いて待つ
津波の碑津波に倒れ冬隣

〈しろはえ〉
柏原眠雨［かしわばらみんう］

駅からのアーケード切れ流れ星
癖のある自転車借りて刈田径
一つ一つ冷たきを選る陶器市
名残雪突いて自転車レース発つ
良 縁 の 再 婚 同 士 桜 漬
交番に女の巡査こどもの日
水筒に汲むはんざきの潜む水

〈草樹・草の宿〉
片桐基城［かたぎりきじょう］

項垂れる癖を無くさうお正月
無常には道理も勝てぬ朧の夜
茉莉花の華麗にかをる涅槃かな
ひと呼吸置いて啼き出す法師蟬
出涸らしの茶の湯の碗に秋ともし
あのひとと酌み交はしたき月見酒
死は生の裏に貼りのつく冬紅葉

〈風樹〉
かつら 澪［かつらみを］

冷まじや太古の化石華とひらき
銀漢や妖星奔る闇の奥
冬木立月刃の光《ゲ》刺るかに
人はみなそぞろ歩みや枯野みち
枯木星闇にそそける旅宿かな
初日さすも御嶽山の翳昏み
神送り船屋の綱の垂れ下がり

〈家〉
加藤かな文［かとうかなぶん］

革靴に花びらついてレストラン
朝焼や犬はいつもの場所でいつも
昼寝から覚める夢から覚める夢
下りるのが怖い階段秋つばめ
柿と皮まだつながつてゐたるなり
雪 催 血 の 一 点 が 生 卵
明らかに猟銃ケース前の客

〈樹《じゅ》〉
加藤国彦［かとうくにひこ］

梅雨の庭見る新入りの老紳士
百寿夏その体操に大拍手
暗証も忘れコロナの夏四たび
蔵書との別れせめてはビール干す
斗士《とうし》たりし面影もなし夕涼み
バラ届く勝手に生きし父のため
公認の仲となりたる夜店かな

〈耕・Kō〉
加藤耕子［かとうこうこ］

高台に蒔絵の木立雑煮椀
晴れ続き正月三日の寄席囃
恩縁八十八夜の新茶注ぎ
蘆しげる棹を櫓に変ふ川漁師
生まれたる水の明け暮れ糸とんぼ
秋草をもて秋草を束ねけり
戦車を止める知恵欲し月仰ぐ

〈蒼穹・銀化〉
加藤哲也［かとうてつや］

どこまでもどこまでも空山開
山々に頭を垂れて雲の峰
千年の都の先の桃実る
絵灯籠さびしき音をたてはじむ
台風の人恋しさの中に佇つ
月夜にて一筆箋を書き初むる
颪の音聞きつつ露の充つを待つ

〈悠〉
加藤英夫［かとうひでお］

虫喰ひは箕で振り分ける新小豆
八百万神住む国へ寄す卯浪
空木となるも元気に立つ冬木
故郷の色ぬけ落ちし冬景色
神前に握る鈴の緒露湿り
荒起しすませ水待つ春田かな
吹き晴れて今日は良き日や山笑ふ

〈鳴〉
加藤峰子［かとうみねこ］

椅子あまた置く草萌のコーラス会
卯の花の遊び心を紐に結ふ
手水舎の現世の水を吐く彼岸
花の里ソーラーパネルの幾何の波
穀雨かな土偶の耳の飾穴
遠く近く音叉のやうに蛙鳴く
冬浜に朽ち木ロドリゴ漂着地

〈俳句留楽舎〉
加藤　柚［かとうゆず］

花満開野球少年飛び跳ねる
オモニオモニと呼ばれる笑顔春の風
山の端に花火半分見えており
フォルティシモ秋気切りとる指揮者かな
ブギウギで坂道くだる黄落期
推理小説広げたままの炬燵かな
目鼻なきお地蔵赤きちゃんちゃんこ

〈清の會〉
金井政女［かないまさじょ］

庭石の下冬眠の虫の宿
小声もて母との話夜なべかな
飲みこべと方言ばなし菊花汁
鰯雲母住む町のそのあたり
吟行や友に遅れて落し文
みて慣れてどこに急ぐか尺蠖虫
夏きざす母の着物へ風入れる

〈ひたち野〉
金澤踏青［かなざわとうせい］

一月や初々しきは孫のハグ
春動く盥のポンポン蒸気船
新樹光ガールスカウトカーキ色
鉄線花思ひ一途に絡みをり
地下鉄の息継ぎ地上駅薄暮
無為といふ贅尽しをり夜長人
木の葉散るいやだいやだと言ひながら

〈秀〉
金谷洋次［かなたにようじ］

歩荷はや点景となる雲の峰
路地抜けて又路地に入る古簾
門火焚くますます父に似たる兄
一燈に影冷まじや十二神
鹿煎餅売つて居眠り毛糸帽
会はぬままもう会へぬ友年詰まる
飴売の兎が跳ねて春の雲

〈衣・祭演〉
金子嵩［かねこたかし］

足裏から楽しくなりぬ夏の旅
入園児廊下に二列アンダンテ
卒業生急に上手な野球する
水仙は自画像の弧を守りきる
独楽まわし宇宙一緒にまわしけり
白梅に呼ばれて病床《とこ》を離れけり
親と子の疎らな会話蜆汁

〈春月〉
金子竜胆［かねこりんどう］

世の縁《えにし》ぐいと絶ち切り北塞ぐ
表札は故人のままに花八手
蛇穴を出でて動きの定まらず
流星の夜空を袈裟に斬り裂きぬ
我もまた宇宙の塵ぞ天の川
新涼の風を乗せ来る下山バス
宿坊の一夜の宿りちちろ虫

〈道〉
金田一波［かねだいっぱ］

満タンの灯油に安堵して師走
除雪車の準備万端空睨む
北窓を開けて雄々しい利尻富士
笹起きる島を巡りて湧く詩情
囲い舟曳き摺り降し春動く
初凪や湾に水鳥安らけし
半日は椅子に黙する夏至の雨

〈蚕の会〉
鹿又英一 ［かのまたえいいち］

ベランダに栗鼠の来てゐる柿日和
山小屋のぐるりに薪や冬の月
道しるべの海指してゐる枯岬
アドリブが春風になる駅ピアノ
一対のトーテムポール緑さす
貨車繋ぐ音谺する青山河
唐黍の実のみつしりと道の駅

〈ときめきの会〉
鎌田やす子 ［かまだやすこ］

注連縄の藁に残りし青みかな
宿題が片づくやうに水温む
梅干をひとつ含みて畑仕事
忘れ物したかのやうに秋の蟬
病葉のまつすぐ落ちる夕べかな
冬枯の畦につながる獣道
淋しさを重ねるやうに冬の虫

〈やぶれ傘〉
神山市実 ［かみやまいちみ］

草紅葉真中に道を細く空け
ピンと張るリード引く手の悴みて
軽トラに木箱積みこむ焼き芋屋
蕪煮るまどろむ犬は足元に
敷居越え奥の部屋まで冬陽射し
梅白し介護施設に救急車
早朝の打ち水路地に光りをり

〈雨蛙〉
神山方舟 ［かみやまほうしゅう］

春寒や家族葬てふ便りのみ
稜線の一重二重と明易し
花火果て硝煙払ふ川の風
新涼や我身励ますスクワット
きんぴらの一味になふ唐辛子
遠富士の粛然とあり開戦日
一筋の水音余し滝凍る

〈からたち〉

神山ゆき子［かみやまゆきこ］

珈琲の香るしづけさ水中花
くらがりの華に徹する水中花
海よりの風の瑠璃色夕端居
夜の秋壜にきらりと星の砂
泡盛やむらさきの夜の旱星
七夕や逢ひたき人はみな星に
夕星やはや鈴虫の世となりし

〈四万十・鶴〉

亀井雉子男［かめいきじお］

薬の木くすりの草や小鳥来る
一木のやうに吹かるる十二月
大年の闇を流るる水の音
人日のいつもの顔を洗ひをり
母の忌のふるさと寒の戻りけり
囀や不器男の墓に黄粉餅
百千鳥校門に扉のなかりけり

〈清《さや》の會・鵯《ひよ》の会〉

亀井孝始［かめいこうじ］

お降りや太海隔つ陸のなし
利かん気の白さを持ちて竹の花
望まれぬ処に生えて薊罌粟
百日紅遠い時間の中にゐる
袈裟斬りに日本列島梅雨猛る
生も死も所詮はいちど秋螢
千仭の谷間見下ろし新酒酌む

〈軸〉

川上典子［かわかみのりこ］

無から有、有から無へとしゃぼん玉
春光を受く晩学の譜面台
結論は出るか葉桜までの距離
白シャツを干してあの日の君の声
文学を志したくなる良夜
晩秋のそっと自分を覗き込む
冬蝶の消えゆく先へレクイエム

〈栞〉
川上昌子［かわかみまさこ］

一ダースはあたたかき数冬木の芽
石段は上から掃きて梅の花
紙の舟紙の飛行機竜天に
蟻穴を出で夕方の雨にあふ
神棚に手が届かない万愚節
おほげさにあはせる花冷のコート
頭よりこころ厄介チューリップ

〈花野〉
川上良子［かわかみよしこ］

卯の花腐し兵器の知識殖ゆるばかり
噴水のなか誰か居る踊りをる
赤松のことに抜き出で蟬時雨
花野にも沖あり沖を目指すなり
白鳥来よ青の時代を病む人に
辛夷の木あり一月の川の音
日当たりて朗らかに鳴る冬泉

〈爽樹〉
川口　襄［かわぐちじょう］

満天の星捲き込んで雪解川
秋薔薇に脂粉のにほひありにけり
捕虫網高く掲げて凱旋す
絵硝子のランプシェードの夜長かな
語部の「だとさ」の民話榾あかり
冬銀河仰ぎ詩魂を昂らす
砕氷船舳先は未来へと向かふ

〈雉〉
川口崇子［かわぐちたかこ］

赤松の一本づつの初日影
水餅の水の底より泡一つ
残雪や雀の声のよくとほり
台船を曳きゆく小舟鳥ぐもり
大いなる瀬戸の入日や葱坊主
頭を寄せて釣果分けをり五月晴
噴水の高く豊かに爆心地

川崎果連［かわさきかれん］〈豈・鷗座・祭演・天晴〉

きっかけはもののはずみの水鉄砲
銃声に震える国の薄紅葉
たまねぎをどこまでむけばいくさやむ
あなたならできると言われ毛虫焼く
なんとなく青大将を尾行する
人民の人民による秋茄子
鳥渡る卵を産んでみたくなる

川崎千鶴子［かわさきちづこ］〈海原・青山俳句工場05〉

恋猫の恋の数式ウーマンボ
青き踏む足裏より青き環流
ふと眠る風呂は羊水花疲れ
白骨へ情傾ける山桜
ガラ系へぶつかりながら蝸牛
藤の花被爆ピアノへ垂れさがる
百花にもただこつこつと著莪の花

河崎ひろし［かわさきひろし］〈樹〉

参道は銀座路地裏福詣
紅梅や矮鶏の哮れる多摩郡
小面のどこか妻似の春の宵
留守の間の戸口に牡丹置かれけり
園丁の利鎌拭きとり蟬時雨
柔らかき風たつ尾根路涼新た
寒禽や土間に粗朶積むはけの家

川崎益太郎［かわさきますたろう］〈海原・夕凪・青山俳句工場05〉

異次元の電気料金亀鳴けり
春愁い消される「ゲン」の記憶かな
蓮の葉に広がる裂け目不支持率
空蟬は文殻なるも自己主張
紅葉山消化器いくつ要りますか
余生乗せ冬のぶらんこ再起動
黙という空気の密度冬の夜

〈爽樹〉
河瀬俊彦［かわせとしひこ］

禅問答しかけてきたる枝垂梅
鷹化して鳩となる日の七日粥
揚ひばり草野球なら二刀流
夕暮れは明日の入り口桐の花
子燕の一羽は高所恐怖症
学校へ行けぬ子行かぬ子ねこじやらし
水の星戦の星となる寒さ

〈四万十・雉・鷹〉
川添弘幸［かわぞえひろゆき］

墓穴を出て陽光に目を閉づる
母の骨彼岸桜の下に埋め
負鶏を脇に抱きていごつそう
夜振火の闇を残して近づけり
悪役にお捻り多し村芝居
杖つくを忘れて巡る花野かな
月光の頬を削ぎ取る湯ざめかな

〈風土〉
川田好子［かわだたかこ］

風に鳴る百の高張　三の酉
エレベーター弾き出したり春着の子
竹爆ぜて寄す波焦がす浜どんど
はからずも涅槃図拝す京の旅
山開きはるかに山は仰ぐのみ
風にのり風にゆだねて秋の蝶
健啖の命賭すやに子規忌かな

〈天頂〉
河野　奎［かわのけい］

頬杖のがくんと外れ夜の秋
馬車道を逸るきびすや藍浴衣
立秋や日記の隅に画く似顔
十六夜の月にばさばさ象の耳
湯治場に首を浮かせば星流る
脇役にまはる美男や秋灯
境内に児をあやす子や虫時雨

〈天頂〉
河鰭　直［かわばたただし］

浅瀬入るごとくに白詰草の原
ムスカリや塔の傾く港町
波足のどこまでも伸ぶ晩夏光
あぢさゐの影の深さやはぐれ猫
豊水の快気を祝ふ重さかな
胡桃割る復刻版の時刻表
子には子の家族のかたち初笑

〈くぢら〉
川原　正［かわはらただし］

初蝶が五重塔の二層より
クレソンのしやきつと一本筋通す
海の日や富士の霊魂浜降し
疲れたる晩夏の川の気泡かな
初尾花日に輝きて山動く
短日の立木も人も長き影
顔見世や男も眉を整へる

〈暖響・ににん〉
川村研治［かわむらけんじ］

手をついてのぼる富士塚初霞
赤んぼの大泣きに逢ふ初電車
置くやうに赤子立たせよいぬふぐり
ゆるやかに坂ゆきどまる白牡丹
螢からはなれてゆきし螢の火
無限大の素数ちらばる星月夜
秋風かよふ沼杉の呼吸根

〈銀化〉
川村胡桃［かわむらことう］

18パーセントグレーの雪女
探梅行卓と座敷に分かれけり
ユニクロ脱ぎユニクロ試着四月馬鹿
偉いのか判らぬ名刺蝌蚪に足
遠巻きに羊の毛刈り見る羊
言つたよね今バーカつて草笛で
標本の虫に番号原爆忌

〈山彦〉
河村正浩［かわむらまさひろ］

糸舐めて舐めて残暑の針の穴
その中に狂気が潜む虫時雨
雀蛤と化し山水画に潜む
梅一輪一輪ごとのビッグバン
桃咲いて一つあまりし家の鍵
句集吾が孤島なりけり散る桜
桜ふぶきてわたくしに翅生ゆる

〈風の道〉
河村洋子［かわむらようこ］

霊場の虚空を初音ほしいまま
百年の蔵の折れ釘冴返る
生家まだ残るふるさと水温む
日本の空に勢ひ鯉のぼり
蜩や天狗のひそむ木の根道
銀の匙で掬つてみたき白露かな
喜怒哀楽知りたる障子洗ひをり

〈鹿火屋〉
川本育子［かわもといくこ］

年の豆落し噺の飄々と
誕生を待つ産院の春灯
雲龍の眼の射貫く如春疾風
鬼百合の雄しべに風のこもりたる
咲きのぼる朝顔の紺潔し
炯々と若冲の鶏残暑かな
禅寺の闇立ちあがる虎落笛

〈伊吹嶺〉
河原地英武［かわらじひでたけ］

虫売の文士の如き丸眼鏡
秋澄むや滝の如くに書を仰ぎ
日向ぼこ貧乏神と福の神
熊の子が己が鎖を嗅ぎゐたり
教室の壁の鋲あと春浅し
講堂の窓より山河卒業す
胸板の厚き人来る夏木立

〈暖響・雲出《くもづ》句会〉
神田ひろみ［かんだひろみ］

原子炉から雀の帷子まで数歩
日輪を突き新緑を指し振鉾《えんぶ》果つ
誰も知らぬ杜甫の死せる日朴の花
これ織姫これは彦星金平糖
あやとりの涼しき橋をひらきけり
今日いちにち自由な私サングラス
梨剝けば濤帰りゆく日本海

〈野火〉
菅野孝夫［かんのたかお］

締込のぞろり干されてゐる日永
窓口のめがね三本鳥帰る
駅のトイレの鏡に夏の夜の顔
日本の敗戦の日の梅茶漬
その中の木の葉一枚風に乗る
小銭四五枚石の祠に凍りつく
一本の冬木となりて力抜く

〈鴻〉
神野未友紀［かんのみゆき］

天辺に虹のかけらよ嫁ぐ子よ
夕映ゆる四国三郎藍の花
蜥蜴出づ小さな影を引き摺つて
朔太郎忌森より蝶の付いて来る
草を刈る修道院の勝手口
溶けきらぬシナモン冬の三日月よ
ポップコーンぽぽぽと弾け冬の晴

〈泉〉
神戸サト［かんべさと］

溝切つて水を通せり花慈姑
鶺鴒のすこし平走して翔ちぬ
荒稲のこぼれてをりぬ一の酉
半日の焚火のにほひ持ち帰る
世話役の少しうるさき梅見かな
花木より果樹よく売れて植木市
祭髪なでつけて出る通し庭

〈帯〉
喜岡圭子［きおかけいこ］

三月の木椅子に翼置く少女
故郷は真水のひかり青酢橘
満開の桜に鍵をかけておく
椿落ち大地に溜まりゆく鼓動
八月のしづかなる雑踏にをり
月光の絡みつくわが海馬かな
さはさはと水仙に風余生とは

〈や・晨・唐変木〉
菊田一平［きくたいっぺい］

はせを忌の数珠をしのばせ旅鞄
地を蹴つて角を突きあふ恋の鹿
箱罠の檻をきしませ手負ひ猪
とんと吾の名前忘れて父の冬
ひと仕事終へて目薬さす寒夜
塗り盆の塗りは春慶雪来るか
手さぐりに貼りし膏薬雪しんしん

〈やぶれ傘〉
きくちきみえ［きくちきみえ］

シャンパンの泡の静まりゆく朧
捨て鉢のままに三年春の雨
いるはずの甕の目高をみつけたり
曲りたるバナナ曲つたまま食べる
半分の西瓜持ちくる大家さん
蟷螂の翅を広げて食はれをり
亀捨てるあたり背高泡立草

〈風の道〉
菊池恵海［きくちけいかい］

冬麗の太平洋にシャツを干す
冬木の芽ほのと力を貰ひけり
フクシマに遺る原子炉余寒なほ
みちのくや美しき五月の白き嶺
五月の湾空に修司の鷹探す
茅花流しコンビナートの海岸線
秋の夜のリルケ啄木秋桜子

〈道〉
菊地穂草［きくちほぐさ］

一炊の夢の逢瀬を花筏
死の真理説きしか潤目鰯の目
碧血碑りんだう根ごと供華として
綿虫の呼吸してゐる縄文期
翼得て雪野の列車発つ構へ
星の世に息づく土偶口冷えて
欲なき母郷や氷柱櫛比なす

〈郭公〉
如月のら［きさらぎのら］

従容とひかりに濡れて浮氷
引明けの神坐す里のかたつむり
大和には群山夏のほほき鳥
夜の秋のはたりと閉づる山月記
ゆらゆらと影を捨てゆく秋の蝶
冬瓜を煮てゆふぐれを引きよせる
親鸞の浜に流木秋深し

〈汀〉
岸根　明［きしねあきら］

逆光の一木勁き二月かな
傾ぎつつ地球は廻り花は葉に
惜春の白湯に加賀麸のうすみどり
黒服のヴィトン・ブルガリ銀座首夏
号外へ手がつぎつぎと西日濃し
秋寂ぶや白樺しろを深めゆき
月蝕の月の輪郭熊眠る

〈青嶺〉
岸原清行［きしはらきよゆき］

秋冷の磐座二礼二拍澄む
行けどゆけど爽籟渡る男松原
鷹渡る風車十基の風を総べ
秋茱萸の酸つぱし甘し里こけし
猪鍋を囲みし輩みな遠し
十二月八日まどけき月の昇りたる
海神の天へ捧ぐる金鈴子

〈天頂〉
木島訓生［きじまくにお］

独活採りと明けの小路で出会ひけり
魚は氷に娘二人は乃木坂へ
亀鳴いて長寿の悩み漏らしけり
小鳥来て全員揃ふコーラス部
色変へぬ松を愚直と言ふべきか
膨張の涯の孤独や冬銀河
竜天に昇り魏の国睥睨す

〈天為・秀〉
岸本尚毅［きしもとなおき］

青あらし樹上の智者として蛇は
広々と毛布の如し月の雲
赤黒く熟柿は底の抜けにけり
水に浮く椿に泡の来て消ゆる
店に居る客か家族か宵の春
夜桜やスマホ明りに頬と口
灌仏や臍のまはりの乾きつつ

〈甘藍〉
北川かをり［きたがわかをり］

富士薊朝な夕なに霧育ち
エリザベス女王逝去
女王の笑顔に包む焼芋屋
真田紐結ぶに難儀炉を開く
聞香の墨磨る音の冴ゆるかな
湯船にはワイキキの潮女正月
霾ぐもり喉にざらつく頭痛薬
桜東風奉納の書の初穂料

〈道〉
北林由鬼雄［きたばやしゆきお］

白鳥来雑念消ゆる羽音して
流氷哭く犬の遠吠え夜明けまで
潮騒のふくらみ確か春の風
まどろみを誘う瀬音や笹の秋
えぞにうや宗谷丘陵風岬
落ち急ぐ胡桃兄弟はぐれ旅
雪を掻く海からの風真向かいに

〈稲〉
北原昭子［きたはらあきこ］

鮎落ちて天竜日日に素顔なす
稲埃まぶたに溜めて道祖神
初披講千鳥の声を玻璃一重
寒紅を指せば母似の指しなふ
夜桜へ一灯こぼす駐在所
天龍の渦あをあをと初燕
風の盆かなしき唄を闇に溶き

〈鴻〉
北村　操［きたむらみさお］

蜘蛛の囲の撓みも雫あかりかな
筍の堀りごろ寺の筆子塚
太宰の忌藻畳に雨強くなる
矢切野の螇蚸跳ねるも吹かるるも
甲冑も漢書も寺のお風入
百畳に躓く梅雨の寒さかな
ふくろふの夕べは母と火の側に

〈春月〉
喜多杜子［きたもりこ］

スキップで鴉の歩む野分かな
明日知れぬ緋色いきいき返り花
米を研ぐ水に寒九の光かな
つちふるや重き瑪瑙の首飾り
働く手すなはち書く手啄木忌
ふるさとへ向かふ単線麦熟るる
狂ほしき楽の音梅雨の手術室

〈燎〉
橘田みち子［きったみちこ］

豊の秋朱鷺の高舞ふ佐渡ヶ島
秋光や半島占むる能登瓦
白障子指美しき炭手前
寄鍋の火力を落とし聞く話
木の芽張る手当ての篤き大欅
黄菖蒲や座して懐郷ひとしきり
あぢさゐや今なら解る母の愛

〈燎〉
木下克子［きのしたかつこ］

薫風や跳び箱を突く助走の手
薔薇愛でて歩く街並カレーの香
夏至の夜の蠟燭かこむ団居かな
父の日の父自転車に二人の児
桑の実やいつか疎遠の従姉妹たち
どことなく似てきし二人古茶を汲む
捩花や真意なかなか伝はらず

〈鶴〉
木村有宏［きむらありひろ］

時雨忌や草鞋にあらぬスニーカー
冬の夜のバッハに耳を委ねけり
八千歩ほどで野に出ぬ夕雲雀
一人来ず一つ余りし桜餅
緑蔭に托鉢二人憩ひをり
萱草や音立てきたる狐雨
姫昔蓬迫れる野墓かな

〈予感〉
木村行幸［きむらぎょうこう］

父と見し水平線や熱き砂
夏雲や銀波の湾のタグボート
身動きの出来ぬ橋より大文字
バス停に時刻表なし麦の秋
異国より残暑見舞や写真添へ
紅葉のいよいよ著し川の音
短冊はひらがなばかり星祭

〈やぶれ傘〉
木村瑞枝［きむらみずえ］

寒に入るピアノの上の置時計
薄氷に穴あいてゐる今日の朝
晴れてゐて彼岸詣のゆるき坂
日の暮れの近づく畑の葱坊主
七月の風が来てゐる展望台
暮れるころ夕菅に雨ぽつと来て
日の暮れが近づいてゐる葉鶏頭

〈楓〉
木村里風子［きむらりふうし］

芦の中朽ちたる小舟行々子
軍基地の消灯喇叭蓮枯るる
阿檀の実夕日に色を濃くしたり
宿場宿古酒に酔ひたり山紅葉
須弥壇の暗さ秋の蚊の浄土
山葵田の水の香の中村暮れる
献茶祭鼓の紐を緊め直す

〈泉〉
木本隆行［きもとたかゆき］

一束の荒縄にほふ冬支度
残菊に白といふ憂さありにけり
茶の花や母の日課の竹箒
麦青む水が一番うまき日よ
葱坊主雲にも名前ありにけり
うたかたといふはとうすみ蜻蛉かな
柿の木の青さひとしほ雨祝

〈青草・晨〉
草深昌子［くさふかまさこ］

枝折戸の風にひらくや棕櫚の花
夕焼くる穴に嵌まつて団子虫
水たまりよけつつ花の吹雪きつつ
薪積んで冬の日向に崩れさう
冬晴や紅葉穢く鯉綺麗
芝浜を聴いて身に入むわれらかな
ダンサーと書家と詩人と年忘れ

〈春月〉
九条道子［くじょうみちこ］

赤城嶺に光幾筋旗薄
筑波嶺の裾野展けて蕎麦の花
励むものまだある齢返り花
冬霧の沼面静かに明けにけり
追ひつきて傘を一つに春の雨
落椿波に遊ばれ波に消ゆ
花冷や妣の日記に旅切符

〈くぢら〉
工藤　進［くどうすすむ］

すみれ野に黄炎・白炎・紫炎噴く
瞳に星のしづくを溜めて夜の蟬
人に羽化あり吾も晩夏のひと雫
軒風鈴鳴りて灯の点く加賀格子
蟷螂の錆びゆけど眼に淀みなし
ふるさとに生家なくとも盆の月
朝日浴び氷柱は星の数珠となる

〈郭公〉
功刀とも子［くぬぎともこ］

山の座をめぐる水音切山椒
師も友も逝きて葡萄の花に寄る
鷺や彫像洗ふ男来て
夏祓雨の名残りの鎖樋
花御堂僧まつすぐに来て去れり
日輪と夏木鎮もるにはたづみ
きびきびと家居の影や半夏生

〈雪解〉
久保田育代［くぼたいくよ］

舞ひ上る紅白のあり吉書揚
窓の外に紀の川光る白魚飯
野の花の淡きも加へ花御堂
鹿の子の背の斑きはやか鹿群る
クーラーを強め棚経僧を待つ
秋嶺の迫るホテルに目覚めけり
わが生地本郷と聞く一葉忌

〈諷詠〉
久保田まり子［くぼたまりこ］

甘樫丘を引寄せ土筆摘む
蛍追ふ水の淋しきところまで
西瓜提灯消ゆれば中を風通る
鷽替へてよりまた人を好きになる
行くほどに道の遠のく枯野かな
路地一つ違へて迷ふ近松忌
冬蝶に日向の大き過ぎてをり

〈清の會〉
久保田庸子［くぼたようこ］

もう少し淡雪受けたし掌に
花桃やいつもの径を逆に行く
首傾ぐ鳥に馴染む梅雨ぐもり
尺定規捌く大工の縮シャツ
平和とは謎多きもの死せる風
逃げ足の意外の早さ団子虫
さつくりと信州りんごは父の味

〈赤楊の木〉
熊田俠邨［くまだきょうそん］

鏑矢のごとき羽音や年立ちぬ
涅槃西風ことば尠く別れけり
深切な春陽賜る米寿かな
徐福来し大青灘へ草矢打つ
秋風にふと裏返る維那のこゑ
相席は河内木綿の秋袷
下町の木々も疎らに槐太の忌

〈やぶれ傘〉
倉澤節子［くらさわせつこ］

白シャツの行列昼の弁当屋
草市は橋のたもとで終りけり
島は今小ぬか雨とや醂《さわし》柿
コート着てショパン弾きをり駅ピアノ
薄日さすひとかたまりの黄水仙
春の夜の余震ラジオのビートルズ
合歓の花上を過ぎゆくモノレール

〈雛〉
倉田陽子［くらたようこ］

白梅の二分咲きといふ気品かな
耳も鼻もくすぐつたくて春の来し
土間涼し開けつぱなしといふ暮し
無器用に生きて楽しき生ビール
たましづめの寺とし白き曼珠沙華
追憶は冬の日だまりめきしとも
刈田中一番星の出てをりぬ

〈歴路〉
倉橋鉄郎 [くらはしてつろう]

風の鳴る国分尼寺址春浅し
南座へ橋は四条の花ぐもり
空豆やいつも突っ張る次男坊
海に果つる摩文仁の丘や百合の花
武蔵野の独歩の森の秋のいろ
本州のここが北端ななかまど
冬に入る黒く鎖したる孔子廟

〈街・小熊座・遊牧〉
栗林　浩 [くりばやしひろし]

春雨や開きて匂ふ蛇の目傘
道行はかのネモフィラの青の中
樟若葉わが身の奥を水の音
遺留品は場外馬券サンバイザー
のぼる蟻おりる蟻ゐるさるすべり
弥生より縄文が好き氷頭膾
親指の腹もてシャンパン抜いて冬

〈蘭〉
栗原憲司 [くりばらけんじ]

刀豆に風の匂ひのしてをりぬ
山鳩が庭に来てゐる秋茗荷
綿虫や夕日は桶の水を染め
煙突の煙太くて雪嶺かな
元日の富士両袖を伸ばしけり
日輪を抱きてしだれ桜かな
祭過ぎ神田は雨となりにけり

〈海坂・馬酔木〉
久留米脩二 [くるめしゅうじ]

秋蟬熄まず二千百年生くる楠
その夫の編みし遺句集露けしや
十六夜は父の忌独り酌みにけり
小句集祝はれし年惜しみけり
卯年迎ふ亀の歩みを重ねつつ
火の椿友の再興したる寺
帰りにも此処を通らむ薔薇深紅

〈鷹〉
黒澤あき緒〔くろさわあきを〕

軽暖や肩にまはして傘選ぶ
東国は砕くる波や虎が雨
山小屋の未明の活気嗽ぐ
炭酸の噯快なり雲の峰
新宿は雨にくすめり檸檬買ふ
セキュリティーゲート鳴りたり鼻寒し
投扇興ポケットチーフ乱しけり

〈燎〉
黒沢一登〔くろさわかずと〕

かなかなや沈むまぎはの夕日澄む
師の句碑は立山の形小鳥来る
父おうと来さう枯木の束を持ち
夢の世にゐて夢の世の餅を食ふ
蔵カフェの高き北窓ひらきけり
花びらは何を思ふや散りながら
目を閉ぢて頬杖ほたるぶくろの夜

〈秋麗・磁石〉
黒澤麻生子〔くろさわまきこ〕

着ぶくれて荷のごとく座す夜行バス
鯛焼十尾収まる箱の頼りなく
バレンタインデー駅前に献血車
衣たたみひと日を畳む花月夜
仙人掌の花の魚めく島の昼
身につかぬ語学なりしよ蟬の殻
葡萄ひと房ほどの昇給ぶだう買ふ

〈初桜・青林檎〉
桑本螢生〔くわもとけいせい〕

曼荼羅を寺宝と伝へ梅香る
一艇を押し春潮へ送り出す
鯱鉾をかすめ城下へ夏つばめ
駒草やカップに溶かす粉ジュース
翅の内見せては閉ぢて秋の蝶
掛稲に残る青さや日に匂ひ
綱ゆるめぐらりと下ろす大熊手

〈燎〉
見城敦子［けんじょうあつこ］

回復を祈りつつ吹く七日粥
野に佇てば地球半分春の雲
花朧九段坂から銀座まで
炎昼や紛争の地はいかばかり
薄墨の世を清めをる良夜かな
一面の銀杏落葉に日の香り
その芯にほのと紅冬木の芽

〈野火〉
小池旦子［こいけあさこ］

田の雪解促す灰を花と撒く
五月晴クレーに吊るす大棟木
ひとり来て顔映るまで墓洗ふ
八十五歳恙なく生き衣被
今朝の秋畑まで押す一輪車
手放すと決めて最後の稲を刈る
月光を閉ぢ込め氷柱太りゆく

〈やぶれ傘〉
小泉里香［こいずみりか］

味噌汁をよそへば雪のしづる音
羊羹のひとくちサイズ春隣
数字なき時計が壁に春炬燵
裏布のすこしひんやり春コート
小鳥来る歌ひながらの窓掃除
風の来る改札口を夏の蝶
暑き日のポテトフライの塩加減

〈万象・りいの〉
河野尚子［こうのなおこ］

春一番千の願ひの絵馬打ち合ふ
満々の水学童の田植かな
空一枚一万本の花菜畑
出入りする羽音激しき藤の花
風の盆踊る指先月に触れ
菊秋や機音高く紬織る
混迷の続く地球や除夜の鐘

〈樹〉
幸野久子［こうのひさこ］

もぎたての傷二つ三つ禅寺丸
通院の書込みのこる古暦
初富士を掌にのせてみる独居かな
篠笛の一声締めて花の雨
散り急ぎ給ふなうれの花あかり
風鈴の舌《ぜつ》の折れぐせ貴方にも
ビニールの濡れて神輿の睨み面

〈森の座〉
河野　靖［こうのやすし］

淡路てふ島を浮かばせ春の潮
春雷になりて吠えたきこと多し
橋の灯もむこうの街の灯も朧
軟らかき崩壊もあり牡丹散る
悩みごと「なんだそれか」と山笑ふ
七変化今更生き方変へられず
亡《ち》父《ち》の齢超えて十年夏薊

〈雪解〉
古賀雪江［こがゆきえ］

涅槃西風天心暮るるまで碧し
きさらぎの梢引き合ふ森の木々
翻へるときにはじまる鳶の恋
一歩また一歩に鷺の日永かな
音立ててをりふしの雨更衣
山田あり古き闇あり蛍の火
明滅に闇閉ぢひろげ蛍の火

〈ひろそ火・ホトトギス〉
木暮陶句郎［こぐれとうくろう］

草も木もなびく力を持ちて処暑
陶土練る野分の音を聴きながら
ハロウィンのきれいな声の魔女と逢ふ
鶏旦の窯場の日矢の貫ける
予備校も母校の一つ街霞む
接木して別の未来を創りけり
レモン搾る涼しく指輪光らせて

〈豆の木・海原〉
こしのゆみこ［こしのゆみこ］

神様のとなりに生きて梅雨茸
果てしなく夕日が遊ぶキャベツ畑
三姉妹の靴のならんで生身魂
かなしくて光を浴びに冷蔵庫
天高く鳥獣保護区にいて孤独
レノンの忌水色クレヨン減りやすく
にわとりの胸こみあげて冬近し

〈河〉
小島　健［こじまけん］

遠足の小さきリュックは先生ぞ
箔打ちの音しづもれり春の月
緑蔭や老子は孔子諭しをる
草結ぶ遊び忘れず雲の峰
青草の飛沫のごとく飛蝗跳ぶ
銀漢の奥より確と櫂の音
雪折の竹林夜の軋みけり

〈泉〉
小島ただ子［こじまただこ］

椿寿忌の一閑張の文筥かな
天領の峠の茶屋の青簾
高雲を被くしろばなさるすべり
朝雨の窓に明るき半化粧
女川の風の音する初秋刀魚
あはうみの風の強さようめもどき
石段の紅の山茶花小祥忌

〈栞〉
小島みつ如［こじまみつじょ］

山里の何処も美しき落葉径
星散らばりいてふ大樹の裸なり
読書終ふ強き漁火窓に冴え
ブックカバーの藍目染老の春
写経励む介護施設の涼しさに
逝きし娘よけさは眩しき百合の庭
尼様の読経ソプラノ片白草

〈梓〉
小玉粋花 [こだますいか]

風鐸の影ごと揺るる白秋忌
冬満月地球の影の土の色
こころざし成就させたり冬牡丹
紅梅のたより届きぬ高麗郷里
魂のまだ不透明桜蝦
えごの光散れば白き帆黄泉に向け
堆き豪華客船うろこ雲

〈春耕〉
児玉真知子 [こだままちこ]

片空の雲なき空を鳥帰る
カステラのざらめ貼りつく薄暑かな
日の高くはちきれさうな葱坊主
化粧して会ふ人のなき蛍の夜
夏燕空に起伏のあるごとし
風死して息あるものの声細る
鶺鴒の水脈わさわさと重なりぬ

〈蠶 TATEGAMI〉
後藤貴子 [ごとうたかこ]

爆死せし子らよ沃野の絮となれ
菩提寺の大楠誰の墓を呑む
脾臓その暗渠に韮の種蒔きぬ
跳び上がりたしと大根股開く
頽れて真水にもどる稲穂かな
変声期さくらに雨のうわぐすり
山ざくら致死遺伝子を色となす

〈俳句スクエア・豈・俳句大学〉
五島高資 [ごとうたかとし]

麦秋や空のそこひは戦ぎけり
白毫に遠くて近きかたつむり
階段を逆さに登る熱帯夜
真菰馬駆け出す風の時代かな
石を積む月の光となりにけり
たまゆらに天を支へて霜柱
マスクして地球の路地を曲がりけり

後藤雅夫［ごとうまさお］〈百鳥〉

大根干す納屋にハーレー・ダビッドソン
木簡にある乱の文字冬ざるる
若草や黒山羊白山羊睦まじく
防人の碑のある畷きぎす鳴く
むかしいつもきやうだい一緒蓮華草
健脚はもう過去のこと鳥雲に
経唱へをれば泰山木ひらく

古藤みづ絵［ことうみづえ］〈風樹〉

真白なるは起草の一紙淑気満つ
春雷に逢瀬の夢の途切れたり
万緑へ発心の息吐き切りぬ
今生の別れ路なるや道をしへ
崇むるは霧のあなたの山寝釈迦
古酒や父の唄ひし軍歌ふと
月蝕に暗むあめつち神の留守

後藤　實［ごとうみのる］

鰯雲今日の日課を無事終へて
日本橋丸善にさす秋日影
寒鯉の尾鰭かすかに揺れてをり
土手走る少年四人水温む
初夏の昼黙祷からのクラス会
紫陽花と祠の残る屋敷跡
おはぐろの止まる水草揺らめきて

小西照美［こにしてるみ］〈たまき〉

春嵐の水溜から朝の色
若葉風にんじん色の鈍行来
蝸牛向いホームは故郷行き
少し老ゆ船形の火の行き先に
風祭り青いインクの手紙来て
女郎花魚一切れ煮る夕べ
秋夕焼君にも一つ薄荷飴

〈泉〉
小橋信子［こばしのぶこ］

欄干を蟻歩みくる戦時かな
筆名の表札に降る夏落葉
てつぺんのどれもさびしきねぢればな
身に入むは金槐和歌集雑のうた
虎落笛花瓶の口の反りにけり
エイプリルフールの朝の瓦斯焜炉
雲隠てふ巻の名よ春灯

〈小さな花〉
木幡忠文［こはたただふみ］

玄海の飛沫散らしてつばめ魚
公魚の凍てんとしたる鰭の跳ね
いくつかは潮に背向くる潮招
巌松の散り葉が海へ光りつつ
波幾度生まれて崩れ月の浜
大鷲の眼怒濤に真向かひに
音もなや数多の雪が海に消ゆ

〈円座〉
小林　研［こばやしけん］

鵙高音全校生徒二十人
もくたうの一声澄めり雪ぼたる
雪解けに満つる土の香千枚田
輪中村動き出したり春の水
顔写真添へて豌豆生産者
梅花藻や伊吹に生れし水に咲く
墓だけのふる里遠し盆の月

〈円虹・ホトトギス〉
小林志乃［こばやししの］

程合ひを辰砂の盃に新走
寒卵プラス思考の黄身二つ
風光る砂にまみれし虚貝
白南風や吃水深き十石船
子守唄どこかが外れ合歓の花
すぐ終る点呼に夜学始まりぬ
七星の杓より零れ秋の水

小林順子〔こばやしじゅんこ〕〈天頂〉

面打ちの木の香を起す三日かな
キャンバスに緑を重ね聖五月
牡丹散るけふの心の軽きこと
父譲りの辞書の膨らみ梅雨の星
初秋や世々磨ききし床柱
寒満月文語のままの叔父の文
着ぶくれて「大丈夫」しか言はぬ母

小林月子〔こばやしつきこ〕〈知音〉

小鳥来る窓辺に机テレワーク
読み終へて下巻手元になき夜長
木の葉髪つくづく帽子似合はざり
初仕事端から調べごとばかり
山小屋の炉に焼く雪代岩魚かな
橡の花マイナス思考振り払へ
短夜の覚悟の決まりたる看取り

小林輝子〔こばやしてるこ〕〈風土・草笛・樹氷〉

たそがれの最も似合ふ蕎麦の花
雪迎へ一糸が頬にこそばゆし
置薬箱の底より紙風船
四囲の山すべて白無垢春立ちぬ
瑕瑾なき朝の青空春動く
夫植ゑし喇叭水仙法羅吹きさう
もう何も恐れぬ齢なめくぢり

小林敏子〔こばやしとしこ〕〈郭公〉

日の土手を叩く二日の黄鶺鴒
眠りつつ猫の老いゆく冬日向
青空のまだらに濁る野焼きの火
受験子に朝の光の燦とあり
フルートの音色くぐもる受難節
ひとひらの落花の行方啄木忌
一滴に始まる大河鳥雲に

小林布佐子［こばやしふさこ］〈道〉

襟巻の狐が棲んでゐる箪笥
青空の芯まであをし鷹一羽
風花や釦わづかなかけ違ひ
百歳の雛人形の良き器量
山ぢゆうかさやさやと蝦夷延胡索
手を入れて空を回せり日向水
秋蝶のひらり林の底をゆく

小林迪子［こばやしみちこ］〈森の座・群星〉

星月夜看取りできぬてふ悔ひとつ
春動く魚きときとと越中路
鳥雲に手にとるだけの陶器市
詩作のひらめき金魚ひるがへる
原爆忌あなた折鶴折れますか
母の背に負はれ疎開へ草の絮
知歯生えぬままに傘寿や豊の秋

小林道彦［こばやしみちひこ］〈道〉

峻嶺の麓に生きて春の水
歴戦の桜蘂降る古城かな
ふるさとは深き眠りに夏の霜
減反の地に大いなる稲の花
新涼や石碑に遺る祖先の名
切れ切れの想念かとも鱗雲
をさめたる反骨心や露の玉

小堀紀子［こぼりのりこ］〈晨〉

鯛焼の鼻筋しかと繋ぎ目かな
冬草の影かと見れば動く蝿
毛糸帽ひつかかりつつ梅さぐる
守宮ゐて欄間のうすき埃かな
秋風や触れてざらりとピラミッド
そちこちの景に入り来る蜻蛉かな
桐一葉舗道とぎるるこの辺り

〈対岸〉
小松道子［こまつみちこ］

能面に息を吸ふ穴松おぼろ
東風の吹き女も試す力石
上階へ櫓を登り朝ざくら
フェルメールブルーとなれり七変化
花芭蕉重たげに垂れ無風なり
歌垣の山に遊びし髪洗ふ
ばうばうと茅花流しを老いゆくか

〈門〉
小湊はる子［こみなとはるこ］

祖霊在すところもつとも木の根開く
麦秋の黒点なりき父と母
太陽のあと月光の水張り田
風吹いて鈴虫生まれいでにけり
アマリリスあらたな午後へシャワー浴ぶ
太陽を発止と受くる向日葵は
冬青空むかしの最寄り駅通過

〈青草〉
小宮からす［こみやからす］

アリーナの一万人のマスクかな
白菜と言うて優しき緑色
鶴見線無人の駅の日永かな
新緑や坂の途中に大使館
蟻踏みてホモサピエンス行き交ひぬ
かなかなや天袋から声のする
稲光少し面白がつてをり

〈努《ゆめ》・翔臨〉
小山森生［こやまもりお］

懸樋より光の音階水温む
テーブルに水滴の輪や不如帰
杉伐つて社前明るき立夏かな
驛頭に棒立つ脚絆秋風裡
自轉車の傾ぐ前輪式部の實
スキー帽傍へに繰れる「枯野抄」
うすらひや寒川鼠骨子規庵へ

〈燎〉
小山雄一［こやまゆういち］

冬来るキッパリ来いと光太郎
柚子風呂やこの一年の早きこと
過ちの未だ燻る原爆忌
手鞠つく良寛思ふ春日かな
この一日清かに咲きて忘草
空海の祈りの山へ秋の空
秋夕焼ジェルソミーナの歌聞こゆ

〈やぶれ傘〉
小山よる［こやまよる］

秋の昼販売機から出る神籤
日向ぼこしてゐる人の元へ鳩
牛乳石鹸鞄の底に春を待つ
ボクシングジムに人影春の雪
春眠しまた鳴いてゐるあの鴉
端つこにバドミントン部青葉風
同じ駅で降りるカンカン帽の人

〈いぶき・深海〉
近藤　愛［こんどうあい］

思ふほど酔へぬ夜なり夏の月
一週間働きづめの神の留守
年賀状眼鏡を替へて読み直す
夏蝶のいちまいづつの翅濡るる
手袋をなくさぬやうに言ひ聞かせ
凍蝶のあつといふ間に掃かれけり
天道虫すこしは逃げる素振りせよ

〈鹿火屋〉
近藤久江［こんどうひさえ］

初稽古児等のまなざしますぐなり
龍天に亡き夫の笑み永久にかな
太筆に表裏ありけり藤の花
棚経の僧は教へ子こゑ高し
太筆を静かに納め龍渕に
草紅葉詩人は言葉かがやかす
白山茶花散るとき風を恋ふるかな

〈花苑〉
西郷慶子［さいごうけいこ］

備前より小さき姫来る二日かな
卒業の制服卓にたたみけり
四人分のかばん持つ児に春一番
八十八夜牛のお産の灯かな
ビル群のしをれはじめる土用照
かなかなや地方新聞休刊す
文鳥とポインセチアと母がゐる

〈街〉
西生ゆかり［さいしょうゆかり］

干柿を女王の如く持て余す
車庫入れや屋根に葡萄を映しつつ
水鳥のかなたに夜の組み上がる
対岸に使はぬ巨人春夕焼
ぶらんこに腹載せてをり垂れてをり
シャワー浴ぶ影を流さぬやうに浴ぶ
ソフトクリーム舐むれば個人的な崖

〈ひまわり〉
斎藤いちご［さいとういちご］

かの国は猫年なりや年迎う
口々の主張にぎわしつくしんぼ
キッチンカーの手描き看板風薫る
小満のみどり子伸びをして真っ赤
声援に出口見つけて燕の子
爽やかに鉛筆五本尖りおり
鳥渡る土手に並んだ双眼鏡

〈貂〉
斎藤じろう［さいとうじろう］

木道の木目際立つ秋深し
雲龍図の襖六枚底冷えす
生き海老の背の青々と初市場
葉の色を添へて鎮もる山桜
観音の千手に千の春埃
花冷えや法灯の火先震へをり
一列の帽子水色橋涼し

〈東雲〉
齋藤智恵子［さいとうちえこ］

誕生の祝ひと胸へクレマチス
母の日や母に似て来し事の罪
婚約の指輪きらりと聖五月
単線の夫の故郷桐の花
折り畳む人生の機微走馬燈
汗拭ひ電子マネーのレジに立つ
向日葵や老女の恋はどちら向き

〈鳴・辛夷〉
齊藤哲子［さいとうてつこ］

案の定鉢のころがる猫の恋
音あらば恐き点滴春夕べ
鞦韆は我が決断を付ける椅子
葉桜や手術はしばしの旅とせむ
大夕焼一腑無き身の透けさうで
豆を煮る甘さ加減や終戦忌
青田風存分に浴ぶ房の国

〈月の匣・俳句寺子屋〉
斎藤信義［さいとうのぶよし］

眦を濡らせしはひとひらの雪
しろがねの日輪へ翔つ尾白鷲
一水の別れに似たる洗膾かな
鰻裂く哀れを曖気《おくび》にも出さず
描かれし廃墟いろなき風廻る
一の霜二の霜つよく墨にほふ
鈴の音天上にありクリスマス

〈波〉
齋藤まり江［さいとうまりえ］

爽やかや一人夕べの海の風
令和の世二十世紀を頬張りて
新緑の風にまどろむ午後三時
病み癒えて心も癒えて若葉風
着ぶくれか鏡に斜に立ってみる
秋澄めるヒマラヤ杉と白き雲
柔らかき光の中の白椿

〈野火〉
斉藤百合子［さいとうゆりこ］

木槿忌や猫が隣に来て坐る
としよりの日のとしよりの長電話
話すこと夫もあるらし亀泣けり
伯母が来て伯父も来てをり柿日和
をとこへしをみなへしまじはらずむれ
父母に父母のゐて蓼の花
弁当の甘き田麩や千代女の忌

〈ろんど〉
斉藤るりこ［さいとうるりこ］

マトリョーシカのごと三日の植木鉢
薫風の観光地抜け母の家
かぶと虫へ伸ばす人差し指一本
サンダルとアヒル浮かばせ水遊び
青空へ指さす球児終戦日
天の川娘と恋の話など
長き夜の桐の簞笥に虫の穴

〈燎〉
佐伯和子［さえきかずこ］

透かしみるロゼのグラスの春のいろ
送電線ゆらぎ山また山笑ふ
街はいま薔薇の香りに眠りゐる
初夏の海や旗艦に兵の影
ひとときの蛍の世界谷戸今宵
思ひ出をひもとくやうに秋の蚊帳
あかのまま少女のころの風が吹く

〈朱夏〉
酒井弘司［さかいこうじ］

兜太の忌真神は遥かきぶし咲く
ここまで来て山吹の黄と揺れている
月光の道いくつ曲がってきたことか
わが詩魂ぐんぐん鰯雲までも
こおろぎが覗く地球の穴の中
黄落のつぎつぎ壊れゆく地球
人歩き木は立って待つ冬の星

〈日矢余光句会〉
酒井直子［さかいなおこ］

早春の川面きらきら海へ海へ
花李くぐりて旅のはじめかな
梅雨満月めはなあるごと潤むごと
跳ね橋を一緒に渡る夏つばめ
秋灯下日記は子への手紙めき
さあ抜けと大根の葉のさはさはと
着ぶくれて昭和生まれの影法師

〈河〉
酒井裕子［さかいひろこ］

老いすこやか行平で炊く小豆粥
料峭の街に色なし多喜二の忌
小手毬のゆれを見てをり眠むうなる
うららかや一番長い列につく
菖蒲湯や夫の息災ならば足る
馬鈴薯の花よ遠くに母のこゑ
藻の花や脈をとらへる指二本

〈天頂〉
坂上　博［さかうえひろし］

お日さまのやうな子が摘む犬ふぐり
新の文字幾度も書きて四月尽
いつせいに影の生まるる御来光
写経して墨池干上る残暑かな
鮎落ちて町に名水残りけり
この星は電気で光る賢治の忌
国境を越ゆる兵にもある聖夜

〈年輪〉
坂口緑志［さかぐちりょくし］

忘井に流れてきたる獅子の笛
襖絵の花啄みに来し燕
ピカソ逝きし日なり画廊にポポー咲く
あめんぼの影は丸四つ浅沙咲く
神馬出仕水恋鳥の鳴く朝を
柚子坊のからす山椒の葉にゆるる
紫薇散つて緋鯉に紅を移しけり

〈春月〉
逆井花鏡［さかさいかきょう］

鳴き声の起承転結法師蟬
ビッグベン響く葬列爽やかに
春の昼クロワッサンの焼き上がる
代々の遺影鴨居に雛の部屋
春灯小唄は恋の歌ばかり
洋館の二階へ芭蕉玉解きぬ
唐子めく演武服の児風薫る

〈豈・LOTUS〉
酒巻英一郎［さかまきえいいちろう］

悼 安井浩司
大柑子ほどの／癭なる／詩言語は
言葉憑く／可惜夜ありて／春疾風
こくりこや／ここのこの字に／こつくりく
虹刑や／動くか否か／うごくやいなや
躍らばや／いかで灰句の／灰神樂
おほわたや／それがしよりも／おほぶりの
南無三／北風の／北く北ぐるや

〈豈・遊牧〉
坂間恒子［さかまつねこ］

卯白に指先ぬらす花の夜
夕顔に水の記憶の燃えるかな
夕顔の闇ひきよせる私小説
パラサイトシングルの咲かす夕顔
昼蛍鏡の中を彷徨える
実むらさき声だすものに群鶏図
烏瓜ひそかに非常ベルである

坂本昭子［さかもとあきこ］〈汀〉

嘶きや二百十日の地平線
たうたうと星河あをめるコタンかな
賢治忌の星座繰り出す山の闇
その上の北斗七星鮭のぼる
山闇のはりつく踊をさめかな
落雁の翼の傾ぎ大没日
かりがねの声封じたる月の潟

坂本和穂［さかもとかずお］〈やぶれ傘〉

寒木に鹿の歯の痕奥秩父
雪催ひ夜はおでんで早仕舞ひ
紫陽花を見ながら入る露天風呂
今日も晴れ胡瓜畑の草むしり
雨催ひ啄木鳥の声遠くなり
簾から夕陽射しこむ露天風呂
新緑の影濃く映る雲場池

坂本宮尾［さかもとみやお］〈パピルス〉

梅檀のそれは閑かな花ざかり
昼過ぎの糶場抜けゆく夏燕
横長の荷物のとどく宵祭
水打ちて坪庭になほ日の名残り
渓流の音をくぐりて夕河鹿
虹仰ぎつつ橋渡る終戦日
越後一宮まで稔り田のひろびろと

坂本遊美［さかもとゆうみ］〈都市〉

水揚の鰹の腹に朝日かな
冬鷗強き貌して飛び来たり
白波の朝日揉みをる冬の川
春泥や真上を過ぐる軍用機
高き所あれば登る子豆の花
料峭や湧水の泡連珠めく
駒返る草立札に恋の歌

〈棒〉
櫻井ゆか［さくらいゆか］

春うららさっき出会った人と会う
汚れなき手をまた洗う花明り
蚊の声を摑みそこねた拳固かな
青空の濡れていているなり昼寝覚
出会いたる影をひとつに炎天下
両の手で摑む吊革敗戦日
ひのくれに遅れて暮れる百合の花

〈しろはえ〉
佐々木潤子［ささきじゅんこ］

横丁より裸参りの鐘の音
対岸を長き貨車ゆく鳥雲に
城山のヘアピンカーブ桐の花
大滝の轟音に声大きくす
大花火映る高層ビルの窓
萩に触れ道譲り合ふ野草園
湖の風抜くる古民家蕎麦の花

〈りいの〉
佐々木泰樹［ささきたいじゅ］

ストーブや囲むことなき少年期
頼なき新地の木々や冴返る
七夕や焼却炉よりわが版木
秋暑しうなじに高きほつれ髪
秋霖や宙に連なる窓明
ひたすらの飛行機雲や今朝の冬
初雪や黒髪山に三筋ほど

〈春野・晨〉
佐治紀子［さじのりこ］

不老不死はひそかな願ひ竹の春
潮の香の伊勢街道や千鳥啼く
猫つぐら編みをり雪のしんしんと
防人の詠みし峠や雪解風
外つ国の僧も侍りぬ甘茶仏
瓜揉むや賢者のごとく使ふ塩
はんざきの動きはじめし月夜かな

〈童子〉
佐藤明彦［さとうあきひこ］

節分草山の空気にふれてをり
水草生ふ金気の水も動きつつ
おほぶりな春蚊の飛んで城の内
青がへる池に近づきつつありぬ
いかなごに腸のにがみのほのとあり
蜂の脚ほたるぶくろを透けてをり
玉解いてあたりを狭くして芭蕉

〈鴻〉
佐藤あさ子［さとうあさこ］

一呼吸置いての返事冬木の芽
いしぶみの荒城の月馬酔木咲く
青梅雨や深きいぐねの杉木立
青邨の地よ葉桜の濃きことよ
白壁の紺屋町なり夏ゆふべ
一筆箋ほどの日記よほととぎす
うすむらさきの野菊が好きで旅に出る

〈風の道〉
佐藤一星［さとういっせい］

天地みな微笑してゐる小春かな
柿落葉乱調の美となりにけり
どう見ても分子構造花八ッ手
詩語はみな光の粒や実南天
杖の先触れ飛び立てる冬の蝶
冬帽を振りしが永遠の別れかな
人も木も記憶棄てゆく落葉時

〈やぶれ傘〉
佐藤稲子［さとういねこ］

咲き初めしタンポポちぎる小さき手
溶岩の流れし跡の冴え返る
春の暮れ買ひ物ひとつ又わすれ
紫陽花の咲く道を行く傘の列
青芝へテニスボールは柵越えて
末枯れの山吹の実の黒ぐろと
一向に開かぬ踏切返り花

〈岳〉
佐藤映二［さとうえいじ］

さげもんの間より少女のさんざめき
吉里吉里忌はまぐりに似る土偶の頭
じゃがいもの花澎湃と祖国愛
夜半の雷犇と枕を抱へたる
斑猫や瀬音に急かれ山寺へ
青嶺あり黒光真石句碑のあり
向日葵の悪夢に薙ぎ進む戦車

〈松の花〉
佐藤公子［さときみこ］

あをあをと富士の全容豊の秋
次々にひかりとなりて発つ蜻蛉
わが花道へ捨つるべきもの多き冬
箱根駅伝翼あるかに駆け下る
春の雪仔牛コユキの名をもらふ
水門を出でてひろびろ水の初夏
大雪渓渡り切らむと踏み出せり

〈鬣 TATEGAMI〉
佐藤清美［さとうきよみ］

ぼんやりとふんわりと春ヤナギにも
いとけなく白木蓮は飛び立てり
山滴る浮標の先は湖の国
祖霊らも雨も来ており夏木立
炎昼や石たてて人を悼むなり
耳聡しラジオの語る海は冬
ブロック塀から冬の空に触れ猫は

〈ひまわり〉
佐藤戸折［さとうこせつ］

春めくや鶏の蹴たてる土埃
雀の子溺れるさまの着地かな
陽炎や漁港に動くゴムの靴
声張つて海女引き上ぐる浅蜊舟
稲刈られぽつりと人の住まひかな
とんぼうの尻より沼の水動く
月の出は閉店時刻蕎麦の花

〈ときめきの会〉

佐藤敏子［さとうとしこ］

三代目の初めて飾る鏡餅
握られし手の温もりや浅き春
娘の帰り待ちくたびれて桜餅
海風を窪地に集め浜防風
密やかに棕櫚の花ふる夕べかな
紫陽花やふるさと行きの水郡線
うるま路の行くて行くての実芭蕉よ

〈蚕の会・天晴〉

佐藤　久［さとうひさし］

初桜もう来ることのないオフィス
濡れてゐる木馬の背中花菜風
ソーダ水すべてが未来だつた頃
鉄棒に届かぬ両手雲の峰
八月やキッチンカーの来る木陰
栗を剝く何もなかつたやうに雨
冬蜂の脚垂れてゐる山河かな

〈栞〉

佐藤郭子［さとうひろこ］

ぎしぎしの毳け散らして雨の中
いささかの風に酔ひたる紋黄蝶
空蟬や人には生年月日ある
家毎に橋のある町秋の風
虫しぐれ銀河鉄道乗り換ふる
秋の暮鳥の容に焼くクッキー
新涼の風をすらりと部活の子

〈雛〉

佐藤　弘［さとうひろし］

山内を隈なく照らす良夜かな
紙漉の水をじつくり揺すりけり
鳩のこゑ間遠に八十八夜かな
葉桜や遠まなざしの女神像
荒川の水の青さや鯉のぼり
命得て又めぐり合ふ四葩かな
道問うて道づれとなる秋日傘

〈燎〉
佐藤　風［さとうふう］

師の句碑に秋しんしんと深みゆく
重ね着を重ねたるまま脱がせけり
翅あるをもう忘れしか冬の蜂
黄に変はるチャイナマーブル寒の明
草思堂の机にケント春火鉢
風立ちぬやはらかに春ひつぱつて
そろそろとたぷんたぷんと金魚鉢

〈燎〉
佐藤風信子［さとうふうしんし］

木の実落つかすかな記憶拾ひけり
観音に少し離れて萩の白
ちよこちよこちよこ白足袋弾む七五三
ひともとを生けて静かや水仙花
鷗外の愛でし路傍の菫かな
散りそむる花のしづかにはなやかに
逝く夏や今宵高野の坊泊り

〈信濃俳句通信〉
佐藤文子［さとうふみこ］

雪渓や遠慮しながら生き残り
七夕や紙縒の指輪渡さるる
鵲のこゑかと紛ふ橋の上
コスモスの絶叫を抱き風の逝く
いつもの夜いつものベルと栗の実と
秋空と女心と三段腹
霧氷林奪ひし愛を捨てに行く

〈青草〉
佐藤昌緒［さとうまさを］

囀やそのひとふしの長きこと
花ミモザ暴れ暴れて咲きにけり
こちかぜを受くは雀のかうべかな
朝寝してあとの半日ぼんやりと
降りつもる雪に顔だす雪達磨
廻廊の長きをゆけば冬めける
悴んで菩薩の笑みの前にをり

佐藤雅之［さとうまさゆき］
〈草原・南柯円居〉

立春の聲の揃はずかごめかごめ
セイウチの不揃ひの牙宵の春
ただいまの声澄み切つて夕若葉
石膏のビーナスの肩梅雨に入る
星うづくごとくに蛙響動もせり
鉄臭き水呑む夏の無人駅
コピー機のガラスの記憶木の葉髪

佐藤美恵子［さとうみえこ］
〈笹〉

風に起つ鳥の古巣の和毛かな
藤わかば式部遺愛の硯石
餌を撒くや来る緋目高のメタルの目
獅子舞の獅子が蛇呑む乗鞍祭
蜜林檎摑めば指紋移るかに
菰を着て使徒のごとくに寒牡丹
海光を背に登りゆく初社

佐藤みちゑ［さとうみちえ］
〈風の道〉

早春の山彦はまだ眠さうな
春霞白鳳仏は玻璃の中
咲き誇る真白な百合にふと妬心
風は秋急勾配のケーブルカー
浄土とはかくも没日の芒原
浅草へしばし舟旅都鳥
荒縄に風を結んで干大根

佐藤りえ［さとうりえ］
〈豈〉

傀儡派守旧派のり弁に黒揚羽
健康と紙に書かれて文化の日
犬のこゑ夾竹桃のうらがはに
大雨の住宅街のアマリリス
ぶつつけで出汁ひいてゐる年用意
電源の入つてゐない冬桜
行く河は絶えず騒がず顧みず

〈ろんど〉
佐藤涼宇子［さとうりょうこ］

黄水仙孤高の片を横向きに
万緑の中に長椅子音楽堂
雨音は安らぎの音かたつむり
青葉木菟杜百年の護衛騎士
鷗外の「最後の一句」読む良夜
淋しさは鹿の眼の驟雨かな
アーケード抜けて小雪の納句座

〈河〉
佐藤綾泉［さとうりょうせん］

復元の土偶千体星流る
銀漢や子の甕棺に石二つ
虎落笛ふたりにあまる家となり
読初は「福壽暦」の運勢欄
舷梯を上る虎舞淑気かな
まんさくや颪の音こそ山の音
そよぐたび色の重なる芽吹山

〈やぶれ傘〉
眞田忠雄［さなだただを］

冬田晴げんげは小さき芽を出して
声掛け合ひ担ぎて運ぶ甘蔗刈
病棟の未明の廊下虎落笛
飢餓までも忖度する世蓮如の忌
競漕や容赦なく立つ波がしら
水番は即ち藻刈長柄鎌
B52のつぎつぎ戻る終戦日

〈橘〉
佐怒賀直美［さぬかなおみ］

月餅の切り口厚き蛇笏の忌
冬めくや惑星の蝕月の蝕
枯葦の白炎の穂や遠筑波
兜太は山よ旭は河ぞ年明くる
草青む侏儒をちこちに声洩らし
麗かや狛犬の尾の翼めき
桜蘂降れば塗香の掌を開く

〈橘〉
佐怒賀由美子［さぬかゆみこ］

ありさうな話蜜柑を足しておく
飛ばされてゐて飛んでゐる寒鴉
オルゴール一音残る雛の部屋
崩壊を待つ総立ちのシクラメン
おいそれとは言はぬ本心雉子鳴く
向う脛狙ふ構へや子蟷螂
序破急のつくつく法師朝の街

〈風土〉
佐野つたえ［さのつたえ］

時の日の英連墓地やみな若し
見上ぐれば楓の翼果飛ぶ構へ
春落葉散り終はるまで待つことに
盆僧にふるさとの今聞きにけり
踊りの輪どこへはひるか迷ひけり
八月や戦後の解放子のわれも
「エンジョイ」を掲げて夏の甲子園

〈ときめきの会〉
佐野祐子［さのゆうこ］

音冴ゆるブラスバンドの黒ベスト
熱唱のコンサート果つ朧月
ぎゅう詰の銚電ゆくやみどりの日
初夏の池袋ジャズフェスティバル
幼子もひとり一枚夏蒲団
夏果ての手に貝殻とシーグラス
弓なりの海岸通り鰯雲

〈燎〉
沢田弥生［さわだやよい］

冬麗や海に裾引く薩摩富士
碑に寂の一文字冬紅葉
麦の芽やふはり関東ローム層
風光る包丁を磨ぐ指の反り
抽きんでて空奪ひ合ふ今年竹
ひとところやがて一面稲穂波
晩歳の刻すぎやすしちちろ鳴く

〈艸〉
沢渡　梢［さわたりこずえ］

寒紅や豆大福の上新粉
煙草屋の跡形もなく冴返る
限りある道と思ほゆ沙羅の雨
夏座敷紙ヒコーキを折る兄と
蛍籠眠くなるまで眠るまで
曖昧な梅雨曖昧なジャムの味
照返す二百十日のアスファルト

〈りいの・万象〉
沢辺たけし［さわべたけし］

穴出でし蛇声明のする方へ
田水引く音に小草の揺れにけり
片目閉ぢ狙ひ定むる夜店の子
抓みたる落蟬のこゑ指に染む
窓の猫色なき風を目で追ひぬ
革靴を検見する猫や竈馬
有明の月白すぎる寒さかな

〈遊牧〉
塩野谷　仁［しおのやじん］

兜太忌の街路全灯点りたる
石みがく桜吹雪のどまん中
諸葛菜荒縄のごと眠りたし
麦は穂に吾にひとかたまりの俠気
青胡桃せせらぎは遥かなるがいい
茄子の馬だんだんとだんだんと馬
とろろ汁月山へ行きそびれたる

〈青山〉
しなだしん［しなだしん］

渓流に小さき砂浜みそさざい
群青の鮪のあたま飾らるる
風曳いて鷹は鷹師の手へ戻る
江戸の空蹴つてぐるりと出初式
おじや食ふ指先ほどの味噌足して
臘梅のひらきて未完なる形
港あり風あり春の雲ありぬ

〈磁石〉
篠崎央子［しのざきひさこ］

万華鏡くるり蜥蜴は瑠璃残し
反論はせず紫のキャベツ切る
合鍵は合鍵を生み星月夜
神生みし島の尖りぬ鷹渡る
吉良公の首が渡りし橋寒暮
雪達磨百の面相見せ溶くる
もう居らぬ師よ末黒野を振り返る

〈氷室〉
四宮陽一［しのみやよういち］

春の夜や静かに光る深海魚
春光や頬に紅さす阿修羅像
眩しめる壱岐の夏潮車窓過ぐ
炎昼や被爆電車が川渡り
秋雲の夜を迎へたる光かな
五稜郭へ潮の香つれて雪女郎
二の丸の狭間に播磨の枯野かな

〈やぶれ傘〉
柴崎和男［しばさきかずお］

「留守電」に吹き込む間あり秋の風
秋場所やそろそろ雨戸閉めようか
硬いほど旨いと言はれ南瓜切る
肉厚の自作の壺に吾亦紅
月まろし贋《がん》かもしれぬ壺を買ふ
味噌つ歯のやうなもろこし貰ひけり
八月の雨浅草の木馬館

〈笹〉
柴田鏡子［しばたきょうこ］

伊勢参葎の隙に水の綺羅
春泥の先に小町のけはひの井
昏迅し小面のごと十日月
山茶花の紅のたしかさ生くるかな
瞑目や四更の壺の秋薔薇
樹々の間の星に風湧く秋の暮
亡羊を追ひゆく奈落寒の嘆

〈空〉
柴田佐知子［しばたさちこ］

竹林に光百条鳥の恋
囀や百寿の髪は絹のごと
白露にこの世のすべて収まりぬ
霜晴や牛舎に詰まる牛の息
狐火の群れぬ一つを攫はうか
凩や賭博ひらかれさうな寺
逆襲の蹴爪を高く鶏合

〈鳰の子〉
柴田多鶴子［しばたたづこ］

落椿花の要に力あり
高みよりパントマイムの波遅日
簡単な包装父の日のギフト
じわじわと端より汚れ大雪渓
小賀玉の散る根元まで箒の目
あめんぼう平らな世界しか知らず
笛を吹くやうに鳴く鳥涼新た

〈青兎〉
柴田洋郎［しばたようろう］

ボタン嵌め難き日日魚氷に上る
春なれや奈落の目高浮いてきて
旅心そそる角打ち春の夕
鐘おぼろ孤食二合の米をとぐ
忍び音の雪加の哀れ畷道
偕老の一人は遺影夏座敷
納豆をかきまぜてゐる無心の手

〈海棠〉
芝　満子［しばみつこ］

紀の川に光走らせ初電車
年新た紋つき鳥と畑仕事
短日や平らにつぶす塗料缶
吹きつくる雨戸の塗装年用意
拭き立つる昭和の家や年の内
冬苺ここ青山と決めし郷
五十年ぶりの炬燵やふたりの世

〈知音〉
志磨　泉［しまいずみ］

何もかも笑ひに変へて女正月
パソコンを膝に仕事や春の風
頭何処足何処手何処子猫どち
どう見ても定員オーバー燕の巣
夏雲やキッチンカーは翼持ち
炎帝の死角見つけて立ち話
舟虫や流刑地なりし島痩せて

〈門・ににん〉
島　雅子［しままさこ］

我ねらふ凶弾として蝶一頭
制圧は夏帽子かぶせてくれしより
夜の蟬ああ沈黙の木が燃ゆる
哲学を閉ぢてより夜のなめくぢり
平和へと至る数式天の川
木菟の耳にみ惚れて杭となる
シの音に雪のはじめの匂ひして

〈春野〉
清水しずか［しみずしずか］

温もりの消えてゆく手や聖五月
白百合と木魚と大鈴《りん》と香煙と
万緑を出て万緑へ霊柩車
骨壺の重きも哀し新樹光
初夏や鳴くこともなく埋葬す
納骨に遠郭公の頻き鳴けり
空五月ふうーと力の抜けにけり

〈流〉
清水青風［しみずせいふう］

夏来しと囁く如し美濃の山
春日濃し小股で歩く妊婦にも
如月や赤子告げたきこと言へず
狼星へ美濃一国を献上す
極月の雨は音なく介意なく
スメタナを耳へ流せば鵙猛る
月恋ふは老いたる証し生く印し

〈燎〉
清水徳子［しみずのりこ］

翡翠の翔ちたるあとの風の色
鶏頭のしづかな雨となりにけり
コスモスの子供と遊ぶ色になり
冬鯉のゆらぎて水の重さかな
切り通し抜けて眩しき二月かな
桜舞ふ心のすき間くぐり抜け
光陰の落としてゆけり柿の花

〈玉藻〉
清水初香［しみずはつか］

混雑はこの辺りまで春の月
土用芽や一筋縄でいかぬこと
喧噪の高まるほどに星月夜
人間は平伏すばかり雲の峰
夜仕事や仕上げの鋏入れ暫し
オムライスソース選びて神の留守
お歳暮や一巡りしてやはりこれ

〈栞〉
清水裕子［しみずひろこ］

ひつじ草見てゐて紫外線の的
想ひ出の師のこゑ秋の薔薇が咲き
薔薇の香に溺れて人を許すなり
多彩なる落葉過ぎし日振り返る
諸草に一陣の風原爆忌
身の丈に余す吾が影月の秋
鍵盤を指が走るよ月の夜は

〈閏・神杖〉
清水悠太［しみずゆうた］

氷踏む悪に華ある心地して
みしみしと皹入る星の二月尽
闇汁や来歴問はぬ老五人
春の雪ウクライナ語の三行詩
省略の活かす言葉三鬼の忌
老恩師の文の気骨や遠き雷
時の日の時を差し置き墨を磨る

〈遊牧〉
清水 伶［しみずれい］

オーケストラピットの明かり白鳥来
シベリウス聴いているなり縞梟
大悪人虚子の系統寒たまご
繃帯の白帆かがやく鳥の恋
いもうとの小舟をさがす花の谿
身の奥の鏃さびゆく花の雨
夢蔵の鍵をはずせば螢の夜

〈クンツァイト・秀〉
下坂速穂［しもさかすみほ］

松立てて小さな駅の賑はへる
似た人の後を君ゆく寒詣
戸が嚙んでをりし福豆見つけたる
ふと眼上ぐれば夜や半仙戯
燕お帰り雨光る日本へ
仲秋や隣家と同じ花を育て
月光に触れし竹より皮を脱ぐ

〈栞〉
下平直子［しもだいらなおこ］

夜通しの野分や時どきを眠り
悴みて苦言ひとつを口ごもる
しづかなる怒りの言葉息白く
ことことと夫の水仕や雛の夜
一病のあれど息災耕せり
初蝶と見遣れば草の揺るるのみ
ひとつ目が咲き朝顔はこれからよ

〈清の會・繪硝子・鴨の会〉
下鉢清子［しもばちきよこ］

行く年や少しばらけて狸毛《たたげ》筆
スピーチのつづききらきら春時雨
のんのんと春のまとめし雑木山
土鳩雉鳩なんぢやもんぢやの花盛り
夕涼み金平糖の疣数へ
くちなしの花より今日の一ページ
箱庭に月の生まれて誕生日

〈群星〉
下山田 俊［しもやまだとし］

萩の花お百度石に影落す
盤上の駒の一手や小鳥来る
新涼や自治会終へて駒を打つ
秋暑し棟梁の喪に添へし鑿
透影の生きる凹凸秋の声
噴水の設ふ広場鬼ごつこ
宿下駄の鼻緒真つ赤や蛍草

〈黐の木〉
上化田 宏［じょうけだひろし］

明珍の風鈴吊す蕎麦舗かな
立秋の空に古刹の軒の反り
宵に見し月を夜更けて仰ぎけり
烏瓜木片に読む峠の名
綿虫の綿が夕日のみかん色
狐火や対馬言葉に海の香《かざ》
小説の嘘も真実四月馬鹿

〈風叙音《フュージョン》〉
笙鼓七波［しょうごななみ］

息吹きては鬱勃たりし梅莟む
朝寝する豊けき懈怠浸りつゝ
観念の薫りたゞよふ朴散華
玲瓏と水琴窟や夏帽子
マリンバの音色つゝむや噴水虹
酔芙蓉さても花顔に謎を秘む
冬霧の晴るるや透明けざやげり

〈円座・晨〉
白石喜久子［しらいしきくこ］

山眠る赤子の声をふところに
大空にひらく太郎庵椿かな
鳥帰る船も倉庫も平たくて
少年のまま詩を愛す夏木立
泳ぎ子を父が見守る松の下
箱庭に永久の風車を置きにけり
七夕の白き磧に集まりぬ

〈宇宙船〉
白石多重子［しらいしたえこ］

前髪をぱつんと切つて秋となる
ポンポンダリアいま名案の生れさう
花野中坐して幼に戻りけり
蜻蛉群れ子ども一一〇番の家
蚯蚓鳴き陶房深き闇にあり
屋上は宇宙のひと間月祀る
山荘の朝の秋気に包まるる

〈やぶれ傘〉
白石正躬［しらいしまさみ］

どの畝も長い直線麦青む
風鈴を吊れば川風きたりけり
西日なか客を迎へに発つ渡船
短夜の明ける前から土手歩き
その辺と言へば川べり秋夕焼
大根干す日向に莫蓙を敷き広げ
戸を開けて見る横向きの冬の土手

〈白魚火〉
白岩敏秀［しらいわびんしゅう］

啓蟄や伸びきつてゐる亀の首
みづうみの風の来てゐる藤の花
飛魚の加速の翼張りにけり
水澄みて映るものみな澄みにけり
七曜の始まる朝を鶏鳴けり
偉丈夫に育つ記念樹冬芽満つ
過去といふ月日揺れゐる古暦

〈樹氷〉
白濱一羊［しらはまいちよう］

白きもの白く洗ひて夏近し
母の日や母を嫌へば母に似て
また今年母軽くなる薄衣
これよりを余生と思ふ螢の夜
完熟のトマトにみどりの蒙古斑
掛けて来よ黄泉の国から初電話
目の落ちてもう泣けないよ雪兎

〈秋麗・閏〉
新海あぐり［しんかいあぐり］

戦前へ賽が転がる絵双六
竹林の竹が竹打つ春疾風
がん病棟までの近道初桜
瓦礫となりし墓の中より恋の猫
草清水ひとを滅ぼす政
処理水は無色透明大夕焼
無言館の中の無言や神無月

〈鳰の子〉
新谷壮夫［しんたにますお］

遠き帆の反転しきり風は秋
むらさきに沈む熊野や後の月
読みなほす文庫の扉源義忌
読初や古事記の神は子沢山
さすらひの志賀の都や麦の風
宙乗りの幽霊の足夏芝居
つくづくと鏡の貌の残暑かな

〈海棠〉
新藤公子［しんどうきみこ］

器量よしに育つ双子や花楓
空耳か閻浮こほしと桜の夜
花づかれ三日後によぶ整体師
逃水の黄泉平坂あたりまで
精進もの食うべ謡うてたかしの忌
鯉濃でしのぎてゐたり若葉寒
自立する妻よ泰山木の花

〈帯・門〉
榛葉伊都子［しんはいつこ］

中山道の低き屋並や小鳥来る
草も樹も犬までも八月の貌
夕暮の雲の疾さや大夏野
隣席の話つつぬけどぜう鍋
もう無理をしなくてもよし雁来紅
亡き父に嫁ぐ知らせの墓まいり
布袋葵に花芽目高をおどろかす

〈晨・梓・航〉
菅　美緒［すがみを］

初富士や浜の真砂を手に掬ひ
朝湯して母似の乳房うららけし
岩を押すごとく岩吸ふ蝌蚪の群
若葉して樟の大樹に日の雫
柚の花や保津川に沿ひ陵へ
月を待つ浜や若きも犬もゐて
逆立てる鯉の尾鰭や秋高し

〈天晴・小熊座〉
杉　美春［すぎみはる］

霜の夜のかちりと嵌まる木のパズル
立春大吉ライオンの尿迸る
迂回路の先の迂回路土匂ふ
サルビアや扁桃腺を見せて泣く
夏手袋落ちて真白き鳥となる
途中下車すれば旅人秋の雲
賢治忌の夜空にかざす星座盤

〈風土〉
杉本薬王子［すぎもとやくおうじ］

酒器「備前」酒は「剣菱」春逝きぬ
「慎独」に想い致せよ春障子
白菊や吾が晩年の離見の目
銀漢や剣の守破離に句の三宝
曼殊沙華出会いはいつも突然に
小鳥来る妻の話しの尾が切れて
吾が余命知らぬが仏葛の花

〈燎〉
杉山昭風［すぎやましょうふう］

春の月召されて昇る車椅子
遺されて落花のなかに佇めり
田植終ふ少し疲れて少し酔ひ
ふんはりと両手に包む手毬花
ポケットにどんぐり一つ寺の跡
昼寝覚め老いには老いの力瘤
水無月や生れ生かされ水の国

〈雉〉
鈴木厚子［すずきあつこ］

雪しづる音の違ひの中にをり
夫婦雛波のひかりにのりにけり
涅槃会の水ゆきわたる田んぼかな
点灯や燈籠の絵の花ひらき
炎天へ顎を突き出し被爆像
新涼のふろしきひろげ経の本
雨粒へ麦穂つんつん針のごと

〈百鳥〉
鈴木綾子［すずきあやこ］

受験子に飛行機雲の一直線
手話交はす少女とナース夏の芝
地唄舞卒寿涼しく舞ひ終はる
菊枕長寿の姉妹並び寝ね
弔砲の空を燕の帰りけり
若きらを悼む花束街寒し
日向ぼこまたあの人が通りゆく

〈草の花〉
鈴木五鈴［すずきごれい］

北窓を開けば不意に手を振られ
菜殻火やだんだん空の暮れてきて
地下足袋を野川に洗ふ桐の花
象の仔が水吹いてゐる梅雨晴間
また雨の夜となる烏瓜の花
巫女舞を少女の復習ふ小望月
一本の杭あり冬の日は斜め

鈴木貞雄［すずきさだお］

初空に新らしき青鳥睦ぶ
門を出るときは淑やか春の猫
雨あがりの草の香燈籠流しかな
蔵元の生井《いくゐ》に幣や雪迎へ
皇帝ダリア高々咲かせ村寂れ
十字架はさびしき木組六の花
振子時計の脚が跨ぎぬ去年今年

〈鶴〉
鈴木しげを［すずきしげを］

膝突きてハーブ摘みゐる小春かな
足あとの詮議狸ときまりけり
治聾酒やもとより下戸に候へど
撥音の降らする雨や夏芝居
東京に生まれて老いて雲の峰
葛照つて一縷の風もなかりけり
秋暑し暑し筆硯そのままに

〈秋麗〉
鈴木俊策［すずきしゅんさく］

天高し人の創りし神と国
ロシア他ウクライナ他冬に入る
ロシア正教会無音冬薔薇
黙禱の横列に寄す春の濤
かさねとはカーネーションに非ざるや
時鳥虚虚虚虚虚虚と世を悟り
吾の外れし道に人影早稲の花

〈雨蛙〉
鈴木すぐる［すずきすぐる］

池に浮く落葉一枚づつ光る
寒鯉の棒のごときを数へをり
春めくや声援あがる河川敷
日輪の真つ只中へ揚雲雀
空蟬や柵の杭にもロープにも
つぎつぎに火種をつなぎ庭花火
身支度をきりり整へ茸狩

〈雨蛙〉
鈴木征子［すずきせいこ］

爽涼や平癒御礼の鐘一打
きらきらと夕風に乗る蜻蛉かな
見沼田を移る夕風ちちろ鳴く
運動会の一部始終はメールにて
猿投碗《さなげわん》の金の継ぎ目や風炉名残
帯解の祝詞や大前に待つ祖父母
みくぢ結ふごとく山茶花咲き始む

鈴木貴水［すずきたかみず］〈浮野〉

一本の釘は定位置注連飾
代々の家は藁屋根つばめくる
棚藤に酔うて海底行く如し
咀嚼する牛の涎や夕薄暑
軒下に積む桑の根や冬支度
大根引筑波へ背中預けては
砲台に錆び付く夕日冬ざるる

鈴木千恵子［すずきちえこ］〈りいの〉

花時のベンチにバスをやり過す
太極拳の剣一閃散る花へ
唄ふかに鈴揺らしつぐ花馬酔木
サーファーのダブルスピンや天を圧す
岐阜提灯たたむ暑さを畳むごと
しばらくを庭石にゐて蛇穴に
嫁ぐ子と今年の月を称へ合ふ

鈴木直充［すずきなおみつ］〈春燈〉

野を焼いて齢をひとつ加へけり
蒼空に固さありけり初桜
定位置に万年筆や明易し
羽抜鶏おのれの影を掻き散らす
かなかなや山を摑んで立つ檜
停まるとき発つとき貨車の哭く寒さ
連峰の定かに鏡びらきかな

鈴木典子［すずきのりこ］〈今日の花〉

旧友と再会約し小正月
和太鼓に合はす手拍子梅まつり
福祉バス花の堤を回り道
うつくしく土均らされて芒種かな
フィナーレと思ふ連発川花火
渡り鳥列ととのへる濠の空
塩害に耐へし老松芭蕉の忌

〈ろんど〉
すずき巴里〔すずきぱり〕

水鳥の扇開きの水脈の綺羅
蝌蚪の尾や内定といふ不安定
初夏の少女の髪は風が梳き
やがて父の日彼の少年に青年に
八合目辺りの土か登山靴
新しき絆涼しき文届く
みちのくの背骨の確と青山河

〈なんぢや〉
鈴木不意〔すずきふい〕

灯の下に伸ばす手の影黒葡萄
三人の中心へ掃く落葉かな
襖閉め模糊と遠くに人の声
春雨の外を窺ふ店主かな
老涙の白黒映画花の午後
蜻蛉の一つに二つ寄つて散り
ゐのこ草跨いで乗るや路線バス

〈ホトトギス〉
鈴木風虎〔すずきふうこ〕

春隣乾いた音のストライク
からくりがくるりと回り四月かな
春惜しむ触れてくづれるオムレット
気がつけばありどくだみの花畑
若者のくせに水母を思はせる
民謡の調子はづれて秋暑し
魔女たちもベンチでランチ小鳥来る

〈胡桃・初蝶〉
鈴木正子〔すずきまさこ〕

正面に出羽富士据ゑて避暑の宿
一位の実茂吉の寺の長屋門
学校田一枚づつに案山子立つ
蓮の実の飛んで仏を増やしけり
白秋や風の綾なす古戦場
これよりはみちのく入りや芭蕉の忌
箱庭に釣瓶井戸あり桶もあり

〈萌〉
鈴木みちゑ［すずきみちえ］

絵双六戻れ休めと京はるか
つばめつばめ街に軒ある家減りて
数ふればまた風の間の蓮の花
藍涼し土産の小物伊予絣
引佐細江の渚づたひに鳥渡る
ご自愛をと書きてペン置く初時雨
邯鄲の夢ともうたた寝の炬燵

〈燎〉
鈴木美智留［すずきみちる］

木の葉食むキリンの首へ初日かな
白寿の春あまたの扉開けて来し
群れ咲きて淋しきことも花卯木
老鶯と瀬音に惹かれ登る道
もうすこし父と居りたし大花野
いくたびも同じ絵本を星月夜
亡き母の刺繍のクロス聖菓焼く

〈知音〉
鈴木庸子［すずきようこ］

花冷のいつまでどこまで続く鬱
残る鴨くちばし背ナに突つ込んで
肩かりて素足の砂を払ひけり
秋の風摑んで放ち太極拳
火を灯す爪に綿虫とまらせむ
冬ざるる鎖に首輪残されて
天然と書いて鯛焼並べをり

〈舞々句会〉
鈴木曜子［すずきようこ］

幾重にも幾重にも山梅探る
春惜しむこの町いつか来たやうな
ゆつくりと緑雨の道を戻りけり
在りし日の笑顔の母の豆ごはん
西瓜一切この青空が好き
裏返る葉の銀色に初嵐
ここからは女人結界櫨紅葉

〈輪・柵〉
須藤昌義［すどうまさよし］

無学祖元の深き眼窩や冴返る
遠足の豊島屋に列つくりたる
蘭鋳の水引きずつて向き変へる
脱水の一分で足る水着かな
蟬鳴いて欅大きくなりにけり
隕石も素粒子も降る星月夜
死後もかくやただしろがねの芒原

〈貂〉
須原和男［すはらかずお］

火種めくものを含みて牡丹の芽
ひとりでに鼻の寄りゆく桜餅
切り口が乳の白さの今年竹
山からの水へ水へと逸る鮎
一枚の傘へ百本夏の雨
陸揚げの秋刀魚と秋刀魚すべりあふ
おたがひに頰の照りあふ小豆粥

〈青海波〉
住友セツ子［すみともせつこ］

無花果の乳にまみれし日の遥か
新米の四角三角塩むすび
まだ生きて愉しみたきや小鳥来る
新涼やほむらは夫へ絵蠟燭
言の葉になるまで月を見てゐたる
落人の赤旗拝す置炬燵
木偶つかふ指のしなやか汗ぬぐふ

〈翻車魚〉
関　悦史［せきえつし］

ピカソの女太く壊れて日の盛
野火勢ひゆくやガソリンスタンドへ
すごろくや鳥の概念を溜めこむ
冬や地のどこにも総白髪の赤子
水打たれはや血痕のなかりけり
玉音の抑揚にこそ盂蘭盆会
冷夏ですから鋏が不意に立ちあがる

〈多磨〉
関　成美［せきしげみ］

雪ちらちらそんな日暮がありました
柴折戸の開かれてあり西行忌
もの言へば角立つて春暮れにけり
暗がりをつくりて梅の実の太る
ハンカチに畳み込まれて思ひ出は
山川のさびしき秋の螢かな
日の暮が早くなりしよ風も出て

〈こんちえると〉
関根道豊［せきねどうほう］

埋火や祖国三度の化石賞
寄鍋に支持三割の奉行かな
新しき戦前迎ふ白泉忌
敗戦国いよよ軍備の目貼剝ぐ
梅雨空の俳句検閲九年かな
夏の湖核の時代の人新生
八月の羊水に入る汚染水

〈濃美〉
関谷恭子［せきやきょうこ］

襞といふ濃く深きもの春思にも
梅花藻の花なきところ水を汲む
漁舟ヨットレースを遠巻きに
八月やかどはかさるる心地して
白湯吹けば言葉ほぐるる思草
印泥にあえかなる毳冬日向
夫には狐火見えてをらぬらし

〈濃美〉
関谷ほづみ［せきやほづみ］

みどり児の乳吸ふ力麦の秋
まんばうを売る村の店姫女苑
今朝の秋足湯の底に金釦
どの酒を盛らうか姿よき瓢
身にしむや無声映画のごとき雨
たぎり落つ白をきはめて冬の滝
立ちあがる修復秘仏冬ぬくし

〈やぶれ傘〉
瀬島洒望［せじましゃぼう］

夕立の過ぎしばかりの駅広場
夕焼を吸ひこむやうに息をして
夕風のぴたりと止んで赤のまま
猫じゃらし米軍兵舎在りし跡
ポケットの駄菓子食べつつ花火待つ
暮れてより案山子泣く声してきたり
球場の整備終はらず赤とんぼ

瀬戸正洋［せとせいよう］

新涼や脳の瘡蓋が取れた
端とか隅とかが好きで九月かな
極月や基金は匿名にて振り込む
切り捨てる過去も未来も絵双六
灯油買ふ冬の銀河が落ちてきた
誰れかに何かを知らせたかつた冬木
にんげんの目が死んでゐる胡桃

〈栂・春野〉
瀬戸　悠［せとゆう］

うつし世のゆがみてゐたる石鹸玉
多喜二忌近し翻車魚の水脹れ
念力の失せし水母が反転す
山椒魚陰々と刻とどめたる
逮夜経金魚きらりと翻る
日本列島まるごと凍ててしまひけり
臘梅やわが身ただよふ夕間暮

〈八千草〉
芹澤祥子［せりざわしょうこ］

神さまに釣られた魚うろこ雲
曼珠沙華闌けては魔力失えり
野分すぎ葉っぱの貼りつく道しるべ
ヒロインへ成人式の髪飾る
鬼の棲む己が心へ追儺かな
男の子また指先そっと雛あられ
知らぬ間に澱みにはまる花筏

〈歴路〉
千賀邦彦［せんがくにひこ］

幻日や戦場ヶ原の草紅葉
秋深き海に呑まるる一大河
捨て去りしままの刻かも落穂拾ふ
踏まれたるわが影の哭く暮秋かな
死はいつも不意打われに木の実降る
渓谷炎上紅葉の大魔術
連山紅葉大本営の壕を秘し

〈天為〉
仙田洋子［せんだようこ］

結葉やかくも早くに死別とは
五月雨や夫の死わが心の死
遺影てふしづかなるものえごの花
日も月も音なくめぐり蟻地獄
三伏や慟哭のごと濤の音
ひとかきで海亀われを引き離す
亡き夫のごと太りたる夏の雲

〈栞〉
相馬晃一［そうまこういち］

八十は自分事なりアロハシャツ
ともかくも一膳よそひ日の盛
ついてくる影の律儀や炎天下
噴水のしじまの時計見てしまふ
すぐ直すバスの風向き冷房裡
この夏のこの焼酎と決めてをり
さういへば旅にごぶさた雲の峰

〈燎〉
相馬マサ子［そうままさこ］

老鶯を聴く篁のひんやりと
病室のカーテンふはり祭笛
早世の児の乗る小さき茄子の馬
子供去りてゆつくり浴ぶる虫時雨
水を飲むことも充電秋暑し
行間に秘むる思ひや秋灯下
梵鐘の一打身に入む夕間暮れ

〈八千草〉
薗部わこ［そのべわこ］

十年も見て見ぬふりの障子貼る
ふっくら目刺し昭和醸せる藁と串
魔王堂へ馬酔木シャラシャラ招きおり
飛花と乗る桜新町エレベーター
鍬形や俺ら厳ついヴェジタリアン
口ごもっている間に流れ星三つ
コロナ封印解かれ爆発阿波おどり

〈栞〉
染谷晴子［そめやはるこ］

他愛なくひと日果てたる蚊遣香
洗ひ了へつくづく墓の真正面
荷を提げてゆっくりのぼる月の坂
冬仕度して安心の六畳間
起きぬけの眩暈十一月に入る
春落葉閑かに積もる療養後
花疲れ誰へともなく息洩らす

〈秀〉
染谷秀雄［そめやひでお］

あたらしき町にも慣れて松の内
その上に花びらのせて桜餅
ぼうたんの雨に崩るるばかりなる
まむし酒交はし螢を見に行かむ
ほうたるの水に月影流れけり
川蝦の仕掛け一日川漁師
沈下橋翳深々と遊山船

〈静かな場所・秋草〉
対中いずみ［たいなかいずみ］

初蛙泡弾けるやうなこゑ
虹もまたこの波音が聞きたくて
白桃の産毛ほどにも闘へず
古湊金木犀が二度咲いて
ひやひやと栗鼠は両手を胸のまへ
はらわたのこころもとなき良夜かな
鳰湖の白さをそこなはず

〈雪解〉
多賀あやか［たがあやか］

土手をゆくかぎり空あり夏めきぬ
ホームラン夾竹桃のフェンス越ゆ
朝夕の水遣り終へて厄日無事
冬めくと風聴く耳となりにけり
風花や卍の中にゐて無音
バスを待つ十分間の日向ぼこ
みづうみへ吐く息白く太かりし

〈宇宙船〉
髙池俊子［たかいけとしこ］

中庭の薔薇の芽吹きの煉瓦色
花舗の人ミモザを抱き談笑す
再会や庭の色鳥共に指し
アーカイブ出で京橋は虫の闇
春光や海浜墓地に友二人
愛の日や愛を詰めたる箱届く
春来る百の香りのハーブ店

〈愛媛若葉〉
髙岡周子［たかおかちかこ］

立冬の音叉となりし催合水
見て飽かぬ角組む蘆の水模様
雑草図鑑開くところに雉蓆
次の世は今飛ぶ燕になるつもり
富有柿次郎と花をばら撒ける
圧巻の手筒花火に息をのむ
樟蚕の透かし俵に秋日濃し

〈家〉
高木ひかる［たかぎひかる］

乗り継ぎのドーハで仕舞ふ春コート
二三日続きて倦きし蜃気楼
椰子の戸を開けて飛び出す裸の子
麓より昼の鶏鳴夏はじめ
青梅を捥ぐTシャツに♡Peace
花束に似て子燕の大き口
籐寝椅子ちちの凹みにスヌーピー

〈りいの〉
高木美波［たかぎみなみ］

水槽の泡ぶき絶えじ沖縄忌
窓拭の筋まぎれなし今朝の春
雑踏の片隅選ぶ余寒かな
啓蟄やぼあつと丸き月出でる
この地よりかの地を想ふ麦嵐
目まとひや空気を軽く一払ひ
なにげない一言薔薇の香り立つ

〈空〉
高倉和子［たかくらかずこ］

鏝絵書く梯子の上を鳥渡る
負けさうな顔となりゆく寒さかな
初みくぢ折目正しく結びけり
北窓を開き畳の色戻る
湯中りのごとく戻れる恋の猫
目印の島のいくつや鳥帰る
割り切つて働くことに五月来る

〈風の道〉
高杉桂子［たかすぎけいこ］

凍解のモザイクなせる庭の土
踏み石を外す靴跡春の土
水に倦み芝に歩める残り鴨
印相は仏の手話や風光る
鐘楼の橦木へ延びる若楓
藩邸の井の水尽きず花菖蒲
保育士の笛と手拍子桜の実

〈八千草〉
髙瀬皐月［たかせさつき］

湿り香の露地に散り敷く沙羅の花
城下に葉陰湛ふる清水かな
伊吹嶺に立つ夏雲や墓しまふ
白木槿むすめ三人喃喃と
身にしむや父母の編みし祖父の句集
秋燈や父が遺せし大歳時記
山踏みの途につまみし零余子かな

〈嘉祥〉
高瀬春遊芝［たかせしゅんゆうし］

一身の息一身の初湯かな
擂粉木のおきどころなき小正月
小満や飽くるほど生きまだ生くる
方形にたたむ風呂敷たかしの忌
留守電の点滅のあり花木槿
鳳凰図寝そべりて見る素秋かな
団十郎ほどの睨みの金目鯛

〈青麗〉
髙田正子［たかだまさこ］

ひとりづつ去る花の塵踏みわけて
万緑や闘ふといふ悼み方
称ふるに無頼とふ語の涼しさよ
月白や潮干の径を鳥居まで
一粒の水月明を滑りだす
秋の昼置けば転がる赤ん坊
しんとして鴨待つ水となりにけり

〈草の花〉
高田昌保［たかだまさやす］

カピバラと同じ気分の柚子湯かな
赤信号を襟立てて待つ余寒かな
ひじき干す漁師仲間の訛声
クルーズ船来て春光の大桟橋
端午の日母手づからの兜の絵
梅雨晴間小さきゴム長逆さ干し
教会の塔に西日の港町

〈ときめきの会〉
高橋一夫［たかはしかずお］

万物を抱擁したる初日の出
日脚伸ぶまた明日ねと子等の声
一樹もて百畳といふ藤の花
旧巣を繕ふ雨の朝燕
水郷は橋より暮れて糸柳
葉桜やシャビールックの男どち
夕焼やさざなみ押して舟帰る

〈知音〉
高橋桃衣［たかはしとうい］

大寒やぴつと人差指を切る
ぱかんぽこんかぱんこつぽん港春
田を返す石州瓦輝かせ
ボール探す秋草踏んで踏んで踏んで
秋の空吸ふ前に息吐き出さん
落葉寄せ付けず社の新しき
細枝に縋りて雨の冬桜

〈銀漢・炎環〉
高橋透水［たかはしとうすい］

んんららひひしし探梅の山
ヴィヴァルディ流るる牛舎若葉風
大空の痒がつてゐる毛虫かな
ＩＴと恋愛談義夕薄暑
主張する青年出でよ雲の峰
パンダ舎のパンダはいづこ竹の春
秋の雷脳細胞の組み変はる

〈風土〉
高橋まき子［たかはしまきこ］

並走す鉄路八本葛を吹く
初霜を載せて菜の色菊の色
左手も繋ぎたくなる寒さかな
帽子着て顔が寒いと言ふ子かな
如月の氷のやうな日の光
春疾風走り出す子を手に繋ぐ
命綱大石垣の草を刈る

〈鴫〉
高橋道子［たかはしみちこ］

八月の記憶は海へなだれこむ
風抜くる住み古るといふさやけさに
自販機に声かけらるる星月夜
今のいまが夢か湯豆腐ひとゆらぎ
枯荻のうねりに光伸び縮み
春の夜の紙を嚙みたるプリンター
あてどなき風雅の着地ねぢれ花

〈やぶれ傘〉
高橋宜治［たかはしよしはる］

晩秋の鎌倉道や未だ青し
山幾重月と陰とを友となし
遠く聞く深夜ラヂオや秋深し
虫脅す葉を滑り降る雨しづく
潮騒が静かに流る処暑の海
風しづか青嶺の中の湯に浸かり
泡と消え静かにかへす秋の波

〈都市〉
高橋　亘［たかはしわたる］

橋に立てば秋天遥か四方遥か
雁渡る風と礎石の多賀城址
赤蜻蛉風に天主の高さまで
点滴は一涙に似て波郷の忌
老鶯や搾乳の香の牧の風
灯台の高さに砕け夏の波
春の風野性の消えし檻の獅子

〈洋洋句会〉
高橋侘助［たかはしわびすけ］

雪催ひ鍋がことこと笑ふ夜
子が投げし小石の波紋花筏
桜蘂降るメトロノームのリズム
雲の峰右は茅ヶ崎左逗子
鯛や笑へど苦き通夜の酒
開かずの踏切り葉鶏頭は赤く
レノン忌や崩れゆく猫のラテアート

〈運河・晨〉
高松早基子［たかまつさきこ］

語り歩く間も蕗の薹探る目に
母の日の庭に摘みたる花飾る
田を植ゑて大和に生気満ちゐたり
百歳を囲み賑はふ盆の家
通院はドライブ日和の秋の雲
旅立は七福神の秋袷
柔和とは内なる強さ天高し

〈昴〉
高松守信［たかまつもりのぶ］

背負ふものこの世に多し蝸牛
機械化に失せたる一つ田植唄
ただちや豆茹では五分よ酒つまみ
終活の果ての平穏涼新た
人の世の栄華虚しも酔芙蓉
穴惑ひ影曳いて来る水生園
霜柱踏んで丹田締めなほす

〈鷹〉
高柳克弘［たかやなぎかつひろ］

ライターのつきかね海女を見失ふ
肉の傷徐々に塞がる朧かな
虹崩れ落つる大音響を待つ
鵜篝の雨にますます勢ひけり
蟬声や人間は水持ち歩き
啀へるか電柱を打つ啄木鳥を
着ぶくれてザリッとブロックをこする

〈豈・翻車魚〉
高山れおな［たかやまれおな］

独り行けと大寒の梅アッハッハ
昼月の雀斑《かすも》や振《ふ》りし雀の子
呪ュも祝クも笑める人形国クの夏
雅歌に栞《しを》る星に願ひの糸ならば
露の身を汗の顔もて照らし合ふ
枯野とも恥毛《ヘア》ともつかず夢に駆く
聖夜読む牛肉部位図愛いづこ

〈いには〉
滝口滋子［たきぐちしげこ］

夜の秋一湾の面の箔のごと
日照雨してひかりの粒となる帰燕
大楠の木霊と話したき素秋
枯るるなか塔の心礎に触れゐたり
はくれんの白増す一点の錆に
乱反射のごと春禽の散りにけり
神杉の片側に苔ほととぎす

〈香雨〉
田口紅子［たぐちべにこ］

初蝶の水の真中に出てしまふ
キャンプ村トンボ鉛筆落ちてをり
戦争をくぐりてきたる山椒魚
烏瓜の咲く頃合を帰りけり
赤べこのうなづいてゐる秋の声
虎落笛地球崩れてゆく音か
目を閉ぢて梟のやう老いむかな

〈りいの〉
田口雄作［たぐちゆうさく］

トンネルの先は鉄橋谷紅葉
野の風の野放図に伸し冬木立
白炭をかつかと熾し羊焼く
Ｏ脚の形に股引乾きけり
仰向けに乾び窓辺の冬の蠅
秒針の音なく回り冴返る
利根の水引くや代田に利根の風

〈愛媛若葉〉
武市公子［たけいちきみこ］

軽鳧の子の仕種すべてが親の真似
嫌はれてゐてもはびこる蓼の花
こと切れてなほ艶やかに秋の蝶
怪獣の容に浮かぶ冬の雲
指二本靴べら代りに草青む
一鍬に土塊ほぐれ地虫出づ
畑つ物春の到来教へくれ

竹内秀治［たけうちしゅうじ］〈家〉

大寒の路線ちぎるるほど朝日
寒明けの白身はみ出るゆで卵
啓蟄やグランドピアノ屋根全開
職退きて知り合ひ増ゆる桃の花
踏切にふたつ矢印夕薄着
錠剤の転がり止まる夜長かな
小春日和ずつとしやがんで古本屋

竹内文夫［たけうちふみお］〈やぶれ傘〉

地下道が仄暖かし冬に入る
百年の柿の木を伐る古希手前
屋根を越え光の中へ秋の蝶
梅一枝手向ける御仁秀雄の忌
箸置を配る幼子まめご飯
校庭の白線あらた雲の峰
梅雨晴間土曜授業の参観日

竹内洋平［たけうちようへい］〈銀漢・炎環〉

鞄に書青水無月の旅切符
文明か地球が先か旱草
家ごとに一つの灯り遠蛙
サングラスかけて外して恋その他
相槌も箸の進みも夏料理
またひとつ消えて風呼ぶ夜店の灯
残年やひとりになれば見ゆる虹

竹下和宏［たけしたかずひろ］〈きりん・橡〉

新・真・深詠みたき俳句初日燦
踏青や倚りかからずを心して
朧夜や明日又てふ妻のこゑ
夏兆す粋の際立つ江戸小紋
さよならは祈りの言葉秋の蝶
恋唄や月も酔ふかに風の盆
年を越す施設の妻へシクラメン

〈ろんど〉
竹田ひろこ〔たけだひろこ〕

遠富士の景の定まる冬夕焼
春の宵愚痴ともつかず本音とも
しゃぼん玉遠き記憶のすれ違ひ
鰐口の暑き息吐く一打かな
健診のおほかたは加齢心太
月天心街の凸凹晒しをり
身の丈の余生でありぬ秋暑し

〈陸〉
竹内實昭〔たけのうちさねあき〕

月天心満蒙の地の土葬波
日向ぼこ絵本読みする子ども等と
筍や肥後の土付け郷土紙に
点滴の一滴一滴蟬時雨
山笑ふ法螺貝くだり参道へ
雲海をよぎる翼よ盂蘭盆会
桜花見ず木の椅子残し杏子逝く

〈青海波〉
竹本良子〔たけもとよしこ〕

灯台も島も飲み込み春霞
夏落葉一枚岩の橋渡る
藩港の昔思はば鰡のとぶ
涼新た鷺の降り立つ潮溜り
炙花弁護士事務所けふ休み
神の島囲みつくして牡蠣筏
寒林の日は薄うすと禽の声

〈鴻〉
竹山一子〔たけやまかずこ〕

石庭の砂の筋濃き初時雨
風花や東照宮の赤き塀
千枚田その一枚のしだれ梅
囃されて大凧高く吸はれゆく
新緑の川面を頒つ手漕舟
黒糖の蜜濃きゼリー沖縄忌
夏帯をきりりと列に箏ライブ

〈秋麗〉
田沢健次郎［たざわけんじろう］

静やかに魚道を下る花筏
子規庵を出で団子食ぶ鳴雷忌
引出しに残るＢ円沖縄忌
手拍子のあらば踊らむ葉鶏頭
秋深し永久の眠りへバグパイプ
足遅き母を綿虫待つてをり
冬蝶のか細き尿をしてをりぬ

〈雉・晨〉
田島和生［たじまかずお］

奥宮へ苔みどりなる淑気かな
雉のこゑ一徹にして還らざる
春の鳶あふぎあふぎて身のかろき
竹伐のときをり何かものを言ふ
忽然とときのふ消えにし蟬のこゑ
薄墨の滲み広がる白露かな
鱒鮨のうすくれなゐに今年酒

〈泉の会〉
田島花子［たじまはなこ］

そぞろ寒にはかに夜具の軽くなる
蟷螂の意志ある如し動かざる
立春の夕空ＩＳＳの光跡
春耕の音響き来る朝の窓
墨つけて文字書いてみむ筆の花
草青む深谷シネマの昭和の香
広島忌大統領の折りし鶴

〈ひまわり〉
多田カオル［ただかおる］

表より裏庭見ゆる夏座敷
新米にかますの干物豆腐汁
秋蝶の翔てば私も腰あげて
サーフィンの少年濡れて波を待つ
柿落葉路地の日暮れを明るうす
リラ咲くや朝の日差しの満ちあふれ
青林檎落ちて転がるそのままに

〈ホトトギス・祖谷〉
多田まさ子［ただまさこ］

ラジオ今ロックのかかり雪舞へり
風呂吹や一病持ちて十五年
センサーに照らし出されし猫の恋
あたたかや言葉の美しき小津映画
嫁の来て庭様変り薔薇香る
捕虫網持ちて子の前父歩く
母の魂空に昇つてゆく極暑

〈雲出句会〉
舘　謙太朗［たちけんたろう］

蝶々や飴を途中で嚙んでしまふ
昼の星々は見えねど犬ふぐり
永き日のガラスの鶏は息をせず
万愚節ボトルシップの膨るる帆
熱帯夜やがてこの身も土へ帰す
レリーフにしたき横顔涼新た
雪降り来一日の憂さを見失ひ

〈海原〉
田中亜美［たなかあみ］

秋雪や馬のまなこのその奥の
弦そつと弾く秋雪払ふやう
残響は霧にまみれて渓流よ
春光や腹這ひになる草の上
諸葛菜永劫といふ薄闇に
カプチーノ泡の褐色春暮るる
雪・兵士・凍土・泥濘春逝けり

〈風土〉
田中佐知子［たなかさちこ］

神体山いただく村や春耕す
少年にしやぼんの匂ひ五月来る
多佳子忌の親はしき瞳の雄鹿かな
万緑へ燭一本を捧げたり
一枚にうつし世隔つ簾かな
ゆるやかに歩む菊坂十三夜
大根百本洗ひ辺りを明るうす

〈風叙音《フュージョン》〉
田中奈々［たなかなな］

淀みたる池塘の蝌蚪や小宇宙
雨上がり水鶏の嘴に光る魚
雷雲の五つ連なり雨荒ぶ
秋蝶の句帳に触れて詠み深む
結ばれし赤糸ほどけ曼珠沙華
一声を残し降り来る大白鳥
年の瀬の姉さん被り玻璃光る

〈主流〉
田中　陽［たなかよう］

なんてこと僕のかく万年筆に蚊が止まる
谷崎は毛筆で原稿用紙の枡目埋めたと
耳のあたりの蚊を払う原爆落ちた時刻
秋が来る病歴二つ三つをころがして
広重の雨の線みる老妻と
秋の蚊が出不精の脛にくる
神はいる・いない人間どもがまた戦火

〈汀〉
田中佳子［たなかよしこ］

白を濃く八十八夜の真珠星
定まらぬ水の輪郭春の夢
夢を食ふ獏の半眼月朧
青焼の船舶図面夏の星
副葬の馬具の黄金ちちろ鳴く
手を持たぬ女神の土偶木の実降る
流星の飛跡ましろき砂漠かな

〈耕〉
棚橋洋子［たなはしようこ］

小さき手の香煙すくふ初観音
鳥帰る杉原千畝記念館
鵜を馴らす父を目で追ふ三代目
喪帰りの車中の黙や月おぼろ
宮相撲負けたる子にも袋菓子
形見なる縫ひ目正しき古浴衣
竹を伐る氏子の作る竹箒

〈あゆみ〉
田邉　明［たなべあきら］

濡れ縁に錆鎌二本蚯蚓鳴く
林檎浮く遠野の湯屋の朝ぼらけ
山合ひの猪と対峙す距離百余
神渡しゴスペルのごと山揺らす
フムフムと嗅ぎて蜥蜴の瑠璃光る
秋祭雨戸ひとつを開けて待つ
作農の真似事なれど実る秋

谷川　治［たにがわおさむ］

生きてゐたら津波なければ君が春
万緑といへど覆へぬ地震の跡
大出水退つ引きならぬ星に住む
炎天下影を一つに親子来る
のつけから立往生の村芝居
湖鎮め霧立ちのぼる榛名富士
寂として鎌倉五山冬安居

谷口一好［たにぐちかずよし］

蜆汁舌を小さく使ひけり
紙風船いつでも底を叩かれて
抱き合ひのち背き合ひアマリリス
待つ人なき家路をいそぐ秋の暮
根元より枯れゆく背高泡立草
老人の爪よく伸びる小春かな
布団干し畳みて嵩の増えゐたる

〈運河・里〉
谷口智行［たにぐちともゆき］

滝壺の芥にまぎれ落し角
このくらゐの日差がよろし桑いちご
水盤にあまごの擬餌を沈めけり
宵立ちの烏賊釣船のぽと灯る
いちまいの田に田植の子がいつぱい
白玉を食うてねむたきときねむる
帰省子に草木がものを言ひはじむ

〈りいの〉
谷口直樹［たにぐちなおき］

鶏合鏡の目玉つつく軍鶏
永き日の母子出迎へ漁舟
清流のおむすび岩と初河鹿
六月の泥を拭き取る縄ざわら
行く秋や置いてけ堀に颪の音
拾Bの鉛筆ころと落葉掃き
元日の夕日十年目の日記

〈海棠〉
谷口春子［たにぐちはるこ］

銀杏のバケツ親子の日曜日
冬ぬくし嬰は晴着によく眠り
開門の尼僧に会釈柿落葉
川底の小石ゆらゆら暮の春
祇園囃子父が笛吹く子は鉦を
托鉢の声かと出れば秋の雨
客去りて冬オリオンの高くあり

〈鴻〉
谷口摩耶［たにぐちまや］

茅花流しフランス積みの赤煉瓦
町外れのカフェの入口時計草
アイスティの氷揺らして思ふこと
雲遠き日の露草の花の青
髪きつく結んで朝の白芙蓉
満月の夜を鳴きとほす鉦叩
いちにちを銀杏落葉の中にをり

〈窓の会〉
谷　さやん［たにさやん］

戻ることばかり友言う秋の雲
ころがって自尊心とか団栗も
ひとりぼっちの不意に蜻蛉が先を行く
手袋をぬぐこと居場所さがすこと
薄氷まず絵を買って家とする
蜂を待つみたい退屈そうな君
アメンボもマンガ読む子も濡れている

〈郭公〉
谷端智裕［たにばたともひろ］

のぞみから乗り継ぐこだま初時雨
水槽に海鼠一匹去年今年
啓蟄や雲へ駆けゆく御崎馬
春の風入れて調律始まりぬ
かはせみに濠の日輪砕けたる
あめんぼの水輪日照雨の水輪かな
御柱はぐくむ法師蟬のこゑ

〈炎環〉
谷村鯛夢［たにむらたいむ］

路地もんじや路地路地路地もんじや街薄暑
本妻も内縁もなく恋蛍
夏草刈る背筋上腕二頭筋
涼風の来るぞ龍子の龍の下
熱帯夜邪鬼踏みつける増長天
美しくはないが一人の夏料理
星流れ短歌ばかりのできる真夜

〈りいの〉
谷渡　粋［たにわたりすい］

お降りや牛舎の臭ひ湯気をおび
チョコレート一粒受験のもどり道
川風にふはと躓く犀星忌
麦刈の音芳ばしき風となり
稲架解くに男結びを鎌で断ち
レノン忌や冬日にをどる糸埃
雪霏々と篊音霏々と暮るるかな

〈薫風〉
田端千鼓［たばたせんこ］

黄昏の色を拒みて白牡丹
半眼に此の世眺めて羽抜鶏
夏草を刈つて発掘調査かな
稲の香をまとひ稲刈機を降りる
十能も五徳もなくてちやんちやんこ
尾を持てば塩鮭塩を吐きにけり
地下街に入り見失ふ恵方かな

〈鴻〉
田部富仁子［たべふじこ］

あけすけの空よ盆地よ雪解急
耀うて植田を月の渡りけり
夏ひばり耕人腰を伸ばすとき
梅干して主婦てふ小さき矜持かな
髪少し明るく染めて更衣
羅を着てゆるやかに老いんかな
縁側に湯呑みが二つ菊日和

〈花鳥・ホトトギス・YUKI〉
田丸千種［たまるちぐさ］

ありあまる秋天蝦夷は地を広げ
叡山に鬼の子あまた育ちけり
短日の校長室に待たさるる
どら焼をぶらぶら二月礼者来る
トランクに納まる所帯きんぽうげ
黒板のメニュー夏木に引つかけて
ひたと閉ぢ秋の扇のそのままに

〈黐の木〉
田宮尚樹［たみやなおき］

枯葉一枚を笥にして朴葉味噌
翡翠の降下一閃冬の水
義士祭の子どもの義士に玉霰
如月の日向に洗ふスニーカー
三月の胸柔和なる尉鶲
音のして遅日のテニスコートかな
播州の花の海中《ワダナカ》姫路城

〈河〉
田村恵子［たむらけいこ］

開場待つテレビクルーの着ぶくれて
遮光器は海象の牙雪しまき
新しき切り株ひとつ日脚伸ぶ
ふつくらと胡粉の花弁春立てり
達筆な蔵の落書きあやめ咲く
五月闇ブリキのピエロ動き出す
粘土板の最古のレシピ麦は穂に

〈諷詠〉
田村節子［たむらせつこ］

思案橋渡れば郭冬の月
シスターに道をたづねるクリスマス
シスターも黒いマフラー巻く日なり
クリスチャンネーム聖夜に輝ける
殉教の人の数ほど水仙花
北風にキリスト像は手を広げ
冬の月神も沈黙したまへり

〈青海波〉
田村素秀［たむらそしゅう］

渓谷の蒼き底より雉子の声
理髪師の剃刀頬に目借り時
夜市の灯消えゐるよりの夏星座
古本にゆきずりの縁太宰の忌
異国へと尾灯瞬く星月夜
丸き背に北風いなす川渡し
むささびや星を抱へて渓渡る

〈鴻〉
田邑利宏［たむらとしひろ］

春なれやイェスタディの時報鳴る
マンホールの蓋に鳥の絵沼に春
聖五月蕾の多き花を買ふ
大樹巨樹こぞり岩崎邸の夏
槍投げの掛け声弾む天高し
寄席発祥の地なり円楽逝きて秋
まだ何か出来さうな気が石蕗の花

〈森の座〉
田山元雄［たやまもとを］

「縹渺」てふ友の墓碑銘鳥帰る
冬帽といへば畑に佇つ賢治
降る雪や亡き師生涯津軽弁
葉桜となりて平らな樹のこころ
黒点は春のサーファー波を待つ
木洩れ日は音のなきジャズ黒揚羽
廃校の水無きプール灼けに灼け

〈森の座〉
田山康子［たやまやすこ］

時は遁げゆくかなかなを身代はりに
もの捨てて記憶も捨つる十三夜
寒林や火花のやうに鳥飛んで
畳み皺通りに畳む紙衣かな
春愁のかたちに窪む古ソファー
とんとんと素足二階へ小津映画
図書館に文字充満すカシオペア

〈道〉
田湯　岬［たゆみさき］

きんきんの星空を行く宝船
降伏を迫る流氷沖に来て
亀鳴くやドナーカードを更新す
佐保姫の気分で離陸プロペラ機
サングラス似合ひさうなる鯉のボス
穂孕みや寒地稲作発祥地
風葬のごとく西日に棄てサイロ

〈沖〉
千田百里［ちだももり］

月光と水琴窟の密語かな
一志にて一師一詩や秋澄めり
夫を許さう栗飯が炊けたから
手編みセーター夫への愛は一度だけ
待ちて天与の雨や御降りとぞ呼ばむ
とんがつて生くるも一世鳥雲に
大暑かな鏡の奥へ人の去り

〈繪硝子〉
千葉喬子［ちばきょうこ］

水温む草に転がすランドセル
ケバブ屋に鳩の来てゐる日永かな
とどまれば焦げさう蟻の走る走る
この家と齢重ねて沙羅の花
碑名なほ階級順や敗戦忌
明日競りの牛が舐めをり草の露
先生に優しくなりて卒業す

〈りいの〉
中條睦子［ちゅうじょうむつこ］

秋澄めり何をするにも音のして
一摑み枯菊焚いて句碑を守る
日脚伸ぶ紅色すける鉋屑
天にこゑ地にこゑ雲雀野となれり
青菜木莵鳴くやゆたかに城の闇
朝靄をぬぎゆく信濃麦の秋
白足袋の小鉤きらりと更衣

〈南風〉
津川絵理子［つがわえりこ］

鳶がゐて気流の見えて秋彼岸
毒きのこ辺りの音を消しにけり
このボールひらりと奪ふ冬萌に
寒晴や貼つてはばたく送り状
スプーンに鋼の味や桃の花
初蝶やさて稽古へと立ち上がる
弁当の白飯広き立夏かな

〈花苑〉
次井義泰［つぎいよしやす］

初山河遠く戦雲来つつあり
すかんぽは酸つぱし里に親はなし
春満月円周率を学ぶ子に
異国へと動員の兵晶子の忌
墓標増ゆひまはり畑踏み躙り
異次元の出口探してゐる金魚
落伍する敗者もあらむ雁の列

〈天晴・椥〉
津久井紀代［つくいきよ］

釘一本使はぬ二百十日かな
葡萄育つ言葉をひとつづつ増やし
鳩の恋橋をいくつも渡りきて
春の庭整つてゐてつまらなし
石に触れ涼しき蝶となりにけり
椿落つ棺の上に置くごとく
杏子亡きあとの百日夕かなかな

〈豈〉
筑紫磐井［つくしばんせい］

人生を記憶と思ふさくら餅
東京で巻貝のごと生きてゆく
白いマスク・黒いマスクと睦み合ふ
血を採つてひたすら採つて木葉木菟
僕たちの大学に吹く風と違ふ
最後の息　決めをく「ほ」と思ふ
診療室前で生死を語り合ふ

〈鷹〉
辻内京子［つじうちきょうこ］

花束のリボンが解け夕永し
曇天に煙ひとすぢ春眠し
薫風や山中にゐて山忘る
夜の雲沖へ流るるキャンプかな
早稲を刈る青き匂ひや母の郷
カバー外せば岩波文庫冬深し
冬ざれや祈りのごとく火を囲み

〈栴檀・晨〉
辻　恵美子［つじえみこ］

玄関にかはほりの子や夏の朝
中山道木を伐つて秋拡げたり
ふらここの子のはたたけり雁渡
秋天や神の誘ふ盲導犬
三人と猫が一匹月を待つ
二上山の竜の玉なりたなごころ
寒鯉の青銅帯びてゐたりけり

〈円虹・ホトトギス〉
辻　桂湖［つじけいこ］

待つといふ心豊かに飛花落花
満ち満ちて実家のごとき植田かな
フィボナッチ数列背負ふ蝸牛
蔦茂る埋蔵金は謎のまま
朝沙羅の白より羽音飛び立てり
朝顔市曲がれば古き提灯屋
作品の総仕上げとし硯洗ふ

〈樹氷〉
津志田　武［つしだたけし］

大寒の蒟蒻にある底力
男盛りの定年に亀鳴けり
郭公の遠くなりゆく山雨かな
噴煙のかすかに匂ふ花野かな
とんぼうの止まる少年兵の墓
男湯のとなり女湯秋の声
鴉呼ぶからすの言葉神無月

〈多磨〉
辻谷美津子［つじたにみつこ］

乗れさうな春三日月の金の舟
わが息に触れ雛芥子の花散りぬ
音たてて浜昼顔に午の雨
夏果つる人語操る鳥とゐて
秋来ぬと夫と揃ひの靴を買ふ
茶の花の蕊の金色朝が来る
栃の木の冬芽はどれも紅さして

〈円座〉
辻　まさ野［つじまさの］

雪消ゆる日ざしとなりぬ初日記
びんびんと骨にひびいて夜の咳
地下を出て海まで歩く春休
春昼の海を見てゐる異国の子
亡き母の手提げ袋にハンカチーフ
日盛りの城も茶室も遠くあり
大杉に幟吹かかる村芝居

〈暖響〉
津島　椿［つしまつばき］

何か記さねば水草が脳内に
みんなとは一人かふたり芥子坊主
吹きこぼす薬罐の麦茶広島忌
マッチ箱探すは霧の輸送船
馬の背に峰遥かなる初嵐
靴脱いで後の彼岸の端にゐる
籠ゐて増ゆＡｍａｚｏｎの段ボール

辻村麻乃［つじむらまの］〈篠〉

真つ直ぐに影飛び込む代田かな
鬼やんま棚田一枚越えてゆく
銀漢に失ふものを数へては
大氷柱誰の罪かと問ふやうに
白き羽ふはりと砂利に春隣
耕人に短き影の付き纏ふ
転校生のやうにジャズ聴く春夕暮

辻本眉峯［つじもとびほう］〈赤楊の木〉

悴みて圓生蕎麦を啜りたる
朦朧と鯰の水の温みけり
裏返る声を尽して亀鳴ける
近江のや空は朧の雲母刷り
春暑し俳句は句会あればこそ
耳を剃り顎下を撫で秋立つ日
漱石忌子規に遅れし十四年

津髙里永子［つたかりえこ］〈小熊座・すめらき・墨 BOKU〉

丸ければたましひ強し蠅生る
天道虫つるむ互ひの星を割り
仮住まひさせていただき二重虹
無病息災はなればなれに月を観て
めくるめく電子楽譜や悴めり
外に積む雪かまくらを明るうす
秘め事の花びら餅となりにけり

土屋実六［つちやみろく］〈草の花〉

げんげ田より王女となりて帰り来ぬ
狛犬の阿吽に果つる夜店の灯
裁判に父また負けぬ金魚玉
貝殻のらせんの底にある秋意
コスモスは揺るる花なり郵便来
軍手して石焼芋を買ひにゆく
太筆の墨にふくらむ淑気かな

〈りいの〉
綱川恵子［つなかわけいこ］

赤鬼の大き臍より春立てり
仰向けに転びて眺む冬青空
竜天に登りやどり木毬となる
蝙蝠が部屋に居たとはつゆ知らず
衣被ぎ笊山盛りの昼餉かな
初ひぐらし聞くや身ほとり透明に
土笛の穴の手ざはり年詰る

〈やまぐに〉
恒藤滋生［つねふじしげお］

悪しき声突き刺している冬木の芽
鶏頭や家からの逃走試み
騒ぐ声聞きたく竹を伐り進む
数え日のかぞえることなく終わりけり
マニュアルを補う言葉息白し
囀を体に容れて目覚めけり
ひとびとをすどおりしたる花吹雪

〈燎〉
角田恵子［つのだけいこ］

和菓子屋の先代もゐる明の春
寒明の風のどこかに草木の香
師に会はなもうじき桜咲くからに
踏切にきて立ち止まる青田風
帰省子へ少し堅目の水加減
村里の片寄り点る暮の秋
メモ書の何か足らぬも十二月

〈清の會〉
椿　照子［つばきてるこ］

初場所の出世力士は頰かたく
春一番どつしり利根の浚渫船
言ひかけし言葉夕立に流れゆく
古民家の表札代り額の花
タラップを駆け下りて来る夏帽子
遠富士を紫紺に染むる野焼かな
鷹舞へる海の一点荒岬

〈晨〉
津森延世［つもりのぶよ］

年惜しみ何するでなく暮れにけり
初景色也良の岬に志賀島
四温かな十一面の観世音
春の日の光の家にこもりけり
蛇の衣中也の墓にそよぎけり
なんとなくま昼の髪を洗ひけり
日々眺む子規の末期の鶏頭花

〈梓・晨〉
出口紀子［でぐちのりこ］

耳を立て土鈴の兎春を待つ
水神の上社下社や梅ひらく
掻き寄せて地に還す夏落葉かな
桔梗に衣擦れほどの風の音
茨線にまだやはらかき鵙の贄
抱けばまだぬくきバゲット冬の雲
参道の低き家並や独楽を売る

〈六曜〉
出口善子［でぐちよしこ］

息抜きの息をくすぐりねこじゃらし
疫に飽き戦争に倦み柊挿す
蛇穴を出でしゃ闇の腥き
水を噴く線状降水下のプール
生涯や彦星いくつ遣り過ごし
カウンターの端は定席體落とし
釣瓶落し指名手配の貌から昏れ

〈泉の会〉
勅使川原明美［てしがわらあけみ］

無造作に活ける野の花ジャムのびん
芒凪ぐ船頭ゆるりと水棹さす
細き枝の青に溶け込む初御空
左下の辞書のふくれや受験生
花筏踏み出す一歩に迷ひなし
赤城山《あかぎ》まで青麦のなみ途切れなく
音のない雨受け容れて山法師

〈玉藻〉
寺川芙由［てらかわふゆう］

春時雨音なき音を肌に受け
海苔篊に日の斑の跳ねて三番瀬
万緑の狭間はざまにある生活《たっき》
エレベーター六基駆使する盆休み
等伯の筆の捌きに秋惜しむ
筧落つ水音の尖り冬はじめ
綿虫の前ぶれひとつ無く現るる

〈鏡〉
寺澤一雄［てらさわかずお］

喰積や人類八十億人に
韮切れば出る透明な韮の汁
国跨ぐ大河の岸に野火走る
アメリカは今頃深夜柘榴捥ぐ
くさはらの記憶は露に濡れる靴
農協に蓮根部あり蓮根掘る
着膨れの一枚を脱ぐ抜かりなし

〈駒草〉
寺島ただし［てらしまただし］

芒若しあかき穂をまだひらかざる
縁側に上がる鶏あり柿の秋
柴漬を出てまたもどる魚のあり
止まりたる貨車より落花一二片
あなどれぬ弥生の寒さありにけり
牛乗せて渡る舟あり麦の秋
子連れ鴨子を振り返ることなくて

〈閏〉
寺田幸子［てらだゆきこ］

天上と地上は隣蟬氷
かたくりの花はしづかな多面体
遠き祖は魚類か水か目借時
女下駄からんと四万六千日
夏の果光と影の鬩ぎ合ひ
明日へとねずみ花火の行きたがる
秋ともし吾も全力で返信す

〈絵空〉
土肥あき子［どいあきこ］

春の日の絵筆の水を小川から
うららかや丸で始まる絵描き歌
何にでも使ふ荒縄青嵐
めまとひの人のかたちをしてをりぬ
水音を出て涼風の出入口
秋天の落つこちてゐる水たまり
この先は海まで続く枯野かな

〈栞〉
東條恭子［とうじょうきょうこ］

花火師の走る対岸闇深し
高だかと今年の顔の大熊手
人日の一歩一歩に湖光る
鶯笛嫗の指のよく動き
寺町の音を包みて朝霞
海風の届く限りを花蜜柑
初蟬や古墳の眠り覚めやらず

〈弦〉
遠山陽子［とおやまようこ］

にやにやとにんぐわつが来る青鞋忌
吸ふ息が合図春夜の四重奏
春や母の忌母の得意のオムライス
遺作の絵無題のまゝに桐の花
いづこも辺境人類に月射して
雪催ひ本売りに行く聖橋
富士晩照さて冬支度死支度

〈オルガン〉
鴇田智哉［ときたともや］

影に差が見えてふたつの寒卵
兵だとは知らず散らばるひなあられ
人をさがしてと報じてゐる遅日
膝に骨あってひろまる山法師
化粧する人のうしろに電波塔
できごとを思ひ出すたび繭が見え
額にも滝の気配は残りけり

〈春野〉
常盤倫子［ときわりんこ］

春の夢FOUJITAの猫がミャウと鳴き
笑ひすぎ毀れてしまふチューリップ
ゐそらごと吐くは水蜜桃吸ふは
竜天に登りわたくし終活中
敬老日死んだふりでもしませうか
鬼灯を鳴らしてこの世にしかと在り
冬帽子死をなしとげし胸元に

〈馬酔木〉
徳田千鶴子［とくだちづこ］

負けん気のどんぐり拾うては投ぐる
落葉焚く忘れたきこと加へ焚く
母在さば足らざるはなし花万朶
迷ひあらば鉢の目高を目に追うて
過ちに気付きてよりの溽暑かな
ほどほどといふ怪しさや鱧の皮
たぢろがぬ心願うてしづの女忌

〈四万十・鶴〉
徳廣由喜子［とくひろゆきこ］

春光や真珠を祀る漁祠
裏山の水涌くところ朴の花
川舟の淦を汲み出す梅雨晴間
靴底の剝がれてしまふ大暑かな
甘酒を一匙入れて飯を炊く
湖に沈みし村や星月夜
遍路石銀杏落葉の中にあり

〈春月〉
戸恒東人［とつねはるひと］

碑陰読む庄司戻しの緑蔭に
山月の我に随きくる家郷かな
渾名のみ憶えし教師鳥兜
初場所や四股名めでたき龍と鵬
切符切る音のなつかし梅の駅
湖昏れて戻る孤舟や花うばら
玫瑰や海に耀ふ利尻富士

〈天頂〉
鳥羽田重直［とっぱたしげなお］

山の名はどうでもよろし時鳥
炎昼のテレビは食べてゐるばかり
捨つるものあるはあるはの冬支度
風車風が出てきて買はれけり
半分は昭和史を生きみどりの日
喪帰りのみな夕焼の空仰ぐ
青茅の輪最後の縄の結ひどころ

〈ひたち野〉
飛田伸夫［とびたのぶお］

春二番小舟の軋む舟溜り
終バスの過ぎし集落遠蛙
縁石に坐る父と子山車を待つ
桑の実を食めば貧しき日の記憶
満天の星の露天湯河鹿鳴く
兵士らを送りし社蟬時雨
山の辺を走る気動車蕎麦の花

〈や〉
戸松九里［とまつきゅうり］

徳利の口欠けてをり花曇
その女忍者の家系桔梗咲く
蚊一匹やれ殺さずにおくものか
金魚売り昭和はタイムカプセルに
原爆忌穴に落ちゆくゴルフ玉
百日紅家一軒を呑まんとす
秋の虫声する方へ耳伸びる

〈りいの〉
冨岡悦子［とみおかえつこ］

海の香のふくらむ西や三日月
月蝕の長きを寒の蜆汁
早仕舞して待ちゐたり冬満月
トネリコの黒曜石の芽立ちかな
行く春や雨と歩いて帰り来ぬ
集ひ来て朔太郎忌の黒帽子
でで虫や柵の向こうにロバの尻

〈栞〉
冨田正吉［とみたまさよし］

やることがいつぱいあつて蜜柑剝く
綿虫にだんだん近しまだ遠し
冬らしくなつてわたしも冬らしく
文旦を褒め合つてゐる夕べかな
とうさんと呼ばれて十二月八日
これ以上黄色にならぬ石蕗の花
ひと眠りして初鴨を見にゆかむ

〈草原・南柯〉
富野香衣［とみのかえ］

ぽつぺんや勝ち気な母の独り言
霾や男ばかりの人体図
おほらかに蛇行してをり雪解川
草稿の遺稿となりて花の雨
釉薬は青のさざ波夏茶碗
好きでゐること短くてソーダ水
内臓をもたぬマネキン秋の声

〈波〉
富山ゆたか［とみやまゆたか］

払暁の星の無言歌冬の山
赤々と日の没る海の寒さかな
冬の鳶日を抱かむと飛び立てり
旋回の鳶の目ぢから彼岸潮
海光をまとふ銀輪夏来る
糸とんぼの浮力支へてゐる朝日
朝顔や今日といふ日のトワエモワ

〈わわわ句会〉
豊田すずめ［とよだすずめ］

子に孫に伝へられたる祭髪
春深し子規球場は無音なり
友の無き東京下町梅一輪
あの年の竹槍訓練百日紅
徘徊も散歩のうちと秋の雲
外套の背にしのび寄る戦争
守るより攻める人生虎落笛

〈風樹〉
豊長みのる［とよながみのる］

秋夕焼西方浄土透きけらし
名月や夜船が揺らす波枕
極楽とも大阿蘇平秋ぞ澄む
月夜茸悪魔の笑ひ声がふと
厄日けふ出船の霧笛鳴りどほし
秋嶽や流星の滝さささら墜つ
北の地は天地透きけり雁渡る

〈門〉
鳥居真里子［とりいまりこ］

すみれ野に還すべき君鳥の痣
彼岸と此岸むかしよもぎに雨がふる
人形の一列八月を渡る
浮き咲きの曼珠沙華ですうしろが開く
生きてゐるものみな動く瓜の馬
狩猟月《ハンターズムーン》花らふそくはいらんかね
鶴の雨具だつたと言へ蒼き襤褸

〈風土〉
内藤　静［ないとうしづか］

腹筋を割つたる裸自慢かな
身を伸ばし身を絞りては蚯蚓鳴く
どんぐりを踏まで行かばや深大寺
水鳥百潮のままに迫りあがる
伏流の脈々として山眠る
臥龍梅たてがみの辺は苔むして
実朝の虚子のやぐらを閲し蝶

〈朱夏〉
内藤ちよみ［ないとうちよみ］

謎多き地球が好きで青き踏む
夢二の猫漱石の猫春うらら
羽抜鳥砂になるまで反戦歌
遊ぼうとマンボーがくる夏休み
手の届くところで戦鉦叩
煮凝りの端より溶ける罪と罰
冬満月から波のごとサム・テイラー

〈韻〉
永井江美子［ながいえみこ］

ふらここの怺へてゐたる日和かな
虎杖を折りつつもどる昼の家
燭の火のゆらりと五月赦されよ
水無月のをはりに摑む水の塊
笹舟に七月の水すずろなり
ひもすがら風の案山子ののつぺらぼう
らふそくのひとすぢ暮れて十二月

〈遊牧〉
長井　寛［ながいかん］

うつ伏せの利休鼠の辛夷の芽
推敲を重ねる一字笹子鳴く
夜もすがら夏蚕しぐれを聞く故山
月山に滴り俳諧に音韻
水馬円周率を抜け出せず
踊りの輪影なきひとのかげをふむ
啄木鳥の嘴より生まる十七音

〈田〉
仲　栄司［なかえいじ］

水うすく伸ばして雛の流れゆく
新緑へ父訪ふ道を探しをり
山開き父に呼ばれてゐるやうな
百発も撃ち込まれたる水鉄砲
コスモスの大きく揺れて争はず
西郷と大久保が立ちいわし雲
薄野の一人はスパイかもしれず

〈椰〉
永方裕子［ながえひろこ］

木菟鳴くと星ひとつづつ殖えてゆく
横時雨杉挽く音の止む間なし
餅焦がし母との月日ある如し
寒に入る木の影土に親しまず
しほさゐの時折とぎれ春の路地
春雷の鳴りをり沖を疾風《はやて》船
きさらぎは亡き人偲ぶ月なりけり

〈風叙音《フュージョン》〉
永岡和子［ながおかかずこ］

廃線の跡地千本花吹雪く
隠沼に踊りし蝌蚪や日射し受け
踏まるるを好む車前草遊子かな
古樹に吹く風音やさし樟若葉
落葉踏みゆく薄ら日の女坂
神さびて越後三山雪晴るる
雪国に伽藍彫刻鎮まりぬ

〈くぢら〉
中尾公彦［なかおきみひこ］

野焼火は戦の火色ウクライナ
さへづりの空低くなる低くなる
どどどどど邪気を払ひし夏太鼓
神輿舁く真中ふどしとふくらはぎ
渓流の石にぬくもる蜻蛉かな
鏡餅こころざすもの一つ持て
生姜湯を含みてをればいのちの灯

〈青海波〉
奈賀和子［なかかずこ］

大河に大橋の影水温む
受験子に先づは百点なる天気
花冷を来て万燈の中にゐる
切株は動かぬ木椅子青嵐
風鈴の青色すなはち小津映画
南蛮煙管見れば見るほど合点する
これはもう空爆としか枯蓮

〈風港〉
中川雅雪［なかがわがせつ］

青竹の節目正しく年迎ふ
雲ばかり仰ぎ春耕暮れゆけり
ほろ酔ひの二人の帰路の春の星
今日よりは植田の風の通学路
草笛の短調めきて途切れがち
星空に迎へられたり盆帰省
軍勢のごとく枯葉の転がり来

〈椰〉
中川歓子［なかがわかんこ］

秋や今朝グラスに透ける水美し
花芒凪ぎて夕べの日の淡し
翳りきて蜩の谿とよもせり
石あれば野の仏なり竹の秋
野遊の少女はなべて花挿頭す
春愁や波の奏づるレクイエム
少年はひたすら走る大夏野

〈知音〉
中川純一［なかがわじゅんいち］

嬉しさの不眠もありて明易し
蟷螂の夫恍然と齧らるる
木犀の香る七曜はじまりぬ
秋麗振らねば止まる腕時計
冬に入るクロワッサンがほろと裂け
白鳥を彫り起したる朝日かな
屈託も忖度もなく蠅生まる

〈牧・平・群青〉
仲　寒蟬［なかかんせん］

月に住む時代それでも白子干
わが手前にて引き返す扇風機
出目金の赤は黒より不幸せ
隣国を侵して何の豊の秋
海を見に来いと友より蜜柑箱
鯨みな戦争のこと知つてをり
寒林を抜け定年といふ景色

〈樹〉
長久保郁子［ながくぼいくこ］

捨てられぬ物にかこまれ春惜しむ
兄弟の記憶まちまち柏餅
麦藁帽降車ボタンを押したがり
少しだけ秋が来てゐる草の道
冷やかや重き扉を身で押して
実むらさきひと粒づつが恋の歌
鳥渡る一篇の詩を空に描き

〈春野・晨〉
ながさく清江［ながさくきよえ］

地より沸く水のきらめき花山葵
余生なほ滾るものあり新樹光
風薫る開脚前屈しなやかに
おもかげと歩む花野の夕まぐれ
日の匂ひ残して暮るる落葉みち
手を上げるのみの挨拶冬うらら
日向より日陰清しく梅香る

〈四万十〉
中沢孝子［なかざわたかこ］

ヘリポートとなりし校庭花吹雪
初燕里は集団検診日
幸せと思へる朝半夏生
ここよりは我が住む里よ合歓の花
ふるさとの大和は遠し鰯雲
哀しさは一入白の彼岸花
一人居の一人の良さや菊日和

〈門〉
中澤美佳［なかざわみか］

馬酔木咲く太古の塔は紐を垂れ
白魚の白尽くすまであやめたる
繭の中抱ふる脚を持て余す
金魚玉抱へて走る裏通り
ゆうとぴあ風船葛に日の差して
天の川なぞり無双の境界線
砂浜に群れて淡交冬鷗

〈やぶれ傘〉
中島和子［なかじまかずこ］

乗りこして夜のホームに秋の風
俎板に匂ひを残す実山椒
炎天に一歩前行く盲導犬
草刈の音して人の現るる
夫の里未だ知らぬこと夏の葬
ひとところ飛沫のそれて作り滝
この暑さ五位鷺おのが羽を抜く

〈閏〉
中嶋きよし［なかじまきよし］

手力をここぞと婿の鏡割
雉鳩の胸ふくらませ尾根の春
花水木手持ぶさたの警備員
望郷や風鈴の音を通話越し
噴水の穂は妖精の椅子かしら
星霜や鯊釣りし子は樹木医に
醤油の香漂ふ町や鰯引く

〈風叙音《フュージョン》〉
永嶋隆英［ながしまたかひで］

煩悩のこゑ出しつくす猫の恋
朝顔に夕べのことを聞かせをり
百代や逢瀬こがる、二つ星
稲光して天と地を結びけり
横隊の一列赤し鶏頭花
さゞんくわや木戸口せまき村の墓地
鉄路弧に青光りして寒昴

〈予感〉
中島たまな［なかじまたまな］

春の海何告げられてゐてものたり
現し身に剝落のある花の闇
つちふるやうつかりと日の在り処
山百合のひと夜の雨を鎧ふかな
夜は夜の風と光を吊るし柿
沼波の夕べしづもる冬至かな
うすうすと初夢だつたやうなもの

〈門〉
中島悠美子［なかじまゆみこ］

須佐之男の御霊を拝す遊糸かな
春月や後ろ楯とは烏滸がまし
打つて出る春の生きものとしてわれ
麦秋や鶏冠一列の飲食
それは動機の全てにあらず大花野
まじろぎの山茶花さえざえとこぼる
鍵かけて凍蝶一切のいのち

〈風土〉
中嶋陽子［なかじまようこ］

檸檬置く独りの時間灯しをり
家庭科の試験や順に林檎剝く
着膨れてマトリョーシカのやうに脱ぐ
角打ちの賑はふ谷中お正月
しやがむ子の瞳の中の蕗の薹
送辞と答辞五十歳差や桜咲く
亀鳴きにけり「青嵐」の句会報

〈残心〉
中島吉昭［なかじまよしあき］

西に土佐東に阿波や十三夜
冬の灯をひとつ点して駅眠る
冬虹やほろびしものを祀る杜
透きとほる人形の眼や夏至の雨
里人は神々の裔大根干す
ひとすぢの煙を遠み春惜しむ
川霧の山霧と逢ふ冬の朝

〈耕〉
長瀬きよ子［ながせきよこ］

理系の師に歌人俳人花の門
牡丹百暮れ残りたる薬学部
衣更へてアナログ人間替へられず
過ちはくり返へさせぬ原爆忌
胡弓の音の風となりゆく風の盆
つくつくしこゑは日暮を惜しみけり
胸元に金の小鈴を七五三

〈ろんど〉
永田圭子［ながたけいこ］

しばらくは敵味方なし春満月
なかんちゃんと呼ばれし女将雛飾る
ビッグイシュー買ふ地下出口夕焼けて
スーパームーン適塾屋根の物干台
開け放す琉球畳南吹く
立秋の座して昭和の畳の間
折鶴を解けば真四角賢治の忌

〈絵空〉
中田尚子［なかたなおこ］

魚氷に上る輪転機に号外
値引札差し替へてゆく蛸の笊
燕の子見上げて会計の途中
大鍋に湯の滾ちたる野分かな
囮守言葉短く交替す
朗報か否か近づく冬帽子
闇汁の一人が抜けてひとり来る

〈諷詠・ホトトギス〉
中谷まもる［なかたにまもる］

梅東風の学生街を抜けにけり
片栗の花にはいつも向ひ風
啓蟄の風の中なるにぎり飯
亀鳴いて隣の亀の訝む
立てて弾く二胡の調べや柳の芽
遠足といひて短き足揃ふ
今日は武者人形として桃太郎

〈青海波〉
中田英子［なかたひでこ］

若菜摘みつつ戦などもつてのほか
寅年のをみな寒九の水啜る
雪の夜やわが十代のトルストイ
百ゐればひとつは鳴かむ神の亀
蜘蛛よ吾もほとほと雨に倦みたるよ
風入るる恩師形見の限定本
秋惜しみ遊びの鐘の韻惜しむ

〈青海波〉
永田政子［ながたまさこ］

夫よりの御慶うれしくあらたまる
我の座すところのありや涅槃像
人は皆盤上の駒春愁
雛の負ふ歴史に鼻はちよつと欠け
手のしわを誉めてやりたい敬老日
分水嶺これより先は神在ぞ
面打ちの足袋にまみれし木屑かな

〈少年〉
中田麻沙子［なかだまさこ］

百寿なほ食はたのしみ薺打つ
春うらら電話口母歌ひ出す
ドナドナの牛の流し目春愁ふ
制服のまだ重たさう姫空木
百一歳母の日深紅のバラ一本
最終章母の居場所に実南天
祈るのみ戦禍のメリークリスマス

〈火神・俳句大学・秋麗〉
永田満徳［ながたみつのり］

金塊のごとき鯉来る弥生かな
飛ぶ音のずぶとき虻の来たりけり
地球よりぽろりと出づる西瓜かな
白鷺の疑問符として佇つてゐる
素顔とはかくもゆたかや生ビール
ごきぶりやいつよりこんなところにも
ナポレオンの馬の仰けぞり寒波来る

〈栞〉
長束フミ子［ながつかふみこ］

耳鳴りの日がな一日紫木蓮
唯祈るだけに八月ありにけり
撒水の孤の先端に虹立ちぬ
朝顔を見ると数へてをりにけり
諸々の草の中なる猫じやらし
コスモスの風らしきもの過ぎにけり
儘ならぬ補聴器付ける夜寒かな

中坪達哉［なかつぼたつや］〈辛夷〉

人なくば駆けたきものを花の道
あの蜥蜴昼からは塀の上をゆく
これよりは熊も行く道花さびた
流れ行く大気の音か二十日月
歩かねば野も余所余所し雁渡し
湯浴みして失せるが惜しき落葉の香
笑むことも一善なるか蕎麦湯吸ふ

中戸川由実［なかとがわゆみ］〈残心〉

長き夜のじゆごんのやうな抱き枕
聖夜更くマリオネットの羊たち
胸の子と影をひとつに初御空
朧夜のざらめとけだす紹興酒
春夕焼ビルの谷間のすみれいろ
黒揚羽よぎる古刀の飾り窓
目の開いて生後四日の夏の月

中西亮太［なかにしりょうた］〈円座・秋草・麒麟〉

いちまいに開き吊られし春著かな
七種の籠を手首に戸を引いて
善き人のあちこちにゐる花あやめ
指わたる尺蠖に冷たさのあり
雲の峰あかるき人を旅に連れ
風吹いて肩の繪日傘まはりけり
うすずみの萬といふ文字秋の霜

長沼利恵子［ながぬまりえこ］〈泉〉

羽抜鳥あげたる足を惑はせて
夫に挿す白菊のまだ固蕾
冬麗に展きて風神雷神図
冬晴れやしつかり焼いて祝ひ鯛
夫のセーター着て知らぬ街知らぬ海
天一の天麩羅熱し女正月
三人の舌の上なる桑苺

〈笹〉
中根 健［なかねけん］

古書店の奥の奥まで初明り
野仏の眦やさし花菜風
紙風船に触れつつ母のひとりごと
たまゆらの風に応ふる竹落葉
チャグチャグ馬コ六十頭の植田道
虫の夜観音の思惟深くなる
夕映えの奈良井千軒鳥渡る

〈一葦・風土〉
中根美保［なかねみほ］

青芝にクロワッサンを食みこぼす
ピラニアの昼をしづかに折り返す
秋蝶の草を蹴つたる後ろ脚
小春日の柱にふれて靴を履く
淡雪や水のかよへる竹の樋
花筵地のつめたさを誰も言はず
ひろびろとアスパラガスの枝葉かな

〈八千草〉
中野ひでほ［なかのひでほ］

鳥総松神聖極まるみどりかな
種を蒔く甲骨文字の謂れ聴き
奥入瀬の森に抱かれ一輪草
卒寿の師は理路整然やアマリリス
麦秋の風の夕づき遠浅間
処暑の径でんぐりでんぐる糞ころがし
十三夜ちらり艶めき孫の背ナ

〈濃美〉
長野美代子［ながのみよこ］

散らばりし雲掃き寄せむ今年竹
貝風鈴いづこの海の風つれて
逆光もまた良し蜻蛉透ける翅
山の影鳥の啄む霜の華
木洩れ日を拾ひて咲きぬ桜草
咲ききつて牡丹は吐息はく日暮
落暉いま火の付きさうな麦畑

〈帯〉
長浜　勤［ながはまつとむ］

初日記すこしく書棚片付けて
冬うらら町のかなめの煎餅屋
ふるさとは今も神世も山眠る
荷風忌や散歩に少し寄るところ
もらひたる水の喉ごし聖五月
とある夜の阿吽の間あり冷奴
ほのしろき昼時ありぬ郁子熟す

〈風・清の會〉
中原空扇［なかはらくうせん］

朝顔や土産と共に一筆箋
おちゃらけの下町紳士花の雲
古文書の欠字欠文夏の果
コスモスの落ち着きのない無人駅
ずんずんと空に広がる揚花火
こがらしや文字まで崩す下士への文《ふみ》
月白の風にさらわれ名役者

〈濃美〉
中原けんじ［なかはらけんじ］

涼しさや森の館といふホール
屋形船より万緑の天守閣
山裾に残るほてりや遠花火
でで虫やふれてはならぬ女身仏
秋夕べ海へとつづく塩のみち
山深く樹海さまよふ秋の蟬
霧晴れてこの世の素性あらはなる

〈草の花〉
中原山帰来［なかはらさんきらい］

昼酒のあては鰈の一夜干
潮曇りしたる江ノ島焼栄螺
腰越は卯月曇りの義経忌
峠越え雁皮の花を教へらる
潮風の境内占むる梅筵
児の両手開けば黒きとこよむし
口遊む馬賊の歌や天高し

〈青草〉
中原初雪［なかはらしょせつ］

天の川乗鞍岳を下り来たる
議事堂の門衛に来て夏の蝶
夏めくや下船の衣ひらひらと
春宵や小田急に聞く京言葉
彼岸花どれが雄蕊で雌蕊やら
ガラス戸を磨きに磨き天高し
尾瀬ヶ原霧の中から歩荷さん

〈青海波〉
長町淳子［ながまちじゅんこ］

海峡の生生流転薄暑光
ほうたるや母なる川のあのあたり
走り根を跨ぐ走り根滴れり
青嵐フライト決まる最終便
口上も艶なる男夏芝居
海門の波昂ぶれり処暑の秋
舞ふにあらずはらはらはらと竹落葉

〈予感〉
仲村青彦［なかむらあおひこ］

さくら散るその奥ひそと滝落つる
在りし日の突堤見ゆる遅日かな
東経一四〇度春の鳶流る
電話つながれば満天盆の星
世阿弥忌の潮騒ちかき新松子
身に入むや白河古関ねぢれ藤
一掬の秋陽ちからに人恋ふる

〈鶴〉
中村阿弥［なかむらあみ］

武蔵野の秋の初かぜ独歩みち
前山に風立ちし日の帰燕かな
彳亍と田鴫が餌をねらひをり
初山河祇園恋しと鳴く雀
ぽつぺんを月の兎へ吹きにけり
大足の波郷思へば地虫出づ
父母の春の山へとゆかれけり

〈信濃俳句通信〉
中村和代［なかむらかずよ］

緋の椿神の妬心に触れて落つ
新樹光骨の髄まで透き通る
疵を持つ翅も美学や黒揚羽
紅薔薇の憂ひは棘に溜めておく
蜘蛛の囲にかかる男の孤愁かな
爆心地風に蛇行の蟻の列
現世の番外地なり大枯野

〈稲〉
中村かりん［なかむらかりん］

深海に漂ふ夢を藤の下
出航のあとの静けさ薔薇に雨
枝豆や行きつ戻りつする話
宅配の自転車ぎしぎし赤のまま
秀麗や一重まぶたの仏たち
静かなる歓声一つ冬紅葉
ながながと寝そべる犬よ猟期果つ

〈俳句留楽舎〉
中村花梨［なかむらかりん］

留守番の犬の鳴き声春の昼
満開の桜の下の昼寝かな
夕闇や腕のあたりにもあっと蚊
江の島や二人を祝う秋の空
秋日和庭に出ている家族かな
猫の髭からからからからと落葉かな
九十の母の布団の寝相かな

〈予感〉
中村香子［なかむらこうこ］

秋寂ぶや古歌碑に偲ぶ関の跡
銀河長し奥のほそ道辿り来て
百歳の骨拾ひけり冬薔薇
花の香や一族揃ふ十年祭
失なひし子の誕生日五月来る
復活祭愛しき人の転生を
一筋の道あるばかり杜若

中村幸子〔なかむらさちこ〕〈貂・枻・棒〉

苗木にも一花つけたり冬桜
川音の日陰に逸る寒さかな
蔵元の田の深々と起こしあり
差し潮の大川にほふ花疲れ
壮齢にかかりて父似雉啼けり
かき氷傘寿過ぎしを笑ひ合ひ
長生きも母似のひとつ茄子の花

中村十朗〔なかむらじゅうろう〕〈や〉

駆け出して風と野遊びしていたり
螢見し夜は家まで草匂う
本郷は学生の街夜の秋
昭和遠く台風の名に女性の名
秋澄むや河川が海となる辺り
秋の浜に長歌を唱和反歌待つ
管楽器夜長の店に光りけり

中村鈴子〔なかむらすずこ〕〈門・帯〉

角打ちのをんな羨しき寒暮
アザーンの如く朝告ぐ寒鴉
牡丹雪地につくまでの色であり
花辛夷かくも細まる塩の道
地は喧騒いさらいさらに花筏
盆過ぎの浪音吾を叱りけり
死者よりも生者なつかし秋彼岸

中村世都〔なかむらせつ〕〈鴻〉

煮炊きみな目分量なり柿日和
少年の声なら届く秋の空
夜よりも昏き夕暮れ干大根
破魔矢受くとき金銀の鈴ちりと
春の月遊子のやうにポストまで
なめくぢり星降る夜は水になる
五月闇予言のやうに鳩が鳴く

〈八千草〉
中村智子［なかむらともこ］

黄鶯睍睆今朝は甘めの卵焼
北窓開く主なき部屋の深閑
天空の二万フィートに冷茶飲む
八体の龍神秋の水吐けり
蒼穹の山辺の里の柿花火
伝言ゲームささめく声や花八手
天心の満月うごく去年今年

〈くぢら〉
中村能乃子［なかむらののこ］

夕涼やキッチンで読む俵万智
鼓門の大き捻れに黄雀風
月涼しワイングラスの中の渦
薄墨の雲を衣に今日の月
福耳の耳朶に少しの小春風
後戻りできぬ性分空つ風
手袋をはづし繋ぐ手左の手

〈暦日〉
中村姫路［なかむらひめじ］

村中の眠るやうなり霧しぐれ
緬羊の声つれ啼きし山眠る
日を返す東京ドーム鳥帰る
初桜先づよろこぶは何の鳥
凌霄の花に微塵の翳りなし
外へ一歩炎昼の街揺らぎだす
秋風や芝生を守る痩せ男

〈晨〉
中村雅樹［なかむらまさき］

春の雪巫女が箒を使ひをり
芹の水社の内を流れけり
みづうみを出でゆく水の朧かな
蕨摘むこれより高き山はなく
つやつやの茄子の蔕の痕白し
そこばくの松根からげ盆の家
舞殿に潮の冷えのありにけり

〈深海〉
中村正幸［なかむらまさゆき］

円空の鉈跡涼しくありにけり
万緑の揺れて一つの息となる
一滴に一山の色滴りぬ
風にみなたてがみのある夏野かな
母船てふ母の日傘の影が待つ
死を運ぶものの無言や蟻の列
湿りたるチョークで梅雨と書きにけり

〈風土〉
中村洋子［なかむらようこ］

一献を交はす「獺祭」衣被
鳥渡る小さき群れを増やしつつ
芭蕉忌の名残の雨の膳所にをり
風止みて冬木は影を正しけり
大群の端より鴨のめくれ発つ
杉玉の蒼さに積もる春の雪
早春や画布を飛び出す馬の足

〈今日の花〉
中村玲子［なかむられいこ］

初春や装ふ母を見て嬉し
草の香もほのかに混じり春の風
春立つや老人の弾く駅ピアノ
新しき傘は花柄梅雨に入る
帰省子にカレーの匂ふ厨かな
名月が昇り町音しづもれり
ほこほこと土盛り上がり霜柱

〈道〉
中森千尋［なかもりちひろ］

稲架木いま鉄の棒なる学校田
神苑の日ごと色増す神の留守
起き抜けに雪嵩計る夫の靴
縦横に獣の跡や樹氷林
木の根明く思想異なる二人展
春の戸を引けば鈴なる山家かな
退職の夫は饒舌揚雲雀

〈ときめきの会〉
中山絢子［なかやまあやこ］

切株の指定席あり花は葉に
昭和からつかひ込みたる素足かな
鰯雲若き板前刃物とぐ
掛軸に合はせて活ける草の花
菊人形袖の下から水もらふ
冬近し信濃は風の吹くところ
シルバーカー押して小春の美容院

〈百鳥・晨〉
中山世一［なかやませいいち］

馬体より湯気立ちてをり春の山
きらきらと芹の水面や畳掃く
青胡桃齧りて舌のしびれたる
海未だ知らぬ木曾の子青くるみ
巨大なる毛虫に蟻の噛みつきぬ
家裏を通る都電や金魚玉
炎天や熔岩を這ふ草の蔓

〈帆〉
名小路明之［なこうじあきゆき］

赤富士の一糸まとはぬ日の出かな
十二万年ぶりの猛暑や地球沸騰
堂々と女性の夏のまだつづく
迷惑な電話のニュース溽暑なり
夏草や山河の傷をおほひけり
巌松《がんしょう》の夏の潮騒六角堂
ひまはりに見つめかへさる里の畑

〈信濃俳句通信〉
奈都薫子［なつかおるこ］

あぜ焼きや煙にこもる地の願ひ
音の無き調べ奏でし花吹雪
郭公や揃ひの帽子かけ抜ける
コスモスの通せんぼする雨上がり
蚯蚓鳴く地球のゆがみ訴へて
芒原山瑞の影の濃くなりて
古日記呪文をかけて閉ぢにけり

〈朱夏句会・豈・天晴・青山俳句工場05〉
なつはづき［なつはづき］

駅へ急く喪服にしがみつく残暑
どの骨が鳴れば花野に辿り着く
命少し鉄の匂いのする月夜
電話切る氷柱は不揃いに伸びて
沈丁花思い出すときふと猫背
片恋の導火線めく洗い髪
大蛸のずるずるずるとRe：が八個

〈あかり〉
名取里美［なとりさとみ］

引越の荷の水仙のひらきけり
死はいつも隣に水の温みけり
拍手や森の芽吹に届くまで
日の本の花ひらきゆく別れかな
花も葉も海へ飛びたつ青嵐
終刊号手に風鈴の鳴りやまず
曼珠沙華つぎつぎひらく父危篤

〈鴻〉
並河裕子［なみかわゆうこ］

つばくらめ更地が徐々に家となり
突き指の疼きて春の水の音
白靴の母来てバスの遠ざかる
ポケットの鍵の躍りて小春かな
褒めらるることには慣れず草の花
終演の人のあふれて息白し
外出のブローチひとつ白セーター

〈多磨〉
行方えみ子［なめかたえみこ］

ためらはず十年日記買ひにけり
春の宵漢字パズルにはまりをり
夫逝きて早や七年の花の雨
水無月の秋田へ帰る友送る
夫と子に語るその語や星月夜
秋灯下母の日記を読み返し
手放せぬ母の手編のマフラーは

〈知音〉

行方克巳［なめかたかつみ］

夏の惨劇おまへらはみな外来種
一つ穴の貉と思ふ涼しさよ
あめんぼの五体投地の水固く
月光のしみみに烏瓜の花
死ぬ遊びおしろいばなの化粧して
鳥帰る新宿の眼はまばたかず
馬肥ゆる贅肉われはたのみけり

〈杉・西北の森〉

滑志田流牧［なめしだるぼく］

草長けし牧舎傾く蝦夷の村
海峡の遥かを梅雨の烟りゐる
病葉や波音しげき土壙群
沈船の時の流れを黄鶺鴒
はなますの齢のごとく凋み行く
夏の湯にしたり顔して猿の群
息はづむ詩の貧困や夏競馬

〈りいの・万象〉

成瀬真紀子［なるせまきこ］

なんにでもなる棒切れや山笑ふ
立山の水に泡吹く種袋
肺の奥青くして摘む青山椒
傘すぼむやうに野分の烏かな
立山に朝の光芒白鳥来
線丸き蕪村の俳画冬ぬくし
チューニングのラ音拡がる春隣

成海友子［なるみともこ］

白鳥が混み合つてゐる朝の湖
立春や四人の巫女の舞姿
手作りの土の肌の雛飾る
縮緬波春の日差しを散らしけり
捩花を回し下より眺めゐる
片陰の坂道上るベビーカー
浜に立つ白き鳥居や秋の暮

〈日矢余光句会〉
新堀邦司［にいほりくにじ］

燭ともし待降節のミサ守る
床上げの便り届くや日脚伸ぶ
相聞の男峰女峰や青筑波
父の日のワイングラスはエルサイズ
み仏は涼しくおはす水の上
ミニ向日葵咲かせて独り暮らしかな
金秋や見よ六甲の晴れ姿

〈ひまわり・棒〉
新井義典［にいよしのり］

春の雲彼は故郷へ帰ったと
ぶつくさと独り言言う花の下
家族みな一言申す花菜漬
端居して世間と縁を切るつもり
引籠り外に鬼百合咲いている
冬至粥まずは一息吹きかけて
ぽこぽこと忘れる悩み日向ぼこ

〈ひまわり・棒〉
西池冬扇［にしいけとうせん］

花は葉にそして毛虫は地上まで
水の輪に雨雨の輪にあめんぼう
その老人耳が大きく麦藁帽
雨ぽつりついで落ちくる栗の花
シャインマスカット一粒だけでありにけり
霜の朝鴉が石を落としけり
星凍てて燃えさし燐寸幾本も

〈ひまわり・棒〉
西池みどり［にしいけみどり］

はりまや橋渡り直して初写真
夏みかん一つを八倉比売神社
焼いてなお山女の班の淡い赤
つちぐもりサンドバッグを打ってみる
海桐咲く島の小さな水族館
逃げ水に向かいアクセル踏んでゆく
青ぶどう三段積みの蜂巣箱

〈岳〉
西澤日出樹［にしざわひでき］

神々の深呼吸とは春の風
黎明期さあ声明を囀を
若葉にも成長痛のありにけり
秋の野は溜息よりも深呼吸
湯ざめせる暇のなかり兵士たち
Sakamotoの弾きしピアノのクリスマス
太陽の塔のうらがは冬の月

〈花苑〉
西田文代［にしだふみよ］

春兆す歩幅ぐわんと広ごりぬ
アーケード途切れて春の雨くぐる
矢車の夜はさびしき音立てり
時の日や狩の暮らしの原住民
下校児のソーリャソーリャ暮の秋
修験道の鎖あらはに冬の瀧
出突つ張りのマリアとヨセフ聖夜劇

〈多磨〉
西田眞希子［にしだまきこ］

雛祭幾つになれどほのぼのす
チューリップの赤ばかりなり咲き揃ひ
袖捲り上げて二の腕薄暑かな
この暑さ打ち払へども払へども
穏やかな日が続きをり稲の花
柿はたわわにこの道ゆけば法隆寺
三輪山を正面に据ゑ初景色

〈鴻〉
西野桂子［にしのけいこ］

手捻りの器の歪み十三夜
戸惑ひの空あり後の更衣
雪吊の中の日溜り波郷の忌
獏の耳ぴくりと春の遠からじ
歳月の色の淡墨桜かな
古びたるトーテムポール厄日過ぐ
曼珠沙華万を灯して寂しかり

〈香雨〉
西宮　舞［にしみやまい］

八月の無傷の空をよぎるもの
人去りて夜風を通す茅の輪かな
苔むせる石山の石雁渡し
足もとの闇の濃淡虫しぐれ
冬霧や月のごとくに日の浮かみ
ほたほたと花産み落とす椿の木
空蟬や還らざるもの待ちつづけ

〈知音〉
西村和子［にしむらかずこ］

負けつぷり潔きかな初相撲
練るほどに白味噌艶治小正月
こののちの四温をたのみ旅仕度
花朧放歌高吟誰そや彼
酔眼を凝らせば消ゆる螢かな
濃龍胆剪るや手を切る山の水
退屈も湯治のうちや法師蟬

〈麒麟・古志〉
西村麒麟［にしむらきりん］

初鏡一句欲してゐたりけり
耳よりも高きところへ木偶回し
へうたんやあちこち凹みながら枯れ
白椿あなたあなたと話しかけ
佐保姫の触つて行きし猫の顎
ゆく春のこれは重たき海老フライ
夏蝶や再び雨の中を抜け

〈雉・晨〉
二宮英子［にのみやえいこ］

背伸びして鶏頭の種採りにけり
川岸に貝煮る暮し枇杷の花
焚付けの粗朶を拾ひに春の山
陰干しの種芋広げ蔵の前
炎天を喪服の人の急ぎ足
てのひらを左右に揺すり籾蒔けり
すだ椎の花の漂ふ天水桶

〈架け橋〉
二ノ宮一雄［にのみやかずお］

飛花落花ひとは行くのか帰るのか
木の芽また幾度めぐる終の家
木々どれも風を抱きて梅雨催ふ
風鈴の風着く前に鳴り出せり
ひとり残りて汗の掌を合はせけり
秋雲へ羽ばたく草木供養塔
遥かから風吹くばかりくだら野は

〈ろんど〉
二丸中眞知［にまるなかまち］

教室の椅子の軋みや大試験
残雪の庭に一筋けもの跡
喜寿の姉古希の妹ひな祭
天翔ける雪形騎士の蹄音
子の小さき日傘くるくる母に風
戦地より命名「正子」届きし夏
教卓の傷跡深く夏終る

〈樹・樹氷〉
丹羽真一［にわしんいち］

八月のかほして爺の樹が語る
流れつつ雲育ちをり種茄子
庭に卓あり禅寺丸置かれあり
小春日や名の無き坂に汽笛して
夏安居の閑かさに踏む石畳
裏庭に青水無月の東山
嫗とて御輿担ぎの髪を結ふ

〈やぶれ傘〉
貫井照子［ぬくいてるこ］

久々の墨の香を聞き書く賀状
縮緬の端切れあれこれ吊し雛
ふんじやだめお空の色のいぬふぐり
新緑にそまるガラスのレストラン
草青む紙飛行機に名をつけて
グローブにびしつとボール梅雨晴間
結ひ髪に風が来てゐる川床料理

〈郭公・鹿〉
布川武男［ぬのかわたけお］

赤子とはやはらかきもの寒夕焼
木枯の橋を眩しと渡りくる
凍裂の幹まじまじと見て去る子
草かげろふやさしき母の声聞こゆ
白桃をすすれる頰に夕日落つ
春光や地を一心に駈けゆく子
雲ひとつ浮かべる道を祭りの子

〈橘〉
沼尾將之［ぬまおまさゆき］

セーターをくぐる目尻のひりと乾く
賞状の筒の鰐柄去年今年
座布団の真ン中に房春蚊飛ぶ
清明の書架に全集行き渡る
パンプスの踵の沈む蛇苺
剣道の面の横縞風死せり
爽やかや色紙の砂子墨弾き

〈稲〉
沼田布美［ぬまたふみ］

丁寧に生きてゐる日のさくらかな
鞦韆の揺れ残りたる夕日かな
新宿の夜景の淵にゐて余寒
炎昼や狂気はがねの音たてり
夏椿死は直角に来たりをり
末枯や石屋石積む石の音
幸せが背中にまはる日向ぼこ

〈圓〉
祢宜田潤市［ねぎたじゅんいち］

まほろばの海原駆ける初渡船
荒北風の海鳴り摑むとんびかな
佐久島の漁師の水揚げ赤なまこ
やぶ椿海の札所に手を合わす
きさらぎの銀色となる三河湾
湾に風鰆の刺身とコップ酒
島の母僅かばかりの畑を打つ

〈すはえ・ソフィア俳句会〉
根来久美子［ねごろくみこ］

初雷や日本列島弓なりに
垂直の街をまあるくしやぼんだま
生れし日も逝く日も白布水芭蕉
老鶯を四肢に響かせ露天の湯
夏木立ひとりで出来ぬかくれんぼ
月満つや地球の視線浴びながら
来し方に行く末に妣冬の虹

〈やぶれ傘〉
根橋宏次［ねばしこうじ］

生みたての卵に汚れ柿落葉
文旦の横にぼんたん飴の箱
十二まで数へてふくら雀田に
にはとりのこゑを近くに葱坊主
白波をあらせいとうの畑より
そこいらの草をちぎつて打つ草矢
舟虫のどこからとなく戻りくる

〈樹氷〉
ノア・北見花静［のあ・きたみかせい］

ポスターの目破れても見る秋の中
紅葉色々落つ湖の面の万華鏡
葉を落し白銀の衣《そ》に衣更へ
秋届く盲聾唖者の耳目にも
冷凍庫の中亡父《ちち》のごと待つ亡父の菓子（北見弟花逝く）
四季動くEARTH《アース》も動くSPACE《スペース》より観て
夏至の雲間主が咲かせる太陽《ひ》のCLASSIC《クラシック》

〈暖響〉
野口　清［のぐちきよし］

畑の端休み石ありいぬふぐり
手を振つて吾娘出勤す蝶が湧き
初恋のひと短夜の夢に逝き
拍手喝采浴ぶ立石寺下山して
蟖座を家族で仰ぎ旅了る
行者守る一姓一寺の葛の寺
神の意をつらぬく一生秋の虹

〈やぶれ傘〉
野口希代志［のぐちきよし］

レジ袋大を一枚豊の秋
露天風呂わきを登山者草もみぢ
草虱付けて温泉脱衣場
下駄草履きつちり揃ふお元日
もふもふのひつじ群れてる春の山
春日射し踊り場で飲む缶コーヒー
花ぐもりからくり時計正午指す

〈秀〉
野口人史［のぐちひとし］

自転車の衛士ゆるゆると御所の春
宮に灯のともり鎌倉おぼろなる
白鷺の舞ひ降りてきて谷若葉
朝曇すずめの好きな信号機
宮城野萩こぼるる蔭もはなやかに
秋の蜂柱を登り落ちにけり
澄む池の泥の起伏や寒明くる

〈夏爐〉
野崎ふみ子［のざきふみこ］

水煙にかかる昼月御開帳
この先に廃寺ありけり青き踏む
きんぽうげ白雲山を離れけり
濁りある植田を飛べり夕燕
今年竹高く仰げる柿花忌かな
堂守は村人なりし落葉掃く
双子座の星の流るる霜夜かな

〈天荒〉
野ざらし延男［のざらしのぶお］

蝸牛の渦の耳石のめまい地球が軋む
ニンゲンを吊るして醒める逆さ蜘蛛
鉄線花耳がちぎれるほどの青空
絶望って何丸焼きにされた豚の頭
うりずん南風《べー》兵器にされた画鋲とぶ
雨合羽が宇宙服になる甘蔗《きび》倒し
ゴーストタウン迷彩服とマスク征く

〈青垣・平〉
野島正則［のじまさのり］

真田紐解く桐箱初点前
春近しあやとりの紐てふてふに
近すぎるうなじの白さ大花火
剝がれたる金魚の鱗まで掬ふ
飛び入りの肉屋が元気踊りの輪
全身に銀河を浴びし隠れ宿
軽井沢高原教会冬銀河

〈草笛・瑞季・季座〉
野乃かさね［ののかさね］

浮寝鳥地球の自転感じをり
花月夜百鬼夜行に加はりぬ
草の名を瀬の名を問ひつ桜餅
水筒へ百選の水樺の花
雲の峰つぎつぎに飛び込んでゆく
稲の花深々覗き込みにけり
下野の稲の初穂の鋼なす

〈沖〉
能村研三［のむらけんぞう］

一万歩歩けるうちに木の芽風
十薬を刈るか刈らぬか訃が来たり
表裏分からぬままに海鼠突く
雨の日は雨の歩幅や蓼の花
槍投げの力が声に雁渡し
眼力の及ぶかぎりを雁の棹
年の夜の余りし墨を地に吸はせ

〈四万十〉
野村里史［のむらさとし］

見送るも去り行くもまた春の人
舟歌に送られ春の鰹船
春眠の狸寝入りのタヌキかな
半欠けの土用太郎の月の出づ
雲の峰カランとオンザロックかな
土佐なれやほたれ鰯のわたを食ふ
北山に雨のきざしや枇杷の花

萩野明子〔はぎのあきこ〕〈棒・不退座〉

盆梅をほめられてもう一度見る
黄砂降る眉毛しっかり描き足して
雪の下咲いて朝から晴れている
糸瓜忌の空が青くてパンを買う
教室に入るでもなく赤とんぼ
石蔵を右に曲がれば空っ風
新宿は寒九の雨よバスが出る

萩原敏夫（渓人）〔はぎわらとしお（けいと）〕〈やぶれ傘〉

五世紀半ばの鉄剣を見る稲光
水門を開けたるままに初日の出
枯野行くところどころの獣道
ひもすがら水は海へと猫柳
ポケットの多きズボンや青き踏む
巻貝と小魚見せる素足の子
自販機に十円足りぬ梅雨晴間

萩原敏子〔はぎわらとしこ〕〈野火〉

囀や白い花咲く大きな木
新緑や熊野古道の目張り鮨
息すると眼鏡の曇る薔薇の雨
秋口の卵の殻の硬さかな
百歳に手の届く母梨を剥く
今朝晴れて庭のバケツの初氷
風花や丘となりたる王の墓

〈梓〉
萩原康吉［はぎわらやすよし］

冴返る二羽の山鳩ひとつ枝に
蕗の葉のまだやはらかき雨の音
蟻弾く思ひ出すことありながら
躓いてからの巻き返し天高し
川霧にまなこ濡らして登校子
小鳥眠り妻も眠れり霜のこゑ
竹林の奥も大年人住む灯

〈emotional〉
漠　夢道［ばくむどう］

誰もいぬ部屋から黒い影などは
明日には崩れる崖か崖もある
わたくしに似ている男午前午後
どうしても鳥にはなれぬなりきれぬ
戦争を選んでしまった人類は
一度だけ見ている男の貌ならば
アリバイは曲がりたる釘一本の箸

〈燎〉
架谷雪乃［はさたにゆきの］

娘の活けし小さな時空実万両
水温むひらがな辿るやうに鯉
花朧花咲ぢいの見え隠れ
流星群青き地球のシンフォニー
駅ピアノのベートーヴェンや台風来
復興の禅の揮毫や能登小春
冬の川蛇行する度音色変へ

〈ホトトギス・勾玉〉
橋田憲明［はしだけんめい］

月花にあくがれ生きて西行忌
冬耕の休めば音のなくなりぬ
ゆるぎなき水重なれる寒の鯉
まつ直ぐに来る日の届きいぬふぐり
車前草《おおばこ》の花に大師の道つづく
切れ太きことがもてなし初鰹
衛兵の朝《バッキンガム宮殿》の交替薔薇の門

〈春月〉
橋　達三［はしたつぞう］

うぐいすの声に釣人目線上げ
揚雲雀遠くに小さき富士浮かび
沼尻の風に和みて残る鴨
長靴のぬめりゆく畦蝌蚪の紐
初蝶来濁れる川をきらめかせ
日を焦がし唸りて空へ昼の虻
蛇出でてすぐ大将と呼ばれけり

〈暦日〉
蓮實淳夫［はすみあつお］

初旅と決めて半日徘徊す
甚六を誇り元旦取り仕切る
買初に心の修正液加ふ
口笛に応ふ口笛山笑ふ
滑走路跡の開拓麦青む
村は色ゆたかに変へて落し水
師の訃報受く身に釣瓶落しかな

〈春月〉
長谷川耿人［はせがわこうじん］

鯉の餌は風呼ぶ軽さ春うれひ
車椅子押せば菜の花蝶と化し
やはらかに降る日差ごと袋掛
出航のあとをほのかに夜光虫
魂めくや腐草螢となりてより
鮮血は口へ継子の尻ぬぐひ
まどろみをさそふ風あり雪迎

〈雷鳥〉
長谷川暢之［はせがわのぶゆき］

春炬燵胡獱も呆れる体たらく
遠国のいくさはらはら春落葉
爆笑へひまわりの苗精進せよ
己がでにかこつ面相梅雨暮し
そういえば秋蟬のいつ消えませり
いのちぎり厨に青き飛蝗かな
正月は肉上等の日なりけり

〈わかば〉
長谷川槙子［はせがわまきこ］

立春の空より戻る観覧車
天道虫空など知らぬふりをして
朝市の通路迷はず夏つばめ
水打つて鉄の匂へる小路かな
大島を小さくしたる土用浪
捕虫網の二つを追へる母若し
江の島の奥に富士立つ良夜かな

〈暖響・雲出句会〉
長谷川康子［はせがわやすこ］

噴水のしゆんと止まれば児も止まる
風雨して伏しし水仙香りをり
読み返へし読み返へす文雪の夜
音たてて飛雪一陣陽の中へ
あの人も葱買うてをり油揚も
「わつたしだよ」マスクずらして無二の知己
松ぼつくり下枝に跳ねて落ち直す

〈湾〉
籏先四十三［はたさきしとみ］

風の脚止まりて坂の街残暑
箸といふ文化に浸たり秋刀魚焼く
うなづくは賛意のならひ後の月
野を発ちて小春日和の熱気球
手に掬ふ春の光や春の水
下萌の大地に放つ児の尿
描かれぬものも救はる涅槃絵図

〈栃の芽・岬〉
畠中草史［はたなかそうし］

手套ぬぎ大黒天の膝さする
夢覚めてなほ春愁とどこか似て
万象の一息入るる走り梅雨
夏帽子鷲摑みに手振る別れ
大灘の潮目定かに沖霧ふ
石蕗咲きて枯山水にある鼓動
港町抜けて当なき空つ風

〈燎〉
波多野　緑 ［はたのみどり］

気を持たせつつ去りにけり夕立雲
給糧艦間宮を語る終戦日
さまざまなひとさまざまなこと星月夜
竹林の万の喝采初日の出
夜桜や会ひたき人に会へさうな
屋島新緑土器は風に乗り
介護Ⅱの娘就職練雲雀

〈刈安・鏡〉
八田夕刈 ［はったゆかり］

啓蟄の少女の日向臭き髪
皿二枚水にかち合ふ醴祭
黒南風や一升瓶を暗がりへ
而して蟷螂の雌美食たり
八月の失態にぬる沃度丁幾《ヨードチンキ》
日輪に疼きどほしの蓮の骨
屏風絵の猛虎の肢が畳踏む

〈空〉
服部早苗 ［はっとりさなえ］

コロナ禍の我鬼忌や暮し整はず
水面引きしめ鯵刺の急降下
熊蟬の腹震はする発願寺
来てほしき角度には来ず扇風機
夏風邪や睡りの奥の雨の音
迂回路をゆくは旅めく一遍忌
車止めがはりの鉢や萩の花

〈草の花〉
服部　満 ［はっとりみつる］

立春や鳩は大悲の空深く
白南風や厄除け呪符の水字貝
溶岩流の上に実生の若楓
河鹿笛昭和の自炊宿の旧り
懸け造りの柱穴あり岩灼くる
禁教の地に開く句帳や秋驟雨
海沿ひの終着駅の霧に下車

〈天頂〉
波戸岡　旭［はとおかあきら］

書の上にまた書を広げ冴返る
手に取りてまた砂に置く桜貝
パソコンの他水着など旅鞄
島はいま一寸高し松の芯
田水沸く島を出られぬ少年に
詩ごころの視線に叶ふ白木槿
澄む秋の柱や三十三間堂

〈瓔 SECOND・窓の会〉
波戸辺のばら［はとべのばら］

冬青空魚眼レンズに歪ませて
雪嶺の向こうおいしいパン屋さん
花種蒔く老人になろう友よ
夢見るはプラントハンター青岬
朝曇り今日が飛び出すトースター
猫の名はしずく緑雨に濡れていた
私書箱を置くなら花野一丁目

〈凪の道〉
羽鳥つねを［はとりつねを］

うかれ猫野良にもなれず帰宅せり
滑り台春泥付けて子ら帰る
走梅雨つねの早瀬もはや濁り
夢語り理想も語り登高す
天網を外しかりがね来るを待つ
冬茜紫峰つくばの紺深む
外灯のもとに人影雪明り

〈藍〉
花谷　清［はなたにきよし］

セミコロンほどの隔り去年今年
この一輪剪らねば侘助とならず
永遠は繰り返しなり蜷の道
早送りのごとき半日虎が雨
天道虫短期記憶の飛びやすく
穏やかなオーシャンドラム木の実落つ
さしあたり地球はひとつ日向ぼこ

〈今日の花〉
花土公子［はなどきみこ］

断崖に尽きたる小径藪椿
切株に南北のあり鳥帰る
大仏様立ち上がりませ花の雲
田水張り越後の景の定まりぬ
水打ちて祇園の路地の動き出す
折鶴に八月の風吹き入るる
茎の石ことりことりと夜の底

〈鴻〉
花本智美［はなもとさとみ］

秋の夜の本屋の奥のトークショー
初旅や戯画のうさぎに会ひに行く
さみしさの兎ひたすら穴を掘る
街灯の海まで続く朧かな
薔薇園の風にも色のあるやうな
愛の言葉見つけられずに花ミモザ
秋天へふはりと代々木体育館

〈ときめきの会〉
塙　勝美［はなわかつみ］

神棚や暮らしに適ふ鏡餅
孫と選ぶわたしの遺影春炬燵
越えて来し数多の試練月おぼろ
高台のそろばん塾や夕焼雲
祭団扇ひよいと渡され輪に入りぬ
活気づく網繕ひや鰯雲
寄鍋や今宵は夫も饒舌に

〈今日の花〉
馬場眞知子［ばばまちこ］

後ろ手を真似る幼や朝寒し
息吸へば胸痛む予後十二月
春霜の朝に小石は玉となる
ふくふくと頬の出揃ふ古雛
焚き上げの雲煙高く春の果
古屋敷南国土産の夏暖簾
新幹線開かぬ車窓に青田風

土生依子［はぶよりこ］〈青芝〉

昼は子の夜は大人の半仙戯
笛の名は野風と聞いてゐる長閑
白すぎる修正液や薄暑来る
朝焼のほんのり染むる海鼠壁
黒百合の香をひとときの砦とす
川音のそこより変はる崩れ簗
月光の巻き込んでゆく波がしら

濱田彰典［はまだあきのり］〈湾〉

声高に帰心の鶴や風を待つ
春風や岳鋭角に天を突く
トロ箱に乾く鱗や晩夏光
秋澄めり神話の山を真向かひに
人去りし山頂に聴く秋の声
鵙猛る島に数多の避難港
眼裏に驛舎の記憶石蕗の花

濱地恵理子［はまちえりこ］〈栞〉

青空の下歩ききて鷽替ふる
他人の靴ばかり見てゐる暖房車
慰めの言葉かばかり冬椿
菜の花の黄の翳りなく限りなく
鰻屋も蕎麦屋も混んで桜桃忌
雨脚の裾を乱して曼珠沙華
ふで箱に溜まるクリップつづれさせ

羽村美和子［はむらみわこ］〈ペガサス・豈・連衆〉

戦場の死角へ春風連れて行く
方舟を真上に誘導揚げひばり
蔦青葉絶望的に愛がある
一面向日葵トルストイの眼を探す
鳥兜貧しい昼の月愛す
アバターは狙撃の名手夕紅葉
狼の着信履歴まだ消せない

〈風土〉

林　いづみ［はやしいづみ］

登高す峰の雲踏み風を踏み
十六夜の壺に注す水うたふかな
それぞれの最終章や寒椿
こゑ奔る巣箱造りの児童館
花影の溺るる午後の神田川
うららかや野草図鑑に栞して
黒揚羽放てり松の廊下跡

〈鬣 TATEGAMI〉

林　桂［はやしけい］

青空の深くなりつつ百日紅
あしひきの山の深きを法師蟬
点眼に潤む朝日や曼珠沙華
草虱つけて青年あらはるる
男爵も女王もゐる水の秋
赤くなる途上のコキア明かりかな
もののあはれことのあはれや九月尽く

〈信濃俳句通信〉

林　正山［はやししょうざん］

あるがままひょうひょうと去年今年
初夢や鍵のかからぬ玉手箱
終電の尾灯は闇へおぼろ月
黙祷のうなじに光る玉の汗
鬼やんますでにテープの無きゴール
戻らぬと決めしふるさと返り花
山眠るひとりの空に二羽の鳶

〈ときめきの会〉

林　三枝子［はやしみえこ］

厠にも御利益札や花の寺
放たれて花の中ゆく弓矢かな
水乗せて朽ちゆく舟や葭雀
藤村のふところに来て萩の風
大橋や九月の谷を飯田線
笠間路の懸大根や選挙カー
宇宙冴ゆ高層ビルの灯かな

〈鴻〉
林　未生［はやしみき］

書き出しはまづ牡丹雪降りしこと
出勤前に子を抱くパパの春コート
笙の音に供奉の列ゆく御田祭
住吉踊赤き菅笠とび跳ねる
びしよ濡れも楽しき夕立四阿に
一番星だけが見てゐる魂送り
山菅の花穂にかがみぬ今朝の秋

〈鹿火屋〉
原　朝子［はらあさこ］

篁の天へ降り積む蟬しぐれ
雲の秋青銅の鶴嘴を伸ぶ
寒の窓未明の月が覗きゆく
佐保姫の紡ぐ繭雲茜さす
鳥雲に父の蔵書を葬る日
鯉の尾の打つ万緑の水鏡
まくなぎに慕はるるまま丘城址

〈鹿火屋〉
原　浩一［はらこういち］

蟷螂の左右の斧の遅速かな
蟬時雨盥の水の波紋かな
鶯の声ゆらぐかな野づら積み
蛇穴を出でて裏木戸軋みをり
工事幕取れし瓦に猫の恋
異国めく砂丘の白き冬満月
地虫鳴く山雨またたく間に来たり

〈鳴〉
原田達夫［はらだたつお］

今朝の春まだしかとあるわれの影
欅の芽澎湃として色付きぬ
水を待つ耕人とする立話
低き日をかくかくと斬り蚊喰鳥
まくなぎに囲まれてゆくとある場所
夏めくやシャツはマチスの好きな色
蠟梅やさびしき日にも匂ひ立つ

〈鴻〉
原　達郎［はらたつろう］

秋しぐれ薄墨色の城下町
暮の秋雨の埠頭の艀船
日向ぼこ小野竹喬の冬日帳
一本の紐が結界梅の花
どこやらに焚火の匂ひ沼二月
へリの飛ぶうりずんの島黙の海
諸焼酎水平線に灯が一つ

〈初蝶・清の會〉
原　瞳子［はらとうこ］

眠りても怒る容の妙義山
文机の他は灯さず星月夜
美大へとペン画のやうな冬木道
黄落や石のみが知る落城史
寛解の黒髪ふさと日脚伸ぶ
新しき駅の未来図冬木の芽
凍蝶のはつかな日射し恋うてをり

〈いぶき〉
原　信次［はらのぶつぐ］

散骨はわがふるさとの春の川
紫陽花の中を江ノ電走りけり
玫瑰や沖にはいつも利尻富士
大の字に寝てゐる乳児夏座敷
ふるさとに胡弓の調べ風の盆
絵の中の虫が鳴き出す夜半の秋
長き夜や常連客のサウナ室

〈鴻〉
原　光生［はらみつお］

蜩や今日図書館は休館日
湯豆腐や長さの違ふ夫婦箸
特大の造園業者の新暦
リモートの分割画面御慶かな
初能会切戸口より火打石
夏河原散華流るる能舞台
夏帯の女消えゆく銀座線

〈閏〉
春田千歳［はるたちとせ］

滝滾る幾夜を無駄に走りしか
魂は井戸に集まる在祭
スーパードライ星の飛ぼうと飛ぶまいと
小鳥来るタップダンサーより速く
鬼房忌骨の音する朴落葉
葱太れ地球がどんなに歪んでも
啓蟄や蛇にも虫にもなる粘土

〈鳰の子〉
春名勲［はるないさお］

恋文を貰ふ当てなし落し文
地獄絵も見て六道の迎鐘
天辺と下枝を分かち松手入
片方は余呉湖に架かり時雨虹
はらからと出会ふ兄の忌冬ぬくし
うぐひすの片鳴きなれど声高に
薬日にいただく狭井のご神水

〈家・晨〉
晏梛みや子［はるなみやこ］

ジャガ芋の使ひ忘れの芽が青し
春の日の窓をきれいに拭くつもり
傍らに月を見てゐし卯浪かな
雨を聞きゐるつくねんと蛸ぶつを
干し物に三時のかげり竹の秋
雑炊を吹いてさましてゐる都合
パシオネの名ごりのふつとリハの秋

〈河〉
坂内佳禰［ばんないかね］

風鈴の鳴り継ぐ小樽堺町
わが姓もアイヌの一語星涼し
小春日や仙台駄菓子ピーヒャララ
八咫烏祀る鏡の冴え冴えと
三尺の望郷桜海鳴りす
巫女舞の鈴を間近にさくら時
母の忌を過ぎて兄の忌田植ゑ月

〈鴻〉
半谷洋子［はんやようこ］

途切れなき瀬音や合歓の花こぼる
真上より降る木犀の香なりけり
昼をまどろむ水鳥と舫船
花びらにかすかな疲れ冬牡丹
四月一日出掛けに取れる貝釦
戻りきて指輪を外す遅日かな
分蘖の田やとうすみの色こぼす

〈道〉
疋田　源［ひきたげん］

不織布を着衣の現場寒に入る
極寒のドアノブが檄始業かな
知床や流氷といふ重き蓋
連翹の有刺鉄線めく廃家
八つ切りのトマトの笑みや二日酔
背脂が旨しと男油照
炎昼に軍手を丸め水をとる

〈春耕・東京ふうが〉
蟇目良雨［ひきめりょうう］

自堕落な元朝もよし妻の死後
老残の今こそ桜吹雪浴び
駈け足で来る佐保姫の御一行
印刷機ぱたぱた稼ぐ麦の秋
妻と子は神田生まれの祭かな
雁渡し来世も妻と約しけり
刻々と夜の廻りだす鉦叩

〈あゆみ〉
日隈三夫［ひぐまみつお］

蛇密か吉兆ほのか文化の日
片想ひかひなに触れて猫じやらし
この道を選びて嬉し蠟梅花
かざぐるま走る童の得意顔
砂底の川蜷覗き過去へ旅
海遥かちがやの穂波白い砂
陽を受けて若菜一気に雨後の柘植

〈汀〉
土方公二［ひじかたこうじ］

鉄壁をなし夜蛙の鳴きつのる
なだれ込む馬の漆黒青嵐
長梅雨や濾紙にはりつく珈琲滓
少年に夕日の一顆烏瓜
心経の無の字空の字鳥渡る
暮れて着く波音の宿古暦
雪の夜は雪被くべし去来塚

〈天為〉
日原傳［ひはらつたえ］

またやつて来て白梅に佇ちつくす
子の揺らすぶらんこ鳥の揺らす花
黒南風や鍛へあげたるふくらはぎ
落蟬を揺らして蜂の喰ひやまず
陸橋にまた突堤に月の客
消しゴムを使ふ鷗外石蕗の花
草氷柱故山の水は奔りけり

〈りいの〉
檜山哲彦［ひやまてつひこ］

みどりの風みづかをる風広島忌
案山子地に全長あづけ星満天
淑気かな抛物線に羽の音
膚てんてん古木のトルソ花噴ける
縷々々々と落つる甘酒咽喉は筒
塩もみの蛸剝がしては剝がしては
七月や空つつぬけに鉄の肋

〈燎〉
日吉怜子［ひよしれいこ］

えらいこつちやは亡き師の言葉年新た
うりずんのふるさと遠し波の音
祖母とせし遺骨収集沖縄忌
軍港を巡る平和な夏の旅
ピッチャーの息子眩しき夏帽子
灯の海を渡る夜汽車や月朧
寒くはないか裸婦像の凜と立ち

〈四万十・鶴〉
平井静江［ひらいしずえ］

飛石の少しの湿り夜の秋
生国は瀬戸の浦町蘆の花
山眠る地球の疲れ癒すかに
行くたびに空気の変はる枯野道
ねぎ坊主駐在さんの捨畑
恋猫の見つめてゐたる鳩一羽
又の世も蛍がよいと言ふ蛍

〈山彦〉
平川扶久美［ひらかわふくみ］

金縷梅や山羊ばりばりと光食む
奪衣婆の掛けそこねたる春ショール
手鏡を見入る少年太宰の忌
青空は大き柩や長崎忌
ピーマンを切る貧乏神の耳ふたつ
開梛の朱玉吐き出す紅葉山
白マスク標本箱に収めたし

〈あゆみ・棒〉
平栗瑞枝［ひらぐりみずえ］

コンセントみな塞つてゐる霜夜
探梅の途中の手焼煎餅屋
春の雲ひよいと屋根屋が足を掛け
登山杖振つて最終バス止める
信号で止まるぶわーつと来る暑さ
霧襖キハ四〇のぬつと来る
出来秋のところどころに有る捨田

〈馬酔木〉
平子公一［ひらここういち］

今一度ふぐりおとしをせねばとや
古意なれど母御伝へや涅槃吹
夏旺ん肉弾のバンジージャンプ
幾億の星の弧線や望の潮
肘打ち合うて敬老の日の別れ
怪奇なる極みや盆の亡者船
地虫鳴く遠き海鳴り聞くやうや

〈予感・沖〉
平嶋共代［ひらしまともよ］

むらぎものいのちさやけしバジルの香
朝しぐれ駅舎に急ぐもう一人
塩井戸のぷくりぷくりや日脚伸ぶ
夢に見て非常口なき枯野道
木蓮の天辺咲きのはばたける
囀やからすのゑんどう立ち騒ぐ
夏霧に濡れて海恋ふ珊瑚石

〈耕〉
平戸俊文［ひらととしふみ］

雪代や流れに沿ひて人棲めり
小さきの一つ天へと春の星
子の指の辿る光年春北斗
捨ててよき命はなきと青葡萄
びんづるのギヤマンの眼や花蘇鉄
虫穴も木洩日のみち黄葉谷
糠床の底さぐる手や漱石忌

〈雛〉
平沼佐代子［ひらぬまさよこ］

違ふ世に漕ぎ出すごとく蓮見舟
秋深む小さきものに小さき影
横丁とふ呼び名なつかし冬日和
灯を明うサンタクロース来る夜は
永き日の坂の途中のルノアール
どの名札にも十薬の咲いてをり
夜の雨にふるるへて烏瓜の花

〈郭公〉
廣瀬悦哉［ひろせえつや］

明日を見にゆく冬晴の観覧車
一月一日未来から来ました
初春や媛神様も来て踊れ
光る風指が一本づつ解かれ
菩薩嶺の鼻の辺りの春の雪
走つて走つて夕焼をつかまへる
ひぐらしや月へ自転車押してゆく

〈栞〉
廣瀬ハツミ［ひろせはつみ］

眸忌や秋草の香に顔寄する
きれぎれの思ひ出つなぐ落葉道
頂の社へつづく雪の道
暖かや砂場に作る山と川
熊笹を倒し奔れる雪解川
踏切の往き返り鳴る花曇
聖五月ヒロシマよりのメッセージ

〈やぶれ傘〉
廣瀬雅男［ひろせまさお］

慶長の板碑近くに笹子鳴く
梅咲いて天神様の絵馬に風
補聴器を外し見あぐる雲雀かな
母と子がボール蹴りあふ犬ふぐり
花ひとつ付けて売らるる茄子の苗
荒川に潮の満ち干や芦茂る
鉄棒の残る廃校栗の花

〈郭公〉
廣瀬町子［ひろせまちこ］

暁の富士くれなゐに初御空
らんまんの春や樹のこゑ鳥のこゑ
産土の欅の空を鳥帰る
真ん中に御仏在はす朴の花
若者のこゑが弾んで桃を捥ぐ
まつ青な空へ自在に秋の蝶
小六月晴れて隈なき山の襞

〈四万十〉
弘田幸子［ひろたさちこ］

花を観て師を思ひをり花をみて
野火放つ一死七生あれかしと
海神の護符を祀りし鰆船
蝮酒東京の人土佐のひと
四万十川の鮎落ちはじむ鶴来ると
敗戦日入道雲をみてをりぬ
秋収め産土神に幟立て

〈花苑〉
廣見知子［ひろみともこ］

筆圧の弱き日もあり古日記
弓袋肩に春著の女学生
沐浴の嬰良く笑ふ桃の花
初夏やフォスターを弾く駅ピアノ
神輿舁く児へがんばれの塩にぎり
切りの良いところで休む松手入
死火山の裾野一面芒原

〈沖〉
広渡敬雄［ひろわたりたかお］

啓蟄のぱふんと開くプルトップ
全山の樹を私す朝の蟬
一瀑の空もろともに落ちにけり
秋彼岸すうつと土に沁みる水
ゴーヤチャンプルなるやうにしかならぬ
鷹舞うて球のごとくに山野あり
サーカスの跡地の広し冬の星

〈あくあ〉
苳　羊右子［ふきようこ］

丹の国の山やすらへり初御空
回り道して落椿踏むことに
川風に連翹の黄の踊りだす
父亡くてなほ太き梁雛の家
石ころが好きな坊ちやん入学す
射干を挿す寺町の果物屋
神域の日当たる水辺穴惑ひ

〈対岸〉
福井隆子［ふくいたかこ］

さはさはと父が掃きをり盆の道
穂絮とぶ理科の教師でありし父
鳩居堂が目の前にある夕立かな
手足より眠たくなる子昼の虫
食卓は楕円形なり鳥渡る
本めくる子の手やはらか冬日向
寝返りを打てぬ瓢のごろごろす

〈湧〉
福井信之［ふくいのぶゆき］

草陰のあれが杖塚長崎忌
叡山の見ゆる墓前や桐一葉
蕎麦の花纏向遺跡眼下にす
行く秋の明けゆく湖の小舟かな
保安帽ぬげさうにあり蜻蛉追ふ
小鳥来て静かにあける扉かな
菊さげてまほろば線の車中かな

〈沖・出航〉
福島　茂［ふくしましげる］

本棚の鎧たるカフェ開戦日
鳥籠の水枯れてゐる漱石忌
福寿草会ひたき人が会ひに来る
波音は冬の音楽日本海
左義長の鞴のやうな海の風
卒業歌二番は顔を上に向け
黒南風や縦列に行く自衛艦

〈なると〉
福島せいぎ［ふくしませいぎ］

夕立のにはかに土の匂ひせり
祖谷の鮎腸も残さず食うべけり
羊羹はとらやと決めて新茶汲む
戒名に夏の字選ぶ五月かな
六道のどこへ行くのか梅雨夕焼
百合匂ふ島を離るる柩舟
空へつづく海の紺青ヒロシマ忌

〈諷詠〉
福島津根子［ふくしまつねこ］

櫂ひとつあればと思ふ花筏
深々と更けて白藤だけの闇
十薬の白に薬草たる所以
大滝の水一枚となりて落つ
月磨くための夜風と思ひけり
虫の音の闇を育ててゐるやうに
藁沓に軋む足音だけ響く

〈雛〉
福神規子［ふくじんのりこ］

今になほ母に母性や雪もよひ
帰らなん雛に待たるる心地して
うたた寝の覚めて一人やおぼろの夜
起し絵の虫籠窓よりほの灯り
おほかみはいつも悪役唐辛子
落葉踏むいまのよはひを今生きて
丹頂に雪のにほひのありにけり

〈雨蛙〉
福田敏子［ふくだとしこ］

台風の刻々迫る夜の雨
けん二句集繙き灯火親しめり
初旅や宿の夕食魚づくし
冬ざくら山里はやも昏れてきし
水仙に時折り人の立ち止まる
前山の姿も褒めて冬座敷
凜と立ち枝差し交はす冬木かな

〈梓〉
福田　望［ふくだのぞむ］

子の口より妻の口癖麦の秋
青梨の重さ父母老いゆけり
穴といふ穴を洗へる野分かな
賞状の名にふりがなや小六月
梟やミサイル作る町工場
はるちゃんよりあたしに変はり雛まつり
プラチナのリングに歪み春の風邪

〈深海〉
福林弘子［ふくばやしひろこ］

みどり児のくるぶし太し雲の峰
独白と沈黙のあひ新茶くむ
疲れ鵜の赤き鼓動の中にあり
母を待つ耳朶に秋雨はじまりぬ
果てしなき海の青さに鯨鳴く
埋火になみなみと闇満ちてをり
寒明けてひとりの影のゆたかなる

〈暦日〉
福原実砂［ふくはらみさ］

火縄隊揃ふ堺の秋祭
秋祭がちゃがちゃがちゃと来る甲冑隊
芽柳や川舟で見る蔵の町
春光の中へ棹さす倉敷川
貝寄風や名水巡る天王寺
船遊び八百八橋くぐり抜け
遊船や天守耀ふ中之島

〈椋〉
ふけ　としこ［ふけとしこ］

オリオンを見るだけの窓開けにけり
裸木の枝背き合ふ抱きあふ
曾祖母の杖狐火を走らすか
料峭や鳶がしづかに輪を縮め
スナフキンの帽子に椿挿してやろ
撃つ真似をしただけ薔薇の崩れたる
その奥に木霊の住処したたれる

〈ホトトギス・円虹〉
藤井啓子［ふじいけいこ］

淡路島まづは蹴り上げ寒稽古
凍蝶といふ瑠璃色の塵を掃く
下萌やサラブレッドのひづめ切り
紙雛図書当番はちよつと暇
好きなだけ食べて眠つて薬の日
めだか飼ひクラス一つにまとまりし
ピッチャーの表情読めぬ西日かな

〈たまき〉
藤井なお子［ふじいなおこ］

山椒の実噛んで書棚の小暗がり
蛇穴に入る別巻の見つかつて
小でまりの花に辻褄合つてをり
神経に障る向きなる黄水仙
鉄瓶のしんしん都忘れかな
内側は雨の明るさ蝮蛇草
桐の花分水嶺はとうに過ぎ

〈山彦〉
藤井康文［ふじいやすふみ］

胎内の水の動いて梅ふふむ
椿落つこの世に折合いつけてから
つうかあの仲でぞろぞろ梅雨菌
田草取る夫婦で棚田泳ぎつつ
蛇穴に入る修羅界に見切つけ
鶴が来て点睛となる八代村
とは言えど夫唱婦随や枯蟷螂

〈やぶれ傘〉
藤井美晴［ふじいよしはる］

春雷を聞いて日暮れの駅にゐる
おぼろ夜を近づいて来るひとりごと
露の夜のラヴェルの「夜のガスパール」
月は黄色に蝙蝠が翻る
ラ・フランス歪んで香る中也の忌
手の平にガラス拭へば海に雪
北天にアンドロメダ座枯欅

〈風の道〉
藤井稜雨［ふじいりょうう］

基地前の猫に餌をやる小春かな
初景色いづこへ一日フリーパス
団子屋と目が合ひバレンタインの日
うぐひすや猫八早も五代目に
乗り継ぎの風探しをり石鹸玉
角打ちに小銭の増えて夕薄暑
地球儀を回して止めて風死せり

〈河〉
藤岡勢伊自［ふじおかせいじ］

自転車を土手に乗り捨て雲の峰
窯跡の静かな風や山葡萄
裏富士の全容見せて蛇笏の忌
焼け焦げのソースの匂ひ酉の市
冬の街黒き墓標のラブホテル
抱卵期妻の携帯電話鳴る
稜線に囲まるる街啄木忌

〈今日の花〉
藤岡美恵子［ふじおかみえこ］

山粧ふ天寿の夫の旅立ちに
淡々と諾ふ別れ秋の暮
見守られ八十路の自立明の春
七草粥すすりわが身をいとほしむ
寒月の明るき窓に追慕ふと
人恋ひて梅雨寒の夜と長電話
われにまだ成すことありや夏の月

〈耕・Kō〉
藤島咲子［ふじしまさきこ］

清明の野川や迅き魚の群
山上の城の歳月花の雲
たんぽぽの絮飛ぶ母郷水ゆたか
平和とは慈母のこころや紅牡丹
微塵子のあまたうごくや初夏の沼
水替や梅雨の鯰の持ち重み
良寛の托鉢の径夏木立

〈知音〉
藤田銀子［ふじたぎんこ］

露の世や愛憎のふと憎まさり
一景に花なき葉月吉野窓
質実のこれも土地柄年の市
鎌倉の俗気くらます花の雨
黄塵万丈国滅ぶとは思はねど
町の名の旧きを守り神輿舁く
雲水の緑雨の谷戸に消えゆきぬ

〈いぶき〉
藤田翔青［ふじたしょうせい］

春浅き五体投地の床ふるへ
師は天へ永遠に花待つ心地
師を追へど追へどさくらのふぶきたる
ひとの死をうけとめきれず花を待つ
読みかへす編集後記花の雨
藍生への最終投句花は葉に
偲ぶこころ癒えゆくこころ夏立ちぬ

〈秋麗〉
藤田直子［ふじたなおこ］

永き日の塀に触れゆく子どもかな
天よりの言づてまじる花吹雪
渓谷の水の渾身花ふぶき
さみどりの葉にさみどりの花銀杏
白墨で書くむげんだい夏至近し
棹を差すしぐさに進む踊かな
鬼決めてはじめる遊び葛の花

〈蚕の会・天晴〉
藤田裕哉［ふじたひろや］

春寒の火尻座に榾爆ぜにけり
春の土ベビーシューズの千鳥足
ケーブルカーの通過する駅夏の蝶
爽籟の糸杉映す水面かな
秋風や梁に朽ちたる千社札
白壁の街の音消す寒の雨
ジェット気流に抗う機体冬夕焼

〈群星・森の座〉
藤埜まさ志［ふじのまさし］

なづな粥青き自分に戻らねば
句も燗ももつと熱うに千空忌
海女海へ投身のごと胸抱きて
朝市のバケツに婆の桃の花
萬祝の裾に鯨や冷し酒
此岸彼岸の間は小流れ青螢
あてもなくあまた紙縒を秋の夜

〈知音〉
冨士原志奈［ふじはらしな］

もうゐない人へ夜語りヒヤシンス
四つ角を曲がれば金木犀の夜
カルデラへ降り注ぎたる星月夜
シベリアの風を離れて雁の列
鉄橋を貨車が響かせ雪催
一列の冬の灯として終電車
マフラーを巻いて話を終らせる

〈古志〉
藤　英樹［ふじひでき］

すき焼や横浜も浜なりし頃
人間を嗤うてゐたり大熊手
鴉らも食ひ飽きたるか木守柿
人の顔もう真つ暗や夕焚火
鮟鱇を吊し切りから見て食へり
大き耳遠くなれども耳袋
伊吹山蒼き空より時雨れけり

〈ひいらぎ〉
藤村たいら［ふじむらたいら］

実梅捥ぐ仄かに紅の刷きたるを
種を蒔く口伝の呪文唱へつつ
春寒や地の神てふも石ひとつ
底冷えてふ京の回廊巡る旅
寒柝の一打境の地蔵にも
かさこそは人か獣か落葉踏み
旅の宿灯を消し虫と頒つ闇

〈ひまわり〉
藤本紀子［ふじもとしこ］

予約本入り勤労感謝の日
焼芋に煙の匂いふとしたり
節分の豆炒るゆるりゆるゆると
ぽかぽかの陽気山蟻ぞろぞろと
春草をちょこっと抜いてゆきし人
こっちよりあっちが多い蛍かな
ぶつかってあっ飛び越えたあめんぼう

〈泉〉
藤本美和子［ふじもとみわこ］

春浅し濃紅の遊び紙
一艇のカヌーに映る山河かな
六月の川音を身に養はむ
ゆきあひの空あさがほの遊び蔓
天日の上にのりたる鴛鴦の沓
菰巻の松の奥なる離れ石
夕空のあをたふとしや笹子鳴く

〈鴻〉
藤原明美［ふじわらあけみ］

広島忌みづうみを靄一色に
毬栗のぽとぽと細見綾子の忌
紅葉濃し遊覧船の着く水辺
風花や茶屋街に灯の入るころ
塔頭の一寺にありし春の黙
葱坊主気掛りなこと解けゆく
梅雨の隙羊が点となる牧場

〈青草〉
二村結季［ふたむらゆき］

ひもすがら日は土にあり鶯菜
ものの芽や橋を渡れば隣町
蟻塚は掃かず八月十五日
尻餅に甘藷はなさぬ畑の子
冬ざれや遥かな松の曲りやう
寒晴や甕に守宮の丸く浮き
餅花に出しなの袖の触るるかな

〈野火〉
古木真砂子［ふるきまさこ］

春の夜の牛乳と飲む頭痛薬
大きな水輪小さな水輪春の昼
マーカーのキャップのはづれ桜桃忌
下り専用エスカレーター西日差す
自販機の水売り切れてゐる厄日
雨の日のサフランの長い蕊
金魚まで届いて冬の日差かな

〈春嶺〉
古澤宜友［ふるさわぎゆう］

萬葉の秀歌ひもとく筆始
真夜中のエレベーターにある余寒
河岸の名は江戸の名残りの花堤
方丈の円窓越しの花菖蒲
ふるさとの青水無月の山河かな
顔見世のはねて名代のにしん蕎麦
一年をつつがなく生き暦果つ

〈野火〉
古橋純子［ふるはしすみこ］

石鹸の泡の弾力一葉忌
暫くは燻つてゐるどんど焼
春昼やいくつもありてパスワード
戸籍から娘の抜けて竹の秋
徳利も猪口もガラスや冷し酒
ハイカカオチョコを一口朝ぐもり
鉄塔に夜の鳥の鳴く残暑

別所博子［べっしょひろこ］

耳鳴りの予兆今朝から神の留守
メール一通既読にならぬ夜寒
瓶底のはちみつ溶かす冬の朝
霜しづく鳥のつがひの木から木へ
木の芽山自転車は今下り坂
立ち食ひの駅蕎麦啜る登山帽
水弾く犬の身震ひ涼新た

〈りいの〉
辺野喜宝来［べのきほうらい］

汗の顔沖縄戦を語り継ぐ
慰霊道夏至の夕べの海匂ふ
冷西瓜忌日の夕餉明るくす
草笛を鳴らせぬままに島を出る
折鶴の折目美《いつく》し八月来
対馬丸へ色なき風の黙深し
学童の御霊へ処暑の歌声を

〈泉〉
星井千恵子［ほしいちえこ］

日曜の窓を開けたる鶲かな
スニーカー軽しひぐらし遠くなる
富士見えてゐる麦とろの旨かりし
冬ぬくし百会のツボをたしかめて
水温む小学校の裏手かな
松映す水の広さや暮れかねて
新茶汲む大黒さんの手許かな

〈玉藻〉**星野高士**［ほしのたかし］

噴煙に呑まれぬやうに岩燕
必需品何かと探し水見舞
箱庭の物足りなきを思ふ夕
水打つて茶房の前に古き風
秋立つや机上にインク切れのペン
活け花のどれも主役や春を待つ
城茶屋に海光届く残暑かな

〈貂〉**星野恒彦**［ほしのつねひこ］

一年中花をたやさぬ路地に春
雛段の牛車へ寄れる車椅子
藤の雨商ひ止めて久しかる
葉一つに紋それぞれの天道虫
ループ描ける揚羽蝶なりああ平和
茎に化す若き蟷螂飢ゑかかへ
鰯雲あすは団子となることも

〈玉藻〉**星野　椿**［ほしのつばき］

三寒の富士の尖りて雲寄せず
寒紅をつけて久々街歩く
山寺の鐘の余韻や春近し
書斎より出できし虚子に牡丹の芽
句碑建つる話など出て日永かな
海原に夏至の夕日の伸びてゆく
シャンパンに涼しき時の広がりぬ

〈輪〉**細川幸正**［ほそかわゆきまさ］

化粧坂のぼる老いの背秋しぐれ
雁の群れ一竿になり渡りゆく
突風に山動きたる花吹雪
薄氷を踏めば地球の音がする
新緑の山道くだる先は海
囀りを片耳に聞く朝餉かな
書を閉じて灯消したる良夜かな

〈歴路〉
細山柊子［ほそやまとうこ］

寒鯉しづか鯤となる夢見てゐるか
存外に病者声張る福は内
行く春の光に濡るる堰の水
下闇へ水音絶えざる深大寺
鶏頭や病者の不機嫌直るなき
十月や空の真青を手に掬ばむ
臘月や重く動かぬ壕の水

〈楽園〉
堀田季何［ほったきか］

彼の世から摑んで離す寒卵
それぞれの羽選る天使春待てる
実景に天使加はる春の夢
アイデンティティ春虹の出てゐるあひだ
春の波われらは嗚咽する楽器
ワクチンは肉を黙読暮の春
能面の嘲る角度花篝

〈輪〉
堀田裸花子［ほったらかし］

秋暑し閻魔に渡す袖の下
潮の香や千の風なる妻笑まふ
秋めくや初心の頃の句帳読む
老ゆるとは稚児に還へる赤のまま
蒼天や尽し尽され法師蟬
頼朝の寄進の鳥居小鳥来る
梶の葉や一病息災八十路まで

〈八千草〉
堀内由利子［ほりうちゆりこ］

ラデッキー行進曲新年の蒼穹へ
言問の団子のやわき荷風の忌
皺深き義《は》母《は》の沈黙八月来
棟梁の波打つ腹や三尺寝
白桃の五感満たすや丸かじり
満月に吠えてみたきや狼のごと
風花舞う埴輪の深き目はうつろ

〈鳳・運河〉
堀　瞳子［ほりとうこ］

花樗けぶる朔日詣かな
焔立つかたち琉球半夏咲く
洛北の雨は重たし萩の花
コスモスの風ゆるすかに戦ぎをり
八朔の書架に新書を足しにけり
花野への道の七折八折かな
棚田みな美しき曲線稲香る

堀本　吟［ほりもとぎん］

亀鳴くや底の見えないマンホール
煙茸木の椅子として待ちにけり
眼を瞠り目を瞑りつつ浮寝鳥
切妻のうだつの数を寒鴉
九条葱支援物資の隅に置く
帆の色に病歴記す葉月尽
あまり暑いと地球の棘が枯れちまう

〈蒼海〉
堀本裕樹［ほりもとゆうき］

山眺めをればのどかにやれと云ふ
おとのするはうにひかりや春の夢
永き日のときをり白亜めく海は
子に鳥に新樹にこゑや交響す
禰宜道をゆく神饌の初鰹
霧に霧つながり霧の深まりぬ
冬蜂のみづから屈葬のかたち

〈青海波〉
本城佐和［ほんじょうさわ］

皇の遠流阿波なり秋北斗
紫てふ気品光れり式部の実
遠流地の色なき風を纏ひけり
秋草の色の一束上皇碑
さ迷へる夢の覚むればつづれさせ
すめらぎの有為のおくやま秋の虹
月に雫あらば浴びむと月の道

〈獺祭〉
本田攝子［ほんだせつこ］

鐘の音の余韻にひとり去年今年
白梅や凜とありたき卒寿得て
背伸びして三社祭の渦の中
くづれむとして芍薬の白極む
八月や止まりしままの掛時計
踊る手の宵闇分けつ進みゆく
夕日浴び枯芝今を輝ける

〈閏〉
本多遊子［ほんだゆうこ］

のどかさや見本とちがふおかめそば
貝あれこれ握つてもらふ傘雨の忌
つかまつて頼りにならぬ崖の蕗
蜘蛛ゐれば蜘蛛の囲にあるうらおもて
つがるてふかなのやさしき林檎選る
人事にもあげる総務の鏡割
ほんたうは脚が自慢の雪女郎

〈ひたち野〉
眞家蕣風［まいえしゅんぷう］

若水はアルカリイオン谷深く
パラボラに漲る光福寿草
片栗の花を踏まねば行けぬ道
チューリップ日本海を明かるうす
老いてなほ美田の死守や溝浚へ
イレブンの死闘勤労感謝の日
妥協せぬ白も緑も剛の葱

前川紅楼［まえかわこうろう］

断崖に白き鳥舞ふ沖縄忌
晩年や薔薇園に来て薔薇となる
国王が来れば案山子もおじぎする
なまはげも泣くことのあり酔ひ痴れて
冬帽子わが酒癖を知つてをり
地球さへ枯らすつもりの藪枯らし
海の日の海に潜水艦浮かぶ

〈棒〉**前澤宏光**［まえざわひろみつ］

行く秋の雲のとどまる坂の上
昼過ぎて日向日陰の花八ッ手
啓蟄や鍬一本の畝進む
一湾を見下ろす丘の菫草
三月の駅や手を振る人ら来て
訪れる人の家まで夏の月
合歓咲くや夕雲故郷へと流れ

〈りいの・万象〉**前田貴美子**［まえだきみこ］

平熱の病籠りや浮寝鳥
春昼の血を採つてゆく男かな
萌ゆる野に言葉詠まうか眠らうか
気根刺す地より濃くなる五月闇
日焼して神の島より戻りし人
苦瓜の種が真つ赤よ海の騒
拝復のペン置く月も昇る頃

〈栞〉**前田陶代子**［まえだとよこ］

青蘆のまぶしき丈を振りかへる
払ひてもまとはるまくなぎの無音
ことごとく濡れてゐたりし蛍草
疲れややかまつかの赫すぎたるは
諸草の凭れ合うては枯るるなり
漂へるものの漂ふ冬の水
紅梅のさかりの冷えを持ち帰る

〈歯車〉
前田　弘［まえだひろし］

十二月八日下駄箱に下駄がない
通行人Aのまま消え年男
胴吹きの桜が妻に話しかけ
卯の花腐し乗換駅にも迷路
裏の方へお廻り下さいゼラニウム
切り株に昭和が座り夕蜩
草々と書き秋風を同封する

〈知音〉
前山真理［まえやままり］

春立つや掘削工事ピッチあげ
背伸びしてきりん見る子等あたたかし
風光るチアリーダーの力瘤
ビール売るポニーテールの声高く
石走る飛沫ふつ飛ぶ男滝かな
台風やテールランプに目を凝らし
竹林へ入りし一歩の涼しさよ

〈鴻〉
槙尾麻衣［まきおまい］

ペンギンの引越の列秋うらら
吾亦紅いつぽん挿して野のこころ
紅葉かつ散るくろぐろと座禅石
月山の頂霧が霧を呼ぶ
おでん鍋検査結果を待ちてをり
天空の青し白蓮はらはらと
沖縄忌ぽとりぽとりと沙羅の花

〈濃美〉
牧　富子［まきとみこ］

真っ新の俎板の音ねぎ刻む
大湫の杉の樹齢や寒の入
城郭の天守巨岩や麦の秋
貸し杖を秋の七草分け進む
挿秧にまざりて稗の根張り刈る
飛驒の宿干竿に吊る熊の胆
石窟に通し番号雀蜂

〈椰〉
正木　勝［まさきまさる］

朧にも山稜険し妙義山
莽莽と八十八夜の磧草
あつぱれや伸びて日射しへ今年竹
水口の水音ばかり五月闇
半夏生川の匂ひの日本橋
蚊の名残句の推敲の友として
寺訪うて秋の蚊刺さぬ寂しさよ

正木ゆう子［まさきゆうこ］

ざうざうと五百枝万葉けやき散る
息を吐くかたちに冬の欅かな
火花散る電子レンジやクリスマス
なみなみと湛ふるものを去年今年
ももいろの喪心もあれ桃の花
こちら側に居るだけのこと春霞
狼の裔なる君と青き踏む

〈鳰の子〉
政元京治［まさもときょうじ］

氏神へゴム長靴の初詣
初弘法大阪弁がまづ値切る
モノレール春の光を抜けてくる
豊満な腹の横縞初鰹
河内より望む二上《ふたかみ》山雲の峰
かなかなの細くなる声鍬洗ふ
適塾の庭のそこここ竜の玉

〈梶の葉・風土〉
間島あきら［まじまあきら］

春動く峪の奥まで動きをり
聞こえくるものを聞かむと春野かな
蒼天へ襞劃然と五月富士
苧環の声を聞かむと屈みけり
花うどや湧水の辺に鍋と釜
紫陽花の色に静けさありにけり
毒きのこぽつくり寺は観ずじまひ

〈やぶれ傘〉
増田裕司 [ますだゆうじ]

幼子の玉入れを見る古希の秋
秋鮭の皮焼直しもう一杯
孫の歯が生え変はるとや古希の冬
幼子も年長組へ古希の春
葉桜や友の訃報が朝届く
雨止みて蚯蚓をつつく尾長鳥
つくつくしの声に目覚める朝遅し

〈花苑〉
枡富玲子 [ますとみれいこ]

だんじりの灯入れ映ゆるやわが町の
ただ次の寺を念じて秋遍路
百八段大師足下に著莪の花
春日傘連絡船の遠くなり
宮崎牛の赤きグローブみどりの日
明易しカフカ「変身」読み返す
夜も更けて母の剝く桃ふくぶくし

〈鴻〉
増成栗人 [ますなりくりと]

夢十夜かまつかの朱のことさらに
騙し絵のごと墨東の花が散る
いささかの雨かたかごの花の雨
何一つ持たずに月の浦伝ひ
志賀直哉旧居に冬の蝸牛
露草のむらさきに眼を休ませる
澄みきりし源義の月篁に

〈春耕〉
升本榮子 [ますもとえいこ]

ファスナーの引けぬ卯の花腐しかな
汕頭のハンカチ膝にお見合す
つばくろや手紙を出しに湖畔まで
釘付けのいたこ小屋より雪女
二月礼者金の成る木を提げてくる
年用意女はいつも小走りに
北颪厨にはずす耳飾り

〈悠〉
増山至風［ますやましふう］

梅日和好文亭を仰ぎ見る
銅像の武将勿来の山桜
風薫る平和大塔新勝寺
青鷺の池や白水阿弥陀堂
木下闇白河関曾良句額
茫茫と蘆の渡良瀬水の音
つくづくと野口英世の古囲炉裏

〈秀〉
増山叔子［ますやまよしこ］

木も我も影の濃き日や初薬師
晴れながら風はつめたし藤の花
誰とはなく入る片蔭の打合せ
翳りても遠く明るし処暑の森
みそはぎや伊万里も奥の川岸に
鋳鮎のぬめりの強き唐津かな
陶工の墓はここより山の霧

〈鴻〉
待場陶火［まちばとうか］

座布団の干さるる籬梅の花
松蟬の声を涸らして皇紀の碑
ほととぎす陶の焚き口開け放つ
山のこと続ける覚悟百合を嗅ぐ
蜩のトレモロ家路の速くなる
同窓の住持と語る暮の秋
野を渡る蝶あり勤労感謝の日

〈青草〉
松井あき子［まついあきこ］

茶の花の垣根たどれば蔵のあり
隙間から何の蔓やら秋簾
ポン菓子の爆発音や秋の空
秋の雲ふつと離れてハート形
賀状来るリハビリ中の医院から
下萌やどこを歩けば良いのやら
草青む小さき手元に足元に

〈知音〉
松井秋尚［まついしゅうしょう］

ぽつぽつと茶の花咲かせ垣低き
臘梅の香りを覗きながら行く
先延ばしすること溜まり春隣
好きな色ばかりを摘む雛あられ
懸り藤鎌倉の山皆低き
新樹かげ息の苦しくなることも
目の高さより咲き始む立葵

〈麻〉
松浦敬親［まつうらけいしん］

立春や眠りを覚ます蛇行剣
メタセコイアの古代霞のする高さ
棄老めく雨の歩道の桜蘂
少女期や半夏が舌を出すまでは
鮎乙女から虹鱒へひとへ帯
あめんぼの接水面の影ゑくぼ
北麓を陰とし富士の山洗

〈椎〉
松浦澄江［まつうらすみえ］

春の川クレー撃つ音割込んで
椿落つ二、四、六、八椿落つ
かつて少女弓引き帰る炎天下
第三被爆国何処欧州残暑
まだ眠る男のミラー柿たわわ
墓といふ墓はまん丸時雨くる
綿虫の乗込んでくる舟着場

〈知音〉
松枝真理子［まつえだまりこ］

黒日傘たたむ素性を明かすごと
風にふと押し出されたり秋の蝶
踏切を十歩で渡り秋惜しむ
古暦にはかに心細くなり
焼いもや難しいこと考へず
手相見の人相あやし春の宵
括られしより生き生きと豆の花

〈栞〉
松岡隆子［まつおかたかこ］

残桜や霽るると思へばまた雨に
屈託を蛍袋に零しけり
篠笛の音水平に秋に入る
白鳥の湖心にあれば孤高なる
雪を来て茶房昭和の匂ひせり
雪はしづかに飴色の蓄音機
何か遠し雪降る街の灯されて

松岡ひでたか［まつおかひでたか］

正造忌合切袋に小石三つ
欠茶碗酌み合ふほどもなき濁酒
凍土を食うて谷中にとどまりぬ
渡良瀬《わたらせ》川に見ることのなき濁鮒
鉱毒の水を覆ひて蘆茂る
旧谷中村民たりし濁酒
正造生家上り框にして爐端

〈松の花〉
松尾清隆［まつおきよたか］

啓蟄の窓に向かひの家の窓
縦横に木香薔薇の花と枝
矢車のまはる双眼鏡の中
実の時期をやゝ過ぎ枇杷の葉のあを〱
盆用意してをり金物屋も花舗も
梨剝いて金色の皮ややのこる
来年のことで笑つて吾亦紅

〈松の花〉
松尾隆信［まつおたかのぶ］

終戦日不死男のやうに風呂洗ふ
白露の大きくこぼれこぼれけり
日向ぼこかのよの人はみな元気
大き手の力士やさしく豆を撒く
花一片海へと引かれゆく早さ
水つきぬけてみちのくの水芭蕉
ほそき茎つまめば重しさくらんぼ

〈橘〉
松尾紘子［まつおひろこ］

巫女舞の菖蒲かかげて奉る
篝火の焔は高く青葉吹く
少年の寡黙一つ気にソーダ水
土用芽や一歩踏み出す勇気こそ
本当のことは言へずにサングラス
凌霄の咲き昇りては昼に倦む
底紅や小児科医院閉づといふ

〈青草〉
松尾まつを［まつおまつを］

里山に迫る夕闇山法師
闇の夜の逆さ海月の宴かな
北窓を開ければ誰かそこに居り
ミュージカルはねて春宵歌舞伎町
蝌蚪の紐手操りて結ぶ契りかな
食卓に母衣の蚊帳あり大家族
禅寺の石灯籠や五月闇

〈燎〉
松田江美子［まつだえみこ］

立漕ぎで坂を登る子雲の峰
藍甕に浸す白絹秋澄める
廃校の窓にひと時秋夕焼
稚児ヶ淵覆ふばかりに鰯雲
枇杷の花香りて少し寂しき日
絵タイルのモボモガに降る花吹雪
富士山を浮かせ片瀬の夕霞

〈花鳥〉
松田純栄［まつだすみえ］

歌舞伎座の楽屋口より嫁が君
山頭火の空を探しに旅始
ストーブの焔に誰彼の生死かな
ゆるやかに雪解を満たす千曲川
にごりなき空ありにけり花辛夷
花朧彼の世見ゆとも隠るとも
客なくもバカラの鉢にさくらんぼ

〈多磨〉
松田年子［まつだとしこ］

ひとしきり風花舞ひし阿騎野かな
夫逝きてはや七年の梅蕾む
客が来て夏場所見せ場見逃せり
汗だくになり探し物見つからぬ
夕風にカーテン揺れて涼新た
阿騎野路の月夜静かに更けにけり
雨降つて宇陀の街並暮れ早し

〈浮野〉
松永浮堂［まつながふどう］

一点のみるみる鷹となりゆけり
雪片は消えゆく覚悟なくて消ゆ
いにしへを恋ふるが如き雛の目
牡丹雪水の秘色を打つて消ゆ
光芒を引きて白鳥来たるなり
秋天と遊水と相見つめ合ふ
秋涼し未来へひらく自動ドア

〈街〉
松野苑子［まつのそのこ］

猫の恋温泉街のアスファルト
我が年と同じ雛の手の白し
花冷の読めぬ草書の美しき
筋肉質の蚯蚓跳ねをり雨の中
曼殊沙華後ろ姿のなかりけり
寒雀散らばつてゐる汽笛かな
氷柱から球の生まれて落ちにけり

〈夏爐〉
松林朝蒼［まつばやしちょうそう］

志士越えし山へと煙飾焚く
相老いて花守と雲見て話す
土佐水木花終へたれば田水張る
雨の池しろがねなせり通し鴨
盆踊あり沈下橋渡りくる
一の鳥居下にて暮の市鬻ぐ
雪空を鵯一羽や紙を漉く

〈栞〉
松原ふみ子［まつばらふみこ］

夏草やどこかに地雷伏せてある
鳴き足りし軽さに飛んで秋の蟬
七曲り七坂紅葉散りやまず
色草や座に加へたき人ひとり
凩や卓にことりとマグカップ
聖夜劇天使も星も声揃へ
三寒の空を支へて熔鉱炉

〈青海波〉
松村和子［まつむらかずこ］

秋天や塔を貫く心柱
金風や檜皮の塔の大内紋
駆け抜けるカルストロード枯尾花
あたたかや牛を撫でたる掌
筒井戸を囲む朱柱笹子鳴く
梅の香やふと止んでをり越天楽
何処からとなくに水音花五倍子

〈たまき〉
松本かおる［まつもとかおる］

蓬摘む先に羽毛の吹かれをり
はこべらがたくさんあつて蔵の町
青蔦の分所にもらふ書類かな
間取り図の似たものばかり風信子
蒲の穂を過ぐ千二百年遠忌
辞書にある小さな挿絵水の秋
川底に傾きのある帰燕かな

〈八千草〉
松本紀子［まつもとのりこ］

つくしんぼ帽子忘れたわけじゃない
蚕豆をノックする返事でこぼこ
その低音割と好きかも牛蛙
しぶおんぷ寄せ一房の黒ぶどう
小玉西瓜笑っちゃうほど撫でてやる
いたずらがすぎ鰯雲つかみそう
淋しくて鈴虫を鳴かせてしまう

〈阿吽〉
松本英夫［まつもとひでお］

豆踏んでゐる立春の厠かな
幼子のむんずと摑む春の雲
帰国して水と夕日と蚕豆と
メロン切る昨日の話けふはせず
銭湯の少し熱めの九月かな
一葉落つ湖一枚を波立たす
外套の影吊さるる漱石忌

〈鳰の子〉
松本美佐子［まつもとみさこ］

秋の空明石大橋あるばかり
秋寒や馬柵に沿ひたる蹄あと
電線の無き空土手の花芒
雨音に和して鈴の音神農祭
死後といふつづきのありて久女の忌
初みくじ良かつたことにしてたたむ
うすら日や顔の冷たき梅まつり

〈羅ra〉
まねきねこ［まねきねこ］

春服に着替え転職一日目
この痣の覚え不確か花曇
ブランコの雑に降りれば雑に揺れ
でで虫や厄介事はやり過ごし
炎昼や山の豚舎の喚き声
忘却に理由など無し秋の空
行く秋の街めそめそと暮れていく

〈海原〉
マブソン青眼［まぶそんせいがん］
五七三（無垢句）

雲の峰土偶と成りて動く
目瞑ればお天道様の髑髏
目を細め月下の猫も土偶
どの石も石偶であり千曲川《ちうま》
竪穴に座る胎内の記憶
悉く山の名忘れ服喪
天広く手のひら広くアイヌ

黛 まどか［まゆずみまどか］

風光る丸の内とはなりにけり
春ゆふべ三線の音いづこより
仏桑華赤し珊瑚の野面積
秋の声父の墓よりついてきし
一筋に沈む夕日も稲の秋
ていねいに木霊を返し秋行けり
表参道たれかれに落葉舞ふ

〈や〉
麻里伊［まりい］

巻貝を潮のこぼれて二月尽
多色刷り片面チラシ春きざす
キッチンに砥石の乾き春の星
名人の高き一音まつり笛
星ともり夏の夕ぐれ整ひぬ
川底を帰り来し月ゆれやまず
百年は彼岸に早し冬の凪

〈不退座〉
まるき みさ［まるきみさ］

男雛女雛箱に納めてごきげんよう
父も子もモヒカン刈りや夏祭
雷と問答のごと犬吠える
秋近き庭に鶺鴒今朝もいる
空高くうっすらと雲バーベキュー
虫の音やころころ変る天気予報
銀杏散る日は濃く淡くきらきらと

〈阿吽〉
三浦 恭［みうらきょう］

神妙にすくと立ちたる毒茸
王道のショートケーキや冬灯
頬杖や冷たき耳に手をあてて
ゆたかなる桜の海に息を吐く
一団の黒のあかるき新社員
伸ばす手につかむ物なし啄木忌
みづうみの汀のゆれの涼しさよ

〈湧〉
三浦晴子［みうらはるこ］

春の雪ものの命に触れて解け
一月の駄菓子いろいろ春まつり
笑顔また笑顔に出会ふ花の道
子育て飴売る旧道の灯の涼し
出水禍の村の復興朴咲けり
初蟬のこゑに薄翅ある如し
蓑虫に肩を貸しやる化石句碑

〈泉〉
三上かね子［みかみかねこ］

敗戦日戻らぬ兄に掌を合はせ
炊く程もなき零余子さてどうしよう
朝露や天声人語読みすすむ
銀杏散る銀杏まつりの人の中
アクリル板越しの姉なり木の葉舞ふ
吹いてみようか遠き日の石鹸玉
遠き日の学徒動員麦を刈る

〈予感〉
三上佐智子［みかみさちこ］

白髪の師に紺の夏服相美しき
夏の月沼は夕日をとどめをり
縁側に俎板さらす残暑かな
せせらぎや惚け初めたる花芒
冬の田の轍の中の空青し
逝きし人の良きことばかり沈丁花
水の上に大枝伸ばし散る桜

〈鳴〉
三木千代［みきちよ］

人生の早さに流る夏の雲
しなやかに撓む強さを凌霄花
引き受けて汗の止まらぬ終電車
金木犀ティッシュに包みバスを待つ
炭足して初恋談議ここらまで
全体重掛け箱潰す年用意
八十路とて燃やすものあり冬木の芽

〈夕凪・銀化・里〉
水口佳子［みずぐちよしこ］

蘆の穂にこの世は傾いてをりぬ
人形にちやうどよき匣鶫鳴く
考へてをるらし裸木の瘤は
春の鳥遊び紙から扉へと
行く春の螺髪の一つづつが影
白日影ぶつかり合うて道を問ふ
黙祷のまなぶた空蟬のまなこ

〈秀・青林檎〉
水島直光［みずしまなおみつ］

降り出せばすぐ潦萩の庭
穭田に溜りし水の吹かれをり
独りしてすすれる牡蠣の酢にむせび
一福の屏風の前に出でませる
着ぶくれの膝の上なる大荷物
石一つ踏んで渡りし蜷の水
蔓物を這はせて住める簾かな

〈鴻〉
水谷はや子［みずたにはやこ］

建国日吹き寄せに盛る山のもの
住職の赤きブルゾン花の寺
昼月の白き危ふさ芥子の花
越して来し隣家に小さき鯉のぼり
風紋のわづかな起伏今朝の秋
やはらかく閉める抽斗鶫鳴く
冬木の芽ほつと赤坂宿の雨

〈オリーブ・パピルス〉
水谷由美子［みずたにゆみこ］

膝小僧のあたりが伸びて卒業す
海の日の朝のフレッシュジュースかな
細胞のむくむくしたる若葉山
緑雨きて山の根つこを膨らます
窓を打つ雨の太さよ夏来たる
牧場の一歩一歩に飛蝗とぶ
ゆつたりと風通りゆく芒原

〈梓・棒〉
水野晶子［みずのあきこ］

子は跳ねてはねて風船突きにけり
木犀やけふ北寄りの風吹いて
すぐちぎれさうな形代流しけり
稲光身体二つに切る手品
銀漢や別れはいつもじやあまたね
墓にして門扉門柱そぞろ寒
真つ当に生きて寂しや酢牡蠣食む

〈煌星〉
水野悦子［みずのえつこ］

闇少しづつ脱ぎ鴇色の大旦
かんばせに少し傷あり古雛
初蝶の風に窪みがあるらしく
拗ねし子に長き一日蟬しぐれ
稲を刈る鎌に疲れの見え始む
斎王に子の付く名前小鳥来る
湖の藍更に深めて白鳥来

〈りいの〉
水野加代［みずのかよ］

榛芽吹き木椅子に身内ぬくもりぬ
鈴虫の卵に霧を吹く五月
ありなしの風白日の稲の花
かたはらに抜け殻初蟬をあふぐ
雲あつく雲ひくく明け沼空忌
函嶺の眠るに風となる走者
うすうすと湯気左義長の焚き跡に

〈少年〉
水野幸子［みずのさちこ］

検温のナースの指のあたたかし
藤村の「初恋」めきて花林檎
菖蒲湯にころころ育つ稚児かな
窯変の壺にあぢさゐ奔放に
炎天を駱駝のごとく歩きけり
道枯れてぽつんと昼の月残る
手毬唄声も仕草もははに似て

〈海原・鬣 TATEGAMI〉
水野真由美［みずのまゆみ］

秋灯のひとつに父の気球かな
爪先をわづかに上げて水の秋
河口へと透きとほるまで枯れ尽くす
水飲んではや晩年の遠桜
柱といふ柱に触れて揚羽かな
友の訃や紙魚しろがねに走る夜
お土産の親指ピアノ草の花

〈貝の会〉
水間千鶴子［みずまちづこ］

ブティックの窓にひとひら春の雪
山羊の眸の瑠璃色バレンタインデー
春落葉して二の丸の空ひろき
木苺をグリムの森へ摘みにゆく
夕風の吹きのこしたる烏瓜
野辺の日は山へ帰りて木守柿
末枯の野へ一本の丸木橋

〈不退座〉
三瀬敬治［みせけいじ］

パン買って牛乳かって今日三日
恋猫の昨日は昨日今日は今日
冷や酒で締める一日や夏の月
扇風機首振る幅に猫がいる
秋夕日とどきて棚の砂時計
フォーカスは鷹がこちらを向いた時
火事跡のがれきにしばし夕日かな

〈萌〉
三田きえ子［みたきえこ］

また黙すふたりとなりぬ福寿草
たんぽぽの席ゆづられて野外劇
西行の忌や山中のしるべ星
花ごろも聖衣のごとくまとひけり
細滝のつくろひきかぬまで細る
水よりもひと淡くをり吾亦紅
からからと山の日が落つ一茶の忌

〈やぶれ傘〉
道林はる子［みちばやしはるこ］

海見える頂きに立ち春日傘
春時雨樹々の根方を降り残し
梯子踏む庭師の腰の蚊遣り香
赤トンボ追へば光りとなりて消え
打ち寄せる物一つなき冬の浜
実のやうに枝々にをり寒雀
寒雷や俎に鱗はりついて

〈宇宙船〉
三石政子［みついしまさこ］

遊歩道に真赤なカンナ原爆忌
秋暑しムンクの「叫び」となるわたし
故郷の濁流跡や秋日射す
甥囲みお国訛りの良夜かな
迎火や家紋提灯高々と
新盆や踊り明かすは村の衆
一族の集ふ墓苑や虫時雨

〈春月〉
三井利忠［みついとしただ］

門跡の挙措のたをやか秋海棠
榾燃えて最終バスの着きし音
寒垢離の行者褌《ふどし》をしたたらせ
香を聞けば大地の息吹蕗の薹
砺波《となみ》野の風は七色チューリップ
鉦先導《さき》の祭囃子の高調子
潮騒に三線混じりみどりの夜

〈星時計〉
緑川美世子［みどりかわみせこ］

人日の絆創膏を貼り替へる
回線の混み合つてゐる春の雪
縁側のどこかが軋む夕涼み
草の絮飛んでひなたの残りけり
阿夫利嶺へ放流されし鰯雲
しばらくは風に沿ひゆく秋の蝶
老若のはざまの世帯秋うらら

〈風土〉
南 うみを［みなみうみを］

和布刈舟尻よろよろと戻りきし
声を帆に上げて糶らるる花見鯛
磯鵯の水涌くごとく鳴きにけり
神輿ゆく晒しの腹のたぷたぷと
まろび寝は妻の習ひに秋の雨
観音の山を恃みに年木積む
雪踏んで若狭の酒を利きに来よ

〈山彦〉
三野公子［みのきみこ］

日をもらひ爆発のごと羽化の蝶
本籍は捨田となりて蝌蚪の国
いくとせの闇をほどきて時代雛
満身で泣く嬰児に新樹光
天高し歩いてをれば道になる
風花や息触れて読むエアメール
雪乗せてソーラーパネルの無表情

〈栞〉
宮尾直美［みやおなおみ］

ひよいと来て話の尽きぬ草の餅
人の世は逢うて別れてもさくら
初掘りの筍供ふ空海忌
パリー祭ひとつ覚えの恋の歌
遥かなる風の通ひ路稲の花
濡れ縁に雑布一つ原爆忌
ピカソの絵青よし夏も了りけり

〈赤楊の木〉
宮城梵史朗［みやぎぼんしろう］

この秋は行き過ぎもせで足りもせで
銀杏や師系ゆかりの寺庇
啄木忌彼の三倍は生きたるに
春日遅々さても沙翁の忌なりけり
父の忌や傘寿で食ふ笹粽
絵扇の小咄の風袖に入れ
齢読むくせも白地の余禄かな

〈猫街〉
三宅やよい [みやけやよい]

かげろうの野原無声映画みたい
半夏生駅名につく沼と池
眠られぬ耳を育てる五月闇
缶切りをたおして進む十二月
ソプラノの胸のあたりが白鳥に
湯たんぽのさざなみを聞く朔太郎
髪の毛の匂いがちがう雪まつり

〈艸〉
向田紀子 [むかいだのりこ]

松過ぎの蒸気吐きだす洗濯屋
春光や壁にレシピの早見表
薫風や横隔膜のよく動く
製麺の音の洩れくる葭簾
缶切りを知らぬ若者敗戦日
鮟鱇の捌かるる身の白さかな
故郷のないもの同士餅焦す

〈歴路〉
向田貴子 [むこうだたかこ]

もの言へば誰か傷つく白牡丹
木の芽張る未来をかき抱かむばかり
明易の出て日輪のはやも火車
三伏のこゑをひそめてめをと古る
秋惜しむ命惜しみをするやうに
遠火事を見ては急く急く生き仕舞
空也忌のしんしん更くる幾山河

〈円座〉
武藤紀子 [むとうのりこ]

さよならといふ引波やガラシャの忌
松に杖たてかけてあり土用波
ブルースの色して鵜川流れゆく
東京の青葉若葉も久し振り
ほろほろと椎の花散る橋がかり
弱法師の我の覗きし清水かな
蕗子てふ少女目つぶる春の暮

村上喜代子［むらかみきよこ］〈いには〉

さすらへど白を汚さず都鳥
一本の木でありし舟朧なり
さきながらちりながらはなひかりあふ
面影は眉のあたりに旧端午
鐘一打一打ことだま原爆忌
雲語る男とゐたり素秋かな
輪を描けば鳶はとんびに秋愉し

村上尚子［むらかみしょうこ］〈白魚火〉

ふいと来て二月礼者のよく喋る
吊橋をゆく佐保姫と手をつなぎ
覗かれて箱庭の空晴れてくる
八月大名体重計に乗つてをり
ワルツよりジルバが好きで生身魂
切売りのリボン勤労感謝の日
にはとりに残るみづかき神の留守

村上鞆彦［むらかみともひこ］〈南風〉

揺られゆく胡麻の小ごゑも秋の暮
日に飛んで小春の蝶の色見せず
春興や裸婦立像の肉付きも
目薬の光の痛き二月かな
春昼や砂落ちきりし砂時計
雨におもふ別の日の雨白つつじ
ふるへつつ溜まりゆく雨蓮広葉

村木節子［むらきせつこ］〈門〉

雷鳴や毛のない羊ばかり来る
湿原や足裏に右脳想ふ秋
産ごゑをあげさう冬の日のアンモナイト
雨粒のどれも匿名十二月
狐とべ停戦の文字頭にのせて
花の木の舌もて余す通夜あかり
花種を振る生き足らなかつたものの声

〈やぶれ傘〉
村田　武〔むらたたけし〕

夫婦して皮を剝きたる柿吊るす
亡き母にどこか似た人枇杷の花
肴にはこれあれば足る分葱ぬた
水芭蕉を玄関先に咲かす家
風薫る孫運転のハイウエイ
朝焼や共に働く掃除ロボ
昼下がり梨むきをれば妻帰る

〈雪解〉
村田　浩〔むらたひろし〕

キリコ担ぐ年に一度の帰省かな
奥能登にキリコを担ぎ夏終る
火の粉浴び闇に舞ひたる祭獅子
トンネルに寝かす秘蔵酒祭来る
塩田に白き点描波の花
牛の世話休みて海へこどもの日
炎天へ網吊り上げて繕へり

〈かつらぎ〉
村手圭子〔むらてけいこ〕

温顔に見入つてしまふ虚子忌かな
しやぼん玉吾を包むかに飛んでくる
又違ふあたり明日香の遠雉子
一ところベールなしをり作り滝
坂をだだ下りしところ滝行場
歩を移すとき薔薇の香のふと強く
句が生まれさうな気分よ落葉踏む

〈八千草〉
村松栄治〔むらまつえいじ〕

襟巻の首へ二巻きチャリのパパ
熱燗やあの早口の今は亡き
かたつむりキッチンカーでオフィス街
茅葺きのOH!NO!聞こゆ夏炉端
かなかなかな夕日の空へ加筆せり
闇に浮く首都の灯へ投ぐ夜釣人
灯火親しむべしなんて酔ひ心地

〈椎・古志〉
村松二本［むらまつにほん］

貫入に酒の染み入る月夜かな
楸邨に聞かせる虫を選びけり
語るべき己などなし冬北斗
独楽放つ紐に命を吹きこんで
青鬼も赤鬼も来よ初句会
さつきまで鳴いてをりしが田螺和
まぼろしの巷をぬけて花の山

〈郭公〉
村本　麗［むらもとれい］

轆轤ひくひとりに寒の月明り
葦芽ぐむ水やはらかく日を返し
抱卵の鷹の鋭き眼や夕映ゆる
裸婦像に闇降りてくる桜桃忌
髪束ね青きプールの端にゐる
秋風と吹かれ頬杖解かぬまま
魑魅棲むなんばんぎせる雨の中

〈雪解〉
毛利禮子［もうりれいこ］

空無限きさらぎの富士超然と
桜餅思はず長居してしまふ
風鈴屋黙つて風を聞かせをり
鹿の子の生れしばかりの息づかひ
空少し傾いてゐる秋簾
落葉掃く音集まつて来て嵩に
大声に大声返す年の市

〈鴫〉
甕　秀麿［もたいひでまろ］

乾鮭のまだ爛々と怨嗟の眼
初夢や時間に手錠かけんとす
怖いもの見たさの悔いを渦見船
ＡＩが鳥語学習夏休み
電線電話光ファイバー鉄線花
法師蟬鳥にならむと落ちにけり
短距離走の覇者のごとくに夕立かな

〈百鳥〉
望月 周［もちづきしゅう］

早春や姿見の立つがらんどう
大凧にどろんどろんと引つ張らる
かげろへり身を横たへし獣らも
夏館セピア色さへ褪せてゆき
夜濯ぎや蛇遣ひ座の見つけ方
降りて来ず木下闇より木に登り
夕映えの水飲みにくる狐かな

〈澤〉
望月とし江［もちづきとしえ］

クエタ・ロナ・ロント・クエクト冬銀河
鑷子もて捲る豆本春の昼
袋角一寸なるや根の紅し
ソースカツ丼蓋の五センチ浮きて秋
天金の頁割るなり定家の忌
観能の帯解きにけり十三夜
飾り売る小屋の半畳人ふたり

〈宇宙船〉
本林まり［もとばやしまり］

母の日の吾に白寿の母在す
肩ぽんと叩く妹駅夕焼
吾の指を放さぬ母や夕端居
庭椅子に湯上りの夫星月夜
吾が家より美術館まで藷畑
蟷螂や吾も不得手の後退り
母もひとり聴きてをるやも夕蜩

〈濃美・松の花〉
森 あら太［もりあらた］

初空や未来といふはどの子にも
戦なき世を存へて大朝寝
早苗田を割つて一輌越後線
船笛をとほくにしたり磯なげき
灯恋しことに海鳴りひびく夜は
枯れ残る背高泡立草の雨
最果ての町にも銀座流氷来

〈運河〉
森井美知代［もりいみちよ］

酬恩の心を胸に青々忌
雛の道青畝生家につきあたる
日本のはじまりはここ山桜
草鉄砲鳴らせることの自慢かな
襖絵が苦難を語る鑑真忌
海原の遠く波立ち神迎へ
火を焚いてもてなしゐたる除夜詣

〈出航・沖〉
森岡正作［もりおかしょうさく］

狼が来るかも今日の山の音
元朝の怒濤の飛沫浴びに行く
染卵紅茶カップに金の縁
吹雪く花突つ切つて来る鼓笛隊
暮しにも起伏ありけり花は葉に
まくなぎに好かれてゐたる優男
鮎釣らる山河の彩をしたたらせ

〈多磨〉
森岡武子［もりおかたけこ］

春立つやアナウンサーの鼻濁音
一日を一汁一菜昭和の日
初々しく今年の夏のはじまりぬ
行々子夜泣きする子はさみしい子
あれこれと農の段取り処暑の風
露下りて夜干しの梅を濡らしけり
神奈備に木の実降る音風の音

〈鴻〉
森川淑子［もりかわよしこ］

春の雪母の着物を解きゐる
髪飾り揺らし子の来る弥生かな
石仏のうつらうつらと蝶の昼
はつなつの鳥の水浴び羽繕ひ
花芙蓉風に軽さの戻りくる
この色は闇の裏側曼珠沙華
日向ぼこ齢といふはひつそりと

〈澤〉
森下秋露［もりしたしゅうろ］

一頁空け二学期のノートとす
鋤焼鍋に塗りし牛脂も食べてしまふ
長いのがいい太いのがいい焼芋選る
半歩づつ詰めて焚火の場所空くる
読初や我が師の手蹟なつかしき
受験子のすたすた行くや母を見ず
花の夜や葉巻切る刃の薄びかり

〈帆〉
森下俊三［もりしたしゅんぞう］

松原の先は断崖今日の月
地酒酌む宿に錆鮎焼かれをり
調教は人馬一体霜の朝
波凍るみそぎの浜や天に星
漁師めしと手書き看板春の海
雨粒を零さじと咲く花菖蒲
朽ちてなほ睨む仁王や半夏生

〈繪硝子〉
森島弘美［もりしまひろみ］

脚並ぶ足湯温泉秋の昼
冬の空惑星食と赤い月
湿原の木道修理冬隣
雨跡の土やはらかし建国日
春惜しむ白鳳仏のおはす里
雲白し清和の風を肩に受け
籠り居のひと日となりし半夏生

〈閏・磁石〉
森尻禮子［もりじりひろこ］

うそ寒くチョークの描く事故のあと
病める手にどれも重たき秋果かな
ままごとのごとき一生よ薺打つ
初東風や隷書の兎立ち上がる
薪ストーブ分厚き忍野村々誌
田蛙の貝摺りあはすごと鳴けり
清流のうへは清風鯉のぼり

〈祭演・衣・ロマネコンテ・豈・円の会〉
森須　蘭［もりすらん］

庭中の温み集める福寿草
人間が面倒くさい日のペンペン草
三月の父の背中のゴツゴツす
魂の休みのような花筏
使い込む辞書の折り目に桜蘂
対角線にいびつな親子走り梅雨
父の日の父消えている父の書斎

〈かつらぎ〉
森田純一郎［もりたじゅんいちろう］

洛北の雨水日和となりにけり
地虫出で来たり新宿副都心
匂ふかと雨に落花のえごを踏む
団子屋の多き柴又秋惜む
ビートルズ愛せし汝も木の葉髪
イヤホンの片方冬の街に消ゆ
青々と在義長の竹組み上がる

〈風土〉
森田節子［もりたせつこ］

人形とひとり遊びや春を待つ
子は母に草花を摘み聖五月
水温む子はたまごっち育てをり
紅薔薇バレエの姉妹のシニョンかな
テニスのサーブ決めて少年夏休み
「あとふたつ寝たら六歳」風薫る
ハンドベルに第九を奏で冬休み

〈斧・汀〉
森　ちづる［もりちづる］

冠島夕べむらさき柿干して
鬼灯の色つくしけり舟屋群
雛飾る伊根湾の風かがやきて
麦秋の端に孔雀は羽根ひろぐ
麦刈りのあとの月光浄土かな
発源の山高くあり種えらび
太陽光発電雁の別れかな

〈雉〉
森　恒之［もりつねゆき］

友禅の街の雪吊はじまれり
狼の檻の一族絶えにけり
春の日や手を翳し見る地獄門
麺を打つ馬賊の裔や夕焼空
ゆく夏の幼き声の玉屋かな
うそ寒や塵の零るる神の鈴
木の実鳴る奈落の谷の馬捨て場

〈玉藻〉
森　秀子［もりひでこ］

夏服をはみ出してゐる反抗期
ひしめけるひよこの命夜店の灯
とりあへずだらだら祭でも行くか
長き夜を互ひに触れてならぬこと
狐火やもののふの世の切通し
リモートの面会を終へ春隣
水車小屋跡摘草の人来たる

〈やぶれ傘〉
森　美佐子［もりみさこ］

用水のあんなところに烏瓜
水浅き用水歩く二羽の鴨
冬日向工事現場の午後三時
よちよちと子が歩きゐて芝青む
冬晴の山並とほく従姉逝く
花冷の土曜の午後の雨もよひ
半夏生無人販売所の野菜

〈閏・磁石〉
守屋明俊［もりやあきとし］

トクホンの見えし御慶の盆の窪
雪女街頭インタビューを受く
体温で乾かす衣西行忌
みすゞかる信濃や粕の胡瓜揉み
晩年や熟れしゴーヤのあかんべえ
おひねりが飛ぶわ痛いわ村歌舞伎
目を開く夜食の出前一丁に

森山久代 [もりやまひさよ]
〈運河・晨・鳳〉

鴨浮寝うしろの時間ゆつくりと
俳門にこの師この土地山桜
母の日に必着とあるロゼワイン
行間の白の涼しき母の文
万緑や森は地球の力水
炎天のよりどころ無き交差点
周航を志賀の浦より山滴る

盛　涼皎 [もりりょうこう]
〈予感〉

火起こしの粗朶燃ゆ牡丹供養かな
翔つ鳥の一枝を揺らす暮早し
嵩上げの突堤に佇ち冬銀河
ペン皿に一本のペン春愁
桜蕊ふる橋二つ過ぎるまで
若楓けふの木洩日けふの鳥
一本の新緑にをり住み古りぬ

師岡洋子 [もろおかようこ]
〈鳰の子〉

咲ききつて風となりたる桜かな
飛ぶものに空広くあり仏生会
弟逝き家深閑と春深し
粥並ぶ食堂《じきどう》白き麻暖簾
ふるさとに似たるこの道豆の花
小満や酒まんじゅうに経木の香
静やかに筵をすべらす上布かな

門伝史会 [もんでんふみえ]
〈風土〉

糸とんぼ水面はなれてより透けり
蜩のはるかは淋し本を閉づ
ひと雨にことりと秋の深みけり
それぞれの彩出し切つて寒牡丹
地下鉄の出口四角に彼岸西風
保育所の歌聞いてゐる葱坊主
アスパラガス意志を通して立ち上る

〈栞〉

八木下末黒［やぎしたすぐろ］

一輪の石蕗ほのぼのとポンプ井戸
黄落や墓石ひしめく浄閑寺
青々と風通しけり松手入れ
どつしりと梅の老木風生忌
四五本の桜をかぞへ御殿坂
六月のはじめの風を松林
よく動く金魚の尾ひれ非番の日

〈余白句会・かいぶつ句会〉

八木忠栄［やぎちゅうえい］

表札のかたむき正す年の暮
三ヶ日過ぎ青空に白兎
母の忌や冬のあかりをみな点す
マスクをんな前もうしろもマスクをんな
爆撃の音と煙で春見えず
花吹雪をかなたに押しやるトーキョー
涼しげな頭の僧侶スクーター

〈雛〉

柳沼裕之［やぎぬまひろゆき］

浅草は今日も懐かし江戸風鈴
万太郎ならひよいと打水躱すらむ
花蕊へ口吻深く秋の蝶
ひいふうみもひとつありぬ烏瓜
雨もまた濹東に秋惜しみけり
待針の色を添へたる針供養
路地の奥より春月の向島

〈海原・棒〉
柳生正名 [やぎゅうまさな]

その距離が時雨忌の義仲寺にあり
御神酒かけ鯨腑分けの湯気の中
寒卵中より戰車要ると言ふ
桜散るこの世あの世の間のその世
樹の中で木目ささめく半夏雨
空蟬を出て戰争になつてゐる
健啖のまま逝き糸瓜地に着きさう

〈鹿火屋〉
薬師寺彦介 [やくしじひこすけ]

峠道吹かれ昇りし蝶と越ゆ
花の山過ぎし日の海見はるかす
代掻きを追ふ鷺の歩の仕掛めく
列島は焦熱の底鮎を食ふ
子規忌過ぎ茶の間の色紙柿一つ
原子炉の岬の浮沈北風が吹く
初日出づページを開く空と海

〈山彦〉
保田尚子 [やすだなおこ]

菜の花や見渡す限りトロイメライ
身の内の鍵開けて見る新樹光
利休忌の織部に散らす赤い花
異次元へ硝子の歪む大西日
落葉踏み私の色を消してゆく
山茶花の一気に散らす狂気かな
花野とは魂を抱かれにゆく所

〈晨・運河〉
安田徳子 [やすだのりこ]

鬼やらひ楢も櫟も暮れにけり
溝川の溢れさうなり蕗の薹
立春の襖開ければ真暗がり
夏蝶の触れゆく草の吹かれけり
腹痛の激しき夜の火取虫
母立てり芋名月の明るさに
望の夜の畷の草のふるへをり

〈松の花・ホトトギス・玉藻〉
安原　葉［やすはらよう］

表白に汀子加はる西虚子忌
秋惜みつつ峰寺を辞す夕
悲しみを秘めてかがやく冬の星
疎開てふかなしき世知る古雛
見たき夢見て満ち足りし朝寝かな
花早く咲きても汀子師は在さず
偲ばるる妻の笑顔と端居かな

〈夏爐〉
安光せつ［やすみつせつ］

夕渚明日のどんどを建ててあり
中洲より鼬逃げ出す野焼かな
黒土の大きな畝や鳥雲に
薄氷に風紋のあり薬師寺
雛の日や夕日の沖を曳航船
県境の山の冠雪雛まつり
閉校式ゆたかに返す春の波

〈ひたち野・森の座〉
矢須恵由［やすやすよし］

二人居の小さき急須初日影
引き抜けば根張りを密に春の草
家ありて生涯続く草むしり
本丸に到らず戻る秋の暮
神域に根をふかぶかと冬欅
一病との闘ひ続く十二月
田畑に立ち大寒の風に老ゆ

〈玉藻〉
柳内恵子［やなうちけいこ］

初凪の豪華客船島となる
川に沿ふ河津桜の人出かな
御料田の水は平らに風五月
梅雨兆す帝釈天に川の風
カウベルの音に目覚めしバンガロー
風曲る極暑の宮の太鼓橋
小春日の空引き寄せて虚子の海

〈海棠〉
矢野景一［やのけいいち］

膝頭浴衣につつみ手花火す
はたらきてつひの身の丈雲の峰
流燈や世になき花を子が画いて
全うに惚けなばよし草の絮
神に顔もらひそこねたる海鼠
明日立春浮き名を流す準備など
蝌蚪むるる水のゆるんでゐるところ

〈玉藻・松の花〉
矢野玲奈［やのれいな］

消しゴムの滓細長し夏期講座
宵闇の鳩を吐き出す鳩時計
山遠くあれど山なり吾亦紅
子に黒子ひとつ見つけるクリスマス
いくつかは空席のまま初仕事
節分や面つけしまま子の帰宅
三越を過ぎて日銀花の雨

〈山茶花・ホトトギス・晨・夏潮〉
山内繭彦［やまうちまゆひこ］

草は生え人は営み原爆忌
環礁の波音高く天の川
この海の果ては唐土鰯雲
秋風をつかまへてゐる風見鶏
梟の声やランプの湯治宿
地下鉄の乗換重ね日短
春の雪侮りがたく積りけり

〈耕〉
山川和代［やまかわかずよ］

戸袋に羽毛散り敷く寒雀
畦道をまばらに焼きて野火移る
クロッカス花は大地に目覚めたり
白牡丹能装束の銀の箔
濃あぢさゐ飛び跳ねて越す水溜り
白雲の伊吹山より青田風
蜻蛉のにはかにふゆる夕つ方

〈鴻〉
山岸明子［やまぎしあきこ］

かく燃えて女人高野の紅葉かな
白秋忌八重山茶花の白さかな
老齢の研師の指に秋の風
寒々と文机のあり直哉の居
待春の貘ゆつたりと夢を食ぶ
風生れよまだやはらかき松の芯
むらさきを極めむとして杜若

〈郭公〉
山際由美子［やまぎわゆみこ］

春雪の田に積もりては田より解け
竹煮草大き蔓草登らせて
川縁の夜は早かりし白木槿
秋の雨不在のチャイム響きをり
釣船草わづかに水の進むをと
樹に凭れまづ秋天を仰ぎけり
あるだけの陽射し受け入れ枯れ急ぐ

〈秋草〉
山口昭男［やまぐちあきお］

双六の折目の白くなつてをり
家路なき磯巾着も皇帝も
能面の裏の混濁藤の花
卵黄に醤油一滴青嵐
手の平に鉄棒の錆草田男忌
蠢きしものにうごめく黒き蟻
画板には紐が一本合歓の花

〈天為・秀〉
山口梅太郎［やまぐちうめたろう］

枝垂梅天辺が咲き裾が咲き
草の芽の小さしされどその勢ひ
雉鳩のででぽーと鳴く春の朝
酷暑なる猛暑なるまだ生きてゐる
天の川見る科学の目持ちて見る
並び立つ山の名挙げて秋の空
餅搗や新幹線の過ぎる町

〈りいの・運河〉
山口素基［やまぐちそき］

阿闍梨とは知らず倶にす初湯かな
泣きながら人の生まれて山笑ふ
木に隠れわつと脅かす火神鳴
鮎を釣るむかし仙人落ちし川
大峯の嶺のうへなる天の川
かなかなの鳴くばかりなり深吉野は
猟犬の獲物くはへて泳ぎ着く

〈風叙音《フュージョン》〉
山口律子［やまぐちりつこ］

秋高し寝転んで見る空のなり
天上は国境のなき星月夜
山門に阿吽の仁王秋澄めり
水鳥のまとまりさうでまとまらず
晴れよりも曇りの似合ふ枯野かな
のどやかに土筆伸びたり戦火何処
蒼穹へ右往左往の蔦若葉

〈ときめきの会〉
山崎　明［やまざきあきら］

橙の一葉のみどり鏡餅
さざ波の光を底に水温む
数ページ残して閉ぢる夜半の春
黒蜜の一滴惜しむ花疲れ
木道は一方通行大賀蓮
豊の秋はるかに見ゆる屋敷林
朝霧の香る風なり椅子一つ

〈嘉祥〉
山崎邦子［やまざきくにこ］

地を蹴つてシーソー高し初山河
東西に山ある暮らし日脚伸ぶ
冴返る常念岳に向きて息
翠巒を背にして大工屋根に立ち
石榴裂けバンドエイドの箱は空
スクロールカーテンに巻く冬日影
息止めし肺を撮してくだら野へ

山崎　聰〔やまざきさとし〕〈響焔〉

人間に遠く花過ぎのひとところ
さくら散ってこの世大きくなりにけり
青葉木菟ひとこえ鳴いて無聊なり
忘却の彼方にありて夏の雲
終戦の日山鳩がしきりに鳴いて
秋はじめ本郷通り風吹いて
落柿に赤いところも村はずれ

山崎十生〔やまざきじゅっせい〕〈紫〉

新しいと限らぬ新聞初日浴ぶ
アドレスにない遊糸ほど愛しきや
忘れないやうに泉の前に佇つ
地上からどの辺が空夏木立
脇役が好きで紫式部の実
十二月八日抜けない指輪かな
手袋が悲鳴を上げてゐる道路

山崎房子〔やまざきふさこ〕

神々も恋したまひき建国日
観世音菩薩のごとし春満月
空豆の好きな仏と莢を剝く
脚折りてこちら見てをり袋角
ごきかぶりからかふやうに出で来たる
炎帝に従ふ青息吐息かな
日本に老いてこの新米の飯

山澤和子〔やまさわかずこ〕〈波〉

亡き母にすべての母に聖五月
一本が万の重みやカーネーション
波の音を友に孤高の蝶渡る
落葉掃く素顔のわれを見せるごと
淡海へと山を流るる除夜の鐘
長女次女三女ころがる春遊
学帽の列や菜の花蝶と化す

〈麟〉
山下知津子［やましたちづこ］

踊更けゆき幽明を往来す
ほのと白ほのぼのと紅酔芙蓉
時疫と書き戦争と書く年賀状
剪りたての水仙の白ありにけり
はくれんと息の湿りを分かち合ふ
落椿はつかの砂を抱きをり
終末時計残り九十秒の夏至

〈風叙音《フュージョン》〉
山下文菖［やましたぶんしょう］

霾や蝕まれゆく夕日影
里山は真白き花の夏来たる
万緑のおぼるるほどの森を抜け
秋半ば急ぎ鳴き出す法師蟬
葉隠れに羅漢の笑みや小六月
寂寞の空に鳴くなり寒鴉
極光の瞬の輝き冬の空

〈河内野〉
山下幸典［やましたゆきのり］

車椅子寄せて窓辺の春隣
日陰さへくれなゐ眩し落椿
天井の木目もの言ふ春の夜
出水川人は無力の土嚢積む
一族と呼ばる絆や盂蘭盆会
物言はぬ夫が旨いと今年米
足音に闇連れて来る秋の暮

〈磁石〉
山田径子［やまだけいこ］

扇風機ひかり纏めてから止まる
玉座とは冷たきものか月天心
かまつかや諦められぬこと一つ
蛇遣ひのごとマフラー取り出しぬ
橙飾る地球今年も丸くあれ
ひとところ口のごとしや山笑ふ
ふりむきて曾良を確かむ花吹雪

〈波〉
山田せつ子［やまだせつこ］

コンテスト慣れや一座の案山子たち
沫雪が春のみぞれに変はる音
汐まねきへ海のプレート微動中
卒園やよく遊んだと表彰状
雨垂れと梵音和する古寺暮春
子鹿の背むれのあまたの斑に埋み
億年を来たりて水母明滅す

〈ときめきの会〉
山田孝志［やまだたかし］

ジェット機の響く釣り堀春霞
五月五日息栖神社の朱印帳
黄昏の葭切の声利根の風
夏至の日のつぶやくやうな波の音
仙台より送るＬＩＮＥや星まつり
おみくじや笠間稲荷は神の留守
冬うららビールケースに婆四人

〈波〉
山田貴世［やまだたかよ］

灯を消せばかすかな吐息雛の間
湖へ撞く三井の晩鐘夏めけり
白炎と化す山中の滝の音
神杉の太郎次郎や夏日燦
風を呼ぶ七夕竹のさやらさや
鳴き尽くすつくつく法師つく法師
平凡の凡の一日や実南天

〈海原・木〉
山田哲夫［やまだてつお］

干し若布おのれの色を失わず
庖丁の獣脂のぬめり余寒なお
憂さひとつ笑いとばして春日遅々
梅雨晴間昨夜の夢を干しに出る
午後は無為ゆらりと庭の百合動き
書物という空蟬死後も山河あり
惜敗の少年が泣く夕焼けて

〈稲〉
山田真砂年［やまだまさとし］

虹鱒の己の影の上泳ぐ
春の苑キラキラネーム呼び合へり
今落ちし蟬に大胆蟻五匹
谺する花火の中に四面楚歌
鮎はいま川の真中を落ち行ける
都府楼の百の礎石に時雨かな
姥百合の呪詛に枯れたるごときかな

〈知音〉
山田まや［やまだまや］

我が妙《ち》房老いを忘れて初湯かな
健やかな五体いつまで菠薐草
月と日に照らされ涅槃したまへり
武者人形飾る座敷の舞稽古
蹲踞の底眠らさず今日の月
亥の子餅添へて借覧の書を返す
釜を懸け柊活けてクリスマス

〈風叙音《フュージョン》〉
山田泰子［やまだやすこ］

江戸古地図照らしてうまき浅蜊飯
引鴨の海に風待ち三万羽
戸を叩き訊ぬる人か白き雹
語られし河童伝説胡瓜食む
飛魚の胸鰭広げ透ける波
蝦夷蕗や北の大地にカムイあり
北山の杉の枝打谺せり

〈円虹・ホトトギス〉
山田佳乃［やまだよしの］

梳《す》き初や吐息のやうな吾子の髪
月夜見の神の通ひ路伊勢参
蜷の道にも上り坂下り坂
運針に絹の波打つ春の宵
穀象の命ぱちんと潰したり
名も知らぬ遠きはらから螢川
五月雨の音の明暗聴き分けて

〈円座・晨〉
山中多美子［やまなかたみこ］

湖のまはりに雪の降りつもり
すれ違ふ列車の明かり春の雪
海沿ひを来る早春の列車かな
涅槃図にある風の音波の音
デッサンの裸婦かこみをり緑の夜
青ぶだう神父大鍋運びをり
バス停を探してあるく雲は秋

〈不退座〉
山中理恵［やまなかりえ］

二人分の結露つつーと初明り
余寒なおカスタネットに凸と凹
パスポート期限切れなり花ぐもり
くちなしの昨日の花と今日の花
ポストの口貼られ空家の枇杷たわわ
私とは逆の風向き秋の雲
吹かれいる落葉が波の音たてて

〈泉〉
山梨菊恵［やまなしきくえ］

あひ群れてとんぼうに空遠くなる
ポケットの大きがうれし秋遊
火搔棒まつすぐ立てて冬に入る
田舎節都節とて茶の咲けり
どこからもポプラの見ゆる石鹸玉
鳥風や橋にかかれば川を見て
青芝を跳んで一尺朝雀

〈鶴〉
山根真矢［やまねまや］

出目金の一匹なれば傷つかず
子どもらの帰りて芝の青さかな
ストローを挿し緑蔭の席探す
走り根の高きに子鹿跳ねにけり
熊笹の若葉隈無く緑色
休みたき頃に石段夏の山
前列に並びたがる子海開

山本あかね［やまもとあかね］〈百鳥〉

上加茂の水に育ちし秋茄子
補聴器の電池入れ替へ雲の峰
ほのぬくき産みたて卵黍の風
落し蓋ことことと鳴る厄日かな
引つ張れど動かぬ雨戸震災忌
饅頭の餡のころりと小鳥来る
泣きやまぬ子に握らせて草の花

山本一郎［やまもといちろう］〈海棠〉

秋の初風朝刊を外にて読む
秋の夜や続きより鳴るオルゴール
枯すすき雀重しと撓ひけり
妻と飲む紅茶窓には春の雪
小さき手に包まれ花びらは母へ
きらきらとプール開きを待つプール
電車との隙間の広き帰省駅

山本一歩［やまもといっぽ］〈谺〉

もう割れぬ太さとなりし氷柱かな
番傘がよし御降りを行くならば
小暗さが寺の貫禄涅槃変
鳶の舞ふ高さ三月とはなりぬ
そして青田ばかりとなりてみちのくは
夏炉に火残して畑へ行かれけり
学校の聳ゆる二百十日かな

山本一葉［やまもとかずは］〈谺〉

校庭の白線まつすぐに灼くる
また遊ぶ約束牛膝剝がし
霧の中に降り立ち霧を歩き出す
陽炎を二位集団の近づき来
とび出して蜥蜴となりて留まれる
打ちにけり当てるつもりもなき草矢
捨てられず捨てず昭和の扇風機

〈艸〉
山本　潔［やまもときよし］

曳かれゆく鯨の骸寒夕焼
玄関に母の色紙や春を待つ
影ふみの子の影やどし春氷
鳥曇むかし虫歯に征露丸
青時雨旅の葉書を濡らしけり
ひまはりの影に幼なきスナイパー
隕石のかけらを探す花野かな

〈ひたち野〉
山本慶子［やまもとけいこ］

仁王門くぐり紫陽花あかりへと
尾根といふ一本道や雲の峰
妻が添ふ夫のリハビリ緑さす
たをやかに生き抜く力崖の萩
風捉へ大きなうねり萩の叢
鳥けもの拒まず包み山眠る
ふかふかの落葉に坐して塩むすび

〈八千草〉
山元志津香［やまもとしづか］

卯月寒すっくと立ちたや我武者羅々
胃ろうの「瘻」辞書にさぐりぬ春しぐれ
夫転室十五夜お月さん見えますか
毛虫打てざり美《うるわ》し天寿欲《ほっ》す指
二十五周年賀すわが涙雨《るいう》薔薇さんさん
昭和史に兄居り背高泡立草
皿には桃線状降水帯尖る

〈帯〉
山本　菫［やまもとすみれ］

海光へあぎと上げよと燕来る
凭れたき幹とほくある山桜
夕闇を傷つけぬやう百合剪りぬ
蜘蛛掃いて畳に常の夕日かな
両肩に浮力あつめて芒原
落款の角ほのかなる十三夜
月蝕のゆつくりすすむ狐罠

〈暖響・雲出句会〉
山本孝子［やまもとたかこ］

名草の芽はなしかけてはさはりけり
友の折る兜のあごの花結び
鍵開くる前に春月立ち仰ぐ
老鶯よ笑ふなやつと頂よ
親鸞の教へを今に夏の風
「重陽の菊」体・用・留に白九本
涼風よ極楽とんぼにあまり風

〈今日の花〉
山本輝世［やまもとてるよ］

星一つ連れ中天へ後の月
冬耕や守り守られ六地蔵
懸大根乾きて覗く海の青
冬帝の吹き清めたる天に星
地震の報戦禍の報や冴返る
百三歳間近の母に新茶汲む
山百合や箱根路カーブまたカーブ

〈やぶれ傘〉
山本久枝［やまもとひさえ］

沖へ行く白き航跡鳥渡る
宿場祭り昔なごりの格子窓
冬波の寄せくるところ野水仙
金網のフェンスに薔薇の花盛り
青き踏む歩幅それぞれ土手をゆく
対岸に日の移りゐる半夏生草
夜濯のホテルのタオル並べ干す

〈わかば・すはえ〉
山本ふぢな［やまもとふぢな］

ぱたぱたとオセロは白に花は葉に
春風や模型飛行機降りて来ず
大利根へ開く閘門風青し
蜘蛛の囲にかかる夕星《ゆふづつ》揺れてをり
ステージの衣装掛けあり明易し
木の根売る漢方薬舗秋しぐれ
集むればほのと温みや落葉籠

〈春月〉
由木まり［ゆうきまり］

夕焼の浜に光れるシーグラス
鱧茶漬風の運べる遠囃子
湖の色にはかに深み花薄
海光の帯は天へと冬落暉
鳥雲に遅れがちなる自鳴鐘
黒船に紛ふ島々陽炎へる
夕星や声なく増ゆる蚊喰鳥

〈鴻〉
祐　森司［ゆうしんじ］

別るるも一つの答春の水
紫木蓮ほろりと昼の月の下
山の日のさみしからうとほととぎす
青葦の一斉に人拒みけり
踏み石と合はぬ歩巾よ十六夜
しばらく火見つめて落葉足しにけり
伊吹嶺は雪むかしむかしのことが見え

〈汀〉
湯口昌彦［ゆぐちまさひこ］

颯つと締めたる人日の男帯
糸遊に招かれてゐる老一人
戦の日ありにし一ト生道をしへ
接待の柿授かりぬ子規の郷
残花蒐めよ十月の床の間は
うから皆よき顔のおでんかな
明日干す炭団つくらむ土間の隅

〈春耕〉
柚口　満［ゆぐちまん］

入れ替る闇に御慶を交はしけり
八十八夜納屋に日を入れ風を入れ
尾を絞り風を自在に鯉幟
見えてより遠き生家や青田波
雁の棹竹生島より高度下ぐ
ぢぢばばは中風ごめんと大根焚
柊の花へふんはり布巾干す

〈やぶれ傘〉

湯本正友［ゆもとまさとも］

かたかたと塔婆鳴りゐる冬椿
奥社へと続く坂道寒椿
法要を終へて風来る夏の空
欄干の下の小流れ夏の鴨
管理人積もりし夏の落葉掃く
干草の囲ひの中に山羊の居て
昇りつつ色をかへゆく今日の月

〈泉〉

陽 美保子［ようみほこ］

虫のこゑ止みて柩を通しけり
穭田のばうばうにして神の国
黄泉比良坂秋の蚊に追はれつつ
初冬の手に勾玉の深みどり
新刊に栞の跡や霜の花
花冷の手桶に水を七分ほど
別盃や蝦夷春蟬を聞くばかり

〈鴻〉

横井 遥［よこいはるか］

花札の手札七枚戻り梅雨
家までの距離と西瓜の大きさと
キャッチャーの後ろ大きな百日紅
冬ぬくしたばこ屋「た」の字欠けゐたる
落葉踏む双子は同じ服を着て
鳴かぬ亀ばかり一向一揆の地
ミサ終る扉新緑へと開く

〈黐の木〉

横内郁美子［よこうちゆみこ］

拾ひては放る枯葉で遊びけり
ゆさゆさと大根の葉も豊かなり
先斗町歌舞練場の柳の芽
早咲きの京の桜に人の数
一番星泰山木の花近く
空蟬を元に戻せば転げ落つ
空色の残暑見舞の葉書かな

〈円座〉
横田欣子［よこたきんこ］

一列に子らの分けゆく芽吹山
舫ひたる鵜舟一日かげろへり
よく晴れて涼みの舟となりにけり
禅寺を掃く涼しさの極みかな
竹皮を脱ぐや眠れる観世音
日盛りの学生街は登り坂
軍用機飛ばぬ空欲し赤とんぼ

〈今日の花〉
横田澄江［よこたすみえ］

梅白し暗きやぐらの石仏
東風吹くや遺構となりし学舎に
小満の風吹きわたる肥後の丘
風光るひ孫の背のランドセル
雲海に泛かぶ紀の国神のくに
夏めくや裏江の島の忘れ潮
故郷の人みなやさし盆の花

〈阿蘇・初桜・櫻草〉
吉井たくみ［よしいたくみ］

川風と伏見の酒と牡丹鱧
尺蠖の枝先の先探しをり
虫売の義足の脚を投げ出せり
黄落やロビーの隅の古ピアノ
枯葦に風あり人に流離あり
待春の操舵に立ちて宜候
一本の青梅雨となる神田川

〈棒・不退座〉
好井由江［よしいよしえ］

昼空に月あり椿つらつらと
二三回ゆすって開く梅雨の傘
家の中あるく夏風邪しつこくて
二百十日ごろんと皿の明太子
曼珠沙華からす前向き後向き
酉の市鳩が真昼の顔をして
豆撒いて鬼追い出して早く寝る

吉澤久美子［よしざわくみこ］〈りいの〉

多摩川の水蒼き日や鳥渡る
藤袴にアサギマダラは翅を閉づ
北吹くや回転ドアは右回り
縄飛を跳ぶ子廻す子声揃へ
トランプの一人占ひ春の風邪
なんじやもんじや満開風の深大寺
パラグライダーぐにやりと着地雲の峰

吉田悦花［よしだえつか］〈炎環・豆の木〉

牛丼屋の上のオフィス四日かな
踏むことを許されペルシア絨緞ふむ
すき焼の葱の切先そろひけり
後部座席へ無造作にバレンタインチョコ
春の夜キッチンに踏む黄の輪ゴム
ひとづまとならずゐんどう豆の艶
虹を追ひ夢追ふやうな家路かな

吉田克美［よしだかつみ］〈ろんど〉

助六鮨お花見しましよ日参り
和賀江島さざなみ生れし薄暑光
水切石の魔球みづ蹴る薄暑光
茶摘機の剪定上手茶摘歌
武の謙信智の鷹山の像涼し
恋蛍梢を灯して高く行く
新米の墨字雄雄しき旗なびく

吉田千嘉子［よしだちかこ］〈たかんな〉

ぼろ市のなんでも包む新聞紙
村中を満たせる雪解雫かな
けふよりは大路も路地も杁唄
しらしらと人焼くけむり早苗月
万緑や谺いくつも棲まはせて
日に三度拭くとふ板間後の雛
散すにも威風ありけり大銀杏

〈阿吽〉
吉田哲二［よしだてつじ］

淡雪のすぐ溶けベンチ硬きまま
先頭を行くは末つ子クロッカス
悪声の鳥も来てゐる牡丹園
ふくよかに笑ふ人なり実梅捥ぎ
子らに路地通してもらふ地蔵盆
胸張つて鳩歩みくる小春かな
冬の灯へかざしたる手の甲は陰

〈春野〉
吉田美佐子［よしだみさこ］

ロボット犬飼ふ話など山眠る
泥葱を提げて銀座の四丁目
座蒲団も婆もふくらむ日向ぼこ
鳴くといふ亀を突ついてみたくなり
断捨離のあと春愁のはじまりぬ
白髪のブルージーンズ風光る
残り蚊を打つて誤植を正しけり

〈祖谷〉
吉田有子［よしだゆうこ］

持ち帰るみくじ大吉初詣
鶯や一山のどこ歩きても
自販機の珈琲買うて野に遊ぶ
魁けて殿様の名の桜咲く
葉を添へて初物といふ枇杷を売る
栗飯を炊いても栗のまだ余る
茶の花や立入禁止てふ御墓所

〈やぶれ傘〉
吉田幸恵［よしだゆきえ］

七草の程良きかをり今日も晴
山粧ふ茶店の猫はのびをして
平林寺を五千歩あるき心太
秋立つ日客の来てゐる豆腐店
外郎の淡き緑や春立つ日
群れ飛びて同じ方向秋あかね
花筵少し離れてキッチンカー

〈栞〉
吉田幸敏［よしだゆきとし］

鳥帰る玉子ボーロが缶の隅
父も子も湯殿の菖蒲鬘かな
遠くでもピアノ八月十五日
肩書が似合ひてきたる種なすび
うぶすなは遊行のはたて十三夜
青写真大口真神降臨す
去にし子にぽつぺん一つ二つ三つ

〈空〉
吉田　葎［よしだりつ］

天帝に打ち落とされしひばりかな
子の恋の邪魔したくなる花ざくろ
ワイシャツの腕よりもらふ螢かな
花氷きれいな顔で別れたし
落蟬の頭支点に回り出す
夜咄の帰り尻尾の生えて来し
武器持たぬ手のひらひらと大焚火

〈知音〉
吉田林檎［よしだりんご］

隅っこに正座の一人花筵
軽暖や振れば真白きたなごころ
跣足の子すべり台とは登るもの
歩き出しさうに首振り扇風機
冬に入る入浴剤に湯のにごり
行列に鳩の割り込み十二月
大寒や向かひ風こそわが力

〈円虹・ホトトギス〉
吉村玲子［よしむられいこ］

楪や舞妓は目尻赤く引き
閻魔堂取り囲みたる木の芽かな
屋根替や藁と一緒に声も放る
墨染の扇子かざして行く高野
手から手へ月を渡せる踊かな
昔日を破り去つては障子貼る
天上の消息伝へ冬の虹

〈雪解〉
余田はるみ［よでんはるみ］

明治硝子波うつ邸の雛祭
木の葉髪自由奔放にて達者
道明寺観音の日のさくら餅
神苑の朝日にひらく白蓮
五右衛門風呂くべ足しくるる黴の宿
沼杉の錆冬天に炎上す
山里の正午の時鐘稲の花

〈秋・昴〉
米山光郎［よねやまみつろう］

太箸に父の声あり日ざしあり
もののふの影をおもへり竹落葉
真白な余生の笑ひ寒日和
生きながらへて冬至南瓜の匂ひかな
榧の実をもらふ柩車のうしろかな
逝く報せ守宮の舌にふれてみる
鬼灯を嚙めば白髪の頭のかゆし

〈鴻〉
良知悦郎［らちえつろう］

立春の銀座に探す珈琲店
絶え間なく雪崩のひびく里泊り
万緑や昼のチャペルの閑散と
稲妻を溶かして濁り川となる
睡蓮の花のかたさを日が溶かす
講中の下る月山黄萱咲く
赤とんぼ群るる高さに日の移る

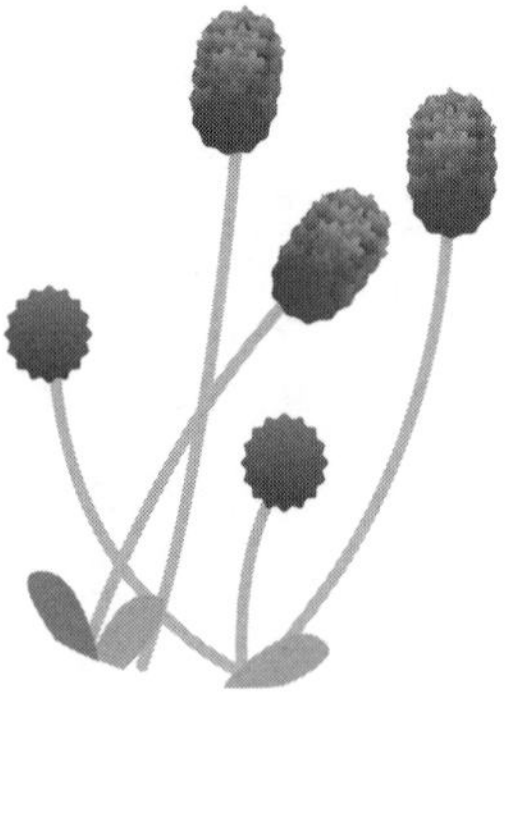

〈栞〉
若槻妙子［わかつきたえこ］

マカロンのほろほろ崩る花曇
葱坊主と丈を競ひて児の馳くる
髪切つて襟足白く夏に入る
狛犬の阿吽を渡る青葉風
廃線のカーブ冷たく過去へ向く
枯れ切るは生き切ることや落葉踏む
白障子しらじら明けてけふはじまる

〈やぶれ傘〉
脇村　碧［わきむらみどり］

一匹の水槽に足す春の水
抜け道は封鎖されをり鳥曇り
竹の秋平たい土によろめいて
読みかけの本を手提げへ夕薄暑
傘立てに日傘雨傘雨あがる
ローカル線冬木の影は伸びやかに
売りだしの更地遥かに富士の雪

〈諷詠〉
和田華凜［わだかりん］

蕪村忌の京島原にちらと雪
寒紅をさす別れ告ぐその前に
新生児指まだ解かず蕗の薹
命名の墨黒黒と梅真白
忘るまじけふ初花に会へしこと
燭揺らすほどの風あり藤浄土
候といくたび謡ひ能涼し

〈繪硝子〉
和田順子［わだじゅんこ］

新しき箸を下ろせり文化の日
これからも住む家松を飾りけり
息継ぎの聞こえてきたり初披講
手袋を外し承諾印を押す
花の雨ひとりで居たき日のひとり
やさかにの勾玉の里田植どき
慈しみの碑や菩提樹は新緑に

〈雛〉

渡辺　健［わたなべけん］

萩を見てある日の子規と八重と律
母八重の部屋は三畳蚊の名残
子規庵に寝て見て高し糸瓜棚
あくがるる子規の魂とも秋の蝶
瞑目し鶏頭の朱を離れけり
子規忌なり柿の十個も喰ふべし
風に鳴り桂は秋の木となれり

〈道〉

渡部彩風［わたなべさいふう］

豊壌の玉葱列車始発駅
冬ざれや訪ふ人もなき鎖塚
北きつねベランダ覗く狭庭かな
寒禽の鋭く響く神の社
最果てやシューベルト聴く冬の旅
流氷や領海を越え接岸す
囀の川辺の砦古墳群

〈小熊座〉

渡辺誠一郎［わたなべせいいちろう］

天空へ及ぶことなし蟻の列
復活はイエスが一人苦鱁鮧
黒板の文字は残らず卒業歌
海鼠食む明日はわからぬ身の軽さ
逃亡の良き夕べにて霙降る
皺々のわがばけの皮六月来
石棺は重さを変えず緑さす

〈濃美〉

渡辺純枝［わたなべすみえ］

山羊の紐一《ト》ひろ延ばし春の雲
群生の熊野に一つ凧
スカートのふくらんでくる花の風
杖ついて花の果《はたて》を見に行かむ
おそろしく寡黙な人と置炬燵
川風の心地好き日の草団子
一島の暮れ残りあり石蓴《あをさ》籠

〈やぶれ傘〉
渡邉孝彦［わたなべたかひこ］

手短に別れを告げて門火焚く
今日の月下に団地と森がある
どの道もきれいにされてゐる二日
雲かぶる丹沢山地母子草
手が届きさうな玉巻く芭蕉かな
メモをする手帳が日記水羊羹
降車後の長きホームを行く溽暑

〈燎〉
渡部悌子［わたなべていこ］

揺るがざる樫の大木蟬時雨
誰彼も詩人となりぬ鰯雲
戸全開まづ冬麗を招き入れ
春風の曲がるところに山頭火
折れさうで折れぬ心や桃の花
紫陽花の少し色さす今朝の雨
遠富士を見るに先客鳥の子

〈楽楽句会〉
渡辺広佐［わたなべひろすけ］

馬肥えて朗ら朗らと明けにけり
初句会パンナコッタで締めにけり
をととひの臘梅いめにあらはるる
陽炎の丘のあたりに眠りたし
薫風や「王と王妃」と吾と妻
「コロナ後」のコロナに罹り合歓の花
いふならば皿に盛られたる桃かな

〈風叙音《フュージョン》〉
渡辺眞希［わたなべまき］

天高し厚薄問はぬ父母の愛
友情の言葉を添へし草の花
大山の絵の色となる冬茜
しなやかに春風似合ふ父の帽
湖畔より見ゆる限りの春思かな
紫陽花や土壌選べぬ花の色
田園の蓮の群生清らなり

〈風土〉
渡辺やや［わたなべやや］

来年も来るよと土間に捕虫網
月かうかう渓の一村まるはだか
杉玉の青き香りも冬はじめ
尼寺を訪へばすぐ開く春障子
逆打ちの遍路と交はす会釈かな
初めての名刺は母に風光る
解け易き靴ひも卯の花腐しかな

〈南柯〉
和田　桃［わだもも］

揺り椅子に揺れ投宿の網戸風
ひと筋の水を大事に冬の滝
植木屋の落とす椿をもらひけり
障子戸に聞く水取の昼の行
夕暮の湿りを鳴きぬ行々子
神おぼろなれど祈りに聖五月
一咫を水面に余す若柳

〈湾〉
和田洋文［わだようぶん］

熔岩はなべて過去形小鳥来る
秋高しラピスラズリを使ひ切り
石蕗咲くや断崖の辺に立つ孤独
初雪をたちまち融かすわが血潮
方形に水を奔らせ紙を漉く
歌留多とり畳に散らす恋いろいろ
春愁や裏木戸いつも半開き

〈郭公〉
度会さち子［わたらいさちこ］

蕉翁の杖亀鳴くか鳴かせむか
鳥屋の鶏のかうと八十八夜月
親鸞の山近くして女郎蜘蛛
木星あかし萬の向日葵縊れ
音楽のやうに輪中の稲光
神領の衛士とも夜の曼珠沙華
鵙啼くや芭蕉涅槃図にも獣

編集後記

●一月の能登半島地震では軟弱地盤に建つ多くの家が倒壊したり傾いたりしました。わたしの家も軟弱地盤の上に建っているので、大きな地震がくれば、ただではすまないことは確かです。命が助かれば、あとはプレハブで暮らすか、などと少し気楽に考えていますが、それまで生きているのかどうかも分かりません。災害、事故、病気は忘れないうちにやってくるはずです。

今度の年鑑でもたくさん俳人・評論家から投句寄稿をして戴きました。ありがとうございます。「俳壇無風」とも言われている現在ですが、混沌とした時代には、そこから新しい表現が生まれてくることはよくあることで「疾風怒濤」の到来を期待しています。（の）

●元日の夕方、映画「ゴジラ-1.0」を観ました。能登の地震の一報、時間差で都内の揺れもありましたが、今日を逃すといつ行けるかと、出かけて鑑賞。なにせ同好の士から11月のうちに「俺は、とてもよかったよ。好みはあるだろうけれど」と言われており、観なければならないと思い続けていたのです。

ゴジラはただただ神々しく、海は美しく、〝ゴジラには善も悪もない〟が底流にあると感じました。太平洋戦争末期の時代設定が功を奏し、災厄のカテゴリー化を促すようでもあり、拒むようでもある。荒ぶるゴジラと揺れる海をひたすら見つめ続けたのでした。

帰宅して、地震が想像した以上に激しく、被害が大きいことを知りました。（土）

●今年の元日は朝から文句のない晴天。布団でも干したくなるようないい日和でした。ただ、感染症の余韻も残っているし、物価も高いし、あっちこっちで戦争もしている。どこか心が晴れない部分があったせいか、「こんな日に地震が来たりしてね」などと、嫌なことをフッと思ったりしました。

そして夕方。能登半島を大きな地震が襲いました。わたしの住んでいるところは震度3程度でしたが、悪い勘があたってしまい、嫌な気分が増幅しました。

以前、「〝自分だけは大丈夫〟と、思っている人がみんな被害にあうんです」と、防災の専門家が言っていました。もう少し防災グッズの補充をしようと思いました。（き）

ウエップ俳句年鑑
2024年版

2024年1月30日発売　定価：3200円（税込）

発行・編集人　大崎紀夫
編集スタッフ　森口徹生　土田由佳
　菊地喜美枝
デザイン・制作　（株）サンセイ

発行　（株）ウエップ
〒160-0022　東京都新宿区新宿1-24-1
藤和ハイタウン新宿909
Tel 03-5368-1870　Fax 03-5368-1871
URL.http://homepage2.nifty.com/wep/
郵便為替00140-7-544128

印刷　モリモト印刷株式会社

俳人名簿

【凡例】氏名、所属先、郵便番号、住所、電話番号、FAX番号（電話番号と同じ場合は＊印）、メールアドレス、生年月日、出生地、句集・著書名の順に記載。

あ行

相川　健《鴻》〒270-1176我孫子市柴崎台1-16-19（☎04-7184-9386＊）昭19.12.1/山梨県生/『五風十雨』
会田　繭《郭公》山梨県生
青木澄江《鬣TATEGAMI》〒399-4117駒ヶ根市赤穂16709-3/長野県生/『薔薇のジャム』『薔薇果』
青木千秋《羅ra》〒390-1701松本市梓川倭1445/長野県生/『泰山木』
青木孝子《鹿火屋》昭23.8.24/福岡県生
青木まゆ美《鴻》昭24.1.21/北海道生
青島　迪《不退座》昭20/大分県生
青谷小枝《やぶれ傘・棒》〒134-0085江戸川区南葛西3-19-4（☎03-3687-1082 FAX03-3687-1307/saeko@atelix.net）昭21.7.28/福井県生/『藍の華』
青山　丈《栞・棒》〒120-0026足立区千住旭町22-7（☎03-3881-3433 FAX03-3881-3194）昭5.6.18/東京都生/『象眼』『千住と云ふ所にて』
青山幸則《郭公》〒410-0303沼津市西椎路766-14（☎055-967-7124＊）昭24.5.30/山梨県生
赤石　忍《猫街》〒270-0114流山市東初石1-67-1-B101（☎04-7153-5365＊/redstonr539@gmail.com）『私にとっての石川くん』『風宿』
赤木和代《笹》〒522-0047彦根市日夏町2680-49（☎0749-25-3917＊）昭32.6.10/京都府生/『近江上布』『黄炎』
赤瀬川恵実《汀・りいの》〒189-0026東村山市多摩湖町4-32-16（☎042-398-5234＊）昭19.3.24/愛知県生/『今日はいい日』（共著）
赤瀬川至安《りいの》〒189-0026東村山市多摩湖町4-32-16（☎042-398-5234＊）昭17.12.18/大分県生/『今日はいい日』（共著）
赤塚一犀《代表 吾亦紅の会》〒186-0011国立市谷保7106-4（☎042-574-9455＊）昭10.11.10/東京都生/合同句集『吾亦紅』
赤羽良剛〒164-0014中野区南台3-26-12-702（☎090-4132-9344/ryogo@brainforum.info）昭21.6.21/東京都生
秋尾　敏《主宰 軸》〒278-0005野田市宮崎95-4（☎04-7122-3921 FAX04-7122-3939/bin@jazz.email.ne.jp）昭25.4.29/埼玉県生
秋澤夏斗《都市》〒195-0072町田市金井5-12-2（☎090-7711-0875/natsuo.akizawa@gmail.com）昭19.8.9/東京都生
秋元ユキ子《鶴》〒157-0073世田谷区砧3-32-18（☎03-3415-0697＊/akimotoyukiko@icloud.com）
秋山朔太郎《主宰 夏野》〒170-0004豊島区北大塚2-24-20-601（☎03-3367-2261 FAX03-6770-0056）昭17.6.1/東京都生/「俳人ならこれだけは覚えておきたい名句・山口青邨」（雑誌掲載）
秋山信行《やぶれ傘》〒336-0932さいたま市緑区中尾103-15（☎048-874-0555）昭20.5.14/埼玉県生
秋山百合子《家・円座・晨》〒464-0802名古屋市千種区星が丘元町14-60-201（☎052-783-3810＊）昭16.7.7/愛知県生/『朱泥』『花と種』『花音』『星が丘』
浅井民子《主宰 帆》〒186-0002国立市東4-16-17（☎042-577-0311＊/tamiko-asai@dream.jp）昭20.12.14/岐阜県生/『黎明』『四重奏』
浅田光代《風土》〒569-1041高槻市奈佐原2-13-12-704（☎072-696-0488＊）昭20.12.27/福岡県生/『みなみかぜ』
安里琉太《群青・澍》〒901-2101浦添市西原6-16-5エキミエールII 102号室/平6/沖縄県生/『式日』
浅沼千賀子《樹》昭32.2.21/東京都生
芦川まり《八千草》〒189-0011東村山市恩多町1-47-3（☎042-397-0883＊）昭17.10.24/山形県生
東　國人《ペガサス・蛮・青群・祭演》〒299-2521南房総市白子673-1（☎0470-46-2915 FAX0470-46-3072/xbcfb800jp@yahoo.co.jp）昭35.4.3/千葉県生

東　祥子《閏》昭12.4.20
足立枝里《鴻》〒154-0014世田谷区新町2-2-16-602/昭41.10.1/東京都生/『春の雲』
足立和子《ろんど》〒257-0006秦野市北矢名1085-2(☎0463-76-4661＊)昭15.11.10/神奈川県生
足立幸信《香雨》兵庫県生/『一途』『狩行俳句の現代性』
安達みわ子《予感》昭35.10.28/島根県生
阿部鷹紀《羅ra》〒381-0043長野市吉田1-10-3-6(t-abe@shinmai.co.jp)昭45.6.19/東京都生
阿部竹子《宇宙船》〒983-0824仙台市宮城野区鶴ヶ谷8-11-16(☎022-252-5551＊)
阿部　信《雛》〒222-0037横浜市港北区大倉山4-1-13-B505(☎045-545-9091＊/makotob5052002@yahoo.co.jp)昭26.5.7/北海道生
天野かおり《花鳥》昭37/福岡県生
天野眞弓《今日の花》〒142-0064品川区旗の台2-13-10/昭10.3.9/山梨県生
天野美登里《やぶれ傘》〒856-0827大村市水主町2-986-2(☎080-5468-5840)昭27.1.13/長崎県生/『ぽつぺん』
新井秋沙《帯》〒350-1251日高市高麗本郷745(☎042-982-2817＊/akisa-470jk-@ezweb.ne.jp)昭25.4.16/長野県生/『巣箱』
荒井一代《鴻》〒440-0853豊橋市佐藤2-28-11(☎0532-63-9690＊)昭32.10.14/愛知県生
新井京子《ろんど》〒262-0012千葉市花見川区千種町330-26(☎043-250-8526)昭22.2.20/神奈川県生
荒井千佐代《沖・空》〒852-8065長崎市横尾3-28-16(☎095-856-5165＊)昭24.3.24/長崎県生/『跳ね橋』『系図』『祝婚歌』『黒鍵』
新井洋子《艸》〒125-0061葛飾区亀有3-27-27(☎03-3601-4078)昭17.10.27/東京都生
荒川心星《鴻・松籟・主宰　星の道》〒472-0006知立市山町山83(☎0566-82-1627＊)昭6.10.19/愛知県生/『ふるさと』『花野』『旦夕』
荒川英之《伊吹嶺》〒475-0915半田市枝山町40-160/昭52.6.2/愛知県生/『沢木欣一の百句』『沢木欣一　十七文字の燃焼』
荒木　甫《鳴》〒277-0827柏市松葉町4-7-2-305(☎04-7133-7632＊/araki-h@nifty.com)昭12.5.6/京都府生/『遍舟』
有住洋子《発行人　白い部屋》(☎03-6416-8309＊)東京都生/『残像』『景色』『陸の東、月の西』
有瀬こうこ《いぶき・豆の木》(arisekouko@gmail.com)昭48
有本惠美子《ろんど》〒635-0831奈良県北葛城郡広陵町馬見北2-5-6(☎0745-55-2118＊)昭11.9.25/鳥取県生
有賀昌子《やぶれ傘》〒330-0044さいたま市浦和区瀬ケ崎1-37-2(☎048-886-7448/pc.aruru19-21@jcom.home.ne.jp)昭16.7.21/大阪府生/『余花あかり』
粟村勝美〒338-0832さいたま市桜区西堀1-17-19(☎048-861-9077 FAX048-838-7898/k-awa@pure2z.com)昭8.4.26/大阪府生/写真俳句集『ひねもす俳句』①②③
安西　篤《代表　海原》〒185-0013国分寺市西恋ケ窪1-15-12(☎0423-21-7192＊/0414atsu@jcom.home.ne.jp)昭7.4.14/三重県生/『多摩蘭坂』『秋の道(タオ)』『素秋』、評論『秀句の条件』『金子兜太』『現代俳句の断想』
安藤久美子《やぶれ傘》〒124-0012葛飾区立石4-30-6(☎03-3691-1473)昭19/東京都生/『只管(ひたすら)』
飯島ユキ《代表　羅ra》〒390-0815松本市深志3-8-2(☎0263-32-2206)東京都生/『一炷』『らいてうの姿ちひろの想い』『今朝の丘−平塚らいてうと俳句』
飯田冬眞《編集長　磁石・豈・麒麟》〒179-0075練馬区高松5-18-4-303(☎090-9141-1378/toumaiida@gmail.com)昭41.11.14/北海道生/『時効』
飯田　晴《主宰　雲》〒276-0023八千代市勝田台1-7-1D1005(☎047-487-7127)昭29.6.22/千葉県生/『水の手』『たんぽぽ生活』『ゆめの変り目』
飯野深草《波》〒520-0865大津市南郷4-14-21(☎077-534-3958＊)昭18.2.25/奈良県生/『俳句の宙2015』
飯野幸雄《顧問　夕凪》〒734-0004広島市南区宇品神田1-5-25(☎082-251-5020＊)昭15.5.24/広島県生/『原爆忌』、『戦後広島の文芸活動』(共著)
五十嵐敏子《鴻》大14.9.3/福島県生
五十嵐秀彦《代表　itak・代表　アジール・雪華》〒062-0025札幌市豊平区月寒西5条10丁目1-7-104(☎090-6261-3438 FAX011-852-7014/hide.ig@nifty.com)昭31.3.12/北海道生/『無量』『暗渠の雪』

藺草慶子《秀・星の木》
生島春江《ひまわり》〒770-8003徳島市津田本町3丁目1-73-203）昭21.11.14/徳島県生/『すきっぷ』
井口時男《豈・鬣TATEGAMI》〒214-0012川崎市多摩区中野島6-29-5-1305（☎080-6333-1542 FAX044-946-5057/hojo9m2@hotmail.co.jp）昭28.2.3/新潟県生/句集『天来の獨樂』『をどり字』『その前夜』、評論『金子兜太』
池田暎子《小さな花》〒123-0842足立区栗原3-10-19-1001/昭17.1.2/長野県生/『初蝶』
池田和子《燎》〒176-0014練馬区豊玉南2-20-12-408（☎03-3557-6532）昭22.11.1/秋田県生
井桁君江《あゆみ》〒273-0851船橋市馬込町1194-16（☎047-438-5461＊）昭10.1.4/千葉県生
池田啓三《野火》〒272-0827市川市国府台4-7-52（☎047-371-6563＊）昭7.5.17/岡山県生/『玻璃の内』『自画』『蒙古斑』『春炬燵』『美点凝視』『自註池田啓三集』
池田尚文《主宰 其桃・磁石》〒759-6603下関市安岡町7-4-37（☎083-258-4456）昭16.2.5/山口県生/『桃影』
池田澄子《豈・トイ》〒166-0015杉並区成田東4-19-15/昭11.3.25/神奈川県生/『たましいの話』『思ってます』『此処』『月と書く』他
池田　仁《宇宙船》〒184-0015小金井市貫井北町2-5-7（☎042-383-7362/ff-ikeda@mta.biglobe.ne.jp）
池田光子《風土》〒649-6217岩出市山田89-191（☎0736-79-3363＊）昭20.2.27/和歌山県生/『月の鏡』
池端英子《ろんど》〒635-0824奈良県北葛城郡広陵町疋相177-1（☎0745-55-3515＊）昭11.10.21/奈良県生/『ならやま句集』
井越芳子《副主宰 青山》〒354-0035富士見市ふじみ野西2-1-1アイムふじみ野南一番館1104（☎049-266-3079＊）昭33.4.19/東京都生/『木の匙』『鳥の重さ』『雪降る音』『自註井越芳子集』
生駒大祐《共同発行人 ねじまわし》（seventhfox@gmail.com）昭62.6.4/三重県生/『水界園丁』
井坂　宏《風の道》〒203-0004東久留米市氷川台2-30-2/『深海魚』『白き街』
井澤秀峰《汀》〒944-0031妙高市田町1-3-12/昭14.1.27/新潟県生/『名香山』

石垣真理子《鴻》
石川豊子《天頂》
石　寒太《主宰 炎環》〒353-0006志木市館2-8-7-502（☎048-476-4505＊）昭18.9.23/静岡県生/『あるき神』『炎環』『翔』『風韻』他、『わがこころの加藤楸邨』他
石工冬青《河》〒933-0134高岡市太田4821（☎0766-44-8364）昭8.10.27/富山県生/『松太鼓』『東風』『そよご』、『双髪』（合同句集）、富山県合同句集第1集〜第48集
石倉夏生《代表 地祷圏・響焰》〒328-0024栃木市樋ノ口町130-13（☎0282-23-8488＊）昭16.8.2/茨城県生
石﨑　薫《梓・杉》〒112-0006文京区小日向2-10-26-306（☎03-3945-4909＊/kaoru-music@mvb.biglobe.ne.jp）昭18.7.22/東京都生/『小日向』
石﨑宏子《百鳥》〒168-0081杉並区宮前2-13-22-113/昭14.8.20/東京都生/『水の旋律』『自註石﨑宏子集』
石嶌　岳《主宰 嘉祥》〒173-0004板橋区板橋1-50-13-1301/昭32.2.16/東京都生/『岳』『虎月』『嘉祥』『非時』
石田蓉子《鴻》〒257-0003秦野市南矢名2-1-1（☎0463-78-1448）昭14.9.18/神奈川県生/『薩摩切子』
石地まゆみ《秋麗・磁石》〒195-0053町田市能ケ谷6-46-8（☎042-708-9136＊）昭34.6.4/東京都生/『赤き弓』
石森正美《雨蛙》〒359-1145所沢市山口2056-1（☎042-925-6054＊）昭23.12.13
伊集院正子《海棠》〒594-1111和泉市光明台1-29-7（☎0725-56-7726）昭26.1.8/福岡県生
石渡道子《波》〒248-0027鎌倉市笛田2-22-7（☎0467-32-1812＊）昭11.12.4/東京都生
泉　一九《やぶれ傘》〒336-0041さいたま市南区広ヶ谷戸548（☎048-887-6069＊/yuji19jiyu@gmail.com）昭21.6.1/埼玉県生
磯　直道《くさくき》〒332-0023川口市飯塚4-4-7（☎048-251-3033＊）昭11.2.26/東京都生/『東京の蛙』『初東風』『連句って何』
磯部　香《ろんど》〒262-0045千葉市花見川区作新台1-6-21（☎043-259-5775）昭29.10.9/東京都生
板垣　浩《燎》〒191-0012日野市日野1111-1C-604（☎042-585-2314＊）昭19.7.19/山形県生

市村明代《馬酔木》〒593-8312堺市西区草部805-4(☎072-271-9278*)昭29.6.29/大阪府生
市村栄理《秋麗・むさし野》〒194-0041町田市玉川学園4-10-23竹重方(☎042-720-4213*)昭35.10.14/東京都生/『冬銀河』
市村健夫《馬酔木・晨》〒593-8312堺市西区草部805-4(☎072-271-9278*)昭29.8.12/大阪府生
市村和湖《汀》東京都生
井出野浩貴《知音》〒332-0017川口市栄町1-12-21-308/昭40.12.15/埼玉県生/『驢馬つれて』『孤島』
伊藤亜紀《森の座・群星》〒343-0023越谷市東越谷6-32-18エピデンドルム107(☎048-966-8967*)昭29.7.5/栃木県生
伊藤麻美《泉》(popono3@outlook.jp)東京都生
伊藤一男《河》〒983-0021仙台市宮城野区田子2-42-14(☎022-258-1624 FAX022-258-4656)昭22.5.13/宮城県生
伊藤啓泉《鴻・胡桃》〒990-1122山形県西村山郡大江町大字小見215(☎0237-62-2012)昭11.8.15/山形県生/『舟唄』
伊東志づ江《あゆみ》山梨県生
伊藤　隆《鴻》〒497-0038愛知県海部郡蟹江町桜3-653(☎090-8959-6572/homeranian@gmail.com)昭49.2.14/愛知県生/『筆まかせ』
伊藤トキノ《香雨》〒249-0004逗子市沼間3-17-8(☎046-872-5087)昭11.3.3/岩手県生/『花蒼』他4冊、『自註伊藤トキノ集』、入門書『季語を生かす俳句の作り方』(共著)他
伊藤秀雄《雪解》〒910-3402福井市鮎川町95-3-2(☎0776-88-2411*)昭10.6.11/福井県生/『磯住み』『仏舞』『自註伊藤秀雄集』
伊藤政美《主宰 菜の花》〒510-0942四日市市東日野町198-1(☎059-321-1177*)昭15.9.3/三重県生/『雪の花束』『青時雨』『四郷村抄』『父の木』『天音』等9冊
伊藤真代《鴻》
伊藤　翠《稲・宇宙流》〒392-0131諏訪市湖南3321-1(☎0266-53-5052)昭9.3.3/長野県生/『里時雨』『桜しべ』『一握の風』
伊藤康江《萌》〒157-0066世田谷区成城9-30-12-505(☎03-3483-7479 FAX03-3483-7489/yasue@fa2.so-net.ne.jp)昭16.2.15/大阪府生/『花しるべ』『いつもの窓』『濤のこゑ』『結び柳』『自註伊藤康江集』
伊藤瓔子《主宰 ひいらぎ》昭31.1.19/大阪府生
糸澤由布子《野火》〒308-0052筑西市菅谷1797(☎090-2318-0315 FAX0296-22-5851/kichiemo.5851@gmail.com)茨城県生
糸屋和恵《青麗》
稲垣清器《ときめきの会》〒293-0002富津市二間塚1806-4(☎0439-87-9188 FAX0439-88-0782)昭14.9.5/長野県生
稲田喜子《四万十》〒787-1604四万十市西土佐藤ノ川538(☎0880-52-2063)昭21.12.23/高知県生
稲田眸子《主宰 少年》〒341-0018三郷市早稲田7-27-3-201(☎090-3961-6558/boshi@peach.ocn.ne.jp)昭29.5.2/愛媛県生/『風の扉』『絆』『稲田眸子集』
乾　真紀子《秀・四万十》〒781-5235香南市野市町下井111(☎0887-56-2539*)
井上京子《ひまわり》〒771-5204徳島県那賀郡那賀町中山字小延15-4/昭26.10.1/徳島県生
井上つぐみ《鴻》〒277-0831柏市根戸470-25-916(☎04-7133-5251*/rekoinoue@yahoo.co.jp)昭27.1.15/長崎県生
井上弘美《主宰 汀・泉》〒151-0073渋谷区笹塚2-41-6・1-405(☎03-3373-6635*)昭28.5.26/京都府生/『あをぞら』『汀』『顔見世』『夜須礼』『京都千年の歳事』『読む力』他
井上康明《主宰 郭公》〒400-0026甲府市塩部4-9-9(☎055-251-6454*)昭27.5.31/山梨県生/『四方』『峡谷』
伊能　洋《暦日》〒156-0043世田谷区松原4-11-18(☎03-3321-3058*)昭9.4.12/東京都生/『紫陽花の湖』
今井勝子《諷詠》〒599-8111堺市東区日置荘北町2-2-31(☎072-286-4104)昭17.1.2/岐阜県生
今泉かの子《若竹》〒458-0008名古屋市緑区平手北2-421(☎052-879-1133)愛知県生/『背なでて』
今井　豊《代表 いぶき》〒673-0881明石市天文町2-1-38(☎090-3827-2727)昭37.8.27/兵庫県生/『席捲』『逆鱗』『訣別』『草魂』
今瀬一博《対岸・沖》〒311-4311茨城県東茨城郡城里町増井1319-1(☎029-288-4368)茨城県生/『誤差』
今園由紀子《輪》東京都生
今富節子《貂》〒157-0071世田谷区千歳台6-16-7-313/昭20.5.20/富山県生/『多福』『目盛』

今村たかし《会長 練馬区俳句連盟・杉》〒177-0041練馬区石神井町3-27-6(☎03-3996-1273/imataka@dream.com)昭15.2.14/『百会』『遊神』
伊予田由美子《夏爐・椎の実》昭24.3.10/高知県生/『仮の橋』『彩雲』
入河　大《りいの》〒791-4502松山市小浜185-2(☎0899-97-1275)
入野ゆき江《予感》〒190-0032立川市上砂町3-6-14/昭10.7/東京都生/『清流』
入部美樹《青山》〒247-0006横浜市栄区笠間2-10-3-210(☎045-893-5730*)昭33.3.25/広島県生/『花種』
岩木　茂《風土》〒625-0035舞鶴市字溝尻16(☎0773-64-0056*)
岩佐　梢《鴻》〒271-0097松戸市栗山519-3(☎047-364-9866*)昭19.11.19/千葉県生
岩田由美《秀・青麗》〒221-0854横浜市神奈川区三ツ沢南町5-12(☎045-323-3319*)昭36.11.28/岡山県生/『春望』『夏安』『花束』『雲なつかし』
岩出くに男《鳰の子》〒569-1031高槻市松が丘2-3-17(☎072-687-0552*)昭14.10.6/兵庫県生/『晏』
岩永佐保《鷹》〒252-0303相模原市南区相模大野1-16-1(☎042-744-6775*)昭16.6.6/福岡県生/『海響』『丹青』『迦音』『自註岩永佐保集』
岩永はるみ《春燈》〒389-0111長野県北佐久郡軽井沢町三井の森1102(☎090-1055-0081/iwanagaharumi3@gmail.com)東京都生/『白雨』『追伸』、合同句集『明日』
岩本芳子《多磨》〒632-0052天理市柳本町1065(☎0743-66-1204*)昭13.5.1/奈良県生
上田和生《雪解》〒596-0845岸和田市阿間河滝町1625(☎072-426-0888*/kueda11@sensyu.ne.jp)昭15.2.11/大阪府生/『稲田』、随筆『お多福豆』
植竹春子《泉》〒213-0032川崎市高津区久地4-4-23(☎044-822-1955*)昭22.4.30/山梨県生/『蘆の角』
上田　桜《陸》〒174-0046板橋区蓮根3-15-1-209(☎090-2249-6399 FAX03-3965-7841)昭25.4.14/福岡県生/共著『現代俳句精鋭選集13』『平成俳人大全集』
上田日差子《主宰 ランブル》〒151-0053渋谷区代々木2-37-15-204都筑方(☎03-3378-9206*)昭36.9.23/静岡県生/『日差集』『忘南』『和音』
上野一孝《代表 梓》〒171-0042豊島区高松3-8-3(☎03-3530-3558 FAX03-5995-3976/azusa-iu@able.ocn.ne.jp)昭33.5.23/兵庫県生/『萬里』『李白』『迅速』『風の声を聴け』『森澄雄俳句熟考』『肉声のありかを求めて』『俳句の周辺』
丑久保　勲《やぶれ傘》〒338-0013さいたま市中央区鈴谷9-4-19(☎048-853-3856*)昭14.2.5/栃木県生
臼井清春《栞》〒227-0033横浜市青葉区鴨志田町806-18(☎045-962-6569*/kiyoharu2505@quartz.ocn.ne.jp)昭17.3.21/岐阜県生
碓井ちづるこ《家・円座》〒458-0812名古屋市緑区神の倉3-99(☎052-876-9027*/usuichi@k4.dion.ne.jp)昭14.1.1/大阪府生/『洋々会35年記念合同俳句集』
内田創太《椋》〒181-0012三鷹市上連雀5-16-2-202/昭58.4.27/茨城県生
内原陽子《杉・夏爐》〒781-0015高知市薊野西町1-14-13(☎088-845-1829)昭2.11.19/東京都生/『雲井』
宇都宮敦子《鳴・貂・棒》〒336-0021さいたま市南区別所5-9-18/昭10.2.14/岩手県生/『錦玉羹』『琴弾鳥』
宇野恭子《汀》〒615-8225京都市西京区上桂森下町1-33(☎075-391-3780*)『樹の花』
宇野貴子《俳句留楽舎》〒238-0111三浦市初声町下宮田351(☎046-888-1635)
宇野理芳《雲取》〒114-0034北区上十条5-10-9(☎03-3909-2349*)昭17.4.1/東京都生
梅枝あゆみ《煌星》昭39.4.13/三重県生
梅沢　弘《野火》〒344-0007春日部市小渕179-11(☎048-761-0283/ume.satoyama@gmail.com)昭31.8.31/埼玉県生/『ふるさとの餅』
梅田ひろし《香雨》〒349-1103久喜市栗橋東1-1-1(☎0480-52-1375)昭14.1.1/埼玉県生/『栗橋』『石榴の実』
梅津大八《谺》〒244-0816横浜市戸塚区上倉田町1803-5(☎045-861-4930/umetsudai8@gmail.com)昭24.1.2/青森県生/『富士見ゆる』『梅ひらく』
宇留田厚子《輪の句会》新潟県生
江崎紀和子《櫟》〒791-0222東温市下林1646-2(☎089-964-8048)昭25/愛媛県生/『風の棚』『月の匂ひ』『花の幹』

衞藤能子《八千草》〒170-0003豊島区駒込3-4-2(☎090-3478-9018 FAX03-5394-0359)昭22.3.29/東京都生/『水の惑星』

江中真弓《「暖響」選者》〒180-0006武蔵野市中町1-11-16-607(☎0422-56-8025*)昭16.7.11/埼玉県生/『雪径』『水中の桃』『武蔵野』『六根』、アンソロジー『俳句の杜4』

榎並律子《多磨》〒659-0021芦屋市春日町13-2-301(☎0797-23-2526*)昭39.6.4/奈良県生

海老澤愛之助《雨蛙》〒359-1132所沢市松が丘1-5-2(☎04-2922-0259*/aij9607@yahoo.co.jp)昭17.12.8/東京都生

海老澤正博《帆》〒336-0911さいたま市緑区三室636-74(☎048-711-1776*)昭20.9.22/東京都生

遠藤酔魚《あゆみ》〒274-0067船橋市大穴南1-11-23(☎047-462-0721*/rs-endo@cotton.ocn.ne.jp)昭24.10.17/京都府生

遠藤容代《天為》〒154-0024世田谷区三軒茶屋2-52-17-203(☎03-6450-8988*/endohiroyo@gmail.com)昭61.7.9/東京都生

遠藤正恵《濃美・家》〒465-0055名古屋市名東区勢子坊1-1109(☎052-703-9463 FAX052-908-9021)愛知県生/『野遊び』

遠藤由樹子〒154-0024世田谷区三軒茶屋2-52-17-203(☎03-6450-8988*)昭32.7.13/東京都生/『濾過』『寝息と梟』

尾池和夫《主宰 氷室》〒611-0002宇治市木幡御蔵山39-1098(☎0774-32-3898 FAX050-3398-3707/oike-kazuo@nifty.com)昭15.5.31/東京都生/『大地』『瓢鮎図』

尾池葉子《氷室》〒611-0002宇治市木幡御蔵山39-1098(☎0774-32-3898 FAX0774-33-4598/oike.yoko@mbi.nifty.com)昭16.1.25/高知県生/『ふくろふに』

近江文代《野火・猫街》〒146-0095大田区多摩川2-11-23(w_jinjiang@yahoo.co.jp)昭42.1.15/埼玉県生

大石香代子《鷹》〒173-0004板橋区板橋1-50-13-1301/昭30.3.31/東京都生/『雑華』『磊磊』『鳥風』ほか

大石雄鬼《陸》〒183-0054府中市幸町3-1-1-435/昭33.7.31/静岡県生/『だぶだぶの服』

大井恒行《豈》〒183-0052府中市新町2-9-40(☎042-319-9793*)昭23.12.15/山口県生/『風の銀漢』『大井恒行句集』『教室でみんなと読みたい俳句88』など

大上朝美《鏡》昭28/福岡県生

大角文子《飄の木》〒670-0056姫路市東今宿1-5-11ネオハイツ今宿1102号(☎079-291-6808*)昭23.12.5/兵庫県生

大木あまり《星の木》〒226-0006横浜市緑区白山3-18-1(☎045-934-7503*)昭16.6.1/東京都生/『火のいろに』『火球』『星涼』『遊星』

大木孝子《代表 刈安》

大窪雅子《夏爐》〒781-0304高知市春野町西分213-1(☎088-894-2299)昭17.12.8/高知県生

大熊峰子《門》〒121-0062足立区南花畑3-19-21(☎03-3883-1869*/090-8465-9100)昭5.1.25/東京都生

大崎紀夫《主宰 やぶれ傘・棒》〒335-0022戸田市上戸田1-21-7(☎048-443-5881*)昭15.1.28/埼玉県生/『草いきれ』『釣り糸』『麦藁帽』『牛蛙』他

大澤ゆきこ《燎》昭20.3.19/東京都生

大島英昭《やぶれ傘・棒》〒364-0002北本市宮内1-132(☎048-592-5041*/usagi-oshima@jcom.zaq.ne.jp)昭17.7.12/東京都生/『ゐのこづち』『花はこべ』『人参の花』

大島幸男《氷室》〒618-0012大阪府三島郡島本町高浜3-3-1-606(☎090-1244-1161/yukimachio@gmail.com)昭23.1.20/新潟県生/『現代俳句精鋭選集9』

太田うさぎ《街・なんぢや・豆の木》〒177-0051練馬区関町北3-43-3寺澤方(☎090-8086-5177/jwoufsf@gmail.com)昭38.1.31/『俳コレ』(共著)、『また明日』

大高霧海《主宰 風の道》〒150-0032渋谷区鶯谷町19-19(☎03-3461-7968 FAX03-3477-7021)昭9.2.6/広島県生/『水晶』『鵜飼』『白の矜持』『無言館』『菜の花の沖』『鶴の折紙』

大竹朝子《雛》〒135-0016江東区東陽2-3-5-617/『十月のサルビア』『火恋し』

大竹多可志《主宰 かびれ》〒116-0011荒川区西尾久8-30-1-1416(☎03-3819-1459*)昭23.6.23/茨城県生/『気流』『熱気球』『青い断層』『0秒』『水母の骨』『芭蕉の背中』『空空』『日立』『自註大竹多可志集』、エッセイ『自転車で行く「奥の細道」逆回り』『自転車で行く「野ざらし紀行」逆回り』

大谷のり子《野火》群馬県生/『豚の睫毛』

大塚阿澄《代表 俳句留楽舎》昭17.9/愛媛県生

大西主計《銀化》〒216-0007川崎市宮前区小

台2-20-14-205(☎044-854-4683＊/kmkj5588@cd5.so-net.ne.jp)昭29.10.28/福岡県生
大西　朋《鷹・晨》〒305-0041つくば市上広岡501-2(☎029-895-3732＊/tomo@onishi-lab.jp)昭47.10.16/大阪府生/『片白草』
大沼つぎの《燎》〒206-0811稲城市押立543-3(☎042-377-4822)/宮城県生
大野崇文《香雨》〒277-0005柏市柏4-11-3(☎04-7163-1382＊)昭26.1.16/千葉県生/『桜炭』『酔夢譚』『遊月抄』
大野汀子《愛媛若葉》〒799-2651松山市堀江町甲1445-6(☎089-979-4404＊)昭22.9.7/高知県生
大橋一弘《主宰 雨月》〒565-0851吹田市千里山西5-8-1雨月発行所(☎06-6338-8431＊)昭43.5.13/広島県生
大林文鳥《夏爐》〒787-0023四万十市中村東町3-9-2/昭28.1.6/高知県生
大曲富士夫《花苑》〒665-0024宝塚市逆瀬台5-2-5(☎0797-77-7041＊)昭22.1.3/福岡県生/『俳句の杜 2021』、合同句集『いずみ』
大海かほる《初蝶》〒270-1145我孫子市高野山226-24(☎04-7182-9522＊)昭18.5.23/高知県生
大室八重子《門》〒120-0005足立区綾瀬6-13-2/昭18.1.8/東京都生
大矢知順子《都市》〒243-0037厚木市毛利台2-7-7(☎046-247-4844＊/junoyachi@gmail.com)昭18.5.28/愛知県生/『揚ひばり』
大山妙子《汀》〒192-0014八王子市みつい台1-23-9(☎042-691-4199)昭21.10.3/宮城県生
大輪靖宏《主宰 輪》〒248-0012鎌倉市御成町9-21-302(☎0467-24-3267＊)昭11.4.6/東京都生/『海に立つ虹』、評論『なぜ芭蕉は至高の俳人なのか』他
岡崎桜雲《主宰 涛光》〒782-0031香美市土佐山田町東本町2-1-41(☎0887-53-4211＊)昭7.11.1/高知県生
岡崎由美子《艸》〒273-0005船橋市本町6-7-10(☎047-424-7635/yumi-221036@t.vodafone.ne.jp)昭18.10.16/千葉県生
小笠原貞子《耕》〒455-0857名古屋市港区秋葉1-130-96(☎052-301-5095＊)昭22.1.3/長野県生
岡田　薫《山彦》昭31.12.16
尾形誠山《ろんど》〒262-0019千葉市花見川区朝日ケ丘3-4-21(☎043-271-6939＊/ogata@fg8.so-net.ne.jp)昭23.7.8/東京都生/『潦』
岡部澄子《天頂》〒430-0805浜松市中央区相生町15-12/静岡県生
岡部すみれ《天頂》〒430-0805浜松市中央区相生町15-12/静岡県生
岡本欣也《雪解》〒552-0011大阪市港区南市岡3-1-17(☎06-6581-5635＊)昭13.11.27/大阪府生/『山径』
岡本紗矢《門・梟》〒225-0021横浜市青葉区すすき野3-3-19-303(☎045-878-1211＊)昭31.9.23/奈良県生/『向日葵の午後』
岡山祐子《燎》〒214-0037川崎市多摩区西生田4-24-16(☎044-954-8065＊)昭14.3.17/鹿児島県生
小川　求《茅》〒247-0063鎌倉市梶原3-3-11/昭22.2.26/宮城県生/『赫いハンカチ』
小川軽舟《主宰 鷹》〒222-0003横浜市港北区大曽根1-5-7-32(☎045-642-4233＊)昭36.2.7/千葉県生/『朝晩』『俳句と暮らす』
小川美知子《栞》〒143-0021大田区北馬込1-7-3(☎03-3778-6793＊/sora409@hb.tp1.jp)昭24.5.15/静岡県生/『言葉の奥へ―岡本眸の俳句』『私が読んだ女性俳句』
小川雪魚《森の座》〒675-0122加古川市別府町別府991-8/昭31.10.29/兵庫県生
沖　あき《鷹》〒192-0032八王子市石川町2971-13-501(☎042-646-7483＊)昭19.1.31/鳥取県生/『秋果』『吉事』
奥坂まや《鷹》〒156-0052世田谷区経堂3-20-22-701(☎090-2201-5277)昭25.7.16/東京都生/『列柱』『縄文』『妣の国』『うつろふ』『鳥獣の一句』『飯島晴子の百句』
奥山きよ子《青草》〒243-0803厚木市山際208-9(☎046-245-1284＊)
小倉くら子《玉藻》〒165-0027中野区野方4-12-12(☎03-3228-7704＊)
尾崎人魚《毬》〒144-0031大田区東蒲田1-16-11-104(☎03-3737-3147＊)昭30.2.3/東京都生/『ゴリラの背中』
尾﨑裕子《八千草》
長田群青《郭公》〒409-3607山梨県西八代郡市川三郷町印沢54(☎055-272-4376＊)昭22.12.3/山梨県生/『霾日』『押し手沢』
小沢洋子《編集長 圓》〒447-0851碧南市羽根町3-13(☎0566-42-7551＊)昭26.2.14/愛知県生/『四季吟詠句集34』、詩集『天花』
押野　裕《澤》〒250-0012小田原市本町2-4-

42-1203（☎0465-22-6780*/oshinohiroshi516@gmail.com）昭42.9.13/神奈川県生/『雲の座』
小瀬寿恵《燎》
小田切輝雄《主宰 埴》〒234-0052横浜市港南区笹下1-10-14（☎045-843-4921*）昭17/長野県生/『千曲彦』『甲武信』
小田島 渚《銀漢・小熊座》宮城県生/『羽化の街』
小田嶋順子《繭の木》〒666-0007川西市鴬が丘3-9（☎072-759-5320*）昭15.7.26/北海道生
織田美知子《花苑》〒593-8301堺市西区上野芝町4-22-5（☎072-241-7807）昭13.12.15/大阪府生/合同句集『いずみ』
落合絹代《風土》〒242-0024大和市福田6-1-13（☎046-267-6451*）昭12.10.25/広島県生
落合水尾《主宰 浮野》〒347-0057加須市愛宕1-2-17（☎0480-61-3684*）昭12.4.17/埼玉県生/『青い時計』『谷川』『澪標』『平野』『東西』『徒歩禅』『蓮華八峰』『浮野』『日々』『円心』『無辺』、『山月集―忘れえぬ珠玉』
落合青花《少年》〒818-0122太宰府市高雄2-3849-12（☎092-924-5071）昭21.10.8/福岡県生/俳句とエッセイ集『思考回路』
落合美佐子《浮野》〒347-0057加須市愛宕1-2-17（☎0480-61-3684*）昭13.3/埼玉県生/『花菜』『野みち』『野菊晴』
越智 巌《副主宰 ひいらぎ》〒663-8154西宮市浜甲子園3-4-18（☎0798-49-6148*）昭16.10.5/愛媛県生
小野桂之介《知音》〒227-0036横浜市青葉区奈良町2762-87（☎045-962-8150/onokei1940@gmail.com）昭15.10.30/東京都生/『蝸牛』『都々逸っていいなあ』
小野田征彦《繪硝子》〒247-0061鎌倉市台1638（☎0467-46-4483/y-onoda@sage.ocn.ne.jp）昭13.11.15/神奈川県生/『縦笛の音』『妙妙の』
小野寺みち子《河》〒981-0942仙台市青葉区貝ケ森1-17-1（☎022-279-7204*/elmer1212@gmail.com）宮城県生
小野美智子《汀》〒215-0023川崎市麻生区片平2-10-7（☎044-989-0009*/darisaritel623@gmail.com）昭29.1.16/東京都生
小畑柚流《樹氷・天為》〒020-0877盛岡市下ノ橋町1-30-807（☎019-654-4767）昭3.10.1/岩手県生/『山意』『川音』
小原 晋《日矢余光句会》昭19.3.3/岡山県生/『旅にしあれば』
小原芙美子《風土》〒625-0080舞鶴市北吸510-5（☎0773-64-3733/ohara1019@iris.eonet.ne.jp）
帯屋七緒《知音》〒152-0003目黒区碑文谷4-10-16（☎03-3712-4176*/nanaobi@k06.itscom.net）昭22.8.5/長崎県生/『父の声』
小俣たか子《清の會・初蝶》〒270-1142我孫子市泉41-22（☎04-7182-9234*）昭16.3.23/東京都生/『文机』
尾村勝彦《主宰 葦牙》〒064-0919札幌市中央区南19条西14丁目1-20-705（☎011-563-3116*）昭9.10.20/北海道生/『流氷原』『海嶺』

か行

海津篤子《椋》〒158-0083世田谷区奥沢7-23-14-301（☎03-3704-6423*）昭28.9.29/群馬県生/『草上』
甲斐輝子《風の道》〒245-0021横浜市泉区下和泉2-25-19（☎045-804-6261*）昭24.8.7/神奈川県生
甲斐のぞみ《百鳥》〒751-0874下関市秋根新町18-20/昭48.7.5/静岡県生/『絵本の山』
甲斐由起子《天為》〒192-0153八王子市西寺方町1019-313/『春の潮』『雪華』『近代俳句の光彩』『耳澄ます』
甲斐よしあき《百鳥・晨・湧》〒567-0007茨木市南安威2-11-34（☎072-641-0645*/k-yosiki@sea.plala.or.jp）昭23.5.4/静岡県生/『抱卵』『転生』
加賀城燕雀《主宰 からたち》〒799-3763宇和島市吉田町浅川182-5（☎0895-52-0461*）昭24.10.4/愛媛県生
角谷昌子《磁石》〒408-0306北杜市武川町山高3567-269（☎0551-26-2711*）『奔流』『源流』『地下水脈』、評論『山口誓子の100句を読む』『俳句の水脈を求めて』
鹿熊俊明（登志）《ひたち野・芯》〒310-0005水戸市水府町1406-1（☎029-227-1751*/kakuma99@vesta.ocn.ne.jp）昭11.8.2/富山県生/『御来迎』『巨根絡む』、著書『八百万の神』『世界を観て詠んでみて』
掛井広通《くぢら》〒437-1204磐田市福田中島3396-4 C313（☎070-2214-8910）昭38.4.30/静

岡県生/『孤島』『さみしき水』
加古宗也《主宰 若竹》〒445-0852西尾市花ノ木町2-15(☎0563-56-5847*)昭20.9.5/愛知県生/『舟水車』『八ツ面山』『花の雨』『雲雀野』『茅花流し』
笠井敦子《鴫》〒272-0812市川市若宮3-59-3(☎047-338-4594*/maykasai@s3.dion.ne.jp)昭9.5.1/福島県生/『モナリザの声』
笠原しのぶ《風叙音》
かしまゆう《主宰 まがたま》〒110-0003台東区根岸5-15-12-1001/昭51.7.30/東京都生/『Tシャツ』『感じたままを表現できるじょうずな俳句の作り方50のポイント』
加島葉子《副主宰 まがたま》東京都生
梶　睦子《天頂》〒215-0027川崎市麻生区岡上2-24-5(☎044-988-0126*)昭14.12.2
柏原眠雨《しろはえ》〒980-0802仙台市青葉区二日町9-12-1202(☎022-263-2774*)昭10.5.1/東京都生/『炎天』『草清水』『露葎』『夕雲雀』『花林檎』『風雲月露』
片桐基城《草樹・代表 草の宿》〒324-0064大田原市今泉434-144(☎0287-23-7161/kijyou@m8.dion.ne.jp)昭9.2.25/東京都生/『昨日の薬罐』『水車小屋』『相聞歌』
かつら　澪《風樹》〒560-0084豊中市新千里南町3-24-8(☎06-6831-0283*)昭7.6.30/兵庫県生/『銀河鉄道』『四季吟詠句集』『平成俳人大全書』
加藤かな文《代表 家》〒470-0113日進市栄3-1307-3-602(☎0561-72-4075*)昭36.9.6/愛知県生/『家』
加藤国彦《樹》〒300-0045土浦市文京町8-3サンテーヌ土浦908(☎029-825-4415 FAX029-826-6333/peter9215@i.softbank.jp)昭9.3.13/大阪府生/『宗教から和イズムへ』(本名 栄一名義)
加藤耕子《主宰 耕・Kō》昭6.8.13/京都府生/『空と海』他、翻訳集『A Hidden Pond』他
加藤哲也《主宰 蒼穹・銀化》〒444-0815岡崎市羽根町陣場222(☎0564-53-3548*/HZC03167@nifty.com)昭33.6.22/愛知県生/『舌頭』『美しき尾』、評論集『俳句の地底I〜IV』他
加藤英夫《悠》〒270-0131流山市美田69-248(☎04-7154-0412*)昭12.2.5/東京都生
加藤峰子《代表 鴫》〒260-0852千葉市中央区青葉町1274-14(☎043-225-7115*/mi-kato@jcom.zaq.ne.jp)昭23.10.20/千葉県生/『ジェンダー論』『鼓動』
加藤　柚《俳句留楽舎》昭27/神奈川県生
金井政女《清の會》〒273-0048船橋市丸山1-21-10/昭16.4.23/千葉県生
金澤踏青《ひたち野》〒312-0012ひたちなか市馬渡3266(☎029-273-0293*)昭12.2.28/茨城県生/『人は魚』、アンソロジー『現代俳句精鋭選集10』『同18』
金谷洋次《秀》〒178-0064練馬区南大泉2-5-43(☎03-3925-3464*)昭26/富山県生/『天上』
金子　嵩《衣・祭演》〒235-0045横浜市磯子区洋光台6-17-13(☎045-833-1407)昭10.12.15/東京都生/『ノンの一人言』『みちのり』『天晴(てんせい)』
金子竜胆《春月》〒177-0042練馬区下石神井6-10-4(☎03-5393-0446)昭20.4.8/栃木県生/『大樹』『赤城峰』『四季のうた・詩歌句3面』『四季のうた・詩歌句3面パート2』
金田一波《道》〒097-0401北海道利尻郡利尻町沓形字緑町(☎0163-84-2417*)昭3.4.26/北海道生/『島山』『夫婦島』
鹿又英一《主宰 蛮の会》〒221-0814横浜市神奈川区旭ヶ丘5-18(☎090-6178-9706 FAX045-491-5745/eichan6@gmail.com)昭25.7.20/神奈川県生
鎌田やす子《ときめきの会》〒296-0125鴨川市横尾284(☎0470-97-0876)昭25.11.25/千葉県生
神山市実《やぶれ傘》〒331-0825さいたま市北区櫛引町2-82(☎048-652-8229*/kankuro1921@kne.biglobe.ne.jp)昭25.4.16/埼玉県生
神山方舟《雨蛙》〒359-1133所沢市荒幡9-3(☎04-2926-6355*/makoto.k406@gmail.com)昭6.4.6/埼玉県生/『命存ふ』
神山ゆき子《からたち》〒426-0007藤枝市潮152-21(☎090-8151-5789)昭20.11.7/静岡県生/『桜の夜』『うすくれなゐ』
亀井雉子男《主宰 四万十・鶴》〒787-0023四万十市中村東町1-10-8(☎0880-35-3109*)昭21.8.19/高知県生/『朴の芽』『青山河』『朝顔の紺』
亀井孝始《副主宰 清の會・主宰 鴨の会》〒156-0043世田谷区松原1-53-5-904(☎03-6316-8603*/koji16632017@yahoo.co.jp)昭22.1.7/静岡県生/『はじめての古文』『飛翔集』『笹鳴集』『葦牙集』
川上典子《軸》

川上昌子《栞》〒403-0007富士吉田市中曽根3-11-24(☎0555-22-4365*)昭24.7.30
川上良子《主宰 花野》〒167-0052杉並区南荻窪3-7-9(☎03-3333-5787*)昭18.5.23/旧朝鮮生/『大き礎石』『聲心』
川口　襄《爽樹》〒350-1103川越市霞ケ関東4-5-8(☎090-4076-5930/jkoshuusan@gmail.com)昭15.5.8/新潟県生/『王道』『マイウエイ』『蒼茫』『自註川口襄集』『星空』、紀行エッセイ集『私の道』
川口崇子《雉》昭17.11.12/広島県生
川崎果連《豈・鷗座・祭演・天晴》
川崎千鶴子《海原・青山俳句工場05》〒730-0002広島市中区白島中町12-15(☎082-222-1323*)昭21.6.3/新潟県生/『恋のぶぎぶぎ』
河崎ひろし《樹》(hiroshi.kawasaki65@gmail.com)昭19.1.14/神奈川県生
川崎益太郎《海原・夕凪・青山俳句工場05》〒730-0002広島市中区白島中町12-15(☎082-222-1323*/masutaro@wine.plala.or.jp)昭21.4.3/岡山県生/『秋の蜂』
河瀬俊彦《代表 爽樹》〒359-1153所沢市上山口5002-11(☎04-2939-9702*/toshikawase@jcom.home.ne.jp)昭18.3.8/香川県生/『箱眼鏡』
川添弘幸《四万十・雉・鷹》〒781-2123高知県吾川郡いの町天王南2-6-12(☎088-891-6330*)昭29.11.1/大阪府生高知県育ち
川田好子《風土》〒145-0075大田区西嶺町29-14(☎03-3758-3757)
河野　奎《天頂》昭18.12.20/東京都生/『後部席』
河鰭　直《天頂》〒285-0858佐倉市ユーカリが丘7-32-1-105弐番館(☎043-489-4205/tadashi27619@yahoo.co.jp)昭27.6.19/神奈川県生
川原　正《くぢら》〒143-0024大田区中央8-41-18(☎03-3751-9175/090-8859-3738)昭20.6.17/長野県生/『光年の星』
川村研治《暖響・ににん》〒259-0113神奈川県中郡大磯町石神台2-4-5(☎080-3916-1038)昭14.2.14/東京都生/『花野』『ぴあにしも』
川村胡桃《銀化》〒630-8365奈良市下御門町17-1(819koto@ymail.ne.jp)昭41/東京都生
河村正浩《主宰 山彦》〒744-0024下松市花岡大黒町526-3(☎0833-43-7531*)昭20.12.21/山口県生/『桐一葉』『春宵』『春夢』など15冊、『自解150句選』『俳句つれづれ』
河村洋子《風の道》〒203-0032東久留米市前沢1-5-27-502(☎042-477-3294/yoko161477@yahoo.co.jp)昭18.10.27/福岡県生
川本育子《鹿火屋》〒250-0874小田原市鴨宮589-5(☎0465-48-0642*)昭21.6.1/神奈川県生/『御感の藤』
河原地英武《主宰 伊吹嶺》〒525-0027草津市野村5-26-1(☎077-561-7322 FAX050-3737-8623/kawaraji@cc.kyoto-su.ac.jp)昭34.7.2/長野県生/『火酒』『憂国』、評論『平成秀句』
神田ひろみ《暖響・代表 雲出句会》〒514-0304津市雲出本郷町1399-19(☎059-238-1366*/shkanda@blue.plala.or.jp)昭18.11.29/青森県生/『虹』『風船』『まぼろしの楸邨』
菅野孝夫《主宰 野火》〒344-0007春日部市小渕162-1-2-304(☎048-754-2158 FAX048-754-2180/kanno304@helen.ocn.ne.jp)昭15.3.19/岩手県生/『愚痴の相』『細流の魚』『ことばを正しくすれば俳句が良くなる』『衣食足りて俳句が痩せた』
神野未友紀《鴻》〒444-0079岡崎市石神町8-9(☎0564-22-4301*)昭33.9.5/広島県生
神戸サト《泉》〒206-0012多摩市貝取1300-1クオス永山408(☎042-371-4119*)昭26.5.21/新潟県生
喜岡圭子《帯》〒277-0871柏市若柴173-8-15 1街区E-405(☎04-7132-8202*/yuukei06@pck.nmbbm.jp)昭18.12.6/徳島県生/『雲とわたしと』
菊田一平《や・晨》〒189-0002東村山市青葉町3-27-22(☎042-395-1182*/ippei0128@ozzio.jp)昭26.1.28/宮城県生/『どつどどどどう』『百物語』他
きくちきみえ《やぶれ傘》〒235-0036横浜市磯子区中原2-18-15-202(☎045-772-5759)昭32.6.26/神奈川県生/『港の鴉』
菊池恵海《風の道》〒171-0021豊島区西池袋2-15-6-301(☎090-7256-6134/keikaiatami@gmail.com)昭25.3.16/福島県生
菊地穂草《道》函館市/北海道生
如月のら《郭公》〒395-0004飯田市上郷黒田768-4(☎090-2915-4764)昭28.3.13/長野県生/『The Four Seasons』『実生』
岸根　明《汀》〒182-0023調布市染地1-19-41(☎090-2326-9914)昭24.3.9/熊本県生
岸原清行《主宰 青嶺》〒811-4237福岡県遠賀

郡岡垣町東高倉2-7-8(☎093-282-5890 FAX093-282-5895)昭10.7.30/福岡県生/『草笛』『青山』『海境』『天日』、秀句鑑賞集『一句万誦』
木島訓生《天頂》〒194-0001町田市つくし野4-29-20(☎042-788-2366＊/kkenny69@f01.itscom.net)昭22.6.9/京都府生
岸本尚毅《天為・秀》〒221-0854横浜市神奈川区三ツ沢南町5-12(☎045-323-3319＊/ksmt@mx7.ttcn.ne.jp)昭36.1.5/岡山県生/『十七音の可能性』『生き方としての俳句』『文豪と俳句』
北川かをり《甘藍》〒418-0054富士宮市光町10-15(☎0544-24-7113 FAX0544-22-0067)昭30.4.11/東京都生
北林由鬼雄《道》〒098-5711北海道枝幸郡浜頓別町北1条1丁目(☎01634-2-2338)昭10.9.9/北海道生/『白鳥の村』
北原昭子《稲》〒399-3202長野県下伊那郡豊丘村神稲353-4(☎0265-35-6282)昭9.9.12/南鮮生
北村　操《鴻》
喜多杜子《春月》〒302-0119守谷市御所ヶ丘4-9-10戸恒方(☎0297-45-7953＊)昭18.5.19/茨城県生/『てのひら』『貝母の花』
橘田美智子(みち子)《燎》〒184-0011小金井市/昭13.5.21/東京都生
木下克子《燎》〒187-0004小平市天神町1-9-15/石川県生
木村有宏《鶴》〒352-0016新座市馬場4-5-7/昭27.3.4/埼玉県生/『無伴奏』
木村行幸《予感》〒289-1115八街市八街ほ967(☎043-443-5507)昭22.11.12/新潟県生
木村瑞枝《やぶれ傘》〒336-0911さいたま市緑区三室1454(☎048-873-2268＊/mizu-e.bce.428.ki-mura@docomo.ne.jp)昭21.1.1/埼玉県生
木村里風子《主宰 楓》〒734-0007広島市南区皆実町2-6-17(☎082-253-8679)大12.1.30/広島県生/『歩み板』『自註木村里風子集』『楓声』
木本隆行《泉》昭44.11.15/東京都生/『鶏冠』
草深昌子《主宰 青草・晨》〒243-0037厚木市毛利台1-15-14(☎046-247-3465＊/masakokusa.0217@tiara.ocn.ne.jp)昭18.2.17/大阪府生/『青葡萄』『邂逅』『金剛』
九条道子《春月》〒304-0055下妻市砂沼新田32-9鯨井方(☎0296-44-2803 FAX0296-44-2807/km_kujirai@ezweb.ne.jp)昭20.4.7/茨城県生/『薔薇とミシン』
工藤　進《副主宰 くぢら》〒162-0045新宿区馬場下町9-502(☎090-8057-8828 FAX03-3208-0575/kujirakudoh@docomo.ne.jp)昭28.7.28/北海道生/『ロザリオ祭』『羽化』
功刀とも子《郭公》山梨県生
久保田育代《雪解》〒583-0886羽曳野市恵我之荘1-3-5(☎072-926-6153＊)昭8.1.12/東京都生/『糸車』『俳句の杜2018年版合同句集』
久保田まり子《諷詠》昭26.3.24/和歌山県生
久保田庸子《清の會》東京都生/『土の髄』
熊田俠邨《赤楊の木》〒596-0073岸和田市岸城町1-25-602(☎072-438-7751＊)昭10.3.14/兵庫県生/『淡路島』
倉澤節子《やぶれ傘》(☎042-564-9346＊)昭20.10.22
倉田陽子《雛》〒213-0033川崎市高津区下作延6-10-23/昭26.4.25/福岡県生
倉橋鉄郎《歴路》昭11.2.26/京都府生
栗林　浩《小熊座・街・遊牧》〒242-0002大和市つきみ野7-18-11(ht-kurib@jcom.home.ne.jp)/『うさぎの話』『SMALL ISSUE』『新俳人探訪』『昭和・平成を詠んで』など
栗原憲司《蘭》〒350-1317狭山市水野923(☎04-2959-4665＊)昭27.7.25/埼玉県生/『狭山』『吾妻』
久留米脩二《主宰 海坂・馬醉木》〒436-0342掛川市上西郷332-1(☎0537-22-9806＊)昭15.8.29/旧朝鮮生/『満月』『桜紅葉』『花の城下』
黒澤あき緒《鷹》〒352-0034新座市野寺4-10-2(☎042-476-5857＊)昭32.10.24/東京都生/『双眸』『5コース』『あかつきの山』
黒沢一登《燎》〒368-0005秩父市大野原2817-7/昭36.1.24/埼玉県生
黒澤麻生子《秋麗・磁石》〒245-0061横浜市戸塚区汲沢2-1-5-D513(☎045-862-3657＊/makimakityu@yahoo.co.jp)昭47.4.28/千葉県生/『金魚玉』
桑本螢生《初桜・青林檎》〒240-0046横浜市保土ヶ谷区仏向西47番1-403(☎045-334-3182＊/mulberrykkeisei@yahoo.co.jp)昭23.7/大分県生/『海の虹』『海の響』
見城敦子《燎》昭20.6.18/福井県生
小池旦子《野火》〒949-7104南魚沼市寺尾451(☎025-776-2226)昭11.10.17/東京都生
小泉里香《やぶれ傘》石川県生

河野尚子《万象・りいの》〒920-1152金沢市田上2-45-2(☎076-223-8334＊)岐阜県生
幸野久子《樹》〒140-0002品川区東品川3-3-3-907/三重県生
河野　靖《森の座》〒669-1147西宮市名塩3-9-7(☎0797-61-1550)昭4.2.15/愛媛県生/『淡海』
古賀雪江《主宰 雪解》〒231-0003横浜市中区北仲通5-57-2ザ・タワー横浜北仲1608/昭15.12.9/神奈川県生/『花鳥の繪』『雪の礼者』『自註古賀雪江集』
木暮陶句郎《主宰 ひろそ火・ホトトギス》〒377-0102渋川市伊香保町伊香保397-1(☎0279-20-3555 FAX0279-20-3265/hirosobi@gmail.com)昭36.10.21/群馬県生/『陶然』『陶冶』『薫陶』
こしのゆみこ《代表 豆の木・海原》〒171-0021豊島区西池袋5-14-3-408(koshinomamenoki@gmail.com)昭26/愛知県生/『コイツァンの猫』
小島　健《河》〒165-0035中野区白鷺3-2-10-1024(☎03-3330-3851＊)昭21.10.26/新潟県生/『爽』『木の実』『蛍光』『山河健在』他。『大正の花形俳人』『俳句練習帖』他
小島雅子(ただ子)《泉》〒190-0031立川市砂川町3-18-3(☎090-4599-7250/hhh0723@docomo.ne.jp)東京都生
小島みつ如《栞》〒256-0812小田原市国府津5-13-7(☎0465-43-1382＊)昭6.11.10/三重県生/『夏の午後』
小玉粋花《梓》〒331-0062さいたま市西区土屋490-1(☎048-625-2651＊)昭22.8.3/東京都生/『風のかたち』
児玉真知子《春耕》〒206-0804稲城市百村1628-1-602(☎042-378-4208＊)/『風のみち』
後藤貴子《鬣TATEGAMI》〒950-0864新潟市東区紫竹7-11-14-305(takako.m@mbg.nifty.com)昭40.1.25/新潟県生/『Frau』『飯蛸の眼球』
五島高資《代表 俳句スクエア》〒320-0806宇都宮市中央3-4-7-901(☎090-4751-5527 FAX028-333-5077/takagoto@mac.com)昭43.5.23/長崎県生/句集『海馬』『雷光』『五島高資句集』『蓬萊紀行』、評論集『近代俳句の超克』『芭蕉百句』『平畑静塔の百句』など
後藤雅夫《百鳥》〒290-0002市原市大厩1820-7(☎0436-74-1549 FAX0436-74-1228)昭26.12.27/神奈川県生/『冒険』
古藤みづ絵《風樹》〒560-0082豊中市新千里東町2-5-25-606/大阪府生/『遠望』
後藤　實〒338-0013さいたま市中央区鈴谷7-6-1-604(☎048-852-4198＊/m.goto-hm@cilas.net)昭17.7.1/愛知県生
小西照美《たまき》〒567-0864茨木市沢良宜浜1-11-27(☎072-634-2703)昭33/大阪府生
小橋信子《泉》〒193-0943八王子市寺田町432-131-105/昭23/茨城県生/『火の匂ひ』
木幡忠文《小さな花》〒123-0844足立区興野1-7-13(kohata1234567@gmail.com)
小林　研《円座》〒503-0008大垣市楽田町7-32(☎0584-73-5491＊)昭17.2.14/新潟県生
小林志乃《円虹・ホトトギス》〒663-8102西宮市松並町3-9-105(☎0798-65-1047＊/sinono31313@gmail.com)昭23.3.4/愛媛県生/『俳句の杜2020精選アンソロジー』
小林順子《天頂》
小林月子《知音》〒207-0022東大和市桜ヶ丘1-1425-3-333(☎042-563-5825＊)東京都生/『見返り峠』
小林輝子《風土・草笛・樹氷》〒029-5506岩手県和賀郡西和賀町湯之沢35-221/昭9.5.1/茨城県生/『木地師妻』『人形笛』『自註小林輝子集』『狐火』
小林敏子《郭公》昭22.7.2/香川県生
小林布佐子《道》〒071-0172旭川市西神楽南2条3-250-128(☎0166-75-4550＊/yukinotobari63@yahoo.co.jp)昭27.11.15/北海道生/『雪の帳』
小林迪子《森の座・群星》〒343-0046越谷市弥栄町4-1-13(☎048-978-3395＊)昭18.7.27/東京都生
小林道彦《道》〒063-0812札幌市西区琴似二条2丁目2-21-702(☎011-311-6246＊)昭30.3.25/北海道生
小堀紀子《晨》昭15.4.3/福島県生/『夏木立』『冬の雲』
小松道子《対岸》〒310-0032水戸市元山町2-1-26(☎029-231-3932＊)昭19.2.21/茨城県生/『桜雫』
小湊はる子《門》〒124-0005葛飾区宝町2-34-24グリーンコーポ109/昭17
小宮からす《青草》神奈川県生
小山森生《代表 努・翔臨》〒945-1435柏崎市森近328(☎0257-27-3199)昭27.12.14/新潟県生

/共著『岡井省二の世界−霊性と智慧』
小山雄一《燎》〒187-0011小平市鈴木町1-241-2/昭19.9.22/新潟県生
小山よる《やぶれ傘》昭45.5.17/東京都生
近藤　愛《いぶき・深海》〒462-0825名古屋市北区大曽根3-6-3-604/岐阜県生/『遠山桜』
近藤久江《鹿火屋》〒250-0055小田原市久野1554(☎0465-34-9549*)昭17.8.13/神奈川県生/『硯の海』

さ行

西郷慶子《花苑》〒598-0062泉佐野市下瓦屋5-10-6/昭22.7.6/大阪府生/合同句集『いずみ』
西生ゆかり《街》〒116-0013荒川区西日暮里6-45-1(☎080-3754-0518/ysaisyo@gmail.com)昭59.5.18/福井県生
斎藤美智代(いちご)《ひまわり》昭38.3.10/徳島県生
斎藤じろう《編集長 貂》〒270-0034松戸市新松戸5-117-2(☎047-346-2482*)昭20.1.7/栃木県生/『木洩れ日』
齋藤智惠子《代表 東雲》昭16.4.25/東京都生/『微笑み』『黎明』『現代俳句精鋭選集Ⅱ』
齊藤哲子《鴫・辛夷》〒273-0116鎌ケ谷市馬込沢8-8/昭18.8.23/北海道生
斎藤信義《主宰 俳句寺子屋・月の匣》〒078-8811旭川市緑が丘南1条2丁目6-7(☎0166-66-0603*/tenkei3@smail.plala.or.jp)昭11.2.1/北海道生/『神色』『天景』『氷塵』『雪晴風』『光る雪』(未刊)
齋藤まり江《波》〒251-0875藤沢市本藤沢6-8-16(☎0466-82-5040*/marie525fj@nifty.com)
斉藤百合子《野火》〒306-0032古河市大手町7-26(☎0280-22-3758*/yurinko09230@icloud.com)昭32.10.9/茨城県生
斉藤るりこ《ろんど》〒262-0041千葉市花見川区柏井町144(☎090-5559-6905)昭39.5.15/千葉県生
佐伯和子《燎》〒186-0005国立市西2-28-49
酒井弘司《主宰 朱夏》〒252-0153相模原市緑区根小屋2739-149(☎042-784-4789*)昭13.8.9/長野県生/『蝶の森』『青信濃』『地気』、評論集『金子兜太の100句を読む』
酒井直子《日矢余光句会》昭26.3.12/福岡県生
酒井裕子《河》〒272-0004市川市原木1-3-1-602(☎047-327-9080*)昭14.2.24/富山県生/『麓』
坂上　博《天頂》〒300-1254つくば市宝陽台49-5(☎029-873-4649)昭26.2.5/新潟県生
坂口緑志《代表 年輪》〒516-0051伊勢市上地町1814-3(☎0596-24-7881*/ryokushi7@yahoo.co.jp)昭23.7.21/三重県生
逆井花鏡《春月》千葉県生/『万華鏡』
酒巻英一郎《豈・発行人 LOTUS》〒338-0003さいたま市中央区本町東7-6-11(☎048-853-6558*/sakamakie@jcom.home.ne.jp)昭25.1.22/埼玉県生/共著編集『安井浩司読本Ⅰ・Ⅱ』他
坂間恒子《豈・遊牧》〒298-0126いすみ市今関957/昭22.10.28/千葉県生/『残響』『クリスタル』『硯区』、共著『現代俳句を歩く』同『現代俳句を探る』同『現代俳句を語る』
坂本昭子《汀》〒133-0051江戸川区北小岩6-17-4/昭21.7.7/東京都生/『追伸』
坂本和穂《やぶれ傘》〒330-0045さいたま市浦和区皇山町12-3(048-832-2664/sakamoto@deluxe.ocn.ne.jp)昭10.1.1/東京都生
坂本宮尾《主宰 パピルス》〒177-0041練馬区石神井町4-22-13(sakamotomiyao@gmail.com)昭20.4.11/旧満州生/『別の朝』『真実の久女』『竹下しづの女』
坂本遊美《都市》〒157-0066世田谷区成城8-5-4(☎03-3483-0800*)昭20.6.21/東京都生/『彩雲』
櫻井ゆか《棒》〒615-8193京都市西京区川島玉頭町71(☎075-381-5766)昭9.5.26/京都府生/『石の門』『いつまでも』
佐々木潤子《代表 しろはえ》〒983-0851仙台市宮城野区榴ヶ岡105-2-P1105(☎022-209-3498*)『遠花火』『春満月』
佐々木泰樹《りいの》〒130-0011墨田区石原2-26-8-1102(taiju.sasaki@gmail.com)昭36.2.14/東京都生/『白憂集』『玄躁録』『青寥譜』『朱樸抄』(第一〜第四歌集)
佐治紀子《春野・晨》〒470-0132日進市梅森町新田135-192(☎052-805-4815*)昭12.2.21/愛知県生
佐藤明彦《童子》〒359-1153所沢市上山口1833-5(☎04-2928-8432*/akikusa-s-satoh@

h4.dion.ne.jp）昭27.10.6/北海道生/『怪力・ポップコーン』（梶川みのりとの共著）
佐藤あさ子《鴻》
佐藤一星《風の道》〒241-0005横浜市旭区白根8-19-20（☎045-951-8533＊）昭13/群馬県生/『夜桜の上』
佐藤稲子《やぶれ傘》〒168-0071杉並区高井戸西3-3-5-304（☎03-3334-8610）昭19.6.10/岩手県生
佐藤映二《岳》〒271-0092松戸市松戸2274-5（☎047-366-8453＊/robousha@mui.biglobe.ne.jp）昭12.2.1/『羅須地人』『わが海図・賢治』『葛根湯』『宮沢賢治・交響する魂』
佐藤公子《松の花》〒215-0011川崎市麻生区百合丘1-17-5-604（☎044-954-9952＊）昭18.11.20/神奈川県生/『山恋譜』『明日の峰』『自註佐藤公子集』『母』
佐藤清美《鬣TATEGAMI》〒379-0133安中市原市2045-4（kymyj2005@yahoo.co.jp）昭43.2.23/群馬県生/『空の海』『月磨きの少年』『宙ノ音』
佐藤戸折《ひまわり》〒292-0814木更津市八幡台3-3-8（☎0438-36-5983＊）昭22.9.10/山形県生
佐藤敏子《ときめきの会》〒314-0112神栖市知手中央10-8-11（☎0299-96-5272）昭25.2.17/福島県生
佐藤　久《蛮の会・天晴》〒231-0847横浜市中区竹之丸31-6（☎045-681-0100＊/hisashi36@fjg.so-net.ne.jp）昭31.3.6/神奈川県生/『呼鈴のあと』
佐藤郭子《栞》〒370-0857高崎市上佐野町239-2（☎027-325-2853＊）昭21.3.7/群馬県生
佐藤　弘《雛》昭15/岩手県生/『鮎の宿』、合同句集『風』
佐藤　風《代表 燎》〒186-0003国立市富士見台4-24-5（☎042-576-4035＊）昭21.2.9/福岡県生
佐藤風信子《燎》〒186-0003国立市富士見台4-12-2-404（☎042-849-2733＊）東京都生
佐藤文子《主宰 信濃俳句通信》〒390-0804松本市横田1-28-1（☎0263-32-0320 FAX0263-32-8332/fumiko@go.tvm.ne.jp）昭20/三重県生/『邂逅』『火の一語』『火炎樹』
佐藤昌緒《青草》昭19.5.12/神奈川県生
佐藤雅之《草原・南柯円居》〒634-0051橿原市白橿町5-2-4-103（☎0744-28-3094＊/minami420suger722hiromi1023@docomo.ne.jp）昭33.7.22/奈良県生/私家版句集第一、二、三、四、五、六、七、八、九
佐藤美恵子《笹》〒491-0376一宮市萩原町串作1471（☎0586-68-1411 FAX0586-68-1156）昭30.9.5/愛知県生/『花籠』『化石の魚』
佐藤みちゑ《風の道》〒150-0033渋谷区猿楽町5-10-2A（☎03-3462-5204＊）昭16.5/東京都生
佐藤りえ《豈》（fragile08@gmail.com）宮城県生/『景色』
佐藤良子（凉宇子）《ろんど》〒571-0052門真市月出町16-18/昭16.7.26/大阪府生
佐藤綾泉《河》〒988-0852気仙沼市松川157/昭23/宮城県生
眞田忠雄《やぶれ傘》〒346-0034久喜市所久喜150（☎0480-21-0628＊/tadaosanada@hotmail.com）昭14.11.28/宮城県生
佐怒賀直美《主宰 橘》〒346-0038久喜市上清久828-1（☎0480-23-6377＊）昭33.9.11/茨城県生/『髪』『眉』『髭』『心』ほか
佐怒賀由美子《橘》〒346-0038久喜市上清久828-1（☎0480-23-6377＊）昭36.2.12/東京都生/『本当の顔』『空飛ぶ夢』『風の旋回』『仔猫跳ねて』
佐野つたえ《風土》昭13.8.29/山梨県生
佐野祐子《ときめきの会》〒288-0001銚子市川口町2-6385-382/昭32.1.20/茨城県生
沢田弥生《燎》〒197-0003福生市熊川1642-8/昭17.1.8/旧満州生/『源流』
沢渡　梢《艸》昭20.8/『たひらかに』『白い靴』
沢辺たけし《りいの・万象》〒270-0138流山市おおたかの森東4-99-34/昭25.10.20/東京都生
塩野谷　仁《遊牧》〒273-0033船橋市本郷町507-1-2-307（☎047-336-1081 FAX047-315-7738/you-boku@dune.ocn.ne.jp）昭14.11.20/栃木県生/『私雨』『夢祝』『兜太往還』他
しなだしん《主宰 青山》〒161-0034新宿区上落合1-30-15-709（☎03-3364-6915＊/shinadashin@wh2.fiberbit.net）昭37.11.20/新潟県生/『夜明』『隼の胸』
篠崎央子《磁石》〒179-0075練馬区高松5-18-4サンフラワー大門光が丘303号室（☎090-8567-1714 FAX03-6676-7709/hisako.shinozaki@gmail.com）昭50.1.20/茨城県生/『火の貌』、共著『超新撰21』
四宮陽一《氷室》〒606-8344京都市左京区岡

崎円勝寺町91-204(☎090-1717-5208 FAX075-754-5234/kappa.suisui@gmail.com)昭24.4.5/大阪府生/『片蔭』
柴崎和男《やぶれ傘》〒330-0841さいたま市大宮区東町1-29(☎070-6960-2527/0322mmog@jcom.home.ne.jp)昭28.10.5/埼玉県生
柴田鏡子《代表 笹》〒451-0035名古屋市西区浅間2-2-15(☎052-521-0571＊)昭11.3.23/愛知県生/『薔薇園』『惜春』
柴田佐知子《主宰 空》〒812-0053福岡市東区箱崎3-15-29(☎092-631-0789＊/sora.sachi@jcom.home.ne.jp)昭24.1.10/福岡県生/『筑紫』『歌垣』『母郷』『垂直』
柴田多鶴子《主宰 鳰の子》〒569-1029高槻市安岡寺町5-43-3(☎072-689-1543＊)昭22.1.8/三重県生/『苗札』『恵方』『花種』
柴田洋郎《主宰 青兎》〒299-3236大網白里市みやこ野1-4-1-104(☎0475-53-6319＊/yougosan@chorus.ocn.ne.jp)昭14.7.7/宮城県生/『青兎』、詩文集『貰ひ乳の道』
芝　満子《海棠》〒648-0095橋本市橋谷43(☎0736-32-0298)昭20.4.24/和歌山県生/『絆』
志磨　泉《知音》〒162-0064新宿区市谷仲之町1-7-109(☎090-6177-0113)昭43.1.13/和歌山県生/『アンダンテ』
島　雅子《門・ににん》〒252-0311相模原市南区東林間7-19-7/兵庫県生/『土笛』『もりあをがへる』
清水しずか《春野》〒250-0126南足柄市狩野52(☎0465-74-7211＊)昭14.5.2/宮城県生
清水青風《主宰 流-ryu-》〒501-3829関市旭ケ丘2-2-47(☎0575-22-2425＊/smzseki@basil.ocn.ne.jp)昭18.3.17/岐阜県生/『午后の位置』
清水徳子《燎》〒245-0063横浜市戸塚区原宿3-57-1-12-405/昭15.2.11/島根県生
清水初香《玉藻》〒166-0012杉並区(☎03-3381-1223＊/y.shimizu1@jcom.home.ne.jp)昭26.3.4/愛知県生
清水裕子《栞》〒270-0034松戸市新松戸7-223 F901(☎047-345-8693＊)昭10.6.25/東京都生
清水悠太《閏・神杖》昭15.3.3/山梨県生
清水　伶《代表 遊牧》〒290-0003市原市辰巳台東5-3-16大西方(☎0436-74-5344＊)昭23.3.31/岡山県生/『指銃』『星狩』『素描』
下坂速穂《秀・クンツァイト》〒123-0856足立区本木西町9-9(kosuzup4@jcom.zaq.ne.jp)昭38.4.8/静岡県生/『眼光』
下平直子《栞》〒300-1158茨城県稲敷郡阿見町住吉2-3-16(☎029-834-2351＊)昭19.12.28/東京都生/『冬薔薇』
下鉢清子《主宰 清の會・顧問 繪硝子・鴨の会》〒277-0052柏市増尾台2-13-5/大12.7.13/群馬県生/『沼辺燦燦』など。句集11冊/顧問 俳人協会・顧問 千葉県作家協会・顧問 千葉県連句協会
下山田　俊《群星》〒125-0054葛飾区高砂6-16-2(☎03-3607-9922＊)昭18.9.13
上化田　宏《藭の木》
笙鼓七波《主宰 風叙音》〒270-2212松戸市五香南2-13-9(☎047-384-5864＊/fusion73@live.jp)昭27.9.25/静岡県生/『凱風』『勁風』『花信風』
白石喜久子《円座・晨》〒466-0044名古屋市昭和区桜山町3-52(☎052-852-7117＊)昭23.10.30/東京都生/『水路』『鳥の手紙』
白石多重子《主宰 宇宙船》〒136-0076江東区南砂2-11-10(☎03-5606-0359＊/taeko6178shiraishi@gmail.com)昭16.4.30/愛媛県生/『釉』
白石正躬《やぶれ傘》〒370-0503群馬県邑楽郡千代田町赤岩125-1(☎0276-86-2067＊)昭15.5.21/群馬県生/『渡し船』
白岩敏秀《主宰 白魚火》〒680-0851鳥取市大杙34(☎0857-24-0329＊)昭16.7.15/鳥取県生/『和顔』
白濱一羊《主宰 樹氷》〒020-0114盛岡市高松1-5-43(☎019-661-4667＊/iti819@yahoo.co.jp)昭33.5.7/岩手県生/『喝采』
新海あぐり《秋麗・閏》〒359-0025所沢市上安松1054-19(☎04-2994-0522＊)長野県生/『悲しみの庭』『司馬遼太郎と詩歌句を歩く』『季語うんちく事典』『季語ものしり事典』
新谷壯夫《鳰の子》〒573-0013枚方市星丘2-12-17(☎072-840-7654＊/mshintanijp@hotmail.com)昭16.2.19/兵庫県生/『山懐』
新藤公子《海棠》〒639-1055大和郡山市矢田山町1184-83/昭10.2.5/徳島県生
榛葉伊都子《帯・門》〒330-0042さいたま市浦和区木崎5-16-31(☎048-887-5730＊)昭14.8.7/東京都生/合同句集『菊日和』
菅　美緒《晨・梓・航》〒251-0037藤沢市鵠沼海岸6-14-17フェリエドゥ鵠沼海岸東1-1(☎

0466-36-0129＊）昭10.3.19/京都府生/『諸鬘(もろかつら)』『洛北』『左京』『シリーズ自句自解Ⅱベスト100菅美緒』『片瀬』
杉　美春《天晴・小熊座》〒252-0325相模原市南区新磯野4-4-1-506（☎090-6534-1452 FAX046-252-2729/miharusugi@jcom.home.ne.jp）昭31.4.23/東京都生/『櫂の音』
杉本薬王子《風土》〒602-0915京都市上京区三丁町471室町スカイハイツ415（☎075-366-6377＊/hsugimot@mail.doshisha.ac.jp）
杉山昭風《燎》〒319-2131常陸大宮市下村田2000番地（☎0295-53-2610）昭14.2.25/茨城県生/『田の神』『私の運転人生』
鈴木厚子《副主宰　雉》〒729-6333三次市下川立町188-2（☎0824-67-3121＊）昭19.9.20/広島県生/『鹿笛』『紙雛』『盆の川』、随筆『厚子の歳時記』『四季の花籠』、評論集『杉田久女の世界』『林徹の350句』
鈴木綾子《百鳥》〒101-0063千代田区神田淡路町2-101-3913（☎03-3525-4383＊/ayako-suzuki@kyi.biglobe.ne.jp）昭23.10.17/栃木県生
鈴木五鈴《副主宰　草の花》〒349-0218白岡市白岡926-4（☎0480-93-0563＊）昭25.12.18/埼玉県生/『枯野の雨』『浮灯台』『十七音を語ろう』
鈴木貞雄昭17.2.1/東京都生/『月明の樫』『麗月』『うたの禱り』
鈴木しげを《主宰　鶴》〒185-0005国分寺市並木町1-21-37（☎042-324-6277 FAX042-328-0866）昭17.2.6/東京都生/『並欅』『小満』『初時雨』
鈴木俊策《秋麗》昭17/福島県生
鈴木すぐる《主宰　雨蛙》〒359-1143所沢市宮本町1-7-17（☎04-2925-5670＊）昭12.3.22/栃木県生/『神輿綱』『名草の芽』
鈴木征子《雨蛙》〒359-1143所沢市宮本町1-7-17（☎04-2925-5670＊）昭19.2.27/栃木県生/『朝桜』
鈴木貴水《浮野》〒347-0016加須市花崎北4-2-108（☎0480-66-1992＊）昭13.6.8/栃木県生/『雲よ』
鈴木千恵子《りいの》昭4.12.15/神奈川県生/『田打舞』『余白』
鈴木直充《主宰　春燈》〒350-1175川越市笠幡4004-2-4-506（☎049-233-3166＊）昭24.3.14/山形県生/『素影』『寸景』
鈴木典子《今日の花》〒214-0013川崎市多摩区登戸新町188（☎044-932-2100）昭9.9.30/東京都生
すずき巴里《主宰　ろんど》〒262-0042千葉市花見川区花島町432-10（☎043-258-0111＊）昭17.7.14/中国南昌市生/『パリ祭』『櫂をこそ』
鈴木不意《代表　なんぢや》〒166-0002杉並区高円寺北3-21-17-504/昭27.1.23/新潟県生
鈴木風虎《ホトトギス・卯浪俳句会》〒113-0021文京区本駒込1-2-2-401（☎03-3818-5710＊）昭24.12.6/山形県生
鈴木正子《主宰　胡桃・初蝶》〒990-0011山形市妙見寺3-1（☎023-642-6055＊）昭16.7.10/山形県生/『有心』『粉雪』
鈴木みちゑ《萌》〒433-8124浜松市中区泉2-2-49（☎053-471-0682＊）昭10.10.15/静岡県生
鈴木美智留《燎》〒186-0012国立市泉3-14-5（☎042-573-3616＊）昭30.4.10/東京都生
鈴木庸子《知音》〒152-0031目黒区中根1-21-12（☎090-4746-2605/yoko.hikaru0224@gmail.com）昭27.2.24/東京都生/『シノプシス』
鈴木曜子《舞々句会》〒530-0043大阪市北区天満3-5-21（☎06-6354-2487）昭22.1.18/大阪府生
須藤昌義《輪・椎》〒244-0001横浜市戸塚区鳥が丘47-13（☎045-864-6620＊）昭15.11.24/栃木県生/『巴波川(うづまがわ)』
須原和男《貂》〒270-0021松戸市小金原5-16-19（☎047-341-9009＊）昭13.4.13/東京都生/『五風十雨』、評論『川崎展宏の百句』など
住友セツ子《青海波》〒770-0807徳島市中前川町2-12-1（☎088-625-8577）昭11.7.8/徳島県生
関　悦史《翻車魚》〒300-0051土浦市真鍋5-4-1/昭44.9.21/茨城県生/『六十億本の回転する曲がつた棒』『花咲く機械状独身者たちの活造り』、評論集『俳句という他界』
関　成美《主宰　多磨》〒207-0014東大和市南街6-65-1（☎042-562-0478＊）大15.10.26/奈良県生/『霜の華』『朱雀』『空木抄』『東籬集』『丹土』『止牟止』『道草』など
関根道豊《版元　こんちえると》〒330-0804さいたま市大宮区堀の内町1-606 W816（☎048-645-7930＊/8hazukinokai@jcom.home.ne.jp）昭24.8.27/埼玉県生/『地球の花』『三年』、随筆集『半生』、鑑賞集『秋日和』

関谷恭子《濃美》〒501-0118岐阜市大菅北16-11-207（☎090-2137-5666）昭38.6/岐阜県生
関谷ほづみ《濃美》〒501-1108岐阜市安食志良古26-29金川方（☎090-5005-8661）昭26.12.6/岐阜県生/詩集『泣般若』、『火宅』
瀬島洒望《やぶれ傘》〒330-0063さいたま市浦和区高砂4-2-3（☎048-862-2757 FAX048-862-2756/syabo@nifty.com）昭15.9.11/東京都生/『異人の館』『印度の神』『葷酒庵』ほか
瀬戸正洋〒258-0015神奈川県足柄上郡大井町山田578（☎0465-82-3889/lemon7_0308@yahoo.co.jp）昭29.5.24/神奈川県生/『俳句と雑文A』『俳句と雑文B』他
瀬戸　悠《栶・春野》〒250-0011小田原市栄町3-13-7（☎0465-23-2639＊）神奈川県生/『涅槃西風』
芹澤祥子《八千草》〒215-0021川崎市麻生区上麻生3-22-6-720（seri.sho.3155@gmail.com）昭31.5.5/静岡県生
千賀邦彦《歴路》〒107-0062港区南青山4-5-17（☎03-3401-0080）昭15.4.12/愛知県生/『地球の居候』
仙田洋子《天為》〒222-0003横浜市港北区大曽根3-13-1-104/東京都生/『橋のあなたに』『雲は王冠』『子の翼』『はばたき』ほか
相馬晃一《栞》〒261-0003千葉市美浜区高浜3-5-3-405/昭18.4/北海道生
相馬マサ子《燎》〒168-0064杉並区永福1-20-13（☎03-3327-6885＊）昭22.5.9/兵庫県生
薗部わこ（和子）《八千草》〒155-0032世田谷区代沢2-34-11（☎090-4414-4450）
染谷晴子《栞》〒274-0814船橋市新高根5-13-14（☎047-465-9006＊）昭18.12.1/東京都生
染谷秀雄《主宰 秀》〒167-0021杉並区井草1-31-12 2階（☎03-6915-0407＊/someyahideo@nifty.com）昭18.8.31/東京都生/『誉田』『灌流』『息災』

た行

対中いずみ《代表 静かな場所・秋草》〒520-0242大津市本堅田4-18-11-307（☎077-574-3474＊）昭31.1.1/大阪府生/『冬菫』『巣箱』『水瓶』
多賀あやか《雪解》〒589-0023大阪狭山市大野台2-8-9（☎072-366-9353）昭12.12.19/大阪府生/『雲詠まな風詠まな』
髙池俊子《宇宙船》〒279-0011浦安市美浜3-20-2（☎047-353-1286＊）昭24.2.9/東京都生/『透明な箱』、著書『カリフォルニア思い出ノート』
髙岡周子《主宰 愛媛若葉》〒791-0113松山市白水台5-2-12（☎089-925-8341＊）昭18/愛媛県生/『寒あやめ』
髙木ひかる《家》〒456-0025名古屋市熱田区玉の井町7-6-503（☎052-671-4867＊/9qhikaru@ezweb.ne.jp）昭23.8.27/大分県生/『光エトランゼ』『光エトランゼⅡ』
髙木美波《りいの》昭17.7.11/広島県生
高倉和子《空》〒812-0054福岡市東区馬出2-3-31-302（☎092-643-2370＊）昭36.2.26/福岡県生/『男眉』『夜のプール』
高杉桂子《風の道》〒230-0011横浜市鶴見区上末吉4-5-3朝日プラザ三ツ池公園202（☎045-575-0755＊）昭16.10.29/東京都生/『現代俳句精鋭選集12』
髙瀬皐月《八千草》〒214-0001川崎市多摩区菅4-13-13（☎044-945-4136/takaseyutaka@yahoo.co.jp）昭26.5.19/岐阜県生
高瀬春遊芝《嘉祥》〒351-0035朝霞市朝志ヶ丘1-7-12ニチイ朝霞/埼玉県生
髙田正子《主宰 青麗》〒215-0018川崎市麻生区王禅寺東1-29-7/昭34.7.28/岐阜県生/『玩具』『花実』『青麗』『黒田杏子の俳句』『日々季語日和』
髙田昌保《草の花》〒240-0011横浜市保土ヶ谷区桜ケ丘2-44-1-402（☎045-334-5437＊）昭26.10.27/東京都生
高橋一夫《ときめきの会》〒289-1145八街市みどり台2-17-6（☎043-443-2440）昭15.4.30/千葉県生
髙橋桃衣《知音》〒171-0031豊島区目白2-5-1（☎03-6338-9255＊/toy@chi-in.jp）昭28.3.10/神奈川県生/『ラムネ玉』『破墨』『自註高橋桃衣集』
高橋透水《銀漢・炎環》〒164-0002中野区上高田4-17-1-907（☎090-3231-0241 FAX03-3385-4699/acenet@cap.ocn.ne.jp）昭22.3.21/新潟県生
高橋まき子《風土》〒249-0006逗子市逗子4-11-27クレドール新逗子103（☎046-871-2853）昭23.2.21/神奈川県生
髙橋道子《名誉代表 鴫》〒260-0003千葉市中

央区鶴沢町2-15（☎043-225-5393＊）昭18.5.19/千葉県生/『こなひだ』
髙橋宜治《やぶれ傘》〒330-0071さいたま市浦和区上木崎8-4-4（☎048-825-0934＊/yotakahashi@gmail.com）昭26.4.18/埼玉県生
髙橋政亘（亘）《都市》〒214-0008川崎市多摩区菅北浦4-15-5-411（☎044-945-2707）昭17.4.1/静岡県生/『機影の灯』
高橋正己（侘助）《洋洋句会》調布市/昭33.10.14/東京都生
髙松早基子《運河・晨》〒639-2223御所市本町1363（☎0745-62-2012）昭26.12.5/奈良県生/『練供養』
髙松守信《主宰 昴》〒352-0023新座市堀ノ内2-7-15（☎048-201-2819＊/7488skmy@gmail.com）昭11.10.10/福岡県生/『野火止』『湖霧』『桜貝』『冬日和』
髙柳克弘《鷹》〒185-0032国分寺市日吉町2-37-47（☎090-7042-4134）昭55.7.1/静岡県生/『未踏』『寒林』『涼しき無』『凜然たる青春』『究極の俳句』
高山れおな《豈・翻車魚》〒134-0081江戸川区北葛西4-14-13-603（☎080-2044-1966/leonardohaiku@gmail.com）昭43.7.7/茨城県生/『ウルトラ』『荒東雑詩』『切字と切れ』『尾崎紅葉の百句』
滝口滋子《いには》〒292-0041木更津市清見台東3-30-29/神奈川県生/『ピアノの蓋』
田口紅子《香雨》〒343-0025越谷市大沢3-4-50-405
田口雄作《りいの》〒305-0046つくば市東2-17-22（☎029-851-4768＊/santoshoichi@hotmail.com）昭20.1.5/東京都生
武市公子《愛媛若葉》〒791-3161愛媛県伊予郡松前町神崎419（☎089-984-5298）昭14.8.9/満州生
竹内秀治《家》〒486-0851春日井市篠木町6-1643（☎0568-81-4695）昭26.9.15/愛知県生/『紙コップ』
竹内文夫《やぶれ傘》〒330-0061さいたま市浦和区常盤9-15-20-1303号（☎090-4092-7198/takeuchisin53@gmail.com）昭28.12.7/埼玉県生
竹内洋平《銀漢・炎環》〒182-0016調布市佐須町2-17-1（☎042-487-3569 FAX042-486-0376/yohei-t@mbr.nifty.com）昭16.3.16/長野県生/『f字孔』、合同句集『らるご』
竹下和宏《きりん・椽》〒606-0032京都市左京区岩倉南平岡町60-2（☎075-711-6377＊）昭10.3.10/京都府生/著書『想いのたまて箱』、合同句集『猪三友』、『傘寿記念句文集』、句集『泉涌く』『青き踏む』『打ち水』『今更に』
竹田ひろ子《ろんど》〒189-0011東村山市恩多町5-36-19-503（☎042-203-5028＊）昭17.11.21/山形県生
竹内實昭《陸・有楽句会》〒152-0021目黒区東が丘/昭11.12.2/東京都生
竹本良子《青海波》〒740-0022岩国市山手町2-8-1（☎0827-23-4722＊）昭17.9.8/広島県生
竹山一子《鴻》〒441-0204豊川市赤坂台423（☎0533-88-4409）昭16.8.10/静岡県生
田沢健次郎《秋麗》〒180-0023武蔵野市境南町2-28-25-301（☎090-7282-8357/gin.tazawa@outlook.jp）
田島和生《主宰 雉・晨》〒520-0532大津市湖青2-13-7（☎077-575-0532＊/haiku-tjm@iris.eonet.ne.jp）昭12.12.29/石川県生/『青霞』『鳰の海』『天つ白山』、『新興俳人の群像―「京大俳句」の光と影』他
田島花子《泉の会》〒372-0855伊勢崎市長沼町2518-7（☎0270-32-3365＊）昭22.8.6/群馬県生
多田カオル《ひまわり》〒770-8003徳島市津田本町4-3-30（☎088-662-1346＊）昭15.2.2/広島県生/『春雪』
多田まさ子《ホトトギス・祖谷》〒776-0013吉野川市鴨島町上下島300-2（☎0883-24-9223＊）昭29.5.1/徳島県生/『心の雫』
舘　謙太朗《雲出句会》平1.5.25/三重県生
田中亜美《海原》〒213-0011川崎市高津区久本3-14-1-216（☎044-822-1158＊）昭45.10.8/東京都生/共著『新撰21』『いま兜太は』
田中佐知子《風土》〒624-0855舞鶴市北田辺89（☎0773-75-4751＊）昭19.9.5/和歌山県生/『往還』
田中奈々《風叙音》
田中　陽《主宰 主流》〒427-0053島田市御仮屋町8778（☎0547-37-3889 FAX0547-37-3903）昭8.11.22/静岡県生/『傷』『愉しい敵』『ある叙事詩』
田中佳子《汀》昭35.1.28/東京都生
棚橋洋子《耕》〒480-0104愛知県丹羽郡扶桑町斎藤御堂61/昭22.1.1/岐阜県生

田邉　明《あゆみ》〒294-0047館山市八幡19-1（☎090-4380-4580）昭25.5.19/東京都生
谷川　治〒194-0032町田市本町田1790-14/昭7.7.24/群馬県生/句集『畦神』『種袋』、歌集『吹越』『草矢』
谷口一好〒733-0823広島市西区庚午南2-39-1-304（☎090-4753-3428）昭30.1.18/鳥取県生
谷口智行《主宰 運河・里》〒519-5204三重県南牟婁郡御浜町阿田和6066（☎05979-2-4391＊）昭33.9.20/京都府生/『藁嬶』『媚薬』『星糞』、評論『熊野概論』、随想『窮鳥のこゑ』他
谷口直樹《りいの》〒198-0052青梅市長淵1-894-19（☎0428-25-0868＊）昭17.2.3/東京都生
谷口春子《海棠》〒616-8342京都市右京区嵯峨苅分町4-11（☎075-871-5427＊）昭4.2.22/京都府生
谷口摩耶《鴻》〒271-0087松戸市三矢小台2-4-16（☎047-363-4508 FAX047-366-5110/mayapilki@hotmail.com）昭24.4.10/東京都生/『鍵盤』『風船』『鏡』、著書『祖父からの授かりもの』
谷　さやん《「窓の会」常連》〒790-0808松山市若草町5-1-804（☎089-945-5049＊/sayan@ma.pikara.ne.jp）昭33.3.4/愛媛県生/『逢ひに行く』『芝不器男への旅』『空にねる』『谷さやん句集』
谷端智裕《郭公》〒343-0026越谷市北越谷3-14-33（kakkou.tanibata@gmail.com）昭46.7/大阪府生
谷村鯛夢《炎環》〒204-0003清瀬市中里3-886-4（☎090-4002-3110 FAX042-493-7896/kazutanimura@jcom.home.ne.jp）昭24.10.20/高知県生/『胸に突き刺さる恋の句―女性俳人百年の愛とその軌跡』『脳活俳句入門』『俳句ちょっといい話』
谷渡　粋《りいの》〒929-2126七尾市大津町ナ-70（☎0767-68-2187＊）昭23.3.2/石川県生/『微風』
田端千鼓《薫風》〒031-0023八戸市大字是川字楢館平30-1/昭24.1.26/青森県生
田部富仁子《鴻》〒966-0923喜多方市慶徳町新宮字神明道下500-3（☎0241-22-4543）昭13.1.17/福島県生
田丸千種《花鳥・ホトトギス・YUKI》〒156-0053世田谷区桜3-17-13-608（☎090-7189-1653/chigusa.tam@gmail.com）昭29.11.8/京都府生/『ブルーノート』
田宮尚樹《主宰 黐の木》〒670-0876姫路市西八代町1-27-203（☎079-298-5875＊）昭19.3.30/愛媛県生/『截金』『龍の玉』
田村恵子《河》〒982-0837仙台市太白区長町越路19-1393-1-311（☎022-229-4682＊）昭33.5.20/秋田県生
田村節子《諷詠》〒599-8114堺市東区日置花西町1-31-11（☎072-286-8775）昭22.5.11/大阪府生
田村素秀《青海波》昭33.2.23/徳島県生
田邑利宏《鴻》〒270-0151流山市後平井5-26（☎090-4702-4145）昭21.9.14/山口県生
田山元雄《森の座》〒225-0021横浜市青葉区すすき野3-6-11-306（☎045-901-5699＊）昭15.1.9/東京都生
田山康子《森の座》〒225-0021横浜市青葉区すすき野3-6-11-306（☎045-901-5699＊）昭21.2.24/東京都生/『森の時間』
田湯　岬《主宰 道》〒001-0901札幌市北区新琴似1-7-1-2（☎011-765-1248＊/tayu@mint.ocn.ne.jp）昭23.3.29/北海道生/『天帝』『階前の梧葉』『白雲の郷』
千田百里《沖》〒272-0127市川市塩浜4-2-34-202（☎047-395-3349＊）昭13.8.2/埼玉県生/『巴里発』
千葉喬子《繪硝子》〒248-0031鎌倉市鎌倉山4-12-10（☎0467-31-1586＊）昭22.2.19/富山県生/『蝶の羽化』
中條睦子《りいの》〒920-0926金沢市暁町18-38/昭19.4.8/石川県生/『青蘆』
津川絵理子《南風》昭43.7.30/兵庫県生/『和音』『はじまりの樹』『夜の水平線』
次井義泰《主宰 花苑》〒596-0105岸和田市内畑町1526（☎072-479-0138＊/ty-1526u@sensyu.ne.jp）昭13.4.5/大阪府生/『プラトンの国』『卑弥呼の空』『野遊び』
津久井紀代《代表 天晴・枻》〒180-0003武蔵野市吉祥寺南町3-1-26（☎0422-48-2110＊/minokiyo@jcom.zaq.ne.jp）昭18.6.29/岡山県生/『命綱』『赤の魚』『てのひら』『神のいたづら』、評論集『一粒の麦を地に』『有馬朗人を読み解く』（全十巻）
筑紫磐井《豈》〒167-0021杉並区井草5-10-29国谷方（☎03-3394-3221＊）昭25.1.14/東京都生/『我が時代』『筑紫磐井集』『婆伽梵』『野干』

辻内京子《鷹》〒222-0032横浜市港北区大豆戸町875-4-3-710（☎045-547-3616＊）昭34.7.30/和歌山県生/『蝶生る』『遠い眺め』
辻　恵美子《栴檀・晨》〒504-0911各務原市那加門前町3-88-1-401/昭23.10.1/岐阜県生/『鵜の唄』『萌葱』『帆翔』、『泥の好きなつばめ—細見綾子の俳句鑑賞』
辻　桂湖《円虹・ホトトギス》〒652-0064神戸市兵庫区熊野町4-4-21（☎078-531-6926＊）昭31.1.19/兵庫県生/『春障子』
津志田　武《樹氷》〒020-0136盛岡市北天昌寺町4-19/昭16.6.23/岩手県生/『帽子』
辻谷美津子《多磨》〒633-0253宇陀市榛原萩原2411-1（☎0745-82-5511 FAX0745-98-9777）昭22.2.15/奈良県生
辻　まさ野《円座》〒502-0858岐阜市下土居1-6-17（☎058-231-2232＊/masano.kiki@icloud.com）昭28.3.25/島根県生/『柿と母』
津島　椿《暖響》昭25.10.19/三重県生
辻村麻乃《主宰　篠》〒351-0025朝霞市三原2-25-17（rockrabbit36@gmail.com）昭39.12.22/東京都生/『プールの底』『るん』
辻本眉峯《赤楊の木》〒569-1029高槻市/昭28.6.30/大阪府生
津髙里永子《小熊座・すめらき・墨　BOKU》〒168-0065杉並区浜田山4-16-4-230（lakune21blue.green@gmail.com）昭31.4.22/兵庫県生/『地球の日』『寸法直し』、エッセイ『俳句の気持』
土屋実六《草の花》〒594-0004和泉市王子町443-2（☎090-3707-4189）昭24.12.30/大阪府生
綱川恵子《りいの》〒277-0014柏市東3-6-4（☎04-7166-3578）昭15.2.3/栃木県生
恒藤滋生《代表　やまぐに》〒671-2131姫路市夢前町戸倉862-1/『山国』『青天』『外套』『水分（みくまり）』
角田惠子《燎》〒164-0012中野区本町6-27-17/昭15.3.8/福井県生
椿　照子《清の會》〒276-0045八千代市大和田274-17（☎047-482-2239＊）昭9.3.25/千葉県生/『予定表』
津森延世《晨》〒811-3104古賀市花鶴丘3-5-6（☎092-943-8715＊）昭20.10.26/山口県生/『しろしきぶ』
出口紀子《梓・晨》〒248-0027鎌倉市笛田4-15-9（☎0467-31-8722＊/nokongiku@jcom.zaq.ne.jp）昭16.10.14/和歌山県生/『由比ヶ浜』
出口善子《六曜》〒543-0027大阪市天王寺区筆ヶ崎町5-52-621（☎090-4031-7907/haiku575@dolphin.ocn.ne.jp）昭14.8.12/大阪府生/『羽化』『娑羅』など7冊、伝記小説『笙の風』
勅使川原明美《泉の会》〒372-0803伊勢崎市宮古町92-2/昭37/群馬県生
寺川芙由《玉藻》〒156-0045世田谷区桜上水4-1,G312/昭17.4.20/東京都生
寺澤一雄《代表　鏡》〒177-0051練馬区関町北3-43-3（☎03-4296-4071＊）昭32.1.11/長野県生/『虎刈』
寺島ただし《駒草》〒273-0125鎌ケ谷市初富本町1-18-43（☎047-445-7939＊/tadterashima@jcom.home.ne.jp）昭19.2.15/宮城県生/『木枯の雲』『浦里』『なにげなく』『自註寺島ただし集』
寺田幸子《閏》大阪府生/『見失ふためにに』
土肥あき子《絵空》〒146-0092大田区下丸子2-13-1-1206（☎03-5482-3117＊/akikodoi@me.com）昭38.10.13/静岡県生/『鯨が海を選んだ日』『夜のぶらんこ』『あそびの記憶』
東條恭子《栞》〒189-0025東村山市廻田町1-32-19（☎042-395-1390）昭15.5.7/大分県生
遠山陽子《主宰　弦》〒190-0004立川市柏町3-2-4（☎042-537-3317＊/gengaku117@gmail.com）昭7.11.7/東京都生/『弦楽』『黒鍵』『連音』『高きに登る』『弦響』『輪舞曲（ロンド）』『遠山陽子俳句集成』。評伝『三橋敏雄』
鴇田智哉《オルガン》（t-tokiris7@nifty.com）昭44.5.21/『こゑふたつ』『凧と円柱』『エレメンツ』
常盤倫子《春野》〒213-0033川崎市高津区下作延4-18-5（☎044-877-8784＊）昭16.2.8/北海道生
德田千鶴子《主宰　馬醉木》〒143-0023大田区山王4-18-14（☎03-3777-3233 FAX03-3777-3272）昭24.2.18/東京都生/『花の翼』他。秋櫻子に関する4冊
德廣由喜子《四万十・鶴》〒789-1932高知県幡多郡黒潮町下田の口138（☎090-4508-5164）昭32.10.3/高知県生
戸恒東人《主宰　春月》〒213-0001川崎市高津区溝口2-32-1-1209（☎044-811-6380＊）昭20.12.20/茨城県生/『福耳』『旗薄』『いくらかかった「奥の細道」』

鳥羽田重直《天頂》〒300-1237牛久市田宮2-11-9(☎029-872-9133＊)昭21.1.19/茨城県生/『蘇州行』
飛田伸夫《ひたち野》〒311-1125水戸市大場町598-2(☎029-269-2498＊)昭22.3.1/茨城県生
戸松九里《代表 や》〒166-0015杉並区成田東3-2-8(☎090-7202-6849/qri949@gmail.com)昭24.3.20/群馬県生/『や』
冨岡悦子《りいの》〒143-0023大田区山王3-37-6-607
冨田正吉《栞》〒189-0012東村山市萩山町3-4-15/昭17.6.22/東京都生/『父子』『泣虫山』『卓球台』
富野香衣《草原・南柯》〒639-1134大和郡山市柳町556-504/昭31.6.24/岡山県生
富山ゆたか《編集長 波》〒254-0035平塚市宮の前2-8-1202/昭24.3.27/東京都生
豊田紀雄(すずめ)《わわわ句会》〒121-0823足立区伊興3-6-3(☎090-2203-0343 FAX03-3899-4711)昭15.12.22/東京都生
豊長みのる《主宰 風樹》〒560-0021豊中市本町4-8-25(☎06-6857-3570 FAX06-6857-3590)昭6.10.28/兵庫県生/『幻舟』『方里』『一会』『風濤抄』『北垂のうた』『天籟』『天啓』『阿蘇大吟』他。『俳句逍遥』他著書多数
鳥居真里子《主宰 門》〒120-0045足立区千住桜木2-17-1-321(☎03-3882-4210＊)昭23.12.13/東京都生/『鼬の姉妹』『月の茗荷』

な行

内藤　静《風土》昭12.3.30/千葉県生
内藤ちよみ《朱夏》〒241-0816横浜市旭区笹野台4-42-18(☎045-361-9157＊/tyukuma@gmail.com)昭23.2.8/福岡県生
永井江美子《韻》〒444-1214安城市榎前町西山50(☎0566-92-3252＊)昭23.1.9/愛知県生/『夢遊び』『玉響』『風韻抄』
長井　寛《遊牧》〒273-0117鎌ヶ谷市西道野辺2-11-103(☎047-445-1549＊/nagai-kan3@m7.gyao.ne.jp)昭21.3.27/新潟県生/『水陽炎』
仲　栄司《田》〒188-0013西東京市向台町3-5-27-107(☎090-1144-5803/7203sknc@jcom.zaq.ne.jp)昭34.11.27/大阪府生/『ダリの時計』、評論『墓碑はるかなり』
永方裕子《主宰 梛》目黒区/昭12/兵庫県生/『麗日』『洲浜』
永岡和子《風叙音》〒270-0021松戸市小金原9-20-3(☎047-343-2607＊/n.kazuko@minos.ocn.ne.jp)昭20.5.16
中尾公彦《主宰 くぢら》〒162-0045新宿区馬場下町9番地グロープビル5階(☎090-8052-8881)昭23.2.24/長崎県生/『永遠の駅』ほか
奈賀和子《青海波》〒770-0803徳島市上吉野町3-25-4(☎088-652-1252＊)昭17.12.8/徳島県生
中川雅雪《主宰 風港》〒927-1217珠洲市上戸町南方7字23番地(☎0768-82-2740＊)昭23.8.30/石川県生/『春風』『五月晴』
中川歓子《梛》〒564-0072吹田市出口町34・C1-113(☎06-6388-7565)昭16.6.4/兵庫県生
中川純一《副代表 知音》東京都生/『月曜の霜』
仲　寒蟬《代表 牧・平・群青》〒385-0025佐久市塚原1562-6(☎0267-68-8132＊/taahime@sakunet.ne.jp)昭32.6.7/大阪府生/『海市郵便』『巨石文明』『全山落葉』
長久保郁子《樹》昭18.8.21/北海道生
ながさく清江《顧問 春野・晨》〒107-0052港区赤坂6-19-40-402(☎03-3583-8198＊)昭3.3.27/静岡県生/『白地』『月しろ』『蒲公英』『雪の鷺』『自註ながさく清江集』
中沢孝子《四万十》〒789-1303高知県高岡郡中土佐町矢井賀甲198-2(☎0889-54-0949＊/nttakako@gmail.com)昭18.7.1/大阪府生
中澤美佳《門》昭36.2.21/東京都生
中島和子《やぶれ傘》〒335-0021戸田市新曽1318(☎048-444-4100)昭15.4.28/埼玉県生
中嶋きよし《閏》〒187-0032小平市小川町1-436-95(☎090-9242-3543 FAX042-344-1548/k-1938@jcom.zaq.ne.jp)昭13.10.13/茨城県生
永嶋隆英《風叙音》〒242-0014大和市上和田1772-20/昭19.3.12/神奈川県生
中島たまな《予感》〒296-0034鴨川市滑谷788(☎04-7093-2229)昭38.4.2/千葉県生
中島悠美子《門》〒116-0001荒川区町屋3-14-1(☎03-3892-5501＊)昭14.11.9/東京都生/『俳句の杜 2016 精選アンソロジー』
中嶋陽子《風土》〒154-0001世田谷区池尻

4-28-21-308(☎03-3795-8346＊)昭41.9.5/岐阜県生/『一本道』
中島吉昭《残心》〒236-0052横浜市金沢区富岡西6-39-8(☎045-773-1113＊)昭18.9.2/東京都生/『貿易風』
長瀬きよ子《耕》〒484-0083犬山市犬山字東古券756(☎0568-61-1848＊)昭16.5.26/岐阜県生/『合同句集』
永田圭子《ろんど》〒541-0048大阪市中央区瓦町1-6-1-1502(☎06-6202-8879＊)昭17.1.1/大阪府生
中田尚子《絵空》〒120-0005足立区綾瀬6-13-9大池方(☎090-1841-8187 FAX03-3620-2829)昭31.8.20/東京都生/『主審の笛』『一声』
中谷まもる《諷詠・ホトトギス》〒562-0024箕面市粟生新家5-14-19(☎072-729-4395＊/nakatani-m@hcn.zaq.ne.jp)昭14.3.4/和歌山県生
中田英子《青海波》〒747-0841防府市仁井令町15-20/昭13.12.30/徳島県生/『辰砂』
永田政子《青海波》〒747-0045防府市高倉1-1-22-701(☎0835-38-7223＊)昭16.3.27/山口県生
中田麻沙子《少年》〒270-0111流山市江戸川台東4-416-18(nakata-liburu@jcom.zaq.ne.jp)昭21.10/埼玉県生
永田満徳《主宰 火神・俳句大学・秋麗》〒860-0072熊本市西区花園6-42-19(☎096-351-1933＊/mitunori_n100@hotmail.com)昭29.9.27/熊本県生/『寒祭』『肥後の城』
長束フミ子《栞》〒123-0843足立区西新井栄町3-10-5(☎03-3840-3755)昭12.4.26/東京都生
中坪達哉《主宰 辛夷》〒930-0818富山市奥田町10-27(☎076-431-5290/tatuya@pa.ctt.ne.jp)昭27.2.13/富山県生/『破魔矢』『中坪達哉集』『前田普羅 その求道の詩魂』
中戸川由実《代表 残心》〒226-0019横浜市緑区中山3-9-60(☎045-931-1815 FAX045-931-1828)昭33.3.31/神奈川県生/『プリズム』
中西亮太《円座・秋草・麒麟》〒112-0011文京区千石4-38-15-301(☎090-6467-1983/nryota1128@yahoo.co.jp)平4.11.28/石川県生/『木賊抄』
長沼利惠子《泉》〒193-0832八王子市散田町2-54-1(☎042-663-2822)昭14.2.18/千葉県生/『虫展』
中根　健《笹》〒465-0064名古屋市名東大針2-71(☎052-701-4613＊/appi.ken.nakane@qc.commufa.jp)昭18.12.17/東京都生/『絵馬』
中根美保《一葦・風土》〒214-0022川崎市多摩区堰2-11-52-114(☎044-299-7709＊)昭28.3.29/静岡県生/『首夏』『桜幹』『軒の灯』
中野ひでほ《八千草》〒176-0002練馬区桜台4-18-1(☎03-3994-0529)昭14.11.25/群馬県生
長野美代子《濃美》〒503-0021大垣市河間町4-17-2(☎0584-91-7693＊)昭5.3.26/岐阜県生/『俳句の杜アンソロジー①』
長浜　勤《主宰 帯・門》〒335-0002蕨市塚越1-11-8(☎048-433-6426＊)昭29.11.10/埼玉県生/『黒帯』『車座』
中原空扇《風・清の會》昭25/東京都生/『現代俳句精鋭選集』『新鋭随筆家傑作撰』
中原けんじ《濃美》〒480-1158長久手市東原山34-1 LM413(☎090-1101-4462)昭21.6.21/大分県生/『二十三夜月』
仲原山帰来《草の花》昭25.1.7/沖縄県生/『冠羽』
中原初雪《青草》〒243-0813厚木市妻田東1-1-1-154(☎046-223-7159＊/sp5r9xk9@arrow.ocn.ne.jp)昭19.12.2/山口県生
長町淳子《青海波》〒771-0219徳島県板野郡松茂町笹木野八上115-3(☎088-699-2634)昭14.10.5/徳島県生/『神の旅』
仲村青彦《主宰 予感》〒292-0064木更津市中里2-7-11(☎0438-23-1432＊/ao_yokan-world@yahoo.co.jp)昭19.2.10/千葉県生/『予感』『樹と吾とあひだ』『夏の眸』『輝ける挑戦者たち』
中村阿弥《鶴》〒201-0002狛江市東野川3-17-2-201/昭16.12.29/京都府生/『宵山』『山鉾』『自註中村阿弥集』
中村和代《副主宰 信濃俳句通信》〒390-0805松本市清水2-8-10(☎0263-33-2429＊)昭23.1.2/徳島県生/『魔法の手』『現代俳句精鋭選集15』
中村かりん《稲》〒211-0063川崎市中原区小杉町3-434-5-602(☎044-711-3002＊/nokorih@ybb.ne.jp)昭44.5.3/熊本県生/『ドロップ缶』(中村ひろ子名義)
中村花梨《俳句留楽舎》昭37/神奈川県生
中村香子《予感》〒204-0004清瀬市野塩4-93-12(☎080-3495-8024)昭8.2.4/東京都生
中村幸子《貂・椎・棒》〒400-0867甲府市青沼

2-11-1サーパス青沼704(☎055-235-8828＊)昭16.12.20/山梨県生/『笹子』『烏柄杓』
中村十朗《編集長 や》〒166-0015杉並区成田東4-25-11田中方(☎090-9385-1503)昭27.6.2/東京都生
中村鈴子《門・帯》〒340-0005草加市中根1-1-1-407(☎048-948-8518＊)長野県生/『ベルリンの壁』
中村世都《鴻》〒275-0012習志野市本大久保2-6-6(☎047-475-4069＊)昭17.2.3/東京都生/『知足』
中村智子《八千草》
中村能乃子《くぢら》昭27/東京都生
中村姫路《主宰 暦日》〒194-0021町田市中町3-22-17-202(☎042-725-8435＊)昭16.7.29/東京都生/『赤鉛筆』『千里を翔けて』『中村姫路集』『青柳志解樹の世界』
中村雅樹《代表 晨》〒470-0117日進市藤塚6-52(☎0561-72-6489＊/nmasaki575@na.commufa.jp)昭23.4.1/広島県生/『果断』『解纜』『晨風』、評論『俳人宇佐美魚目』『俳人橋本鶏二』他
中村正幸《主宰 深海》〒445-0853西尾市桜木町4-51(☎0563-54-2125＊)昭18.4.5/愛知県生/『深海』『系譜』『万物』『絶海』
中村洋子《風土》〒225-0011横浜市青葉区あざみ野3-2-6-405(☎045-902-3084＊)昭17.11.23/東京都生/『金木犀』
中村玲子《今日の花》〒359-0041所沢市中新井4-24-9(☎04-2943-1422＊)昭10.11.4/宮城県生
中森千尋《道》〒004-0802札幌市清田区里塚2条4-9-1/昭24.5.3/北海道生/『水声』
中山絢子《ときめきの会》〒399-2221飯田市龍江7162-4(☎0265-27-2503)昭12.8.21/長野県生
中山世一《百鳥・晨》〒270-1432白井市冨士198-44(☎047-445-4575＊)昭18.10.1/高知県生/『棟』『季語のこと・写生のこと』『雪兎』『草つらら』
名小路明之《帆》〒184-0004小金井市本町2-8-29(☎042-381-9550＊/a.nakoji@river.ocn.ne.jp)昭18.11.2/長野県生
奈都薫子《信濃俳句通信》松本市/長野県生
なつはづき《代表 朱夏句会・豈・天晴・青山俳句工場05》〒230-0003横浜市鶴見区尻手1-1-18-1503(hadukin819@gmail.com)/静岡県生/『ぴったりの箱』
名取里美《あかり》三重県生/『螢の木』『あかり』『家族』『森の螢』
並河裕子《鴻》
行方えみ子《多磨》〒630-8133奈良市大安寺1-17-10(☎0742-61-5504＊)昭18.1.1/大阪府生
行方克巳《代表 知音・会長 三田俳句丘の会》〒146-0092大田区下丸子2-13-1-1012(☎03-3758-4897 FAX03-3758-4882)昭19.6.2/千葉県生/『知音』『素数』『晩緑』
滑志田流牧《杉》〒202-0013西東京市中町5-14-10/昭26.8.31/神奈川県生/小説集『埋れた波濤』、『道祖神の口笛』『椿飛ぶ天地』
成瀬真紀子《りいの・万象》〒939-0364射水市南太閤山13-24/昭26.11.24
成海友子〒336-0018さいたま市南区南本町2-25-9(☎080-3210-7682 FAX048-825-6447)
新堀邦司《日矢余光句会》〒191-0062日野市多摩平4-10-2-4-504/昭16.2.16/埼玉県生
新井義典《ひまわり・棒》〒770-0944徳島市南昭和町5-18-3/昭25.8.7/徳島県生
西池冬扇《会長 ひまわり・棒》〒770-8070徳島市八万町福万山8-26/昭19.4.29/『彼此』他
西池みどり《主宰 ひまわり・棒》〒770-8070徳島市八万町福万山8-26(☎088-668-6990＊/alamo2midori@i.softbank.jp)昭23.9.4/徳島県生/『だまし絵』『森の奥より』『風を聞く』『葉脈』『貝の化石』『一文字草』『星の松明』
西澤日出樹《岳》〒399-7504長野県東筑摩郡筑北村乱橋806(☎0263-66-2431＊/mail@nishizawahideki.com)昭56.8.5/長野県生
西田文代《花苑》〒596-0044岸和田市西之内町32-3(☎072-441-3145＊)昭34.6.28/大阪府生/合同句集『いずみ』
西田眞希子《多磨》〒639-1123大和郡山市筒井町1257-4(☎0743-59-0034＊)昭19.8.15/奈良県生
西野桂子《鴻》〒270-2252松戸市千駄堀792-1-412(☎047-387-5705＊)昭22.1.25/東京都生
西宮　舞《香雨》〒544-0002大阪市生野区小路2-22-28石川方(☎06-6755-2141 FAX06-6755-2661/sunstone@oct.zaq.ne.jp)昭30.2.19/大阪府生/『夕立』『千木』『花衣』『天風』『鼓動』、共著『あなたも俳句名人』など
西村和子《代表 知音》〒158-0093世田谷区上野毛2-22-25-301(☎03-5706-9031＊)昭

23.3.19/神奈川県生/『夏帽子』『心音』『椅子ひとつ』『わが桜』『虚子の京都』『季語で読む源氏物語』
西村麒麟《主宰 麒麟・古志》〒136-0073江東区北砂5-20-7-322/昭58.8.14/大阪府生/『鶉』『鴨』
二宮英子《雉・晨》昭12.4.13/神奈川県生/『出船』
二ノ宮一雄《主宰 架け橋》〒191-0053日野市豊田2-49-12(☎042-587-0078＊)昭13.4.5/東京都生/『水行』『武蔵野』『旅路』『終の家』、評論『俳道燦燦』『檀一雄の俳句の世界』、俳句エッセー『花いちもんめ』
二丸中眞知《ろんど》〒999-2171山形県東置賜郡高畠町大字石岡12-3(☎0238-57-3281＊)昭26.9.5/山形県生
丹羽真一《代表 樹》〒112-0011文京区千石2-12-8(☎03-5976-3184＊/sniwa11@gmail.com)昭24.2.25/大阪府生/『緑のページ』『お茶漬詩人』『風のあとさき』『ビフォア福島』
貫井照子《やぶれ傘》〒335-0004蕨市中央1-20-8/昭22.1.1/東京都生/『花菖蒲』
布川武男《郭公・代表 鹿》〒322-0036鹿沼市下田町2-1099(☎0289-64-2472 FAX0289-65-4607)昭8.3.28/埼玉県生/『虫の夜』『積乱雲』
沼尾將之《橘》〒340-0206久喜市西大輪1653-11(☎090-9388-4820)昭55.9.15/埼玉県生/『鮫色』
沼田布美《稲》〒192-0911八王子市打越町1481-13(☎090-8082-8270 FAX0426-25-5512/fumi.prettywoman5.15@docomo.ne.jp/fumi5.15@outlook.jp)昭23.5.15/東京都生
袮宜田潤市《主宰 圓》〒447-0855碧南市天王町4-71/昭24/愛知県生/『夏小菊』
根来久美子《代表 すはえ・代表 ソフィア俳句会》〒213-0002川崎市高津区二子3-13-1-201(m-k-negoro@nifty.com)昭32.8.9/広島県生/『たゆたへど』
根橋宏次《やぶれ傘》〒330-0071さいたま市浦和区上木崎8-7-11(k.nebashi@able.ocn.ne.jp)昭14.8.22/中国撫順市生/『見沼抄』『一寸』
ノア・北見花静《編集長 樹氷》〒071-8142旭川市春光台2条3-5-20(☎0166-54-4587＊)昭36.3.27/北海道生
野口　清《暖響》〒369-1302埼玉県秩父郡長瀞町大字野上下郷2088(☎0494-66-0109)昭10.4.13/埼玉県生/句集『紅の豆』『祈りの日日』、歌集『星の祀り』『流星雨』
野口希代志《やぶれ傘》〒335-0016戸田市下前2-1-5-515(☎048-446-0408/kiyoshi-noguchi@ra2.so-net.ne.jp)昭20.5.17/東京都生
野口人史《秀》埼玉県生
野崎ふみ子《夏爐》〒782-0041香美市土佐山田町346-33(☎0887-52-0315＊)昭11.10.25/高知県生
野ざらし延男《代表 天荒》〒904-0105沖縄県中頭郡北谷町字吉原726番地11(☎098-936-2536＊)昭16/『地球の自転』ほか。著書『俳句の弦を鳴らす―俳句教育実践録』
野島正則《青垣・平》昭33.1.15/東京都生
野乃かさね《草笛・瑞季・季座》〒329-1577矢板市玉田404-298 コリーナ矢板H-1851/『鱗』『瑞花』
能村研三《主宰 沖》〒272-0021市川市八幡6-16-19(☎047-334-4975 FAX047-333-3051)昭24.12.17/千葉県生/『騎士』『海神』『鷹の木』『磁気』『滑翔』『肩の稜線』『催花の雷』『神鵜』
野村里史《四万十》〒781-4212香美市香北町美良布1106(☎090-3186-2407)昭25.2.21/高知県生

は行

萩野明子《棒・不退座》〒290-0022市原市西広1-10-32坂倉方/昭35.7.2/愛媛県生
萩原敏夫(渓人)《やぶれ傘》〒336-0021さいたま市南区別所6-9-6(☎048-864-6333＊)昭18.1.30/埼玉県生
萩原敏子《野火》〒289-1601千葉県山武郡芝山町香山新田30-4(☎0479-78-0356＊/toshiko.hagiwara@gmail.com)昭25.1.29/千葉県生/『話半分』
萩原康吉《梓》〒347-0124加須市中ノ目499-1(☎0480-73-4437)埼玉県生
漠　夢道《emotional》〒891-1108鹿児島市郡山岳町447-1(☎099-298-3971)昭21.4.22/北海道生/『くちびる』『棒になる話』
架谷雪乃《燎》〒274-0815船橋市西習志野2-18-39/昭34.11.11/石川県生

橋田憲明《顧問 勾玉》〒780-8064高知市朝倉丁1793-9(☎088-843-2750*)昭8.2.11/高知県生/『足摺岬』、共編『若尾瀾水俳論集』他
橋　達三《春月》昭18.1.29/満州生
蓮實淳夫《曆日》〒324-0243大田原市余瀬450(☎0287-54-0922*)昭15.7.22/栃木県生/『嶺呂讃歌』
長谷川耿人《春月》〒152-0034目黒区緑が丘2-22-17(☎080-6769-1114)昭38.11.14/神奈川県生/『波止の鯨』『鳥の領域』『國芳の猫』
長谷川暢之《代表 雷鳥》〒601-8043京都市南区東九条西札辻町6(☎075-691-0471*)昭16.2.12/京都府生
長谷川槙子《わかば》〒248-0007鎌倉市大町2-6-14/昭37.3.25/東京都生/『槙』
長谷川康子《暖響・雲出句会》〒514-0303津市雲出長常町1026-22/昭16.4.8/三重県生
籏先四十三《湾》〒850-0822長崎市愛宕3-12-22(☎095-825-6184*)昭16.5.28/長崎県生/『言霊に遊ぶ』『たけぼうき』『長﨑を詠む』
畠中草史《選者 栃の芽・岬》〒194-0015町田市金森東1-17-32(☎042-719-6808*)昭22.3.19/北海道生/『あいち』『みやぎ』
波多野　緑《燎》〒245-0066横浜市戸塚区俣野町480-24/昭17.1.28/新京生
八田夕刈《刈安・鏡》〒160-0008新宿区四谷三栄町13-22(bankosha@yahoo.co.jp)昭27.5.25/東京都生
服部早苗《空》〒330-0064さいたま市浦和区岸町1-11-18(☎048-822-2503*)昭21/埼玉県生/『全圓の海』
服部　満《草の花》〒425-0032焼津市鰯ヶ島234-2(hmitsuru@kxd.biglobe.ne.jp)昭23.6.30/静岡県生
波戸岡　旭《主宰 天頂》〒225-0024横浜市青葉区市ケ尾町495-40(☎045-973-2646*)昭20.5.5/広島県生/『父の島』『天頂』『菊慈童』『星朧抄』『湖上賦』『惜秋賦』『鶴唳』
波戸辺のばら《瓔SECOND・窓の会》〒601-1414京都市伏見区日野奥出11-34(☎075-571-7381*)昭23.2.20/『地図とコンパス』
羽鳥つねを《風の道》〒306-0417茨城県猿島郡境町若林4125-3(☎0280-87-5485*)昭26.12.3/茨城県生/『青胡桃』
花谷　清《主宰 藍》昭22.12.10/大阪府生/『森は聖堂』『球殻』
花土公子《今日の花》〒155-0031世田谷区北沢2-40-25(☎03-3468-1925*)昭15.2.7/東京都生/『句碑のある旅』
花本智美《鴻》〒222-0002横浜市港北区師岡町245-29-103(☎045-546-6229/satomisudo26@gmail.com)昭33.11.26/東京都生
塙　勝美《ときめきの会》〒314-0112神栖市知手中央2-8-27(☎090-2420-7297)昭23.1.18/茨城県生
馬場眞知子《今日の花》〒143-0025大田区南馬込4-43-7(☎03-3772-4600*)昭26.8.12/東京都生
土生依子《主宰 青芝》〒252-0222相模原市中央区由野台2-7-2(☎042-757-4616*/y.habu7.1@coral.dti.ne.jp)昭27/東京都生/『良夜』
濵田彰典《湾》昭31.11.5/鹿児島県生
濱地恵理子《栞》千葉市/昭32/兵庫県生
羽村美和子《代表 ペガサス・豈・連衆》〒263-0043千葉市稲毛区小仲台7-8-28-810(☎043-256-6584*/rosetea_miwako@yahoo.co.jp)山口県生/『ローズティー』『堕天使の羽』
林　いづみ《風土》〒167-0023杉並区上井草3-1-11/昭21.11.28/東京都生/『幻月』
林　　桂《代表 鬣TATEGAMI》〒371-0013前橋市西片貝町5-22-39(☎027-223-4556*/hayashik@gf7.so-net.ne.jp)昭28.4.8/群馬県生/『百花控帖』『ことのはひらひら』『動詞』
林　正山《信濃俳句通信》〒390-0874松本市大手5-6-13-1005(☎0263-39-1973*)昭22.2.2/長野県生
林　三枝子《代表 ときめきの会》〒314-0258神栖市柳川中央1-9-6(☎090-4821-7148／0479-46-0674*/mieko.h.55623@docomo.ne.jp)昭18.5.16/長野県生/『砂丘の日』
林　未生《鴻》〒558-0001大阪市住吉区大領2-5-3-601(☎06-6691-5752*)昭14.11.24/和歌山県生
原　朝子《主宰 鹿火屋》〒259-0123神奈川県中郡二宮町二宮588(☎0463-72-0600)神奈川県生/『やぶからし』『鳥の領』、著書『大陸から来た季節の言葉』
原　浩一《鹿火屋》〒150-0011渋谷区東3-6-20レジディア恵比寿Ⅲ206号室(☎090-2665-1540/koichi.Hara@fujifilm.com)昭40.3.1/神奈川県生
原田達夫《鴫》〒270-0034松戸市新松戸7-173,A-608(☎047-348-2207*/tohehuh@gmail.com)昭9.4.15/東京都生/『虫合せ』『箱火鉢』

原　達郎《鴻》昭14/東京都生
原　瞳子《初蝶・清の會》〒270-1158我孫子市船戸3-6-8森田方（☎04-7185-0569＊）昭15.4.30/群馬県生/『一路』
原　信次《いぶき》〒543-0041大阪市天王寺区真法院町12-22（☎06-6773-2462＊/nhara1948@yahoo.co.jp）昭23.2.3/北海道生/『七坂』
原　光生《鴻》〒372-0803伊勢崎市宮古町92-2（☎0270-23-8275/cze15135@nifty.com）昭37.9.1/群馬県生
春田千歳《閏》〒187-0042小平市仲町107-406（☎042-347-9510＊）昭23.9.3/香川県生/『鰐の目』『蟬氷』
春名　勲《鳰の子》〒573-1121枚方市楠葉花園町5-3-706（☎072-855-6475＊）
晏梛みや子《家・晨》〒492-8251稲沢市東緑町2-51-14（☎0587-23-3945）愛知県生/『槙垣』『楮籠』
坂内佳禰《河》〒989-3128仙台市青葉区愛子中央2-11-2（☎090-5187-3043／022-392-2459＊）昭22.2.25/福島県生/『女人行者』
半谷洋子《鴻》〒456-0053名古屋市熱田区一番2-22-5ライオンズガーデン一番町502号（☎052-653-5090＊）昭20.4.7/愛知県生/『まつすぐに』
疋田　源《道》〒065-0006札幌市東区北六条東8-1-1-403（☎011-743-6608＊）昭39.4.9/北海道生
蟇目良雨《主宰　春耕・東京ふうが》〒112-0001文京区白山2-1-13（☎03-3817-8195＊/ryo-u@mta.biglobe.ne.jp）昭17.9.25/埼玉県生/『駿河台』『神楽坂』『菊坂だより』『九曲』『ここから』
日隈三夫《あゆみ》〒274-0825船橋市前原西1-31-1-506（☎047-471-3205＊）昭19.9.21/大分県生
土方公二《汀》〒116-0003荒川区南千住8-1-1-1718（☎03-3891-5018＊/koji.hijikata1@gmail.com）昭23.8.25/兵庫県生/『帰燕抄』
日原　傳《天為》〒168-0081杉並区宮前2-20-29（☎03-3247-5276 FAX03-3264-9663/hihara@hosei.ac.jp）昭34.4.30/山梨県生/『重華』『江湖』『此君』『燕京』『素十の一句』
檜山哲彦《主宰　りいの》〒167-0043杉並区上荻4-21-15-203（☎03-6323-4834＊/zypresse-hiyama@jcom.home.ne.jp）昭27.3.25/広島県生/『壺天』『天響』
日吉怜子《燎》〒190-0001立川市若葉町4-25-1-19-406/昭16.9.12/沖縄県生
平井静江《四万十・鶴》〒781-2110高知県吾川郡いの町4016-1（☎090-2783-3816 FAX088-893-3410/shizue22@smail.plala.or.jp）昭22.10.16/広島県生
平川扶久美《山彦》〒751-0863下関市伊倉本町14-3（☎083-254-3732＊）昭31.10.21/山口県生/『春の楽器』
平栗瑞枝《主宰　あゆみ・棒》〒274-0067船橋市大穴南1-30-5（☎047-465-7961＊/mizue-hiraguri@xqg.biglobe.ne.jp）昭18.4.7/東京都生/『花蘇枋』『天（やままゆ）蚕』
平子公一《馬醉木》〒216-0033川崎市宮前区宮崎2-6-31-102（☎044-567-3083＊）昭15.10.10/北海道生/『火襷』
平嶋共代《予感・沖》〒294-0823南房総市府中87-3（☎090-2430-9543）昭17.6.17/千葉県生
平戸俊文《耕》〒509-0207可児市今渡1272-2（☎0574-26-7859）昭30.7.17/岐阜県生
平沼佐代子《雛》『遥かなるもの』
廣瀬悦哉《郭公》〒191-0016日野市神明1-5-27（☎070-1499-3828/etsuya575@gmail.com）昭34.5.19/山梨県生/『夏の峰』『里山』
廣瀬ハツミ《栞》〒302-0131守谷市ひがし野1-29-4ミマス守谷102（☎0297-37-4790＊）昭20.6.6/福島県生
廣瀬雅男《やぶれ傘》〒335-0026戸田市新曽南1-3-15-605/昭13.4.16/埼玉県生/『素描』『日向ぼつこ』
廣瀬町子《郭公》〒405-0059笛吹市一宮町上矢作857/昭10.2.6/山梨県生/『花房』『夕紅葉』『山明り』
弘田幸子《四万十》〒787-0008四万十市安並3995（☎0880-35-5657＊）昭14.8.1/高知県生
廣見知子《花苑》〒619-0216木津川市州見台6-1-2アルス木津南D308（☎0774-73-8548）昭29.3.27/京都府生/合同句集『いずみ』
広渡敬雄《沖・塔の会》〒261-0012千葉市美浜区磯辺3-44-6（☎043-277-8395＊/takao_hiro195104@yahoo.co.jp）昭26.4.13/福岡県生/『遠賀川』『ライカ』『間取図』『脚註名句シリーズ能村登四郎集』『俳句で巡る日本の樹木50選』『全国俳枕の旅62選』
苳　羊右子《主宰　あくあ》〒624-0905舞鶴市福来1005-1（☎0773-77-5514＊）昭24.1.26/京都

府生
福井隆子《対岸》〒276-0049八千代市緑が丘3-1-1-H903（☎047-459-6118＊）昭15.1.1/北海道生/『ちぎり絵』『手毬唄』『雛箪笥』など。エッセイ集『ある狂女の話』
福井信之《湧》〒639-0222香芝市西真美2-16-18（☎070-5430-9055/fn6391951@outlook.jp）昭26.10.1/奈良県生
福島　茂《沖・出航》〒235-0033横浜市磯子区杉田3-7-26-321（☎045-776-3410＊）昭25.8.24/群馬県生
福島せいぎ《主宰 なると》〒770-0802徳島市吉野本町5-2（☎088-625-1500）昭13.3.15/徳島県生/『火球』『箱廻し』ほか
福島津根子《諷詠》昭24.10.2
福神規子《主宰 雛》〒155-0033世田谷区代田6-9-10（☎03-3465-8748 FAX03-3465-8746）昭26.10.4/東京都生/『雛の箱』『薔薇の午後』『人は旅人』『自註福神規子集』、共著『鑑賞女性俳句の世界』他
福田敏子《雨蛙》〒359-0042所沢市並木7-1-5-404（☎04-2993-2143）富山県生/『槐の木』『山の影』『懐郷』他に『私の鑑賞ノート』
福田　望《梓》〒350-0823川越市神明町62-18（☎090-9839-4957/fnozomu@gmail.com）昭52.10.28/岡山県生
福林弘子《深海》
福原実砂《暦日》〒547-0026大阪市平野区喜連西5-1-8-107（☎06-6704-9890＊/toratyan29@yahoo.co.jp）大阪府生/『ミューズの声』『舞ふやうに』
ふけ　としこ《椋》〒535-0031大阪市旭区高殿7-1-27-505（☎06-6167-6232＊）昭21.2.22/岡山県生/『鎌の刃』『インコに肩を』『眠たい羊』他
藤井啓子《ホトトギス・円虹》〒655-0039神戸市垂水区霞ヶ丘6-4-1（☎078-708-5902＊/sumire-sakura-575@triton.ocn.ne.jp）昭29.12.21/兵庫県生/『輝く子』
藤井なお子《代表 たまき》〒567-0845茨木市平田2-37-3-5（☎072-638-0010＊/bronze.usagi@gmail.com）昭38/愛知県生/『ブロンズ兎』
藤井康文《山彦》〒745-0882周南市上一ノ井手5457（☎0834-21-3778＊）昭21.6.28/山口県生/『枇杷の花』
藤井美晴《やぶれ傘》〒180-0004武蔵野市吉祥寺本町4-31-6-120（☎090-6127-3140/yfujii216@yahoo.co.jp）昭15.2.16/福岡県生
藤井稜雨《風の道》〒270-0016松戸市小金清志町2-30（☎047-343-1616＊/fujii.komei@gmail.com）昭32.11.26/神奈川県生
藤岡勢伊自《河》〒170-0012豊島区上池袋4-10-8-1106（☎090-4120-1210/fjoksij_19900915@docomo.ne.jp）昭37.10.16/広島県生
藤岡美恵子《今日の花》〒158-0091世田谷区中町5-9-9グランクレール世田谷中町104/昭13.2.9/『些事』
藤島咲子《耕・Kō》〒485-0068小牧市藤島2-117（☎0568-75-1517＊）昭20.3.14/富山県生/『尾張野』『雪嶺』、エッセイ集『細雪』、『自註藤島咲子集』
藤田銀子《知音》〒248-0016鎌倉市長谷5-4-6斎藤方（gin.gin.saito@gmail.com）昭39.11.1/東京都生/『短篇の恋』
藤田翔青《いぶき》〒655-0044神戸市垂水区舞子坂1-5-17（☎090-3966-5314/shosei819@gmail.com）昭53.6.29/兵庫県生
藤田直子《主宰 秋麗》〒214-0034川崎市多摩区三田1-15-4-104（☎044-922-2335＊/lyric_naoko@yahoo.co.jp）昭25.2.5/東京都生/『極楽鳥花』『秋麗』『麗日』『自註シリーズ藤田直子集』『鍵和田秞子の百句』
藤田裕哉《蛮の会・天晴》〒233-0007横浜市港南区大久保3-23-12（☎080-8164-3201 FAX045-848-1683/hirfuj0819@yahoo.co.jp）昭34.8.19/大阪府生
藤埜まさ志《代表 群星・森の座》〒270-0102流山市こうのす台1010-12（☎04-7152-7151＊/fujino575@lemon.plala.or.jp）昭17.5.18/大阪府生/『土塊』『火群』『木霊』
富士原志奈《知音》〒231-0804横浜市中区本牧宮原11-1-604/昭44.12.26/東京都生
藤　英樹《古志》〒232-0072横浜市南区永田東1-31-23（☎080-5413-8278）昭34.10.12/東京都生/『静かな海』『わざをぎ』、著書『長谷川櫂200句鑑賞』
藤村たいら《副主宰 ひいらぎ》昭19.1.8/滋賀県生
藤本紀子《ひまわり》〒771-2303三好市三野町勢力884-3（☎0883-77-2091＊/tosiko-f0225@mb.pikara.ne.jp）昭19.2.25/徳島県生/『黐の木』
藤本美和子《主宰 泉》〒192-0914八王子市片

倉町1405-17(☎042-636-8084＊)昭25.9.5/和歌山県生/『跣足』『天空』『冬泉』『綾部仁喜の百句』

藤原明美《鴻》

二村結季《青草》〒243-0204厚木市鳶尾1-8-4/昭13.6.23/神奈川県生

古木真砂子《野火》〒276-0023八千代市/昭24.10.29/千葉県生/『時の雫』

古澤宜友《主宰 春嶺》〒145-0066大田区南雪谷5-17-7(☎03-3729-7085＊)昭19.12.24/山形県生/『蔵王』

古橋純子《野火》昭37.10.21/茨城県生

別所博子〒115-0055北区赤羽西2-21-4-403(hirokobes@hotmail.com)昭26.8.4/大分県生/『稲雀』

辺野喜宝来《りいの》〒903-0807那覇市首里久場川町2-18-8-302(☎090-9783-6688)昭34.8.7/沖縄県生/『向日葵 俳句・随筆作品集』、『台湾情 沖縄世』

星井千恵子《泉》新潟県生

星野高士《主宰 玉藻》〒248-0002鎌倉市二階堂231-1(☎090-3687-0798 FAX03-3490-5422)昭27.8.17/神奈川県生

星野恒彦《代表 貂》〒167-0033杉並区清水3-15-18-108(☎03-3390-9323＊)昭10.11.19/東京都生/『月日星』など5冊、評論集『俳句とハイクの世界』など3冊

星野　椿《玉藻》〒248-0002鎌倉市二階堂227-4(☎0467-23-7622 FAX0467-25-2491)昭5.2.21/東京都生/『金風』『マーガレット』『雪見酒』『早椿』『遙か』ほか

細川幸正《輪》〒248-0024鎌倉市稲村が崎5-3-1(☎0467-31-0913＊/hosk@jcom.zaq.ne.jp)昭10.8.20/東京都生/『日英擬音・擬態語について』他

細山柊子《歴路》

堀田季何《主宰 楽園》〒114-0014北区田端3-1-12-502(☎070-6401-1771/vienna_cat@yahoo.co.jp)昭50.12.21/東京都生/『亞剌比亞』『星貌』『人類の午後』『俳句ミーツ短歌』他

堀田裸花子《輪》〒251-0036藤沢市江の島1-6-3(☎090-3310-5296 FAX0466-28-2045/rakashi92@gmail.com)昭18.8.29/東京都生

堀内由利子《八千草》

堀　瞳子《鳳・運河》〒651-2272神戸市西区狩場台4-23-1(☎078-991-1792＊)昭25.12.21/福岡県生/『山毛欅』、句文集『百の喜び』『水恋鳥』

堀本　吟《豈》〒630-0201生駒市小明町415-5泉方(☎0743-74-3680＊/guinhori@gmail.com)昭17.7.14/評論集『霧くらげ何処へ』

堀本裕樹《主宰 蒼海》〒160-0011新宿区若葉2-9-8四谷F&Tビル ㈱アドライフ 堀本裕樹事務所)昭49.8.12/和歌山県生/『熊野曼陀羅』『一粟』

本城佐和《青海波》〒770-0932徳島市(☎088-652-6730＊)昭22.4.8/徳島県生/『銀の馬』

本田攝子《主宰 獺祭》〒125-0042葛飾区金町2-7-10-801(☎03-3608-5662＊)昭8.2.19/熊本県生/『水中花』

本多遊子《閏》〒141-0022品川区東五反田4-1-27-2-906(☎090-6011-8700)昭37.11.7/東京都生/『Qを打つ』

ま行

眞家蕣風《ひたち野》〒311-3116茨城県東茨城郡茨城町長岡3840-57(☎029-293-7941)昭26.5.11/茨城県生

前川紅樓〒270-0117流山市北134-138(☎04-7154-0218＊)昭12.2.27/東京都生/『魚神』『春潮』『火喰鳥』、歌集『水は流れず』『花のワルツ』

前澤宏光《棒》〒263-0051千葉市稲毛区園生町449-1コープ野村2-505(☎043-256-7858＊)昭11.8.14/長野県生/『天水』『空木』『春林』『真清水』『人間の四季 俳句の四季―青柳志解樹俳句鑑賞』他

前田貴美子《りいの・万象》〒900-0021那覇市泉崎2-9-11金城アパート301号(☎098-834-7086)昭21.10.17/埼玉県生/『ふう』

前田陶代子《栞》〒270-0034松戸市新松戸7-221-5D-110(☎047-345-6350)昭17.10.3/群馬県生

前田　弘《代表 歯車》〒186-0012国立市泉2-3-2-3-505(☎042-573-8121＊/maedatonbo@yahoo.co.jp)昭14.6.11/大阪府生/『掌の風景』『光昏』『余白』『まっすぐ、わき見して』その他合同句集

前山真理《知音》〒216-0011川崎市宮前区大蔵2-36-6-301(☎044-975-6639＊)昭31.3.5/東京都生/『ヘアピンカーブ』

槇尾麻衣《鴻》昭18.6.19/岩手県生
牧　富子《濃美》〒466-0815名古屋市昭和区山手通5-15/昭8.10.26/岐阜県生
正木　勝《椰》昭18.3.8/石川県生
正木ゆう子熊本県生/『静かな水』『羽羽』『玉響』
政元京治《鳰の子》〒573-1113枚方市楠葉面取町1-7-8(☎072-868-3716)広島県生
間島あきら《主宰 梶の葉・風土》〒426-0075藤枝市瀬戸新屋431-19(☎054-641-8706*)昭22.4.13/山梨県生/『方位盤』、合同句集『里程』
増田裕司《やぶれ傘》〒336-0911さいたま市緑区三室1157-19(☎048-874-4983*/yuji.masuda3166@gmail.com)昭29.5.28/埼玉県生
枡富玲子《花苑》〒770-8079徳島市八万町大坪40-10/昭35.3.24/大阪府生
増成栗人《主宰 鴻》〒270-0176流山市加3-6-1 壱番館907(☎04-7150-0550*)昭8.12.24/大阪府生/『燠』『逍遙』『遍歴』『草蜉蝣』
升本榮子《春耕》昭6.4.19
増山至風《悠》〒270-0128流山市おおたかの森西4-177-85(☎04-7152-1837*)昭11.6.22/長崎県生/『少年少女向 俳句を作ろう』『大鷹』『稲雀』『望郷短歌帖』『昭和平成令和至風全句集3523』『続至風句集1835』
増山叔子《秀》〒171-0051豊島区長崎4-21-3(☎090-4373-7916/yoshiko-m45.mi@docomo.ne.jp)昭33.1.2/群馬県生
待場陶火《鴻》〒666-0034川西市寺畑1-3-10/昭15.8.25/兵庫県生
松井あき子《青草》
松井秋尚《知音》〒206-0036多摩市中沢2-15-4(☎042-372-5059*)昭20.3.24/広島県生/『自由時間』『海図』
松浦敬親《麻》〒305-0051つくば市二の宮1-8-10,A209(☎029-851-2923)昭23.12.11/愛媛県生/『俳人・原田青児』『展開する俳句』
松浦澄江《椎》静岡市/昭20.10.15
松枝真理子《知音》〒171-0021豊島区西池袋2-10-10-207/昭45.8.7/愛知県生/『薔薇の芽』
松岡隆子《主宰 栞》〒188-0003西東京市北原町3-6-38(☎042-466-0413*)昭17.3.13/山口県生/『帰省』『青木の実』
松岡ひでたか〒679-2204兵庫県神崎郡福崎町西田原字辻川1212(☎0790-22-4410*)昭24.9.11/兵庫県生/『磐石』『光』『往還』『白薔薇』『小津安二郎の俳句』ほか
松尾清隆《松の花》〒254-0045平塚市見附町2-17-504(☎0463-79-8383*)昭52.5.5/神奈川県生
松尾隆信《主宰 松の花》〒254-0046平塚市立野町7-9(☎0463-34-5000 FAX0463-37-3555)昭21.1.13/兵庫県生/『上田五千石私論』、第9句集『星々』
松尾紘子《橘》〒367-0055本庄市若泉3-20-7/昭15.2.6/東京都生/『シリウスの眼』『追想』
松尾まつを《青草》〒243-0204厚木市鳶尾2-24-3-105(☎046-241-9810/matsuo@tokai.ac.jp)昭13.10.1/東京都生
松田江美子《燎》〒244-0004横浜市戸塚区小雀町2148(☎045-851-0510*)/東京都生
松田純栄《花鳥》〒153-0064目黒区下目黒4-11-18-505/東京都生/『眠れぬ夜は』『旅半ば』
松田年子《多磨》〒633-2162宇陀市大宇陀出新1831-1(☎0745-83-0671*)昭9.6.12/兵庫県生
松永浮堂《浮野》〒347-0058加須市岡古井1373(☎0480-62-3020*)昭31.3.24/埼玉県生/『平均台』『肩車』『げんげ』『遊水』『麗日』『落合水尾と観照一気』
松野苑子《街》〒252-0814藤沢市天神町3-6-10(☎0466-82-5398*)『誕生花』『真水(さみづ)』『遠き船』
松林朝蒼《主宰 夏爐》〒780-8072高知市曙町1-17-17(☎088-844-3581*)昭6.8.29/高知県生/『楮の花』『遠狭』『夏木』
松原ふみ子《栞》〒235-0045横浜市磯子区洋光台4-38-8/昭7.9.23/大阪府生
松村和子《青海波》〒747-0036防府市戎町2-7-43(☎0835-24-1180*)昭14.8.15/山口県生
松本かおる《たまき》〒567-0006茨木市耳原1-9-24(☎072-641-7415*/yamaniwanishi@gmail.com)昭36.4.30/大阪府生
松本紀子《八千草》〒215-0022 川崎市麻生区/昭23/富山県生
松本英夫《阿吽》〒178-0061練馬区大泉学園町1-17-19(☎03-5387-9391*)昭22.6.4/東京都生/『探偵』『金の釘』
松本美佐子《鳰の子》〒560-0051豊中市永楽荘2-13-15(☎06-6853-4022*)昭19.7.23/山口県生/『三楽章』

まねきねこ《羅ra》〒386-0023上田市中央西2-11-11（☎0268-71-0626＊/yoshiko3@mx1.avis.ne.jp）昭30.8.10/長野県生
マブソン青眼《海原》〒380-0845長野市西後町625-20-304（☎026-234-3909＊/mabesoon@avis.ne.jp）昭43.9.22/フランス生/『江戸のエコロジスト一茶』『句集と小説 遥かなるマルキーズ諸島』『妖精女王マブの洞窟』
黛 まどか〒192-0355八王子市堀之内3-34-1-303（☎042-678-4438＊/mmoffice@madoka575.co.jp）昭37.7.31/神奈川県生/『てっぺんの星』『北落師門』『奇跡の四国遍路』『ふくしま讃歌』
麻里伊《や》
まるき みさ《不退座》東京都生
三浦 恭《阿吽》〒359-0038所沢市北秋津739-57-401（☎04-2992-5743＊）昭25.7.4/東京都生/『かれん』『暁』『翼』
三浦晴子《湧》〒421-0137静岡市駿河区寺田188-7/昭24.5.30/静岡県生/『晴』、「村越化石の一句」（『湧』連載）
三上かね子《泉》〒192-0913八王子市北野台2-13-1/昭4.4.14/山梨県生/『内裏雛』
三上佐智子《予感》〒270-1111我孫子市古戸303-57（☎04-7188-9695/sachiko.mikami@pure.ocn.ne.jp）昭18.11.30/北海道生
三木千代《鴫》〒272-0827市川市国府台1-10-2/昭16/茨城県生
水口佳子《同人代表 夕凪・銀化・里》〒731-5113広島市佐伯区美鈴が丘緑1-7-3/昭27.12.25/広島県生
水島直光《秀・青林檎》〒114-0023北区滝野川2-47-15（☎03-3910-4379＊）昭29.11.2/福井県生/『風伯』
水谷はや子《鴻》〒441-0204豊川市赤坂台810（☎0533-87-6052＊）昭13.11.24/愛知県生
水谷由美子《代表 オリーブ・パピルス》〒146-0082大田区池上7-18-9（☎03-3754-7410＊/CBL22812@nifty.com）昭16.7.30/東京都生/『チュチュ』『浜辺のクリスマス』
水野晶子《梓・棒》〒247-0074鎌倉市城廻140-37（☎0467-44-3083＊/souun1944@gmail.com）昭19.1.4/兵庫県生/『十井』
水野悦子《煌星》〒510-1323三重県三重郡菰野町小島1585/昭24.12.18/三重県生
水野加代《りいの》〒359-1103所沢市向陽町2130-37（☎04-2922-2893＊）昭17.3.24/愛媛県生
水野幸子《少年》昭17.11.17/青森県生/『水の匂ひ』
水野真由美《海原・鬣TATEGAMI》〒371-0018前橋市三俣町1-26-8（☎027-232-9321＊/yamaneko-kan@jcom.home.ne.jp）昭32.3.23/群馬県生/『陸封譚』『八月の橋』『草の罠』、評論集『小さな神へ—未明の詩学』
水間千鶴子《貝の会》〒651-2276神戸市西区春日台9-14-13（☎078-961-3082＊）昭23.2.20/広島県生
三瀬敬治《不退座》昭18.2.4/愛媛県生
三田きえ子《主宰 萌》〒158-0081世田谷区深沢4-24-7（☎03-3704-2405）昭6.9.29/茨城県生/『嬬恋』『旦暮』『九月』『初黃』『結び松』『藹藹』『雁来月』『自註三田きえ子集』
道林はる子《やぶれ傘》〒186-0002国立市東2-25-18（☎042-576-1817＊）東京都生
三石政子《宇宙船》〒175-0083板橋区徳丸3-5-17-301（☎03-3934-6646＊）昭15.2.28/大分県生
三井利忠《春月》〒194-0043町田市成瀬台/昭19.3.6/群馬県生/『武尊（ほたか）』
緑川美世子《星時計》〒252-0321相模原市南区相模台2-8-21（miseko-midorikawa@note.memail.jp）昭40.3.22/新潟県生
南 うみを《主宰 風土》〒625-0022舞鶴市安岡町26-2（☎0773-64-4547＊/umiwo1951@gmail.com）昭26.5.13/鹿児島県生/『丹後』『志楽』『凡海』『南うみを集』『神蔵器の俳句世界』『石川桂郎の百句』
三野公子《山彦》〒744-0032下松市生野屋西1-1-13/昭19.7.2/台湾生/『八重桜』
宮尾直美《栞》〒788-0001宿毛市中央3-6-17（☎0880-63-1587＊）昭24.3.30/高知県生/『手紙』
宮城梵史朗《主宰 赤楊の木》〒639-0227香芝市鎌田438-76（☎0745-78-0308＊）昭18.5.9/大阪府生
三宅やよい《猫街》〒177-0052練馬区関町東1-28-12-204（☎03-3929-4006＊/yayoihaiku@gmail.com）昭30.4.3/兵庫県生/『玩具帳』『駱駝のあくび』『鷹女への旅』
向田紀子《艸》〒202-0014西東京市富士町1-7-77-804（☎042-469-8228＊）昭15.1.25/東京都生
向田貴子《主宰 歴路》〒158-0083世田谷区奥

沢3-44-14(☎03-6421-9012 FAX03-6421-9019/mukouda@vesta.dti.ne.jp)昭18.2.6/東京都生/『母屋』『蓮弁』

武藤紀子《主宰 円座》〒467-0047名古屋市瑞穂区日向町3-66-5(☎090-4407-8440/052-833-2168＊)昭24.2.11/石川県生/『円座』『冬干潟』など5冊、著書『たてがみの摑み方』『宇佐美魚目の百句』

村上喜代子《主宰 いには》〒276-0036八千代市高津390-211(☎090-9847-2100 FAX047-458-1895/murakami_kiyoko@yahoo.co.jp)昭18.7.12/『雪降れ降れ』『軌道』他

村上尚子《白魚火》〒438-0086磐田市住吉町1065-20(☎0538-34-8309＊)昭17.8.14/静岡県生/『方今』

村上鞆彦《主宰 南風》〒124-0012葛飾区立石3-23-14(☎03-3695-6789＊/hayatomo_seto@yahoo.co.jp)昭54.8.2/大分県生/『遅日の岸』『芝不器男の百句』

村木節子《門》〒345-0045埼玉県北葛飾郡杉戸町高野台西2-5-17(☎0480-34-0578＊)昭23.1.5/秋田県生

村田　武《やぶれ傘》〒335-0005蕨市錦町6-6-8(☎048-441-8904＊/tasogarebito.123.@docomo.ne.jp)昭18.1.23/宮城県生

村田　浩《雪解》〒918-8066福井市渡町114(☎080-8695-0018 FAX0776-36-9754)昭18.11.5/石川県生/『能登育ち』

村手圭子《かつらぎ》〒633-0004桜井市朝倉台西3-1093-2(☎0744-42-6711＊)昭23.1.18/奈良県生/『むらやま』

村松栄治《八千草》〒214-0032川崎市多摩区枡形5-6-5(☎044-933-9296＊)昭15.2.12/東京都生

村松二本《主宰 椎・古志》〒437-0125袋井市上山梨1489(☎0538-48-6009＊)昭36.10.2/静岡県生/『天龍』『月山』

村本　麗《郭公》〒140-0011品川区東大井3-5-9-501)昭27.7.26/東京都生

毛利禮子《雪解》〒543-0045大阪市天王寺区寺田町1-7-3-502(☎06-6771-6701＊)長野県生/『初浅間』

甕　秀麿《鴫》〒270-1175我孫子市青山台3-8-37(☎04-7183-1353＊/motai@io.ocn.ne.jp)昭15.11.10/東京都生

望月　周《百鳥》〒113-0022文京区千駄木3-25-6-501(☎03-3823-6417 FAX03-6666-3081/icegreen211@gmail.com)昭40.3.11/東京都生/『白月』、アンソロジー『俳コレ』『新東京吟行案内』

望月とし江《澤》(t-mocchi@jcom.home.ne.jp)昭33.1.24/静岡県生

本林まり《宇宙船》〒183-0053府中市天神町3-6-25(☎042-365-5617＊)

森　あら太《濃美・松の花》昭6.4.10/新潟県生

森井美知代《運河》(☎0745-65-1021 FAX0745-62-3260)昭17.7.6/奈良県生/『高天』『螢能』

森岡正作《主宰 出航・副主宰 沖》〒253-0001茅ヶ崎市赤羽根2241小野方(☎0467-54-9440＊)昭24.3.14/秋田県生/『卒業』『出航』『風騒』

森岡武子《多磨》〒637-0113五條市西吉野町神野159(☎0747-32-0321＊)昭24.12.26/奈良県生

森川淑子《鴻》昭27.1.2/北海道生

森下秋露《澤》〒160-0016新宿区信濃町11-25山岡方(☎03-6304-8565＊/syuuro.m@gmail.com)昭51.6.4/大阪府生/『明朝体』

森下俊三《帆》〒530-0042大阪市北区天満橋1-8-10-1506(☎090-5888-0525 FAX06-6351-2811/s.morishita@rouge.plala.or.jp)昭20.4.8/三重県生

森島弘美《繪硝子》〒165-0026中野区新井3-20-3/長野県生

森尻禮子《閏・磁石》〒161-0032新宿区中落合2-12-26-802/昭16.2.17/東京都生/『星彦』『遺産』

森須　蘭《主宰 祭演・衣・ロマネコンテ・豈・円の会》〒276-0046八千代市大和田新田1004-4宮坂方(☎047-409-8152 FAX047-409-8153/morisuranran8@gmail.com)昭36.1.7/神奈川県生/『君に会うため』『蒼空船(そらふね)』、著書『百句おぼえて俳句名人』

森田純一郎《主宰 かつらぎ》〒665-0022宝塚市野上4-8-22(☎0797-71-2067 FAX0797-72-6346/morita819@haiku-katsuragi.com)昭28.12.1/大阪府生/『マンハッタン』『祖国』『旅懐』『峠全句集』

森田節子《風土》〒215-0017川崎市麻生区王禅寺西2-32-2(☎044-965-2208＊)昭16.2.3/東京都生

森　ちづる《斧・汀》〒654-0151神戸市須磨区北落合3-1-360-103(☎078-791-0385＊)

森　恒之《雉》〒193-0832八王子市散田町3-40-9（☎042-663-2081＊）昭21.8.18/長崎県生
森　秀子《玉藻》〒166-0001杉並区阿佐谷北3-16-6（☎03-5938-3236＊/beckyhideko@yahoo.co.jp）昭26.5.4/千葉県生
森　美佐子《やぶれ傘》〒331-0804さいたま市北区土呂町1-28-13（☎048-663-2987＊）昭15.6.22/埼玉県生
守屋明俊《代表 閏・磁石》〒185-0024国分寺市泉町3-4-1-504（☎080-6770-5485 FAX042-325-5073/moriya3a@yahoo.co.jp）昭25.12.13/長野県生/『西日家族』『蓬生』『日暮れ鳥』『象潟食堂』ほか
森山久代《運河・晨・鳳》〒661-0035尼崎市武庫之荘9-31-5（☎06-6433-6959＊/hfd59001@hcc6.bai.ne.jp）昭16.8.27/愛知県生/『大祓』
盛　凉皎《予感》昭23.5.18/福島県生
師岡洋子《鳰の子》〒530-0041大阪市北区天神橋3-10-30-204（☎06-6353-8693＊）昭15.1.16/京都府生/『水の伝言』
門伝史会《風土》〒215-0017川崎市麻生区王禅寺西3-9-2（☎044-953-9001＊）昭15.4.5/東京都生/『羽化』『ひょんの笛』

や行

八木下末黒《栞》〒264-0028千葉市若葉区桜木3-14-19-2/昭24.4.1/千葉県生/『日車』
八木忠栄《余白句会・かいぶつ句会》〒273-0012船橋市浜町1-2-10-205（☎047-431-8092＊）昭16.6.28/新潟県生/句集『雪やまず』『身体論』、詩集『やあ、詩人たち』『キャベツと爆弾』
柳沼裕之《雛》昭20.5.26/東京都生
柳生正名《海原・棒》〒181-0013三鷹市下連雀1-35-11（☎0422-47-3405＊/myagiu@kjc.biglobe.ne.jp）昭34.5.19/大阪府生/『風媒』、評論『兜太再見』
薬師寺彦介《鹿火屋》〒798-1113宇和島市三間町迫目132（☎0895-58-2094＊）昭11.3.9/愛媛県生/『陸封』『無音界』
保田尚子《山彦》〒751-0822下関市宝町7-30（☎083-252-9480＊）昭31.2.1/山口県生
安田徳子《晨・運河》〒665-0024宝塚市逆瀬台3-9-8（☎0797-73-1926＊）昭27.4.23/兵庫県生/『歩く』
安原　葉《主宰 松の花・ホトトギス・玉藻》〒949-5411長岡市来迎寺甲1269（☎0258-92-2270 FAX0258-92-3338）昭7.7.10/新潟県生/『月の門』『生死海』『明易』
安光せつ《夏爐》〒781-6402高知県安芸郡奈半利町乙2643-1（☎0887-38-4050）昭15.12.19/高知県生
矢須恵由《主宰 ひたち野》〒311-0113那珂市中台64-6（☎029-353-1156＊）昭14.12.29/茨城県生/『天心湖心』『自愛他愛』『自註矢須恵由集』（茨城文学賞）
柳内恵子《玉藻》〒214-0037川崎市多摩区西生田3-3-1（☎090-3446-9501 FAX044-955-8082/k-yana@cmail.plala.or.jp）昭16.6.5/東京都生
矢野景一《主宰 海棠》〒648-0091橋本市柱本327（☎0736-36-4790/krkv23714@hera.eonet.ne.jp）昭25.4.29/和歌山県生/『真土』『紅白』『游目』『和顔』『わかりやすい俳句推敲入門』『森澄雄の宙』
矢野玲奈《玉藻・松の花》〒254-0045平塚市見附町2-17-504（☎0463-79-8383＊）昭50.8.18/東京都生/『森を離れて』
山内繭彦《山茶花・ホトトギス・晨・夏潮》〒547-0032大阪市平野区流町3-14-1/昭27.4.6/大阪府生/『ななふし』『歩調は変へず』『透徹』『診療歳時記』『歳時記の小窓』
山川和代《耕》〒458-0812名古屋市緑区神の倉4-261/昭19.11.20/愛知県生/『葉桜』
山岸明子《鴻》〒270-2267松戸市牧の原1-36（akky_yamagishi@yahoo.co.jp）昭23/東京都生
山際由美子《郭公》〒399-3102長野県下伊那郡高森町吉田2284（☎0265-35-2041＊）昭23.4.9/長野県生
山口昭男《主宰 秋草》〒657-0846神戸市灘区岩屋北町4-3-55-408（☎078-855-8636＊/akikusa575ay@dream.bbexcite.jp）昭30.4.22/兵庫県生/『書信』『讀本』『木簡』『礫』
山口梅太郎《天為・秀》〒177-0042練馬区下石神井4-13-6（☎03-3997-0805＊）昭6.1.28/東京都生/『名にし負ふ』『種茄子』
山口素基《りいの・運河》〒358-0011入間市下藤沢1279-45（☎04-2963-7575＊）昭24.5.31/奈良県生/『夢淵』『風袋』『雷鼓』『花筐』『山口素基の三百句』
山口律子《風叙音》〒270-2261松戸市常盤平2-32-1サンハイツ常盤平A-110（☎080-1013-

6682 FAX047-386-4030/gr.yamaguchi@gmail.com)昭23.1.5/山口県生
山崎　明《ときめきの会》〒261-0004千葉市美浜区高洲3-4-3-304(☎043-278-5698)昭14.1.17/千葉県生
山崎邦子《嘉祥》松本市/東京都生
山崎　聰《名誉主宰　響焰》〒276-0046八千代市大和田新田911-11-130(☎047-450-5454＊)昭6.8.16/栃木県生/『荒星』『遠望』『流砂』など。『喜八俳句覚え書』『シマフクロウによろしく』など。
山﨑十生《主宰　紫》〒332-0015川口市川口5-11-33(☎048-251-7923＊)昭22.2.17/埼玉県生/『悠悠自適入門』『未知の国』『銀幕』他8冊
山崎房子〒247-0053鎌倉市今泉台4-18-10(☎0467-45-2762＊)昭13.3.15/『巴里祭』
山澤和子《波》〒225-0001横浜市青葉区美しが丘西2-28-16(kyamasawa2@gmail.com)東京都生
山下知津子《代表　麟》〒272-0035市川市新田5-4-19-301(☎047-325-1303＊/jsbach503@juno.ocn.ne.jp)昭25.3.15/神奈川県生/『文七』『髪膚』
山下文菖《風叙音》〒259-1114伊勢原市高森3-17-21(☎0463-94-6588＊)昭17.7.21/神奈川県生
山下幸典《主宰　河内野》〒581-0004八尾市東本町3-1-12(☎090-8480-7679 FAX072-991-1864)昭30.1.9/大阪府生
山田径子《磁石》〒251-0043藤沢市辻堂元町3-15-8(☎0466-33-1630 FAX0466-33-5860/keiko@yamadas.net)昭32.9.26/東京都生/『無限階段』『径』『楓樹』、句文集『日時計』
山田せつ子《波》〒158-0082世田谷区等々力1-15-10/昭26
山田孝志《ときめきの会》〒314-0127神栖市木崎780(☎090-9306-5455)昭31.2.28/茨城県生
山田貴世《主宰　波》〒251-0875藤沢市本藤沢1-8-7(☎0466-82-6173＊)昭16.3.9/静岡県生/『わだつみ』『湘南』『喜神』『山祇』
山田哲夫《海原・木》〒441-3421田原市田原町新町64(☎0531-22-3389＊/santetsu@mva.biglobe.ne.jp)昭13.8.22/愛知県生/『風紋』『茲今帖』
山田真砂年《主宰　稲》〒249-0005逗子市桜山3-12-6(mcyamada575@gmail.com)昭24.11.3/東京都生/『西へ出づれば』『海鞘食うて』
山田まや《知音》〒178-0063練馬区東大泉3-35-28(☎03-3922-3186＊)昭6/東京都生
山田泰子《風叙音》〒344-0021春日部市大場1393-1-604/東京都生
山田佳乃《主宰　円虹・ホトトギス》〒658-0066神戸市東灘区渦森台4-4-10辻方(☎078-843-3462 FAX078-336-3462)昭40.1.29/大阪府生/『春の虹』『波音』『残像』
山中多美子《円座・晨》〒462-0813名古屋市北区山田町4-90(☎052-914-4743＊/yamanakati@snow.plala.or.jp)昭24.10.16/愛知県生/『東西』『かもめ』
山中理恵《不退座》〒260-0021千葉市中央区新宿1-23-5/昭38/東京都生
山梨菊恵《泉》〒192-0906八王子市北野町169-3(☎042-645-1690＊)昭25.11.3/山梨県生
山根真矢《鶴》〒610-0361京田辺市河原御影30-57(☎0774-65-0549＊)昭42.8.5/京都府生/『折紙』
山本あかね《百鳥》〒654-0081神戸市須磨区高倉台8-26-17(☎078-735-6381＊/camellia@wa2.so-net.ne.jp)昭10.1.3/兵庫県生/『あかね』『大手門』『緋の目高』
山本一郎《海棠》〒648-0101和歌山県伊都郡九度山町九度山904-2(☎0736-54-3916)昭29.4.24/和歌山県生
山本一歩《主宰　谺》〒194-0204町田市小山田桜台1-11-62-4(☎042-794-8783＊/ichiraku-y@nifty.com)昭28.11.28/岩手県生/『耳ふたつ』『谺』『春の山』ほか
山本一葉《谺》〒194-0204町田市小山田桜台1-11-62-4(☎042-794-8783＊/kazuha.y@nifty.com)昭57.1.21/神奈川県生
山本　潔《主宰　艸(そう)》〒180-0011武蔵野市八幡町3-3-11(☎090-3545-6890 FAX0422-56-0222/kmtbook@nifty.com)昭35.3.28/埼玉県生/『艸』
山本慶子《ひたち野》〒312-0001ひたちなか市佐和2252-2(☎029-285-5332＊/keiko.finerunrun@icloud.com)昭24.1.5/茨城県生
山元志津香《主宰　八千草》〒215-0006川崎市麻生区金程4-9-8(☎044-955-9886 FAX044-955-9882)昭9.3.10/岩手県生/『ピアノの塵』『極太モンブラン』『木綿の女』
山本　菫《帯》〒333-0866川口市芝1-10-20

（☎048-268-0332＊）昭24.1.27／埼玉県生／『花果』
山本孝子《暖響・雲出句会》〒514-0304津市雲出本郷町371（☎059-234-3332＊）昭15.8.28
山本輝世《今日の花》〒239-0831横須賀市久里浜8-6-10／昭18.10.13／東京都生
山本久枝《やぶれ傘》〒335-0021戸田市新曽1292-1（☎048-444-7523＊）昭15.3.10／埼玉県生
山本ふぢな《わかば・すはえ》〒263-0024千葉市稲毛区穴川3-12-23（☎043-251-1256）千葉県生
由木まり《春月》〒311-4141水戸市赤塚1-393-8（☎029-251-2536＊）昭20.9.5／茨城県生／『風の触媒』
祐　森司《鴻》昭28.1.30／高知県生
湯口昌彦《汀》〒185-0024国分寺市泉町1-15-7（☎042-321-2728＊/myugu@nifty.com）東京生／『幹ごつごつ』『餉米』
柚口　満《春耕》〒275-0016習志野市津田沼7-8-2（☎047-454-8988＊）昭18.1.23／滋賀県生／『夜振火』『淡海』
湯本正友《やぶれ傘》〒338-0012さいたま市中央区大戸5-20-6（☎048-833-7354＊/masatomo_yumoto@jcom.home.ne.jp）昭21.2.25／埼玉県生
陽　美保子《泉》〒002-8072札幌市北区あいの里2-6-3-3-1101／昭32.10.22／島根県生／『遥かなる水』
横井　遥《鴻》〒482-0043岩倉市本町神明西6-8AP朴の樹805／昭34.2.21／長崎県生／『男坐り』
横内郁美子《麴の木》〒672-8072姫路市飾磨区蓼野町11（☎079-234-7815＊/himejyo@leto.eonet.ne.jp）昭29.1.17／兵庫県生
横田欣子《円座》昭30.12.6／長野県生／『風越』
横田澄江《今日の花》〒221-0005横浜市神奈川区松見町2-380／昭12.2.8
吉井たくみ《阿蘇・初桜・櫻草》〒370-0851高崎市上中居町1209-1（☎027-352-0912＊/t.y.0206@rhythm.ocn.ne.jp）昭35.2.6／群馬県生／『鷹のつらきびしく老いて 評伝・村上鬼城』
好井由江《棒・不退座》〒206-0823稲城市平尾3-1-1-5-107／昭11.8／栃木県生／『両手』『青丹』『風の斑』『風見鶏』
吉澤久美子《りいの》〒215-0021川崎市麻生区上麻生3-22-11-407（☎044-455-5650）昭16.11.27／東京都生／『吾亦紅』
吉田悦花《炎環・豆の木》〒273-0035船橋市本中山4-8-6（FAX047-335-5069）千葉県生／『わん句歳時記』『いのちの一句』など
吉田克美《ろんど》〒191-0032日野市三沢3-26-33（☎042-591-8493＊）昭17.4.23／山形県生
吉田千嘉子《主宰 たかんな》〒039-1166八戸市根城5-2-20（☎0178-24-3457＊）昭27.1.21／北海道生／『朳囃子』『一滴の』、著書『藤木俱子の百句繚乱』
吉田哲二《阿吽》〒178-0061練馬区大泉学園町1-17-5（☎03-6315-8656）昭55.6.25／新潟県生／『髪刈る椅子』
吉田美佐子《春野》〒251-0033藤沢市片瀬山5-28-7（☎0466-25-4022＊）
吉田有子《祖谷》〒770-0021徳島市佐古一番町12-7-502（☎088-623-1455＊）昭24.8.14／徳島県生
吉田幸恵《やぶれ傘》〒330-0045さいたま市浦和区皇山町31-4／昭20.8.7／埼玉県生
吉田幸敏《栞》〒224-0006横浜市都筑区荏田東4-30-26（☎045-942-3152＊）神奈川県生
吉田　葎《空》〒811-2304福岡県糟屋郡粕屋町仲原2-17-5（☎092-938-2090＊）昭27.3.1／福岡県生
吉田林檎《知音》〒154-0001世田谷区池尻2-31-20清水ビル5F／昭46.3.4／東京都生／『スカラ座』
吉村玲子《円虹・ホトトギス》〒669-1337三田市学園6-8-5（☎079-559-2719＊/bafde902@jttk.zaq.ne.jp）昭28.6.13／兵庫県生／『冬の城』、句評集『「円心集」を読む』
余田はるみ《雪解》昭13.1.24／東京都生／『金風の富士』
米山光郎《秋・昴》〒400-1502甲府市白井町672（☎055-266-2807＊）昭13.9.30／山梨県生／『諏訪口』『種火』『稲屑の火』

ら行

良知悦郎《鴻》〒270-0034松戸市新松戸7-222-A1002（☎047-342-4661＊）昭12.10.19／静岡県生

わ行

若槻妙子《栞》〒305-0044つくば市並木2-9-409（☎029-851-3144＊）昭9.4.14/徳島県生

脇村　碧《やぶれ傘》〒299-0114市原市泉台2-4-5/昭59.2.3/神奈川県生/『歩一歩』

和田華凜《主宰 諷詠》〒658-0032神戸市東灘区向洋町中1-1-141-816（☎078-858-0447＊）昭43.9.5/東京都生/『初日記』『月華』

和田順子《主宰 繪硝子》〒236-0057横浜市金沢区能見台5-48-7（☎045-784-8626＊/wadajun@jcom.zaq.ne.jp）昭12.5.24/兵庫県生/『五月』『錐体』『ふうの木』『黄雀風』『流砂』『皆既月蝕』『和田順子集』

渡辺　健《雛》昭11.9.6/東京都生/『深山木』『日も月も』

渡部彩風《道》〒090-0803北見市朝日町29-29（☎0157-69-6232＊）昭20.2.13/愛媛県生/『オホーツクの四季』

渡辺誠一郎《小熊座》〒985-0072塩竈市小松崎11-19（☎022-367-1263＊）昭25.12.13/宮城県生/『余白の轍』『地祇』『赫赫』

渡辺純枝《主宰 濃美》〒501-1146岐阜市下尻毛148-7（☎058-239-6366＊/090-4256-4141）昭22.5.13/三重県生/『環』『凜』など

渡邉孝彦《やぶれ傘》〒225-0002横浜市青葉区美しが丘2-11-3プラウド美しが丘509（☎045-901-5063＊/t-nabesan@ac.cyberhome.ne.jp）昭15.4.27/兵庫県生

渡部悌子《燎》〒245-0063横浜市戸塚区原宿3-57-1-4-106（☎045-852-8856）昭13.5.7/東京都生

渡辺広佐《楽楽句会》〒192-0372八王子市下柚木3-1-B-1205/昭25.7.12/愛媛県生

渡辺眞希《風叙音》〒252-0317相模原市南区御園5-2-24（☎090-4058-0279）昭23.9.20/神奈川県生

渡辺洋子（やや）《風土》〒611-0002宇治市木幡南山73（☎0774-32-0509＊）昭19.2.7/東京都生

和田　桃《主幹 南柯》〒630-8357奈良市杉ケ町57-2-813（☎090-7109-6235）昭39.12.16/高知県生

和田洋文《主宰 湾》〒899-7103志布志市志布志町志布志2573-3（☎099-472-0288 FAX099-472-0205/wada-hari@arion.ocn.ne.jp）昭28.5.28/鹿児島県生

度会さち子《郭公》〒503-0971大垣市南一色町447-14（☎0584-82-2223 FAX0584-75-1387/sachiwatarai@nifty.com）昭21.5.6/岐阜県生/『花に問ふ』

俳誌 もん

門

今こころの時代 新会員（新人育成）募集
初心者添削指導

誌代（送料共）
半年 七二〇〇円
一年 一四四〇〇円

主宰 鳥居真里子

門 発行所

〒120-0015 東京都足立区千住桜木二—七—一—三二
FAX 〇三・三八八二・四二一〇 振替〇〇三〇—三—一〇六四二六

栞

自然との関りの中に日々の哀歓を

師系 岡本 眸
主宰 松岡 隆子

誌代 半年 七二〇〇円（送料共）
年 一四四〇〇円（送料共）
見本誌 五〇〇円（送料共）

〒188-0003 東京都西東京市北原町三ノ六ノ三八
栞俳句会
TEL・FAX 〇四二—四六六—〇四一三
振替 〇〇二四〇—八—一〇三七一一

空

SORA

真摯な時を重ね
一人ひとりが
深い詩情を

主宰 柴田佐知子
師系 伊藤通明

誌代
一年 六〇〇〇円
（隔月刊）
見本誌進呈

〒812-0053
福岡市東区箱崎3-15-29
空 俳句会
TEL & FAX 092-631-0789

閏

歩み入るものに
やすらぎを

代表 守屋明俊

隔月刊 誌代 一年 12,000円

〒185-0024 東京都国分寺市泉町 3-4-1-504
閏俳句会
電話 080-6770-5485
閏ブログ http://uruuhaikukai.jugem.jp/

季刊

晶

代表 長嶺 千晶

見本誌 一〇〇〇円（送料共）

〒186-0003 国立市富士見台四—四一—一—一〇五
晶俳句会
電話 〇四二—五七七—七七八三
FAX 〇四二—五七一—六五一九
振替 〇〇一〇〇—八—六七九〇五五
mail muranochiaki@pure.ocn.ne.jp

❖ 伝統を踏まえつつも
新鮮な詩心を養う

ひこばえ

主宰 小河 洋二

誌代 一部 一〇〇〇円
一年 一二〇〇〇円

〒614-8364 八幡市男山松里一一—一二
☎ 〇七五—九八二—三四五六
ひこばえ社
振替 〇〇九七〇—六—三一八一八九